GRöLS Verlage

„Bücher sind wie Fallschirme. Sie nützen uns nichts, wenn wir sie nicht öffnen."

Gröls Verlag

Redaktionelle Hinweise und Impressum

Das vorliegende Werk wurde zugunsten der Authentizität sehr zurückhaltend bearbeitet. So wurden etwa ursprüngliche Rechtschreibfehler regelmäßig *nicht* behoben, denn kleine Unvollkommenheiten machen das Buch – wie im Übrigen den Menschen – erst authentisch. Mitunter wurden jedoch zum Beispiel Absätze behutsam neu getrennt, um den Lesefluss zu erleichtern.

Um die Texte zu rekonstruieren, werden antiquarische Bücher von Lesegeräten gescannt und dann durch eine Software lesbar gemacht. Der so entstandene Text wird von Menschen gegengelesen und korrigiert – hierbei treten auch Fehler auf. Wenn Sie ebenfalls antiquarische Texte einreichen möchten, finden Sie weitere Informationen auf www.groels.de

Viel Freude bei der Lektüre wünscht Ihnen das Team des Gröls-Verlags.

Adressen

Verleger: Hermann-Josef Gröls,

Im Borngrund 26, 61440 Oberursel

Externer Dienstleister für Distribution & Herstellung:

BoD, In de Tarpen 42, 22848 Norderstedt

Unsere „Edition | Werke der Weltliteratur“ hat den Anspruch, eine der größten und vollständigsten Sammlungen klassischer Literatur in deutscher Sprache zu werden. Nach und nach versammeln wir hier nicht nur die „üblichen Verdächtigen“ von Goethe bis Schiller, sondern auch Kleinode der vergangenen Jahrhunderte, die – zu Unrecht – drohen, in Vergessenheit zu geraten. Wir kultivieren und kuratieren damit einen der wertvollsten Bereiche der abendländischen Kultur. Kleine Auswahl:

Francis Bacon • Neues Organon • **Balzac** • Glanz und Elend der Kurtisanen • **Joachim H. Campe** • Robinson der Jüngere • **Dante Alighieri** • Die Göttliche Komödie • **Daniel Defoe** • Robinson Crusoe • **Charles Dickens** • Oliver Twist • **Denis Diderot** • Jacques der Fatalist • **Fjodor Dostojewski** • Schuld und Sühne • **Arthur Conan Doyle** • Der Hund von Baskerville • **Marie von Ebner-Eschenbach** • Das Gemeindekind • **Elisabeth von Österreich** • Das Poetische Tagebuch • **Friedrich Engels** • Die Lage der arbeitenden Klasse • **Ludwig Feuerbach** • Das Wesen des Christentums • **Johann G. Fichte** • Reden an die deutsche Nation • **Fitzgerald** • Zärtlich ist die Nacht • **Flaubert** • Madame Bovary • **Gorch Fock** • Seefahrt ist not! • **Theodor Fontane** • Effi Briest • **Robert Musil** • Über die Dummheit • **Edgar Wallace** • Der Frosch mit der Maske • **Jakob Wassermann** • Der Fall Maurizius • **Oscar Wilde** • Das Bildnis des Dorian Grey • **Émile Zola** • Germinal • **Stefan Zweig** • Schachnovelle • **Hugo von Hofmannsthal** • Der Tor und der Tod • **Anton Tschechow** • Ein Heiratsantrag • **Arthur Schnitzler** • Reigen • **Friedrich Schiller** • Kabale und Liebe • **Nicolo Machiavelli** • Der Fürst • **Gotthold E. Lessing** • Nathan der Weise • **Augustinus** • Die Bekenntnisse des heiligen Augustinus • **Marcus Aurelius** • Selbstbetrachtungen • **Charles Baudelaire** • Die Blumen des Bösen • **Harriett Stowe** • Onkel Toms Hütte • **Walter Benjamin** • Deutsche Menschen • **Hugo Bettauer** • Die Stadt ohne Juden • **Lewis Caroll** • *und viele mehr….*

Inhalt

Lord Jim

Joseph Conrad

Übertragen von Hedwig Lachmann

Erstes Kapitel

Es mochten ihm ein bis zwei Zoll zu sechs Fuß fehlen; er war ungewöhnlich kräftig gebaut und pflegte, den Kopf vorgestreckt, mit leicht eingezogenen Schultern und einem starren Blick von unten her schnurstracks auf einen loszukommen, was an einen Stier in Angriffsstellung gemahnte. Seine Stimme war tief, laut, und in seiner ganzen Art lag eine gewisse knurrige Selbstbehauptung, die doch nichts Feindseliges hatte. Sie schien notwendig zu seinem Wesen zu gehören und war offensichtlich ebensosehr gegen seine eigene Person wie gegen jeden anderen gerichtet. Er war makellos sauber, vom Kopf bis zum Fuß in blendendes Weiß gekleidet, und stand in allen Häfen des Orients, wo er schon als Wasserkommis eines Schiffslieferanten seinen Unterhalt gefunden hatte, in hohem Ansehn.

Ein Wasserkommis braucht in gar keinem Fach sein Examen abzulegen, doch muß er Geschicklichkeit in abstracto besitzen und sie praktisch beweisen können. Seine Arbeit besteht darin, andern Wasserkommis unter Segel, Dampf oder Ruder den Rang abzulaufen, wenn ein Schiff vor Anker gehen will, den Kapitän freudig zu begrüßen, indem er ihm eine Karte aufzwingt – die Geschäftskarte des Schiffslieferanten – und ihn bei seinem ersten Besuch an Land bestimmt, doch unauffällig, in einen umfangreichen, höhlenartigen Laden zu steuern, der alles enthält, was an Bord gegessen und getrunken wird, wo man alles bekommen kann, um das Schiff seetüchtig und schön zu machen, von einem Satz Kettenhaken für das Ankertau bis zu einem Heft Blattgold für das Schnitzwerk des Hecks, und wo der Kapitän von einem Schiffslieferanten, den er nie zuvor gesehen hat, wie ein Bruder aufgenommen wird. Da harren seiner ein behagliches Wohnzimmer, Fauteuils, Flaschen, Zigarren, Schreibzeug, die

Statuten für den Hafenverkehr und eine Wärme der Begrüßung, die danach angetan ist, das Salz einer dreimonatigen Seefahrt aus dem Herzen eines Seemanns herauszuschmelzen. Die so begonnene Bekanntschaft wird, solange das Schiff im Hafen bleibt, durch die täglichen Besuche des Wasserkommis aufrechterhalten. Dieser bringt dem Kapitän die Treue eines Freundes, die Fürsorglichkeit eines Sohnes, die Geduld eines Hiob, die selbstlose Hingabe einer Frau und die fröhliche Stimmung eines Zechkumpans entgegen. Nach einiger Zeit kommt die Rechnung. Kurzum: es ist ein schöner, menschlicher Beruf. Daher sind gute Wasserkommis selten. Wenn ein Wasserkommis, der die Geschicklichkeit *in abstracto* besitzt, noch dazu den Vorzug hat, für die See herangebildet zu sein, dann wiegt ihn sein Dienstherr mit Gold auf und behandelt ihn mit großer Rücksicht. Jim bekam stets hohe Löhne und erfuhr so viel Rücksichtnahme, daß ein Stein sich davon hätte erweichen lassen. Trotzdem konnte er mit schwarzem Undank plötzlich alles hinwerfen und auf und davon gehn. Die Gründe, die er seinem jeweiligen Dienstherrn angab, waren keineswegs stichhaltig. Sie sagten „verflixter Narr“, sobald er ihnen den Rücken kehrte. Dies war ihr Urteil über seine hochgradige Empfindlichkeit.

Für die Weißen im Küstenhandel und die Schiffskapitäne war er schlankweg Jim – weiter nichts. Er hatte selbstverständlich noch einen andern Namen, doch war er ängstlich darauf bedacht, daß man ihn nicht aussprach. Sein Inkognito, das so löcherig war wie ein Sieb, sollte keine Persönlichkeit, sondern eine Tatsache verbergen. Wenn die Tatsache durch das Inkognito hindurchschimmerte, verließ er schleunigst den Seehafen, in dem er sich gerade befand, und ging nach einem andern – gewöhnlich weiter nach Osten. Er blieb in den Seehäfen, weil er ein Seemann war, der von der See verbannt war und die Geschicklichkeit in abstracto besaß, die für keinen andern als für einen Wasserkommis taugt. Er nahm seinen geordneten Rückzug der aufgehenden Sonne entgegen, und die Tatsache folgte ihm von ungefähr, doch unvermeidlich. So sah man ihn im Lauf der Jahre hintereinander in Bombay, Kalkutta, Rangun, Penang und Batavia – und in jedem dieser Anlegeplätze war er schlankweg Jim, der Wasserkommis. Späterhin, als ihn sein brennendes Gefühl für das Nicht-zu-Ertragende ein für allemal aus den Seehäfen und fort von den Weißen bis in den Urwald hinein trieb, fügten die Malaien des Dschungeldorfs, das er sich zum Versteck für seine beklagenswerte Anlage ausgesucht hatte, noch ein Wort zu dem Einsilber seines Inkognitos hinzu. Sie nannten ihn Tuan Jim, was soviel heißt wie Lord Jim.

Er stammte aus einem Pfarrhaus. Viele Befehlshaber großer Handelsschiffe stammen aus diesen Stätten der Frömmigkeit und des Friedens. Jims Vater besaß jene gewisse Kenntnis des Unerforschlichen, die sich besonders mit der Redlichkeit der Armen befaßt und die Gemütsruhe jener nicht stört, die eine unfehlbare Vorsehung in den Stand gesetzt hat, in Herrenhäusern zu wohnen. Die kleine Kirche auf einem Hügel war wie ein moosbewachsener, altersgrauer Fels, der durch eine zerrissene Blätterwand schimmert. Sie stand da seit Jahrhunderten, doch die Bäume, die sie umgaben, waren wohl schon Zeugen gewesen, als ihr Grundstein gelegt wurde. Unterhalb leuchtete die rote Fassade des Pfarrhauses mit warme Tönung mitten aus den Rasenplätzen, Blumenbeeten und Tannen hervor, mit einem Obstgarten an der Rückseite, einem gepflasterten Hof zur Linken und den schrägen Glasdächern der Treibhäuser, die sich längs der Backsteinmauer hinzogen. Der Wohnsitz hatte seit Generationen der Familie gehört; doch Jim war einer von fünf Söhnen, und als sich einmal nach einer Ferienzeit, während deren er sich mit Seegeschichten vollgepfropft hatte, seine Neigung zum Seemannsberuf offenbarte, tat man ihn sofort auf ein Schulschiff für Offiziere der Handelsmarine.

Er lernte dort ein wenig Trigonometrie und Bramrahen kaien. Er war allgemein beliebt. Er war Dritter in Schiffahrtskunde und Vormann im ersten Kutter. Da er einen ruhigen Kopf hatte und gut gebaut war, so war er sehr tüchtig in der Takelung. Sein Platz war auf dem Vormars, und oft blickte er von da mit der Verachtung eines Mannes, der bestimmt ist, sich in Gefahren auszuzeichnen, auf die friedlichen Dächer der Häuser hinab, die von der braunen Flut des Stromes durchschnitten wurden, während am Rande der umliegenden Ebene die Fabrikschlote senkrecht und schlank wie Stifte in den Himmel ragten und gleich Vulkanen ihren Rauch ausspien. Er konnte die großen Schiffe in See stechen, die wuchtigen Fähren auf und nieder fahren und tief unter sich die kleinen Boote dahingleiten sehen, während in der Ferne der dunstige Glanz der See winkte und die Hoffnung auf ein bewegtes Leben in der Welt der Abenteuer.

Auf dem Unterdeck, im Gewirr von zweihundert Stimmen, vergaß er sich selbst und genoß im Geiste im voraus das Seemannsleben, wie es sich in der Unterhaltungslektüre darstellt. Er sah sich auf untergehenden Schiffen Menschen das Leben retten, während eines Orkans die Masten kappen, mit einem dünnen Seil durch die Brandung schwimmen oder als einsamen Schiffbrüchigen barfuß und halbnackt auf den bloßen Riffen Schaltiere suchen, um dem Hungertode zu entgehen. Er maß sich mit den Wilden an den

Tropenküsten im Kampf, machte Meutereien, die auf hoher See ausbrachen, ein Ende und richtete Verzweifelte auf, die er in einem kleinen Boot durch den Ozean ruderte – jederzeit ein Beispiel aufopfernder Pflichttreue und so unentwegt wie ein Held im Buch.

„Es ist etwas los! Rasch auf Deck!"

Er sprang auf die Füße. Die Schiffsjungen stürmten die Leitern hinauf. Oben hörte man ein furchtbares Getöse und Geschrei, und als er durch den Lukenweg hinaufkam, blieb er stehen – wie betäubt.

Es war die Dämmerung eines Wintertages. Der Sturm, der seit Mittag angewachsen war, hatte den Verkehr auf dem Fluß ins Stocken gebracht und tobte nun mit der Gewalt eines Orkans in stoßweisen Ausbrüchen, die wie schwere Geschützsalven über das Wasser donnerten. Der Regen ergoß sich in schrägen, klatschenden Strömen, und durch ihn hindurch sah Jim ab und zu die wilde, hochgehende Flut, das kleine Fahrzeug, das am Ufer hin und her geworfen wurde, die im ziehenden Nebel reglos dastehenden Gebäude, die großen verankerten Fähren, die schwer ans Ufer schlugen, die riesenhaften, von Güssen überfluteten, auf und nieder schaukelnden Landungsbrücken. Der nächste Schwall schien alles wegzublasen. Die Luft war voll Wasserstaub. Im schrillen Pfeifen des Windes, im rasenden Aufruhr des Himmels und der Erde lag etwas wie eine finstere Absicht, ein grimmiger Ernst, der sich gegen ihn zu richten schien und ihm den Atem in der Kehle zusammenpreßte. Er stand ganz still, doch mit einem Gefühl, als würde er im Kreise herumgewirbelt.

Man stieß ihn an. „Den Kutter bemannen!" Schiffsjungen stürmten an ihm vorbei. Ein Küstenfahrer, der sich unter Land retten wollte, war gegen einen vor Anker liegenden Schoner angerannt, und einer der Lehrer des Schulschiffs hatte den Unfall bemerkt. Ein Rudel Jungen kletterte an der Reling, hing in Klumpen um die Davits herum. „Zusammenstoß! Dicht vor uns. Herr Symons hat es gesehen!" Ein Stoß ließ ihn gegen den Besanmast stolpern. Er hielt sich an einem Tau fest. Das alte Schulschiff, das auf seinen Vertäuungen lag, bebte in allen Flanken. Sacht neigte es den Bug gegen den Wind, und sein spärliches Takelwerk summte in tiefem Baß das ächzende Lied von seiner Jugend zur See. „Boot niederlassen!" Er sah das Boot, bemannt, unverzüglich an der Reling hinuntergleiten und wollte ihm nach. Ein Klatschen scholl herauf. „Zurück! Werft die Fangleine los!" Er beugte sich vor. Längsseit brodelte der Fluß in schäumenden Streifen. In der sinkenden Dunkelheit lag der Kutter einen

Augenblick wie gebannt unter dem Druck von Flut und Wind und schaukelte Seite an Seite neben dem Schiff. Ein gellender Ruf drang schwach bis zu ihm. „Takt halten, junge Brut, wenn ihr jemand retten wollt! Takt halten!“ Und plötzlich hob sich der Bug des Boots, und es sprang, mit Riemen hoch, über einen Kamm, von dem Bann befreit, in dem Wind und Flut es gehalten hatten.

Jim fühlte einen festen Griff an seiner Schulter. „Zu spät, mein Junge!“ Der Kapitän des Schiffs hielt den Knaben zurück, der im Begriffe schien, über Bord zu springen. Jim blickte auf, im schmerzlichen Bewußtsein einer Niederlage. Der Kapitän lächelte verständnisvoll. „Das nächste Mal wird es besser glücken. Dies wird dich lehren, rasch bei der Hand zu sein.“

Ein gellendes Hurra begrüßte den Kutter. Er kam tanzend zurück, bis zur Hälfte mit Wasser gefüllt, das um zwei halbtote, auf dem Boden liegende Männer spülte. Nunmehr kamen Jim der Tumult und die Drohung von Wind und See recht verächtlich vor, und sein Verdruß über das eigene Grauen vor ihren leeren Schrecknissen steigerte sich noch. Er wußte jetzt, was er davon zu halten hatte. Es schien ihm, daß er sich nichts aus dem Sturm machte. Er konnte größeren Gefahren trotzen. Und er wollte es tun – besser als jeder andere. Kein Tüttelchen Furcht war mehr übrig. Nichtsdestoweniger hielt er sich an diesem Abend in finsterem Brüten abseits, während der Buggast des Kutters, ein Knabe mit einem Mädchengesicht und großen grauen Augen, der Held des Unterdecks war. Neugierige Frager umdrängten ihn. Er erzählte: „Ich sah gerade noch seinen Kopf auftauchen und warf meinen Bootshaken ins Wasser. Der blieb in seinen Hosen sitzen, und ich wäre beinahe über Bord gegangen, wie ich mir's gleich gedacht hatte, doch der alte Symons ließ die Ruderpinne los und packte meine Beine. Das Boot schlug beinahe voll. Der alte Symons ist ein Prachtkerl. Ich verüble es ihm gar nicht, daß er uns manchmal anschnauzt. Er schimpfte fortwährend mit mir, während er mein Bein hielt, aber das war nur so seine Art, mir zu sagen, daß ich den Bootshaken nicht loslassen sollte. Der alte Symons ist schrecklich reizbar – nicht wahr? – Nein – nicht der kleine Blonde –, der andere, der Große mit dem Bart. Als wir ihn ins Boot hereinzogen, stöhnte er: ›Oh, mein Bein! oh, mein Bein!‹ und verdrehte die Augen. Unglaublich! Ein so großer Kerl fällt in Ohnmacht wie ein Mädchen! Würde einer von euch wegen eines Kratzers mit einem Bootshaken in Ohnmacht fallen? – Ich sicher nicht! Der Haken drang in sein Bein, so tief!“ Er zeigte den Bootshaken, den er zu dem Zweck heruntergebracht hatte, und erzielte großen Eindruck damit. „Nicht doch, wie dumm! Er war doch nicht in sein Fleisch eingehakt, sondern in seine Hosen. Natürlich verlor er eine Menge Blut."

Jim erschien dies als eine jämmerliche Prahlerei. Der Sturm hatte einem Heroismus zur Entfaltung verholfen, der ebenso nichtig war wie Jims eigene vorgebliche Schrecken. Jim zürnte dem wilden Aufruhr des Himmels und der Erde, weil er dadurch überrascht und weil seiner edlen Bereitwilligkeit, das Leben zu wagen, schnöde Halt geboten worden war. Andrerseits war er froh, nicht in den Kutter gegangen zu sein, da ja offenbar ein geringerer Grad der Vollendung ausgereicht hatte. Er war reicher an Erfahrung geworden als die andern, die die Sache ausgeführt hatten. Wenn alle zitterten, dann – das wußte er – würde er allein der nichtigen Drohung von Wind und Wellen zu trotzen wissen. Er wußte, was er davon zu halten hatte. Nüchtern betrachtet, erschien sie verächtlich. Er konnte nicht die Spur einer Erregung in sich entdecken, und das Endergebnis dieses aufregenden Vorfalls war, daß er, unbemerkt und abseits von der lärmenden Schülerschar, insgeheim frohlockte, neubestärkt in seiner Gier nach Abenteuern und im Bewußtsein vielseitigen Muts.

Zweites Kapitel

Nach zweijähriger Ausbildung ging er zur See, und als er in die Regionen eintrat, die seiner Phantasie so vertraut waren, fand er sie seltsam leer und unfruchtbar an Abenteuern. Er machte viele Seereisen. Er lernte die zauberhafte Eintönigkeit des Daseins zwischen Himmel und Wasser kennen; er hatte die Kritik der Menschen, die Anforderungen des Meeres und die prosaische Strenge des Tagewerks zu ertragen, das einem wohl Brot gibt – dessen einziger wirklicher Lohn aber in der vollkommenen Liebe zur Arbeit besteht. Dieser Lohn blieb aus. Dennoch konnte Jim nicht zurück, weil es nichts gibt, was verlockender ist, was mehr enttäuscht und zum Sklaven macht als das Leben zur See. überdies waren seine Aussichten gut. Er hatte gute Manieren, war zuverlässig, umgänglich und war sich in hohem Grade seiner Verantwortlichkeit bewußt; und in noch recht jungen Jahren wurde er Erster Offizier auf einem großen Schiff, ohne daß er sich je vorher bei Vorfällen bewährt hätte, die erst den inneren Wert eines Mannes, seinen wahren Kern und Halt, bei Tageslicht zeigen und nicht bloß vor andern, sondern auch vor dem eigenen Selbst den Grad der Widerstandskraft und die geheime Berechtigung des Eigendünkels dartun. Nur ein einziges Mal in der ganzen Zeit hatte er wieder einen flüchtigen Eindruck von dem Ernst, der im

Zürnen des Meeres waltet. Diese Wahrheit wird einem nicht so häufig offenbar, wie man leichthin glauben möchte. Die Gefahren der Abenteuer und Stürme sind reich an Schattierungen, und nur ab und zu erscheint auf dem Antlitz der Ereignisse jener schicksalsvolle Zug gewaltsamer Absicht, jenes unbeschreibliche Etwas, das dem Menschen die Überzeugung aufzwingt, es läge in der Verkettung der Zufälligkeiten, dem Rasen der Elemente etwas Bösartiges, das auf ihn abziele, um mit einer Wucht ohnegleichen, einer maßlosen Grausamkeit alles Hoffen und Bangen, jedes Sehnen und Wünschen aus seinem Herzen zu tilgen; alles, was er gekannt, geliebt, genossen oder gehaßt hat, was unschätzbar und notwendig ist – den Sonnenschein, die Erinnerungen, die Zukunft—, zu zerschmettern, zu zerstören, auszulöschen; einfach dadurch, daß es ihm das Leben nimmt, diese ganze kostbare Welt seinen Augen zu entrücken.

Jim, der zu Anfang einer Woche, von der sein schottischer Kapitän späterhin immer sagte: „Mensch, es ist mir ganz unbegreiflich, wie wir da durchgekommen sind!" von einer herunterfallenden Spiere dienstunfähig gemacht worden war, verbrachte viele Tage auf dem Rücken ausgestreckt, betäubt, zerschlagen, mutlos und gepeinigt, wie in einen Abgrund der Unrast versunken. Das Ende kümmerte ihn nicht, und in seinen klaren Augenblicken überschätzte er seine Gleichgültigkeit. Die Gefahr hat, wenn man sie nicht mit Augen sieht, die ganze Unbestimmtheit des menschlichen Gedankens. Die Furcht wird wesenlos; und die Phantasie, die Erzeugerin aller Schrecknisse und den Menschen feind, sinkt, wenn sie nicht wachgehalten wird, in der Öde zusammen, die die Erschöpfung verbreitet. Jim sah nichts als die Unordnung in seiner durchgeschüttelten Kabine. Er lag da, eingeschient, inmitten des Durcheinanders seiner engen Umgebung, und war insgeheim froh, daß er nicht auf Deck zu gehen brauchte. Aber zuweilen schnürte ihn ein unerklärliches Angstgefühl zusammen, daß er nach Luft schnappte und sich unter seinen Decken hin und her wälzte; und dann erfüllte ihn die sinnlose Qual, die ihm diese Vergewaltigung verursachte, mit dem verzweifelten Wunsch, um jeden Preis zu entkommen. Endlich kam wieder schönes Wetter, und er dachte nicht mehr daran.

Seine Lahmheit dauerte jedoch fort, und als das Schiff einen Hafen des Ostens anlief, mußte er sich in ein Hospital begeben. Seine Genesung ging langsam vonstatten, und er wurde zurückgelassen.

Außer ihm waren nur noch zwei Kranke in dem Spital für Weiße: der Zahlmeister eines Kanonenboots, der eine Lukenleiter hinuntergefallen war und sich dabei den Fuß gebrochen hatte, und eine Art Eisenbahnunternehmer aus einer benachbarten Provinz, der von einer geheimnisvollen Tropenkrankheit befallen war, den Doktor für einen Esel hielt und hinter dessen Rücken Geheimmittel nahm, die sein tamilischer Diener ihm mit unermüdlicher Ergebenheit verschaffte. Sie erzählten sich gegenseitig ihre Lebensgeschichten, spielten ein bißchen Karten oder lagen gähnend und in Pyjamas den Tag über im Lehnstuhl, ohne ein Wort zu reden. Das Spital stand auf einem Hügel, und eine sanfte Brise, die durch das stets weitgeöffnete Fenster hereinwehte, trug den milden Glanz des Himmels, die schmachtende Trägheit der Erde, den bestrickenden Hauch der Gewässer des Orients in den kahlen Raum. Da waren Wohlgerüche, die der Seele ein Gefühl unbegrenzten Ausruhens gaben, sie in endlose Träumereien einspannen. Jim blickte Tag für Tag über die dichten Gebüsche der Gärten jenseits der Dächer der Stadt, über die Palmenwedel am Ufer hinweg auf die Reede, die eine Durchfahrt zum Osten bildet – die Reede mit ihren grünumrankten, von Sonnenschein strahlenden Inselchen, ihren kleinen, spielzeugartigen Schiffen, ihrer glitzernden Bewegtheit, die einem Festtagsaufzug glich, in der ewigen Bläue des morgenländischen Himmels und dem lächelnden Frieden der morgenländischen Meere, die, so weit das Auge reichte, den Raum beherrschten.

Sobald er ohne Stock gehen konnte, machte er sich in die Stadt auf, um ein Schiff nach der Heimat zu erkunden. Es war gerade keines da, und während des Wartens verkehrte er natürlich mit seinen Berufsgenossen im Hafen. Die waren von zweierlei Art. Die einen, gering an Zahl und nur selten zu sehen, führten ein geheimnisvolles Dasein, hatten sich eine ungeschwächte Tatkraft, das rasche Temperament von Freibeutern bewahrt und die Augen von Träumern. Sie schienen in einem wirren Durcheinander von Plänen, Hoffnungen, Gefahren und Unternehmungen zu leben, in den dunklen Schlupfwinkeln der See, abseits der Zivilisation, und ihr Tod war das einzige Ereignis ihres phantastischen Daseins, dessen Eintreffen mit einiger Bestimmtheit anzunehmen war. Die meisten waren, gleich ihm, durch irgendein Mißgeschick dorthin verschlagen worden und dann als Offiziere von Küstenfahrern dort geblieben. Sie hatten nun ein Grauen vor dem heimischen Dienst mit seinen härteren Bedingungen, seiner strengeren Pflichtauffassung und den Fährnissen der stürmischen See. Sie waren auf den ewigen Frieden des morgenländischen Himmels und Meeres gestimmt. Sie liebten kurze Fahrten, bequeme Deckstühle, zahlreiche Mannschaften von Eingeborenen und den Genuß des Vorzugs, der weißen Rasse anzugehören. Sie schauderten bei dem Gedanken an schwere Arbeit, wollten lieber ein leichtes, wenn auch unsicheres Leben führen, immer auf dem Sprung, entlassen zu werden; dienten Chinesen, Arabern, Mischlingen und hätten dem Teufel gedient, wenn er ihnen das Leben leicht gemacht hätte. Sie sprachen unaufhörlich von Glückszufällen: wie der und der das Kommando auf einem chinesischen Küstenfahrer bekommen hätte – eine feine Sache; wie jener irgendwo in Japan einen leichten Posten habe und ein anderer sein gutes Fortkommen in der siamesischen Marine fände; und in allem, was sie sagten, in ihren Handlungen, ihren Blicken, ihrer Erscheinung entdeckte man die weiche Stelle, den faulen Fleck, das Bemühen, sich ohne Anstrengung und Gefahr durchs Leben hindurchzuwinden.

Jim fand diese Schar von Schwatzbrüdern anfangs, wenn er sie als Seeleute betrachtete, so wesenlos wie Schatten. Mit der Zeit aber fand er etwas Anziehendes im Anblick dieser Männer, denen es bei so geringem Aufwand an Mut und Kraft doch anscheinend so gut ging. Allmählich kam neben der ursprünglichen Verachtung ein anderes Gefühl hoch; und plötzlich gab er den Plan, nach Hause zurückzukehren, auf und nahm einen Posten als Erster Offizier der *Patna* an.

Die *Patna* war ein Lokaldampfer, so alt wie die Berge, so dürr wie ein Windhund und so rostzerfressen wie ein ausgemusterter Wassertank. Sie gehörte einem Chinesen, war von einem Araber gechartert und von einem Deutschen aus Neusüdwales, einer Art Überläufer, befehligt, der sehr darauf erpicht war, sein Geburtsland öffentlich zu verfluchen, dabei aber, wahrscheinlich kraft Bismarcks siegreicher Politik, gegen alle, die er nicht fürchtete, den Herrn herauskehrte und eine Berserkermiene zur Schau trug zugleich mit einer purpurroten Nase und einem roten Schnurrbart. Nachdem die *Patna* außen frisch bemalt und innen weiß getüncht worden war, bekam sie ungefähr achthundert Pilger (es können mehr oder weniger gewesen sein) an Bord, während sie schnaubend an einem hölzernen Landungssteg lag.

Sie strömten über drei Laufplanken an Bord, strömten herein, getrieben vom Glauben und der Hoffnung aufs Paradies, strömten herein mit dem ununterbrochenen Trappeln und Schlurren ihrer bloßen Füße, ohne ein Wort, ein Gemurmel oder einen Rückblick, und verbreiteten sich, als das abschließende Geländer weggenommen war, über das ganze Deck, fluteten nach vorn und achtern, überfluteten die gähnenden Niedergänge, füllten die inneren Schlupfwinkel des Schiffs – wie Wasser eine Zisterne füllt, wie Wasser, das in alle Spalten und Risse dringt, wie Wasser, das lautlos bis zu Deckhöhe steigt.

Achthundert Männer und Frauen mit ihrem Glauben und ihren Hoffnungen, ihrer Liebe und ihren Erinnerungen hatten sich da gesammelt, zusammengeweht aus Nord und Süd und von den äußersten Grenzen des Ostens; nachdem sie durch die Dschungel gewatet, die Flüsse herunter, in Praus das Flachwasser der Küsten entlang gefahren, in kleinen Borkenkähnen von Insel zu Insel übergesetzt, durch Leiden hindurchgegangen waren, seltsame Schauspiele erblickt und seltsame Schrecken durchlebt hatten, von einer einzigen Sehnsucht aufrechterhalten. Sie kamen aus einzelstehenden Hütten in der Wildnis, aus volkreichen malaiischen Ansiedlungen, aus Dörfern am Meer. Dem Ruf einer Idee folgend, hatten sie ihre Wälder, ihre Lichtungen, den Schutz ihrer Herrscher, ihren Wohlstand, ihre Armut, die Welt ihrer Jugend und die Gräber ihrer Väter verlassen. Sie kamen mit Staub, Schweiß, Schmutz bedeckt, die starken Männer an der Spitze von Familienverbänden, die hageren Alten vorwärtsdrängend, ohne Hoffnung auf Wiederkehr; Knaben mit furchtlosen Augen, die neugierig um sich blickten; scheue kleine Mädchen mit zerzaustem langem Haar; schüchterne, eingemummte Frauen, die ihre schlafenden Säuglinge, die unbewußten Pilger eines gebieterischen Glaubens, in die schmutzigen Enden ihrer Kopftücher eingewickelt, an ihrer Brust hielten.

„Da, sehen Sie sich das Viehzeug an!“ sagte der deutsche Kapitän zu seinem neuen Ersten Offizier.

Ein Araber, der Anführer dieser frommen Pilgerfahrt, kam zuletzt. Er schritt langsam an Bord, schön und ernst in seinem weißen Gewand und dem großen Turban. Ein Rudel Diener, mit seinem Gepäck beladen, folgte; die Patna machte los und stieß vom Landungssteg ab.

Sie nahm ihren Kurs auf zwei kleine Inselchen, kreuzte den Ankergrund einiger Segelschiffe, beschrieb einen Halbkreis im Schatten eines Vorgebirges und fuhr dann dicht an einer Kette schaumbedeckter Riffe entlang. Der Araber erhob sich achtern und sprach laut das Gebet der Reisenden auf See. Er erflehte die Gnade des Höchsten für diese Reise, seinen Segen für die harte Fron der Menschen und ihre geheimen Ziele. Der Dampfer durchpflügte in der Dämmerung schwerfällig das stille Wasser der Meerenge; und weit achteraus schien ein Leuchtfeuer, das Ungläubige an einer gefährlichen Untiefe errichtet hatten, mit seinem Flammenauge dem Pilgerschiff zuzuzwinkern, als wollte es der frommen Reise spotten.

Das Schiff lief aus der Meerenge hinaus, kreuzte die Bai und hielt geradewegs auf das Rote Meer zu, unter einem heiteren, wolkenlosen, sengenden Himmel, in eine Sonnenglut gehüllt, die jeden Gedanken tötete, sich schwer aufs Herz legte, jede Regung von Kraft und Tatfreude erstickte. Und unter dem tödlichen Glanz dieses Himmels blieb die See blau, tief und still, ohne Regung, ohne ein Wellchen – dickflüssig, stockend, ohne Leben. Die Patna fuhr mit leisem Zischen über die glatte, glänzende Fläche, entrollte am Himmel ein schwarzes Band von Rauch und hinterließ auf dem Wasser ein weißes Band von Schaum, das sofort wieder verging, wie das Phantom einer Spur, auf leblosem Meer von dem Phantom eines Dampfers gezogen. Jeden Morgen tauchte die Sonne mit ihrer stumm ausbrechenden Lichtflut genau an derselben Stelle hinter dem Schiff empor, als wollte sie in ihrer Reise mit der Pilgerfahrt Schritt halten; stand am Mittag über dem Schiff und schüttete das gesammelte Feuer ihrer Strahlen auf die frommen Vorsätze der Menschen aus, glitt im Niedergehen daran vorbei und sank Abend für Abend geheimnisvoll ins Meer, immer in der gleichen Entfernung von dem vorwärtsstrebenden Bug. Die fünf Weißen lebten an Bord mittschiffs, von der Menschenfracht abgeschlossen. Das Sonnensegel breitete ein weißes Dach über das Deck vom Vorder- zum Hintersteven, und nur ein schwaches Gesumm, ein leises Gemurmel verriet das Dasein einer Volksmenge auf der weiten Glutfläche des Ozeans. So schwanden die Tage, still, glühend, schwer, einer nach dem andern in die Vergangenheit, wie von einem immer offenen Abgrund im Kielwasser des Schiffs verschlungen. Und das Schiff zog, schwarz und qualmend, unentwegt seine Bahn, ausgedörrt von den Flammen, mit denen ein erbarmungsloser Himmel es geißelte.

Drittes Kapitel

Eine wunderbare Stille lag über der Welt, und die Sterne schienen mit der Klarheit ihrer Strahlen die Gewähr ewiger Sicherheit über die Erde auszubreiten. Der junge, aufwärts gebogene Mond stand tief im Westen und schien der leichte Abfall von einer Goldstange; das Arabische Meer, glatt und kühl wie eine Eisfläche anzusehen, dehnte seine gewaltige Ebene dem gewaltigen Kreisrund eines dunklen Horizonts entgegen. Die Schraube drehte sich ohne Hemmnis, als hätte jeder ihrer Schläge zum System eines sicheren Weltgebäudes gehört; und zwei tiefe Wasserfalten zu beiden Seiten der Patna, die sich dunkel und bleibend von dem furchenlosen Glanz abhoben, schlossen in ihre geraden, waagerechten Kämme ein paar weiße, leis zischende Schaumwirbel ein, ein leichtes Gekräusel, ein paar Wellchen, die noch eine Weile die Fläche bewegten, nachdem das Schiff vorübergezogen war, sanft plätschernd auseinanderliefen und dann wieder in das stille Rund von Wasser und Himmel übergingen, in dessen Mittelpunkt der schwarze Fleck des Schiffsrumpfs sich vorwärtsbewegte. Jim auf der Kommandobrücke war von dem großen Gefühl unbegrenzter Sicherheit und dem Frieden durchdrungen, den das ruhige Antlitz der Natur gewährte, wie man die Gewißheit zärtlicher Liebe aus den Zügen einer Mutter empfängt. Unter dem Zeltdach schliefen, der Weisheit und dem Mut der Weißen anheimgegeben und der Macht ihres Unglaubens und dem eisernen Gehäuse ihres Feuerschiffs vertrauend, die Pilger eines anspruchsvollen Glaubens auf Matten, auf Decken, auf bloßen Brettern, auf jedem Deck, in allen dunklen Winkeln, eingehüllt in farbige Tücher, in schmutzige Lumpen gewickelt, den Kopf auf kleine Bündel, das Gesicht auf den eingebogenen Vorderarm gedrückt: die Männer, Frauen, Kinder; die Alten mit den Jungen, die Altersschwachen mit den Rüstigen – sie alle gleich vor dem Schlaf, dem Bruder des Todes.

Ein Luftzug, von dem eilenden Schiff zurückgefächelt, wehte beständig durch die Dunkelheit zwischen dem hohen Schanzkleid, fuhr über die Reihen der hingestreckten Leiber; ein paar trüb brennende Kugellampen waren hie und da an den Stützen kurz aufgehängt, und in den undeutlichen Lichtkreisen, die herniederfielen und in der stetigen Bewegung des Schiffes mitzitterten, tauchten ein aufwärts gerichtetes Kinn auf, zwei geschlossene Augenlider, eine dunkle Hand mit Silberringen, ein magerer Arm, in zerrissenes Zeug gehüllt, ein zurückgebogener Kopf, ein nackter Fuß, eine bloße Kehle, die sich hinstreckte, als böte sie sich dem Messer dar. Die Wohlhabenderen hatten ihre Familien mit einem Gehege von schweren Kisten und staubigen Matten umgeben; die Armen lagen Seite an Seite und hatten alles, was sie auf Erden besaßen, in ein Bündel unter ihrem Kopf zusammengeschnürt; die einsamen alten Männer schliefen mit hochgezogenen Beinen auf ihren Gebetteppichen, die Hände auf den Ohren und die Ellbogen zu beiden Seiten des Gesichts, ein Vater schlummerte in verkrümmter Haltung neben einem Knaben mit zerzaustem Haar, der auf dem Rücken lag und einen Arm gebieterisch ausgestreckt hielt; eine Frau, von Kopf bis Fuß in ein weißes Laken gehüllt wie ein Leichnam, hatte ein nacktes Kind auf jedem Arm; hinter der Habe des Arabers, die wie ein aufgeworfener Erdhügel hochgetürmt dastand, mit einer Schiffslaterne obenauf, wurden allerhand undeutliche Umrisse sichtbar: Reflexe von bauchigen Messingkannen, die Fußbank eines Deckstuhls, Speerblätter, die gerade Scheide eines alten Schwerts gegen einen Haufen Kissen gelehnt, die Schnauze einer zinnernen Kaffeekanne. Das Log achtern gab jedesmal ein Klingelzeichen, wenn das Schiff eine Meile auf seiner Pilgerfahrt zurückgelegt hatte, über den schlafenden Haufen hin schwebte von Zeit zu Zeit ein schwacher, geduldiger Seufzer, das Aufatmen aus einem angstvollen Traum; und aus dem untern Schiffsraum drangen ab und zu harte, klirrende Töne, das schrille Scharren einer Schaufel, das heftige Zuschlagen einer Feuertür, als hätten die Menschen, die da unten mit den geheimnisvollen Dingen umgingen, das Herz voll finsterer Wut gehabt, und derweil glitt das schlanke, hohe Schiff ruhig voran, zerteilte das Wasser ohne das leiseste Schwanken seiner Masten, unter dem makellos klaren Himmel.

Jim ging auf und ab, und in der weiten Stille hallten ihm seine Schritte aufdringlich ins Ohr; sein Blick, der bis an die Grenzlinie des Horizonts schweifte, schien vorwitzig ins Unergründliche dringen zu wollen, sah aber den Schatten des kommenden Ereignisses nicht. – Der einzige Schatten auf dem Meere war der des schwarzen Rauchs, dessen endloses Banner aus dem Schornstein des Dampfers flatterte und sich beständig in der Luft auflöste. Zwei Malaien bedienten ohne Laut und fast ohne eine Bewegung das Ruder, jeder an einer Seite des Rades, dessen Messingrand in dem Lichtschein aus dem Kompaßhaus aufblitzte. Hin und wieder tauchte im Hellen eine Hand mit schwarzen Fingern auf, die die kreisenden Speichen faßte und wieder losließ; die Glieder der Steuerkette knirschten schwer in den Hohlkehlen der Trommel. Jim sah nach dem Kompaß, sah in die grenzenlose Weite und streckte und rekelte sich in einem Gefühl äußersten Wohlbehagens, bis seine Gelenke knackten; angesichts des unerschütterlichen Friedens fühlte er eine Verwegenheit, als kümmerte ihn nichts, was ihm bis ans Ende seiner Tage zustoßen konnte. Von Zeit zu Zeit warf er einen müßigen Blick auf eine Karte, die mit vier Reißnägeln auf einem niederen, dreibeinigen Tisch hinter dem Verschlag des Steuergeräts befestigt war. Der Bogen Papier, der die Meerestiefen angab, lag im Schein einer Blendlaterne, die an einer Seitenstütze angebunden war, gleich glatt und eben da wie die schimmernde Wasserfläche. Parallellineale mit einem Teilzirkel lagen darauf; die Position des Schiffs am Mittag des vorigen Tages war mit einem kleinen schwarzen Kreuz bezeichnet, und die bis Perim gezogene gerade Bleistiftlinie deutete den Kurs des Schiffs an – den Pfad der Seelen nach dem heiligen Ort, dem Versprechen des Heils, dem Lohn des ewigen Lebens –, während der Bleistift, rund und regungslos wie eine Schiffsspiere, die in einem stillen Hafenbecken treibt, mit seiner Spitze die Somaliküste berührte. Wie gleichmäßig es fährt, dachte Jim staunend, mit etwas wie Dankbarkeit für diesen großen Frieden von Himmel und Meer. Zu solchen Zeiten waren seine Gedanken ganz bei herzhaften Taten: er liebte diese Träume und das Gelingen seiner eingebildeten Handlungen. Sie waren das Beste vom Leben, seine geheime Wahrheit, seine verborgene Wirklichkeit. Sie waren ungeheuer mannhaft, hatten den Reiz des Ungewissen und zogen mit heroischem Glanz an ihm vorüber; sie nahmen seine Seele mit sich fort und berauschten sie mit dem Trank schrankenlosen Selbstvertrauens. Es gab nichts, dem er nicht Trotz geboten hätte. Er lächelte wohlgefällig bei diesem Gedanken, indem er den Blick achtlos voraus gerichtet hielt; und wenn er zufällig zurückblickte, sah er den weißen Strich des Kielwassers, den der Kiel auf dem Wasser ebenso geradlinig zog, wie ihn der Bleistift auf der Karte gezogen hatte.

Die Ascheneimer rasselten in den Heizraumventilatoren auf und nieder, und dies Geklapper mahnte ihn, daß seine Wache zu Ende ging. Er seufzte vor Befriedigung, in die sich das Bedauern mischte, sich von dieser vollkommenen Klarheit trennen zu müssen, die den abenteuerlichen Flug seiner Gedanken begünstigt hatte. Gleichzeitig war er ein wenig schläfrig und fühlte eine wohlige Mattigkeit in den Gliedern, als hätte sich alles Blut in seinen Adern in lauwarme Milch verwandelt. Sein Kapitän war im Pyjama und seiner weitoffenen Schlafjacke geräuschlos heraufgekommen. Hochrot im Gesicht und noch ganz schlaftrunken, das linke Auge eingekniffen, das rechte blöd und glasig starrend, beugte er seinen großen Kopf über die Karte und kratzte schläfrig seine Rippen. Es war etwas Obszönes in dem Anblick seines nackten Fleisches. Seine bloße Brust glänzte weich und ölig, als hätte er im Schlaf sein ganzes Fett ausgeschwitzt. Er machte eine berufliche Bemerkung, mit harter, tonloser Stimme, die klang, wie wenn eine Säge durch Holz fährt; die Falte seines Doppelkinnes hing wie ein aufgebundener Sack unter seiner Kinnlade. Jim fuhr in die Höhe, und seine Antwort war voll Ehrerbietung; aber die widerlich fleischige Gestalt—als hätte er sie in diesem überwachen Augenblick zum erstenmal gesehen – prägte sich seiner Erinnerung als der Inbegriff alles Gemeinen und Niedrigen ein, das in der Welt lauert, die wir lieben: in unseren eigenen Herzen, auf die wir unser Heil bauen, in den Menschen unserer Umgebung, in allem, was unser Auge sieht, unser Ohr hört, und in der Luft, die unsere Lungen atmen. Das dünne goldene Stückchen Mond war sacht hinabgeglitten und hatte sich auf der verdunkelten Oberfläche des Wassers verloren; und als wäre die Unendlichkeit jenseits des Himmels der Erde näher gekommen, bedeckte die halb durchsichtige Kuppel mit dem erhöhten Glanz ihrer Sterne und dem tieferen Glanz ihres Dunkels die undurchsichtige, flache Scheibe des Meeres. Das Schiff glitt so ebenmäßig dahin, daß seine Vorwärtsbewegung den Sinnen kaum wahrnehmbar war; wie ein im dunklen Ätherraum hinter dem Schwärm der Sonnen dahinschwebender Planet, der in der entsetzlichen Einsamkeit auf den Hauch künftiger Schöpfungen wartet.

„Heiß ist kein Wort für da unten", sagte eine Stimme.

Jim lächelte, ohne sich umzublicken. Der Kapitän bot seine breite Rückseite bewegungslos dar: es war der Trick dieses Überläufers, daß er einen geflissentlich übersah, bis es ihm genehm war, sich einem mit durchdringendem Blick zuzuwenden und dann erst einen Strom geifernder Schmähreden loszulassen, die wie ein Guß aus einem Abzugskanal hervorbrachen. Diesmal gab er nur ein übellauniges Grunzen von sich. Der Zweite Maschinist, der oben auf der Brückentreppe stand und mit feuchten Händen einen schmutzigen Schweißlappen knetete, setzte, nicht im mindesten aus der Fassung gebracht, seine Klagen fort. Die Matrosen hatten ein schönes Leben hier oben, und der Teufel sollte ihn holen, wenn er einsehen könnte, wozu sie eigentlich nutz wären. Die armen Teufel von Maschinisten müßten dafür sorgen, daß das Schiff weiterkäme, und sie könnten alles übrige auch noch tun, wenn's drauf ankäme, weiß der Teufel – – „Maul halten!" knurrte der Deutsche patzig. – „Jawohl! Maul halten! Und wenn irgendwas nicht klappt, dann fallen sie über uns her, nicht wahr?" fuhr der andere fort. Er sei mehr als nur halb gesotten, könne er sagen; es sei ihm jetzt ganz egal, wieviel er sündige, denn in diesen letzten drei Tagen habe er einen feinen Vorbereitungskurs für den Ort durchgemacht, wo die Bösen hinkommen, wenn sie abdampfen – zum Teufel, ja –, überdies sei er von dem verdammten Eimergerassel da unten beinahe taub geworden. Die verfluchte, elende alte Dampfmaschine poltere und klappere da unten wie eine alte rostige Deckwinde, nur noch weit schlimmer; und warum er jeden Tag und jede Nacht, die Gott werden ließ, in dem Rumpelkasten, der sich mit siebenundfünfzig Umdrehungen hinschleppe, sein Leben riskiere, könne er nicht sagen. Er müsse wohl tollkühn geboren sein. Teufel, ja, er... „Wer gab dir zu trinken?" forschte der Deutsche, sehr wütend, blieb aber reglos stehen, wie ein aus einem Fettklumpen geschnitztes Standbild. Jim lächelte immer noch dem zurückweichenden Horizont zu; sein Herz war voll großmütiger Regungen, und er bedachte die eigene Überlegenheit. „Zu trinken!" wiederholte der Maschinist mit freundlichem Hohn: er hielt sich mit beiden Händen an der Reling, eine schattengleiche Gestalt mit kautschukartigen Beinen. „Sie nicht, Kapitän. Sie sind viel zu knauserig, weiß der Teufel. Sie würden einen armen Mann lieber krepieren lassen, als daß Sie ihm einen Tropfen Schnaps gäben. Das ist's, was ihr Deutschen Sparsamkeit nennt. Um Pfennige knausert ihr, und einen Taler werft ihr weg." Er wurde sentimental. Der Obermaschinist habe ihm um zehn Uhr einen Schluck Ale gegeben – „nicht mehr, bei Gott!" –, die gute alte Haut; aber den alten Heuchler aus seinem Bettkasten herauszukriegen, das bringe kein Fünf-Tonnen-Kran zuwege. Wahrhaftig nicht. Heut nacht einmal nicht. Er schlafe sanft wie ein kleines Kind mit einer Flasche prima Branntwein unter seinem Kopfkissen. Aus der dicken Kehle des Befehlshabers der Patna ließ sich ein dumpfes Rollen vernehmen, in dessen Abstufungen von hoch zu tief das Wort „Schwein" tanzte, wie eine Feder in einem launischen Luftzug. Er und der Obermaschinist waren durch lange Jahre Gefährten gewesen, in Diensten des gleichen jovialen, pfiffigen alten Chinesen, der eine Hornbrille trug und in seinen ehrwürdigen grauen Zopf rote Seidensträhnen eingeflochten hatte. Es war kein Geheimnis in dem Heimathafen der Patna, daß diese beiden, was das „In-die-eigene-Tasche-Wirtschaften" angeht, einfach vor nichts zurückgeschreckt waren. Äußerlich waren sie sich sehr unähnlich: der eine glotzäugig, mißgünstig, mit weichen, fleischigen Linien; der andere hager, überall hohl, mit einem langen, knochigen Gesicht, wie ein alter Pferdekopf, mit eingefallenen Backen, eingefallenen Schläfen und leerem, glasigem Blick der eingefallenen Augen. Er war da irgendwo im Osten gestrandet – in Kanton, Schanghai oder, kann sein, in Yokohama; wahrscheinlich lag ihm nichts daran, sich an die genaue Örtlichkeit oder an die Ursache seines Schiffbruchs zu erinnern. Er war vor etlichen zwanzig Jahren, aus Rücksicht auf seine Jugend, ohne viel Aufsehen aus seinem Schiff hinausgeworfen worden, und es muß schlimm um ihn bestellt gewesen sein, da sich diese Episode in seinem Gedächtnis kaum als ein Unglück darstellte. Da es gerade die Zeit war, wo in jenen Meeren die Dampfschiffahrt zunahm und Männer seines Kalibers zunächst selten waren, so hatte er gewissermaßen „Glück gehabt". Er war stets bereit, Fremde mit düsterem Gebrumme wissen zu lassen, daß er „hier draußen ein alter Praktikus" sei. Wenn er sich bewegte, so meinte man, ein Skelett schwanke in Kleidern einher. Sein Gang war unstet, und er pflegte mit der albernen Wichtigkeit eines Denkers, der aus einem armseligen Gedankenfetzchen ein philosophisches System entwickelt, um das Oberlicht des Maschinenraums herumzuwandern und dabei aus einem messingnen Pfeifenkopf, der am Ende eines vier Fuß langen Stiels aus Kirschholz steckte, opiumgetränkten Tabak zu rauchen. Er war für gewöhnlich alles eher als freigebig mit seinem Privatvorrat an Getränken; aber an diesem Abend war er seinen Grundsätzen untreu geworden, so daß sein Gehilfe, ein geistesschwaches Kind des Ostends von London, durch die unerwartete Behandlung sowohl wie durch die Stärke des Stoffs sehr glücklich, herausfordernd und redselig geworden war. Die Wut des Deutschen aus Neusüdwales war ungeheuer; er schnaufte wie ein Dampfablaßrohr, und Jim, den diese Szene nur wenig belustigte, war ungeduldig, hinunterzukommen: die letzten zehn Minuten der Wache waren aufreizend wie eine Flinte, die nicht losgeht; diese Männer gehörten nicht zu der Welt heroischer Abenteuer; sie waren zwar nicht allzu schlimm. Selbst der Kapitän ... Ein Ekel überkam ihn vor diesem keuchenden Fleischkoloß, aus dem sich ein gurgelndes Gepolter, ein Sturzbach unflätiger Ausdrücke ergoß; doch war er zu angenehm müde, um dies oder sonst etwas ausdrücklich abzulehnen. Es tat gar nichts zur Sache, wie diese Männer wirklich waren; er hielt Kameradschaft mit ihnen, doch sie kamen ihm nicht nahe, er atmete die gleiche Luft mit ihnen, doch er war anders... Würde der Kapitän den Maschinisten anpacken?... Das Leben war leicht, und er war seiner selbst viel zu sicher – viel zu sicher, um... Die Linie, die seine Gedanken noch von einem verstohlenen Einschlafen im Stehen trennte, war dünner als der Faden eines Spinngewebes.

Der Zweite Maschinist kam nun in leichten Übergängen zu der Betrachtung seiner Finanzen und seines Mutes.

„Wer ist betrunken? Ich? O nein, nein, Kapitän! Wo denken Sie hin? Das könnten Sie doch schon wissen, daß der Erste nicht soviel hergibt, um einen Spatzen betrunken zu machen, zum Teufel ja. Mir hat das Trinken in meinem ganzen Leben noch nichts geschadet. Das Zeug ist noch nicht gebraut, das mich betrunken machen könnte. Ich könnte flüssiges Feuer trinken anstatt eures Whisky, kübelweise, und kühl bleiben wie eine Gurke. Wenn ich mich für betrunken halten müßte, dann würde ich über Bord springen – wie ich dastehe, beim Teufel ja. Wahrhaftig! Schnurstracks! Und ich gehe nicht weg von der Brücke. Wo soll ich denn Luft schnappen, in einer Nacht wie dieser, was? Auf Deck, unter all dem Geschmeiß da unten? Jawohl – da können Sie lange warten! Und ich fürchte mich nicht die Bohne vor Ihnen.“

Der Deutsche hob zwei schwere Fäuste zum Himmel und schüttelte sie ein wenig, ohne ein Wort.

„Ich weiß nicht, was Furcht ist“, fuhr der andere mit der Inbrunst wahrer Überzeugung fort. „Ich fürchte mich nicht davor, all die verdammte Arbeit in diesem morschen Kasten zu tun, weiß der Teufel! Und Sie können sich freuen, daß da in der Welt ein paar von uns herumlaufen, denen nicht bange um ihr Leben ist, was sollten Sie sonst anfangen – Sie und dies alte Ding mit seinen Platten wie Packpapier – wie Packpapier, hol' mich der Teufel? Sie können lachen – Sie kommen auf Ihre Kosten, so oder so. Aber ich, was bekomme ich? Schäbige hundertfünfzig Dollar im Monat, und Prost die Mahlzeit. Ich möchte Sie respektvoll fragen – wohlverstanden, respektvoll: wer möchte sich so ein verfluchtes Stück Arbeit nicht vom Halse schaffen? 's ist nicht geheuer, sag' ich Ihnen, nicht geheuer! Aber ich bin einer von den furchtlosen Kerlen..."

Er ließ die Reling los und fuchtelte mit weitausgreifenden Gesten in der Luft herum, als ob er damit die Form und Ausdehnung seiner Tapferkeit veranschaulichen wollte; seine dünne Stimme überschlug sich in langgezogenen Quietschtönen, er wiegte sich auf den Zehen vor- und rückwärts, um seiner Rede mehr Nachdruck zu verleihen, und plötzlich schlug er mit dem Kopfe voran der Länge nach hin, als ob ihn jemand von hinten mit einer Keule niedergeschlagen hätte. Er sagte „Verflucht!" während er umfiel. Ein Moment des Schweigens folgte seinem Geschrei. Jim und der Kapitän schwankten beide zugleich nach vorn und standen dann, sich aufraffend, sehr steif und ruhig da, den erstaunten Blick auf die unbewegte Fläche des Wassers gerichtet. Dann sahen sie zu den Sternen empor. Was war geschehen? Das schnaubende Stampfen der Maschine dauerte fort. War die Erde in ihrem Lauf gehemmt worden? Sie konnten nicht begreifen; und plötzlich erschienen das ruhige Meer, der wolkenlose Himmel fürchterlich unsicher in ihrer Unbeweglichkeit, hinter der das Grauen der Zerstörung lag. Der Maschinist schnellte senkrecht zu voller Länge empor und sank wieder in ein kümmerliches Häuflein zusammen. Dieses Häuflein sagte: „Was ist das?" in den erstickten Lauten tiefer Bekümmernis. Ein schwaches Geräusch wie von unendlich fernem Donner, weniger als ein Ton, kaum mehr als ein Zittern, zog langsam vorbei, und das Schiff erbebte als Antwort, als wäre das Donnergrollen tief unter Wasser erklungen. Die Augen der beiden Malaien am Rade glänzten zu den Weißen auf, aber ihre dunklen Hände blieben um die Speichen geschlossen. Der rasch dahingleitende Schiffskörper schien sich der Länge nach um ein paar Zoll über das Wasser zu erheben, als wäre er biegsam geworden, und machte sich dann wieder an seine Arbeit, die glatte Wasserfläche zu spalten. Sein Beben hörte auf, und der schwache Donner verstummte plötzlich, als wäre das Schiff über einen schmalen Streifen vibrierenden Wassers und schwingender Luft gefahren.

Viertes Kapitel

Als Jim etwa einen Monat später, da man ihm mit spitzen Fragen hart auf den Leib rückte, sich bemühte, über diese Begebenheit die strikte Wahrheit zu berichten, sagte er von dem Schiff: „Was das Ding auch gewesen sein mag – die Patna fuhr so leicht darüber weg, wie eine Schlange über einen Stock kriecht." Die Erklärung war gut. Die Fragen zielten auf bestimmte Tatsachen, und die amtliche Untersuchung wurde auf dem Polizeibüro eines morgenländischen Hafens abgehalten. Jim stand hoch aufgerichtet, mit brennenden Backen, in der Zeugenbank, in einem kühlen, hohen Raum. Die großen Fächer der Punkahs bewegten sich sachte hoch über seinem Kopf, und von unten waren viele Augen aus dunklen, aus weißen, aus roten Gesichtern mit gespannter Aufmerksamkeit auf ihn gerichtet, als hätte alle diese Leute, die auf engen Bänken in geordneten Reihen da saßen, der Klang seiner Stimme im Bann gehalten. Diese Stimme war sehr laut und gellte hart in seinen eigenen Ohren, er hörte nichts anderes als sie allein, denn die furchtbar eindringlichen Fragen, die ihm Antworten erpreßten, schienen sich unter Angst und Qualen in seiner eigenen Brust zu bilden – bohrten sich scharf in ihn hinein wie die Fragen des eigenen Gewissens. Draußen der glühende Sonnenbrand – drinnen der Wind der großen Punkahs, der einem ein Frösteln über den Leib jagte, die brennende Scham, die Blicke, die einen durchbohrten. Das kalte, glattrasierte Gesicht des Vorsitzenden erschien totenbleich zwischen den roten Gesichtern der beiden nautischen Beisitzer. Aus einem breiten Fenster unter der Decke fiel das Licht auf die Köpfe und Schultern der drei Männer, hob sie mit beklemmender Deutlichkeit aus dem Helldunkel des Gerichtssaals hervor, dessen Auditorium aus gaffenden Schatten zu bestehen schien. Sie wollten den Tatbestand wissen. Den Tatbestand! Sie fragten ihn nach dem Tatbestand, als hätte der irgend etwas erklären können.

„Nachdem Sie nun zu dem Schluß gekommen waren, daß Sie mit etwas unter Wasser, sagen wir mit einem auf seiner Ladung treibenden Wrack zusammengestoßen waren, erhielten Sie von Ihrem Kapitän den Befehl, nach vorne zu gehen und sich zu vergewissern, ob das Schiff einen Schaden erlitten habe. Hielten Sie dies nach der Stärke des Stoßes für wahrscheinlich?" fragte der Beisitzer zur Linken. Er hatte einen dünnen, hufeisenförmigen Bart, vorstehende Backenknochen; die Ellenbogen aufgestützt, die wetterharten Hände vors Gesicht gedrückt, blickte er Jim aus nachdenklichen blauen Augen an; der andere, ein massiger, verächtlich dreinschauender Mann, saß, den linken Arm lang ausgestreckt, in seinem Stuhl zurückgelehnt und trommelte sacht mit den Fingerspitzen auf einer Schreibunterlage; in der Mitte hielt der Vorsitzende, aufrecht in seinem breiten Lehnstuhl und mit seitwärts geneigtem Kopf, die Arme über der Brust gekreuzt. Neben seinem Tintenfaß stand eine gläserne Vase mit ein paar Blumen.

„Nein", sagte Jim. „Mir war befohlen, niemand zu rufen und keinen Lärm zu machen, damit keine Panik entstünde. Ich fand diese Vorsicht richtig. Ich nahm eine der Lampen, die unter dem Sonnensegel hingen, und ging nach vorn, Als ich die Vorderstevenluke öffnete, hörte ich da drin ein Plätschern. Ich ließ die Lampe an ihrem Bändsel ganz hinunter und sah, daß der Vordersteven schon mehr als zur Hälfte voll Wasser war. Nun war mir klar, daß unter der Wasserlinie ein großes Leck sein mußte." Er hielt inne.

„Ja", sagte der dicke Beisitzer, mit einem träumerischen Lächeln gegen die Schreibunterlage; seine Finger spielten unaufhörlich lautlos auf dem Papier.

„Ich dachte dabei noch nicht an Gefahr. Ich war wohl ein wenig erschrocken; es war alles so ruhig und so sehr plötzlich geschehen. Ich wußte, daß kein anderes Schott in dem Schiff war außer dem Kollisionsschott, das den Vordersteven vom Vorderraum trennte. Ich ging zurück, um dem Kapitän Meldung zu machen. Ich stieß auf den Zweiten Maschinisten, der sich am Fuß der Brückentreppe aufrichtete: er schien verstört und sagte, er glaube, sein linker Arm sei gebrochen; er war, während ich vorn war, beim Heruntersteigen auf der obersten Stufe ausgerutscht. Er rief aus: ›Mein Gott! das elende Schott wird im nächsten Augenblick nachgeben, und dann sinkt das alte Ding unter uns wie ein Klumpen Blei.‹ Er stieß mich mit seinem rechten Arm weg und kletterte vor mir schreiend die Leiter hinauf; sein linker Arm hing an der Seite herunter. Ich kam rechtzeitig hinauf, um zu sehen, wie sich der Kapitän auf ihn stürzte und ihn flach auf den Rücken warf. Er schlug ihn nicht zum zweitenmal: er stand über ihn gebeugt und sprach zornig, aber ganz leise. Wahrscheinlich fragte er ihn, warum zum Teufel er nicht die Maschine abstellte, anstatt auf Deck ein solches Geschrei zu machen. Ich hörte, wie er sagte: ›Stehn Sie auf! Laufen Sie, fliegen Sie!‹ Er fluchte auch. Der Maschinist glitt die Steuerbordleiter hinunter und rannte um das Oberlicht herum zum Maschinenraum-Niedergang, der sich an Backbord befand. Er stöhnte laut, während er lief...",

Er sprach langsam; er erinnerte sich mühelos und außerordentlich genau; er hätte zur besseren Belehrung dieser Männer, die Tatsachen wissen wollten, das

Stöhnen des Maschinisten nachmachen können. Nach seinem ersten Gefühl der Auflehnung war er zu der Ansicht gekommen, daß nur eine peinlich genaue Darlegung des Tatbestandes das Grauenvolle, das sich hinter der furchtbaren Außenseite der Dinge barg, an den Tag bringen konnte. Die Tatsachen, auf die diese Männer so erpicht schienen, waren sichtbar, fühlbar, den Sinnen wahrnehmbar gewesen, hatten ihren Platz in Zeit und Raum innegehabt, zu ihrer Verwirklichung einen Vierzehnhundert-Tonnen-Dampfer und siebenundzwanzig Minuten nach der Uhr gebraucht; sie bildeten ein Ganzes, das ein Gesicht hatte, ein Gesicht mit sorgfältig wechselndem Ausdruck, das man sich vor Augen rufen konnte, mit noch etwas, einem Unsichtbaren, das darin hauste, wie eine schwarze Seele in einem wüsten Leib. Er war eifrig bemüht, dies klarzustellen. Dies war kein gewöhnliches Vorkommnis, alles darin war von äußerster Wichtigkeit, und glücklicherweise erinnerte er sich an alles. Er hatte das Bedürfnis, weiterzureden, um der Wahrheit willen, vielleicht auch um seiner selbst willen; und während er sich bedachtsam äußerte, schossen seine Gedanken hartnäckig rundherum in dem geschlossenen Zirkel von Tatsachen, die sich um ihn aufgerichtet hatten und ihn von allen übrigen seiner Gattung abschnitten; er war wie einer, der hinter einem hohen Eisengitter gefangen sitzt und in der Nacht verzweifelt hin und her rennt, einen schwachen Punkt, eine Lücke zu entdecken sucht, ein Fleckchen, wo er hinüberklettern, eine Öffnung, durch die er sich durchzwängen und entrinnen könnte. Diese fürchterliche innere Spannung ließ ihn manchmal in seiner Rede zaudern...

„Der Kapitän ging immer noch auf der Brücke hin und her; er schien ziemlich ruhig, nur stolperte er mehrmals, und einmal, als ich zu ihm sprach, rannte er gegen mich an, als wäre er stockblind gewesen. Er gab keine bestimmte Antwort auf das, was ich ihm sagte. Er murmelte in sich hinein; alles, was ich davon vernahm, waren ein paar Worte, die so klangen wie ›verfluchter Dampf!‹ und ›höllischer Dampf!‹ – irgend etwas von Dampf. Ich glaubte...“,

Er fing an, Belangloses zu sagen. Eine Frage zur Sache schnitt seine Rede ab wie ein plötzlicher körperlicher Schmerz, und es überkam ihn eine hoffnungslose Verzagtheit. Er wollte noch dies und jenes erwähnen – doch nun, mitten im Zug aufgehalten, mußte er mit Ja und Nein antworten. Er antwortete wahrheitsgemäß mit einem kurzen „Ja, das tat ich“,. Und wie er so dastand, hoch aufgerichtet, mit seiner kräftigen Gestalt, den gefälligen Gesichtszügen und den jungen, finster blickenden Augen, wand sich seine Seele in ihm vor Pein. Er hatte noch eine andere Frage zur Sache, die ebenso gleichgültig war, zu beantworten, dann wartete er wieder. Seine Zunge war ausgedorrt, als ob er Staub gegessen hätte, hernach hatte er einen salzigen, bitteren Geschmack im Munde wie nach einem Trunk Seewasser. Er wischte sich den Schweiß von der Stirn, fuhr mit der Zunge über die trockenen Lippen und fühlte einen Schauer den Rücken hinunterlaufen. Der dicke Beisitzer hatte die Augen geschlossen und trommelte lautlos weiter, unablässig und mit düsterer Miene; die Augen des andern schienen über den sonnverbrannten, geschlossenen Händen vor Wohlwollen zu leuchten; der Richter hatte sich vorgebeugt und sein blasses Gesicht den Blumen genähert; dann neigte er sich seitlich gegen die Armlehne seines Stuhls und stützte die Schläfe in die Handfläche. Der Wind von den Fächern wehte um die Köpfe, um die dunklen, von weiten Schals umwundenen der Eingeborenen, um die der dicht nebeneinander sitzenden, mit enganliegenden Drellanzügen bekleideten, sehr erhitzten Europäer, die ihre Korkhelme auf den Knien hielten; während die eingeborenen Polizeidiener in langen weißen, bis oben zugeknöpften Kitteln an der Mauer entlang glitten, barfuß, mit roten Schärpen, den roten Turban auf dem Kopf, hurtig hin und her flitzten, geräuschlos wie Geister und immer auf dem Sprung wie Apportierhunde.

Jims Augen, die in den Pausen zwischen seinen Antworten umherirrten, blieben an einem Weißen haften, der von den andern abseits saß; er sah düster und verhärmt aus, doch seine Augen blickten ruhig, klar und voll Anteilnahme geradeaus. Jim beantwortete eine andere Frage und konnte sich kaum enthalten auszurufen: „Was soll das alles, um Gottes willen!" Er stampfte leicht mit dem Fuß auf, nagte an der Lippe und sah über die Köpfe weg. Er begegnete den Augen des Weißen. Der Blick, der sich auf ihn richtete, war verschieden von dem gierigen Anstarren der andern. Eine verständnisvolle Anteilnahme sprach daraus. Zwischen zwei Fragen vergaß sich Jim so weit, einem Gedanken Raum zu geben. Dieser Mensch – so fuhr es ihm durch den Sinn – sieht mich an, als ob er jemand oder etwas über meine Schulter weg entdeckte. Er war diesem Menschen schon begegnet – vielleicht auf der Straße. Er wußte bestimmt, daß er nie mit ihm gesprochen hatte. Seit Tagen, seit vielen Tagen hatte er mit niemand gesprochen, sondern hatte, wie ein Gefangener in seiner Zelle oder ein in der Wildnis verlorener Wanderer, endlose, stumme, unzusammenhängende Selbstgespräche geführt. Nunmehr beantwortete er Fragen, auf die es nicht ankam, obwohl sie einen Zweck hatten; doch er zweifelte, ob er jemals wieder in seinem Leben freiheraus sprechen würde. Der Ton seiner eigenen, der Wahrheit entsprechenden Aussagen bestätigte ihm seine Erkenntnis, daß Reden fürderhin keinen Wert für ihn habe. Jener Mann dort schien seine hoffnungslose Lage zu begreifen. Jim richtete seinen Blick auf ihn und wandte sich dann, wie nach einem Abschied, entschlossen weg.

Und späterhin, in entfernten Ländern, zeigte sich Marlow oft geneigt, sich Jims zu erinnern, ausführlich, mit allen Einzelheiten und vernehmlich.

Es konnte vielleicht einmal nach Tisch geschehen, auf einer in regloses Laubwerk gehüllten und mit Blumen umrankten Veranda, wo die brennenden Zigarren Lichtpunkte in der tiefen Dämmerung bildeten. Der längliche Sitz jedes Korbstuhls beherbergte einen schweigsamen Gast. Hie und da bewegte sich unversehens ein Glühpünktchen und beleuchtete die Finger einer lässigen Hand, einen Teil eines entspannten Gesichts; oder es warf einen roten Schein über ein Paar nachdenkliche, von sanft gewölbter Stirn beschattete Augen, und mit dem ersten gesprochenen Wort wurde Marlows behaglich ausgestreckte Gestalt sehr still, als wäre sein Geist entflohenen Zeiten nachgeeilt und spräche nun aus seinem Munde von der Vergangenheit.

Fünftes Kapitel

O ja! Ich wohnte der Untersuchung bei, pflegte er zu sagen, und bis auf den heutigen Tag habe ich nicht aufgehört mich zu wundern, warum ich hinging. Ich bin geneigt zu glauben, daß jeder von uns einen Schutzengel hat, wenn ihr mir zugeben wollt, daß jeder desgleichen einen Teufel hat. Ich brauche eure Zustimmung, weil ich mich nicht als Ausnahme betrachten mag und weil ich weiß, daß ich ihn habe – den Teufel nämlich. Ich habe ihn allerdings nicht gesehen, doch habe ich schlüssige Beweise für sein Dasein. Er ist ganz fraglos da, und da er boshaft ist, verlockt er mich zu solchen Sachen. Zu was für Sachen, fragt ihr? Nun, eben zu so was wie diese Untersuchung, wie diese Geschichte mit dem gelben Hund... Oder würdet ihr es für möglich halten, daß ein räudiger Eingeborenenköter imstande sein sollte, Leute in der Veranda eines Gerichtsgebäudes aneinanderzubringen? Na, also – auf allerlei krummen, unerwarteten, wahrhaft diabolischen Wegen weiß er es zu deichseln, daß ich gegen gewisse Subjekte anrenne, die eine weiche, oder eine harte, oder auch eine faule Stelle haben, beim Henker! löst ihnen die Zunge bei meinem Anblick, daß sie sich mir anvertrauen, als ob ich mir nicht selber genug anzuvertrauen hätte, als wüßte ich nicht – Gott helfe mir! – über mich selbst Dinge genug, daß ich bis ans Ende meiner Tage genug haben könnte. Und was habe ich bloß getan, möchte ich gerne wissen, daß man mich so auszeichnet? Ich erkläre, daß ich so voll von meinen eigenen Angelegenheiten bin wie irgendwer und daß mein Gedächtnis nicht schlechter ist als das jedes Durchschnittspilgers in diesem Jammertal – und demnach eigne ich mich nicht besonders dazu, Beichtgeheimnisse zu empfangen. Warum also? Ich kann's nicht sagen, es sei denn, um die Zeit nach Tisch vertreiben zu können. Charley, mein Lieber, dein Diner war glänzend, und die Folge davon ist, daß diese Männer einen stillen Robber für eine anstrengende Sache halten. Sie rekeln sich in deinen guten Stühlen und denken bei sich selbst: ›Zum Teufel mit allen Anstrengungen. Lassen wir diesen Marlow reden!‹

Reden! Gut denn. Es spricht sich leicht genug von Junker Jim, nach einer ausgesuchten Mahlzeit, zweihundert Fuß überm Meer, mit einer Kiste annehmbarer Zigarren zur Seite, an einem himmlisch kühlen, sternklaren Abend wie diesem, der auch die Besten unter uns vergessen machen kann, daß wir nur zum Leiden da sind und uns im Dunkel durch dieses Jammertal tasten müssen, immer auf der Hut, daß uns keine kostbare Minute entgehe und wir keinen Fehltritt tun, damit wir uns so einigermaßen anständig durchstümpern – mit verdammt wenig Aussicht auf Hilfe von den Nachbarn zur Rechten und zur Linken. Allerdings gibt es überall Menschen, für die das ganze Leben nur so eine behagliche Verdauungsstunde mit einer Zigarre ist; leicht, angenehm, leer, vielleicht noch von einer spannenden Erzählung belebt, die man vergißt, bevor das Ende erzählt ist – bevor das Ende erzählt ist, wenn sie zufällig überhaupt ein Ende haben sollte.

Meine Augen begegneten den seinen zum erstenmal während dieser Untersuchung. Ihr müßt wissen, daß jeder, der irgend mit der See zu tun hatte, da war, denn die Geschichte war seit Tagen bekannt, seit das geheimnisvolle Kabeltelegramm aus Aden eingetroffen war, das unser aller Zungen in Bewegung gesetzt hatte. Ich sage geheimnisvoll, denn das war es in einem gewissen Sinne, obgleich es eine nackte Tatsache enthielt, so nackt und widerwärtig, wie eine Tatsache nur sein kann. An der ganzen Küste sprach man von nichts anderm. Das erste, was ich am Morgen durch das Schott hörte, wenn ich mich in meiner Schlafkabine ankleidete, war das Geplapper meines Parsen-Dolmetschers mit dem Steward über die Patna, während er mit besonderer Erlaubnis in der Bottlerei eine Tasse Tee trank. Kaum war ich an Land, so traf ich schon Bekannte, deren erstes Wort war: „Haben Sie jemals etwas Ähnliches gehört?“ – und je nachdem lächelten sie dabei zynisch oder sahen traurig aus oder machten sich mit einem Fluch Luft. Völlig Fremde redeten einander vertraulich an, bloß um sich über diese Sache auszusprechen: jeder versoffene Landstreicher in der Stadt wußte ein langes und breites zu erzählen; man hörte im Hafenkontor davon sprechen, bei jedem Schiffsmakler, beim Agenten, von Weißen, von Eingeborenen, von Mischlingen, ja von den Bootsleuten, die halbnackt auf den Steintreppen kauerten, wenn man hinaufstieg – wahrhaftig! Es gab Entrüstung, Späße und endlose Diskussionen darüber, was aus ihnen geworden sein mochte. Dies ging eine Weile so fort, und die Meinung, daß das Geheimnisvolle in der Sache sich zugleich als sehr tragisch erweisen würde, begann vorzuherrschen, als ich eines schönen Morgens, während ich im Schatten neben den Stufen stand, die zum Hafenkontor führten, am Kai vier Männer auf mich zukommen sah. Ich wunderte mich zuerst, wo diese sonderbare Gesellschaft herkommen mochte, und plötzlich schrie ich mir sozusagen zu: „Da sind sie!“,

Da waren sie, ohne Frage, drei von ihnen lebensgroß und einer von größerem Leibesumfang, als er einem Menschen erlaubt sein sollte, eben von einem ausreisenden Dampfer der Dale Line, der eine Stunde nach Sonnenaufgang angelegt hatte, an Land gekommen, mit einem kräftigen Frühstück im Leibe. Es konnte keinen Irrtum geben; ich erkannte den famosen Kapitän der Patna auf den ersten Blick: Der fetteste Mann unter dem gesegneten tropischen Himmel, der diese gute alte Erde umgibt, überdies war ich ihm vor etwa neun Monaten in Samarang begegnet. Sein Dampfer nahm in der Reede Ladung ein. Er schimpfte auf die tyrannischen Einrichtungen des Deutschen Reiches, und in De Jonghs Hinterladen schlug er sich Tag für Tag den Bauch mit Bier voll, bis De Jongh, der, ohne mit der Wimper zu zucken, für jede Flasche einen holländischen Gulden nahm, mich beiseite winkte und, sein kleines ledernes Gesicht ganz in Falten ziehend, mir im Vertrauen erklärte: „Geschäft ist Geschäft, aber dieser Mann, Kapitän, machen mir ganz übel, Pfui!“,

Vom Schatten aus sah ich zu ihm hin. Er eilte ein wenig voraus, und in dem grellen Sonnenlicht trat sein Bauch in erschreckender Weise hervor. Er gemahnte mich an ein gezähmtes Elefantenbaby, das auf den Hinterbeinen geht. Er war in fürchterlicher Verfassung – in einem schmutzigen Schlafanzug, grellgrün mit tief orangefarbenen Querstreifen, mit zerlumpten Strohpantoffeln an den nackten Füßen und einem von irgendwem abgelegten Korkhelm, der sehr schmutzig und um zwei Nummern zu klein für ihn war und den er mit einer

Manilaleine oben auf seinem Kopf festgebunden hatte. Es läßt sich denken, daß ein solcher Mann, wenn er gezwungen ist, sich Kleider zu borgen, kein großes Glück damit hat. Gut also. In brennender Eile, ohne einen Blick rechts oder links, kommt er dahergerast und stürzt dann dicht an mir vorbei und in der Unschuld seines Herzens die Treppe zum Hafenamt hinauf, um seine Aussage zu machen oder seinen Rapport, oder wie man es sonst nennen will.

Wie es scheint, wendete er sich zunächst an den ersten Heuerbas. Archie Ruthvel war gerade gekommen und wollte, wie es von ihm heißt, seinen anstrengenden Tag eben mit einem Rüffel an seinen ersten Schreiber beginnen. Einige von euch mögen ihn gekannt haben – er war ein zuvorkommender, kleiner portugiesischer Mischling, mit einem jämmerlich dürren Hals, der immer darauf aus war, von den Schiffern etwas Eßbares zu kriegen – ein Stück gepökeltes Schweinefleisch, eine Tüte Zwieback, ein paar Kartoffeln oder sonst was. Auf einer Reise, erinnere ich mich, gab ich ihm ein lebendiges Schaf aus meinem übriggebliebenen Seevorrat: ich wollte mir nicht etwa seine Dienste kaufen – er hätte mir nicht viel nützen können –, doch sein kindlicher Glaube an das heilige Recht auf Nebeneinkünfte rührte mich. Der war stark genug, um fast schön zu sein. Die Rasse – die zwei Rassen vielmehr – und das Klima... nun, ist ja gleichgültig. Ich weiß jedenfalls, wo ich einen Freund fürs Leben habe.

Ruthvel also sagt, daß er dem Schreiber eben eine ernste Strafpredigt hielt – über amtliche Moral, nehme ich an –, als er in seinem Rücken etwas wie einen gedämpften Aufruhr hörte; und als er sich umwandte, sah er, nach seinen eigenen Worten, etwas Ungeheures, Rundes, das einem in gestreiften Flanell gehüllten Acht-Meterzentner-Ballen Zucker glich und inmitten der großen Amtsstube stand. Er sagt, er sei so verdutzt gewesen, daß er eine ganze Weile nicht begriff, daß das Ding lebendig sei, und sich wunderte, auf welche Weise und zu welchem Zweck es gerade vor sein Pult zu stehen gekommen sei. Der Bogengang des Vorzimmers war voll mit Punkahziehern, Straßenkehrern, Gerichtsdienern, mit Bootsführern und der Mannschaft der Hafendampfbarkasse, die sich die Hälse ausreckten und sich gegenseitig beinahe auf den Rücken kletterten. Es war ein richtiger Auflauf. Mittlerweile war es dem Kerl gelungen, seinen Helm vom Kopf zu zerren, und er schritt mit leichten Verbeugungen auf Ruthvel zu, den der Anblick, wie er mir sagte, so aus der Fassung brachte, daß er eine Weile zuhörte, ohne sich erklären zu können, was die Erscheinung wollte. Der Fremde sprach mit kläglicher, tonloser Stimme, doch unerschrocken, und nach und nach dämmerte es in Archie, daß dies eine

Darlegung der Patna-Geschichte war. Er sagt, daß ihm, sobald er begriffen, wen er vor sich hatte, ganz schlimm wurde – Archie ist so sensitiv und erregbar –, daß er sich aber zusammengenommen und geschrien habe: „Hören Sie auf, ich kann Sie nicht anhören! Sie müssen zum Hafenkapitän gehen! Ich kann Sie absolut nicht anhören. Kapitän Elliot ist der Mann, den Sie sprechen müssen. Hier hinaus, hier hinaus." Er sprang auf, rannte um den langen Tisch herum, zog, schob; der andere, überrascht anfangs, doch gehorsam, wehrte sich nicht, und erst an der Tür des Privatkontors sträubte er sich und schnaubte in einer Art tierischen Instinkts, wie ein erschreckter Stier. „Da sieh mal her! Was denn? Lassen Sie mich zufrieden! Ei, da sieh her!" Archie riß die Tür auf, ohne anzuklopfen. „Der Kapitän von der Patna, Herr!" rief er. „Gehen Sie hinein, Kapitän!" Er sah, wie der alte Mann den Kopf von einem Schriftstück erhob, mit einer so heftigen Bewegung, daß ihm der Zwicker von der Nase fiel; dann schlug er die Türe zu und floh zu seinem Pult zurück, wo eine Menge Papiere auf seine Unterschrift warteten: aber er sagte, der Lärm, der da drinnen entstand, sei so schrecklich gewesen, daß er seine Gedanken nicht so weit habe zusammenhalten können, um sich an seinen eigenen Namen richtig zu erinnern. Archie ist der sensitivste Hafenbeamte in den beiden Hemisphären. Ihm war zumute, als hätte er einem hungrigen Löwen einen Menschen vorgeworfen. Der Lärm war zweifellos gewaltig. Ich hörte ihn bis hinunter, und ich bin sicher, man hörte ihn über die Esplanade weg bis zur Musikkapelle. Der alte Vater Elliot hatte einen großen Wortvorrat und konnte schreien – und es kam ihm auch nicht darauf an, mit wem er schrie. Er pflegte zu mir zu sagen: „Ich bin so hoch, wie ich kommen kann; meine Pension ist gesichert. Ich habe mir ein paar Pfund erspart, und wenn ihnen meine Begriffe von Pflicht nicht passen, so gehe ich ebenso gern in die Heimat. Ich bin ein alter Mann und habe immer die Wahrheit gesagt. Meine größte Sorge ist, daß sich meine Töchter noch vor meinem Tode verheiraten." Er war ein bißchen närrisch in diesem Punkt. Seine Töchter waren riesig nett, obwohl sie ihm auffallend glichen; und an den Tagen, da er mit einem ungünstigen Urteil über ihre Heiratsaussichten erwacht war, lasen es ihm seine Beamten an den Augen ab und zitterten, denn, so sagten sie, er würde sicher jemand zum Frühstück verschlingen wollen. Nun, verschlungen hat er den Überläufer an jenem Morgen nicht, aber, um bei der Metapher zu bleiben, sozusagen kleingekaut und – wieder ausgespien.

So sah ich denn nach ein paar Minuten seinen riesenhaften Wanst sich eilig die Treppe herunterbewegen und auf den äußeren Stufen stehenbleiben. Er hatte, zum Zweck tiefen Nachdenkens, dicht neben mir haltgemacht. Seine dicken, blauroten Backen zitterten. Er nagte seinen Daumen und streifte mich nach einer Weile mit einem ärgerlichen Seitenblick. Die andern drei Burschen, die mit ihm gelandet waren, standen in einiger Entfernung zusammen und warteten. Da war ein blasser, gewöhnlicher kleiner Kerl mit einem Arm in der Schlinge und ein ellenlanger Bursche, trocken wie ein Span und dürr wie ein Besenstiel, mit hängendem grauem Schnurrbart, in einem blauen Flanellkittel; er blickte mit einer blöden Munterkeit um sich. Der dritte war ein hochgewachsener, breitschultriger junger Mann, mit den Händen in der Tasche, der den beiden andern, die sich ernsthaft zu unterhalten schienen, den Rücken kehrte. Er starrte auf die leere Esplanade. Ein wackeliger, staubbedeckter Mietswagen mit Glasfenstern hielt gerade gegenüber der Gruppe an, der Kutscher zog seinen rechten Fuß auf das linke Knie herauf und überließ sich einer kritischen Untersuchung seiner Zehen. Der junge Bursche stand wie angewurzelt, ohne nur den Kopf zu bewegen, da und starrte in die Sonne. Dies war meine erste Begegnung mit Jim. Er sah so unbekümmert und unnahbar aus, wie dies nur in der Jugend möglich ist. Frisch, reinlich, fest auf den Beinen, schien er ein so hoffnungsvoller Junge, wie nur einer unter der Sonne; und wie ich mir nun alles vergegenwärtigte, was ich von ihm wußte, empfand ich einen solchen Groll gegen ihn, als hätte ich ihn bei dem Versuch ertappt, mich durch falsche Behauptungen zu prellen. Er hatte kein Recht, so gesund auszusehn. Ich dachte bei mir – nun, wenn so einer sich so weit vergessen kann... und dabei hätte ich aus purem Zorn meinen Hut hinschmeißen und darauf tanzen mögen, wie ich es einmal den Kapitän einer italienischen Bark habe tun sehn, weil sein Tölpel von Maat in einer Reede voll von Schiffen mit den Vertäuankern nicht zurechtkam. Ich fragte mich, da ich ihn scheinbar so guter Dinge sah: ist er dumm? Ist er gefühllos? – Er schien im Begriff, sich eins zu pfeifen. Und ihr müßt wissen, daß mich das Betragen der beiden andern keinen Deut kümmerte. Ihre Persönlichkeiten entsprachen ungefähr der Geschichte, die im Umlauf war und die der Gegenstand einer amtlichen Untersuchung werden sollte. „Dieser verrückte alte Esel da oben nannte mich einen Hund“, sagte der Kapitän der Patna. Ich kann nicht sagen, ob er mich erkannte – ich glaube, ja; jedenfalls trafen sich unsere Blicke. Er glotzte – ich lächelte; Hund war das mildeste Epitheton, das ich durch das offene Fenster gehört hatte. „So?“ sagte ich, aus einer sonderbaren Unfähigkeit, den Mund zu halten. Er nickte, nagte an seinem Daumen und murmelte einen leisen Fluch. Dann hob er den Kopf und sah mich mit trotziger, wilder Herausforderung an: „Bah! Der Stille Ozean ist groß, mein

Freund. Ihr verdammten Engländer mögt machen, was ihr wollt; ich weiß, wo ein Mann wie ich an seinem Platz ist. Ich bin bekannt in Apia, in Honolulu, in..." Er hielt nachdenklich inne, während ich mir ohne Mühe die Leute ausmalen konnte, mit denen er an jenen Orten bekannt war. Ich will kein Hehl daraus machen, daß auch ich mit etlichen von der Sorte bekannt war. Es gibt Zeiten, wo man so tun muß, als ob einem das Leben in jeglicher Gesellschaft gleich angenehm wäre. Ich habe eine solche Zeit gekannt, und es fällt mir gar nicht ein, nachträglich über diese Zwangslage ein Gesicht zu ziehen, denn ein gut Teil dieser schlechten Gesellschaft war aus Mangel an moralischer – wie soll ich sagen? – an moralischer Haltung oder aus sonst einem triftigen Grund doppelt so belehrend und zwanzigmal lustiger als der gewöhnliche achtbare Geschäftsgauner, den ihr, ohne eigentliche Notwendigkeit, nur so aus Gewohnheit, Feigheit, Gutmütigkeit und hundert ähnlichen niedrigen und belanglosen Gründen, an euren Tisch bittet.

„Ihr Engländer seid alle Gauner", fuhr mein patriotischer Flensburger oder Stettiner Australier fort. Ich entsinne mich wirklich nicht, welch ehrsamer kleiner Hafenplatz an der Ostsee es sich zur Unehre rechnen mußte, das Nest dieses seltenen Vogels gewesen zu sein. „Was habt ihr zu schreien? Ihr wollt mir was sagen? Ihr seid nicht besser als andre Leute, und der alte Schuft hat mir einen verfluchten Krach gemacht." Sein massiger Körper zitterte auf den Beinen, die zwei Säulen schienen; zitterte von Kopf bis zu Fuß. „Das ist immer so die Art von euch Engländern, wegen jeder Kleinigkeit einen verfluchten Krach zu machen, – weil ich nicht in eurem verfluchten Land geboren bin. Mir das Patent nehmen. Nehmt's euch. Ich brauch' kein Patent. Ein Mann wie ich braucht euer verfluchtes Patent nicht. Ich spuck' drauf!" Er spuckte. „Ich will amerikanischer Bürger werden", schrie er, vor Wut schäumend und schnaubend und mit den Füßen scharrend, als hätte er seine Knöchel von einer unsichtbaren und geheimnisvollen Umklammerung zu befreien, die ihn nicht vom Fleck lassen wollte. Er brachte sich in eine solche Hitze, daß sein kugelrunder Schädel buchstäblich rauchte. Nichts Geheimnisvolles hinderte mich, den Platz zu verlassen: Neugierde ist das deutlichste der Gefühle, und sie hielt mich dort fest, um die Wirkung der vollen Wahrheit auf den jungen Mann zu beobachten, der, mit den Händen in den Taschen und mit dem Rücken zum Bürgersteig, über die Rasenplätze der Esplanade weg zu dem gelben Portikus des Malabar-Hotels hinübersah – ganz wie ein Mann, der einen Spaziergang machen wird, sobald sein Freund fertig ist. So sah er aus, und es war schmählich. Ich wartete darauf, ihn überwältigt, niedergeschmettert, im Innersten getroffen, wie einen aufgespießten Käfer sich krümmend zu sehen – und fürchtete doch auch wiederum, ihn so zu sehen, wenn ihr versteht, was ich meine. Nichts Schrecklicheres, als einen Menschen zu sehen, der ertappt worden ist, nicht auf einem Verbrechen, sondern auf einer mehr als verbrecherischen Schwäche. Die gewöhnlichste Art von Stärke hält uns davon ab, vor dem Gesetz zu Verbrechern zu werden; aber vor der unbekannten, vielleicht nur vermuteten Schwäche – so wie man in einigen Teilen der Welt in jedem Gebüsch eine todbringende Schlange vermuten muß—, vor der Schwäche, die verborgen, bewacht oder unbewacht, durch Gebet niedergehalten oder mannhaft verachtet, unterdrückt oder vielleicht mehr als ein halbes Leben lang gar nicht erkannt sein mag – vor der ist keiner von uns sicher. Wir werden verleitet, Dinge zu tun, um derentwillen man uns Schimpfnamen anhängt, Dinge, um die wir gehenkt werden – und doch kann der Geist das alles überleben – die Verurteilung überleben, den Strick überleben, bei Gott! Aber es gibt Dinge – und sie sehen oft geringfügig genug aus –, durch die manche von uns völlig und von Grund auf vernichtet werden. Ich betrachtete mir den jungen Burschen dort. Ich mochte sein Aussehen; ich kannte sein Aussehen; er kam vom rechten Ort; er war einer von uns. Er war ein echter Abkömmling seiner Art, einer Reihe von Männern und Frauen, die keineswegs als besonders klug oder interessant gelten mochten, deren innerste Lebensmöglichkeit aber auf ehrlichem Glauben und wurzelechtem Mut beruhte. Ich meine nicht militärischen Mut oder bürgerlichen Mut oder irgendeine besondere Art von Mut. Ich meine jene angeborene Fähigkeit, Gefahren unbewegt ins Auge sehen zu können – eine nicht verstandesmäßige Bereitschaft, frei von Pose – eine Widerstandskraft, seht ihr, wenig ansprechend vielleicht, doch unschätzbar – eine rein gefühlsmäßige, gläubige Festigkeit vor inneren und äußeren Schrecken, vor der Gewalt der Natur und der verführerischen Verderbnis der Menschen – einen Glauben, der sich vor der Macht der Tatsachen so unverletzlich bewährt wie vor dem bösen Beispiel und der Versuchung der eigenen Gedanken. Zum Teufel mit den Gedanken! Landstreicher sind sie, Vagabunden, die an der Hintertür eures Geistes anklopfen, von eurem inneren Kern zehren und jeder einen Brosamen von jenem Glauben an ein paar einfache Grundbegriffe forttragen, an die man sich halten muß, wenn man anständig leben und leicht sterben will!

Dies hat nicht unmittelbar mit Jim zu tun; nur war er äußerlich ein so typischer Vertreter jenes guten, dummen Schlages, neben dem wir so gern im Leben hermarschieren, jenes Schlages, der weder von den Unberechenbarkeiten des Intellekts, noch von den Abirrungen der – sagen wir – Nerven beunruhigt wird. Er war die Art Bursche, dem man auf sein Aussehen hin ohne weiteres – bildlich und beruflich gesprochen – die Verantwortung für das Deck übertragen würde. Ich würde es tun, und ich sollte da Bescheid wissen. Hab' ich zu meiner Zeit nicht genug junge Burschen für den Dienst unter dem Union-Jack hinausgestellt, für das Handwerk zur See, das Handwerk, dessen ganzes Geheimnis in einen kurzen Satz zusammengefaßt werden könnte, der doch Tag für Tag von neuem in die jungen Köpfe eingehämmert werden muß, bis er der Hauptbestandteil jedes ihrer wachen Gedanken wird – bis er ihnen in jedem Traum ihres jungen Schlafes gegenwärtig ist! Die See ist gut zu mir gewesen; aber wenn ich an all die Jungens denke, die durch meine Hände gegangen sind – einige von ihnen sind nun schon Männer, andere längst ertrunken, doch alle waren sie gute Seeleute –, so meine ich, daß ich meine Sache auch nicht schlecht gemacht habe. Ich wette, daß, wenn ich morgen heimkehrte, noch ehe zwei Tage ins Land gingen, ein junger, sonnverbrannter Erster Offizier mich irgendwo an einem Hafentorweg einholen und eine frische, tiefe Stimme zu mir sprechen würde: „Erinnern Sie sich meiner nicht, Herr? Der kleine Soundso. Das und das Schiff. Es war meine erste Fahrt." Und ich besinne mich auf ein verlegenes, kleines Bürschchen, nicht höher als die Stuhllehne da, mit einer Mutter und etwa noch einer großen Schwester auf dem Kai, die sehr gefaßt sind, aber doch viel zu aufgeregt, um mit den Taschentüchern zu winken, wenn das Schiff zwischen den Hafendämmen hinausgleitet; oder ein achtbarer Vater mittleren Alters hat seinem Jungen schon früh am Morgen das Geleit gegeben und bleibt den ganzen Vormittag, weil er sich anscheinend für die Ankerwinde interessiert, und muß schließlich in aller Eile an Land klettern, ohne noch Lebewohl sagen zu können. Der Lotse auf der Hütte näselt mir zu: „Stoppen Sie sie noch einen Augenblick mit dem Rückhalttau, da will noch ein Herr an Land... Machen Sie, daß Sie hinauskommen, Herr. Um ein Haar hätte man Sie nach Talcahuano mitgenommen, wie? Jetzt also; nur langsam... Nun werfen Sie wieder los." Die Schlepper, die wie der Höllenpfuhl rauchen, fahren an und lassen den alten Fluß vor Wut aufschäumen; der Herr an Land streift sich den Staub von den Knien – der wohlmeinende Steward hat ihm seinen Regenschirm nachgeworfen. Es hat alles seine Richtigkeit. Er hat der See sein kleines Opfer gebracht und mag nun nach Hause gehn und so tun, als machte es ihm nichts aus; und das kleine, willige Opfer wird noch vor dem nächsten Morgen sehr seekrank werden. Allmählich, wenn er all die kleinen Kunstgriffe und das eine große Geheimnis der See gelernt hat, wird er, je nachdem wie die See es fügt, zum Leben oder zum Sterben geeignet sein, und der Mann, der zu diesem törichten Spiel, bei dem die See jeden Wurf gewinnt, seine Hand lieh, der freut sich, wenn eine schwere, junge Hand ihn in den Rücken pufft und so ein junger Seehund ihm fröhlich zuruft: „Erkennen Sie mich nicht, Herr? Der kleine Soundso."

Ich sage euch, das ist gut; es überzeugt einen, daß man wenigstens einmal in seinem Leben seine Arbeit richtig getan hat. Ich bin so auf die Schulter geschlagen worden und bin zusammengezuckt dabei, denn der Schlag war schwer, habe mich den ganzen Tag über gefreut und mich noch beim Zubettgehen weniger einsam gefühlt in der Welt, dank dem herzhaften Puff. Ob ich mich nicht an die kleinen Soundsos erinnere? Ich sage euch, ich sollte mich auf äußere Erscheinung verstehen. Ich hätte dem jungen Burschen auf den ersten Blick hin das Deck anvertraut und mich ruhig schlafen gelegt – und, bei Gott, es wäre nicht sicher gewesen. Es ist grauenvoll, dies denken zu müssen. Er sah so echt aus wie ein neuer Sovereign, aber es war ein teuflischer Zusatz in seinem Metall. Wieviel? Ganz minimal, – gerade ein Stäubchen von etwas Seltenem, Schlimmem; ein Stäubchen! – aber wie er so dastand mit seiner „Was-schert-es-mich-Miene" – da fragte man sich, ob er nicht doch vielleicht nur aus Messing sei.

Ich konnte es nicht glauben. Ich sage euch, ich hätte ihn, um der Berufsehre willen, sich in Krämpfen winden sehen mögen. Die beiden andern belanglosen Kerle erblickten ihren Kapitän und kamen langsam auf uns zu. Sie plapperten im Gehen miteinander, und sie hätten mir nicht gleichgültiger sein können, wenn sie in weitester Ferne als Punkte aufgetaucht wären. Sie grinsten einander zu – möglich, daß sie Späße tauschten. Ich sah, daß der eine von ihnen den Arm gebrochen hatte; und was den langen Kerl mit dem grauen Schnurrbart angeht, so war er der Obermaschinist und in mancher Hinsicht eine ziemlich bekannte Persönlichkeit. Der Kapitän starrte mit leblosem Ausdruck zu Boden; er schien von einer schrecklichen Krankheit, durch die geheimnisvolle Wirkung eines unbekannten Giftes etwa, zu unnatürlicher Größe aufgeschwollen. Er hob den Kopf, sah die beiden auf ihn warten, öffnete den Mund mit einer seltsam höhnischen Grimasse seines aufgedunsenen Gesichts – vermutlich, um ihnen etwas zu sagen –, und dann schien ein Gedanke in ihm aufzusteigen. Seine dicken, blauroten Lippen schlossen sich ohne einen Laut, er watschelte mit resoluten Schritten auf den Mietwagen zu und fing mit so blinder Wut an dem Türgriff zu rütteln an, daß ich meinte, er würde den ganzen Krempel mitsamt dem Pony umschmeißen. Der Kutscher, aus der Betrachtung seiner Fußsohle aufgerüttelt, klammerte sich in jähem Schreck mit beiden Händen an seinem Sitz fest und drehte den Kopf nach dem Koloß, der sich den Einlaß in seinen Wagen erzwang. Das kleine Gefährt schwankte und schaukelte bedenklich, und der rote Wulst des gesenkten Halses, der Umfang der schlotternden Schenkel, das gewaltige Schwellen des schmierigen, grün und orange gestreiften Rückens, die ganze wühlende Anstrengung der protzenden, unzüchtigen Fleischmasse trübten einem beim Hinsehen den Sinn für das Mögliche, wie die tollen und deutlichen Gesichte, die einen während eines Fiebers schrecken und fesseln. Er verschwand. Ich war darauf gefaßt, daß das Dach bersten, daß der kleine Rumpelkasten gleich einer reifen Baumwollhülse auseinanderplatzen würde – doch man hörte nur die plattgedrückten Federn krachen, und plötzlich rasselte eines der Wagenfenster nieder. Seine Schultern tauchten wieder auf, in die schmale Öffnung eingeklemmt; sein Kopf hing heraus, aufgebläht und schwankend wie ein Fesselballon, schwitzend, wütend, spuckend. Er streckte seine plumpe Faust, die wie ein Klumpen rohes Fleisch aussah, mit wüsten Drohungen gegen den Kutscher aus und schrie ihm zu, loszufahren. Wohin? Vielleicht in den Stillen Ozean. Der Kutscher schwang die Peitsche; das Pony wieherte, bäumte sich einmal und schoß dann im Galopp davon. Wohin? Nach Apia? Nach Honolulu? Er hatte einen Gürtel von sechstausend Meilen tropischer Meere als Spielraum vor sich, und ich hörte die genaue Adresse nicht. Ein wieherndes Pony entrückte ihn in einem Nu in die Ewigkeit, und ich sah ihn nie wieder; und, mehr noch, ich kenne auch niemand, der ihn je wieder zu Gesicht bekam, nachdem er in einem wackeligen kleinen Mietswagen, der in einer Staubwolke um die Ecke bog, vor meinen Augen entschwunden war. Er fuhr ab, verschwand, verflüchtigte sich, versank; und seltsamerweise sah es aus, als hätte er das Wägelchen mit fortgenommen, denn nie wieder stieß ich auf ein Rotfuchspony mit geschlitztem Ohr und einen schmachtenden tamilischen Kutscher mit einem wunden Fuß. Der Stille Ozean ist ja wirklich sehr groß; doch ob er darin nun einen Platz zur Entfaltung seiner Talente fand oder nicht, Tatsache bleibt, daß er sich wie eine Hexe auf dem Besenstiel in den Raum aufgeschwungen hatte. Der kleine Kerl mit seinem Arm in der Schlinge machte sich daran, hinter dem Wagen herzulaufen, blökend: „Kapitän! He, Kapitän! He—e—e—h—!“ Doch nach ein paar Sprüngen hielt er inne, ließ den Kopf hängen und ging langsam zurück. Bei dem lauten Gerassel der Räder drehte sich der junge Bursche auf den Hacken um. Er machte keine andere Bewegung, keine

Gebärde, kein Zeichen und blickte weiter in die neue Richtung, nachdem der Wagen längst dem Blick entschwunden war.

All dies geschah weit schneller, als ich es erzähle, denn ich bemühe mich, euch die augenblickliche Wirkung sichtbarer Eindrücke in langsamer Rede wiederzugeben. Gleich hernach tauchte der Mischlingsschreiber, den Archie herausgeschickt hatte, um nach den armen Schiffbrüchigen der Patna zu sehen, auf dem Schauplatz auf. Er kam eifrig und barhäuptig gelaufen, blickte nach rechts und nach links und war ganz erfüllt von seinem Auftrag. Dieser erwies sich als unausführbar, soweit die Hauptperson in Frage kam; doch näherte sich der Schreiber den andern mit umständlicher Wichtigtuerei und geriet sofort in einen heftigen Wortwechsel mit dem Mann, der seinen Arm in der Schlinge trug und große Lust zeigte, sich zu prügeln. Er lasse sich nicht herumkommandieren – fiele ihm gar nicht ein. Er lasse sich nicht mit einem Pack Lügen von einem frechen halbblütigen Federfuchser ins Bockshorn jagen. Er werde sich durch „nichts der Art" beikommen lassen, und wäre die Geschichte auch „noch so wahr". Er heulte seinen Wunsch, sein Begehren, seinen Entschluß, zu Bett zu gehen. „Wenn Sie nicht ein gottverlassener Portugiese wären", hörte ich ihn brüllen, „dann wüßten Sie schon lange, daß ich ins Spital gehöre." Er hielt dem andern die Faust seines gesunden Arms unter die Nase; es entstand ein Menschenauflauf; der Mischling kam in Verwirrung, doch tat er sein Bestes, um seine Würde zu wahren, und versuchte seine Absichten zu erklären. Ich ging fort, ohne das Ende abzuwarten.

Doch da ich zu der Zeit gerade einen Mann im Spital liegen hatte und mich am Tage vor der Eröffnung des Verfahrens nach ihm umsehen wollte, geriet ich in der Abteilung für Weiße an den kleinen Patron, der sich mit eingeschientem Arm auf dem Rücken hin und her wälzte und ganz irre schien. Zu meinem großen Erstaunen sah ich, daß auch der andere, der lange Bursche mit dem hängenden weißen Schnurrbart, hierhergefunden hatte. Ich erinnerte mich, daß ich während des Streits gesehen hatte, wie er sich halb trotzig, halb scheu davonmachte, offenbar stark bemüht, keine Angst zu zeigen. Er war anscheinend kein Fremder in dem Hafen und hatte also in seinem Schmerz den geraden Weg zu Marianis Billardzimmer und Schnapsladen neben dem Basar gefunden. Dieser unaussprechliche Lump Mariani, der den Mann gekannt und schon an einigen andern Plätzen seinen Lastern Vorschub geleistet, hatte, sozusagen, den Boden vor ihm geküßt und ihn in einem oberen Zimmer seiner famosen Bude mit einem großen Vorrat an Flaschen eingeschlossen. Es scheint, daß der Bursche in bezug auf seine persönliche Sicherheit unter einer unklaren Angstvorstellung gestanden und sich zu verbergen gewünscht hatte. Wie dem auch sei – Mariani erzählte mir lange hernach (als er eines Tages an Bord kam, um meinen Steward wegen einer Zigarrenrechnung zu mahnen), daß er, ohne Fragen zu stellen, auch noch mehr für ihn getan hätte – aus Dankbarkeit für eine Gefälligkeit heikler Natur, die der andre ihm vor vielen Jahren einmal erwiesen hatte –, soweit ich das ergründen konnte. Er schlug sich zweimal gegen seine stämmige Brust, ließ seine großen schwarz und weißen Augen rollen, in denen Tränen glänzten, und sagte: „Antonio niemals vergessen – Antonio niemals vergessen!" Worin diese unmoralische Verpflichtung eigentlich bestand, erfuhr ich nie; doch wie dem auch sei, dem Burschen wurde alle Möglichkeit geboten, hinter Schloß und Riegel zu bleiben, wohlversorgt mit einem Stuhl, einem Tisch, einer Matratze in einer Ecke und einer Masse abgefallenen Kalks auf dem Boden, in einem Zustand wahnwitziger Angst und unbehindert, seinem Mut mit den tonischen Mitteln aufzuhelfen, die Herr Mariani zu vergeben hatte. Dies dauerte bis zum Abend des dritten Tages, wo er sich nach ein paar wilden Schreien gezwungen sah, sich vor einer Legion von Tausendfüßlern durch die Flucht zu retten. Er sprengte die Tür, machte ums liebe Leben einen Satz über die wackelige kleine Treppe hinunter, landete buchstäblich auf Marianis Bauch, raffte sich auf und schoß wie ein Kaninchen in die Straßen hinaus. Die Polizei sammelte ihn früh am nächsten Morgen von einem Müllhaufen auf. Er hatte zuerst geglaubt, er sollte nun gehängt werden, und hatte für seine Freiheit wie ein Held gekämpft; doch als ich mich an seinem Bett niederließ, da war er zwei Tage lang ganz still gewesen. Sein hagerer, bronzefarbener Kopf mit dem weißen Schnurrbart lag fein und ruhig auf dem Kissen, nicht unähnlich dem Kopf eines im Krieg verbrauchten Soldaten mit einer Kinderseele; nur daß in dem flackernden Glanz seiner Augen eine gespenstische Furcht saß, wie ein unfaßbares Ungeheuer, das hinter einer Glasscheibe lauert. Er war so über die Maßen still, daß ich mich der törichten Hoffnung hingab, von seinem Gesichtspunkt aus über die berühmte Affäre einigen Aufschluß zu erhalten. Ich kann nicht sagen, warum ich eigentlich so darauf erpicht war, in den kläglichen Einzelheiten eines Falles zu wühlen, der mich schließlich nur insofern etwas anging, als ich ein Mitglied jener unscheinbaren, durch harte Arbeit und gewisse Ehrbegriffe geeinten Körperschaft von Männern war. Ihr mögt es ungesunde Neugierde nennen, wenn ihr wollt; doch habe ich das bestimmte Gefühl, daß ich etwas herauszufinden wünschte. Vielleicht hoffte ich im stillen, jenes Etwas zu finden, die geheime gute Absicht, eine mildernde Erklärung, den Schatten einer triftigen

Entschuldigung. Nun sehe ich wohl, daß ich das Unmögliche erhoffte – den Geist zu bannen, der der widerspenstigste in der ganzen Schöpfung des Menschen ist, den lästigen Zweifel – der wie ein Nebel aufsteigt, sich heimlich einnistet und erkältender wirkt als die Gewißheit des Todes – den Zweifel an der unbedingten Gültigkeit des bestehenden Ehrbegriffs. Er ist die gefährlichste Klippe, an die man geraten kann, er läßt heulende Panik entstehen und stille kleine Gemeinheiten; er ist der wahre Schatten des Unheils. Glaubte ich an ein Wunder? Und warum wünschte ich es so brennend? War es um meinetwillen, daß ich den Schimmer einer Entschuldigung für diesen jungen Mann zu finden hoffte, den ich nie vorher gesehen hatte, dessen bloße Erscheinung aber über die von dem Wissen um seine Schwäche ausgelösten Gefühle hinaus persönliches Mitgefühl weckte – diese Schwäche mit Geheimnis und Grauen umgab – sie als den Fingerzeig einer bösen Macht erscheinen ließ, die auf uns alle lauert, auf uns alle, deren Jugend – zu ihrer Zeit – der seinen geglichen hatte. Ich fürchte, das war der geheime Beweggrund meines Nachforschens. Ich war zweifellos auf ein Wunder aus. Das einzige, was mir nun, nach dieser langen Zeit, noch wunderbar vorkommt, ist meine Dummheit. Ich erhoffte tatsächlich von diesem klapprigen, anrüchigen Invaliden eine Beschwörungsformel gegen den Geist des Zweifels. Ich muß in einem ziemlich trostlosen Zustand gewesen sein, denn ohne Zeitverlust, nach ein paar gleichgültigen freundlichen Sätzen, die er willig, mit matter Stimme, wie irgendein gewöhnlicher, anständiger Kranker, beantwortet hatte, sprach ich das Wort Patna aus, in eine behutsame Frage gehüllt wie in Seidenflor. Ich war behutsam aus Egoismus; ich wollte ihn nicht kopfscheu machen; ich hatte keine Sorge um ihn; ich empfand weder Zorn noch Mitleid für ihn: seine Bekehrung war mir unwichtig, seine Ehrenrettung kam für mich nicht in Frage. Er war in kleinen Schändlichkeiten alt geworden und konnte weder Widerwillen noch Mitleid mehr einflößen. Er wiederholte Patna? in fragendem Ton, schien sich kurz zu besinnen und sagte: „Ach so. Ich bin ein alter Praktikus hier draußen. Ich sah sie untergehn." Ich war eben im Begriff, meiner Entrüstung über solch alberne Lüge Ausdruck zu geben, als er sanft hinzufügte: „Sie war voll Reptilien."

Dies machte mich stutzig. Was meinte er? Das unstete Schreckgespenst hinter seinen glasigen Augen schien stillzustehen und begierig in die meinen zu blicken. „Sie warfen mich während der Hundewache aus meiner Koje, um sie untergehen zu sehen", fuhr er nachdenklich fort. Seine Stimme klang mit einmal beängstigend stark. Ich bereute meine Torheit. Die weiße Flügelhaube einer

Krankenschwester war in dem Saal nirgends zu erblicken; doch in der Mitte einer langen Reihe eiserner Bettstellen setzte sich braun und hager, einen weißen Verband flott über die Stirn, das Opfer eines Schiffsunglücks in der Reede auf. Plötzlich streckte mein interessanter Kranker einen spinnendürren Arm aus und packte meine Schulter. „Nur ich konnte alles sehen. Ich bin nämlich berühmt wegen meiner Augen. Darum riefen sie mich wahrscheinlich. Kein einziger war flink genug, sie untergehen zu sehen; sie sahen nur, daß sie weg war, und dann schrien sie alle zusammen auf... – so!" Ein Wolfsgeheul ging mir durch Mark und Bein. „Oh! Sagen Sie ihm, daß er still sein soll", wimmerte der Verunglückte. „Sie glauben mir wohl nicht", fuhr der andere fort, unsagbaren Dünkel im Gesicht. „Ich sage Ihnen, solche Augen hat kein zweiter auf dieser ganzen Seite des Persischen Meerbusens. Sehen Sie unter das Bett."

Natürlich bückte ich mich sofort. Ich bin überzeugt, jeder hätte es getan. „Was können Sie sehen?" fragte er. „Nichts", sagte ich und schämte mich fürchterlich. Er maß mich mit wildem, vernichtendem Hohn. „Das kann ich mir denken", sagte er. „Aber wenn ich nachsehen wollte, ich könnte sehen – es gibt keine solchen Augen mehr wie meine, sage ich Ihnen." Wieder packte er mich und zerrte mich nieder, in seinem Eifer, sich durch eine vertrauliche Mitteilung zu erleichtern. „Millionen rosa Kröten. Es gibt keine Augen wie meine. Millionen rosa Kröten. Es ist schlimmer, als ein Schiff sinken zu sehn. Ich könnte den ganzen Tag lang sinkenden Schiffen zusehen und dabei meine Pfeife rauchen. Warum gibt man mir meine Pfeife nicht wieder? Ich möchte eine rauchen, während ich hier auf diese Kröten aufpasse. Das Schiff war voll davon. Man muß auf sie aufpassen, wissen Sie." Er zwinkerte spaßhaft. Von meinem Kopf troff der Schweiß auf ihn, meine Drillichjacke klebte an meinem nassen Rücken fest, die Nachmittagsbrise fegte ungestüm über die Reihe der Bettstellen, die steifen Falten der Vorhänge knisterten und rasselten an den Messingstangen, die Decken wurden geräuschlos von den leeren Betten auf den Fußboden geweht, und ich schauderte bis ins innerste Mark. Der weiche tropische Wind gebärdete sich so rauh und wild in diesem kahlen Raum wie der Wintersturm der Heimat in einer alten Scheune. „Lassen Sie ihn nicht wieder sein Geschrei anheben, Herr", rief von weitem der Verunglückte mit verzweifelter, ärgerlicher Stimme, die wie der schmetternde Ruf in einem Tunnel durch den Raum gellte. Die Klaue zerrte an meiner Schulter, er schielte mich pfiffig an. „Das Schiff war voll davon, und wir mußten uns in aller Heimlichkeit davonmachen", flüsterte er in fieberiger Hast. „Ganz rosa. Ganz rosa – und groß wie Bulldoggen, mit einem

Auge oben auf dem Kopf und Krallen rings um ihre häßlichen Mäuler. Au! Au!" Jähe Zuckungen wie von galvanischen Stößen ließen unter der flachen Bettdecke die Umrisse seiner knochigen, unruhigen Beine erkennen; er ließ meine Schulter los und langte nach etwas in der Luft; sein Körper zitterte heftig, wie eine entspannte Harfensaite; und während ich niederblickte, brach das gespenstige Grauen durch seine glasigen Augen. Augenblicklich wurde sein altes Soldatengesicht mit seinen edlen, ruhigen Linien vor meinen Augen entstellt von einer heimlichen Verschlagenheit, einer scheußlichen Vorsicht und verzweifelten Angst. Er unterdrückte einen Schrei – „Ssss; was tun sie jetzt da unten?" fragte er und deutete auf den Fußboden, indem er Stimme und Gebärde in äußerster Behutsamkeit dämpfte, so daß mir sofort der Sinn seines Gehabens aufging. – „Sie schlafen alle", antwortete ich und beobachtete ihn scharf. Das war es. Das wollte er hören; das waren gerade die Worte, die ihn beruhigen konnten. Er tat einen langen Atemzug. „Ssss! Ruhig, langsam. Ich bin ein alter Praktikus hier draußen. Ich kenne das Geziefer. Schlagt der ersten, die sich rührt, den Kopf ein. Es sind ihrer zu viele, und sie schwimmt nicht länger als zehn Minuten." Er rang wieder nach Atem. „Eilt euch", kreischte er plötzlich und fuhr mit anhaltendem Schreien fort: „Sie sind alle wach – Millionen! Sie trampeln auf mir herum! Warten Sie! Oh, warten Sie! Ich will sie in Haufen, wie die Fliegen zerquetschen. Hilfe! Hilfe!" Ein endlos hingehaltenes Geheul besiegelte meine Niederlage. Ich sah in der Ferne den Verunglückten sich verzweifelt mit beiden Händen an den bandagierten Kopf greifen; ein Gehilfe, bis zum Kinn in seine Schürze gehüllt, erschien auf der Bildfläche, wie durch ein umgekehrtes Teleskop gesehen. Ich gab mich geschlagen, sprang ohne weiteres Besinnen aus einem der langen Fenster und entkam in die äußere Galerie. Das Geheul verfolgte mich wie ein Rachegeschrei. Ich bog in einen leeren Flur ein, und plötzlich wurde alles um mich herum ganz still und einsam, und während ich die kahle blanke Treppe hinunterstieg, konnte ich meine zerfahrenen Gedanken wieder sammeln. Unten traf ich einen der Anstaltsärzte, der über den Hof kam und mich ansprach. „Haben Sie sich nach Ihrem Mann umgesehen, Kapitän? Ich denke, wir können ihn morgen entlassen. Diese Tölpel können sich absolut nicht in acht nehmen, übrigens, wir haben hier den Obermaschinisten des Pilgerschiffs. Kurioser Fall. Delirium tremens schlimmster Art. Er hat sich drei Tage lang in der Schnapskneipe des Griechen oder Italieners vollgesoffen. Was wollen Sie? Vier Flaschen Branntwein pro Tag, hat man mir gesagt. Erstaunlich, wenn's wahr ist. Er muß inwendig mit Eisen ausgeschlagen sein. Natürlich ist der Kerl verrückt geworden, aber das Merkwürdige ist, es ist Methode in seinem

Wahnsinn. Ich will dahinterkommen. Höchst seltsam – der logische Faden in solchem Delirium. Der Tradition nach sollte er Schlangen sehen, aber er tut's nicht. Die gute alte Tradition ist heutzutage im Niedergang begriffen. Wie? Seine Visionen – äh – drehen sich um Kröten. Ha! Ha! Nein, ganz im Ernst, ich erinnere mich nicht, je solches Interesse an einem Fall von Säuferwahnsinn gehabt zu haben. Eigentlich sollte er nach solchem ergiebigen Experiment tot sein. Aber der Kerl ist zäh. Vierundzwanzig Jahre in den Tropen noch dazu. Wahrhaftig, Sie sollten sich ihn einmal ansehn. Gut aussehender alter Zechkumpan. Der ungewöhnlichste Mann, den ich je gesehen habe – medizinisch natürlich. Haben Sie keine Lust?"

Ich hatte während der ganzen Zeit mein Interesse durch die üblichen Zeichen der Höflichkeit kundgegeben, nun aber entschuldigte ich mich mit einer Miene des Bedauerns wegen Zeitmangels und verabschiedete mich in Eile, „übrigens", rief er mir noch nach, „er kann der Gerichtsverhandlung nicht beiwohnen. Wird seine Aussage von Belang sein?"

„Nicht im mindesten", gab ich ihm vom Gartenzaune aus zur Antwort.

Sechstes Kapitel

Das Gericht war offenbar derselben Ansicht. Die Verhandlung wurde nicht vertagt. Sie fand an dem festgesetzten Termin statt, damit dem Gesetz Genüge geschehe, und war, zweifellos um ihres menschlichen Interesses willen, gut besucht. Es herrschte keine Ungewißheit bezüglich der Tatsachen – bezüglich der einen wesentlichen Tatsache, meine ich. Wie die Patna zu der Havarie gekommen, war unmöglich festzustellen; und in dem ganzen Gerichtssaal war niemand, dem daran lag, es zu erfahren. Doch wie ich euch sagte, wer nur etwas mit der See zu tun hatte, war zugegen, und das ganze Küstengewerbe war vollzählig vertreten. Was die Leute hinführte, war, ob sie es wußten oder nicht, rein psychologische Neugier – die Erwartung, die menschlichen Leidenschaften in ihrer ganzen Gewalt und Abgründigkeit enthüllt zu sehen. Natürlich konnte nichts derart enthüllt werden. Das Verhör des einzigen Mannes, der imstande und willens war, sich ihm zu unterziehen, bewegte sich in nutzloser Weise um die eine wohlbekannte Tatsache, und das Fragenspiel, das darauf abzielte, gab nicht mehr Aufschluß, als wollte man mit dem Hammer auf einen eisernen

Kasten klopfen, um zu erfahren, was darin ist. Ein amtliches Verhör konnte eben nicht anders sein. Es hatte nicht das grundlegende ›Warum‹, sondern das oberflächliche ›Wie‹ der Angelegenheit zum Gegenstand.

Der junge Bursche hätte Aufklärung geben können, doch obwohl es gerade das war, worauf die Zuhörer Wert legten, so führten ihn doch alle Fragen, die man ihm stellte, von der einzigen Wahrheit weg, die – mir zum Beispiel – wissenswert schien. Man kann von den bestallten Obrigkeiten nicht erwarten, daß sie nach dem Seelenzustand eines Menschen forschen – oder geht es etwa bloß um den Zustand seiner Leber? Ihre Aufgabe war, die Folgen zu ahnden; und, offen gesagt, irgendein Polizeirichter und zwei nautische Beisitzer taugen kaum zu sonst etwas. Ich will damit nicht sagen, daß diese Leute dumm waren. Der Polizeirichter war sehr geduldig. Einer der Beisitzer war ein Segelschiffskapitän mit einem rötlichen Bart und von gläubiger Gemütsart. Brierly war der andere. Der Große Brierly. Einige von euch müssen doch vom Großen Brierly gehört haben – dem Kapitän des Prachtschiffs von der Blue Star Line. Das ist der Mann.

Er schien nicht sehr erbaut von der Ehre, die ihm zuteil geworden war. Er hatte niemals in seinem Leben einen Fehler gemacht, nie einen Unfall gehabt, nie Pech, nie war ihm bei seinem stetigen Aufstieg etwas in die Quere gekommen, und er schien einer jener Glückspilze zu sein, die nichts von Unentschiedenheit, geschweige denn von Mißtrauen gegen das eigene Selbst wissen. Mit Zweiunddreißig hatte er eine der besten Kommandostellen in der östlichen Handelsflotte – und was die Hauptsache ist, er tat sich nicht wenig darauf zugute. Er bildete sich Gott weiß was darauf ein, und hätte man ihn, Hand aufs Herz, gefragt, dann hätte er wohl zugegeben, daß es seiner Meinung nach keinen zweiten solchen Kommandanten geben könne. Die Wahl war auf den rechten Mann gefallen. Die übrige Menschheit, die nicht den Stahldampfer Ossa von sechzehn Knoten Geschwindigkeit befehligte, war eigentlich sehr zu bedauern. Er hatte Menschen zur See das Leben gerettet, war Schiffen, die sich in Not befanden, zu Hilfe gekommen und hatte zum Dank für diese Dienste einen goldenen Chronometer von der Versicherungsgesellschaft und ein Marineglas mit passender Inschrift von irgendeiner fremden Regierung zum Geschenk erhalten. Er war sich seiner Verdienste und seiner Belohnungen voll bewußt. Ich konnte ihn recht gut leiden, obwohl ihn manche meiner Bekannten – milde, freundliche Leute sonst – in den Tod nicht ausstehen konnten. Ich habe nicht den leisesten Zweifel, daß er sich mir weitaus überlegen dünkte – ja, der Beherrscher beider Indien hätte sich in seiner Gegenwart klein fühlen müssen –

doch ich brachte es nicht fertig, mich ernsthaft beleidigt zu fühlen. Er verachtete mich nicht wegen etwas, was ich tat oder was ich war – versteht ihr? Ich war ein Niemand – aus dem einfachen Grunde, weil ich nicht der bevorzugte Mann der Erde, Montague Brierly, Befehlshaber der Ossa, war und keinen gravierten goldenen Chronometer und kein silberbeschlagenes Marineglas mein eigen nannte, die meine seemännische Tüchtigkeit und meinen unbezähmbaren Mut beglaubigten; weil ich ferner nicht das klare Bewußtsein meines Wertes und auch keinen schwarzen Hühnerhund hatte, der mich liebte und anbetete und der nebenbei das prachtvollste Exemplar seiner Gattung war – ich glaube im Ernst, daß noch nie solch ein Herr so sehr von einem solchen Hund geliebt worden ist. Daß einem all dies fortwährend vor Augen gestellt wurde, konnte einen schließlich aufbringen; wenn ich aber bedachte, daß ich diese leidigen Nachteile mit zwölfhundert Millionen anderer, mehr oder weniger menschlicher Wesen teilte, so ließ ich mir sein gutmütiges, geringschätziges Mitleid um des Gewinnenden und Anziehenden willen, das sonst in seiner Persönlichkeit lag, gern gefallen. Ich habe mir dieses Anziehende in ihm niemals klargemacht, doch gab es Augenblicke, wo ich ihn beneidete. Der Stachel des Lebens konnte seiner selbstzufriedenen Seele nicht mehr anhaben als ein Nadelstich einer glatten Felswand. Dies war beneidenswert. Wie er da so neben dem bescheidenen, blassen Polizeirichter saß, der die Verhandlung leitete, erschien sein Selbstgefühl mir und den Zuschauern hart wie Granit. Bald nachher beging er Selbstmord.

Kein Wunder, daß Jims Fall ihm zu schaffen machte; und während ich beinah angstvoll die Größe seiner Verachtung für den jungen Mann, der unter Anklage stand, erwog, hielt er wahrscheinlich über seinen eigenen Fall Gericht ab. Das Urteil muß auf Schuldig ohne mildernde Umstände gelautet haben, und er nahm das Geheimnis dieses Schuldspruchs mit sich auf seinem Sprung in die See. Wenn ich etwas von Menschen verstehe, so war die Sache gewiß äußerst schwerwiegend, eine jener Geringfügigkeiten, die Ideen erwecken – einen Gedanken ins Leben rufen, mit dem es einer, der an solche Gesellschaft nicht gewöhnt ist, unmöglich findet, weiterzuleben. Ich kann mit Bestimmtheit sagen, daß weder Geld noch Trunksucht noch eine Frau die Ursache war. Er sprang über Bord, knapp eine Woche nach Schluß des Prozesses und nicht ganz drei Tage, nachdem er von jenem Hafen in See gegangen war, als hätte er genau an diesem Punkt inmitten des Meeres die Tore der anderen Welt zu seinem Empfang weit geöffnet gesehen.

Doch war es kein plötzlicher Entschluß. Sein grauköpfiger Deckoffizier, ein äußerst tüchtiger Seemann und Fremden gegenüber ein netter alter Knabe, doch im Verkehr mit seinem Kommandanten der knurrigste Brummbär, der mir je vorgekommen ist, pflegte die Geschichte mit Tränen in den Augen zu erzählen. Demnach muß Brierly, bevor er morgens auf Deck kam, im Navigationsraum Briefschaften erledigt haben. „Es war zehn Minuten vor vier, und die Mittelwache war natürlich noch nicht abgelöst. Er hörte, wie ich auf der Kommandobrücke mit dem Zweiten Offizier sprach, und rief mich herein. Ich ging ungern, Kapitän Marlow – es ist wahr, ich konnte den armen Kapitän Brierly nicht ausstehen, ich sage es mit Beschämung; wir wissen nie, aus welchem Holz ein Mann gemacht ist. Er war über zu viele Köpfe hinweg, abgesehen von meinem eigenen, befördert worden, und er hatte eine verdammte Art, einen die Untergebenheit fühlen zu lassen, wenn er auch nur ›Guten Morgen‹ sagte. Ich redete ihn nie an, es sei denn in Dienstsachen, und dann mußte ich mir immer Mühe geben, nicht unhöflich zu werden.“ (Damit schmeichelte er sich. Ich hatte mich oft gewundert, wie Brierly sich sein Benehmen länger als die halbe Fahrt gefallen lassen konnte.) „Ich habe eine Frau und Kinder“, fuhr er fort, „und war zehn Jahre bei der Gesellschaft gewesen, immer in Erwartung des nächsten Kommandos – Narr, der ich war. Sagt er also, gerade so: ›Kommen Sie hier herein, Herr Jones‹, mit seiner großtuerischen Stimme – ›kommen Sie hier herein, Herr Jones.‹ Ich ging hinein. ›Wir wollen den Schiffsort feststellen‹, sagte er und beugte sich mit einem Zirkel in der Hand über die Karte. Nach der Dienstordnung hätte das der abgehende Wachoffizier zu Ende seiner Wache zu tun gehabt. Ich sagte aber nichts und sah zu, wie er den Schiffsort mit einem winzigen Kreuz bezeichnete und Zeit und Datum dazuschrieb. Ich kann ihn noch jetzt vor mir sehen, wie er seine sauberen Zahlen schrieb: siebzehn, acht, vier a. m. Die Jahreszahl stand mit roter Tinte oben auf der Karte. Er benutzte seine Karten nie länger als ein Jahr, der Kapitän Brierly. Ich habe die Karte jetzt noch. Wie er fertig ist, sieht er das Zeichen an, das er gemacht hat, lächelt vor sich hin und sieht mich dann an. ›Noch dreißig Meilen geradezu‹, sagte er, ›dann sind wir klar, und Sie können den Kurs zwanzig Grad nach Süden ändern.‹

Wir hielten uns auf dieser Reise im Norden der Hector Bank. Ich sagte: ›Jawohl, Herr Kapitän‹, und wunderte mich, was er hermachte, da ich ja sowieso den Kurs nicht ohne sein Beisein ändern konnte. Gerade da wurden acht Glasen geschlagen: wir traten auf die Brücke hinaus, und der Zweite sagt wie üblich, bevor er abgeht: ›Einundsiebzig auf dem Log.‹ Kapitän Brierly blickt auf den

Kompaß und dann ringsumher. Es war dunkel und klar, und der Himmel so voller Sterne wie in einer Frostnacht unter hohen Breiten. Plötzlich sagt er wie mit einem kleinen Seufzer: ›Ich gehe achtern und stelle selbst für euch das Log auf Null, daß es keinen Irrtum geben kann. Zweiunddreißig Meilen weiter auf diesem Kurs, und ihr seid in Sicherheit. Halt mal – die Verbesserung auf dem Log ist sechs Prozent zu; sagen wir also dreißig nach dem Zeigerblatt, und ihr könnt sofort zwanzig Grad nach Steuerbord ändern. Es hat keinen Wert, Strecke zu verlieren, nicht wahr?‹ Ich hatte ihn nie so lange hintereinander und, wie es mir schien, zwecklos reden hören. Ich sagte gar nichts. Er ging die Treppe hinunter, und der Hund, der ihm Tag und Nacht, wohin er auch ging, auf den Fersen blieb, schlich mit tiefer Nase hinter ihm her. Ich hörte seine Absätze auf dem Hinterdeck, trapp, trapp, dann stand er still und sprach zu dem Hund: ›Zurück, Rover. Auf die Brücke, mein Sohn! Geh – vorwärts!‹ Dann rief er mir aus dem Dunkel zu: ›Sperren Sie den Hund in den Navigationsraum, Herr Jones, bitte!‹

Dies war das letzte, was ich von ihm hörte, Kapitän Marlow. Es waren die letzten Worte, die er in Hörweite eines menschlichen Wesens sprach.“ Dabei wurde die Stimme des Alten ganz zitterig: „Er hatte Angst, das arme Tier würde ihm nachspringen, wissen Sie. Ja, Kapitän Marlow. Er stellte das Log für mich; er tat sogar – würden Sie es glauben? – einen Tropfen Öl hinein. Das Ölkännchen stand daneben, wie er es gelassen hatte. Der Bootsmannsmaat kam um halb sechs mit dem Schlauch achtern, um aufzuwaschen, plötzlich wirft er alles hin und kommt auf die Brücke gerannt: ›Wollen Sie, bitte, achtern kommen, Herr Jones‹, sagt er. ›Da ist ein komisches Ding. Ich mag's nicht anrühren.‹ Es war Kapitän Brierlys goldener Chronometer, sorgfältig an der Kette unter der Reling aufgehängt.

‚Sobald ich den sah, ging mir ein Licht auf, und ich wußte alles, Kapitän. Die Beine versagten mir. Mir war, als hätte ich ihn über Bord gehen sehen; und ich konnte auch sagen, wie weit wir ihn zurückgelassen hatten. Das Heckbord-Log zeigte achtzehndreiviertel Meilen, und vier eiserne Belegpinnen fehlten um den Großmast. Wahrscheinlich hatte er sie in die Taschen gesteckt, damit sie ihm hinunterhelfen sollten; aber, mein Gott! was sind vier eiserne Bolzen für einen starken Mann wie Kapitän Brierly! Mag sein, daß sein Selbstvertrauen zuletzt ein bißchen erschüttert war. Ich glaube, es ist das einzige Zeichen von Verwirrung, das er in seinem ganzen Leben gegeben hat; aber ich stehe dafür, daß er, einmal über Bord, nicht den leisesten Schwimmversuch gemacht hat, ebenso wie er die

Kraft gehabt hätte, sich auf die Möglichkeit der Rettung hin einen ganzen Tag über Wasser zu halten, wenn er zufällig hineingefallen wäre. Ja, Kapitän. Es war ihm keiner über – wie er selbst sagte; ich habe es einmal von ihm gehört. Er hatte während der Mittelwache zwei Briefe geschrieben, einen an die Gesellschaft und den andern an mich. Er gab mir eine Menge Anweisungen wegen der Überfahrt – ich war schon beim Handwerk gewesen, bevor er noch ausgelernt hatte – und alle möglichen Winke, wie ich mich zu unsern Leuten in Schanghai zu stellen hätte, damit ich das Kommando über die Ossa behielte. Er schrieb wie etwa ein Vater an einen Lieblingssohn, Kapitän Marlow, und ich war fünfundzwanzig Jahre älter als er und hatte Salzwasser gekostet, bevor er die ersten Hosen bekam. In seinem Brief an die Schiffsreeder – er war für mich offengelassen worden – sagte er, daß er bis zu diesem Augenblick immer seinen Pflichten gegen sie nachgekommen sei, und auch jetzt täusche er ihr Vertrauen nicht, denn er lasse das Schiff in der Obhut eines so erfahrenen Seemanns, wie man ihn nur finden könne – damit meinte er mich, Kapitän, meinte mich! Er sagte ihnen, daß, wenn der letzte Akt seines Lebens ihm nicht all sein Ansehen bei ihnen verscherzte, sie bei der Besetzung des Postens, den sein Tod leer ließe, meine treuen Dienste und seine warme Empfehlung in Anschlag bringen möchten. Und noch manches der Art. Ich konnte meinen Augen nicht trauen. Ich war ganz fassungslos‹, fuhr er erschüttert fort und zerdrückte etwas in seinem Augenwinkel mit seinem spatelförmigen Daumen. Man hätte meinen können, er sei über Bord gesprungen, bloß um so einem Unglücksmann eine letzte Gelegenheit zum Weiterkommen zu geben. Sein jäher Tod in Verbindung mit der Aussicht, ein gemachter Mann zu sein, brachte mich eine Woche lang ganz aus dem Häuschen. Aber keine Bange. Der Kapitän des Pelion wurde auf die Ossa versetzt, kam in Schanghai an Bord, ein kleiner Laffe in graukariertem Anzug, der das Haar in der Mitte gescheitelt trug. ›Äh – ich – äh – bin Ihr neuer Kapitän, Herr – Herr – äh – Jones.‹ Er war über und über parfümiert, stank fürchterlich danach, Kapitän Marlow. Es war wohl der Blick, den ich ihm zuwarf, der ihn zum Stottern brachte. Er stammelte etwas von meiner natürlichen Enttäuschung – ich solle nur gleich wissen, daß sein Erster Offizier die Beförderung auf dem Pelion bekommen habe – er hätte nichts damit zu tun natürlich – die Verwaltung wisse selbst am besten... täte ihm leid –. Drauf sage ich: ›Kümmern Sie sich nicht um den alten Jones, Herr; Teufel auch, er ist daran gewöhnt!‹ Ich konnte gleich sehen, daß ich sein zartes Ohr verletzt hatte, und während wir bei unserm ersten Frühstück beisammen saßen, fing er an, auf eine unangenehme Weise allerlei an dem Schiff auszusetzen. Er hatte eine Stimme wie aus dem Kasperletheater. Ich biß die Zähne zusammen, hielt die Augen fest auf meinen Teller geheftet und schwieg still, so lang ich konnte; schließlich mußte ich ja aber etwas sagen: da springt er auf die Zehen und schüttelt alle seine bunten Federn wie ein kleiner Streithahn: ›Sie sollen sehen, daß Sie es in mir mit einem andern Mann zu tun haben als mit dem verstorbenen Kapitän Brierly!‹ – ›Das sehe ich jetzt schon‹, brummte ich, gab dabei aber vor, mich angelegentlich mit meinem Kotelett zu beschäftigen. – ›Sie sind ein alter Grobian, Herr – äh – Jones; und mehr noch: Sie sind bei der Verwaltung als alter Grobian bekannt‹, schnarrt er. Die verdammten Flaschenspüler standen alle herum und horchten mit weit aufgerissenen Mäulern. – ›Mag schon sein, daß nicht viel an mir dran ist‹, versetzte ich, ›aber so weit ist es noch nicht mit mir gekommen, daß ich mit ansehen könnte, wie Sie in Kapitän Brierlys Stuhl sitzen!‹ Mit diesen Worten legte ich Messer und Gabel hin. – ›Sie möchten gern selbst darin sitzen, das ist's, wo der Schuh drückt‹, höhnte er. Ich verließ den Salon, raffte meine Siebensachen zusammen und stand auf dem Kai, mit all meinem Gepäck um mich herum, bevor die Stauer wieder angetreten waren. Ja. Ausgesetzt – auf dem trockenen – nach zehn Jahren Dienst – und mit einem armen Weib und vier Kindern sechstausend Meilen weit weg, die mit jedem Bissen, den sie in den Mund steckten, von meiner halben Löhnung abhingen. Ja. Ich wollte es lieber ausfressen, als Kapitän Brierly schmähen lassen. Er hinterließ mir sein Nachtfernrohr – hier ist es; und wollte, daß ich mich des Hundes annehme – da ist er. ›Hallo, Rover, armer Kerl, wo ist der Kapitän, Rover?',, Der Hund sah uns mit seinen traurigen gelben Augen an, bellte einmal klagend auf und kroch unter den Tisch.

Dies Gespräch wurde mehr als zwei Jahre später an Bord einer Schiffsruine, der Feuer-Königin, geführt, die diesem Jones anvertraut war. Er war auch nur durch einen komischen Zufall dazu gekommen – durch Matherson – sie nannten ihn gewöhnlich den verrückten Matherson –, den nämlichen, der sich vor der Besetzung in Haiphong aufhielt. Der Alte erzählte weiter:

„Ja, Herr, glauben Sie mir, hier wird Kapitän Brierlys Andenken fortleben, wenn auch sonst nirgends in der Welt. Ich schrieb seinem Vater ausführlich und bekam keine Silbe zur Antwort, weder Danke schön noch Scher' dich zum Teufel – nichts! Wahrscheinlich wollten sie nichts wissen."

Der Anblick des alten Jones mit den wässerigen Augen, der sich mit einem roten Baumwolltaschentuch über den kahlen Kopf fuhr, das klägliche Geheul des Hundes, der fliegenbeschmutzte Raum als einziger Erinnerungsschrein für Kapitän Brierly breiteten den Schleier eines unsagbar gewöhnlichen Pathos über seine unvergessene Gestalt, gleichsam als eine späte Rache des Schicksals für den Glauben an die eigene Größe, der sein Leben beinahe um seine rechtmäßigen Schrecken betrogen hätte.

Beinahe! Vielleicht ganz. Wer weiß, in welch schmeichelhaftem Licht der eigene Selbstmord ihm vorgeschwebt haben mag?

„Haben Sie eine Idee, Kapitän Marlow, was ihn zu dem verzweifelten Schritt getrieben haben kann?“ fragte Jones und preßte die Handflächen gegeneinander. „Warum? Es geht über meinen Horizont. Warum?“ Er schlug sich gegen seine niedrige, runzelige Stirn. „Wenn er arm und alt und verschuldet – ohne alle Aussichten – meinetwegen auch verrückt gewesen wäre! Doch er war keiner von denen, die verrückt werden, beileibe nicht! Verlassen Sie sich auf mich! Was ein Offizier von seinem Kapitän nicht weiß, lohnt sich nicht zu wissen. Jung, gesund, reich, ohne Sorgen ... Ich sitze hier manchmal und denke nach, denke nach, bis mir der Schädel brummt. Er muß doch einen Grund gehabt haben.“

„Sie können sich darauf verlassen, Kapitän Jones“, sagte ich, „es war nichts, was uns beiden viel zu schaffen gemacht hätte.“ Und dann, als ob ihm in der Wirrnis seines Kopfes plötzlich ein Licht aufgegangen wäre, fand der arme alte Jones noch zuletzt ein erstaunlich tiefsinniges Wort. Er schneuzte sich und nickte mir schmerzlich zu: „Ja, ja! Wir beide haben auch noch nie eine so hohe Meinung von uns gehabt.“

Die Erinnerung an meine letzte Unterhaltung mit Brierly ist nun freilich davon beeinflußt, daß ich die näheren Umstände seines bald darauf folgenden Endes erfahren habe. Ich sprach mit ihm zum letzten Male, während die Verhandlung noch im Gange war. Es geschah nach der ersten Vertagung, und er ging ein Stück Wegs mit mir. Er war in einem Zustand der Erregung, den ich mit Überraschung wahrnahm, da seine gewöhnliche Haltung, wenn er sich zum Plaudern herabließ, vollkommen kühl war, mit einer Spur belustigter Duldung, als ob die Existenz seines Partners eigentlich ein guter Spaß wäre. „Sie haben mich in diesen Prozeß hineingezogen, sehen Sie“, fing er an und erging sich eine Weile in Klagen über die Unannehmlichkeiten der täglichen Gerichtssitzungen. „Und der Himmel weiß, wie lang die Geschichte dauern wird. Drei Tage, wahrscheinlich.“ Ich hörte ihn stillschweigend an; nach meiner damaligen Meinung war dies eine Art wie eine andre, Stellung zu nehmen. „Was hat es für einen Zweck?“ fuhr er hitzig fort. „Es ist die blödeste Schaustellung, die sich denken läßt.“ Ich warf ein, daß es keine Wahl gäbe. Er unterbrach mich mit verhaltener Heftigkeit. „Ich komme mir die ganze Zeit wie ein Narr vor.“ Ich blickte zu ihm auf. Das ging sehr weit – für Brierly –, wenn er von Brierly sprach. Er blieb stehen und griff nach meinem Rockaufschlag, dem er einen leichten Ruck gab. „Warum quälen wir diesen jungen Menschen?“ fragte er. Diese Frage stimmte so völlig mit einem gewissen Gedanken überein, den ich in meinem eigenen Kopf hin und her wälzte, daß ich sofort antwortete, während das Bild des flüchtigen Überläufers vor mir aufstieg: „Ich will gehängt sein, wenn ich einen Grund weiß, außer den, daß er sich dazu hergibt.“ Ich war überrascht, ihn diesen Ausspruch, der doch eigentlich ziemlich dunkel war, sofort aufgreifen zu sehen. Er sagte ärgerlich: „Natürlich! Er sieht doch, daß der elende Schuft von Kapitän durchgebrannt ist. Was erwartet er denn? Nichts kann ihn retten. Er ist verloren.“ Wir gingen schweigend ein paar Schritte weiter. „Wozu all den Schmutz fressen?“ rief er mit orientalischer Energie des Ausdrucks – der einzigen Energie, von der man östlich vom fünfzigsten Meridian eine Spur finden kann. Ich wunderte mich sehr über die Richtung, die seine Gedanken nahmen, doch heute bin ich überzeugt, daß er ganz in seiner Rolle blieb: im Grunde muß der arme Brierly an sich selbst gedacht haben. Ich wies darauf hin, daß der Kapitän der Patna, wie allgemein bekannt, sein Schäfchen ins trockene gebracht hatte und sich nahezu überall die Mittel zum Auskneifen verschaffen konnte. Mit Jim war das anders. Die Regierung hatte ihn für den Augenblick im Seemannsheim untergebracht, und wahrscheinlich besaß er keinen blanken Heller. Es kostet Geld, sich aus dem Staube zu machen. – „Wirklich? Nicht immer“, sagte er mit einem bitteren Lachen, und dann, auf eine Bemerkung meinerseits: „Gut, dann mag er sich zwanzig Fuß unter der Erde vergraben und dort bleiben. Beim Himmel! Ich tät's.“ Ich weiß nicht, warum sein Ton mich zum Widerspruch reizte, und ich sagte: „Es erfordert immerhin einen gewissen Mut, den Dingen in der Weise Trotz zu bieten, wie er es tut, wo er doch recht gut weiß, daß niemand sich die Mühe nehmen würde, ihm nachzulaufen, wenn er durchgehen wollte.“ – „Zum Teufel mit dem Mut!“ eiferte Brierly. „Die Art von Mut hilft keinem Mann, auf dem rechten Weg zu bleiben, und ich gebe keine Bohne für solchen Mut! Wenn Sie noch sagen wollten, es sei eine Art von Feigheit – von Weichheit! Ich will Ihnen einen Vorschlag machen: ich gebe zweihundert Rupien, wenn Sie hundert dazulegen und den Kerl veranlassen, morgen früh zeitig auszureißen. Der Bursch ist ein Gentleman, wenn man ihn auch nicht mehr anrühren mag – er wird es einsehen. Er muß! Diese verdammte Öffentlichkeit ist zu empörend: da sitzt er, während all das eingeborene Gesindel, die Serangs, Laskaren, die Steuermannsmaate, Zeugenaussagen machen, daß man dabei vor Scham zu

Asche verbrennen könnte. Das ist widerwärtig. Sagen Sie, Marlow, finden Sie nicht, fühlen Sie nicht, daß das widerwärtig ist? Nicht? – Als Seemann? Wenn er fortginge, würde all das sofort aufhören." Brierly sagte diese Worte mit ungewöhnlicher Lebhaftigkeit und machte Miene, nach seiner Brieftasche zu greifen. Ich tat ihm Einhalt und erklärte kühl, daß die Feigheit dieser vier Männer mir als keine Sache von so großer Tragweite erschiene. „Und Sie nennen sich einen Seemann, vermute ich", sagte er aufgebracht. Ich erwiderte, daß ich mich allerdings einen solchen nennte und auch hoffte, einer zu sein. Er hörte mich zu Ende und machte mit seinem mächtigen Arm eine Gebärde, die mich meiner Persönlichkeit zu berauben, mich in die Menge der Namenlosen zu stoßen schien. „Das Schlimme ist", sagte er, „daß ihr Kerle alle zusammen keine Würde habt; ihr denkt nicht hoch genug von dem, was ihr vorstellen solltet."

Wir waren langsam weitergegangen und standen nun vor dem Hafenamt, nicht weit von der Stelle, von der aus der riesenhafte Kapitän der Patna wie eine Feder, die der Sturmwind davonträgt, sich verflüchtigt hatte. Ich lächelte. Brierly fuhr fort: „Es ist eine Schande. Wir haben allerlei Volk unter uns – sicher auch ausgefeimte Spitzbuben; aber, zum Henker, wir müssen die Berufsehre aufrechterhalten, oder wir sind nicht besser als die Kesselflicker, die in der Welt herumvagabundieren. Man setzt Vertrauen in uns. Verstehen Sie? – Vertrauen! Weiß Gott, ich kümmere mich keinen Pfifferling um all die Pilger, die je aus Asien kamen, – aber ein anständiger Mensch hätte sich nicht einmal gegen eine Ladung von Lumpenballen so benommen. Wir sind keine organisierte Körperschaft, und das einzige, was uns zusammenhält, ist eben gerade der Name für diese Art Anstand. Ein solcher Vorfall zerstört das Vertrauen. Es mag ja sein, daß einer während seiner ganzen Laufbahn zur See nicht in die Lage kommt, dem Tod fest ins Auge zu sehen. Kommt es aber dazu... Ah!... wenn ich..."

Er brach ab und sagte in verändertem Ton: „Ich will Ihnen nun zweihundert Rupien geben, Marlow, und Sie machen die Sache mit dem Burschen ab. Hol ihn der Teufel! Ich wollte, er wäre nicht hierher gekommen. Die Sache ist die, ich glaube, unsere Familien kennen einander. Sein alter Herr ist Geistlicher, und ich besinne mich jetzt, ich traf ihn einmal, als ich vergangenes Jahr bei meinen Verwandten in Essex war. Wenn ich nicht irre, war der Alte sehr stolz auf seinen Seemannssohn. Schrecklich. Ich kann es nicht selber tun, aber Sie..."

So bekam ich durch Jim einen Einblick in den wirklichen Brierly, wenige Tage bevor er seinen Schein und seine Wirklichkeit dem Meere in Gewahrsam gab. Selbstverständlich lehnte ich es ab, mich einzumischen. Der Ton dieses letzten

„aber Sie“ (der arme Brierly konnte nicht anders), das zu bedeuten schien, ich wäre ja kaum bemerkenswerter als irgendein Insekt – dies weckte meinen Unwillen über den Vorschlag; und angesichts dieser Herausforderung oder aus sonst einem Grunde kam ich zu dem Schluß, daß die Verhandlung eine schwere Strafe für diesen Jim und daß die Art, wie er sie freiwillig ertrug, ein mildernder Umstand in seinem abscheulichen Fall war. Vordem war ich dessen nicht so sicher gewesen. Brierly ging wütend weg. Damals war mir sein Gemütszustand ein größeres Geheimnis als jetzt.

Am folgenden Tag kam ich spät in die Gerichtssitzung und saß für mich allein. Natürlich konnte ich die Unterhaltung nicht vergessen, die ich mit Brierly gehabt hatte, und nun hatte ich sie beide vor Augen. Die Miene des einen ließ auf trotzige Schamlosigkeit, die des andern auf verachtungsvolle Langweile schließen; und doch mochte die eine Haltung nicht echter sein als die andre, und ich merkte wohl, daß die eine nicht echt war. Brierly war nicht gelangweilt – er war verzweifelt; und war dem so, dann brauchte Jim nicht schamlos zu sein. Nach meiner Theorie war er es nicht. Ich dachte mir, er sei aller Hoffnung bar. Damals geschah es, daß sich unsere Blicke trafen. Sie trafen sich, und der Blick, den er auf mich richtete, nahm mir allen Mut zu der Absicht (wenn ich sie je gehabt hatte), eine Unterredung mit ihm herbeizuführen. Welche Annahme auch zutraf – ob Schamlosigkeit oder Verzweiflung –, ich fühlte, daß ich ihm nicht helfen konnte. Es war der zweite Verhandlungstag. Sehr bald nach diesem Austausch von Blicken wurde die Verhandlung wiederum auf den folgenden Morgen vertagt. Die Weißen drängten sofort hinaus. Man hatte Jim schon vorher angewiesen, abzutreten, and so war er unter den ersten, die den Saal verließen. Ich sah seine breiten Schultern und seinen Kopf scharf umrissen in der Helligkeit der Türe, und während ich im Gespräch mit jemand – einem Fremden, der mich zufällig angeredet hatte – langsam dem Ausgang zuschritt, bemerkte ich ihn, wie er mit aufgestützten Ellbogen auf der Veranda stand und dem schmalen Menschenstrom, der sich über die paar Stufen ergoß, den Rücken zukehrte. Man hörte ein Gewirr von Stimmen und das Schlurren von Schuhen.

Der nächste Fall lautete auf tätliche Mißhandlung und Körperverletzung, begangen an einem Geldverleiher, glaube ich; und der Beklagte, ein ehrwürdiger Dorfbewohner mit gepflegtem weißem Bart, saß mit seinen Söhnen, Töchtern, Schwiegersöhnen und Schwiegertöchtern draußen vor der Tür auf einer Matte, und die halbe Bevölkerung des Dorfes stand schwatzend um ihn herum. Ein schlankes, dunkles Weib, den halben Rücken und die eine schwarze Schulter entblößt und mit einem dünnen goldenen Ring in der Nase, fing plötzlich in lautem, keifendem Ton zu reden an. Der Mann in meiner Begleitung blickte unwillkürlich nach ihr hin. Wir waren eben durch die Türe durch und gingen an Jims breitem Rücken vorbei. Ob die Dörfler den gelben Hund mitgebracht hatten, weiß ich nicht. Doch so oder so, ein Hund war da, wand sich in der stummen, beharrlichen Weise, wie sie die Eingeborenenhunde an sich haben, zwischen den Beinen der Leute hindurch, und mein Begleiter stolperte über ihn. Der Hund sprang ohne Laut davon; der Mann erhob seine Stimme ein bißchen und sagte lachend: „Da seh' einer den verdammten Hund!" und gleich darauf wurden wir durch eine Schar hereinströmender Leute getrennt. Ich drückte mich einen Augenblick gegen die Wand, während der Fremde die Stufen hinuntergelangte und verschwand. Ich sah, wie Jim sich rasch umdrehte. Er tat einen Schritt vorwärts und versperrte mir den Weg. Wir waren allein. Er starrte mich an, mit einer Miene störrischer Entschlossenheit. Ich wurde gleichsam angefallen, wie im Wald. Die Veranda war leer. Der Lärm und das Aus- und Eingehen im Gerichtszimmer hatten aufgehört. Eine große Stille lag über dem Gebäude; nur irgendwo tief im Innern winselte ein klägliche orientalische Stimme. Der Hund, auf dem Sprung, sich durch die Türe einzuschleichen, setzte sich erst noch hin und flöhte sich.

„Sagten Sie etwas zu mir?" fragte Jim sehr leise und beugte sich vor, so daß er mich förmlich streifte. Ich sagte sofort: „Nein." Etwas in dem ruhigen Klang seiner Worte riet mir, auf meiner Hut zu sein. Ich beobachtete ihn. Es war einem Überfall im Walde sehr ähnlich, nur ungewisser im Ausgang, da er es ja offenbar weder auf mein Geld noch auf mein Leben abgesehen haben konnte, auf nichts, was ich einfach hergeben oder mit gutem Gewissen verteidigen konnte. „Sie sagen nein", sagte er sehr finster. „Doch ich hörte es." – „Ein Irrtum", beteuerte ich völlig unsicher und ohne den Blick von ihm zu lassen. Sein Gesicht war anzusehen wie der Himmel vor einem Gewitter; Schatten auf Schatten überziehen ihn unmerklich, die Dunkelheit wächst geheimnisvoll an in der Stille des nahenden Ausbruchs.

„Soviel ich weiß, habe ich in Ihrer Hörweite nicht den Mund aufgetan", sagte ich ganz wahrheitsgemäß. Ich begann auch, über das Unsinnige dieser Begegnung etwas ärgerlich zu werden. Heute sehe ich ein, daß ich nie in meinem Leben so nah daran war, geschlagen zu werden – ich meine es wörtlich, mit Fäusten bearbeitet. Ich muß eine dunkle Ahnung davon gehabt haben, daß solche Möglichkeit in der Luft lag. Nicht, daß er mich bedroht hätte. Im

Gegenteil, er schien seltsam passiv – versteht ihr? Aber er duckte sich, und obwohl nicht außergewöhnlich groß, sah er doch aus, als könnte er eine Wand einrennen. Was mich am ehesten beruhigen konnte, war sein bedächtiges, grüblerisches Zaudern, in dem ich die Wirkung der unverkennbaren Aufrichtigkeit meines Tons und Benehmens zu sehen meinte. Wir sahen einander an. Im Gerichtssaal wurde die Sache wegen der Körperverletzung verhandelt. Ich hörte die Worte: „Nun, Büffel, – Stock – in der Größe meiner Angst…"

„Was meinten Sie damit, daß Sie mich den ganzen Morgen anstarrten?" fragte Jim schließlich. Er sah auf und sah wieder zu Boden. – „Dachten Sie denn, wir würden aus Rücksicht auf Ihre Empfindlichkeit alle mit niedergeschlagenen Augen dasitzen?" entgegnete ich scharf. Ich war nicht gesonnen, mich von seinem absonderlichen Wesen einschüchtern zu lassen. Er erhob die Augen wieder und fuhr nun fort, mir gerade ins Gesicht zu sehen. „Nein. Das ist schon richtig", sagte er mit einer Miene, als erwäge er bei sich selbst die Wahrheit dieser Erklärung – „das ist schon richtig. Ich komme schon drüber weg. Nur" – und nun sprach er ein wenig rascher –, „ich lasse mich von niemand außerhalb des Gerichtssaales beschimpfen. Sie waren da in Begleitung eines Mannes. Sie sprachen zu ihm – o ja –, ich weiß, es ist schon so. Sie sprachen zu ihm, aber Sie wollten, daß ich es hören sollte…"

Ich versicherte ihm, daß er in einer argen Täuschung befangen sei. Ich hatte keine Ahnung, wie das gekommen war. „Sie dachten wohl, ich würde das auf mir sitzen lassen, weil ich mich fürchte", sagte er mit einem schwachen Anfing von Bitterkeit. Ich war so ganz bei der Sache, daß mir keine noch so leise Schattierung des Ausdrucks entging, aber ich sah durchaus nicht klar; und doch weiß ich nicht, was in diesen Worten oder nur in ihrem Klang mich plötzlich so umstimmte, daß ich ihm alle möglichen Zugeständnisse machte. Ich ärgerte mich nicht mehr über die unvermutete Standpauke. Es war irgendein Irrtum seinerseits, er verrannte sich, und ich hatte eine Ahnung, daß seine Verranntheit eine schlimme, heillose war. Ich hatte den dringenden Wunsch, dieser Szene aus Anstandsgefühl ein Ende zu machen, so wie man bestrebt ist, einem unerwünschten und widerwärtigen Herzenserguß Einhalt zu tun. Das Komische an der Sache war, daß ich inmitten dieser hochfliegenden Betrachtungen eine gewisse Angst nicht los wurde, diese Begegnung könnte in einen wüsten Streit ausarten, für den es keine Erklärung geben und der mich lächerlich machen würde. Ich hatte keinen Ehrgeiz, drei Tage lang dafür berühmt zu werden, daß ich vom Ersten Offizier der Patna ein blaues Auge oder etwas Ähnliches bezogen hatte. Ihm kam es wahrscheinlich nicht darauf an, was er tat, oder er würde sich in jedem Fall vor sich selbst vollkommen im Recht fühlen. Trotz seiner ruhigen, beinahe starren Art brauchte man kein Hellseher zu sein, um zu merken, daß er über irgend etwas furchtbar wütend war. Ich leugne nicht, daß ich den sehnlichen Wunsch hatte, ihn um jeden Preis zu besänftigen, hätte ich nur gewußt, was tun. Doch ich wußte es nicht, wie ihr euch leicht denken könnt. Es war eine Finsternis ohne Lichtschein. Wir standen uns etwa fünfzehn Sekunden lang schweigend gegenüber, dann trat er einen Schritt vor, und ich machte Anstalten, einen Streich abzuwehren, obwohl ich wohl kaum einen Muskel rührte. „Wenn Sie so groß wären wie zwei und so stark wie sechs", sagte er sehr sanft, „so würde ich Ihnen doch sagen, was ich von Ihnen denke, Sie..." – „Halten Sie ein!" rief ich aus. Dies hemmte ihn einen Augenblick. „Bevor Sie mir sagen, was Sie von mir denken", fuhr ich rasch fort, „wollen Sie mir freundlichst sagen, was ich gesagt oder getan habe?" In der Pause, die folgte, maß er mich mit einem entrüsteten Blick, während ich eine übermäßige Gedächtnisanstrengung versuchte und dabei durch die orientalische Stimme im Gerichtssaal gehindert wurde, die sich mit großer Zungenfertigkeit gegen den Vorwurf der Falschheit verteidigte. Dann sprachen wir fast gleichzeitig. „Ich werde Ihnen bald zeigen, daß ich mich nicht fürchte", sagte er in einem Ton, der einen Ausbruch ankündigte. – „Ich erkläre Ihnen, daß ich nichts davon weiß", beteuerte ich ernsthaft im selben Augenblick. Er erdrückte mich förmlich mit dem Hohn in seinem Blick. „Nun, da Sie sehen, daß ich mich nicht fürchte, wollen Sie sich aus der Klemme ziehen", sagte er. „Wer ist nun ein Hund – he?" Da endlich verstand ich.

Er hatte mein Gesicht durchforscht, als wollte er sich eine Stelle aussuchen, wo er mir seine Faust hinsetzen könnte. „Ich erlaube keinem Mann..." murmelte er drohend. Es war wirklich ein häßlicher Irrtum, er hatte sich völlig preisgegeben. Ich kann euch gar nicht sagen, wie entsetzt ich war. Mein Gesicht muß wohl meine Empfindungen widergespiegelt haben, denn sein Ausdruck veränderte sich ein wenig. „Gott im Himmel", stammelte ich, „Sie glauben doch nicht, daß ich..." „Aber ich weiß doch bestimmt, daß ich es hörte", beharrte er und erhob, zum erstenmal seit dem Beginn dieser bedauerlichen Szene, die Stimme. Dann fügte er mit einer gewissen Geringschätzung hinzu: „Sie waren es also nicht? Nun gut, ich werde den andern finden!" – „Seien Sie kein Narr", rief ich außer mir; „es war ja überhaupt ganz anders." – „Ich hörte es", sagte er noch einmal, mit unerschütterter, finsterer Beharrlichkeit.

Es mag sein, daß manche über seine Hartnäckigkeit gelacht hätten. Ich tat es nicht. Oh, ich nicht! Nie hatte sich ein Mann in einer jähen und natürlichen Aufwallung so hoffnungslos verraten. Ein einziges Wort hatte ihn seiner Besonnenheit beraubt – dieser Besonnenheit, die unserm innern Wesen notwendiger ist als die Kleidung unserem Körper. „Seien Sie kein Narr", wiederholte ich. – „Aber der andere hat es gesagt, das können Sie nicht leugnen", entgegnete er scharf und sah mir ins Gesicht, ohne mit der Wimper zu zucken. – „Nein, ich leugne es nicht", sagte ich und erwiderte seinen Blick. Schließlich folgten seine Augen der Richtung meines nach unten deutenden Fingers. Er schien zuerst verständnislos, dann verwirrt und am Ende erstaunt und erschrocken, als ob ein Hund ein Ungeheuer wäre und er nie zuvor einen Hund gesehen hätte. „Niemand dachte im Traum daran, Sie zu beschimpfen", sagte ich. Er betrachtete das elende Tier, das reglos wie ein Bild dasaß: mit aufgestellten Ohren, die spitze Schnauze gegen die Tür gerichtet, schnappte es plötzlich, wie ein mechanisches Spielzeug, nach einer Fliege.

Ich sah ihn an. Das Rot seiner hellen, sonnverbrannten Haut wurde unter dem Backenflaum plötzlich tiefer, überzog seine Stirn und breitete sich bis zu den Wurzeln seines krausen Haares aus. Seine Ohren glühten, und selbst das klare Blau seiner Augen verdunkelte sich zusehends unter dem Andrang seines Blutes zum Kopf. Seine Lippen verzogen sich und zitterten, als wäre er im Begriff, in Tränen auszubrechen. Ich sah, daß er vor dem Übermaß seiner Beschämung nicht imstande war, ein Wort herauszubringen. Vielleicht auch vor Enttäuschung – wer kann es wissen? Vielleicht hatte er gehofft, sich durch den Denkzettel, den er mir zu geben gedacht hatte, rehabilitieren zu können, sich zu befreien? Wer kann sagen, welche Erleichterung er von der Möglichkeit solcher Züchtigung erwartet hatte? Er war naiv genug, alles zu erwarten; doch hatte er sich in diesem Fall für nichts und wieder nichts bloßgestellt. Er hatte sich – vor sich selbst – und noch dazu vor mir – gehen lassen, in der wilden Hoffnung, auf diese Weise zu einer wirksamen Widerlegung zu gelangen, und die Sterne waren ihm nicht günstig gewesen. Er gab einen unartikulierten Laut von sich, wie ein Mann, der von einem Schlag auf den Kopf betäubt worden ist. Es war zum Erbarmen.

Ich fing erst wieder mit ihm zu reden an, als wir ein gutes Stück vom Gartenzaun entfernt waren. Ich mußte sogar ein wenig laufen, um ihm nachzukommen; doch als ich, außer Atem, die Ansicht aussprach, daß er weglaufe, rief er: „Niemals!“ und stellte sich sofort. Ich erklärte, daß ich gemeint hatte, er wolle vor mir ausreißen. – „Vor niemand – vor keinem einzigen Mann auf Erden“, sagte er mit trotziger Miene. Ich vermied es, auf die eine klar ersichtliche Ausnahme hinzuweisen, die auch der Tapferste unter uns gelten lassen würde; ich dachte, er würde selbst bald genug dahinterkommen. Er sah mich geduldig an, während ich mir überlegte, was ich sagen könnte; doch konnte ich in der Eile nichts finden, und er schickte sich an, weiterzugehen. Ich hielt Schritt mit ihm, und um ihn nicht zu verlieren, sagte ich hastig, daß ich es nicht ertragen könnte, ihm einen falschen Eindruck zu hinterlassen von meiner – meiner... Ich stammelte. Die Abgeschmacktheit des Satzes bestürzte mich, während ich versuchte, ihn zu Ende zu bringen; doch die Kraft des gesprochenen Worts hat nichts mit dem Sinn oder der Logik des Satzbaus zu tun. Mein idiotisches Gestammel schien ihm zu gefallen. Er unterbrach mich, indem er mit höflicher Ruhe, die von ungewöhnlicher Selbstbeherrschung oder seltener geistiger Spannkraft zeugte, einwarf: „Der Irrtum war ganz und gar auf meiner Seite.“ Ich war höchlich verwundert über diese Redewendung: sie hätte sich auf irgendein unbedeutendes Vorkommnis beziehen können. Begriff er nicht ihre klägliche Bedeutung? „Verzeihen Sie mir nur“, fuhr er fort und fügte noch ein wenig mißmutig hinzu: „All die Leute, die mich da drin anstarrten, waren so albern, daß es wohl hätte so sein können, wie ich annahm.“

Dies ließ ihn mir plötzlich in einem neuen Lichte erscheinen. Ich sah ihn mit neugierigen Blicken an und begegnete seinen voll aufgeschlagenen, undurchdringlichen Augen. „Ich kann etwas Derartiges nicht einstecken, und ich will es auch nicht“, sagte er schlicht. „Vor Gericht ist es anders; da muß ich stillhalten – und da geht es auch.“

Ich behaupte nicht, daß ich ihn verstand. Die Einblicke, die er mir in sein Wesen gewährte, waren wie die flüchtigen Blicke durch die Risse in einem dicken Nebel, die Bruchstücke und Einzelheiten einer Gegend enthüllen, ohne ein zusammenhängendes Bild von ihrem allgemeinen Charakter zu geben. Sie erregen Neugierde, ohne sie zu befriedigen; sie haben keinen Wert für die Orientierung. Alles in allem genommen, führte er einen in die Irre. Das war der endgültige Eindruck, den ich von ihm behielt, als er mich spätabends verlassen hatte. Ich wohnte seit ein paar Tagen im Malabar-Haus, und auf meine dringende Einladung hatte er dort mit mir gespeist.

Siebentes Kapitel

Ein nach auswärts bestimmtes Postboot war am Nachmittag hereingekommen, und der große Speisesaal des Hotels war mehr als halb voll mit Leuten, die eine Hundertpfund-Fahrkarte für eine Reise um die Welt in der Tasche hatten. Da waren verheiratete Paare, die die häusliche Langeweile mit auf die Reise genommen hatten; kleine und große Gesellschaften und Einzelgänger, die feierlich tafelten oder lärmende Gelage hielten; doch alle dachten, plauderten, scherzten oder schalten, wie sie es zu Hause gewohnt waren, und zeigten sich nicht empfänglicher für neue Eindrücke als die Koffer in ihren Zimmern oben. Von nun ab würden sie das Schildchen mit sich tragen, daß sie an dem und jenem Platz gewesen waren, genau wie ihr Gepäck. Sie würden stolz sein auf diese Auszeichnung ihrer Persönlichkeit und dauernd die Zettel auf ihren Handkoffern als dokumentarischen Ausweis kleben lassen, als einzig bleibende Spur ihres bildenden Unternehmens. Die schwarzen Diener trippelten geräuschlos über den glatten Fußboden; ab und zu erscholl das Lachen eines Mädchens, leer und harmlos wie ein Geist, oder man hörte während einer kurzen Pause im Tellerklappern ein paar Witzworte über das letzte Skandälchen an Bord, die eine näselnde Stimme der grinsenden Tafelrunde zum besten gab. Zwei reisende alte Jungfern, entsetzlich aufgedonnert, arbeiteten sich gehässig durch die Speisekarte und zischelten miteinander, mit welken Lippen in den hölzernen Gesichtern, verschroben wie herausgeputzte Vogelscheuchen. Ein wenig Wein öffnete Jims Herz und löste seine Zunge. Wie ich bemerkte, war auch sein Appetit gut. Es schien, als hätte er die unsere Bekanntschaft einleitende Episode irgendwo versenkt. Sie sollte ein für allemal aus der Welt geschafft sein. Und die ganze Zeit hatte ich diese blauen, knabenhaften Augen vor mir, die unbeirrt in die meinen blickten, das junge Gesicht, die kraftvollen Schultern, die offene, bronzene Stirn mit einem weißen Strich unter den Wurzeln seines lockigen blonden Haares, dieses Äußere, das mir auf den ersten Blick so zu Herzen sprach: das freie Wesen, das arglose Lächeln, den jugendlichen Ernst. Er war vom rechten Schlag; er war einer von uns. Er sprach gemäßigt, mit einer Art gelassener Offenheit und mit einer ruhigen Haltung, die das Ergebnis männlicher Selbstzucht oder eines völligen Mangels an Scham oder Einsicht sein konnte, bloßer Dickfelligkeit oder eines ungeheuren Selbstbetrugs. Wer will es sagen? Nach unserm Ton zu schließen, hätten wir von einer dritten Person, einer Fußballpartie oder dem vorjährigen Wetter reden können. In meinem Hirn wogte es von Vermutungen, bis eine

Wendung in unserm Gespräch mir die Möglichkeit gab, ganz beiläufig zu bemerken, daß diese Gerichtsverhandlung doch furchtbar quälend für ihn gewesen sein müßte. Er streckte seinen Arm über den Tisch und umklammerte wortlos meine Hand, die neben dem Teller lag. Es durchfuhr mich. „Es muß furchtbar schwer für Sie sein", stammelte ich, ganz verwirrt von diesem stummen Gefühlsausbruch. „Es ist – die Hölle", brach er mit erstickter Stimme los.

Am Nachbartisch blickten bei dieser Bewegung und diesen Worten zwei Weltbummler, mit Lakaien hinter ihren Stühlen, erschrocken von ihrem Eispudding auf. Ich erhob mich, und wir begaben uns auf die vordere Galerie, um unsern Kaffee einzunehmen und zu rauchen.

Auf kleinen achteckigen Tischen brannten Kerzen in Glasglocken. Büsche steifer Blattpflanzen trennten die einzelnen Gruppen bequemer Korbstühle, und zwischen den Säulen, deren rötliche Schäfte den Schein aus den großen Fenstern auffingen, hing die Nacht dunkel und glänzend, wie eine reiche Gewandung. Die gleitenden Lichter von Schiffen grüßten aus der Ferne wie untergehende Sterne, und die Hügel jenseits der Reede glichen den runden, schwarzen Massen lastender Gewitterwolken.

„Ich konnte nicht fliehen", begann Jim. „Der Kapitän konnte es tun – nun ja, für ihn mag es angehen. Ich konnte nicht, und ich wollte nicht. Sie haben sich alle irgendwie aus der Klemme gezogen, doch bei mir war das etwas andres."

Ich hörte mit gespannter Aufmerksamkeit zu und wagte nicht, mich in meinem Stuhl zu rühren; ich wollte wissen – und bis auf den heutigen Tag weiß ich nicht, kann nur erraten. Er war mitteilsam und zurückhaltend im selben Atemzug, als hätte das Bewußtsein eingeborener Reinheit die Wahrheit, die ans Licht wollte, bei jeder Wendung zurückgehalten. Er sagte in einem Ton, in dem jemand seine Unfähigkeit bekennen würde, von einer zwanzig Fuß hohen Mauer hinunterzuspringen, daß er nun nie mehr nach Hause gehen könne; und diese Erklärung erinnerte mich an den Ausspruch Brierlys, „daß der alte Pfarrherr auf seinen Seemannssohn große Stücke hielte".

Ich kann nicht sagen, ob Jim etwas von dieser besonderen Vorliebe wußte; aber die Art, wie er von seinem „alten Herrn" sprach, zielte wohl darauf ab, mir den Begriff beizubringen, daß der gute, alte ländliche Dekan der herrlichste Mensch sei, den je seit Anbeginn der Welt die Sorge um eine große Familie gedrückt habe. Er sprach es nicht klar in Worten aus, aber er setzte die Annahme als selbstverständlich voraus, was sehr innig und reizend war, aber um so schmerzlicher berührte, wenn man zu den bisherigen Elementen der Geschichte nun auch das Los der fernen lieben Menschen in Anschlag brachte. „Er hat es nun schon alles aus den Zeitungen erfahren“, sagte Jim. „Ich kann dem armen Mann nun nie wieder vor die Augen treten.“ Ich wagte nicht aufzublicken, bis er hinzufügte: „Ich könnte es ihm nie erklären. Er würde nicht begreifen.“ Dann blickte er auf. Er rauchte in Gedanken versunken und fing nach einer Weile, sich aufraffend, von neuem an. Er gab sofort den Wunsch zu erkennen, daß ich ihn nicht mit seinen Mitschuldigen im – sagen wir, im Verbrechen – verwechseln sollte. Er war keiner von ihnen. Er war völlig anderer Art. Ich gab kein Zeichen abweichender Meinung. Ich hatte nicht die Absicht, ihn um der unfruchtbaren Wahrheit willen auch nur des kleinsten Lichtstrahls erlösender Gnade zu berauben, der auf seinen Weg fiel. Ich weiß nicht, wieviel davon er selbst glaubte, ich weiß nicht, was er damit bezweckte – wenn er überhaupt einen Zweck verfolgte –, und ich vermute, daß er es selbst nicht wußte; denn es ist mein Glaube, daß kein Mensch je ganz hinter die eigenen listigen Kniffe kommt, durch die er sich dem grimmen Schatten der Selbsterkenntnis zu entziehen sucht. Ich gab keinen Laut von mir in der ganzen Zeit, während er erwog, was er beginnen sollte, „wenn diese dumme Untersuchung zu Ende wäre“.

Offenbar teilte er Brierlys verächtliche Ansicht über diese vom Gesetz angeordneten Untersuchungen. Er gestand, mehr laut denkend als zu mir sprechend, daß er nicht wisse, wohin er sich wenden solle. Das Patent dahin, die Karriere in die Brüche, kein Geld, um fortzukommen, keine Arbeit irgendwo in Sicht. Zu Hause könnte er vielleicht etwas finden, aber das hieße, seine Familie um Hilfe angehen, und das wollte er nicht. Er sehe keine andere Wahl, als gemeiner Matrose zu werden – vielleicht könne er einen Posten als Steuermannsmaat auf einem Dampfer bekommen. Dazu sei er wohl gut genug... „Ja, glauben Sie?“ fragte ich unbarmherzig. Er sprang in die Höhe und ging zu der steinernen Balustrade, über die er sich in die Nacht hinauslehnte. Dann kam er und stellte sich hinter meinen Stuhl, noch verdüstert von einer niedergekämpften Erregung. Er hatte sehr wohl verstanden, daß ich nicht seine Fähigkeit, ein Schiff zu steuern, bezweifelte. Mit etwas schwankender Stimme fragte er mich, warum ich das gesagt hätte? Ich sei „unendlich gut“ zu ihm gewesen. Ich hätte nicht einmal gelacht, als – hier stockte er – „Sie wissen doch, – das Mißverständnis – machte mich so zum Tölpel.“ Ich versicherte ihm mit Wärme, daß für mich ein solches Mißverständnis kein Grund zum Lachen sein könnte. Er setzte sich und leerte bedächtig die kleine Tasse Kaffee bis auf den letzten Tropfen. „Damit gebe ich aber keineswegs zu, daß die Bemerkung zutreffend war“, erklärte er bestimmt. – „Nein?“ sagte ich. – „Nein“, war seine entschiedene Antwort. „Wissen Sie denn, was Sie getan hätten? Wissen Sie es? Und Sie halten sich doch nicht für“ ... er würgte ein wenig... „Sie halten sich nicht für einen... einen... Hund?“

Und bei diesen Worten – auf Ehre – sah er mir forschend ins Gesicht. Es war offenbar eine Frage, in gutem Glauben, eine Frage! Doch er wartete die Antwort nicht ab. Ehe ich mich sammeln konnte, fuhr er fort, die Augen starr vor sich hin gerichtet, als läse er etwas Geschriebenes von der Nacht ab. „Es hängt alles davon ab, daß man bereit ist. Ich war's nicht. Nicht – nicht damals. Ich will mich nicht entschuldigen; ich möchte nur erklären – ich möchte, daß jemand versteht – jemand – ein Mensch wenigstens! Sie! Warum nicht Sie?“

Es war feierlich und zugleich auch ein wenig spaßhaft, wie es ja unvermeidlich ist, wenn ein Mensch versucht, das, was er nach eigener Meinung sein sollte, vor dem Feuer zu retten – diesen auf festgeprägtem Herkommen beruhenden Begriff, der vielleicht nur eine Spielregel ist, nicht mehr, aber doch so schauerlich wirksam, durch die Gewalt, die er sich über natürliche Regungen anmaßt, wie durch die unbarmherzigen Strafen, die er für Übertretungen bereithält. Er begann seine Erzählung sehr ruhig. Auf dem Dale Line Dampfer, der die vier, in einem Boot treibend, zur verschwiegenen Sonnenuntergangsstunde aufgenommen hatte, waren sie gleich nach dem ersten Tag scheel angesehen worden. Der fette Kapitän erzählte eine Geschichte, die andern schwiegen dazu, und zuerst wurde sie geglaubt. Man rückt ja armen Schiffbrüchigen, die man glücklich, wenn nicht von grausamem Tod, so doch von grausamen Qualen errettet hat, nicht mit Fragen auf den Leib. Später, nachdem sie Zeit gehabt hatten, über die Sache nachzudenken, mag den Offizieren des Avondale aufgestoßen sein, daß da etwas „nicht sauber“ war; aber natürlich behielten sie ihre Zweifel für sich. Sie hatten den Kapitän, den Ersten Offizier und zwei Maschinisten des untergegangenen Dampfers Patna aufgenommen, und das genügte ihnen. Ich befragte Jim nicht über seine Gefühle während der zehn Tage, die er an Bord verbrachte. Aus der Art, wie er diesen Teil erzählte, konnte ich schließen, daß er von der Entdeckung, die er gemacht hatte – der Entdeckung über sich selbst –, hart betroffen war und sich nun bemühte, sie dem einzigen Mann, der ihre ganze Schwere zu beurteilen imstande war, wegzuexplizieren. Ihr müßt wissen, daß er nicht versuchte, ihre Bedeutung zu verkleinern. Dessen bin ich sicher, und darin liegt sein Vorzug, über die Empfindungen aber, die ihn bestürmten, als er an Land kam und den unvorhergesehenen Schluß der Geschichte hörte, in der er eine so erbarmungswürdige Rolle gespielt hatte, sagte er mir nichts, und es ist schwer, sich eine Vorstellung davon zu machen. Ob er wohl das Gefühl hatte, als wäre ihm der Boden unter den Füßen weggezogen worden? Ich wüßte es gern. Aber zweifellos gelang es ihm sehr bald wieder, einen festen Standpunkt zu gewinnen. Er war ganze vierzehn Tage an Land im Matrosenheim, und da noch sechs bis sieben andere Männer sich dort aufhielten, hörte ich zuweilen ein wenig von ihm reden. Ihr oberflächliches Urteil schien zu sein, daß er, abgesehen von seinen übrigen Mängeln, ein brummiger Patron sei. Er hatte diese Tage auf der Veranda zugebracht, in einem Liegestuhl vergraben, und war nur zu den Mahlzeiten oder spät nachts aus seiner Verborgenheit herausgekrochen, wo er dann allein, von seiner Umgebung losgelöst, unentschlossen und schweigend über die Kais irrte, wie ein vertriebener Geist, der keine Stätte hat. „Ich glaube, ich habe in der Zeit keine drei Worte mit einem lebenden Wesen gesprochen“, sagte er und fügte gleich hinzu: „Einer dieser Kerle wäre sicherlich mit etwas herausgeplatzt, was ich entschlossen war, nicht hinzunehmen, und ich wollte keinen Streit. Nein. Damals nicht. Ich war zu – zu… Ich hatte nicht das Herz dazu.“ – „Das Schott hat's also doch ausgehalten“, meinte ich leichthin. – „Ja“, erwiderte er leise, „es hielt. Und doch schwöre ich Ihnen, daß ich fühlte, wie es mir unter den Händen nachgab.“ – „Es ist seltsam, wieviel altes Eisen manchmal aushält“, meinte ich. In seinen Stuhl zurückgeworfen, Arme und Beine steif herunterhängend, nickte er ein paarmal mit dem Kopf. Es ließ sich kein traurigerer Anblick denken. Plötzlich hob er den Kopf; er richtete sich auf und schlug sich auf die Schenkel. „Ach! Was für eine Gelegenheit habe ich versäumt! Mein Gott! Was für eine Gelegenheit habe ich versäumt!“ stieß er hervor, und dieses letzte „versäumt“ entrang sich ihm wie ein Schmerzensschrei.

Er versank wieder in Schweigen, sah mit einem stillen, abwesenden Blick voll wilden Verlangens der versäumten Heldentat nach; seine Nüstern blähten sich, als atmeten sie den berauschenden Duft dieser ungenützten Gelegenheit. Wenn ihr meint, daß mich das überrascht oder empört hätte, so tut ihr mir in mehr als einer Hinsicht unrecht. Ah, der Teufelskerl hatte Phantasie! Er wollte sich hingeben, sich opfern. In dem Blick, den er in die Nacht schickte, sah ich sein ganzes inneres Sein, hinausgestellt in das Fabelreich heroischer Träume. Er hatte keine Muße, das zu betrauern, was er verloren hatte, er war so völlig und ausschließlich von dem erfüllt, was zu erlangen ihm mißglückt war. Er war sehr weit von mir weg, der ich ihn aus drei Fuß Entfernung beobachtete. Mit jedem Augenblick drang er tiefer in die unmögliche Welt romantischen Vollbringens. Schließlich drang er bis zu ihrem Kern vor. Ein fremdartiger Ausdruck von Seligkeit breitete sich über seine Züge, seine Augen funkelten im Kerzenschein; er lächelte. Er war bis zu dem Kern vorgedrungen – wahrhaftig, bis zu dem Kern. Es war ein ekstatisches Lächeln, das eure Gesichter nie annehmen können, meins auch nicht, liebe Jungens. Ich erweckte ihn, indem ich sagte: „Sie meinen, wenn Sie beim Schiff geblieben wären."

Er sah mich mit weitgeöffneten, schmerzerfüllten Augen und einem erschrockenen, leidenden Gesichtsausdruck an, als wäre er eben von einem Stern heruntergefallen. Keiner von uns wird jemals einen Menschen so ansehen. Ein Schauder schüttelte ihn, als ob ein kalter Finger an sein Herz gerührt hätte. Schließlich seufzte er tief auf.

Ich war in keiner barmherzigen Stimmung. Er reizte einen durch seine widerspruchsvollen Enthüllungen. „Es ist sehr bedauerlich, daß Sie das nicht vorher wußten!" sagte ich mit der unfreundlichsten Absicht; doch der tückische Pfeil verfehlte sein Ziel, er fiel sozusagen zu Jims Füßen nieder, und der dachte nicht daran, ihn aufzuheben. Vielleicht hatte er ihn nicht einmal bemerkt. Gleich darauf sagte er, sich bequem ausstreckend: „Hol's der Teufel! Ich sage Ihnen, es bog sich. Ich hielt meine Lampe längs des Winkelbands in dem Zwischendeck, als ein Stück Rost, so groß wie meine Handfläche, ganz von selbst von der Platte herunterfiel." Er fuhr sich mit der Hand über die Stirn. „Das Ding bewegte sich und sprang weg wie etwas Lebendiges, als ich darauf hinsah." – „Da war Ihnen wohl recht schlimm zumute", warf ich ein. – „Glauben Sie denn, daß ich an mich selbst dachte, wo doch allein hundertsechzig Menschen knapp hinter mir in dem vorderen Zwischendeck lagen, – noch mehr achtern – noch mehr auf dem Hauptdeck, alle fest schlafend, nichts ahnend – dreimal soviel, als in den Booten Platz hatten, selbst wenn Zeit dazu gewesen wäre? Ich erwartete jeden Augenblick, während ich dastand, daß die Eisenwand bersten und das Wasser über sie hereinbrechen würde... Was konnte ich tun – was?"

Ich kann ihn mir leicht vorstellen, in dem mit Menschen angefüllten, höhlenartigen Raum, die Atemzüge der ahnungslosen Schläfer im Ohr, vor dem von der Kugellampe halb erleuchteten Schott, gegen dessen Außenseite sich der Ozean anstemmte. Ich kann ihn auf das Eisen starren sehen, wie vom Donner gerührt über den herunterfallenden Rost, niedergeschmettert von dem

Bewußtsein des nahen Todes. Dies geschah, wie ich verstand, als sein Kapitän, der ihn wahrscheinlich von der Brücke herunterhaben wollte, ihn zum zweiten Male dorthin beordert hatte. Er sagte mir, daß seine erste Regung die war, loszuschreien und all diese Menschen den Sprung vom Schlaf ins Entsetzen tun zu lassen, aber es überkam ihn ein solch überwältigendes Gefühl seiner Hilflosigkeit, daß er keinen Laut hervorbringen konnte. Dies ist es, glaube ich, was man darunter versteht, daß einem die Zunge am Gaumen festklebt. „Zu trocken“ war der knappe Ausdruck, mit dem er seinen Zustand kennzeichnete. Ohne einen Laut also kletterte er durch die Luke Nummer eins auf Deck. Ein Windsegel, das dort ausgebracht war, wehte ihm entgegen, und er erinnerte sich, daß der leichte Schlag der Leinwand gegen sein Gesicht ihn beinahe von der Leiter hinuntergeworfen hätte.

Er gestand, daß seine Knie gehörig schlotterten, wie er auf dem Vorderdeck stand, abermals einen Haufen Schläfer vor sich. Die Maschinen waren angehalten worden, und der Dampf strömte aus. Von seinem tiefen Dröhnen hallte die Nacht wie eine Baßsaite. Das Schiff zitterte davon.

Er sah, wie hie und da ein Kopf sich von einer Matte erhob, eine unbestimmte Form sich aufrichtete, einen Augenblick schläfrig lauschte und wieder in das wogende Durcheinander von Kisten, Dampfwinden, Ventilatoren zurücksank. Er erkannte, daß all diese Menschen nicht genug wußten, um sich das seltsame Geräusch verstandesmäßig erklären zu können. Das Schiff, aus Eisen, die Männer mit weißen Gesichtern, all diese Erscheinungen und Töne, alles und jedes an Bord, war für diese unwissende, gläubige Menge gleich seltsam und ebenso vertrauenswürdig wie unbegreiflich. Es kam ihm der Gedanke, daß diese Unkenntnis ein Glück war. Aber der Gedanke war einfach entsetzlich.

Man darf nicht vergessen, daß er, wie es jeder andere Mann an seiner Stelle hätte sein müssen, der Überzeugung war, das Schiff würde jeden Augenblick untergehn; die überlasteten, rostzerfressenen Platten mußten schließlich unfehlbar zusammenbrechen wie ein unterwühlter Damm und eine jähe, alles überflutende Sturzwelle einlassen. Er stand still, den Blick auf diese ruhenden Leiber gerichtet, ein Gezeichneter, der sein Schicksal kennt und sich in der stummen Gesellschaft der Toten umsieht. Sie waren tot! Nichts konnte sie retten! Boote waren vielleicht für die Hälfte von ihnen da, aber es war keine Zeit. Keine Zeit! Keine Zeit! Es schien nicht der Mühe wert, die Lippen zu öffnen, Hand oder Fuß zu bewegen. Bevor er drei Worte ausstoßen, drei Schritte machen konnte, mußte er in die See hinuntertaumeln, die von den wahnwitzigen Kämpfen menschlicher Wesen schrecklich aufschäumen, von gräßlichem Hilfegeschrei widerhallen würde. Es gab keine Hilfe; er konnte sich genau vorstellen, was geschehen würde; er durchlebte es alles, wie er mit der Lampe in der Hand bewegungslos vor der Luke stand, – er durchlebte es bis in die letzte fürchterlichste Einzelheit. Ich glaube, er durchlebte es noch einmal, während er mir diese Dinge erzählte, die er vor Gericht nicht sagen konnte.

„Ich sah so deutlich, wie ich Sie jetzt sehe, daß ich nichts tun konnte. Es war, als ob meine Glieder zu Stein erstarrten. Ich dachte, ich könnte ebensogut stehenbleiben, wo ich war, und warten. Ich glaubte nicht, daß mir viele Sekunden blieben…" Plötzlich hörte der Dampf auf auszuströmen. Der Lärm, sagte er, sei zum Rasendwerden gewesen, die Stille aber wurde sofort unerträglich drückend.

„Ich glaubte ersticken zu müssen, bevor ich ertrank", sagte er.

Er beteuerte, daß er nicht daran gedacht habe, sich zu retten. Der einzige deutliche Gedanke, der in seinem Hirn Gestalt annahm, schwand und wiederkam, war: achthundert Menschen und sieben Boote; achthundert Menschen und sieben Boote.

„Jemand sprach laut in meinem Kopf", sagte er beinahe wild. „Achthundert Menschen und sieben Boote – und keine Zeit! Man denke!" Er beugte sich über den kleinen Tisch hinweg zu mir vor, und ich suchte seinem Blick auszuweichen. „Glauben Sie, daß ich mich vor dem Tod fürchtete?" fragte er mit eindringlicher, leiser Stimme. Er schlug mit der offenen Hand auf den Tisch, daß die Kaffeetassen tanzten. „Ich kann beschwören, daß ich es nicht tat… bei Gott, nein!" Er gab sich einen Ruck und kreuzte die Arme; das Kinn sank ihm auf die Brust.

Durch die hohen Fenster klang das Klappern von Tafelgeschirr schwach zu uns herüber. Stimmen wurden laut, und einige Männer kamen in gehobener Stimmung in die Galerie heraus. Sie tauschten spaßhafte Erinnerungen über die Esel in Kairo. Ein blasser, ängstlicher Jüngling, der behutsam auf langen Beinen einherkam, wurde von einem rundlichen, protzigen Weltreisenden wegen seiner Einkäufe im Basar aufgezogen. „Nein, wirklich – glauben Sie, daß man mich so übers Ohr gehauen hat?" fragte er ernsthaft und bedächtig. Die Musikkapelle entfernte sich, Streichhölzer leuchteten auf und beschienen einen Augenblick geistlose Gesichter und mattglänzende weiße Hemdbrüste. Das vielfache Gesumm angeregter Tischgespräche klang mir sinnlos und unendlich fern.

„Ein Teil der Mannschaft schlief neben der Luke Nummer eins, meinem Arm erreichbar“, begann Jim von neuem.

Ihr müßt nämlich wissen, die Wachen auf dem Schiff waren so eingeteilt, daß alle Mann die Nacht durchschliefen und nur die gerufen wurden, die die Rudergasten und den Ausguck abzulösen hatten. Jim war versucht, den am nächsten liegenden Laskaren bei der Schulter zu packen, doch er tat es nicht. Etwas lähmte seinen Arm. Er fürchtete sich nicht – o nein! Er konnte eben nicht – das ist alles. Er fürchtete sich vielleicht nicht vor dem Tode, aber, wenn ich nicht irre, so fürchtete er sich vor all dem, was ihm vorangehen mußte. Seine vermaledeite Phantasie hatte ihm das ganze Grauen einer Panik vor Augen gestellt, das wilde Getümmel, die entsetzlichen Hilferufe, die vollgeschlagenen Boote – all die fürchterlichen Zwischenfälle einer Schiffskatastrophe, wie er sie so häufig hatte schildern hören. Es mag sein, daß er entschlossen war, zu sterben, aber er wollte ohne Schrecknisse sterben, in Ruhe, in einer Art friedvoller Ekstase. Eine gewisse Bereitschaft zum Untergang ist nicht so sehr selten, selten aber sind die Männer, die, mit dem undurchdringlichen Panzer des Entschlusses gewappnet, willens sind, eine verlorene Schlacht bis zum Letzten auszukämpfen. Die Sehnsucht nach Frieden wird stärker, je mehr die Hoffnung abnimmt, bis sie zuletzt selbst den Willen zum Leben besiegt. Wer von uns hier hat nicht schon dieses Aller-Erregung-Müde-Sein, das Vergebliche des Bemühens, das heftige Verlangen nach Ruhe beobachtet, wenn nicht am eigenen Leib erfahren? Solche, die mit unberechenbaren Gewalten zu kämpfen haben, kennen es wohl – die Schiffbrüchigen in Booten, die in der Wüste verlorenen Wanderer, alle, die sich gegen die vernunftlosen Naturmächte oder die blöde Roheit der Menge zur Wehr setzen mußten.

Achtes Kapitel

Wie lange er so unbeweglich bei der Luke stand, jeden Augenblick gewärtig, daß das Schiff unter ihm sinken und ein Wasserschwall ihn auf den Rücken nehmen und wie ein Stück Holz hin und her schleudern würde, – das kann ich nicht sagen. Nicht sehr lange – vielleicht nicht länger als zwei Minuten. Ein paar Männer, die er nicht erkennen konnte, fingen an, schläfrig miteinander zu sprechen; auch hörte er, er konnte nicht sagen, wo, ein sonderbares Geräusch scharrender Füße, über all diesen schwachen Lauten lastete die fürchterliche Stille, die einer Katastrophe vorangeht, die aufreizende Stille des Augenblicks vor dem Krach; dann kam es ihm in den Sinn, daß er vielleicht Zeit hätte, vorzustürmen und die Taue von den Klammern abzuschneiden, damit die Boote flott würden, wenn das Schiff unterging.

Die Patna hatte eine lange Brücke, und alle Boote waren dort oben, vier auf der einen Seite und drei auf der andern, das kleinste an Backbord, neben dem Steuergerät. Er versicherte mir, offenbar ängstlich bemüht, damit Glauben zu finden, er sei immer sorgfältig darauf bedacht gewesen, sie für augenblicklichen Gebrauch bereitzuhalten. Er kannte seine Pflicht. Ich zweifle nicht, daß er in dieser Hinsicht ein hinlänglich guter Offizier war. „Ich glaubte immer, daß es gut sei, für das Schlimmste gerüstet zu sein", erklärte er und streifte mein Gesicht mit einem prüfenden Blick. Ich nickte zustimmend zu diesem gesunden Grundsatz, wandte aber angesichts der geheimen Schwäche des Mannes den Blick ab.

Er fing also mit unsichern Schritten zu laufen an. Er mußte über Beine springen und vorsichtig sein, um nicht gegen die Köpfe zu stolpern. Plötzlich packte einer von unten seinen Rock, und unter seinem Arm ertönte eine angsterfüllte Stimme. Das Licht der Lampe, die er in der rechten Hand trug, fiel auf ein emporgewandtes, dunkles Gesicht, dessen Augen ihn mit der Stimme zugleich beschworen. Er hatte genug von der Sprache aufgeschnappt, um das Wort Wasser zu verstehen, das mehrmals in flehentlichem, fast verzweifeltem Ton wiederholt wurde. Er machte einen Satz, um fortzukommen, und fühlte, wie ein Arm sein Bein umklammerte.

„Der Kerl hängte sich an mich wie ein Ertrinkender", sagte er. „Wasser, Wasser! Welches Wasser meinte er? Was wußte er? So ruhig ich konnte, gebot ich ihm, loszulassen. Er hielt mich auf, die Zeit drängte, andere Schläfer rührten sich schon; ich brauchte Zeit – Zeit, die Boote flottzumachen. Er hatte meine Hand ergriffen, und ich fühlte, daß er im Begriff war zu schreien. In heller Angst vor der Panik, die daraus entstanden wäre, holte ich mit meinem freien Arm aus und schleuderte ihm die Lampe ins Gesicht. Das Glas klirrte, das Licht ging aus, doch der Schlag befreite mich von ihm, und ich rannte davon – ich wollte zu den Booten gelangen; ich wollte zu den Booten gelangen. Er sprang hinter mir her. Ich wandte mich gegen ihn. Er wollte nicht still sein, versuchte zu schreien; ich hatte ihn halb erdrosselt, bevor ich begriff, was er wollte. Er wollte Wasser, Wasser zum Trinken; sie waren auf knappe Ration gesetzt, wissen Sie, und er hatte einen kleinen Jungen bei sich, der mir öfter aufgefallen war. Sein Kind war krank – und durstig. Er hatte mich vorbeikommen sehen und bettelte um einen

Trunk Wasser. Weiter nichts. Wir waren unterhalb der Brücke, im Dunkeln. Er hörte nicht auf, nach meinen Handgelenken zu greifen; es war kein Loskommen von ihm. Ich stürzte in meine Koje, riß meine Wasserflasche heraus und drückte sie ihm in die Hand. Er verschwand. Erst dann merkte ich, wie sehr ich selbst eines Tranks bedurft hätte." – Er stützte sich auf einen Ellbogen und bedeckte die Augen mit der Hand.

Mir kroch ein Schauer den Rücken herunter; es war alles so seltsam. Die Finger der Hand, die seine Brauen beschattete, zitterten leicht. Er brach das kurze Schweigen.

„Solche Dinge erlebt man nur einmal und... Ah! Nun! Als ich endlich auf die Brücke kam, machten die Kerle die Boote von den Klampen los. Ein Boot! Ich rannte die Leiter hinauf, als ein heftiger Schlag, der auf meinen Kopf abgesehen war, mich an der Schulter traf. Er hielt mich nicht auf, und der Obermaschinist – sie hatten ihn endlich aus seinem Bettkasten herausgekriegt – holte von neuem mit der Fußlatte gegen mich aus. All dies schien mir natürlich – und grauenhaft – grauenhaft. Ich wich dem elenden Narren aus, hob ihn in die Höhe wie ein kleines Kind, und in meinen Armen flüsterte er: ›Nicht doch! Nicht doch! Ich dachte, Sie wären einer von den Niggern.‹ Ich schleuderte ihn weg, er rutschte die Brücke entlang und riß dem kleinen Kerl – dem Zweiten Maschinisten – die Beine unterm Leib fort. Der Kapitän, der an dem Boot herumarbeitete, drehte sich um und kam mit gesenktem Kopf auf mich zu, knurrend wie ein wildes Tier. Ich rührte mich nicht. Ich stand so unbeweglich da wie diese hier." Dabei tippte er mit dem Knöchel an die Wand neben seinem Stuhl. „Es war, als ob ich schon alles gehört, alles gesehen, zwanzigmal alles durchlebt hätte. Ich fürchtete sie nicht. Ich zog meine Faust zurück, und er hielt inne und murmelte: ›Ah! Sie sind es. Packen Sie an, flink!'

Das waren seine Worte. Flink! Als ob einer hätte flink genug sein können. ›Werden Sie nicht etwas tun?‹ fragte ich. – ›Ja. Auskneifen‹, knurrte er über die Schulter weg.

Ich glaube nicht, daß ich damals verstand, was er meinte. Die beiden andern hatten sich mittlerweile wieder aufgerafft und stürzten zusammen zum Boot. Sie trampelten, schnaubten, schoben, fluchten auf das Boot, das Schiff, aufeinander – auf mich. Alles halblaut. Ich rührte mich nicht, sprach nicht. Ich achtete nur auf die Schlagseite des Schiffs. Es lag so still, als wäre es im Trockendock aufgelegt – wahrhaftig, nicht anders." Er hielt die Hand hoch, mit der Fläche nach unten, die Fingerspitzen gesenkt. „So“, wiederholte er. „Ich konnte über den Stevenlauf weg die Linie des Horizonts vor mir sehen, so klar wie eine Glocke; ich konnte in weiter Ferne das Wasser sehen, schwarz und funkelnd und still – still wie ein Teich, tödlich still, stiller, als ein Meer je gewesen – stiller, als ich es zu sehen ertragen konnte. Haben Sie je ein Schiff auf der Nase liegend treiben sehen, nur von einer alten Eisenwand, die zu morsch ist, um das Absteifen auszuhalten, am Sinken gehindert? Ja? Jawohl, absteifen! Ich habe daran gedacht, an alles Menschenmögliche habe ich gedacht; aber kann man in fünf Minuten ein Schott absteifen – oder selbst in fünfzig Minuten? Wo sollte ich Leute hernehmen, die hinuntergehen würden! Und das Holz – das Holz! Hätten Sie den Mut gehabt, den Hammer zum ersten Schlag zu schwingen, wenn Sie das Schott gesehen hätten? Sagen Sie nicht ja; Sie haben es nicht gesehen; niemand hätte es gewagt. Zum Teufel auch – um so was zu tun, muß man zum mindesten an eine Möglichkeit unter tausend glauben, an den Schatten einer Möglichkeit; und Sie hätten nicht daran geglaubt. Niemand hätte daran geglaubt. Sie halten mich für einen Hundsfott, daß ich hier stehe – aber was hätten Sie getan? Was! Sie können es nicht sagen – niemand kann es sagen. Man muß Zeit haben, sich umzudrehen. Was hätte ich tun sollen? Was sollte es für einen Wert haben, all diese Leute, die ich als einzelner doch nicht retten konnte – die niemand retten konnte – in wahnsinnigen Schrecken zu versetzen? Sehen Sie! So wahr ich hier auf diesem Stuhl vor Ihnen sitze...“ Er atmete nach allen paar Worten hastig auf und warf flüchtige Blicke auf mein Gesicht, als wäre er in seiner Not um die Wirkung besorgt. Er sprach nicht zu mir, er sprach nur vor mir, in einem Wortstreit mit einer unsichtbaren Persönlichkeit, einem feindlichen und unzertrennlichen Teilhaber seines Daseins – einem zweiten Eigentümer seiner Seele. Dies waren Fragen, die über die Zuständigkeit eines Gerichtshofs hinausgingen: es war eine spitzfindige, folgenschwere Auseinandersetzung, die um den Wesenskern des Lebens ging und keines Richters bedurfte. Er brauchte einen Verbündeten, einen Helfer, einen Mitschuldigen. Ich fühlte wohl, daß ich Gefahr lief, überlistet zu werden, betört, verlockt, gepreßt vielleicht, in einem Streit Partei zu nehmen, der doch unmöglich zu entscheiden war, wenn man allen herrschenden Gewalten Rechnung tragen wollte – den guten mit ihren Forderungen und den bösen mit ihrer Not. Ich kann euch, die ihr ihn nicht gesehen und seine Worte nur aus zweiter Hand gehört habt, nicht schildern, wie gemischt meine Gefühle waren. Mir schien es, als sollte ich gezwungen werden, das Unbegreifliche zu verstehen – und ich kenne nichts, was dem Mißbehagen eines solchen Gefühls zu vergleichen wäre. Ich wurde gezwungen, einen Blick auf das stillschweigende Übereinkommen zu tun, das hinter aller Wahrheit steckt, und auf die innere Lauterkeit des Falschen. Er wandte sich an alle Seiten zugleich – an die Seite, die ständig dem Tageslicht zugewendet ist, wie an jene andere in uns, die, gleich der zweiten Mondhälfte, in ewigem Dunkel liegt und nur manchmal am Rande von einem fahlen, unheimlichen Licht gestreift wird. Er beherrschte mich. Ich gebe es zu, ich leugne es nicht. Der Fall war gewöhnlich, belanglos – alles was ihr wollt: ein verlorener Junge, einer unter einer Million – außer daß er einer von uns war; ein Erlebnis, so bar jeder Bedeutung, wie die Überschwemmung eines Ameisenhaufens, und dennoch ergriff mich das Geheimnis seiner Einstellung so stark, als hätte er in der vordersten Reihe seiner Mitbrüder gestanden, als wäre die verborgene Wahrheit in seiner Geschichte gewaltig genug, die Menschheit in ihrer Auffassung von sich selbst zu beeinflussen ...

Marlow hielt inne, um seine ausgehende Manila neu in Brand zu setzen, schien die Erzählung völlig zu vergessen und begann plötzlich von neuem...

Meine Schuld natürlich. Es hat keinen Sinn, sich so gefangennehmen zu lassen. Es ist eine Schwäche von mir. Die seinige war von anderer Art. Meine Schwäche besteht darin, daß ich keinen Blick für das Nebensächliche habe – für die Äußerlichkeiten – keinen Blick für den Eimer des Lumpensammlers oder für die feine Wäsche des Nebenmanns. Der Nebenmann – das ist es. Ich bin schon so vielen Menschen begegnet – fuhr er mit plötzlicher Trauer fort – und manchmal mit einer... einer gewissen... Heftigkeit, sagen wir, wie diesem Burschen da – aber in jedem Fall war alles, was ich sehen konnte, einfach nur das Menschenwesen. Eine verdammt demokratische Art des Sehens, die wahrscheinlich besser ist als völlige Blindheit, mir aber – ich gebe euch mein Wort darauf – nie von Nutzen gewesen ist. Die Menschen wollen, daß man ihre feine Wäsche beachtet. Doch ich habe mich für diese Dinge nie begeistern können. Oh, es ist ein Mangel; es ist ein Mangel; und dann kommt so ein weicher Abend; eine Gesellschaft, zu faul zum Whist – und schließlich eine Geschichte...

Er hielt wiederum inne, wie um eine ermutigende Bemerkung abzuwarten, doch alles schwieg; nur der Gastgeber murmelte, als ob er widerstrebend eine Form erfüllte:

„Sie sind so spitzfindig, Marlow."

Wer? Ich? sagte Marlow leise. O nein! Aber er war es; und so sehr ich mich auch bemühe, mein Garn gut zu spinnen, so bringe ich doch unzählige

Schattierungen nicht heraus – es ist so schwer, sie mit farblosen Worten wiederzugeben. Denn was bei ihm die Sache so verzwickt machte, das war, daß er so furchtbar naiv war – der Unglücksmensch!... Bei Gott, es war unglaublich. Da saß er und erzählte mir, daß, so wahr ich ihn vor Augen hätte, nichts in der Welt ihn schrecken könnte, – und glaubte, was er sagte. Ich sag' euch, er war von einer fabelhaften Unschuld, und es war ganz ungeheuerlich, ungeheuerlich! Ich beobachtete ihn heimlich, als hätte ich ihn im Verdacht gehabt, daß er sich über mich lustig machen wollte. Er war überzeugt, daß nichts unter der Sonne, unter der Sonne, wohlgemerkt! ihm Angst einflößen könnte. Seit er „so groß" war – „ein ganz kleiner Knirps" –, hatte er sich für alle Gefahren vorbereitet, die einem zu Wasser und zu Lande drohen können. Er bekannte sich stolz zu dieser Art Vorsorge. Er hatte Gefahren und ihre Abwehr ersonnen, immer das Schlimmste erwartet, immer seine besten Kräfte eingesetzt. Er muß ein recht überspanntes Dasein geführt haben. Könnt ihr es euch vorstellen? Eine Reihenfolge von Abenteuern, ein ruhmgekröntes Heldendasein, jeder Tag seines inneren Lebens von der Gewißheit seiner Siegerlaufbahn vergoldet! Er vergaß sich; seine Augen glänzten fieberhaft; und bei jedem Wort, das er sprach, legte sich mir das Widersinnige von all dem schwer und schwerer aufs Herz. Mir war nicht nach Lachen zumute, und um selbst ein Lächeln zu verhüten, machte ich ein sehr dummes Gesicht. Er gab Zeichen von Gereiztheit.

„Es pflegt immer das Unerwartete zu geschehen", sagte ich begütigend. Meine Stumpfheit entlockte ihm ein verächtliches „Pah!" Wahrscheinlich meinte er, daß das Unerwartete ihm nichts anhaben konnte; nur das Unbegreifliche und nichts sonst konnte sich stärker erweisen als die vollendete Vorbereitung. Er war unversehens überrumpelt worden – und er murmelte zu sich selber Verwünschungen gegen Wasser und Himmel, gegen das Schiff und die Menschen. Alles hatte ihn verraten! Er war in jene Art hochgemuten Verzichts hineingetrieben worden, die ihn verhinderte, auch nur ein Fingerglied zu rühren, während die andern, die genau wußten, was zuerst zu geschehen hatte, sich gegenseitig umrannten und verzweifelt an dem Boot herumrackerten. Irgendwas daran war im letzten Augenblick schiefgegangen. Es scheint, daß sie es in ihrer Hast auf irgendeine geheimnisvolle Weise fertiggebracht hatten, den Schließbolzen des vordersten Bootsklampens festzuklemmen, und nun durch die Todesgefahr, in der sie schwebten, vollends um ihr bißchen Verstand gebracht waren. Es muß ein netter Anblick gewesen sein, die wahnwitzige Geschäftigkeit der drei Schufte unter all den Schlafenden auf dem reglosen

Schiff! Wie sie auf allen vieren krochen, sich voll Verzweiflung aufrichteten, schoben, stießen, einander giftig anknurrten, jeder auf dem Sprung, den andern an der Kehle zu packen, zu morden, loszuplärren, nur durch die Furcht vor dem Tod zurückgehalten, der schweigsam, wie ein unerbittlicher Fronvogt, hinter ihnen stand. Weiß Gott! Es muß ein netter Anblick gewesen sein. Er sah es alles, er konnte darüber mit Zorn und Bitterkeit reden; er erfaßte es mit etwas wie einem sechsten Sinn, denn er schwor mir, daß er sich abseits von ihnen gehalten habe, ohne einen Blick, einen einzigen Blick auf sie und das Boot zu werfen. Und ich glaube ihm. Er hatte sicher genug damit zu tun, die gefährliche Schlagseite des Schiffes zu beobachten, das drohende Unheil, das mitten aus völliger Sicherheit aufgetaucht war – und war wohl wie gebannt durch den Gedanken an das Schwert, das an einem Haar über seinem phantastischen Kopfe hing.

Nichts bewegte sich vor seinen Augen, und doch konnte er es sich ungehindert ausmalen, wie die dunkle Linie des Horizonts sich plötzlich nach oben schwingen, die weite Wasserebene sich hochrecken, der Abgrund aufgähnen, ein hoffnungsloser Kampf sich entspinnen, der Sternenhimmel sich wie ein Grabgewölbe für immer über ihm schließen würde – das letzte Aufbäumen seines jungen Lebens – das schwarze Ende. Das konnte er. Wer, bei Gott! hätte es nicht gekonnt? Und ihr müßt bedenken, daß er ein vollendeter Künstler auf diesem Gebiete war, ein armer Teufel mit der Gabe blitzschneller, vorwegnehmender Phantasie. Die Geschichte, die sie ihm vorspiegelte, hatte ihn vom Kopf bis zur Zehe in kalten Stein verwandelt; doch in seinem Kopf ging ein rasender Tanz von Gedanken vor sich, ein Tanz von lahmen, blinden, stummen Gedanken – ein Wirbel grauenhafter Krüppel. Sagte ich euch nicht, daß er mir beichtete, als hätte ich die Macht gehabt, zu binden und zu lösen? Er bohrte tief, tief, in der Hoffnung auf meine Absolution, die ihm doch nichts geholfen hätte. Es war einer von den Fällen, wo kein frommer Betrug Linderung zu schaffen vermag, wo kein Mensch helfen kann; wo selbst der Schöpfer den Sünder seinem eigenen Ratschluß zu überlassen scheint.

Er stand an der Steuerbordseite der Brücke, so weit wie möglich abseits von dem Kampf um das Boot, der mit der Wildheit des Wahnsinns und der Heimlichkeit einer Verschwörung fortgesetzt wurde. Die beiden Malaien waren während der ganzen Zeit nicht vom Steuer gewichen. Man stelle sich einmal die handelnden Personen in dieser – Gott sei Dank! – einzigartigen Episode zur See vor: vier ganz außer sich an einer wütenden heimlichen Arbeit, und drei, die völlig reglos zusehen, oberhalb eines Sonnensegels, das die Ahnungslosigkeit von Hunderten menschlicher Wesen deckt, mit ihrer Not, ihren Träumen und Hoffnungen, sie alle von einer unsichtbaren Hand am Rande der Vernichtung aufgehalten. Denn daß sie das alle waren, unterliegt für mich keinem Zweifel: in Anbetracht der Verfassung, in der sich das Schiff befand, war das Bild so zutreffend wie nur möglich. Das Gesindel am Boot hatte allen Grund, vor Angst aus Rand und Band zu kommen. Offen gestanden, wäre ich an Bord gewesen, ich hätte keinen falschen Heller dafür gegeben, daß das Schiff von einer Sekunde zur andern über Wasser bleibe. Und doch schwamm es noch! Die schlafenden Pilger waren dazu bestimmt, ihre Pilgerfahrt zu einem andern bitteren Ende durchzuführen. Es war, als hätte die Allmacht, deren Gnade sie bekannten, ihrer armseligen Zeugenschaft auf Erden noch eine Weile länger bedurft, als hätte sie dem Ozean ein Zeichen „Du sollst nicht" gemacht. Ihr Entrinnen würde mir als ein unerklärliches Wunder erscheinen, wenn ich nicht wüßte, wie zäh altes Eisen sein kann – so zäh wie manche Menschen, die wir gelegentlich antreffen, die zu Schatten zusammengeschrumpft sind und doch noch dem harten Leben die Stirne bieten. Auch das Benehmen der beiden Rudergasten während dieser zwanzig Minuten ist nach meinem Dafürhalten kein kleines Wunder. Sie waren als Zeugen mit einem Schub Eingeborener aller Art von Aden zur Verhandlung herübergebracht worden. Einer von ihnen, der mit großer Schüchternheit zu kämpfen hatte, war noch sehr jung und sah mit seinem glatten, gelben, freundlichen Gesicht noch jünger aus als er war. Ich entsinne mich noch, wie Brierly ihn durch den Dolmetsch fragen ließ, was er damals gedacht hatte, und wie der Dolmetsch nach kurzer Zwiesprache sich mit gewichtiger Miene zum Gerichtshof wandte und sagte: „Er sagt, er dachte gar nichts."

Der andere, mit geduldigen, blinzelnden Augen, die grauen Haarsträhnen von einem verwaschenen, kunstvoll geknoteten blauen Taschentuch umwunden, mit eingefallenen Backen und brauner, von einem Netz von Fältchen überdunkelter Haut, bekundete, er habe wohl das Gefühl gehabt, daß mit dem Schiff etwas Schlimmes vorginge, aber es war kein Befehl gegeben worden; er habe sich auf keinen Befehl besinnen können; warum hätte er das Steuer verlassen sollen? Auf weitere Fragen zuckte er seine dürftigen Schultern und erklärte, es sei ihm damals nicht in den Sinn gekommen, daß die Weißen aus Todesfurcht das Schiff verlassen wollten. Er könnte es auch jetzt nicht glauben. Sie mochten geheime Gründe gehabt haben. Er schüttelte bedeutsam seinen alten Kopf. Ja, ja, geheime Gründe. Er war ein Mann von großer Erfahrung, und dieser weiße Tuan möge nur wissen – er wandte sich zu Brierly, der den Kopf nicht hob –, daß er während seiner langen Dienstzeit zur See bei den Weißen in viele Dinge eingeweiht worden sei; – und plötzlich überschüttete er uns, die wir wie gebannt aufhorchten, mit einer Flut von seltsam klingenden Namen, Namen von längst verstorbenen Kapitänen, Namen von längst vergessenen Küstenfahrern, vertrauten Namen, die so entstellt aus seinem Munde kamen, als ob Jahrhunderte an ihnen ihr Werk getan hätten. Man brachte ihn endlich zum Schweigen. Eine Stille entstand im Gerichtshof – eine Stille, die mindestens eine Minute anhielt und schließlich in ein dunkles Gemurmel überging. Dieser Vorfall war die Sensation des zweiten Verhandlungstages und übte eine starke Wirkung auf alle Zuhörer, mit Ausnahme von Jim, der in sich versunken am Ende der ersten Bank saß und keinen Blick auf diesen merkwürdigen, vernichtenden Zeugen warf, der von einer geheimnisvollen Verteidigungstheorie erfüllt schien.

So hielten also diese beiden Laskaren auf dem Schiff, das keine Fahrt mehr hatte, am Steuer aus und hätten dort den Tod gefunden, wenn dies ihr Schicksal gewesen wäre. Die Weißen hatten keinen Blick für sie, hatten wohl ihr Dasein vergessen. Jim dachte bestimmt nicht daran. Er dachte nur daran, daß er nichts tun konnte; er konnte nichts tun, da er doch allein war. Es war nichts zu tun, als mit dem Schiff unterzugehn. Es hatte keinen Zweck, viel Aufhebens davon zu machen. Wahrhaftig nicht. Er wartete aufrecht, ohne einen Laut, hatte sich wohl in eine Heldenpose hineingesteigert. Der Obermaschinist lief vorsichtig über die Kommandobrücke, um ihn am Ärmel zu zupfen.

„Kommen Sie zu Hilfe! Um Gottes willen, kommen Sie zu Hilfe!"

Er lief auf den Fußspitzen zum Boot und kam eilends wieder zurück, bettelte und fluchte in einem Atem und hängte sich wieder an Jims Ärmel.

„Ich glaube, er hätte mir die Hände geküßt", sagte Jim grimmig, „und gleich darauf fährt er wutschäumend auf und raunt mir zu: ›Wenn ich Zeit hätte, würde ich dir gern den Schädel spalten.‹ Ich stieß ihn weg. Plötzlich umklammert er meinen Hals. Hol' ihn der Teufel! Ich schlug nach ihm. Ich schlug, ohne hinzublicken. ›Willst du nicht dein eigenes Leben retten, du verdammter Feigling‹, keuchte er. Feigling! Er nannte mich einen verdammten Feigling! ›Ha! Ha! Ha! Ha! Er nannte mich – ha! ha! ha!..."

Er hatte sich in den Stuhl zurückgeworfen und schüttelte sich vor Lachen. Ich hatte nie in meinem Leben etwas so Bitteres gehört wie dieses Gelächter. Es fiel wie ein Gifthauch auf all die Belustigungen mit Eseln, Pyramiden, Basaren und was sonst noch alles. Die ganze Galerie entlang verstummte das Stimmengewirr, alle Gesichter wandten sich mit einem Schlage nach uns, und es wurde so mäuschenstill, daß der Silberklang eines Teelöffels, der auf den Mosaikboden der Veranda fiel, sich wie ein heller Schrei anhörte.

„Sie müssen nicht so lachen, vor all diesen Leuten“, ermahnte ich. „Es macht einen schlechten Eindruck.“

Er gab durch nichts zu verstehen, daß er mich gehört hatte; erst nach einer Weile stammelte er gleichgültig mit einem starren Blick, der, weit weg von mir, von irgendeiner fürchterlichen Vision festgehalten schien: „Bah! Sie werden glauben, ich sei betrunken.“

Und nach seinem Aussehen hätte man schließen können, er würde danach keinen Ton mehr verlauten lassen. Aber – weit gefehlt! Er konnte ebensowenig das Reden lassen, wie er durch bloße Willensanstrengung hätte zu leben aufhören können.

Neuntes Kapitel

„Ich sagte zu mir selber: ›Geh unter— Verflucht! Geh unter!',, Mit diesen Worten begann er wieder. Er wünschte, es sollte alles vorüber sein. Er war gänzlich sich selbst überlassen und formte diese Anrede an das Schiff in seinem Kopf im Ton einer Verwünschung, während er zugleich die Gelegenheit genoß, einem – soweit ich es beurteilen kann – niederen Possenspiel beizuwohnen. Sie waren immer noch bei dem Schließbolzen. Der Kapitän kommandierte: „Kriecht drunter und versucht es hochzuheben!“ Und die andern zeigten natürlich keine Lust; flach unter einem Bootskiel festgeklemmt zu liegen, war ja wirklich keine Lage, in der man gerne überrascht werden wollte, wenn das Schiff plötzlich unterging. „Warum tun Sie's nicht – als der Stärkste?“ winselte der kleine Maschinist. – „Verflucht! Ich bin zu dick“, prustete der Kapitän in Verzweiflung. Es war spaßig genug, daß Engel darüber hätten weinen können. Sie standen eine Weile untätig, dann stürzte der Obermaschinist wieder auf Jim los.

„Komm und hilf, Mensch! Bist du ein Narr, deine einzige Chance wegzuwerfen? Komm und hilf, Mensch! Mensch! Da sieh – sieh!“

Und schließlich blickte Jim achteraus, wohin der andere mit der Beharrlichkeit eines Verrückten deutete. Er sah ein schweres, schwarzes Gewölk, das schon ein Drittel des Himmels verschlungen hatte. Ihr wißt, wie zu dieser Zeit des Jahres die Böen dort heraufkommen. Zuerst verdunkelt sich der Horizont – nichts weiter; dann steigt eine Wolke herauf, dicht wie eine Mauer. Ein gerader Dunststreifen, aus dem fahle, weißliche Lichter hervorbrechen, kommt von Südwesten und fegt ganze Sternbilder weg; sein Schatten fliegt über das Wasser und taucht Meer und Himmel in einen Abgrund von Finsternis. Und alles ist still. Kein Donner, kein Wind, kein Laut; kein Blitz. Dann erscheint in der finsteren Unendlichkeit ein bleifarbener Bogen; ein Wallen in der Luft, noch eins, als ob die Dunkelheit selber Wellen schlüge, und plötzlich platzen Wind und Regen mit einer eigentümlichen Heftigkeit zusammen, als wären sie durch etwas Festes hindurchgebrochen. Eine solche Wolke war heraufgekommen, während sie nicht hingesehen hatten. Als sie sie gewahr wurden, konnten sie mit Recht annehmen, daß, wenn es bei völliger Stille eine Möglichkeit für das Schiff gab, ein paar Minuten länger über Wasser zu bleiben, die geringste Bewegung des Wassers ihm ein Ende machen mußte. Sein erstes Stampfen zu dem Wallen, das dem Ausbruch der Bö vorangeht, würde auch sein letztes sein, würde in ein Tauchen übergehen, mit einem Sinken tief, tief auf den Grund enden. Daher all diese Kapriolen der Angst, all ihre Grimassen, in denen sich ihre außerordentliche Abneigung vor dem Tode ausdrückte.

„Es war schwarz, schwarz“, fuhr Jim mit düsterer Festigkeit fort. „Es war von hinten über uns heraufgekrochen. Ich glaube, ich muß ganz zutiefst noch einen Funken Hoffnung in mir gehabt haben. Ich weiß nicht. Aber nun war alles vorbei. Es machte mich toll, mich so gefangen zu sehen. Ich bäumte mich auf, als wäre ich in eine Falle gegangen. Ich war in einer Falle! Zudem war die Nacht heiß, ich entsinne mich noch. Kein Lüftchen.“

Er entsann sich so gut, daß er in seinem Stuhl nach Atem rang und vor meinen Augen zu ersticken schien. Kein Zweifel, es machte ihn toll; es überwältigte ihn von neuem, sozusagen, doch rief es ihm auch jenes wichtige Vorhaben ins Gedächtnis zurück, das ihn auf die Brücke geführt hatte. Er hatte die Absicht gehabt, die Rettungsboote klarzumachen. Er zog sein Messer heraus und hieb drauflos, als ob er nichts gesehen, nichts gehört, von niemand an Bord etwas gewußt hätte. Sie glaubten, er wäre total von Sinnen, wagten es aber nicht, gegen diese nutzlose Zeitvergeudung lauten Einspruch zu erheben. Nachdem er fertig war, kehrte er wieder auf denselben Fleck zurück, von dem er ausgegangen war. Der Obermaschinist drängte sich dicht an ihn heran und raunte hart bei seinem Kopf, als ob er ihn ins Ohr beißen wollte:

„Dummkopf! Glauben Sie denn, daß Sie noch die leiseste Aussicht haben, wenn erst einmal diese ganze Rotte da im Wasser ist? Was denn – die werden Ihnen von diesen Booten aus den Schädel einschlagen."

Er rang die Hände, von Jim unbeachtet. Der Kapitän trippelte angstvoll auf demselben Fleck herum und stammelte: „Ein Hammer! Ein Hammer! Mein Gott! Holt einen Hammer!"

Der Zweite Maschinist winselte wie ein kleines Kind, aber trotz seinem gebrochenen Arm zeigte er sich als der wenigst Feigherzige von allen und brachte soviel Mut auf, in den Maschinenraum zu laufen. Man muß ihm zugestehen, daß es keine Kleinigkeit war. Jim sagte, er habe verzweifelte Blicke umhergeschleudert, wie einer, der sich verloren gibt, habe einen dumpfen Klagelaut ausgestoßen und sei fortgestürzt. Er war sofort wieder da und flog mit dem Hammer in der Hand im Nu auf den Schließbolzen los. Die andern ließen Jim stehen und eilten zur Hilfe. Er hörte den Schlag des Hammers und den Ton der herunterfallenden Bootsklampen. Das Boot war klar. Erst dann blickte er auf – erst dann. Aber er hielt sich in angemessener Entfernung. Ich sollte beachten, daß er sich in angemessener Entfernung hielt, daß er mit den Männern, die den Hammer hatten, nichts gemein hatte. Durchaus nichts. Es kann nicht bestritten werden, daß er sich durch einen unermeßlichen Abstand, ein unüberwindliches Hindernis, eine nicht zu überbrückende Kluft von ihnen abgeschnitten wähnte. Er war so weit wie möglich – die ganze Breite des Schiffs – von ihnen entfernt.

Seine Füße waren an diesen entlegenen Fleck und seine Augen auf die undeutliche Gruppe geheftet, die eng zusammengedrängt stand und in der gemeinsamen Todesangst seltsam hin und her schwankte. Eine Handlampe, die über einem kleinen Tisch auf der Kommandobrücke an einer Geländerstütze befestigt war – die Patna hatte keinen Navigationsraum –, warf ein schräges Licht auf die Schultern der Männer, die sich hoben und senkten, auf ihre gewölbten, bebenden Rücken. Sie stießen den Bug des Bootes ab, stießen ab, in die Nacht hinaus, und blickten nicht mehr nach Jim zurück. Sie gaben ihn auf, als wäre er wirklich zu weit, zu hoffnungslos weit von ihnen getrennt gewesen, um eines Worts, eines Blicks oder eines Zeichens wert zu sein. Sie hatten keine Zeit, auf sein stummes Heldentum zurückzublicken, die wortlose Anklage seiner Entsagung zu fühlen. Das Boot war schwer; sie mußten ihre ganze Kraft zusammennehmen und konnten keinen Atem für unnütze Worte erübrigen, aber das Übermaß von Entsetzen, das ihre Selbstbeherrschung wie Spreu im

Winde zerstreut hatte, machte aus ihren verzweifelten Anstrengungen ein Possenspiel wie von Clowns in einer Pantomime. Sie stießen mit ihren Händen, mit ihren Köpfen, sie stießen mit der ganzen Wucht ihrer Leiber, sie stießen mit der ganzen Kraft ihrer Seelen – doch kaum war es ihnen gelungen, den Vordersteven vom Davit klar zu bekommen, da hörten sie wie auf Kommando auf, und es begann ein wüster Kampf um einen Platz im Boot. Als notwendige Folge schwang das Boot wieder ein und trieb sie hilflos und miteinander ringend zurück. Eine Weile standen sie wie gelähmt und taten nichts andres, als sich alle Schimpfwörter, auf die sie sich besinnen konnten, im Flüsterton an den Kopf zu werfen. Dann legten sie von neuem los. Dreimal ging dies so. Er beschrieb es mir mit finsterer Nachdenklichkeit. Es war ihm keine einzige Bewegung dieser komischen Szene entgangen. „Ich verachtete sie. Ich haßte sie. Ich mußte das alles mit ansehen“, sagte er ohne Nachdruck und wandte mir seinen düster beobachtenden Blick zu. ›Ist je ein Mensch so schändlich in Versuchung geführt worden?'“

Er legte einen Augenblick den Kopf in die Hände, wie einer, der über einen unerhörten Schimpf außer sich geraten ist. Das waren Dinge, die er dem Gerichtshof nicht erklären konnte – und nicht einmal mir; doch ich wäre wenig geeignet gewesen, seine Beichte entgegenzunehmen, hätte ich für Pausen zwischen seinen Worten kein Verständnis gehabt. In diesem Angriff auf seine Festigkeit lag die höhnische Absichtlichkeit einer boshaften, niedrigen Rache; dem Gottesgericht über ihn fehlte das Possenhafte nicht – die Schmach spaßhafter Grimassen angesichts des Todes oder der Entehrung.

Er berichtete Tatsachen, die ich nicht vergessen habe, doch könnte ich nach dieser langen Zeit nicht seine eigenen Worte wiedergeben; ich erinnere mich nur, daß er es sehr gut verstand, seinen tiefen Groll durch die nackte Erzählung der Ereignisse durchscheinen zu lassen. Zweimal, sagte er mir, schloß er die Augen in der Gewißheit, daß das Ende da war, und zweimal mußte er sie wieder öffnen. Jedesmal bemerkte er das Wachsen der Finsternis und der großen Stille. Der Schatten der reglosen Wolke war vom Zenit auf das Schiff gefallen und schien jeden Laut seines wimmelnden Lebens ausgelöscht zu haben. Er konnte unter dem Sonnensegel keine Stimme mehr hören. Er sagte mir, daß jedesmal, wenn er die Augen schloß, ein Gedankenblitz ihm diese für den Tod zurechtgelegten Leiber wie mit grellem Tageslicht beleuchtete. Wenn er die Augen öffnete, sah er den blöden Kampf der vier Männer, die wie besessen gegen ein störrisches Boot angingen. Sie fielen einmal ums andere zurück, überschütteten sich gegenseitig mit Flüchen und stürmten im Knäuel aufs neue los – – –. „Es war zum Totlachen“, meinte er mit niedergeschlagenen Augen; dann erhob er sie kurz, und ein trübes Lächeln verzog sein Gesicht. „Es wird mir zeitlebens nicht mehr an Kurzweil fehlen, denn ich werde dieses spaßige Schauspiel noch oft sehen, bevor ich sterbe“, sagte er. Er schlug die Augen wieder zu Boden. „Sehen und hören... Sehen und hören“, wiederholte er zweimal nach langen Pausen, während deren er ins Leere gestarrt hatte.

Er raffte sich auf.

„Ich wollte mit aller Gewalt die Augen geschlossen halten“, begann er wieder, „und es ging nicht. Es ging nicht, mag alle Welt es wissen. Das soll einer erst einmal durchmachen, bevor er redet. Es soll's einer probieren und besser machen. Das zweitemal flogen mir die Lider auf und der Mund dazu. Ich hatte gefühlt, wie das Schiff sich bewegte. Es tauchte nur eben den Bug ein – und hob ihn wieder sacht – und langsam! unglaublich langsam; und ganz, ganz wenig; seit Tagen hatte es das nicht getan. Die Wolke lagerte nun über unserm Scheitel, und es schien, als wäre dieser erste Ruck auf einem bleiernen Meer erfolgt. Was hätten Sie getan? Sie sind Ihrer sicher – nicht wahr? Was würden Sie tun, wenn Sie jetzt, in dieser Minute, fühlten, wie das Haus hier schwankt, ein ganz klein bißchen unter Ihrem Stuhle schwankt? Springen! Beim Himmel! Sie würden einen Sprung machen von dem Platz, wo Sie sitzen, und in dem Gebüsch dort unten landen.“

Er schleuderte seinen Arm über die Steinbalustrade in die Nacht hinaus. Ich verharrte in Schweigen. Er blickte mich sehr fest, sehr forschend an. Keine Frage: nun wurde ich gestellt; und ich hielt es für zweckmäßig, nicht zu mucken, um nicht etwa durch eine Gebärde oder ein Wort ein Zugeständnis über meine Person zu machen, das auf den Fall hätte bezogen werden können. Ich hatte keine Lust, mich auf diese Brücke zu wagen. Vergeßt nicht, daß ich ihn vor mir hatte und daß er wirklich zu sehr unsersgleichen war, um nicht gefährlich zu sein. Doch wenn ihr es wissen wollt, so will ich nicht verschweigen, daß ich mit einem raschen Blick die Entfernung bis zu dem dichten Buschwerk inmitten des Rasens vor der Veranda abmaß. Er übertrieb. Ich würde um mehrere Fußlängen vorher gelandet sein – und das ist das einzige, dessen ich ziemlich sicher bin.

Er dachte, der letzte Augenblick sei gekommen und regte sich nicht. Seine Füße waren an die Planken geheftet, wenn sich auch die Gedanken zügellos in seinem Kopf jagten. Gerade in diesem Moment sah er einen der Männer, die um das Boot herum waren, plötzlich zurücktreten, mit erhobenen Armen in die Luft greifen, taumeln und zusammensinken. Er fiel nicht eigentlich hin, er glitt nur sacht in eine sitzende Stellung, ganz zusammengeduckt, die Schultern an das Oberlicht des Maschinenraums gelehnt. „Es war der Donkeymann. Ein hagerer, käsig aussehender Bursche mit zottigem Schnurrbart. Tat Dienst als Dritter Maschinist“, erklärte er.

„Tot“, sagte ich. Wir hatten etwas davon bei Gericht gehört.

„Scheint so“, versetzte er mit düsterer Gleichgültigkeit. „Natürlich erfuhr ich niemals Genaues. Schwaches Herz. Der Mann hatte schon vor längerer Zeit geklagt, daß er nicht recht auf dem Damm sei. Aufregung. Überanstrengung. Weiß der Teufel. Ha! Ha! Ha! Es war leicht zu sehen, daß er auch nicht hatte sterben wollen. Drollig, nicht? Hol' mich der Henker, wenn er nicht genarrt wurde, sich zu Tode zu rackern. Genarrt – nichts anderes. Genarrt, sage ich, gerade so wie ich... Ah! Hätte er sich doch bloß nicht vom Fleck gerührt! Hätte er ihnen gesagt, sie sollten sich zum Teufel scheren, als sie ihn aus seiner Koje holen kamen, weil das Schiff am Sinken war. Wäre er nur mit den Händen in den Taschen dabei stehengeblieben und hätte ihnen Schimpfnamen an den Kopf geworfen!“

Er stand auf, ballte die Faust, stierte mich an und setzte sich wieder.

„Eine versäumte Gelegenheit, was?“ murmelte ich.

„Warum lachen Sie nicht?“ sagte er. „Ein Spaß, in der Hölle ausgeheckt. Schwaches Herz!... Ich wünsche manchmal, mir wär' es so gegangen.“

Dies verdroß mich. „Wirklich?“ rief ich mit bitterem Spott. – „Ja! Können Sie denn nicht begreifen?“ war seine Antwort. – „Ich weiß nicht, was Sie noch mehr wünschen können“, sagte ich ärgerlich. Er blickte mich völlig verständnislos an. Dieses Geschoß war ebenfalls weit vom Ziel abgeirrt, und er war nicht der Mann, sich um fehlgegangene Pfeile zu kümmern. Weiß Gott, er war allzu vertrauensselig; er war kein waidgerechtes Wild. Ich war froh, daß mein Geschoß nicht getroffen, daß er nicht einmal das Schnellen der Sehne gehört hatte.

Natürlich konnte er damals nicht wissen, daß der Mann tot war. Die nächste Minute – seine letzte an Bord – war von einem Tumult von Ereignissen und Empfindungen erfüllt, die über ihm zusammenschlugen, wie das Meer über einem Felsen. Ich gebrauche dieses Gleichnis absichtlich, weil ich aus seiner Erzählung schließen muß, daß er sich ein seltsames Trugbild der eigenen

Untätigkeit bewahrt hatte, als hätte er nicht gehandelt, sondern sich von den höllischen Mächten, die ihn zum Opfer ihres sinnlosen Treibens ausersehen hatten, mißbrauchen lassen. Das erste, was zu ihm drang, war das Kreischen der schweren Davits, die endlich ausschwangen – ein Mißklang, der vom Deck durch seine Fußsohlen in seinen Körper drang und ihm das Rückenmark hinauf bis an den Scheitel fuhr. Dann, da die Sturmwolke schon ganz nahe war, hob sich der träge Schiffskörper zum zweitenmal in einem drohenden Stampfen, das ihm den Atem nahm, während Hirn und Herz zugleich von gellendem Geschrei wie von Dolchen durchbohrt wurden. – „Werft los! Um Gottes willen, werft los! Werft los! Wir sinken!“ Hierauf surrten die Bootstakel über die Rollen, und ein wirres Durcheinander von Stimmen erscholl unter dem Sonnensegel. „Als die Kerle losbrachen, hätte ihr Geheul die Toten erwecken können“, sagte er. Hernach, als das Boot mit einem klatschenden Schlag buchstäblich ins Wasser gefallen war, drangen dumpfe Geräusche von trampelnden, stolpernden Füßen herauf, untermischt mit verworrenem Geschrei: „Aushaken! Aushaken! Abstoßen! Aushaken! Stoßt ab, so lieb euch euer Leben ist! Die Bö kommt über uns…“ Er hörte hoch über seinem Kopf das schwache Rauschen des Windes; er hörte unten zu seinen Füßen einen Schmerzensschrei. Eine verlorene Stimme längsseit fluchte über einen Wirbelhaken. Das Schiff begann vorn und achtern wie ein aufgescheuchter Bienenstock zu summen, und ruhig, wie er mir all dies erzählte – denn er war gerade da in Haltung, Miene, Stimme sehr ruhig –, ohne die leiseste Vorbereitung sozusagen, kamen die Worte: „Ich stolperte über seine Beine.“

Hieraus entnahm ich erst, daß er sich überhaupt vom Fleck gerührt hatte. Ich konnte ein überraschtes Knurren nicht unterdrücken. Etwas hatte ihn schließlich in Bewegung gebracht, aber von dem genauen Zeitpunkt, in dem es sich zutrug, von der Ursache, die ihn aus seiner Unbeweglichkeit herausriß, wußte er nicht mehr, als der entwurzelte Baum von dem Wind weiß, der ihn aus der Erde hebt. All dies war an ihn herangekommen: die Töne, die Bilder, die Beine des toten Mannes – wahrhaftig! Er hatte grausam zu würgen an diesem höllischen Spaß, aber er wollte nicht zugeben, daß er durch Schluckbewegungen nachgeholfen hatte. Es ist erstaunlich, wie er einem seinen Selbstbetrug aufzwingen konnte. Ich hörte zu, als hätte er mir von einem Kunststück schwarzer Magie an einem Leichnam erzählt.

„Er glitt auf die Seite, ganz sacht, und das war das letzte, was ich an Bord sah“, fuhr er fort. „Es war mir gleich, was er tat. Es sah aus, als wollte er aufstehn: ich glaubte natürlich, er würde aufstehn; ich erwartete, daß er an mir vorbei über die Reling wegschießen und den andern nach in das Boot fallen würde. Ich konnte hören, wie sie da unten rumorten, und eine Stimme rief, wie aus einem Schacht herauf: ›Georg!‹ Dann stießen drei Stimmen vereint einen gellenden Schrei aus. Ich unterschied sie deutlich: die eine blökte, die andere kreischte, die dritte heulte. Uch!"

Er fröstelte ein wenig, und ich sah, wie er sich langsam erhob, als hätte ihn eine sichere Hand von oben an den Haaren aus seinem Stuhl gezogen. Langsam in die Höhe – zu seiner ganzen Länge, und als er steif aufgerichtet war, ließ ihn die Hand los, und er schwankte ein bißchen auf seinen Füßen. Sein Gesicht, seine Bewegungen, ja selbst seine Stimme, als er sagte: „sie schrien", erweckten so sehr den Eindruck schrecklicher Stille, daß ich unwillkürlich die Ohren spitzte, um den wiedererwachten Schrei zu hören, der durch die vorgetäuschte Stille vernehmbar werden mußte. „Es waren achthundert Menschen auf dem Schiff", sagte er und nagelte mich mit einem schrecklichen, stieren Blick in meinem Stuhl fest. „Achthundert lebende Menschen, und sie wollten den einen toten Mann herunter haben und retten. ›Spring, Georg! Spring! Oh, spring doch!‹ Ich stand daneben, die Hand auf dem Davit. Ich war sehr ruhig. Die Dunkelheit war pechschwarz geworden. Weder Himmel noch Wasser waren zu sehen. Ich hörte das Boot längsseit anschlagen, bump, bump, sonst war für eine Weile alles still da unten, doch in dem Schiff unter mir erscholl ein Durcheinander von Stimmen. Plötzlich brüllte der Kapitän: ›Mein Gott! Die Bö! Die Bö! Stoßt ab!‹ Beim ersten Regenschauer und dem ersten Windstoß schrien sie noch einmal: ›Spring, Georg! Wir fangen dich auf! Spring!‹ Das Schiff begann langsam zu tauchen; der Regen fegte darüber hin wie eine Sturzsee, die Mütze flog mir vom Kopf, der Atem blieb mir in der Kehle stecken. Ich hörte tief unter mir, als hätte ich auf der Spitze eines Turms gestanden, noch einen wilden Zuruf: ›Ge – ooorg ! Spring!‹ Das Schiff sank unter mir tief, tief, vornüber..."

Er hob die Hand bedächtig ans Gesicht, zupfte mit den Fingern daran herum, als wollte er Spinnweben entfernen, und blickte hernach eine ganze Weile in seine offene Hand, ehe er hervorstieß:

„Ich war gesprungen..." Er stockte, wendete den Blick ab... „So scheint es", fügte er hinzu. Seine klaren Augen richteten sich mit einem flehenden Ausdruck auf mich, und wie ich ihn so vor mir stehen sah, verwirrt und mit zuckenden Lippen, überkam mich ein wehmütiges Gefühl abgeklärter Weisheit, untermischt mit dem humorvollen, innigen Mitleid eines alten Mannes vor einem kindlichen Mißgeschick.

„Sieht ganz so aus", murmelte ich.

„Ich wußte nichts davon, bis ich aufsah", fiel er hastig ein. Und das ist wohl möglich. Man mußte ihm zuhören wie einem kleinen Jungen, der etwas angestellt hat. Er wußte nicht. Es war irgendwie geschehen. Es würde nie wieder geschehen. Er war auf einen der Insassen und über eine Rojebank gefallen und hatte ein Gefühl, als ob er alle Rippen auf der linken Seite gebrochen hätte; dann wälzte er sich herum und sah das Schiff, das er im Stich gelassen hatte, undeutlich über sich in die Höhe ragen. Das rote Seitenlicht schimmerte groß durch den Regen, wie ein von Nebel umschleiertes Feuer auf einem Berg. „Es schien höher als eine Mauer; es erhob sich wie ein Felsenriff über dem Boot... Ich wollte, ich könnte sterben", rief er. „Es gab kein Zurück. Es war, als ob ich in einen Brunnen gesprungen wäre – in einen bodenlosen Abgrund..."

Zehntes Kapitel

Er verschränkte die Finger und riß sie wieder auseinander. Nichts konnte wahrer sein: er war in der Tat in einen bodenlosen Abgrund gesprungen. Er war von einer Höhe herabgestürzt, die er nie wieder erklimmen konnte. Mittlerweile war das Boot über die Buglinie hinausgekommen. Es war zu dunkel, als daß sie einander sehen konnten, und sie waren überdies vom Regen geblendet und halb ersäuft. Es war, meinte er, als würde man von einer Flutwelle durch eine Höhle geschwemmt. Sie hatten die Bö im Rücken; der Kapitän hatte, wie es scheint, ein Ruder über Heck ausgelegt, um das Boot vor dem Wind zu halten, und zwei oder drei Minuten lang schien das Ende der Welt durch eine Sintflut in undurchdringlicher Finsternis gekommen. „Die See zischte wie zwanzigtausend Kessel." Das Gleichnis stammt von ihm, nicht von mir. Nachdem der erste Stoß vorüber war, muß der Wind nicht sehr heftig gewesen sein, und Jim selbst gab bei der Verhandlung zu, daß die See in jener Nacht keinen Augenblick sonderlich hoch ging. Er kauerte sich im Bug zusammen und warf einen verstohlenen Blick zurück. Er sah nur einen gelben Schimmer des Topplichts, zwinkernd und matt wie ein letzter Stern vor dem Erlöschen. „Es entsetzte mich, daß es noch da war", sagte er. Das waren seine Worte. Was ihn entsetzte, war der Gedanke, daß das Ertrinken noch nicht vorbei war. Kein Zweifel, er wünschte das Grauenvolle so schnell wie möglich hinter sich zu haben. Keiner von den Bootsinsassen gab einen Laut. Im Dunkel schien das Boot zu fliegen, doch konnte es wohl kaum viel Fahrt gemacht haben. Nun ging der Regenvorhang über sie weg, und das schreckliche, die Besinnung raubende, zischende Geräusch folgte dem Regen in die Ferne, bis es ganz aufhörte. Dann war alles still bis auf das leise Plätschern längs der Bootsseiten. Jemand klapperte heftig mit den Zähnen. Eine Hand berührte Jims Rücken. Eine schwache Stimme sagte: „Du da?“ Eine andere rief zitternd: „Es ist gesunken!“ und alle zusammen standen auf, um achteraus zu blicken. Sie sahen keine Lichter. Alles war schwarz. Ein dünnes, kaltes Geriesel schlug ihnen ins Gesicht. Das Boot schaukelte leicht. Das Zähneklappern wurde heftiger, verstummte und fing zweimal von neuem an, bevor der Mann seinen Frostschauer so weit bemeistern konnte, um zu sagen: „Ge – ge – ra – rade zur Z – Z – Zeit ...Brrrr.“ Jim erkannte die Stimme des Obermaschinisten, der mürrisch sagte: „Ich sah es sinken. Ich wandte zufällig den Kopf.“ Der Wind hatte sich fast völlig gelegt.

Sie lauschten in die Nacht hinaus, die Köpfe gegen den Wind, ob nicht etwa Hilferufe zu ihnen drängen. Anfangs war er dankbar, daß die Nacht das Schauspiel vor seinen Augen verhüllt hatte; dann aber erschien es ihm als der Gipfelpunkt eines fürchterlichen Mißgeschicks, davon zu wissen und nichts gesehen und nichts gehört zuhaben. „Seltsam, nicht wahr?“ unterbrach er sich in seiner abgerissenen Erzählung. Mir erschien es gar nicht so seltsam. Er muß die unbewußte Überzeugung gehabt haben, daß die Wirklichkeit nicht halb so furchtbar, qualvoll und rachedurstig sein konnte wie die Schreckbilder seiner Phantasie. Ich glaube, daß in diesem ersten Augenblick sein Herz sich wand unter all der Qual, daß seine Seele eine Vorstellung der vertausendfachten, namenlosen Not und Verzweiflung von achthundert Menschen hatte, die ein plötzlicher Tod in der Nacht überfällt; warum hätte er sonst gesagt: „Mir war, als müßte ich aus dem verfluchten Boot springen und eine halbe Meile – mehr – wer weiß wie weit – bis zu demselben Fleck zurückschwimmen, um zu sehen ...?“ Woher dieser Wunsch? Erkennt ihr seine Bedeutung? Warum zurück zum selben Fleck? Warum nicht einfach untertauchen, wenn er den Tod wollte – warum zurück zum selben Fleck, um zu sehen – als hätte erst seine Einbildungskraft die Gewißheit haben müssen, daß alles vorüber war, bevor der Tod ihm Erlösung bringen konnte? Mag doch einer von euch eine andere Deutung geben. Es war einer der wunderlichen, aufregenden Lichtblicke mitten im Nebel – eine außerordentliche Offenbarung. Er brachte es vor wie die natürlichste Sache der Welt. Er bezwang seinen Wunsch, und dann wurde er sich der Stille bewußt. Das hob er mir gegenüber hervor. Rings um diese geretteten, zitternden Menschenleben schmolzen Meer und Himmel zu einer Unendlichkeit zusammen, still wie der Tod. „Man hätte eine Stecknadel fallen hören können", sagte er mit zuckenden Lippen, wie jemand, der sich zu beherrschen sucht, während er etwas besonders Ergreifendes erzählt. Eine Stille! Gott allein, der ihn geschaffen hatte, wie er war, weiß, was sie in seinem Herzen bewirkte. „Ich hätte nicht geglaubt, daß ein Fleck auf Erden so still sein kann", sagte er. „Man konnte das Meer nicht vom Himmel unterscheiden; nichts war zu sehen und nichts zu hören. Kein Lichtschein, keine Form, kein Laut. Man hätte meinen können, jedes Stückchen trockenes Land sei versunken und alle Menschen auf Erden mit Ausnahme von mir und diesen Jammerwichten im Boot ertrunken." Er stemmte die Knöchel gegen den Tisch, auf dem Kaffeetassen, Likörgläser und Zigarrenstummel ein buntes Durcheinander bildeten. „Ich muß wohl so etwas geglaubt haben. Alles war verschwunden, und – alles war vorbei ..." Er seufzte tief auf... „mit mir."

Marlow richtete sich mit einem jähen Ruck auf und schleuderte seine Manila weit von sich. Sie zog eine Feuerspur an dem Vorhang der Schlingpflanzen, wie eine Spielzeugrakete. Niemand rührte sich.

Nun, was haltet ihr davon? rief er mit plötzlicher Lebhaftigkeit. Ist er sich nicht treu geblieben? Sein gerettetes Leben war zunichte, weil er keinen Boden unter den Füßen hatte, weil in seinen Augen sich nichts spiegelte, in seinen Ohren nichts erklang. Vernichtung – he! Und all die Zeit ein umzogener Himmel, ein totes Meer, eine unbewegte Luft. Nur Nacht. Nur Schweigen. So ging es eine Weile, und dann fühlten sie sich plötzlich und einstimmig bewogen, sich über ihr Entrinnen auszulassen. „Ich wußte von Anfang an, es würde untergehen." – „Nicht eine Minute zu früh." – „Mit knapper Not davongekommen, sackerment!" Er sagte nichts, aber die Brise, die abgeflaut hatte, sprang wieder auf, wurde nach und nach kräftiger, und die See mischte ihre murmelnde Stimme in die wieder erwachte Gesprächigkeit, die auf die wortlosen Augenblicke des Schreckens folgte. Die Patna war gesunken! Sie war gesunken! Kein Zweifel. Niemand hätte helfen können. Sie wiederholten dieselben Worte fort und fort, ohne aufzuhören. Es stand von Anfang an fest, daß sie untergehen würde. Die Lichter waren aus. Ohne Frage. Die Lichter waren aus. „Nicht anders zu erwarten. Mußte hinunter..." Es fiel ihm auf, daß sie so sprachen, als hätten sie weiter nichts als ein leeres Schiff hinter sich gelassen. Sie meinten, sowie die Patna erst einmal zu sinken angefangen, könne sie nicht lange dazu gebraucht haben. Es schien ihnen eine Art Befriedigung zu gewähren. Sie versicherten einander gegenseitig, daß sie nicht lange gebraucht haben konnte. – „Einfach hinuntergesaust wie ein Senkblei." Der Obermaschinist erklärte, das Topplicht sei im Augenblick des Sinkens „wie ein weggeworfenes Streichholz" niedergefallen, über diese Bemerkung brach der Zweite in ein hysterisches Gelächter aus: „Wie g-g-gut, wie g-g-gut!" – „Seine Zähne klapperten wie eine elektrische Schnarre", sagte Jim, „und plötzlich fing er an zu weinen. Er plärrte und heulte wie ein Kind, schluchzte und jappte: ›O Gott! o Gott! o Gott!‹ Dann war er eine Weile ruhig, bis er von neuem anfing: ›Oh, mein Arm! Au, au, au, mein Arm!‹ Ich hätte ihn niederschlagen mögen. Einige saßen auf den Achtersitzen. Ich sah nur ihre Umrisse. Stimmen kamen an mein Ohr, ein Gemurmel, ein tonloses Gebelfer. All das war schwer zu ertragen. Auch fror ich und konnte nichts tun. Ich glaubte, wenn ich mich rührte, müßte ich mich über Bord fallen lassen und..."

Seine Hand tastete verstohlen auf dem Tisch herum, rührte an ein Likörglas und zog sich hastig zurück, als hätte sie glühende Kohle angefaßt. Ich schob ihm die Flasche hin. „Nehmen Sie nicht noch eins?" fragte ich. Er sah mich ärgerlich an. „Glauben Sie nicht, daß ich Ihnen sagen kann, was zu sagen ist, auch ohne mich aufzupulvern?" fragte er. Die Herde der Weltbummler hatte sich zurückgezogen. Wir waren allein; nur im Dunkel war eine aufrechte, weiße Gestalt verschwommen zu erblicken, die, als sie sich bemerkt sah, hervorschlich, zögerte und stumm wieder verschwand. Es war spät geworden, aber ich drängte meinen Gast nicht.

Mitten in diesem trostlosen Zustand hörte er, wie seine Gefährten auf jemand einschimpften. „Warum bist du denn nicht gesprungen, du Mondkalb?" sagte eine scheltende Stimme. Der Obermaschinist war aufgestanden und tappte sich nach vorn, offenbar mit feindlichen Absichten gegen „den größten Esel, der je gelebt hat". Der Kapitän schrie mit heiserer Stimme von seinem Platz am Ruder Schimpfworte herüber. Jim hob bei diesem Lärm den Kopf und hörte den Namen „Georg", während ihn eine Hand im Dunkeln vor die Brust stieß. „Was kannst du zu deiner Verteidigung sagen, Erznarr?" forschte jemand mit so etwas wie tugendhafter Entrüstung. – „Sie hatten es auf mich abgesehen", sagte er, „zogen über mich los – über mich... in der Meinung, ich sei Georg."

Er hielt inne, versuchte zu lächeln, wendete die Augen ab und fuhr fort: „Der kleine Zweite streckt seinen Kopf dicht unter meine Nase: ›Donnerwetter, es ist ja der dammliche Erste!‹ – ›Was!‹ brüllt der Kapitän vom andern Ende des Bootes. – ›Nein!‹ schreit der Obermaschinist. Und auch er bückte sich, um mir ins Gesicht zu sehen."

Der Wind hatte plötzlich abgeflaut. Der Regen fiel wieder, und das sanfte, ununterbrochene, etwas geheimnisvolle Geräusch, womit das Meer einen Regenschauer empfängt, erhob sich wieder ringsum in der Nacht. „Sie waren zuerst zu verblüfft, um ein Wort mehr herausbringen zu können", erzählte er gleichmütig, „und was hätte ich ihnen zu sagen gehabt?" Er stockte ein wenig und sprach dann mit Anstrengung weiter. „Sie hießen mich wer weiß was alles." Seine Stimme, die zu einem Flüstern herabgesunken war, wurde manchmal unversehens von Ingrimm durchschüttert, als hätte er von unsagbaren Gemeinheiten geredet. „Ganz gleich, was sie mich hießen", sagte er bitter. „Ich hörte Haß aus ihren Stimmen heraus. Sie konnten es mir nicht verzeihen, daß ich im Boot war. Sie waren außer sich darüber. Es machte sie ganz toll..." Er lachte hart auf... „Aber es hielt mich ab – sehen Sie! Ich saß mit gekreuzten Armen auf dem Dollbord!..." Er setzte sich behende auf den Rand des Tisches und kreuzte die Arme... „So – sehen Sie? Ein kleiner Ruck nach hinten, und ich wäre unten gewesen – den andern nach. Ein kleiner Ruck – der winzigste, winzigste..." Er runzelte die Stirn und sagte nachdrucksvoll, während er mit dem Mittelfinger die Stirn berührte: „Der Gedanke saß mir hier – die ganze Zeit. Und der Regen – kalt, dick, kalt wie Schmelzschnee – kälter noch – auf meinem dünnen Baumwollanzug – nie mehr im Leben werde ich solche Eiseskälte fühlen, ich weiß es. Und der Himmel war schwarz – völlig schwarz. Kein Stern, kein Licht weit und breit. Nichts außerhalb dieses gottverfluchten Bootes, und die beiden vor mir. die mich ankläfften wie ein paar gemeine Köter einen angebundenen Dieb. Japp! Japp! Was haben Sie hier zu suchen? Nette Sorte! Erst zu vornehm, um Hand anzulegen. Aber doch noch zur Zeit aufgewacht aus dem Dusel, he? Um sich hereinzustehlen? He? Japp! Japp! Schämen Sie sich was! Japp! Japp!‹ – Einer suchte den andern mit seinem Gebell zu übertönen. Der dritte schrie vom Steuer her sein gemeines Kauderwelsch durch den Regen – ich sah ihn nicht und verstand nicht, was er sagte. Japp! Japp! Wau – Wau – Wau – Wau! Japp! Japp!‹ Es hörte sich gut an; es erhielt mich am Leben, sage ich Ihnen. Es hat mich gerettet. Sie schrien auf mich ein, als wollten sie mich mit dem Lärm über Bord treiben ... ›Ich wundere mich, daß Sie sich zu springen getrauten. Sie sind überflüssig hier.— Hätte ich gewußt, wer es war, hätte ich dich ins Wasser geschmissen – falscher Hund. Was hast du mit dem andern gemacht? Woher nahmst du denn den Mut zu springen – Feigling? Was hindert denn uns drei, dich über Bord zu feuern?‹... Sie waren ganz außer Atem. Der Regen erstarb weit weg. Dann nichts mehr. Nichts mehr rund um das Boot, kein Laut. So? Sie wollten mich über Bord haben? Wahrhaftig! Sie hätten ihren Willen haben können, wenn sie nur still gewesen wären. Mich über Bord schmeißen? Wirklich? ›Probiert's!‹ sagte ich. – ›Ich, für zwei Pfennig.'—,Ich bin mir dafür zu gut!‹ –so schrien sie durcheinander. Es war so dunkel, daß ich sie nur unterscheiden konnte, wenn einer oder der andere sich bewegte. Weiß der Himmel! Sie hätten es nur versuchen sollen."

Ich konnte mich nicht enthalten, auszurufen: „Was für eine merkwürdige Geschichte!"

„Nicht schlecht – was?" sagte er, wie verwundert. „Sie behaupteten, ich hätte aus irgendeinem Grunde den Pumpenmann beiseite geschafft. Zu welchem Zweck? Und was zum Teufel konnte ich überhaupt wissen? War ich nicht in dies Boot hineingekommen, ich wußte nicht wie? In dies Boot – ich..." Die Muskeln um seinen Mund verzogen sich zu einer unbewußten Grimasse, die die Maske seines gewöhnlichen Ausdrucks durchbrach – ein jähes, flüchtiges Licht, wie ein Blitz, der über zusammengeballtes Gewölk fährt. „Gut, ich sprang hinein. Ich befand mich doch dort in ihrer Gesellschaft, also war kein Zweifel daran. Aber ist es nicht schrecklich, daß man getrieben wird, etwas Derartiges zu tun – und dafür verantwortlich ist? Was wußte ich von ihrem Georg, nach dem sie lamentierten? Ich entsann mich, daß ich ihn auf dem Deck zusammengekauert hatte sitzen sehen. ›Feiger Mörder!‹ nannte mich der Obermaschinist in einem fort. Es schienen die beiden einzigen Wörter zu sein, die ihm einfielen. Mir war es gleich, nur sein Gebell fiel mir auf die Nerven. ›Maul halten!‹ sagte ich. Hierauf brüllte er mit Zetergeschrei: ›Sie haben ihn gemordet. Sie haben ihn gemordet.‹ – ›Nein‹, schrie ich, ›aber dich will ich still machen.' Ich stand auf, und er fiel mit einem furchtbaren Plumps nach rückwärts über die Querbank. Ich weiß nicht, warum. Vielleicht war es zu dunkel. Wahrscheinlich hatte er drübersteigen wollen. Ich sah ihm ganz ruhig nach, und gleich begann der erbärmliche kleine Zweite zu winseln. ›Sie werden doch keinen Krüppel mit einem gebrochenen Arm niederschlagen – und Sie wollen auch noch ein feiner Herr sein!‹ Ich hörte ein paar schwere Tritte und ein grunzendes Geschnaufe. Das andre Vieh kam auf mich zu. Ich sah ihn sich bewegen – riesenhaft, unförmlich –, wie man einen Mann im Traum oder im Nebel sieht. ›Nur her‹, rief ich. Ich hätte ihn wie ein Bündel Werg über Bord geworfen. Er blieb stehn, brummte etwas in den Bart und torkelte zurück. Vielleicht hatte er den Wind gehört. Ich hatte nichts gemerkt. Es war die letzte schwere Bö, die wir hatten. Er ging zu seinem Ruder zurück. Es tat mir leid. Ich hätte versuchen mögen, zu... zu..."

Er öffnete und schloß seine gekrümmten Finger, und seine Hände zuckten ein paarmal, in einer gierigen, grausamen Bewegung. „Ruhig, ruhig", ermahnte ich.

„Eh? Was? Ich bin nicht aufgeregt", widersprach er, empfindlich getroffen, und stieß mit einem krampfhaften Zucken seines Ellbogens die Kognakflasche um. Ich sprang auf und schützte meinen Stuhl. Er machte einen Satz vom Tisch herunter, als wäre eine Mine in seinem Rücken geplatzt, und wandte mir zwei wild erschrockene Augen und ein bis in die Nasenflügel erbleichtes Gesicht zu. Er war äußerst beschämt. „Verzeihung! Wie ungeschickt von mir!" stammelte er verlegen, während der durchdringende Geruch vergossenen Alkohols uns in der kühlen, klaren Dunkelheit der Nacht plötzlich in die Atmosphäre eines ordinären Kneipgelages einhüllte. Im Speisesaal waren die Lichter ausgelöscht worden; unser Licht glimmte vereinzelt in der langen Galerie, und die Säulen standen vom Sockel bis zum Kapital im Schatten. Das hohe Eckgebäude des Hafenamts, das sich im Sternenschein mit klaren Umrissen auf der Esplanade erhob, bildete den etwas düsteren Hintergrund zu diesen Vorgängen.

Er versuchte gleichgültig auszusehen.

„Ich glaube, ich bin jetzt weniger ruhig, als ich es damals war. Ich war zum Äußersten bereit. Das waren Kleinigkeiten..."

„Es muß recht kurzweilig in dem Boot gewesen sein", bemerkte ich.

„Ich war bereit", wiederholte er. „Nachdem die Schiffslichter verschwunden waren, hätte wer weiß was in dem Boot oder in der Welt passieren können, es hätte nichts ausgemacht. Ich fühlte das, und es war mir recht. Es war auch gerade dunkel genug. Es war, als wären wir rasch in ein geräumiges Grab eingemauert worden. Kein Zusammenhang mit irgend etwas auf Erden. Keine Meinung, die irgendwie in Betracht kam. Es war alles belanglos." Zum drittenmal während dieser Unterhaltung lachte er schrill auf, aber es war niemand mehr um die Wege, der ihn hätte für nur betrunken halten können. „Keine Furcht, kein Gesetz, kein Ton, keine Augen – nicht einmal unsere eigenen, wenigstens bis – bis Sonnenaufgang."

Ich war von der zwingenden Wahrheit seiner Worte betroffen. Es ist etwas Eigentümliches um ein kleines Boot auf weitem Meer. Über den Leben, die den

Schatten des Todes entronnen sind, hängen die Schatten des Wahnsinns. Wenn dein Schiff versagt, versagt die ganze Welt; die Welt, die dich gemacht, bewahrt, unter ihre Obhut genommen hat. Es ist so, als wären die Seelen der Menschen, über einem Abgrund schwebend und an die Unendlichkeit verloren, jedem Übermaß an Heldentum, Torheit oder Niedertracht preisgegeben. Gibt es nun auch, was Glauben, Denkart, Liebe, Haß, Überzeugung, ja selbst nur das Aussehen greifbarer Dinge angeht, nahezu so viele Schiffbrüche, wie es Menschen gibt, so war doch dieser besondere Fall durch das Schmähliche seiner Begleitumstände so vereinzelt, daß diese Männer von der übrigen Menschheit, deren Verhalten niemals solch teuflischer Versuchung ausgesetzt gewesen, völlig abgeschnitten waren. Sie waren so wütend auf ihn, weil er kein überzeugter Schuft war: er verbrannte sie mit seinem Haß gegen die ganze Geschichte. Er hätte gern an ihnen blutige Rache dafür genommen, daß sie ihm eine so grausige Gelegenheit in den Weg gelegt hatten. Verlaßt euch drauf, daß ein Boot auf hoher See das Vernunftwidrige, das auf dem Grunde jedes Gedankens, jeder Empfindung und Gefühlsregung schlummert, an den Tag bringt. Es gehörte mit zu der grotesken Gemeinheit dieses besonderen Seeabenteuers, daß es nicht zu einer Schlägerei kam. Es war von Anfang bis zu Ende nichts als Drohung, ein täuschend echter Schwindel, von der furchtbaren Verachtung der dunklen Mächte in Szene gesetzt, deren wirkliche Schrecken, immer dicht vor dem Triumph, nur durch die menschliche Standhaftigkeit niedergehalten werden. Ich fragte, nachdem ich eine Weile gewartet hatte: „Nun, was geschah?“ Eine nutzlose Frage. Ich wußte schon zu viel, um auf die Gunst eines einzigen, versöhnlich stimmenden Zugs, auf die Fürsprache eines Anfalls von Wahnsinn, einer seelischen Umnachtung, zu hoffen. „Nichts“, sagte er. „Mir war es ernst, aber sie wollten bloß krakeelen. Es geschah nichts.“

Und die aufgehende Sonne fand ihn noch genau so, wie er zuerst im Bug aufgesprungen war. Welche Beharrlichkeit in der Bereitschaft! Er hatte auch die Ruderpinne die ganze Nacht in der Hand gehalten. Sie hatten das Steuerruder über Bord fallen lassen, als sie versuchten, es einzusetzen, und während sie im Boot hin und her rannten, um auf jede mögliche Weise vom Schiff klarzukommen, muß die Pinne irgendwie nach vorn gestoßen worden sein. Es war ein langes, schweres Stück Hartholz, und anscheinend hatte er es an sechs Stunden umklammert gehalten. Wenn das nicht bereit sein heißt! Könnt ihr ihn euch vorstellen, die halbe Nacht stehend, das Gesicht dem Tosen des Regens preisgegeben, wie er auf die dunklen Formen und ihre undeutlichen

Bewegungen starrt und das Gehör anspannt, um das spärliche, leise Gemurmel auf den Achtersitzen aufzufangen? Was haltet ihr davon? Ist das nun Festigkeit des Muts oder die Energie der Angst? Und die Ausdauer ist ebenfalls unleugbar. Sechs Stunden ungefähr in Verteidigungsstellung, sechs Stunden gespannter Unbeweglichkeit, während das Boot, je nach den Launen des Windes, langsam dahinfuhr oder nicht weiterkonnte; während das Meer, still geworden, schließlich ganz schlief; während die Wolken über seinen Kopf dahinzogen; während der Himmel aus lichtloser, schwarzer Unendlichkeit sich zu einem dunklen, schimmernden Gewölbe zusammenschloß, das von einem nach Osten zu fahlen, im Zenit verblassenden Glanz durchfunkelt war; während die formlosen Gestalten Umrisse annahmen, sich abhoben; zu Schultern, Köpfen, Gesichtern, Zügen wurden – ihn mit stumpfen Blicken anstarrten und in der bleichen Dämmerung ihr wirres Haar, ihre zerrissenen Kleider und blinzelnden roten Lider zeigten. „Sie sahen aus, als hätten sie eine Woche lang betrunken in der Gosse gelegen", schilderte er anschaulich; und stammelte dann etwas von einem Sonnenaufgang, von dem man habe auf einen schönen Tag schließen können. Ihr kennt die Gewohnheit des Seemanns, bei jeder Gelegenheit das Wetter zu erwähnen. Und was mich betrifft, so genügten seine wenigen gemurmelten Worte, um die Vorstellung in mir wachzurufen, wie der untere Sonnenrand sich von der Linie des Horizonts löste, ringsum, soweit das Auge reichte, kleine Wellchen die See überliefen, als schauerten die Wasser, da sie den Lichtball geboren, und ein letzter Hauch der Brise die Luft wie ein befreites Aufatmen durchzog.

„Sie saßen auf dem Achtersitz, Schulter an Schulter, der Kapitän in der Mitte, wie drei schmutzige Eulen, und starrten mich an", sagte er mit grimmigem Haß, der den alltäglichen Worten eine ätzende Beimischung gab, wie wenn ein Tropfen eines starken Giftes in ein Glas Wasser fällt; doch meine Gedanken weilten bei dem Sonnenaufgang. Ich stellte mir vor, wie das hehre Gestirn, des Pünktchens Leben nicht achtend, die klare Wölbung des Himmels hinanstieg, um gleichsam von einer größeren Höhe herab den eigenen, vom stillen Meere widergespiegelten Glanz beschauen zu können. „Sie riefen mich vom andern Ende an", sagte Jim, „als wären wir gute Freunde gewesen. Ich hörte sie. Sie baten mich, ich sollte vernünftig sein und das ›vermaledeite Stück Holz‹ wegwerfen. Warum ich denn solch Aufhebens machte? Sie hätten mir doch nichts zu Leide getan, oder? Sie hätten nichts Schlimmes gemeint... Nichts Schlimmes!"

Sein Gesicht wurde dunkelrot, als ginge ihm der Atem aus.

„Nichts Schlimmes!“ stieß er hervor. „Urteilen Sie. Sie können es verstehen. Nicht wahr? Sie sehen es ein – nicht wahr? Nichts Schlimmes! Barmherziger Gott! Was könnten sie Schlimmeres getan haben? Ja, ja, ich weiß schon – ich sprang. Gewiß – ich sprang! Ich sagte Ihnen ja, daß ich sprang; aber weiß Gott, es war zuviel für einen Menschen. Es war genau so, als hätten sie einen Bootshaken nach mir geworfen und mich hinuntergezogen. Können Sie das nicht begreifen? Sie müssen es. Sprechen Sie – frei heraus!“

Seine unsteten Augen hefteten sich auf die meinen, fragten, bohrten, forschten, bettelten. Ich konnte nicht anders, ich mußte antworten: „Sie sind auf eine harte Probe gestellt worden,“ – „Mehr als billig“, fiel er gierig ein. „Es war mir keine noch so kleine Chance gegönnt – mit einer solchen Bande, Und jetzt taten sie gut Freund – oh, verflucht nochmal! Gut Freund – Schiffskameraden. Im gleichen Boot. Man muß sich so gut wie möglich aus der Affäre ziehen. Sie hatten nichts Schlimmes beabsichtigt. Sie kümmerten sich keinen Deut um Georg. Georg war im letzten Moment um irgendwas in seine Koje zurückgegangen und war umgekommen. Der Mann war sichtlich verrückt. Sehr traurig, natürlich. ... Sie richteten ihre Blicke auf mich; bewegten die Lippen, wackelten mit den Köpfen in der Richtung auf mich zu – ihrer drei; sie winkten – mir! Warum auch nicht? War ich nicht gesprungen? Ich sagte nichts. Es gibt keine Worte für die Dinge, die ich hätte sagen mögen. Hätte ich in dem Augenblick den Mund aufgemacht, ich hätte wie ein Tier losgebrüllt. Ich fragte mich, wann ich erwachen würde. Sie drangen laut in mich, nach achtern zu kommen und ruhig anzuhören, was der Kapitän zu sagen hätte. Man würde uns sicher vor Abend aufnehmen, – wir wären ja mitten auf der Route des ganzen Verkehrs vom Kanal her, es sei jetzt eine Rauchfahne gegen Nordwest zu sehen.

Es gab mir einen furchtbaren Riß, dies schwache, schwache Fleckchen zu entdecken, diese leise Spur braunen Nebels, durch die die Grenze zwischen Meer und Himmel hindurchschien. Ich rief ihnen zu, daß ich von meinem Platz aus recht gut hören könne. Der Kapitän fing an zu fluchen, heiser wie eine Krähe. Es fiele ihm nicht ein, sich zu meiner Bequemlichkeit die Kehle auszuschreien. ›Haben Sie Angst, daß man Sie am Ufer hört?‹ fragte ich. Er glotzte mich an, als hätte er mich in Stücke reißen mögen. Der Obermaschinist riet ihm, mich sein zu lassen. Ich sei noch nicht wieder ganz richtig im Kopf. Der andere erhob sich im Heck – ein riesiger Fleischklotz – und redete – redete...“

Jim schwieg nachdenklich. „Nun?“ sagte ich. – „Was lag mir daran, was für eine Geschichte sie sich zurechtmachten?“ schrie er rücksichtslos. „Mochten sie doch sagen, was sie wollten. Es war ihre Sache. Ich kannte die Geschichte. Nichts, was sie den Leuten weismachten, konnte daran für mich etwas ändern. Ich ließ ihn reden, beweisen – reden, beweisen. Er redete in einem Zuge, fort und fort. Plötzlich fühlte ich, wie meine Beine unter mir versagten. Ich war elend, müde – sterbensmüde. Ich ließ die Pinne fallen, drehte ihnen den Rücken zu und setzte mich auf die vorderste Rojebank. Ich hatte genug. Sie wollten von mir wissen, ob ich verstanden hätte, – ob es nicht wahr wäre, jedes Wort, das sie sagten? Es war weiß Gott wahr, in ihrem Sinne. Ich wandte den Kopf nicht. Ich hörte sie miteinander plappern. ›Der dumme Esel tut den Mund nicht auf.‹ – ›Oh, er versteht schon ganz gut.‹ – ›Laßt ihn gehn; er wird schon nicht zuwider sein.‹ – ›Was kann er tun?‹ – Was konnte ich tun? Waren wir nicht alle im selben Boot? Ich versuchte mich taub zu stellen. Die Rauchfahne war nach Norden zu verschwunden. Es herrschte Totenstille. Sie taten einen Trunk aus dem Bootswasserfaß, und auch ich trank. Hernach waren sie sehr geschäftig, das Bootssegel über den Dollbord zu spannen. Ob ich Ausguck halten wollte? Sie krochen hinunter, Gott sei Dank! mir aus den Augen. Ich war müde, zerschlagen, erschöpft, als hätte ich seit Kindheitstagen nicht mehr geschlafen. Ich konnte vor dem Geglitzer der Sonne das Wasser nicht sehen. Von Zeit zu Zeit kroch einer hervor, stellte sich auf, hielt Umschau und verzog sich wieder. Ich konnte unter dem Segel hervor Schnarchen hören. Sie konnten also schlafen. Einer von ihnen wenigstens. Ich konnte es nicht. Alles war Licht, Licht, und das Boot schien hindurchzufallen. Dann und wann war ich ganz überrascht, mich auf einer Bootsbank sitzend zu finden.“

Er begann mit gemessenen Schritten vor meinem Stuhl auf und ab zu gehen, die eine Hand in der Hosentasche, den Kopf nachdenklich gesenkt, und hob in langen Zwischenräumen den rechten Arm zu einer Gebärde, die einen unsichtbaren Eindringling aus dem Weg zu weisen schien.

„Wahrscheinlich meinen Sie, ich sei am Verrücktwerden gewesen“, begann er wieder in verändertem Ton. „Und das mögen Sie auch tun, wenn Sie bedenken, daß ich meine Mütze verloren hatte. Die Sonne kroch den ganzen Weg von Ost nach West über meinen bloßen Kopf, aber an jenem Tag konnte mir wohl nichts geschehen. Die Sonne konnte mich nicht wahnsinnig machen“… Sein rechter Arm schob die Vorstellung des Wahnsinns beiseite… „Auch töten konnte sie mich nicht“ … Wiederum drängte sein Arm einen Schatten zurück… „Es wich nicht von mir.“

„Wirklich?“ sagte ich, über die Maßen erstaunt über diese neue Wendung, und betrachtete ihn mit derselben Empfindung, die mich wohl überkommen hätte, wenn er mir plötzlich, sich auf den Hacken herumdrehend, ein ganz neues Gesicht gezeigt hätte.

„Ich bekam keine Gehirnentzündung und keinen Gehirnschlag“, fuhr er fort. „Ich kümmerte mich überhaupt nicht um die Sonne über meinem Kopf. Ich überlegte so kühl wie irgendeiner, der nachdenkend im Schatten sitzt. Das schmierige Vieh von Kapitän streckte seinen klobigen, kurzgeschorenen Kopf unter der Leinwand hervor und stierte mich mit seinen glasigen Augen an. ›Donnerwetter! Sie werden sterben!‹ knurrte er und kroch wie eine Schildkröte in sich zusammen. Ich sah ihn. Ich hörte ihn. Er unterbrach mich nicht. Ich überlegte mir gerade da, daß ich das nicht wollte.“ Er versuchte mit einem raschen Seitenblick meine Gedanken zu ergründen. „Wollen Sie sagen, daß Sie mit sich selbst zu Rate gegangen waren, ob Sie sterben sollten?“ fragte ich so unbefangen, wie ich nur konnte. Er nickte, ohne stehenzubleiben. „Ja, es war so weit gekommen, während ich allein dasaß“, sagte er. Er machte ein paar Schritte bis an die Grenze, die er bei seinem Auf und Ab unbewußt einhielt, und als er sich umwandte, hatte er beide Hände tief in die Taschen vergraben. Er machte vor meinem Stuhl halt und blickte zu Boden. „Glauben Sie es nicht?“ fragte er mit gespannter Neugier. Ich fühlte mich gedrungen, eine feierliche Erklärung abzugeben, daß ich unbedingt alles zu glauben bereit sei, was er mir mitzuteilen für gut hielte.

Elftes Kapitel

Er hörte mich an, den Kopf zur Seite geneigt, und wieder konnte ich einen flüchtigen Blick durch einen Riß in dem Nebel tun, in dem er sich bewegte und sein Wesen hatte. Die trübe Kerze, die unter der Glaskugel flackerte, gab nur spärliches Licht; ihm im Rücken lag die dunkle Nacht mit den klaren Sternen, deren fernes Glänzen das Auge in die Unendlichkeit noch tieferen Dunkels verlockte; doch wähnte ich, in einem geheimnisvollen Lichte seinen Knabenkopf zu sehen, als wäre die Jugend in ihm einen Augenblick lang aufgeflammt und dann erloschen. „Es ist unendlich gut von Ihnen, mir so zuzuhören“, sagte er. „Es tut mir wohl. Sie ahnen nicht, was es für mich bedeutet. Sie...“ die Worte schienen ihm zu fehlen. Es war ein Einblick in seine Seele. Er war ein junger Mensch von der Art, wie man sie gerne um sich hat; so, wie man sich gern einbildet, selbst gewesen zu sein, von der Art, deren Erscheinung jene Blütenträume wieder in einem erweckt, die man längst erloschen, dahingeschwunden wähnte und die, gleichsam von einem fremden Funken wieder entfacht, tief drunten auf dem Grunde zu einem Flämmchen aufflackern, Licht geben... Wärme... Ja, ich tat einen Einblick in ihn... und es war nicht der letzte dieser Art... „Sie wissen nicht, was es für einen Menschen in meiner Lage bedeutet, Glauben zu finden, vor einem älteren Manne sich das Herz frei zu reden. Es ist so schwierig – so furchtbar ungerecht – so schwer zu verstehen."

Die Nebel zogen sich wieder zusammen. Ich weiß nicht, wie alt ich ihm erschien – und wie weise? Nicht halb so alt, wie ich mir damals vorkam; nicht halb so nutzlos weise, wie ich wußte, daß ich war. Sicherlich, in keinem andern Beruf als in dem des Seemanns fliegen die Herzen derer, die schon von Stapel gelaufen sind, um zu schwimmen oder zu sinken, so sehr den Jungen zu, die am Beginn ihrer Laufbahn stehen und mit leuchtenden Augen auf den Glanz der weiten Wasserfläche schauen, der nur der Widerschein ihrer eigenen feurigen Blicke ist. Es ist eine so wundervolle Unbestimmtheit in den Erwartungen, die jeden von uns zur See gezogen haben, eine so herrliche Vielfältigkeit, ein so schöner Durst nach Abenteuern, die ihr eigenster und einziger Lohn sind. Was wir erreichen – nun, wir wollen nicht davon reden; aber kann einer von uns sich eines Lächelns erwehren? Bei keiner andern Lebensweise ist die Illusion weiter von der Wirklichkeit entfernt – bei keiner andern ist der Anfang so reine Illusion – kommt die Ernüchterung so rasch – ist die Unterjochung so vollkommen. Haben wir nicht alle mit derselben Sehnsucht begonnen, mit demselben Wissen geendet, die Erinnerung an das geliebte Trugbild durch die öden Tage der Zerfallenheit geschleppt? Was Wunder, daß die Zusammengehörigkeit stark empfunden wird, wenn ein schwerer Schlag niedersaust; daß außer der Berufskameradschaft noch ein umfassenderes Gefühl in Kraft tritt – das Gefühl, das den Mann mit dem Kinde verbindet. Da stand er vor mir und wähnte, daß Alter und Weisheit ein Mittel gegen den Stachel der Wahrheit finden könne, stellte sich mir als ein junger Mensch in einer ganz verteufelten Patsche dar, einer Patsche, über die Graubärte feierlich den Kopf schütteln und dabei ein Lächeln verbergen. Und er hatte erwogen, ob er sich den Tod geben sollte – Teufel auch! Darüber hatte er nachgegrübelt, weil er bedachte, daß er sein Leben gerettet hatte, dessen ganzer Zauber doch in der Nacht mit dem Schiff versunken war. Was war natürlicher! Es war sicherlich tragisch genug und seltsam genug, um laut nach Erbarmen zu schreien, und worin war ich besser als die übrige Menschheit, daß ich ihm meine Teilnahme hätte versagen sollen? Und während ich noch sinnend auf ihn blickte, schloß sich der Riß im Nebel wieder, und seine Stimme sprach –

„Ich fühlte mich verloren Es war eine Sache, auf die niemand gefaßt ist. Es war nicht wie ein Kampf, zum Beispiel."

„Das nun freilich nicht", stimmte ich ihm bei. Er schien verändert, als wäre er mit einmal reifer geworden.

„Man konnte ja nicht wissen..." stammelte er.

„Oh! Sie konnten nicht wissen..." sagte ich, wurde aber durch den Hauch eines leisen Seufzers versöhnt, der zwischen uns durchflog wie ein Nachtvogel.

„Nein", sagte er mutig. „Es glich in etwas der elenden Geschichte, die sie sich zurechtgemacht hatten. Es war keine Lüge – aber es war auch nicht eigentlich wahr. Es war etwas... Man weiß, was eine offenbare Lüge ist. Zwischen Recht und Unrecht in dieser Sache war nicht so viel wie eines Haares Breite."

„Was brauchten Sie mehr?" fragte ich; aber ich glaube, ich sprach so leise, daß er meine Worte gar nicht vernahm. Er hatte seinen Satz in einem Ton gesprochen, als wäre das Leben ein Netzwerk von Pfaden, zwischen denen Abgründe klaffen. Seine Stimme klang ganz vernünftig.

„Nehmen Sie einmal an, ich wäre nicht – ich will sagen: ich hätte bei dem Schiff ausgeharrt? Gut. Wieviel länger? Sagen wir, eine Minute – eine halbe Minute. Nun denn, in dreißig Sekunden, wie es damals sicher schien, wäre ich über Bord gewesen; und glauben Sie nicht, ich hätte mich an das erstbeste geklammert, was ich zu packen gekriegt hätte – Ruder, Rettungsboje, Gräting – irgendwas. Glauben Sie nicht?"

„Und wären gerettet worden", warf ich ein.

„Hätte es wenigstens gewünscht", gab er zurück. „Und das ist mehr, als ich wünschte, als ich..." er schauderte, als hätte er eine widerliche Medizin zu schlucken... „sprang", stieß er mit krampfhafter Anstrengung heraus, deren Druck, als hätten ihn die Luftwellen fortgepflanzt, mich fast ein wenig in meinem Stuhl erschütterte. Er sah mich mit forschenden Blicken an. „Glauben Sie mir nicht?" rief er. „Ich schwöre!... Verflucht! Sie haben mich hier zum Reden gebracht und... Sie müssen!... Sie sagten, Sie wollten mir glauben." – „Gewiß glaube ich Ihnen", beteuerte ich in einem sachlichen Ton, der eine beruhigende Wirkung hatte. „Verzeihen Sie mir", sagte er. „Natürlich hätte ich nicht über all dies zu Ihnen geredet, wenn Sie kein Gentleman wären. Ich hätte wissen müssen… ich – ich bin – ich bin auch ein Gentleman." – „Natürlich", sagte ich hastig. Er sah mir frei ins Gesicht und wandte den Blick dann langsam ab. „Nun verstehen Sie, warum ich schließlich doch nicht… warum ich nicht auf die Art Schluß machte. Ich wollte mich nicht verkriechen vor dem, was ich getan hatte. Und, in jedem Fall, wäre ich beim Schiff geblieben, so hätte ich mich mit allen Kräften bemüht, gerettet zu werden. Man hat schon gehört, daß Leute stundenlang auf offenem Meer getrieben haben und schließlich doch noch heil aufgelesen worden sind. Ich hätte es besser überstehen können als viele andre. Mein Herz ist gesund." Er zog seine rechte Faust aus der Tasche und gab sich einen Schlag auf die Brust, daß es wie ferner Donner klang.

„Ja", sagte ich. Er sinnierte, die Beine leicht gespreizt, das Kinn auf die Brust gesenkt. „Eines Haares Breite", murmelte er. „Nicht eines Haares Breite zwischen diesem und jenem. Und damals…"

„Es ist schwer, ein Haar um Mitternacht zu sehen", sagte ich, ein wenig boshaft, wie ich fürchte. Seht ihr nicht, was ich unter der Solidarität des Berufs verstehe? Ich zürnte ihm, als hätte er mich – mich! – betrogen, – mich um die Möglichkeit gebracht, meine jugendlichen Illusionen zu bewahren, als hätte er unser gemeinsames Leben des letzten Funkens seines Zaubers beraubt. „Und so machten Sie sich gleich davon, ohne zu fackeln."

„Ich sprang", verbesserte er mich nachdrücklich. „Ich sprang – wohlverstanden!" wiederholte er, und ich wunderte mich über die unverkennbare, doch dunkle Absicht darin. „Nun ja, es kann sein. Vielleicht konnte ich damals nicht sehen. Aber hernach im Boot hatte ich Zeit und Licht in Fülle. Da konnte ich auch nachdenken. Niemand würde es erfahren, natürlich, aber das erleichterte die Sache nicht für mich. Sie müssen das auch noch glauben. Ich brauchte all das Gerede nicht… Nein… Ja… ich will nicht lügen… ich brauchte es: ich brauchte es dringend – da. Glauben Sie denn, Sie oder sonst wer hätten mich dazu gebracht, wenn ich…. ich… ich fürchte mich nicht, die Wahrheit zu sagen. Und ich fürchtete mich auch nicht, nachzudenken. Ich sah den Dingen ins Gesicht. Ich dachte nicht daran, der Sache aus dem Weg zu gehen. Zuerst ja, in der Nacht, wenn diese Kerle nicht gewesen wären, da hätte ich vielleicht… Nein, weiß Gott, ich wollte ihnen nicht das Vergnügen machen. Sie hatten genug getan. Sie hatten sich eine Geschichte zurechtgemacht und schienen sie zu glauben. Aber ich wußte die Wahrheit, und ich wollte damit fertig werden – allein, in mir selbst. Ich wollte mich nicht auf eine so niederträchtige Weise unterkriegen lassen. Was hätte es schließlich auch bewiesen? Ich war furchtbar zerschlagen, lebensmüde, um die Wahrheit zu sagen. Aber was hätte es genützt, wenn ich – so – so – ausgekniffen wäre? Das war nicht das Rechte. Ich glaube – ich glaube, es wäre – es wäre doch nichts zu Ende gewesen."

Er war auf und ab gegangen, doch mit dem letzten Wort wandte er sich mir kurz zu.

„Was halten Sie davon?" fragte er heftig. Eine Pause entstand, und plötzlich fühlte ich mich von einer tiefen, hoffnungslosen Müdigkeit befallen, als hätte mich seine Stimme aus einer Traumwanderung durch leere Räume aufgeschreckt, deren Unendlichkeit meine Seele quälte und meinen Körper entkräftete. „...Es wäre nichts zu Ende gewesen", murmelte er hartnäckig nach einer kleinen Weile. „Nein! Das Rechte war, es allein, vor mir selber damit aufzunehmen – auf eine andere Gelegenheit zu warten – herauszufinden..."

Zwölftes Kapitel

Alles ringsumher war still, soweit das Ohr reichte. Der Nebel seiner Gefühle, von seinen Kämpfen aufgewühlt, flirrte zwischen uns, und zwischen den Falten des stofflosen Schleiers erschien er dann und wann vor meinen fragenden Blicken, deutlich und scharf umrissen, mit einem unbestimmten flehentlichen Ausdruck, wie eine symbolische Gestalt in einem Gemälde. Die kalte Nachtluft lag schwer auf meinen Gliedern wie eine Steinplatte.

„Ganz recht", murmelte ich, hauptsächlich, um mir zu beweisen, daß es in meiner Macht lag, diese Benommenheit zu durchbrechen.

„Die Avondale nahm uns vor Sonnenuntergang auf", bemerkte er düster. „Fuhr geradewegs auf uns zu. Wir brauchten nur dazusitzen und zu warten."

Nach einer langen Pause sagte er: „Sie erzählten ihre Geschichte." Und wieder entstand das drückende Schweigen. „Erst dann begriff ich, wozu ich mich entschlossen hatte", fügte er hinzu.

„Sie sagten nichts?" flüsterte ich.

„Was konnte ich sagen?" fragte er ebenso leise... „Leichter Stoß. Schiff gestoppt. Schaden festgestellt. Maßnahmen getroffen, die Boote flottzumachen, ohne eine Panik hervorzurufen. Wie das erste Boot heruntergelassen wurde, ging das Schiff in einer Sturmbö unter. Sank wie Blei... Was konnte klarer sein" ... Er senkte den Kopf... „und schrecklicher?" Seine Lippen bebten, während er mir gerade in die Augen sah. „Ich war gesprungen – nicht wahr?" sagte er zerknirscht. „Damit mußte ich fertig werden. Die Geschichte war gleichgültig."... Er verschränkte die Hände, blickte rechts und links ins Dunkel. „Es war, als ob man die Toten betröge", stammelte er.

„Und es gab doch keine Toten", sagte ich.

Daraufhin ging er von mir weg. Nur so kann ich es beschreiben. Plötzlich sah ich seinen Rücken dicht an der Brüstung. Dort stand er eine Weile, als bewunderte er die Reinheit und den Frieden der Nacht. Ein blühender Strauch im Garten strömte seinen starken Wohlgeruch in die feuchte Luft. Jim kam mit hastigen Schritten zu mir zurück.

„Und das machte nichts aus", sagte er so halsstarrig, wie ihr es euch nur denken könnt.

„Kann sein", erwiderte ich. Es fing mir zu dämmern an, daß ich ihm nicht gewachsen war. Schließlich, was wußte ich?

„Tote oder nicht – ich konnte nicht klarkommen", sagte er. „Ich mußte leben; nicht wahr?"

„Nun ja, freilich – wenn Sie es so auffassen", brummte ich.

„Ich war natürlich froh", warf er hin, während seine Gedanken woanders weilten. „Die Aufklärung", sagte er langsam und hob den Kopf. „Wissen Sie, was mein erster Gedanke war, als ich davon hörte? Ich war erleichtert, als ich erfuhr, daß diese Schreie – ich sagte Ihnen doch, daß ich Schreie hörte? Nein? Nun also, ich habe sie gehört. Hilfeschreie... die der Regen hertrug. Einbildung, wahrscheinlich. Und doch kann ich kaum ... Wie dumm... Die andern haben nichts gehört. Ich fragte sie später. Sie sagten alle nein. Nein? Ich hörte sie auch dann noch. Ich hätte wissen können – aber ich dachte nicht nach – ich horchte bloß. Sehr schwache Schreie – Tag für Tag. Dann suchte mich der kleine Mischling hier auf und erzählte mir. ›Die Patna... von einem französischen Kanonenboot ... erfolgreich nach Aden bugsiert... Untersuchung... Marineamt ... Seemannsheim... Vorsorge für Ihre Unterkunft und Verpflegung getroffen.‹ Ich ging mit ihm und genoß die Ruhe. So hatte es also gar keine Schreie gegeben. Einbildung. Ich mußte ihm glauben. Ich hörte fortan nichts mehr. Ich bin neugierig, wie lange ich es ausgehalten hätte. Sie waren sogar schlimmer geworden... ich meine – lauter."

Er versank in Nachdenken.

„Und ich hatte also nichts gehört! Gut – sei's drum. Aber die Lichter! Die Lichter gingen aus. Wir sahen sie nicht mehr. Sie waren nicht da. Wären sie dagewesen, so wäre ich zurückgeschwommen – ich wäre zurückgegangen und hätte den ganzen Weg gerufen – hätte sie angefleht, mich an Bord zurückzunehmen... Es wäre die Zeit für mich gekommen gewesen... Sie zweifeln? Wie können Sie wissen, was ich empfand? Welches Recht haben Sie, zu zweifeln?... Ich war sowieso nahe daran, es zu tun – verstehen Sie!" Seine Stimme sank. „Da war nicht ein Schimmer – nicht ein Schimmer", beteuerte er kummervoll. „Begreifen Sie denn nicht, daß Sie mich nicht hier sähen, wenn es anders gewesen wäre? Sie sehen mich – und Sie zweifeln."

Ich schüttelte verneinend den Kopf. Diese Frage der Lichter, die nicht mehr gesehen wurden, als das Boot kaum eine Viertelmeile vom Schiff entfernt sein konnte, war ein Gegenstand vielfacher Erörterung. Jim blieb dabei, daß nach dem ersten Guß nichts mehr zu sehen war; und die andern hatten den Offizieren der Avondale das nämliche versichert. Natürlich schüttelten die Leute die Köpfe und lächelten. Ein alter Kapitän, der im Gerichtshof neben mir saß, kitzelte mein Ohr mit seinem weißen Bart und murmelte: „Natürlich lügen sie." Tatsächlich log keiner; nicht einmal der Obermaschinist mit seiner Geschichte von dem Topplicht, das wie ein weggeworfenes Streichholz niederfiel. Wenigstens nicht bewußt. Jemand in solchem Zustand kann wohl, wenn er flüchtig über seine Schulter blickt, im Augenwinkel einen fliegenden Funken sehen. Sie konnten durchaus kein Licht sehen, obwohl sie noch in Schußweite waren, und sie konnten sich das nur auf die eine Art erklären: das Schiff war gesunken. Es war augenscheinlich und tröstlich. Die vorhergesehene Tatsache, die sich so schnell vollzogen, hatte ihre Eile gerechtfertigt. Kein Wunder, daß sie nach keiner anderen Erklärung suchten. Die Wahrheit aber war sehr einfach, und sobald sie Brierly dem Gerichtshof nahegelegt hatte, zerbrachen sie sich nicht weiter die Köpfe darüber. Wenn ihr euch recht erinnert, so war das Schiff gestoppt worden und lag auf dem Kurs, den es während der Nacht gesteuert hatte, das Heck hoch und den Bug tief unten, weil die vordere Abschottung mit Wasser vollgelaufen war. Da die Patna aus dem Gleichgewicht war, als die Bö sie backstagsweise traf, so drehte sie vor dem Winde auf, so heftig, als wäre sie vor Anker gelegen. Durch diesen Stellungswechsel waren alle Lichter in wenigen Augenblicken vom Boote weg, leewärts gerichtet. Es kann sehr wohl sein, daß, wenn sie gesehen worden wären, sie die Wirkung einer stummen Mahnung gehabt hätten – daß ihr in der Dunkelheit des Gewölks verlorener Schimmer die geheimnisvolle Macht des menschlichen Blickes gehabt hätte, der Gefühle der Reue und des Mitleids zu wecken vermag. Er hätte gesagt, ›ich bin hier – noch hier...‹ und was kann das Auge auch des verlassensten menschlichen Wesens mehr sagen? Aber das Schiff wandte ihnen, gleichsam in Verachtung ihres Schicksals, den Rücken; es hatte aufgedreht, um standhaft der neuen Gefahr der offenen See zu trotzen, die es so seltsam überstand, um seine Tage auf einer Abbruchswerft zu beschließen; als wäre es sein ausgemachtes Schicksal gewesen, in Verkommenheit, unter den Schlägen vieler Hämmer zu sterben. Welche verschiedenen Lose den Pilgern vorbehalten waren, vermag ich nicht zu sagen; aber die unmittelbare Zukunft führte am folgenden Morgen, etwa um die neunte Stunde, ein französisches Kanonenboot auf der Heimfahrt von Reunion vorbei. Der amtliche Bericht seines Kapitäns ist veröffentlicht worden. Er war ein wenig von seinem Kurs abgeschwenkt, um festzustellen, was mit dem Dampfer los war, der so gefährlich vorlastig auf der stillen, dunstigen See trieb. Eine Notflagge flatterte an der Großgaffel (der eingeborene Bootsmann war so vernünftig gewesen, bei Tageslicht ein Notsignal zu hissen); vorne in den Kombüsen aber waren die Köche wie gewöhnlich an der Arbeit. Die Decks waren vollgepfropft wie eine Schafhürde: längs der ganzen Reling und auf der Kommandobrücke waren die Menschen zu einer festen Masse zusammengepfercht; Hunderte von Augen starrten, und kein Laut war zu hören, als das Kanonenboot sich in Front legte, als wären diese Hunderte von Lippen durch einen Zauber versiegelt gewesen.

Der Franzose rief das Schiff an, erhielt keine verständliche Antwort und entschloß sich, nachdem er sich durch sein Fernrohr vergewissert hatte, daß der Haufe auf Deck nicht pestkrank aussah, ein Boot zu schicken. Zwei Offiziere kamen an Bord, hörten den eingeborenen Bootsmann an, versuchten mit dem Araber zu reden, konnten aber aus der Sache nicht klug werden; immerhin war der Fall klar genug. Sie waren auch sehr betroffen, als sie einen toten Weißen entdeckten, der friedlich zusammengekauert auf der Kommandobrücke lag. Sie waren „fort intrigués par ce cadavre“, erzählte mir lange nachher ein französischer Leutnant, den ich durch reinsten Zufall eines Tages in Sydney in einer Art Cafe traf und dem der Fall noch völlig in Erinnerung geblieben war. In der Tat widerlegte diese Geschichte, wie ich beiläufig bemerken muß, die Erfahrung von der Kürze der Gedächtnisse und der Länge der Zeit: sie schien mit unheimlicher Kraft in den Köpfen der Menschen lebendig zu sein und schwebte ihnen immer auf der Zunge. Ich hatte das fragwürdige Vergnügen, sie Jahre danach, tausend Meilen entfernt, aus völlig andern Gesprächen auftauchen, aus den entlegensten Anspielungen an die Oberfläche kommen zu sehen. Ist sie nicht auch zwischen uns heute zur Sprache gekommen? Und ich bin der einzige Seemann hier. Wenn sich aber zwei Männer, die einander nicht kannten, auf irgendeinem Fleck der Erde trafen, so stand es unverbrüchlich fest, daß sie, wenn sie von der Sache wußten, vor dem Auseinandergehen auch davon reden würden. Ich hatte den Franzosen nie zuvor gesehen, und nach einer Stunde waren wir miteinander für immer fertig: er schien auch nicht einmal sehr redselig; er war ein stiller, massiver Mensch in zerknitterter Uniform, der schläfrig über einem halbvollen Glase mit dunkler Flüssigkeit saß. Seine Achselklappen hatten den Glanz verloren, seine glattrasierten Backen waren breit und mißfarben; er sah aus wie ein Mann, der dem Tabakschnupfen frönt. Ich will nicht sagen, daß er es tat; aber man hätte ihm diese Gewohnheit zugetraut. Er fing damit an, daß er mir eine Nummer der Home News, die ich gar nicht wollte, über den Tisch herüberreichte. Ich sagte merci. Wir tauschten ein paar anscheinend harmlose Bemerkungen, und plötzlich, bevor ich wußte wie, waren wir mittendrin, und er erzählte mir, wie „peinlich sie diese Leiche berührt“ habe. Es stellte sich heraus, daß er einer der Offiziere gewesen war, die an Bord gegangen waren.

In dem Lokal, in dem wir saßen, konnte man allerhand ausländische Getränke bekommen, die für die einkehrenden Seeoffiziere geführt wurden; er nahm einen Schluck von dem dunklen, medizinartigen Zeug, das wahrscheinlich nichts Greulicheres war als cassis á l'eau, und indem er mit einem Auge ins Glas guckte, schüttelte er leicht den Kopf. „Impossible de comprendre – vous concevez“, sagte er mit einer seltsamen Mischung von Gleichgültigkeit und Tiefsinn. Ich konnte sehr wohl begreifen, wie unmöglich es ihnen gewesen war, zu verstehen. Niemand in dem Kanonenboot konnte genug Englisch, um sich das, was der eingeborene Bootsmann erzählte, zusammenreimen zu können. Es ging um die beiden Offiziere herum auch sehr lebhaft zu. „Sie drängten sich um uns. Es bildete sich ein Kreis um den Toten (autour de ce mort)“, erzählte er. „Das Dringendste mußte getan werden. Die Leute fingen an, unruhig zu werden – Parbleu! Soviel Volk – was glauben Sie?“ sagte er mit philosophischem Gleichmut. Was das Schott anging, so hatte er seinem Kommandeur geraten, es zu lassen wie es war, es war so gräßlich anzusehen. Sie schafften eiligst (en toute bâte) zwei Trossen an Bord und nahmen die Patna – das Hinterschiff voran – ins Schlepptau, was unter den Umständen gar nicht so dumm war, da das Ruder zu sehr aus dem Wasser heraus war, um zum Steuern viel nutz zu sein, und dieses Manöver auch den Druck auf das Schott erleichterte, dessen Zustand, wie er mit unnötiger Zungenfertigkeit darlegte, die größte Sorgfalt erheischte (exigeait les plus grands ménagements). Ich konnte nicht umhin, anzunehmen, daß mein neuer Bekannter bei den meisten dieser Anordnungen eine maßgebende Stimme gehabt hatte: er machte den Eindruck eines zuverlässigen, nicht mehr sehr rührigen Offiziers und hatte auch etwas von einem echten Seemann, obwohl er einen, wie er mit über dem Bauch gefalteten Händen dasaß, an einen jener schnupfenden, friedlichen Dorfgeistlichen gemahnte, in deren Ohren ganze Generationen von Dorfbewohnern ihre Sünden, Leiden und Gewissensqualen ausgießen und auf deren Gesichtern der Ausdruck der Ruhe und Einfalt wie ein Schleier über das Geheimnis des Schmerzes und der Not geworfen ist. Er hätte eine fadenscheinige, bis an sein volles Kinn hochgeknöpfte, schwarze Soutane tragen sollen, anstatt eines Waffenrocks mit Schulterklappen und Messingknöpfen. Seine breite Brust atmete regelmäßig, während er mir weiter erzählte, daß es eine ganz verdammte Arbeit gewesen sei, wie ich mir zweifellos (sans doute) in meiner Eigenschaft als Seemann (en votre qualité de marin) vorstellen könne. Am Ende seines Satzes neigte er sich leicht gegen mich vor, und, seine rasierten Lippen aufwerfend, ließ er die Luft mit einem leichten Zischen daraus entweichen. „Glücklicherweise“, fuhr er fort, „war die See eben wie dieser Tisch, und es war nicht mehr Wind als hier in diesem Zimmer...“ Ich muß sagen, der Raum kam mir in der Tat unerträglich stickig und heiß vor; mein Gesicht glühte, als ob ich wirklich noch jung genug zum Erröten und Verlegenwerden gewesen wäre. Sie hatten ihren Kurs nalurettement nach dem nächstliegenden englischen Hafen genommen, wo ihre Verantwortlichkeit Dieu merci aufhörte. Er blies seine flachen Backen ein wenig auf. „Denn, merken Sie wohl (notez bien)“, solange wir schleppten, hatten wir zwei Steuermannsmaate mit Äxten bei den Trossen stehen, die uns abhauen sollten, falls es...“ Er schlug seine schweren Augenlider nach unten, um, was er meinte, so deutlich wie möglich zu machen... „Was wollen Sie! Man tut, was man kann (on fait ce qu'on peut)“, und einen Augenblick gelang es ihm, seiner gewichtigen Unbeweglichkeit den Ausdruck der Resignation zu geben. „Zwei Steuermannsmaate – dreißig Stunden lang – immer dabei. Zwei!“ wiederholte er, indem er ein wenig seine rechte Hand hob und zwei Finger zeigte. Dies war die allererste Bewegung, die ich ihn machen sah. Es gab mir Gelegenheit, auf seinem

Handrücken eine strahlige Schramme – die offenbar von einem Schuß herrührte – zu „notieren". Und als wäre mein Blick durch diese Entdeckung geschärft worden, bemerkte ich auch die Narbe einer alten Wunde, die ein wenig unterhalb der Schläfe anfing, sich an der Kopfseite unter dem kurzen grauen Haar verlor und wohl von einem Streifschuß oder einem Säbelhieb stammte. Er faltete die Hände wieder über dem Bauch. „Ich blieb an Bord der, der – mein Gedächtnis schwindet (s'enva). Ah! Patt-nà. Cest bien ca Patt-nà. Merci. Komisch, wie vergeßlich man wird! Ich blieb dreißig Stunden auf dem Schiff..."

„Wirklich!" rief ich aus. Er blickte noch immer auf seine Hände und schob die Lippen vor, aber diesmal ohne zischenden Laut. „Man hielt es für richtig", sagte er und zog gelassen die Augenbrauen in die Höhe, „daß einer der Offiziere dort bleiben sollte, um ein offenes Auge zu haben (pour ovrir l'çil)"... er seufzte leicht... „und sich mit dem schleppenden Schiff durch Signale zu verständigen – verstehen Sie? – und so weiter, übrigens war es auch meine Meinung. Wir hielten unsere Boote zum Ausschwingen klar – und ich auf dem Schiff traf gleichfalls Maßnahmen... Enfin! Man hat sein möglichstes getan. Es war eine heikle Lage. Dreißig Stunden. Sie bereiteten mir Essen. Aber Wein – Prost Mahlzeit – keinen Tropfen." Auf irgendeine besondere Weise, ohne seine starre Haltung und die ruhigen Gesichtszüge merklich zu verändern, gelang es ihm doch, einem tiefen Widerwillen Ausdruck zu geben. „Mit mir ist es so – wissen Sie – wenn ich essen soll, ohne mein Glas Wein – ist nichts von mir zu wollen."

Ich fürchtete schon, er würde sich des weitern über dieses Ungemach auslassen, denn obwohl er weder ein Glied rührte noch eine Miene verzog, ließ er einen doch erkennen, wie ihn die Erinnerung aufbrachte. Doch schien er es wieder zu vergessen. Sie lieferten ihr anvertrautes Pfand den „Hafenobrigkeiten" ab, wie er sich ausdrückte. Er war verwundert über die Ruhe, mit der man es aufnahm. Man hätte meinen können, daß ihnen jeden Tag solch seltsamer Fund (drôle de trouvaille) zugeführt würde. „Ihr seid merkwürdige Menschen – ihr Engländer", erklärte er, mit dem Rücken gegen die Wand gelehnt, wobei er jeder Gefühlsbezeigung so unfähig schien wie ein Mehlsack. Es befanden sich zu der Zeit zufällig ein Kriegsschiff und ein Dampfer der indischen Marine im Hafen, und er verhehlte nicht seine Bewunderung über die wirksame Art, mit der die Boote dieser beiden Schiffe die Patna räumten. In der Tat, sein gefühlskarges Benehmen verbarg doch nichts; es hatte jene geheimnisvolle, beinahe wunderbare Macht, durch nicht zu entdeckende Mittel starke Wirkungen hervorzubringen, die der höchsten Kunst vorbehalten ist. „Fünfundzwanzig

Minuten – Uhr in Hand – fünfundzwanzig, nicht länger…" Er öffnete und schloß die Finger wieder, ohne die Hände vom Bauch zu nehmen, und machte es so weit wirkungsvoller, als wenn er vor Erstaunen die Arme zum Himmel gestreckt hätte. … „Diese ganze Schar (tout ce monde) an Land – mit ihren kleinen Habseligkeiten – niemand zurückgelassen als eine Marinewache (marins de l'Etat) und der interessante Leichnam (cet intéressant cadavre). Fünfundzwanzig Minuten…" Mit niedergeschlagenen Augen und den Kopf auf die Seite geneigt, schien er gleichsam mit Kennermiene dieses patente Stück Arbeit zu genießen. Er überzeugte einen ohne viel Worte davon, daß sein Beifall außerordentlich erstrebenswert sein müsse, und in seine kaum unterbrochene Unbeweglichkeit zurückfallend, unterrichtete er mich, sie seien, da sie Order hatten, so rasch wie möglich Toulon zu erreichen, schon nach zwei Stunden abgedampft, „so daß (de sorte que) vieles in dieser Episode meines Lebens (dans cet épisode de ma vie) unaufgeklärt geblieben ist."

Dreizehntes Kapitel

Nach diesen Worten überließ er sich, ohne seine Haltung zu verändern, sozusagen widerstandslos völligem Schweigen. Ich leistete ihm Gesellschaft; und plötzlich, doch nicht unvermittelt, einfach so, als wäre nun wieder für seine gedämpfte, heisere Stimme der Zeitpunkt gekommen, sich aus dem starren Leib zu lösen, sagte er: „Mon Dieu, wie die Zeit vergeht!" Nichts konnte seichter sein als diese Bemerkung; aber sie traf gerade mit einem Gesicht zusammen, das ich gehabt hatte. Es ist seltsam, wie wir mit halbgeschlossenen Augen, tauben Ohren und schlummernden Gedanken durchs Leben gehen. Vielleicht ist es eben gut so; und es kann sein, daß gerade Stumpfheit das Leben für die unzählbare Mehrheit so erträglich und angenehm macht. Nichtsdestoweniger kann es nur wenige unter uns geben, die nicht jene seltenen Augenblicke des Erwachens gekannt hätten, wo wir in einem Aufblitzen unendlich viel – alles – hören, sehen und begreifen, bis wir wieder in unsere angenehme Schlaftrunkenheit zurücksinken. Ich hob den Blick, während er sprach, und sah ihn, als hätte ich ihn nie vorher gesehen. Ich sah sein auf die Brust gesunkenes Kinn, die plumpen Falten seines Rocks, seine gefalteten Hände, seine Unbeweglichkeit, die so seltsam stark den Eindruck eines Mannes erweckten, der ganz einfach nicht weitergekommen war. Die Zeit war in der Tat über ihn weggegangen: sie hatte ihn überholt und war vorangeeilt. Sie hatte ihn erbarmungslos mit ein paar armseligen Gaben zurückgelassen: dem eisengrauen Haar, der schweren Müdigkeit des von der Sonne gebräunten Gesichts, zwei Narben, ein Paar nicht mehr blanken Achselklappen; als einen jener stetigen, zuverlässigen Männer, die den Rohstoff großen Ruhms abgeben, eines jener ungezählten Leben, die man ohne Saug und Klang unter den Grundsteinen überragender Erfolge begräbt. „Ich bin jetzt Dritter Leutnant der Victorieuse“ (sie war damals Admiralschiff des französischen Pacificgeschwaders), sagte er, während er seine Schultern ein paar Zoll von der Wand entfernte, um sich vorzustellen. Ich verbeugte mich leicht auf meiner Seite des Tisches und sagte ihm, daß ich ein Kauffahrteischiff befehlige, das zur Zeit in Rushcutters Bai vor Anker lag. Er hatte es „bemerkt“ – ein nettes kleines Fahrzeug. Er war dabei in seiner ungelenken Art sehr höflich. Ich glaube, er ging sogar so weit, seinen Kopf zu einem Kompliment auf die Seite zu legen, indem er, tief atmend, wiederholte: „Ja, ja. Ein kleines, schwarz gestrichenes Fahrzeug – sehr hübsch – sehr hübsch (très coquet).“ Nach einer Weile drehte er sich langsam, um die Glastür zu unserer Rechten ins Auge zu fassen. „Eine langweilige Stadt (triste ville)“, bemerkte er mit einem Blick auf die Straße. Es war ein strahlender Tag; ein Südsturm wehte, und wir sahen, wie die Vorübergehenden auf den Bürgersteigen, Männer und Frauen, tüchtig vom Winde zerzaust und die sonnbeschienenen Häuserfronten gegenüber von hohen Staubwirbeln überflogen wurden. „Ich bin an Land gekommen, um mir die Füße ein wenig auszutreten, aber...“ Er beendete den Satz nicht und versank wieder in seine tiefe Ruhe. „Bitte – sagen Sie mir“, begann er wieder, sich schwerfällig aufraffend, „was war eigentlich (au juste) auf dem Grund dieser Geschichte? Es ist alles so sonderbar. Der Tote, zum Beispiel – und anderes.“ „Es gab auch Lebende“, sagte ich, „die noch sonderbarer waren.“ „Fraglos, fraglos“, stimmte er kaum hörbar zu und murmelte dann, gleichsam nach reiflicher Überlegung: „Offenbar.“ Ich nahm keinen Anstand, ihm das mitzuteilen, was mich an der Sache am meisten ergriffen hatte. Mir schien, er hätte ein Recht, es zu wissen: hatte er nicht dreißig Stunden an Bord der Patna zugebracht – hatte er nicht das Erbe angetreten, sozusagen, hatte er nicht sein möglichstes getan? Er hörte mir zu, mehr als je einem Priester ähnlich, mit niedergeschlagenen Augen, was ihm das Ansehen frommer Sammlung gab. Ein-, zweimal hob er die Brauen (doch ohne die Lider aufzuschlagen), als wollte er sagen: „Was zum Teufel!“ Einmal rief er gemütsruhig: „Ah, bah!“, und als ich geendet hatte, schürzte er die Lippen in einer bedächtigen Art und ließ etwas wie ein bekümmertes Pfeifen hören.

Bei jedem andern wäre es vielleicht ein Zeichen von Langeweile, von Gleichgültigkeit gewesen; aber er brachte es auf eine Art, die sein Geheimnis war, zuwege, seine Unbeweglichkeit wie rege Anteilnahme und äußerst tiefsinnig wirken zu lassen. Was er schließlich sagte, war nichts weiter als: „Sehr interessant“, höflich und im Flüsterton gesprochen. Ehe ich noch meine Enttäuschung verwunden hatte, fügte er hinzu: „Das ist's. Das ist's.“ Sein Kinn schien noch mehr auf die Brust zu sinken, sein Körper noch schwerer auf dem Sitz zu lasten. Ich war eben daran, ihn zu fragen, was er meinte, als etwas wie ein ankündigendes Zittern seinen ganzen Menschen überlief, so wie ein schwaches Gekräusel über eine stehende Wasserfläche fährt, noch ehe der Wind merkbar ist. „Und so ist dieser arme junge Mann also mit den andern durchgebrannt“, sagte er mit schwerem Ernst. Ich weiß nicht, was mich zum Lächeln brachte: es ist das einzige unbefangene Lächeln, dessen ich mich im Zusammenhang mit Jims Geschichte entsinnen kann. Doch diese einfache Feststellung der Tatsache hörte sich französisch sehr komisch an... „S'est enfui avec les autres“, hatte der Leutnant gesagt. Und plötzlich fing ich an, die Einsicht des Mannes zu bewundern. Er hatte den springenden Punkt sofort erraten: er hatte das ausgesprochen, was mir allein wichtig war. Ich hatte das Gefühl, als holte ich über den Fall ein sachkundiges Gutachten ein. Seine unerschütterliche, reife Ruhe war die eines Sachverständigen, der die Tatsachen prüft und für den die Gefühlsverwirrungen eines andern reine Kindereien sind. „Ja, ja! Die Jugend, die Jugend!“ sagte er mild. „Und übrigens, man stirbt nicht daran.“ – „Woran?“ fragte ich schnell. – „An der Angst“, erläuterte er seine Meinung und schlürfte sein Getränk. Ich bemerkte, daß die drei letzten Finger seiner verletzten Hand steif waren und sich nicht unabhängig voneinander bewegen konnten, so daß er sein Glas mit einem ungeschickten Griff hochnehmen mußte. „Man hat immer Angst. Man mag reden, aber...“ Er stellte das Glas mit einer linkischen Bewegung nieder... „Die Angst, die Angst, sehen Sie – ist immer da.“ Er berührte seine Brust in der Nähe eines Messingknopfes, an derselben Stelle, wo Jim sich den Schlag gegeben hatte, um zu beweisen, daß sein Herz gesund sei. Ich muß wohl ein Zeichen abweichender Meinung gemacht haben, denn er fuhr beharrlich fort: „Ja! ja! Man redet, man redet; das ist alles ganz gut; aber am Ende vom Lied ist man nicht klüger als jeder andre – und nicht tapferer. Tapfer! Das ist nichts Besonderes. Ich habe mich in aller Herren Ländern herumgetrieben (roulé ma bosse)“, sagte er mit unerschütterlichem Ernst, „ich habe tapfere Männer, berühmte Männer gekannt! Allez!“... Er trank nachlässig... „Tapfer – Sie verstehen – im Dienst – muß man sein – das Handwerk verlangt es (le métier veut ça). Ist es nicht so?" fragte er dazwischen. „Eh bien! Jeder von ihnen – ich sage jeder von ihnen, wenn er ein ehrlicher Mann ist – bien entendu – würde zugeben, daß da ein Punkt ist – für die Besten von uns –, daß da irgendwo ein Punkt ist, wo man alles fahren läßt (vous lâcher tout). Und mit dieser Einsicht muß man leben – sehen Sie. Bei einem gewissen Zusammentreffen von Umständen tritt unfehlbar Furcht ein. Ganz elende Angst (un trac épouvantable). Und selbst diejenigen, die an diese Wahrheit nicht glauben, haben trotz alledem Furcht – Furcht vor sich selbst. Ganz unbedingt. Glauben Sie mir. Ja. Ja... In meinem Alter weiß man, was man spricht – que diable!" ... Er hatte all dies so unbeweglich vorgebracht, als spräche die Weisheit selbst aus ihm, doch nun verstärkte er noch den Eindruck des Unbeteiligtseins, indem er langsam die Daumen zu drehen anfing. „Es ist klar – parbleu!" fuhr er fort; „denn, nehmen Sie sich in die Hand so fest Sie wollen – ein einfaches Kopfweh oder eine Magenverstimmung (un dérangement d'estomac) genügt, um... Nehmen Sie mich, zum Beispiel – ich habe meine Beweise. Eh bien! Ich, der ich zu Ihnen spreche, habe einmal..."

Er leerte sein Glas und ließ wieder die Daumen spielen. „Nein, nein, man stirbt nicht daran", sagte er schließlich, und als ich sah, daß er nicht gewillt war, die persönliche Anekdote weiterzuerzählen, war ich außerordentlich enttäuscht, um so mehr, da es etwas war, wozu man ihn nicht drängen konnte. Ich saß still da, und er gleichfalls, als könnte nichts ihm angenehmer sein. Sogar die Daumen ruhten. Plötzlich bewegten sich seine Lippen. „Das ist so", faßte er seine Meinung gleichmütig zusammen: „Der Mensch wird als Feigling geboren (l'homme cst né poltron). Das ist eine Erschwerung – parbleu! Es wäre sonst gar zu leicht. Aber die Gewohnheit – die Gewohnheit – die Notwendigkeit – sehen Sie – die Augen der andern – voilá. Man bringt es hinter sich. Und dann das Beispiel der andern, die auch nicht besser sind und doch gute Haltung bewahren..."

Er brach ab.

„Der junge Mann – wollen Sie beachten – hatte keinen derartigen Rückhalt— wenigstens nicht im entscheidenden Augenblick", bemerkte ich.

Er hob verzeihend die Brauen. „Nun, nun. Der betreffende junge Mann mag die besten Anlagen gehabt haben – die besten Anlagen", wiederholte er und schnaufte ein wenig.

„Ich freue mich, zu sehen, daß Sie die Frage milde beurteilen", sagte ich. „Sein eigenes Gefühl in der Sache war—ah! voller Hoffnung, und..."

Ein Scharren seiner Füße unter dem Tisch unterbrach mich. Er zog seine schweren Augenlider hoch. Er zog sie hoch, sage ich – keine andere Bezeichnung könnte die langsame Bedächtigkeit des Vorgangs schildern – und erschloß sich mir nun völlig. Ich sah mich zwei engen, grauen Kreisen gegenüber, die wie zwei winzige Stahlringe um tiefschwarze Pupillen lagen. Der Blick, der aus seinem massigen Körper drang, wirkte wie die haarscharfe Schneide an einem Schlachtbeil. „Verzeihung", sagte er förmlich. Seine rechte Hand kam hoch, und er beugte sich vor. „Erlauben Sie mir... Ich behauptete, daß man sehr gut weiterleben kann mit dem Bewußtsein, daß der eigene Mut nicht von selber kommt (ne vient pas tout seul). Daran ist nichts, worüber man sich aufzuregen braucht. Eine Wahrheit mehr sollte das Leben nicht unmöglich machen... Aber die Ehre – die Ehre, monsieur!... Die Ehre... die ist wirklich – die besteht! Und was das Leben wert sein mag, wenn"... er stellte sich mit gewichtiger Heftigkeit auf die Füße, wie ein aufgeschreckter Ochse sich aus dem Grase hocharbeiten mag... „wenn die Ehre dahin ist – ah ça! par exemple –, darüber kann ich mich nicht äußern. Ich kann mich nicht darüber äußern, weil – monsieur – ich nichts davon weiß."

Ich war gleichfalls aufgestanden, und indem wir unserer Haltung unendliche Höflichkeit einzuprägen suchten, sahen wir einander stumm ins Gesicht, wie zwei Porzellanhunde auf einem Kaminsims. Zum Henker mit dem Kerl! er hatte ins Schwarze getroffen. Der erkältende Hauch, der die Reden der Menschen belauert, hatte unsere Unterhaltung gestreift und entseelte die Worte zu leerem Schall. „Sehr wohl", sagte ich mit verlegenem Lächeln; „aber könnte man sich nicht dahin einigen, daß es auf keine Formel zu bringen ist?" Es hatte den Anschein, als wollte er unverweilt erwidern, doch als er sprach, hatte er sich wohl anders besonnen. „Dies, monsieur, ist mir zu fein – viel zu hoch für mich –, ich denke nicht darüber nach." Er beugte sich schwerfällig über seine Mütze, die er am Schirm zwischen dem Daumen und Zeigefinger seiner verwundeten Hand vor sich hinhielt. Auch ich verbeugte mich. Wir verbeugten uns gleichzeitig: wir machten uns gegenseitig zeremoniöse Kratzfüße, während ein schmutziger Bursche von Kellner uns kritisch zusah, als hätte er für die Vorstellung Eintritt bezahlt. „Serviteur", sagte der Franzose. Noch ein Kratzfuß. „Monsieur" ... „Monsieur" ... Die Glastür fiel hinter seinem bäurischen Rücken ins Schloß. Ich sah, wie der südliche Brausewind ihn zu packen kriegte und wie er sich mit breiten Schultern, die Hand an der Mütze, und mit flatternden Rockschößen treiben ließ.

Ich setzte mich allein und entmutigt – entmutigt wegen Jims Fall – wieder hin. Wenn ihr euch wundert, daß er nach drei Jahren noch in mir lebendig war, so müßt ihr wissen, daß ich den Jungen erst kürzlich gesehen hatte. Ich war geradewegs von Samarang gekommen, wo ich eine Ladung für Sydney eingenommen hatte: ein völlig reizloses Geschäft – was Charley hier eine meiner rationellen Transaktionen nennen würde –, und in Samarang hatte ich Jim flüchtig gesehen. Er arbeitete auf meine Empfehlung für De Jongh. Als Wasserkommis. „Mein Vertreter auf dem Wasser", wie De Jongh ihn nannte. Man kann sich keine Lebensweise denken, die so trostlos, so jedes Reizes bar wäre – es sei denn die Tätigkeit eines Versicherungsagenten. Ich weiß nicht, wie Jims Seele sich den neuen Lebensbedingungen anpaßte – ich war aus allen Kräften bemüht gewesen, ihm eine Arbeit zu verschaffen, die Leib und Seele zusammenhält –, aber ich bin ziemlich sicher, daß seine nach Abenteuern dürstende Phantasie alle Qualen des Verschmachtens litt. Gewiß gab es nichts in diesem neuen Beruf, woran sie sich hätte erquicken können. Es war peinigend, ihn am Werk zu sehn, obwohl man anerkennen muß, daß er mit beharrlicher Gelassenheit seines Amts waltete. Ich sah ihm bei seiner armseligen Plackerei mit dem geheimen Hintergedanken zu, daß sie eine Strafe für die heroischen Ausschweifungen seiner Phantasie war, eine Buße für sein Jagen nach mehr Glanz, als er vertrug. Er hatte sich zu leidenschaftlich dem Wahn hingegeben, ein feuriger Renner zu sein, und nun war er dazu verurteilt, sich ruhmlos wie ein Karrengaul abzurackern. Es ging alles sehr gut. Er legte sich ins Zeug, beugte den Kopf unters Joch und sagte nie ein Wort. Sehr gut, wirklich sehr gut – bis auf gewisse phantastische, heftige Ausbrüche, wenn es vorkam, daß der nicht auszurottende Fall Patna wieder auftauchte. Dieser Skandal der östlichen Meere war nicht aus der Welt zu schaffen. Und dies war der Grund, warum ich mit Jim nie ganz fertig wurde.

Ich saß in Gedanken über ihn versunken, nachdem der französische Leutnant weggegangen war; doch nicht in Verbindung mit De Jonghs muffigem Laden, wo wir uns zuletzt begegnet waren, erschien mir sein Bild, sondern so, wie ich ihn vor Jahren gesehen hatte, allein mit mir, bei spärlichem Kerzenschein, in der langen Galerie des Malabar-Hauses, mit der Kühle und Stille der Nacht als Hintergrund. Das ehrwürdige Schwert des Gesetzes seiner Heimat hing über seinem Kopf. Morgen – oder vielleicht schon heute (Mitternacht war längst vorüber, als wir auseinandergingen) würde der Polizeirichter mit dem Marmorgesicht, nachdem er im Prozeß wegen tätlicher Beleidigung Geld- und Gefängnisstrafen ausgeteilt hatte, die schreckliche Waffe ergreifen und seinen niedergebogenen Hals treffen. Unser Zusammensein in der Nacht glich ungemein der letzten Nachtwache mit einem zum Tode Verurteilten. Er war auch schuldig. Er war schuldig und ein verlorener Mann, wie ich mir wiederholt gesagt hatte; nichtsdestoweniger wünschte ich ihm die Einzelheiten einer formalen Hinrichtung zu ersparen. Ich unterfange mich nicht, meinen Wunsch zu begründen; ich glaube nicht, daß es mir gelingen würde; doch wenn ihr bis jetzt keinen Begriff von der Sache bekommen habt, so muß ich entweder sehr unklar in meiner Erzählung oder ihr zu schläfrig gewesen sein, um den Sinn meiner Worte zu erfassen. Ich will meine Moral nicht verteidigen. Es war nichts von Moral, was mich dazu trieb, ihm Brierlys Fluchtplan – so kann man's wohl nennen – in seiner ganzen kunstlosen Einfachheit vorzulegen. Ich hatte die Rupien in meiner Tasche; sie standen ganz zu seiner Verfügung. Oh! ein Darlehen, ein Darlehen natürlich –, und wenn eine Empfehlung an einen Mann (in Rangoon) ihm nützen könnte – gewiß! mit dem größten Vergnügen. Ich hatte Feder, Tinte und Papier in meinem Zimmer im ersten Stock. Und ich wartete nur darauf, den Brief anzufangen. Tag, Monat, Jahr, 2.30 a. m— „Sie würden mir einen großen Dienst erweisen, wenn Sie Herrn James Soundso zu einer Tätigkeit verhelfen wollten. Sie würden in ihm…“ usw. usw. In dieser Weise wollte ich über ihn schreiben. Wenn er nicht meine Sympathie gewonnen hatte, so hatte er Besseres erreicht – er war zu dem Quell und Ursprung dieses Gefühls vorgedrungen, hatte die geheime Triebkraft meiner Eigenliebe in Schwingung gebracht. Ich verberge nichts vor euch, denn wenn ich es täte, würde euch meine Handlungsweise unverständlicher erscheinen, als es erlaubt ist, und überdies – morgen werdet ihr meine Aufrichtigkeit mitsamt den übrigen Lehren der Vergangenheit vergessen haben. Bei dieser ganzen Sache war ich, kurz und gut, der makellose Mann; aber die geheimen Absichten meiner Unmoral wurden von der sittlichen Unverdorbenheit des Verbrechers vereitelt. Ohne Zweifel war auch er selbstisch, aber seine Selbstsucht hatte eine edlere Herkunft, ein höheres Ziel. Ich überzeugte mich, daß er, was ich auch sagen mochte, nicht davon abstehen wollte, die Zeremonie der Hinrichtung über sich ergehen zu lassen. Ich sagte auch nicht viel, denn ich fühlte, wie sehr seine Jugend gegen mich im Vorteil war: wo er noch glaubte, hatte ich schon zu zweifeln aufgehört. Es war etwas Sieghaftes in der Wildheit seiner unausgesprochenen, ihm selbst kaum bewußten Hoffnung. „Ausreißen! Undenkbar!“ sagte er kopfschüttelnd. – „Ich mache Ihnen ein Anerbieten, für welches ich keinerlei Dankbarkeit weder verlange noch erwarte", sagte ich; „Sie sollen das Geld zurückerstatten, wann es Ihnen paßt, und..." – „Unendlich gut von Ihnen", murmelte er, ohne aufzublicken. Ich beobachtete ihn aufmerksam: die Zukunft mußte ihm schrecklich unsicher scheinen; aber er schwankte nicht, wie zum Beweis, daß sein Herz wirklich gesund war. Ich war etwas ärgerlich, nicht zum erstenmal an diesem Abend. „Ich sollte meinen, diese ganze erbärmliche Sache sei bitter genug für einen Mann Ihres Schlages..." sagte ich. – „Allerdings, allerdings", flüsterte er zweimal mit niedergeschlagenen Augen. Es war herzzerreißend. Das Licht der Kerze fiel auf ihn, und ich konnte den Flaum auf seinen Wangen sehen; ein warmes Rot färbte die glatte Haut. Glaubt mir oder nicht, ich sage, es war wirklich herzzerreißend. Es reizte mich zur Roheit. „Ja", sagte ich; „und ich muß gestehen, daß ich gänzlich außerstande bin, einzusehen, welchen Vorteil Sie sich davon versprechen, daß Sie den Becher bis zur Neige leeren." – „Vorteil!" murmelte er aus seinem Brüten heraus. – „Ich will verdammt sein, wenn ich es begreife", sagte ich wütend. – „Ich habe versucht, Ihnen alles zu sagen, was dahinter ist", begann er langsam, als überlegte er etwas, was nicht zu beantworten war. „Aber schließlich ist es meine Sache." Ich öffnete die Lippen zur Erwiderung, doch plötzlich fand ich, daß ich alles Vertrauen zu mir selbst verloren hatte; und es schien, daß auch er mich aufgegeben hatte, denn er sprach vor sich hin wie einer, der halblaut denkt. „Sie sind fort... ins Spital gegangen... keiner wollte es ausfechten... Die!..." Er machte eine leichte Handbewegung, die Verachtung ausdrückte. „Doch ich muß das durchkosten und darf mir nichts schenken... nein, ich will mir nichts schenken." Er schwieg. Er starrte, wie von Geistern verfolgt, vor sich hin. Sein abwesender Gesichtsausdruck spiegelte abwechselnd und wie im Fluge Verachtung, Verzweiflung, Entschlossenheit – gleichwie ein Zauberspiegel die gleitenden Schatten unirdischer Gestalten zurückwerfen würde. Er war von trügerischen Geistern, von finsteren Schatten umgeben. „Ach, Unsinn, mein Lieber", begann ich. Er machte eine Bewegung der Ungeduld. „Sie scheinen nicht zu verstehen", sagte er eindringlich; dann sah er mir voll ins Gesicht und fügte hinzu: „Wenn ich auch gesprungen bin, so laufe ich doch nicht weg." – „Ich wollte Sie nicht beleidigen", sagte ich und schloß einfältig: „Es haben sich manchmal schon bessere Männer als Sie aus dem Staub gemacht." Er wurde über und über rot, während ich mir vor Verlegenheit fast die Zunge abbiß. „Schon möglich", sagte er dann. „Ich bin nicht gut genug; ich kann es mir nicht leisten. Ich muß diese Sache auskämpfen – ich kämpfe sie jetzt aus." Ich erhob mich, am ganzen Körper steif. Das Schweigen war peinlich, und um ihm ein Ende zu machen, fiel mir nichts Besseres ein, als in leichtem Ton zu bemerken: „Ich hatte keine Ahnung, daß es schon so spät ist..." – „Ich kann mir denken, daß Sie genug von der Sache haben", meinte er barsch: „und um Ihnen die Wahrheit zu sagen" – er sah sich suchend nach seinem Hut um –, „ich auch."

Nun denn! Er hatte dieses einzigartige Anerbieten ausgeschlagen. Er hatte meine helfende Hand von sich gewiesen; er war im Begriff zu gehen, und jenseits der Brüstung schien die Nacht schon auf ihn zu warten, als hätte sie sich ihn zur Beute ausersehen. Ich hörte ihn sagen: „Ah, hier ist er." Er hatte seinen Hut gefunden. Wir zögerten ein paar Sekunden lang. „Was wollen Sie tun, wenn – wenn..." fragte ich sehr leise. – „Vor die Hunde gehen, höchstwahrscheinlich", brummte er in abweisendem Ton. Ich hatte meine fünf Sinne wieder einigermaßen beisammen und hielt es für richtig, es leicht zu nehmen. „Denken Sie daran, bitte, daß ich Sie sehr gern noch einmal sehen möchte, bevor Sie von hier weggehen." – „Ich wüßte nicht, was Sie daran hindern könnte, da mich das Teufelsding da nicht unsichtbar machen wird", sagte er mit tiefer Bitterkeit. „Nichts zu hoffen." – Und als wir uns dann schließlich verabschieden wollten, fuhr er mir ein schauderhaftes Gewirr von unschlüssigen Bewegungen und gestammelten Worten auf. Gott verzeih es ihm: – mir! Er hatte es sich in den Kopf gesetzt, daß es mir wahrscheinlich widerstreben würde, ihm die Hand zu geben. Es war zu gräßlich. Ich glaube, ich schrie ihn plötzlich an, wie man einem Menschen zubrüllt, den man im Begriff sieht, in einen Abgrund zu stürzen. Ich erinnere mich dann noch eines jammervoll verzerrten Lächelns, eines Händedrucks, der mir die Finger zerquetschte, eines nervösen Lachens. Die Kerze erlosch knisternd, und es war endlich vorüber; ein Stöhnen drang durch die Dunkelheit zu mir. Er war gegangen. Die Nacht hatte ihn verschlungen. Er war schrecklich unfertig. Schrecklich. Ich hörte, wie der Kies unter seinen Tritten knirschte. Er rannte. Rannte und wußte nicht, wohin. Und er war noch nicht Vierundzwanzig.

Vierzehntes Kapitel

Ich schlief wenig, frühstückte eilig und unterließ nach einigem Zögern die Morgenvisite auf meinem Schiff. Es war wirklich sehr unrecht von mir, denn obwohl mein Erster Offizier nach jeder Richtung ein ganz vortrefflicher Mensch war, so konnte er mir doch Unheil anrichten, denn er neigte sehr zum Schwarzsehen, und wenn er nicht zur erwarteten Zeit einen Brief von seiner Frau bekam, so geriet er ganz aus dem Häuschen vor Wut und Eifersucht, verlor alle Übersicht, fing mit jedem Streit an, der ihm in die Quere kam, und heulte entweder in seiner Kabine oder entwickelte solches Temperament, daß er die Mannschaft hart an den Rand der Meuterei trieb. Die Sache kam mir immer ganz rätselhaft vor: sie waren schon dreizehn Jahre verheiratet; ich sah sie einmal, und offen gesagt, ich konnte nicht recht begreifen, wie ein Mann wegen einer so reizlosen Person zum Sünder werden sollte. Ich weiß nicht, ob es nicht unrecht von mir war, daß ich davon Abstand nahm, dem armen Selvin darüber die Augen zu öffnen; der Mann bereitete sich eine Hölle auf Erden, und mittelbar litt auch ich darunter; aber ein – zweifellos falsches – Zartgefühl hielt mich davon ab. Die ehelichen Beziehungen der Seeleute wären überhaupt ein Kapitel für sich. Ich könnte da Beispiele geben... Doch ist hier nicht der Ort und die Zeit dazu, und wir reden ja von Jim, der unverheiratet war. Wenn sein phantasievolles Gewissen oder sein Stolz, wenn all die abenteuerlichen Geister und finsteren Schatten, die unheilschwangeren Gefährten seiner Jugend, ihn daran hinderten, vor dem Block zu fliehen, so war ich, den man natürlich solcher Gefährten nicht verdächtigen konnte, unwiderstehlich gezwungen, hinzugehen und seinen Kopf fallen zu sehen. Ich lenkte meine Schritte nach dem Gerichtsgebäude. Ich erwartete nicht, sonderlich erschüttert, erbaut, ergriffen oder nur erschreckt zu werden – obwohl, solange noch Leben vor einem liegt, ein tüchtiger Schreck mitunter recht heilsam ist. Doch ebensowenig erwartete ich, daß ich so entsetzlich niedergedrückt werden würde. Die Bitterkeit seiner Strafe lag in der frostigen und gewöhnlichen Atmosphäre. Die wahre Bedeutung des Verbrechens ist der Vertrauensbruch an der menschlichen Gesellschaft, und von diesem Gesichtspunkt aus war er kein gemeiner Verräter; aber seine Aburteilung hatte einen versteckten, heimlichen Charakter. Da war kein hohes Schafott und kein rotes Tuch (hatten sie auf Tower Hill rotes Tuch? es hätte hingehört), auch keine ehrfurchtsvolle, vor seiner Schuld schaudernde und über sein Schicksal zu Tränen gerührte Menge – kein Hauch düsterer Vergeltung. Da war auf meinem Wege der leuchtende Sonnenschein, allzu grell, um Trost spenden zu können, die Straßen voll von einem schreienden Farbendurcheinander, das wie ein beschädigtes Kaleidoskop wirkte: gelb, grün, blau, blendend weiß, das Braun einer unbekleideten Schulter, ein Ochsenwagen mit einem roten Dach, ein Trupp eingeborener Infanterie in mausgrauen Röcken und staubigen Schnürstiefeln, ein eingeborener Polizist in dunkler, zu knapper Uniform mit Glanzledergürtel, der mich mit orientalisch mitleidigen Blicken ansah, als ob sein wandernder Geist bei der unvorhergesehenen Begegnung mit dieser – wie nennt man es? – Avatara-Inkarnation übermäßiges Leid empfände. Unter dem Schatten eines einsamen Baumes im Hof saßen die in dem Prozeß wegen tätlicher Beleidigung Beteiligten in malerischer Gruppe wie auf einer ein Lager darstellenden Chromolithographie in einem östlichen Reisebuch. Man vermißte nur den herkömmlichen Rauch und die grasenden Lasttiere im Vordergrund. Eine blanke, den Baum überragende gelbe Mauer, die das Licht zurückwarf, erhob sich dahinter. Der Gerichtssaal war düster; der Raum schien größer als zuvor. Hoch oben im Dunklen bewegten sich die Punkahfächer hin und her, hin und her. Vereinzelte Gestalten in wallenden Gewändern, die neben den nackten Wänden zwerghaft klein erschienen, saßen, wie in fromme Betrachtung versunken, in den leeren Bänken. Der Kläger, der geschlagen worden war; ein feister, schokoladenbrauner Mann mit rasiertem Kopf, saß, die eine Hälfte seiner fetten Brust entblößt und das hellgelbe Abzeichen seiner Kaste auf dem Nasenrücken, in pompöser Unbeweglichkeit da: nur die Augen rollten funkelnd im dämmrigen Licht, und die Nasenflügel bewegten sich heftig beim Atmen. Brierly ließ sich in seinen Stuhl fallen und sah erschöpft aus, als hätte er die ganze Nacht auf einer mit Schlacken bestreuten Bahn zum Wettkampf trainiert. Der fromme Segelschiffskapitän schien aufgeregt und machte unruhige Bewegungen, als hielte er sich nur mit Mühe zurück, uns ernsthaft zu Gebet und Buße zu ermahnen. Der Kopf des Polizeirichters, krankhaft blaß unter dem sorgfältig geordneten Haar, glich dem Kopf eines aufgegebenen Kranken, den man gewaschen, gebürstet und im Bett aufgerichtet hat. Er rückte die Vase mit Blumen beiseite – einen Strauß langstieliger, hell- und dunkelroter Blüten – und nahm einen großen Bogen bläuliches Papier in beide Hände. Er überflog ihn, stützte seine Ellbogen auf den Rand des Pultes und begann laut mit gleichmäßig deutlichem, gleichgültigem Ton zu lesen.

Beim Himmel! Ich sage euch, so dumm auch meine Scherze über Schafotte und herunterrollende Köpfe geklungen haben mögen – dies war bedeutend schlimmer als eine Hinrichtung. Ein schweres Gefühl von Endgültigkeit, ungemildert durch die Hoffnung auf Ruhe und Sicherheit, die dem Fall des Beils folgen mußten, lastete über all diesem. Diese Verhandlung hatte die ganze kalte Rachgier eines Todesurteils und die Grausamkeit einer Verurteilung zum Exil. So sah ich es an jenem Morgen an – und auch jetzt noch finde ich etwas Wahres an solch übertriebener Auffassung einer gewöhnlichen Begebenheit. Ihr könnt euch vorstellen, wie stark ich das damals empfand. Vielleicht konnte ich mich darum nicht dazu bringen, einzusehen, daß alles vorbei war. Ich trug die

Geschichte immer mit mir herum, ich war ewig bereit, eine Meinung darüber einzuholen, als wäre sie noch nicht erledigt: eine persönliche Meinung – eine internationale Meinung – weiß Gott! Die des Franzosen zum Beispiel. Das Urteil seines eigenen Landes war in der leidenschaftslosen, bestimmten Form ausgesprochen worden, die eine Maschine gebrauchen würde, wenn Maschinen sprechen könnten. Der Kopf des Polizeirichters war von dem Papier halb verborgen, seine Stirne war wie Alabaster.

Es waren mehrere Fragen gestellt worden. Die erste war, ob das Schiff in jeder Hinsicht seetüchtig für die Reise ausgerüstet war. Der Gerichtshof fand, daß dies nicht der Fall gewesen war. Beim nächsten Punkt handelte es sich darum, ob das Schiff bis zu dem Augenblick der Havarie mit seemännischer Sorgfalt geführt worden war. Dies wurde bejaht, der Himmel weiß, warum. Und dann hieß es, daß man die genaue Ursache des Unfalls nicht feststellen könne. Ein treibendes Wrack vermutlich. Ich selbst erinnere mich, daß eine norwegische Bark mit einer Pechkiefernladung um diese Zeit vermißt wurde, und das war gerade das richtige Fahrzeug, um in einem Sturm zu kentern und monatelang unter Wasser weiterzutreiben – als eine Art unterseeischer Dämon, der Schiffen im Dunkel ans Leben geht. Solche wandernden Leichname sind häufig genug im nördlichen Atlantischen Ozean, auf dem alle Schrecken des Meeres zu Hause sind – Nebel, Eisberge, unheildrohende tote Schiffe und langanhaltende, verderbendrohende Stürme, die sich wie ein Vampir an einen heften, bis Kraft und Mut und Hoffnung schwinden und der Mensch sich wie eine leere Muschel fühlt. Doch dort, in jenen Meeren, war das ein so seltenes Vorkommnis, daß es als planmäßige Vorkehrung einer bösen Macht erschien, die, wenn sie nicht auf den Tod des Pumpenmannes und Jims Vernichtung abzielte, ein völlig sinnloses Teufelswerk war. Diese Gedanken lenkten meine Aufmerksamkeit ab. Während einer Weile vernahm ich die Stimme des Polizeirichters als bloßen Klang; doch mit einmal formte sie sich zu deutlichen Worten ... „in äußerster Pflichtvergessenheit“ sagte sie. Der folgende Satz entging mir, und dann fuhr die Stimme wieder gleichmäßig fort: „... im Augenblick der Gefahr die ihnen anvertrauten Menschenleben und Güter im Stich lassend...“ und hielt dann inne. Ein Augenpaar unter der weißen Stirn entsendete einen dunklen Blick über den Rand des Schriftstücks. Ich sah mich hastig nach Jim um, als hätte ich erwartet, daß er verschwinden würde. Er war sehr still – aber er war noch da. Er saß errötet und blond und sehr aufmerksam da. „Daher...“ begann die Stimme mit Nachdruck. Er starrte mit offenen Lippen und hing an den Worten des Mannes hinter dem Pult. Sie tönten in die Stille, von dem Wind, den die Punkahfächer verursachten, weitergetragen, und ich, der ich ihre Wirkung auf ihn beobachtete, fing nur die Bruchstücke der Amtssprache auf… „Der Gerichtshof… Gustav Soundso, Schiffer… aus Deutschland gebürtig… James Soundso, Offizier… Patente kassiert." Ein Schweigen trat ein. Der Polizeirichter hatte das Schriftstück hingelegt und begann, auf die Armlehne seines Stuhls gestützt, unbefangen mit Brierly zu plaudern. Etliche schickten sich an fortzugehen, andere drängten herein, auch ich bewegte mich der Tür zu. Draußen stand ich still, und als Jim an mir vorbeikam, hielt ich ihn am Arm fest. Der Blick, den er mir zuwarf, brachte mich außer Fassung, als wäre ich für seinen Zustand verantwortlich gewesen: er sah mich an, als wäre ich das verkörperte Unheil. „Es ist vorüber", brachte ich mühsam hervor. „Ja", sagte er mit schwerer Zunge, „und jetzt soll niemand…" Er entzog mir seinen Arm mit einem Ruck. Ich behielt ihn im Auge, während er dahinging. Es war eine lange Straße, und er blieb eine Weile in Sicht. Er ging ziemlich langsam und schien nicht ganz sicher auf den Beinen. Am Ende meinte ich ihn sogar straucheln zu sehen.

„Mann über Bord", sagte eine tiefe Stimme hinter mir. Als ich mich umdrehte, sah ich einen entfernten Bekannten, einen Westaustralier. Chester hieß er. Auch er hatte Jim nachgesehen. Er war ein Mann von riesigem Brustumfang, mit einem mürrischen, glattrasierten, mahagonifarbenen Gesicht und zwei stumpfen, borstigen, eisengrauen Bartbüscheln auf der Oberlippe. Er war Perlenfischer, Strandwächter, Händler, ich glaube auch Walfischfänger gewesen; mit seinen eigenen Worten – ein Mann kann auf See alles und jedes sein, nur kein Seeräuber. Der Stille Ozean im Norden und Süden war sein eigenstes Jagdgebiet, aber er hatte die weite Reise gemacht, um sich nach einem billigen Dampfer umzutun, den er kaufen wollte. Neuerdings hatte er, wie er sagte, eine Guanoinsel entdeckt, aber der Zugang war gefährlich, und der Ankergrund konnte keineswegs als sicher gelten. „So gut wie eine Goldmine", war seine stehende Rede. „Man fährt mitten hinein in die Walpoleriffe, und wenn es wahr ist, daß man nirgend unter vierzig Faden Tiefe Ankergrund finden kann – was weiter? Dann sind ja noch die Orkane da. Aber es ist doch eine Sache ersten Ranges. So gut wie eine Goldmine. Besser. Doch keiner will's riskieren. Ich kann keinen Kapitän oder Schiffseigner dazu kriegen, hinzugehn. So bin ich zu dem Entschluß gekommen, das herrliche Zeug selbst fortzuschaffen" … Das war's, wozu er den Dampfer brauchte, und ich wußte, daß er gerade zu der Zeit mit einer Parsenfirma in einem scharfen Handel stand, wegen eines vorsintflutlichen, als Brigg getakelten Kastens von neunzig Pferdekräften. Wir hatten uns schon mehrmals getroffen und gesprochen. Er sah Jim verständnisvoll nach. „Nimmt sich's zu Herzen?“ fragte er spöttisch. – „Außerordentlich“, sagte ich. – „Dann taugt er nichts“, meinte er. „Wozu das Geflenne? Um ein Stück Eselshaut. Das hat noch nie einen Mann gemacht. Man muß die Dinge sehen, wie sie sind – wenn nicht, dann kann man sich gleich begraben lassen. Man wird nie etwas ausrichten. Sehn Sie mich an. Ich habe es mir zur Lebensregel gemacht, mir nie etwas zu Herzen zu nehmen.“ – „Ja“, sagte ich, „Sie sehen die Dinge wie sie sind.“ – „Ich wollte, ich sähe meinen Teilhaber des Wegs kommen. Das ist's, was ich sehen wollte“, sagte er. „Sie kennen doch meinen Teilhaber? Den alten Robinson. Ja, den Robinson. Kennen Sie ihn nicht? Den berüchtigten Robinson. Den Mann, der mehr Opium geschmuggelt und mehr Seehunde eingesackt hat als der gerissenste Strandräuber. Es heißt, daß er die Robbenschoner auf dem Wege nach Alaska angriff, wenn der Nebel so dick war, daß allein der liebe Gott einen Menschen vom andern unterscheiden konnte. Robinson, der ›Heilige Schrecken‹. Das ist der Mann. Er beteiligt sich an dieser Guanosache. Die größte Chance, die er je gehabt hat.“ Er näherte seinen Mund meinem Ohr. „Kannibale? – Nun ja, man hat ihn vor Urzeiten so genannt. Erinnern Sie sich an die Geschichte? Ein Schiffbruch auf der Westseite der Stewartinsel; ganz recht; sieben kamen an Land, und es scheint, sie gerieten sich in die Haare. Mit manchen Menschen ist aber nichts anzufangen – sie können einer schlimmen Sache nicht die gute Seite abgewinnen – sehen die Dinge nicht, wie sie sind – wie sie sind, mein Lieber! Und was ist die Folge? Das ist doch klar! Verdruß, Verdruß – höchstwahrscheinlich noch ein Schlag auf den Kopf. – Und recht geschieht ihnen. Die Sorte ist am besten aufgehoben, wenn sie tot ist. Wie man sagt, soll ein Boot I. M. S. Wolverine ihn gefunden haben, nackt, wie Gott ihn erschaffen hat, auf Tang kniend und einen Psalm singend; es fiel gerade leichter Schnee. Er wartete, bis das Boot eine Ruderlänge vom Ufer entfernt war – und dann: auf und davon. Sie jagten eine Stunde lang hinter ihm her, über die Strandkiesel, bis ihn ein Stein, den ein Seesoldat schleuderte, hinters Ohr traf und er besinnungslos hinfiel. War er allein? Natürlich. Aber das ist wie die Geschichte von den Robbenschonern; der liebe Gott allein weiß, was davon wahr und was erlogen ist. Der Kutter forschte nicht lange nach. Sie hüllten ihn in einen Dienstmantel und fuhren mit ihm, so rasch sie konnten, davon, denn die Nacht und das Wetter brachen herein, und das Schiff feuerte alle fünf Minuten Signalschüsse ab, um sie zurückzurufen. Drei Wochen drauf war er heil wie immer. Er wollte von der Sache kein Aufhebens gemacht haben; er preßte die

Lippen zusammen und ließ die Leute schreien. Es war schlimm genug, daß er sein Schiff und alles, was er besaß, verloren hatte; er brauchte nicht noch obendrein die Schimpfnamen, die man ihm an den Kopf warf. Das ist der Mann für mich.“ Er winkte jemand am Ende der Straße zu. „Er hatte ein paar Kröten, so mußte ich ihn zu meinem Geschäft zuziehen. Mußte! Es wäre sündhaft gewesen, sich solchen Fund entgehen zu lassen, und ich war rein auf dem trockenen. Es schnitt mir freilich ins Fleisch, aber ich konnte die Sache sehen, wie sie war. Und wenn ich schon teilen muß – denk' ich –, dann tu' ich's mit Robinson. Ich ließ ihn im Hotel beim Frühstück zurück, und er sollte mich hier abholen kommen, denn ich habe eine Idee... Ah! Guten Morgen, Kapitän Robinson... lieber Freund von mir – Kapitän Robinson.“

Ein abgezehrter Patriarch in weißem Drellanzug, einen Sonnenhut mit grüngefüttertem Rand auf dem vor Alter zitternden Kopf, kam mit schlurrenden Schritten über die Straße auf uns zu und blieb, mit beiden Händen auf einen Regenschirm gestützt, stehen. Ein weißer Bart mit bernsteingelben Streifen hing ihm unordentlich bis zum Gürtel. Er zwinkerte mir mit seinen zerknitterten Augenlidern blöde zu. „Sehr erfreut. Sehr erfreut“, piepste er liebenswürdig und wackelte. – „Bißchen taub“, flüsterte mir Chester zu. – „Haben Sie ihn sechstausend Meilen weit geschleppt, um einen billigen Dampfer zu kriegen?“ fragte ich. – „Ich hätte ihn unbesehen zweimal rund um die Welt gefahren“, sagte Chester mit ungeheurer Energie. „Der Dampfer wird unser Glück machen, mein Sohn. Ist es meine Schuld, daß alle Schiffer und Schiffseigner im ganzen gesegneten Australasien ausgemachte Esel sind? Ich sprach einmal drei Stunden lang mit einem in Auckland. ›Senden Sie ein Schiff hin‹, sagte ich, ›senden Sie ein Schiff. Ich gebe Ihnen die Hälfte der ersten Ladung umsonst, unentgeltlich, nur um die Sache in Schwung zu bringen.‹ Sagt er drauf: ›Ich täte es nicht, und wenn man an keinen andern Platz der Welt mehr ein Schiff schicken könnte.‹ Vollendeter Esel, natürlich. Felsen, Strömungen, kein Ankergrund, steile Klippen zum Anlegen, keine Versicherungsgesellschaft würde das Risiko übernehmen, das Laden würde drei Jahre in Anspruch nehmen. Esel! Ich bat ihn fast kniefällig. ›Sehen Sie die Sache doch an, wie sie ist‹, sagte ich. ›Zum Teufel mit Felsen und Orkanen. Sehen Sie sie an, wie sie ist. Da ist Guano, die Zuckerpflanzer von Queensland würden sich auf dem Kai darum balgen, sage ich Ihnen.‹ Aber was wollen Sie mit einem Narren anfangen? ›Das ist einer von Ihren kleinen Späßen, Chester‹, sagte er... Ein Spaß! Ich hätte weinen mögen. Fragen Sie Kapitän Robinson hier... Und dann war da noch ein andrer Schiffsreeder –

ein feister Kerl mit weißer Weste in Wellington, der zu glauben schien, daß ich es auf einen Schwindel abgesehen hätte. ›Ich weiß nicht, nach was für einem Narren Sie aus sind‹, sagte er, ›aber ich bin gerade beschäftigt. Guten Morgen.‹ Ich hatte Lust, ihn mit beiden Händen zu packen und durch das Fenster seines eignen Kontors zu schmeißen. Aber ich bezwang mich. Ich war mild wie ein Pfarrherr. ›überlegen Sie sich's, sagte ich. ›Bitte, überlegen Sie sich's! Ich will morgen nochmal vorsprechen.‹ Er brummte etwas von ›den ganzen Tag nicht zu Hause sein‹. Als ich die Treppe hinunterging, hätte ich vor Zorn mit dem Kopf gegen die Wand rennen mögen. Kapitän Robinson kann's Ihnen bestätigen. Der Gedanke, daß all dieses köstliche Zeug unter der Sonne brachliegt – wo es das Zuckerrohr himmelhoch emporschießen lassen könnte –, war um aus der Haut zu fahren. Das Glück von Queensland! Das Glück von Queensland! Und in Brisbane, wo ich einen letzten Versuch machte, sagten sie, ich sei wahnsinnig. Die Idioten! Der einzige vernünftige Mensch, dem ich begegnete, war der Kutscher, der mich herumfuhr. Er muß ein heruntergekommenes Herrschaftssöhnchen gewesen sein. Was, Kapitän Robinson? Sie erinnern sich doch an meinen Kutscher in Brisbane? Nicht? Der Bursch hatte einen großartigen Blick für alles mögliche. Er sah alles im Nu. Es war ein wahres Vergnügen, sich mit ihm zu unterhalten. Eines Abends, nach einem verfluchten Tag mit Schiffsreedern, war mir so übel, daß ich sagte: ›Ich muß mich betrinken, oder ich werde verrückt.‹ ›Ich bin Ihr Mann‹, sagt er, ›los!‹ Ich weiß nicht, was ich ohne ihn angefangen hätte. Was, Kapitän Robinson?“

Er stieß seinen Kompagnon in die Seite. „He! He! He!“ lachte der Alte, blickte ziellos die Straße hinunter, dann mit umflorten, zwinkernden Augen auf mich... „He! He! He!“ Er stützte sich schwerer auf den Regenschirm und senkte den Blick zu Boden. Ich brauche euch nicht zu sagen, daß ich mehrmals versucht hatte, loszukommen, aber Chester vereitelte jeden Versuch, indem er mich einfach am Rock festhielt. „Einen Augenblick. Ich habe eine Idee.“ – „Was zum Kuckuck ist Ihre Idee?“ platzte ich schließlich los. „Wenn Sie glauben, daß ich mit Ihnen zusammengehen will...“ „Nein, nein, mein Lieber. Zu spät, wenn Sie auch noch so gern möchten. Wir haben einen Dampfer.“ – „Sie haben das Gespenst eines Dampfers“, sagte ich. – „Gut genug für den Anfang – wir sind keine Pedanten. Was, Kapitän Robinson?“ „Nein! Nein! Nein!“ krächzte der alte Mann, ohne die Augen zu erheben, und das greisenhafte Zittern seines Kopfes bekam etwas nahezu Entschiedenes. „Sie kennen den jungen Menschen“, sagte Chester mit einem Nicken, das die Straße hinunterdeutete, von der Jim längst verschwunden war. „Man hat mir gesagt, daß Sie gestern im Malabar mit ihm gegessen haben.“

Ich bejahte dies, und nachdem er bemerkt hatte, daß er auch gern gut und fein lebe, nur daß er augenblicklich jeden Pfennig sparen müsse – „kann nicht genug haben für's Geschäft – was, Kapitän Robinson?“ –, warf er sich in die Brust und strich seinen buschigen Schnurrbart, während der berüchtigte Robinson sich hüstelnd an dem Regenschirm festhielt und nahe daran schien, widerstandslos zu einem Häuflein alter Knochen zusammenzusinken. „Sie müssen wissen, der Alte hat das Geld“, flüsterte mir Chester vertrauensvoll zu. „Ich bin so auf den Hund gekommen, weil ich diese gottverfluchte Sache zustande bringen will. Aber warten Sie nur, warten Sie nur. Es kommen bessere Zeiten.“ ... Er schien plötzlich erstaunt über die Zeichen der Ungeduld, die ich gab. „Da schau' her!“ rief er, „ich erzähle Ihnen da von der größten Sache, die es je gegeben hat, und Sie...“ „Ich habe eine Verabredung“, wandte ich bescheiden ein. „Was weiter?“ fragte er mit ungekünsteltem Staunen; „lassen Sie sie warten.“ – „Eben das tue ich jetzt schon“, bemerkte ich. „Möchten Sie mir nicht lieber sagen, was Sie wollen?“ Er hob mit einer scharfen Bewegung den Kopf: „Ich möchte den jungen Burschen haben.“ – „Ich verstehe nicht“, erwiderte ich. – „Er taugt nichts, was?“ meinte Chester lebhaft. – „Ich weiß nichts darüber“, sagte ich. – „Sie haben mir doch selbst gesagt, daß er sich die Sache zu Herzen nimmt. Nun, nach meiner Meinung ist ein Bursche, der... kurzum, er kann nicht viel taugen“, folgerte Chester. „Doch die Sache ist die, ich halte Umschau nach jemand, und er wäre gerade der rechte Mann für mich. Ich will ihn auf meiner Insel anstellen.“ Er setzte eine gewichtige Miene auf. „Ich will vierzig Kulis dahin haben, und wenn ich sie stehlen müßte. Jemand muß das Zeug bearbeiten. Oh! ich will die Sache anständig aufzäumen: Holzbaracke mit Wellblechdach – ich kenne einen Mann in Hobart, der mir für die Materialien einen Wechsel auf sechs Monate akzeptiert. Jawohl. Alles in Ehren. Dann die Wasserversorgung. Da muß ich mich erst nach einem umschauen, der mir ein halbes Dutzend gebrauchte Wasserbehälter auf Kredit gibt. Um Regenwasser aufzufangen, he? Das soll er alles überwachen. Ich mache ihn zum Oberaufseher über die Kulis. Famose Idee, was? Was sagen Sie dazu?“ – „Es regnet oft ganze Jahre lang keinen Tropfen auf Walpole“, sagte ich, zu verblüfft, um lachen zu können. Er biß sich auf die Lippen und schien verlegen... „Nun, ich werde ihnen eine bestimmte Summe aussetzen – oder für Ersatzmannschaft sorgen. Zum Henker damit! Darum handelt es sich nicht.“

Ich sagte gar nichts. Eine flüchtige Vorstellung kam mir: Jim auf einem schattenlosen Felsen, bis an die Knie in Guano watend, das Gekreisch der Seevögel in den Ohren, den unbarmherzigen Sonnenball über seinem Kopf, der leere Himmel und der leere Ozean, so weit das Auge reichen konnte, in der Gluthitze zusammenbrodelnd. „Ich wollte meinem schlimmsten Feind nicht raten"... begann ich. – „Was fehlt Ihnen denn?" rief Chester; „ich habe die Absicht, ihm eine gute Stellung zu geben – das heißt, natürlich, sobald die Sache in Gang gebracht ist. Rein nichts zu tun; zwei sechsschüssige Revolver im Gürtel... er braucht doch wahrhaftig keine Angst zu haben, daß vierzig Kulis ihm etwas tun können, wenn er zwei sechsschüssige Revolver hat und noch dazu der einzige bewaffnete Mann ist. Die Sache ist viel besser, als sie aussieht. Sie müssen mir ihn überreden helfen." – „Nein!" schrie ich. Der alte Robinson hob erschrocken seine tränenden Augen, Chester sah mich mit unsäglicher Verachtung an. „Sie würden ihm also nicht dazu raten?" sagte er gedehnt. – „Keineswegs", antwortete ich, entrüstet, als hätte er mich gebeten, ihm bei einem Mord behilflich zu sein, „übrigens weiß ich genau, daß er es nicht tun würde. Er ist wohl in einer bösen Klemme, aber, soviel ich weiß, nicht wahnsinnig." – „Er ist zu gar nichts mehr nutz", überlegte Chester laut. „Er hätte mir gerade gepaßt. Wenn Sie ein Ding nur so sehen wollten, wie es ist, würden Sie sich überzeugen, daß es gerade das Rechte für ihn ist. Und überdies... Was denn! Es ist eine großartige, zuverlässige Chance für ihn..." Er wurde plötzlich ärgerlich. „Ich muß unter allen Umständen jemand haben. So! Nun wissen Sie's..." Er stampfte mit dem Fuß und verzog den Mund zu einem widrigen Lächeln. „In jedem Fall könnte ich garantieren, daß die Insel nicht unter ihm wegsackt – das ist doch wohl sein heikler Punkt." – „Guten Morgen", sagte ich unvermittelt. Er sah mich an, als wäre ich ein unbegreiflicher Narr... „Wir müssen gehn, Kapitän Robinson", schrie er plötzlich dem alten Mann ins Ohr. „Diese dämlichen Parsen erwarten uns, um den Handel abzuschließen." Er nahm seinen Kompagnon mit festem Griff unter den Arm, schwang ihn herum und schielte mich über dessen Schulter weg unvermutet nochmals an: „Ich wollte ihm einen Gefallen tun", behauptete er mit einer Miene und einem Ton, die mich in Harnisch brachten. – „Keinen Dank dafür – in seinem Namen!" gab ich zurück. –"Ei sieh! Sie sind ja verteufelt schneidig", sagte er grimmig, „aber Sie sind wie die andern auch. Viel zu sehr in den Wolken. Sehen Sie zu, was Sie mit ihm anfangen." – „Ich wüßte nicht, daß ich irgendwas mit ihm anfangen wollte." – „Nein? Wirklich nicht?" sprudelte er hervor; sein grauer Schnurrbart sträubte sich vor Zorn, während der berüchtigte Robinson, auf seinen Regenschirm gestützt, an seiner Seite stand, geduldig wie ein ausgedientes Droschkenpferd, und mir den Rücken kehrte. „Ich habe keine Guanoinsel entdeckt“, sagte ich. – „Ich bin überzeugt, Sie würden sie nicht erkennen, wenn man Sie an der Hand hinführte“, parierte er schlagfertig; „und überhaupt muß man in dieser Welt eine Sache erst sehen, bevor man Nutzen daraus ziehen kann. Sie ganz und gar durchschauen, nicht mehr und nicht weniger.“ – „Und andre dazu kriegen, sie zu sehen“, sagte ich mit einem Blick auf den gebeugten Rücken an seiner Seite. Chester fuhr mich an: „Seine Augen sind noch gut genug – keine Sorge! Er ist nicht von gestern.“ – „Oh, Gott bewahre!“ sagte ich. – „Kommen Sie, Kapitän Robinson“, brüllte er mit einer Art prahlerischer Ehrerbietung dem alten Mann unter den Hut; der „Heilige Schrecken“ tat einen kleinen, unterwürfigen Hopser. Das Gespenst eines Dampfers wartete auf sie – Glückauf zum schönen Eiland! Sie machten ein wunderliches Argonautenpaar. Chester, wohlbeleibt und stattlich, schritt mit Eroberermiene gemächlich dahin; der andere, lang, verwüstet, vornübergebeugt, hing an seinem Arm und schob seine dürren Schenkel mit ängstlicher Eile vorwärts.

Fünfzehntes Kapitel

Ich machte mich nicht sofort auf die Suche nach Jim, weil ich tatsächlich eine nicht zu umgehende Verabredung hatte. Dann wollte es das Mißgeschick, daß ich im Kontor meines Agenten auf einen Menschen stieß, der frisch aus Madagaskar gekommen war und einen Plan zu einem glänzenden Geschäft fertig mit sich in der Tasche trug. Es drehte sich um Vieh und Patronen und einen Fürsten Ravanolo; doch der Angelpunkt des Ganzen war die Dummheit eines Admirals – Admirals Pierre, wenn ich nicht irre. Der gute Mann konnte keine Worte finden, die stark genug waren, seinem Vertrauen Ausdruck zu geben. Er hatte kreisförmige Augen, die ihm mit einem fischigen Glanz aus dem Kopf sprangen; aus der Stirne wuchsen ihm Höcker, und sein langes Haar trug er ohne Scheitel zurückgekämmt. Er hatte einen Lieblingssatz, den er fortwährend stolz wiederholte : Ein Minimum von Risiko bei einem Maximum von Profit – das ist mein Motto. Was? Er machte mir Kopfschmerzen, verdarb mir mein Frühstück, wußte aber dabei eins für sich herauszuschinden; sobald ich ihn losgeworden war, ging ich schnurstracks zum Strand hinunter. Ich erblickte Jim, wie er sich über die Kaibrüstung lehnte. Drei eingeborene Bootsleute, die über fünf Annas stritten, machten dicht neben ihm einen Heidenlärm. Er hatte mich nicht kommen hören und fuhr bei der leisen Berührung meines Fingers wie von einer

Tarantel gestochen herum. Ich sah aufs Meer hinaus, stammelte er. Ich weiß nicht mehr, was ich darauf erwiderte, doch machte er keine Schwierigkeit, mir ins Hotel zu folgen. Er folgte mir gefügig wie ein kleines Kind, mit gehorsamer Miene, ohne jede Willensäußerung, als hätte er nur darauf gewartet, daß ich käme und ihn holte. Ich hätte mich nicht so sehr über seine Willfährigkeit zu wundern brauchen. Auf der weiten Gotteswelt, die vielen so groß erscheint und die andre für winziger zu halten vorgeben als ein Senfkorn, hatte er kein noch so kleines Fleckchen, wohin er sich – wie soll ich sagen, wohin er sich hätte verkriechen können. Das war's! Sich verkriechen – allein sein können mit seiner Verlassenheit. Er ging sehr ruhig an meiner Seite, sah hier- und dorthin und drehte sich einmal um, um einem schwarzen Heizer in frackartigem Rock und gelben Hosen nachzusehen, dessen Gesicht seidig spiegelte wie Anthrazitkohle. Doch bezweifle ich, daß er irgend etwas wirklich sah, noch sich die ganze Zeit über meiner Gesellschaft bewußt war, denn wenn ich ihn nicht bald nach rechts geschoben, bald nach links gezerrt hätte, wäre er so lange in einer Richtung vorwärts gegangen, bis ihm eine Mauer oder sonst irgendein Hindernis Halt geboten hätte. Ich steuerte ihn in mein Schlafzimmer und setzte mich sofort hin, um Briefe zu schreiben. Dies war der einzige Platz in der Welt (außer vielleicht das Walpoleriff – doch war dies nicht so bei der Hand), wo er es mit sich auskämpfen konnte, ohne daß ihm die übrige Welt dabei im Wege war. Das verfluchte Ding – wie er sich ausgedrückt hatte – hatte ihn nicht unsichtbar gemacht, aber ich tat so, als ob er es wäre. Kaum saß ich in meinem Stuhl, so beugte ich mich über mein Schreibpult wie ein mittelalterlicher Schriftgelehrter und verhielt mich, abgesehen von der Schreibbewegung der Hand, ängstlich still. Ich kann nicht sagen, daß ich Angst hatte; aber ich war so still, als ob etwas Gefährliches im Zimmer gewesen wäre, das, sobald ich mich nur rührte, auf mich losstürzen konnte. Es war nicht viel in dem Zimmer – ihr wißt, wie diese Schlafzimmer eingerichtet sind –, eine Art Himmelbett unter einem Moskitonetz, zwei, drei Stühle, der Tisch, an dem ich schrieb, der nackte Fußboden. Eine Glastür ging auf eine Veranda im Oberstock, und er stand davor, in möglichster Ungestörtheit sich selbst überlassen. Es dämmerte. Ich zündete mit tunlichster Behutsamkeit und solcher Vorsicht, als wäre es eine unerlaubte Handlung, eine Kerze an. Ganz fraglos ging es ihm sehr nahe, mir aber nicht minder, und zwar bis zu dem Grade, daß ich ihn zum Teufel oder doch wenigstens auf das Walpoleriff wünschte. Es kam mir ein- oder zweimal in den Sinn, daß Chester schließlich doch vielleicht der Mann war, sich zu einem solchen Zusammenbruch richtig zu stellen. Dieser sonderbare Schwärmer hatte im Nu und tatsächlich unbeirrbar eine praktische Verwertungsmöglichkeit entdeckt. Man konnte glauben, daß er vielleicht wirklich, wie er es behauptete, Dinge in ihrem wahren Lichte zu sehen wisse, die weniger phantasiebegabten Menschen geheimnisvoll oder völlig hoffnungslos erschienen. Ich schrieb und schrieb; ich beglich alle Rückstände meiner Korrespondenz und schrieb dann weiter an Leute, die gar keinen Grund hatten, von mir einen geschwätzigen Brief über nichtige Dinge zu erwarten. Ab und zu tat ich einen verstohlenen Seitenblick. Er stand wie festgewurzelt am selben Fleck, doch liefen ihm krampfige Schauer den Rücken hinunter; seine Schultern hoben und senkten sich. Er rang, rang – nach Atem hauptsächlich, wie es schien. Die massigen Schatten, die von der geraden Kerzenflamme alle nach einer Seite geworfen wurden, schienen eigentümlich lebendig, die Gegenstände im Zimmer bekamen für meinen verstohlenen Blick einen Ausdruck von Aufmerksamkeit. Meine Phantasie begann sich inmitten meines eifrigen Geschreibsels zu regen; und obwohl völlige Stille im Zimmer herrschte, wenn das Kratzen meiner Feder einen Augenblick aufhörte, so quälte mich doch eine innere Unruhe und Zerstreutheit, wie sie sich einstellt, wenn irgend etwas Gewaltsames von außen droht – ein heftiger Orkan auf See zum Beispiel. Einige von euch werden wissen, was ich meine – die Mischung von Angst, Trauer und Erregung, mit einer gewissen Verzagtheit dabei, die man eigentlich nicht wahrhaben möchte, die aber der Standhaftigkeit insgeheim besonderen Wert gibt. Ich rechne es mir nicht zum Verdienst an, daß ich dem Anprall von Jims Seelenkämpfen standgehalten habe; ich konnte mich in meine Briefe retten. Ich hätte, wenn nötig, an wildfremde Personen schreiben können. Plötzlich, als ich eben einen frischen Bogen zur Hand nahm, hörte ich einen leisen Ton, den ersten Ton, der, seitdem wir zusammen eingeschlossen waren, in der Stille der Nacht zu mir drang. Ich hielt den Kopf gesenkt, die Hand unbeweglich. Wer je bei einem Krankenbett Wache gehalten, hat in der Stille der Nacht solche Töne vernommen, die sich einem gepeinigten Körper, einer todmüden Seele entringen. Er stieß die Glastür mit solcher Heftigkeit auf, daß alle Scheiben klirrten, trat hinaus, und ich hielt den Atem an und horchte angespannt, ohne zu wissen, was ich sonst noch zu hören erwartete. Er nahm sich wirklich eine leere Formsache zu sehr zu Herzen, die es, nach Chesters scharfem Urteil, nicht wert war, daß ein Mann, der die Dinge sehen kann, wie sie sind, ihrer achtet. Eine leere Formsache. Ein Stück Pergament. Nichts weiter. Was hingegen die unzugängliche Guanoinsel betrifft, so war das eine ganz andere Sache. Darüber konnte einem das Herz wohl brechen. Aus dem Speisesaal unten klang der gedämpfte Schall von vielen

Stimmen und ein leises Klirren von Glas und Silber herauf. Durch die offene Tür fiel der Schein meiner Kerze auf seinen Rücken; sonst war alles schwarz; er stand am Rande einer weiten Dunkelheit, wie eine einsame Gestalt am Ufer eines trostlosen, finsteren Meeres. Das Walpoleriff war darinfürwahr ein Fleckchen in der unendlichen Leere, ein Strohhalm für den ertrinkenden Mann. Mein Mitleid formte sich in mir zu dem Gedanken, daß ich es den Seinen nicht wünschen würde, ihn in diesem Augenblick zu sehen. Ich selber fand es quälend. Sein Rücken wurde nicht mehr durchschüttert von den krampfigen Schauern. Er stand gerade wie ein Pfeil, kaum sichtbar und still. Und diese Stille legte sich mir mit solcher Schwere auf die Brust, daß ich einen Augenblick lang wünschte, er wäre tot und ich hätte weiter nichts mit ihm zu schaffen, als für die Kosten seines Begräbnisses aufzukommen. Selbst das Gesetz hatte mit ihm abgeschlossen. Ihn zu begraben, wäre eine so leichte Wohltat gewesen, so sehr im Einklang mit der Weisheit des Lebens, die darin besteht, alles, was uns an unsere Torheit, unsere Schwäche, unsere Sterblichkeit erinnert, alles, was unserer Kraft Abbruch tut, unseren Blicken zu entziehendie Erinnerung an unsere Mißerfolge, die Regungen unserer ewigen Ängste, die Leiber unserer toten Freunde. Vielleicht nahm er es sich wirklich zu sehr zu Herzen. Und wenn – ja, dannChesters Anerbieten... Bei diesem Punkt angelangt, nahm ich einen neuen Bogen und begann wild drauflos zuschreiben. Zwischen ihm und dem dunklen Meer stand einzig und allein ich selbst. Ich hatte ein Gefühl der Verantwortlichkeit. Wenn ich sprach, würde dieser reglose, zerquälte Junge den Sprung in die Dunkelheit tunden Strohhalm ergreifen? Ich machte die Entdeckung, wie schwer es manchmal sein kann, einen Laut herauszubringen. Es liegt eine Zaubergewalt im gesprochenen Wort. Und warum zum Teufel nicht? fragte ich mich beharrlich, während ich weiterschrieb. Auf der leeren Seite, unter der Spitze meiner Feder, schoben sich mit einmal die Figuren von Chester und seinem ausgegrabenen Partner, klar und deutlich in Haltung und Gebärde, wie von einem optischen Spielzeug wiedergegeben, in mein Gesichtsfeld. Ich betrachtete sie eine Weile. Nein. Sie waren zu nebelhaft und wesenlos, um in ein Schicksal einzugreifen. Und ein Wort dringt weitsehr weit, kann Zerstörung bewirken, wie die Kugeln, die durch den Raum fliegen. Ich sagte nichts; und er dort draußen, wie gebannt und geäfft von all den unsichtbaren Feinden der Menschen, rührte sich nicht und gab keinen Laut von sich.

Sechzehntes Kapitel

Die Zeit kam, da ich ihn, umgeben von Liebe, Vertrauen, Bewunderung und unter dem Strahlenschein einer Legende der Kraft und Tapferkeit sehen sollte, wie einen Helden. Es ist wahr – ich versichere es euch; so wahr ich hier sitze und euch ein Bild von ihm zu geben versuche. Er wiederum hatte die Fähigkeit, sich jederzeit seinen Traum und seine Sehnsucht vor Augen stellen zu können, ohne die es in der Welt keinen Liebenden und keinen Abenteurer gäbe. Er errang sich im Urwald viel Ehre und arkadische Glückseligkeit – von Unschuld will ich nicht reden –, und das bedeutete für ihn ebensoviel, wie für einen andern die Ehren und das Glück der großen Welt. Glück, Glück – wie soll ich sagen? – schäumt unter jedem Breitengrad in goldenem Becher: in dir, in dir allein ist das, was seine Würze ausmacht, und du selbst kannst dir den Trunk berauschend machen, so sehr du willst. Er war von der Art, die tief schlürft, wie ihr euch ja nach dem Vorhergehenden denken könnt. Ich fand ihn, wenn auch nicht gerade berauscht, so doch erhitzt von dem Elixier an seinem Munde. Er hatte es nicht sofort erreicht. Er hatte erst, wie ihr wißt, eine Prüfungszeit unter verruchten Schiffslieferanten durchzumachen gehabt, die ihm viel Leiden und mir Sorgen verursacht hatte, da ich mich doch gleichsam für ihn verbürgt hatte. Ich weiß nicht, ob ich selbst jetzt schon völlig beruhigt bin, nachdem ich ihn in seinem ganzen Glanz erschaut habe. So habe ich ihn zuletzt gesehen, – herrschend, doch in völligem Einklang mit seiner Umgebung – dem Leben der Wälder und dem Leben der Menschen. Ich gestehe, daß ich einen starken Eindruck empfing, muß aber vor mir selbst zugeben, daß dieser Eindruck kein bleibender war. Er war durch seine Einsamkeit geschützt, in inniger Berührung mit der Natur, die ihren Liebhabern so reichlich ihre Treue vergilt. Doch bringe ich es immer noch nicht fertig, mir ihn wahrhaft in Sicherheit zu denken. Ich werde ihn immer so vor Augen haben, wie ich ihn durch die offene Tür meines Zimmers sah, als er sich die äußeren Folgen seiner Verfehlung vielleicht zu sehr zu Herzen nahm. Ich freue mich natürlich, daß meine Bemühungen etwas Gutes – ja sogar etwas wie Glanz – gezeitigt haben; doch manchmal will es mir scheinen, als wäre es für meine Gemütsruhe besser gewesen, wenn ich nicht zwischen ihm und Chesters verfänglich großmütigem Anerbieten gestanden hätte. Ich möchte wohl wissen, was seine üppige Phantasie aus der Insel Walpole gemacht hätte – diesem hoffnungslos in den Fluten des Meeres verlorenen Krümel dürren Landes. Ich hätte wohl kaum je davon erfahren, denn ich muß euch sagen, daß Chester, nachdem er einen australischen Hafen angelaufen hatte, um seinen vorsintflutlichen Kahn zu flicken, mit einer Bemannung von insgesamt zweiundzwanzig Köpfen in den Stillen Ozean hinausdampfte und daß die einzigen Nachrichten, die möglicherweise auf sein geheimnisvolles Schicksal Bezug haben können, die Meldungen von einem Orkan sind, der etwa einen Monat später über die Walpoleriffe weggefegt sein soll. Von den Argonauten zeigte sich nie wieder eine Spur. Finis. Der Stille Ozean ist der verschwiegenste aller lebendigen, aufbrausenden Ozeane: der eisige Antarktische kann ja auch ein Geheimnis bewahren, doch mehr in der Art eines Grabes.

Und in dieser Verschwiegenheit spüren wir etwas wie selige Endgültigkeit, in die wir uns alle mehr oder weniger aufrichtig fügen, denn was könnte uns sonst die Vorstellung des Todes erträglich machen? Das Ende! Finis! Das zwingende Wort, das das Gespenst des Schicksals aus dem Haus des Lebens vertreibt. Das eben vermisse ich – trotz dem Zeugnis meiner Augen und seinen eigenen ernsthaften Versicherungen –, wenn ich auf Jims Erfolg zurückblicke. Solange das Leben währt, lebt die Hoffnung; richtig; aber auch die Furcht. Ich will nicht sagen, daß ich meine Handlungsweise bereue oder etwa gar schlaflose Nächte deswegen hätte; und doch drängt sich der Gedanke auf, daß er soviel Wesens aus seiner Schande machte, während es allein auf die Schuld ankommt. Er war für mich – wie soll ich sagen – nicht durchsichtig. Er war nicht klar. Und man darf argwöhnen, daß er über sich selbst auch nicht klar war. Er hatte seine verfeinerte Empfindlichkeit, seine verfeinerten Gefühle und Wünsche – eine Art übersteigerter, vergeistigter Selbstsucht. Er war – wenn ich so sagen darf – sehr verfeinert; sehr verfeinert – und sehr unglücklich. Eine etwas gröbere Natur hätte die Spannung nicht ertragen; sie wäre mit einem Seufzer, einem Stöhnen oder selbst mit einem Aufschrei darüber weggekommen; eine noch gröbere wäre mit Ahnungslosigkeit gepanzert und völlig gleichgültig geblieben.

Aber er war zu anziehend oder zu unglücklich, als daß man ihn den Hunden oder auch nur Chester hätte vorwerfen mögen. Das empfand ich, während ich über mein Papier gebeugt dasaß, und er in meinem Zimmer litt und kämpfte und so furchtbar verstohlen nach Atem rang; ich empfand es, als er auf die Veranda hinausstürmte, als wollte er sich hinunterstürzen – und es doch nicht tat; ich empfand es mehr und mehr, während er draußen stand und sich undeutlich vom Hintergrund der Nacht abhob, als stünde er am Ufer eines finsteren, hoffnungslosen Meeres.

Ein plötzliches schweres Gerumpel ließ mich aufblicken. Das Geräusch schien vorüberzurollen, und dann fiel ein greller, forschender Schein auf das blinde

Antlitz der Nacht. Das blendende Flackern schien unmeßbar lange anzuhalten. Das Grollen des Donners nahm zu, während ich nach Jim hinsah, der sich scharf und dunkel am Gestade eines Meers von Licht abhob. In dem Augenblick, als das Leuchten seinen Höhepunkt erreicht hatte, strömte in einem letzten Krachen die Nacht zurück, und er entschwand meinen geblendeten Augen so völlig, als wäre er in Atome zerstoben. Ein ungestümer Seufzer wurde laut; wütende Hände schienen an den Sträuchern zu reißen, die Baumwipfel zu schütteln, Türen zuzuschlagen, Fensterscheiben zu zertrümmern. Er trat herein, schloß die Tür hinter sich und fand mich über den Tisch gebeugt: meine plötzliche Angst vor dem, was er sagen würde, raubte mir fast den Atem. „Könnte ich eine Zigarette haben?" fragte er. Ich schob ihm die Schachtel hin, ohne den Kopf zu heben. „Ich muß – muß Tabak haben", stammelte er. Ich atmete erleichtert auf. „Einen Augenblick", brummte ich vergnügt. Er schritt ein paarmal auf und ab. „Das ist vorbei", hörte ich ihn sagen. Ein einzelner, ferner Donnerschlag tönte wie ein Notsignal vom Meere her. „Der Monsun kommt früh dies Jahr", klang es im Gesprächston hinter mir. Dies gab mir den Mut, mich umzusehen; ich hatte gerade den letzten Umschlag adressiert. Er rauchte in gierigen Zügen, mitten im Zimmer, und obwohl er das Geräusch, das ich gemacht hatte, gehört haben mußte, blieb er noch eine Weile mit dem Rücken gegen mich gekehrt.

„So – ich habe mich nun ziemlich durchgebissen", sagte er und drehte sich plötzlich um. „Ein Teil ist abbezahlt – nicht alles. Ich bin neugierig, was nun kommt." Sein Gesicht zeigte keine Erregung, es schien nur ein wenig dunkel und geschwollen, als hätte er lange den Atem angehalten. Er lächelte widerstrebend, wie es schien, und fuhr fort, während ich stumm zu ihm aufsah... „Ich danke Ihnen übrigens – Ihr Zimmer – wahre Wohltat – für einen, der so flügellahm ist..." Der Regen prasselte und rauschte im Garten; eine Traufe (die vermutlich ein Loch hatte) äffte draußen vor dem Fenster ein jammerndes Weinen vor, mit komischem Schluchzen und gurgelndem Wehklagen, von jähen Pausen unterbrochen ... „Ein Unterschlupf", murmelte er vor sich hin.

Durch das schwarze Rahmenwerk der Fenster schoß ein verblaßter Blitzschein und verging ohne Donner. Ich überlegte, wie ich Jim am besten beikommen könnte (ich wollte nicht wieder abgeschüttelt werden), als er kurz auflachte. „Nicht besser als ein Vagabund jetzt..." der Zigarettenstummel schwelte zwischen seinen Fingern... „ohne den kleinsten – den kleinsten..." sagte er langsam; „und doch..." Er hielt inne, der Regen strömte mit verdoppelter Heftigkeit. „Irgendwann muß man doch auf so etwas wie eine Chance stoßen, um das alles wieder zurückzugewinnen. Man muß!“ flüsterte er mit scharfer Betonung, auf meinen Stiefel blickend.

Ich wußte nicht einmal, was es war, das er so sehnlich wiederzugewinnen hoffte, was es war, das er so furchtbar entbehrte. Vielleicht war es so viel, daß es gar nicht auszudrücken war. Nach Chesters Worten ein Stück Eselshaut... Er blickte forschend zu mir auf. – „Vielleicht. Wenn das Leben lang genug ist“, brummte ich mit unbilliger Feindseligkeit durch die Zähne. „Zählen Sie nicht zu sehr darauf!“

„Himmel! Mir ist, als ob nichts mir je etwas anhaben könnte“, sagte er in einem Ton finsterer Überzeugung. „Wenn diese Sache mich nicht niederwerfen konnte, dann braucht mir nicht bange zu sein, daß mir nicht Zeit genug bleibt, mich da herauszuwinden und –“ Er richtete den Blick empor.

Es kam mir in den Sinn, daß aus solchen wie er sich die große Armee der Heimatlosen und Landstreicher zusammensetzt, die immer tiefer und tiefer abwärts marschiert und in allen Gossen der Welt endet. Sobald er nur mein Zimmer, diesen „Unterschlupf“, verließ, würde er seinen Platz in den Reihen einnehmen und die Reise nach dem bodenlosen Abgrund antreten. Ich wenigstens hatte keine Illusionen; aber ich war es auch gewesen, der einen Augenblick vorher so sehr auf die Macht der Worte gebaut hatte und der nun nicht zu sprechen wagte, wie man auf schlüpfrigem Boden sich nicht getraut, weiterzugehen, aus Furcht, auszugleiten. Erst wenn wir uns mit den innersten Nöten eines anderen Menschen befassen, merken wir, wie unbegreiflich, schwankend und nebelhaft die Wesen sind, die das Licht der Sterne und die Wärme der Sonne mit uns teilen. Es ist so, als wäre die Einsamkeit eine harte, unumgängliche Vorbedingung des Daseins; die Hülle von Fleisch und Blut, auf die unsere Augen sich heften, entgleitet der ausgestreckten Hand, und es bleibt nur der wunderliche, flüchtige, keinem Trost zugängliche Geist, dem kein Auge zu folgen, den keine Hand zu greifen vermag. Es war die Angst, ihn zu verlieren, die mich zum Schweigen zwang, denn es drängte sich mir plötzlich mit unumstößlicher Gewißheit auf, daß ich mir niemals würde verzeihen können, wenn ich ihn in das Dunkel entschlüpfen ließ.

„Also, ich danke Ihnen nochmals. Sie sind so – äh – ungewöhnlich – es gibt tatsächlich kein Wort –, ungewöhnlich! Weiß gar nicht, wie ich es verdient habe! Ich fürchte, ich bin nicht ganz so dankbar, wie wenn das nicht so gewaltsam über mich hereingebrochen wäre. Denn im Grunde... Sie, Sie selber...“ Er stotterte.

„Möglich“, fiel ich ein. Er runzelte die Stirn.

„Gleichwohl, man ist verantwortlich.“ Er sah mich lauernd an, wie ein Habicht.

„Und das ist richtig“, erwiderte ich.

„Nun ja. Ich bin nun damit zu Rande gekommen, und ich werde es mir von niemand ins Gesicht sagen lassen, ohne – ohne Sühne“; er ballte die Faust.

„Das sind wieder Sie selbst!“ sagte ich mit einem – Gott weiß, wie unfrohen – Lächeln – doch er sah mich drohend an. „Das ist meine Sache“, sagte er. Ein Zug von unbezähmbarer Entschlossenheit glitt wie ein Schatten über sein Gesicht. Im nächsten Augenblick sah er wieder aus wie ein guter Junge, der etwas angerichtet hat. Er schleuderte die Zigarette weg. „Leben Sie wohl“, sagte er mit der plötzlichen Eile eines Mannes, der sich zur rechten Zeit darauf besinnt, daß eine dringende Arbeit auf ihn wartet; und dann machte er die nächsten paar Augenblicke nicht die leiseste Bewegung. Der Regen brauste mit dem ununterbrochenen Schwall einer reißenden Flut, mit ungehemmter, rasender Wucht hernieder, die Bilder von einstürzenden Brücken, entwurzelten Bäumen, unterwühlten Bergen vor einem erstehen ließ. Kein Mensch konnte der Sintflut Trotz bieten, die gegen unseren stillen Unterschlupf wie gegen ein bergendes Eiland antobte. Die durchlöcherte Traufe gurgelte, würgte, spie und platschte mit komischer Kraftentfaltung, wie ein Schwimmer, der um sein Leben kämpft. „Es regnet“, wandte ich ein, „und ich...“ – „Regen oder Sonnenschein“, begann er schroff, stockte und ging ans Fenster. „Die reine Sintflut“, murmelte er nach einer Weile; er lehnte die Stirn an die Scheibe. „Es ist auch stockdunkel.“

„Ja, es ist sehr dunkel“, sagte ich.

Er drehte sich auf dem Absatz um, schritt durchs Zimmer und hatte wahrhaftig die Tor zum Korridor geöffnet, bevor ich von meinem Stuhl aufsprang. „Warten Sie“, rief ich, „ich will, daß Sie...“ – „Ich kann heute nicht wieder Ihr Tischgast sein“, warf er mir entgegen, einen Fuß schon vor der Türe. – „Ich habe nicht die leiseste Absicht, Sie dazu aufzufordern“, schrie ich. Hierauf zog er den Fuß zurück, blieb aber mißtrauisch an der Türschwelle. Ich verlor keine Zeit, ihn ernsthaft zu bitten, er sollte nicht töricht sein, hereinkommen und die Tür schließen.

Siebzehntes Kapitel

Er kam schließlich herein; aber ich glaube, es war hauptsächlich wegen des Regens; der strömte gerade mit verheerender Gewalt, ließ aber allmählich nach, während wir sprachen. Jim trat sehr nüchtern und gesetzt auf, sein Benehmen war das eines von Natur schweigsamen, von einer Idee besessenen Mannes. Ich redete von der materiellen Seite seiner Lage; ich hatte nur das eine Ziel im Auge, ihn vor Erniedrigung, völligem Ruin und Verzweiflung, wie sie dort draußen einen freund- und heimatlosen Mann so rasch umfängt, zu retten; ich drang in ihn, meine Hilfe anzunehmen; ich brachte vernünftige Gründe vor; und jedesmal, wenn ich zu seinem jugendlichen, umdüsterten Gesicht aufblickte, hatte ich das unbehagliche Gefühl, daß ich ihm keine Hilfe gewährte, sondern vielmehr einem geheimnisvollen, unerklärlichen und unnennbaren Begehren seiner wunden Seele hemmend im Wege stand.

„Ich denke, Sie haben die Absicht, in der üblichen Weise zu essen, zu trinken und unter Dach zu schlafen", entsinne ich mich, in gereiztem Ton gesagt zu haben. „Sie sagen, daß Sie das Geld, das Ihnen zukommt, nicht anrühren wollen" ... Er machte eine abwehrende Gebärde. (Als Offizier der Patna hatte er noch den Sold von drei Wochen und fünf Tagen zugute.) „Nun, das ist in jedem Fall zu wenig, um in Betracht zu kommen; aber was werden Sie morgen tun? Wohin wollen Sie sich wenden? Sie müssen leben..." – „Das ist nicht das Wesentlichste", entfuhr es ihm kaum hörbar. Ich überhörte es und fuhr fort, das zu bekämpfen, was ich für die Skrupel eines übertriebenen Feingefühls hielt. „Aus hundert einleuchtenden Gründen", schloß ich, „müssen Sie zulassen, daß ich Ihnen helfe." – „Es steht nicht in Ihrer Macht", sagte er sanft und einfach und von irgendeiner Idee beherrscht, die ich wie einen Weiher durchs Dunkel schimmern sah; doch verzweifelte ich daran, je nahe genug hinzugelangen, um sie ergründen zu können. Ich betrachtete seinen gutgebauten Körper. „Wie dem auch sei", sagte ich, „ich kann wenigstens dem Teil von Ihnen helfen, den ich sehe. Mehr beanspruche ich nicht." Er schüttelte zweiflerisch den Kopf, ohne mich anzusehn. Ich wurde sehr warm. „Aber ich kann es", beharrte ich. „Ich kann noch mehr tun. Ich tue mehr. Ich vertraue Ihnen..." – „Das Geld..." begann er. – „Wahrhaftig, Sie verdienen, daß man Sie zum Teufel schickt", rief ich mit gemachter Entrüstung. Er war erschrocken, lächelte, und ich lenkte ein. „Das Geld kommt überhaupt gar nicht in Frage. Sie sind zu oberflächlich", sagte ich (und zur gleichen Zeit dachte ich bei mir selbst: ›So, da hast du's, und vielleicht habe ich es gerade erraten') „Sehen Sie hier diesen Brief, den ich Ihnen mitgeben will. Ich schreibe an einen Mann, den ich nie um eine Gefälligkeit gebeten habe, und ich schreibe über Sie in Ausdrücken, die man nur von einem guten Freunde gebraucht. Ich übernehme die unbedingte Verantwortung für Sie. Das tue ich. Und wenn Sie sich einen Augenblick überlegen, was das bedeutet..."

Er hob den Kopf. Der Regen hatte aufgehört; nur die Traufe draußen vor dem Fenster fuhr fort, mit läppischem Trip-trip Tränen zu vergießen. Es war lautlos still in dem Zimmer, in dessen Ecken die Schatten, fern von dem Lichtkreis der aufrechten dolchförmigen Kerzenflamme, sich zusammendrängten; nach einer Weile erschien sein Gesicht von dem Abglanz eines sanften Lichts übergossen, als wäre der Morgen schon angebrochen.

„Herrgott!" stieß er hervor. „Es ist edel von Ihnen!" Hätte er mir plötzlich im Hohn die Zunge herausgestreckt, hätte ich mich nicht mehr gedemütigt fühlen können. Ich dachte bei mir selbst: ›Geschieht mir recht, was habe ich mich mausig zu machen?‹... Seine Augen glänzten mir gerade entgegen, doch es war kein Spott darin. Auf einmal geriet er in zuckende Bewegung, wie ein Hampelmann an der Schnur. Seine Arme gingen in die Höhe und fielen, schwapp, wieder herunter, er wurde ein ganz andrer Mensch. „Und ich habe es nie bemerkt", schrie er; dann biß er sich auf die Lippen und runzelte die Stirn. „Was für ein störrischer Esel ich gewesen bin", sagte er sehr langsam, in zerknirschtem Ton,... „Sie sind ein Hauptkerl", rief er dann mit erstickter Stimme. Er riß meine Hand an sich, als hätte er sie zum erstenmal gesehen, und ließ sie sofort wieder los. „Bei Gott! Das ist es, was ich – Sie – ich..." Er stotterte, und dann begann er schwerfällig, mit einem Rückfall in seine alte, ich möchte sagen, bockbeinige Art: „Ich wäre ein Vieh, wenn ich jetzt noch..." Seine Stimme versagte. „Es ist schon gut", meinte ich. Ich war beinahe erschrocken über diesen Gefühlsausbruch, durch den eine seltsam gehobene Stimmung hindurchschimmerte. Ich hatte, sozusagen, versehentlich an der Schnur gezogen; ich verstand mich nicht recht auf den Mechanismus des Spielzeugs, „Ich muß jetzt gehen", sagte er. „Bei Gott! Sie haben mir geholfen. Kann nicht still sitzen. Gerade das richtige..." Er sah mich mit verwirrter Bewunderung an. „Gerade das richtige ..."

Gewiß war es das richtige. Es war zehn gegen eins zu wetten, daß ich ihn vom Hungertod gerettet hatte, von jener besonderen Gattung, die stets, fast ausnahmslos, mit Trinken verbunden ist. Das war alles. Ich machte mir darüber nicht das geringste vor, wunderte mich aber, wie ich ihn so sah, wie wohl das Bild aussehen mochte, das er sich während der letzten drei Minuten so offensichtlich in den Kopf gesetzt hatte. Ich hatte ihm die Mittel aufgezwungen, die unumgänglichen Angelegenheiten des Lebens in geziemender Weise zu erledigen, sich in der üblichen Weise Nahrung und Wohnung zu verschaffen, während sein verwundeter Geist, wie ein flügellahmer Vogel, in einen Winkel hüpfen und flattern mochte, um dort an Ermattung zu sterben. Was ich ihm aufgedrängt hatte, war eine entschieden geringfügige Sache; und – siehe! durch die Art, wie er es aufnahm, schwoll es im trüben Licht der Kerze zu einem großen, undeutlichen, vielleicht gefährlichen Schatten an. „Sie sind mir nicht böse, daß ich nichts Passendes zu sagen weiß“, platzte er heraus. „Dazu kann man ja gar nichts sagen. Schon gestern abend haben Sie mir unendlich wohl getan. Daß Sie mir zugehört haben – wissen Sie. Ich gebe Ihnen mein Wort, ich habe öfter als einmal gedacht, der Schädel müßte mir in Stücke gehen...“ Er schoß – buchstäblich schoß – hierhin und dorthin, stieß die Hände in die Taschen, zog sie wieder heftig heraus, setzte die Mütze auf. Ich hätte ihm soviel Lebhaftigkeit gar nicht zugetraut. Er kam mir vor wie ein trockenes Blatt, das ein Wirbelwind erfaßt hat, und eine geheime Furcht, ein unbestimmbarer Zweifel drückten mich in meinen Stuhl nieder. Mit einmal stand er unbeweglich still, wie von einer plötzlichen Erkenntnis gebannt. „Sie haben mir Vertrauen geschenkt“, erklärte er nüchtern. – „Oh! ums Himmels willen, mein Lieber, lassen Sie das doch!“ beschwor ich ihn, als hätte er mich verletzt. – „Gut. Ich werde jetzt und fortan schweigen. Sie können mich aber nicht hindern, zu denken... Tut nichts!... Ich will noch beweisen...“ Er ging rasch zur Tür, blieb mit gesenktem Kopf stehen und kam dann mit bedächtigen Schritten zurück. „Ich habe immer gedacht, wenn man ein neues Leben beginnen könnte... und nun haben Sie... gewissermaßen... ja... ein neues Leben.“ Ich winkte mit der Hand, und er schritt hinaus, ohne zurückzublicken; sein Tritt verhallte hinter der geschlossenen Tür – der mutige Tritt eines Mannes, der dem hellen Tageslicht entgegengeht.

Ich aber, allein gelassen mit der einsamen Kerze, ich fühlte mich durchaus nicht erleuchtet. Ich war nicht mehr jung genug, um auf Schritt und Tritt die Herrlichkeit ins Auge zu fassen, die unsere Pfade in Glück und Unglück umsäumt. Ich mußte lächeln bei dem Gedanken, daß von uns beiden schließlich er derjenige war, der im Lichte ging. Und ich fühlte Trauer. Ein neues Leben, sagte er? Als ob das Anfangswort eines jeden Schicksals nicht in unauslöschlichen Lettern in einen Felsblock eingegraben wäre!

Achtzehntes Kapitel

Sechs Monate später schrieb mir mein Freund (er war ein zynischer Junggeselle, der über das mittlere Alter hinaus war, im Ruf der Verschrobenheit stand und eine Reismühle besaß) und erging sich, da er wohl aus der Wärme meiner Empfehlung entnommen hatte, daß ich es gerne hören würde, in Lobpreisungen über Jims Vorzüge. Sie waren anscheinend von einer ruhigen, wirksamen Art. „Da ich bisher für jegliches Individuum meiner Gattung nicht mehr habe aufbringen können als resignierte Duldsamkeit, so habe ich bis jetzt allein in einem Haus gelebt, das selbst in diesem siedeheißen Klima als zu groß für einen einzelnen Mann gelten muß. Ich habe ihn vor einiger Zeit veranlaßt, bei mir zu wohnen. Es scheint, daß dies kein Fehlgriff war." Es kam mir beim Lesen dieses Briefes vor, als ob mein Freund in seinem Herzen mehr als Duldsamkeit für Jim entdeckt hätte – daß er eine wirkliche Freundschaft für ihn zu empfinden begann. Natürlich gab er sehr bezeichnende Gründe hierfür an. Der erste war, daß Jim in dem Klima seine Frische bewahrte. Wäre er ein Mädchen gewesen – schrieb mein Freund –, so hätte man sagen können, daß er blühe – bescheiden blühe – wie ein Veilchen, nicht wie eine dieser schreiend grellen tropischen Blumen. Er sei nun schon sechs Wochen in seinem Haus und habe ihm bislang noch nicht auf die Schulter geklopft und „alter Knabe" zu ihm gesagt oder ihn so behandelt, daß er sich als vorsintflutliches Tier vorkommen müsse. Er habe auch nicht die ermüdende Schwatzhaftigkeit des jungen Mannes. Er sei gutmütig, habe nicht viel zu sagen, sei – Gott sei Dank – keineswegs klug, schrieb mein Freund. Doch schien es, daß Jim klug genug war, um den Witz des Hausherrn würdigen zu können, während diesem seine Natürlichkeit Spaß machte. „Der Tau liegt noch auf ihm, und ich komme mir selber weniger abgelebt vor, seit ich den glücklichen Einfall hatte, ihm ein Zimmer in meinem Hause anzubieten, und er die Mahlzeiten mit mir teilt. Neulich setzte er es sich in den Kopf, durchs ganze Zimmer zu gehen, einfach nur, um die Tür für mich zu öffnen; seit Jahren habe ich mich nicht so in Verbindung mit der Menschheit gefühlt. Lächerlich, nicht wahr? Natürlich spüre ich, daß er irgend etwas angestellt hat, worüber Sie Bescheid wissen – aber wenn es auch eine schlimme Sache ist, so meine ich doch, man sollte ihm verzeihen können. Was mich angeht, so traue ich es ihm höchstens zu, daß er Äpfel vom Baum gestohlen hat. Ist es viel schlimmer? Sie hätten mich vielleicht aufklären sollen; aber wir beide sind nun schon seit so langer Zeit Heilige geworden, daß Sie die Jahre, wo wir noch sündigten, wahrscheinlich schon aus dem Gedächtnis verloren haben.

Vielleicht, daß ich Sie eines Tages fragen werde, und dann erwarte ich, daß Sie mir Aufschluß geben. Ich mag ihn nicht selber fragen, bis ich eine Ahnung habe, was es sein kann, überdies ist es auch noch zu früh. Mag er ruhig erst noch ein paarmal die Tür für mich aufmachen…" Soweit mein Freund. Ich war dreifach erfreut – über Jims gute Führung, über den Ton des Briefs und meine eigene Klugheit. Offenbar hatte ich gewußt, was ich tat. Ich verstand mich auf Charaktere, und so weiter. Wie, wenn sich daraus gar etwas Unerwartetes und Wundervolles entwickeln würde? An jenem Abend, da ich unter dem Schatten meines Sonnensegels in einem Deckstuhl lag (es war im Hafen von Hongkong), legte ich den ersten Stein zu einem Luftschloß für Jim.

Ich machte eine kurze Fahrt nach Norden, und als ich zurückkehrte, fand ich einen zweiten Brief meines Freundes vor. Ich öffnete ihn vor allen andern. „Soviel ich weiß, fehlen mir keine Löffel, ich habe mich nicht danach erkundigt. Er ist fort, mit Hinterlassung eines förmlichen Entschuldigungsbriefchens auf dem Frühstückstisch, das entweder dumm oder herzlos ist. Wahrscheinlich beides – mir ganz einerlei. Gestatten Sie mir zu sagen – falls Sie noch mehr solche geheimnisvolle junge Männer auf Lager haben sollten –, daß ich meinen Laden geschlossen habe, endgültig und für immer. Dies ist die letzte Schrulle, der ich nachgegeben habe. Glauben Sie ja nicht, daß ich mich einen Pfifferling drum schere; doch man vermißt ihn sehr bei den Tennispartien, und so habe ich um meinetwillen eine annehmbare Lüge im Klub vorgebracht…" Ich warf den Brief beiseite und machte mich daran, den Stoß auf meinem Tisch durchzugehen, wobei mir ein Schreiben von Jim in die Hände kam. Ist es zu glauben, wie der Zufall oft spielt? Jener kleine Zweite Maschinist der Patna war in einem ziemlich trostlosen Zustand aufgetaucht und hatte eine zeitweilige Beschäftigung dadurch gefunden, daß man ihn die Maschinen in der Reismühle nachsehen ließ.

„Ich konnte die Vertraulichkeit des kleinen Kerls nicht ertragen", schrieb Jim von einem Seehafen aus, der siebenhundert Meilen südlich von dem Platze lag, wo ich ein so weiches Nest für ihn gefunden hatte. „Ich befinde mich zur Zeit bei Egström & Blake, Schiffslieferanten, als ihr – nun – ihr Laufbursche, um das Ding beim rechten Namen zu nennen. Als Referenz habe ich ihnen Ihren Namen genannt, den sie natürlich kennen, und wenn Sie ein Wort zu meinen Gunsten einlegen wollten, so könnte es eine dauernde Stellung sein." Ich war ganz zermalmt unter den Ruinen meines Luftschlosses, aber natürlich schrieb ich, wie gewünscht. Vor Ende des Jahres hatte ich eine Fahrt dorthin zu machen und hatte dabei Gelegenheit, ihn zu sehen.

Er war noch bei Egström & Blake, und wir trafen uns in dem sogenannten „Salon“, in den man vom Laden gelangte. Er hatte gerade wieder einem Schiff seinen Geschäftsbesuch gemacht und kam mit gesenktem Kopf auf mich zu, gefaßt auf eine Standpredigt. „Was haben Sie zu Ihrer Entschuldigung vorzubringen?“ begann ich, sobald wir uns begrüßt hatten. – „Was ich Ihnen schrieb – nichts mehr“, sagte er störrisch. – „Hat der Kerl geschwatzt – oder was sonst?“ fragte ich. Er sah mich mit einem verlegenen Lächeln an: „O nein! Das nicht. Er machte es zu einer vertraulichen Angelegenheit zwischen uns. Er tat höchst geheimnisvoll, jedesmal, wenn ich in die Mühle kam. Er blinzelte mir vertraulich zu, als wollte er sagen: wir wissen, was wir wissen. Ganz unverschämt kriecherisch und vertraulich, und so...“ Er warf sich in einen Stuhl und starrte auf seine Beine. „Eines Tages waren wir zufällig allein, und der Kerl hatte die Frechheit zu sagen: ›Nun, Herr James‹ – man nannte mich dort Herr James, als wäre ich der Sohn des Hauses gewesen –, ›da sind wir also wieder einmal zusammen. Hier ist es besser als auf dem alten Schiff – was?‹... War es nicht schauderhaft? Ich sah ihn an, und er machte ein verständnisvolles Gesicht. ›Haben Sie keine Bange, Herr‹, sagte er. ›Ich weiß, was ein Gentleman ist, und ich weiß, wie ein Gentleman fühlt. Ich hoffe, Sie werden mich hier nicht herausschmeißen. Ich habe sowieso eine schlimme Zeit gehabt, seit dem Krach wegen der alten, klapperigen Patna.‹ Herrgott! Es war entsetzlich. Ich weiß nicht, was ich gesagt oder getan hätte, wenn mich nicht gerade Herr Denver gerufen hätte. Es war Frühstückszeit, und wir gingen zusammen über den Hof und durch den Garten nach dem Hause. Er fing mich in seiner liebenswürdigen Art zu necken an... Ich glaube, er hatte mich gern...“

Jim schwieg eine Weile.

„Ich weiß, daß er mich gern hatte. Gerade das erschwerte die Sache so. Solch prachtvoller Mensch! An jenem Morgen schob er seine Hand unter meinen Arm... Auch er tat vertraut mit mir.“ Er brach in ein kurzes Lachen aus und ließ das Kinn auf die Brust fallen. „Pah! Wenn ich daran dachte, wie dieser unverschämte kleine Bengel mit mir gesprochen hatte“ – seine Stimme fing plötzlich zu zittern an –, „so bekam ich einen Widerwillen vor mir selber... Sie wissen vermutlich...“ Ich nickte... „Beinahe wie ein Vater“, rief er; seine Stimme brach. „Ich hätte ihm die Wahrheit sagen müssen. Ich konnte es nicht so weitergehn lassen – finden Sie nicht auch?“ – „Nun?“ fragte ich nach einer

Weile. – „Ich zog es vor, zu gehen“, sagte er leise; „diese Sache muß begraben sein.“

Wir hörten, wie draußen im Laden Blake seinem Partner Egström mit scheltend erhobener Stimme Vorwürfe machte. Sie waren seit Jahren zusammen, und jeden Tag, von dem Augenblick, da die Türen geöffnet wurden, bis zur letzten Minute, wo sie sich schlossen, konnte man hören, wie Blake, ein kleiner Mann mit schlichtem, glänzend schwarzem Haar und kleinen runden Augen, seinen Kompagnon mit verbissener Wut herunterschimpfte. Der Ton dieses immerwährenden Gekeifes gehörte zum Haus wie das Inventar; selbst Fremde kamen sehr bald dazu, es nicht zu beachten, oder sie murmelten „verflucht“ durch die Zähne und standen auf, um die Tür des Salons zu schließen. Egström selbst, ein knochiger, plumper Skandinavier mit riesigem blondem Schnurrbart, ließ sich in seiner Geschäftigkeit nicht stören, erteilte Befehle, kontrollierte Pakete, schrieb an einem Stehpult im Laden Briefe und Rechnungen und benahm sich bei dem Gebelfer genau so, als wäre er stocktaub gewesen. Ab und zu ließ er ein verlegenes, ziemlich gleichgültiges „Ssst“ hören, das ohne Wirkung blieb und auch keine erwartet hatte. „Sie sind hier ganz anständig zu mir“, sagte Jim. „Blake ist ein kleiner Kaffer, aber mit Egström ist gut auszukommen.“ Er stand rasch auf und ging auf ein Teleskop zu, das in der Fensternische auf einem Dreifuß stand und auf die Reede gerichtet war. Er sah durch. „Das Schiff, das heute morgen ohne Wind draußen lag, hat jetzt eine Brise in die Segel bekommen und kommt herein“, sagte er resigniert; „ich muß ihm entgegenfahren.“ Wir schüttelten uns schweigend die Hände, und er wandte sich zum Gehen. „Jim!“ rief ich. Er drehte sich um, mit der Hand auf der Klinke. „Sie – Sie haben so etwas wie das große Los fortgeworfen.“ Er kam noch einmal zu mir zurück. „Solch ein prächtiger alter Herr“, sagte er. „Wie konnte ich! Wie konnte ich?“ Seine Lippen zuckten. „Hier kommt es nicht drauf an.“ – „Oh! Sie – Sie –“ fing ich an und suchte nach einem passenden Wort, aber bevor mir noch das rechte Wort einfiel, war er fort. Ich hörte Egströms tiefe sanfte Stimme zu ihm mit Herzlichkeit sagen: „Das ist die Sarah W. Granger, Freund Jim. Sie müssen machen, daß Sie zuerst an Bord kommen“, und gleich fiel Blake, nach Art eines wütenden Kakadus, schreiend ein: „Sagen Sie dem Kapitän, daß wir etwas von seiner Post hier haben. Das wird ihn herbringen. Hören Sie, Herr Dingsda?“ Und Jim antwortete Egström mit einem knabenhaften Klang in seiner Stimme. „Schon gut. Ich laufe den andern den Rang ab.“ Er schien sich ins Segeln geflüchtet zu haben, wie in den besten Teil dieses traurigen Geschäftsbetriebs.

Auf dieser Fahrt sah ich ihn nicht mehr, aber bei der nächsten (ich hatte Verfrachtungsvertrag für sechs Monate) ging ich wieder in den Laden. Zehn Meter weit von der Tür hörte ich schon Blakes Schimpfen, und als ich hereinkam, warf er mir einen ganz jammervollen Blick zu; Egström hingegen trat freundlich lächelnd auf mich zu und streckte mir seine knochige Hand entgegen. „Freue mich, Sie zu sehen, Kapitän... Ssst... dachte mir schon, daß Sie wieder hier fällig sind. Was sagen Sie?... Ssst... Oh! Er! Er ist nicht mehr bei uns. Bitte, kommen Sie in den Salon"... Nachdem die Tür zugefallen war, wurde Blakes erhobene Stimme schwach, wie die eines Menschen, der verzweifelt in einer Einöde herumschreit... „Hat uns arg im Stich gelassen... hat sich schlecht gegen uns benommen – ich muß sagen..." – „Wo ist er hin? Wissen Sie es?" fragte ich. – „Nein. Es hat auch keinen Wert, nachzuforschen", sagte Egström und stand bärtig und dienstfertig vor mir, mit linkisch niederhängenden Armen und einer dünnen, silbernen Uhrkette, die tief über einer zerknitterten blauen Sergeweste baumelte. „Ein Mann wie er hat kein bestimmtes Ziel." Ich war zu bestürzt über die Mitteilung, um eine Erklärung dieses Ausspruchs zu verlangen, und er fuhr fort: „Er verließ uns – warten Sie mal – gerade an dem Tage, da ein vom Roten Meer zurückkehrender Dampfer mit Pilgern an Bord hier einlief, weil er zwei Schaufeln vom Propeller verloren hatte. Es ist jetzt drei Wochen her." – „War nicht irgendwie die Rede von der Patna-Geschichte?" fragte ich, das Schlimmste befürchtend. Er fuhr in die Höhe und sah mich an, als wäre ich ein Hexenmeister: „Jawohl, ja! Wieso wissen Sie das? Ein paar Leute sprachen hier davon. Ein paar Kapitäne, der Direktor von Vanlos Maschinenwerkstätte am Hafen, zwei oder drei andere und ich. Jim war auch da, bei einem Butterbrot und einem Glas Bier; wenn wir Arbeit haben, Kapitän, nicht wahr, bleibt keine Zeit zu einem ordentlichen Frühstück. Er stand am Tisch und aß, und wir guckten durch das Teleskop nach dem Schiff, das hereinkam, und dabei fing der Direktor von Vanlo an, von dem Kapitän der Patna zu reden; er hatte einmal ein paar Reparaturen für ihn gemacht, und kam so darauf zu reden, was für eine alte Ruine die Patna war und was noch für Geld aus ihr herausgeschlagen worden war. Er erwähnte ihre letzte Reise, und dann fielen wir alle ein. Einer sagte dies, einer sagte jenes – nicht viel – was Sie oder sonstwer sagen würden; und dann wurde gelacht. Kapitän O'Brien von der Sarah W. Granger, ein großer, lauter, alter Mann mit einem Stock – er saß in diesem Lehnstuhl und hörte uns zu –, stieß plötzlich mit dem Stock auf den Fußboden und brüllte heraus: ›Schweinehunde!‹... Wir fuhren alle zusammen. Vanlos Direktor blinzelt uns zu und fragt: ›Was ist los, Kapitän O'Brien?‹ – ›Was los ist! Was los ist!‹ schrie der alte Mann; ›was habt denn ihr

Indianer zu lachen? Dabei ist nichts zu lachen. Es ist eine Schande für die menschliche Natur – das ist es. Ich möchte nicht im selben Zimmer mit einem von den Kerlen gesehen werden. Jawohl, mein Herr!‹ Er richtete seinen Blick auf mich, und ich mußte aus Höflichkeit etwas sagen. ›Schweinehunde‹, sage ich, ›Sie haben ganz recht, Kapitän O'Brien, und ich möchte sie selbst nicht hier haben. Sie haben also in diesem Zimmer nichts zu befürchten. Wollen Sie nicht etwas Kühles zu trinken haben?‹ – ›Hol der Teufel Ihre Plempe, Egström!‹ sagte er mit glitzernden Augen. ›Wenn ich was zu trinken will, werde ich es schon sagen. Ich mache mich auf den Weg. Es stinkt hier jetzt.‹ Hierüber brachen alle in Lachen aus und gingen mit dem alten Mann fort. Und dieser verteufelte Jim legt das Butterbrot hin, das er in der Hand hatte, und geht um den Tisch herum auf mich zu; sein volles Glas Bier stand noch da. ›Ich gehe‹, sagt er – nichts weiter. – ›Es ist noch nicht halb zwei‹, sage ich; ›paffen Sie noch erst ein paar Züge.‹ Ich dachte, er wollte sagen, daß es Zeit für ihn sei, an seine Arbeit zu gehen. Als ich begriff, was er meinte, fielen mir die Arme herunter – so. Ich bekomme nicht alle Tage einen solchen wie ihn; er verstand das Segeln wie kein zweiter. Es machte ihm nichts aus, meilenweit, bei jedem Wetter, einem Schiff entgegenzufahren. Mehr als einmal kam es vor, daß ein Kapitän noch ganz voll von dem Eindruck zu uns hereintrat, und das erste, was er sagte, war: ›Das ist ein waghalsiger Narr, den Sie da zum Wasserkommis haben, Egström! Ich war gerade dabei, mich um Tagesanbruch unter geminderten Segeln hereinzutasten, da kommt aus dem Nebel dicht unter meinem Vordersteven ein Boot hervorgeschossen, halb unter Wasser, im Spritzwasser bis über den Masttopp, mit zwei erschrockenen Negern auf dem Boden und einem Kerl am Steuer, der wie ein Teufel schreit: ›He! He! Schiff ahoi! ahoi! Kapitän! He! He! Der Mann von Egström & Blake will zuerst mit Ihnen sprechen! He! He! Egström & Blake! Hallo! He! Hupp!‹ Den Negern einen Tritt – Reffe losgemacht – mitten in einer Bö – saust voraus und brüllt mir zu, Segel zu setzen, er wolle mir den Weg weisen – eher ein Teufel als ein Mensch. Ich habe in meinem ganzen Leben noch nie jemand so mit einem Boot umgehen sehen. Er kann doch nicht betrunken gewesen sein – was? so ein ruhiger, sanft redender Bursche noch dazu – errötete wie ein Mädchen, als er an Bord kam...‹ Ich sage Ihnen, Kapitän Marlow, niemand konnte bei einem fremden Schiff gegen uns aufkommen, wenn Jim draußen war. Die anderen Schiffslieferanten behielten nur gerade ihre alten Kunden und..."

Egström schien ganz überwältigt von Gefühlen.

„Wahrhaftig, ich kann sagen, es wäre ihm nicht zuviel gewesen, in einem alten Trog hundert Meilen ins Meer hinauszufahren, um für die Firma ein Schiff zu kapern. Wenn das Geschäft sein eigenes und erst in die Höhe zu bringen gewesen wäre, hätte er sich nicht mehr anstrengen können. Und nun... auf einmal... auf diese Weise! Ich denke bei mir: ›Aha! Weht der Wind daher? Gehaltserhöhung – das ist der Punkt.‹ Ich sage: ›Sie haben es doch nicht nötig, einen Sums mit mir zu machen. Sagen Sie, wieviel Sie haben wollen. Alles was recht ist.‹ Er sieht mich an, als müßte er etwas hinunterschlucken, was ihm in der Kehle steckengeblieben ist. ›Ich kann nicht bei Ihnen bleiben.‹ – ›Was faseln Sie da?‹ frage ich. Er schüttelt den Kopf, und ich konnte es ihm an den Augen ansehn, daß er schon so gut wie fort war. Nun machte ich mich über ihn her und beschimpfte ihn, daß es rauchte. ›Wovor laufen Sie weg?‹ frage ich. ›Wer ist Ihnen zu nah gekommen? Was treibt Sie fort von hier? Sie haben nicht soviel Verstand wie eine Ratte; die verlassen kein gutes Schiff. Wo wollen Sie eine bessere Stelle bekommen? Sie – na – dies und das.‹ Ich machte ihm ganz übel, sage ich Ihnen. ›Unser Schiff sinkt noch nicht‹, sage ich. Er sprang in die Höhe. ›Leben Sie wohl!‹ sagt er und nickt mir zu wie ein Lord, ›geben Sie sich keine solche Mühe, Egström. Ich versichere Ihnen, Sie würden mich gar nicht behalten wollen, wenn Sie meine Gründe wüßten.‹ – ›Das ist der größte Unsinn, den Sie je im Leben gesagt haben. Ich weiß, was ich will.‹ Er machte mich so närrisch, daß ich lachen mußte. ›Können Sie nicht wenigstens so lange bleiben, bis Sie dies Glas Bier ausgetrunken haben, Sie komischer Kauz, Sie?‹ Ich weiß nicht, was über ihn kam; er schien die Tür nicht finden zu können. Es war ganz komisch, sage ich Ihnen, Kapitän. Ich trank das Bier selbst. ›Nun, wenn Sie es so eilig haben, dann Prost!‹ sage ich. ›Nur, achten Sie wohl auf das, was ich Ihnen sage: wenn Sie es so weitertreiben, dann ist die Erde bald nicht mehr groß genug für Sie.‹ Er gab mir einen finsteren Blick und stürzte hinaus mit einem Gesicht, das kleine Kinder erschreckt hätte."

Egström schnaufte schmerzlich und strich sich durch den bernsteingelben Schnurrbart. „Ich habe seitdem keinen finden können, der was taugte. Nichts als Ärger, Ärger, Ärger im Geschäft. Und wo haben Sie ihn auf getrieben, Kapitän, wenn es erlaubt ist, zu fragen?"

„Er war der Erste Offizier der Patna auf jener Reise", sagte ich, in dem Gefühl, daß ich eine Erklärung schuldig war. Eine Weile blieb Egström still und vergrub seine Finger in den Haaren. Dann brach er los: „Und wer zum Teufel kümmert sich darum?" – „Wahrscheinlich niemand", begann ich... „Und was zum Teufel ist denn mit ihm los, daß er soviel Wesens daraus macht?“ Er stopfte sich plötzlich die linke Schnurrbarthälfte in den Mund und stand ganz paff da. „Jerum!“ rief er aus, „habe ich ihm nicht gesagt, daß die Erde nicht groß genug für seine Bocksprünge sein würde?“

Neunzehntes Kapitel

Ich habe euch diese beiden Vorfälle ausführlich erzählt, um zu zeigen, wie er mit sich selbst unter diesen neuen Lebensbedingungen verfuhr. Es gab noch eine Reihe ähnlicher, mehr, als ich an den Fingern meiner beiden Hände herzählen könnte. Sie trugen allesamt das Gepräge der gleichen töricht-hochfahrenden Gemütsverfassung, das sie bei all ihrer Kleinlichkeit tief und rührend machte. Es mag wohl als nüchterne Heldentat gelten, wenn einer sein tägliches Brot wegwirft, um freie Hand für den Kampf mit einem Gespenst zu haben. Manche vor ihm haben es getan (obwohl wir, die wir das Leben kennen, gut genug wissen, daß nicht der heimliche Seelenmakel den Paria macht, sondern der hungrige Leib), und Leute, die gegessen hatten und sicher sein konnten, an jedem kommenden Tag essen zu können, haben der rühmlichen Torheit Beifall gezollt. Er war in der Tat unglücklich, denn all seine Waghalsigkeit konnte ihn nicht von dem Schatten befreien. Es blieb allzeit ein Zweifel an seinem Mut haften. Die Wahrheit scheint zu sein, daß es unmöglich ist, das Gespenst einer Tatsache zu bannen. Man kann ihm Trotz bieten oder fliehen – und ich bin ein oder zwei Männern begegnet, die sich blind stellten, wenn ihr vertrautes Gespenst ihnen nahte. – Doch Jim war offenbar nicht von der Art; aber ich konnte nie dahinterkommen, ob sein Verhalten darauf ausging, sein Gespenst zu fliehen oder ihm trotzig die Stirn zu bieten.

Ich strengte meine Einsicht an, dies zu ergründen, doch waren hierbei, wie bei all unsern Handlungen, die Unterschiede so fein, daß es unmöglich war, sie festzustellen. Es konnte Flucht, es konnte aber auch eine Kampfesart sein. Dem gewöhnlichen Menschenverstand erschien er als rollender Stein; denn das war das spaßigste daran: nach einiger Zeit war er im Umkreis seiner Wanderungen (der einen Durchmesser von etwa dreitausend Meilen hatte) so bekannt, ja berüchtigt, wie ein verschrobener Grillenfänger in einem ganzen Landstrich berühmt wird. In Bangkok zum Beispiel, wo er eine Anstellung bei den Brüdern Yucker, Reedern und Teakholzhändlern, fand, war es nahezu tragikomisch zu nennen, wie er im hellen Sonnenschein umherging und sein Geheimnis hätschelte, das in aller Leute Munde war. Schomberg, der Besitzer des Hotels, wo er wohnte, ein grobkörniger Elsässer von rauhem Wesen und ein unbezähmbarer Nacherzähler von skandalösem Klatsch, pflegte mit aufgestützten Ellbogen jedem Gast, der nebst den kostspieligeren Getränken auch noch etwas Zeitchronik zu schlürfen beliebte, eine ausgeschmückte Fassung der Geschichte vorzutragen. „Und Sie müssen wissen, der netteste Kerl in der Runde, ein ganz ungewöhnlicher Mensch", lautete sein großmütiges Endurteil. Es spricht sehr zugunsten der Besucher von Schombergs Etablissement, daß Jim sich ganze sechs Monate in Bangkok halten konnte. Ich machte die Beobachtung, daß ganz fremde Leute sich zu ihm hingezogen fühlten wie zu einem hübschen Kind. Sein Benehmen war zurückhaltend, aber es war, als ob seine Erscheinung, sein Haar, seine Augen, sein Lächeln ihm Freunde würben, wo er sich zeigte. Und er war nicht auf den Kopf gefallen. Ich hörte Siegmund Yucker (aus der Schweiz gebürtig), einen gutmütigen, von einer schrecklichen Dyspepsie geplagten Mann, der so lahm war, daß sein Kopf bei jedem Schritt, den er machte, einen Viertelkreis beschrieb, sich sehr anerkennend äußern, daß er bei seiner Jugend schon „große Kapazitäten" zeige, als wäre es eine Frage des Kubikinhalts gewesen. „Warum schicken Sie ihn nicht ins Land hinein?" schlug ich eifrig vor (Brüder Yucker hatten Ländereien und Teakbaumwälder im Innern). „Wenn er Kapazitäten hat, wie Sie sagen, wird er die Arbeit bald richtig anpacken. Und körperlich ist er sehr geeignet. Sein Gesundheitszustand ist immer vorzüglich." – „Ach! es ist ein großes Glück, in diesem Lande frei von Dyspepsie zu sein", seufzte der arme Yucker neidisch, indem er einen verstohlenen Blick auf seine ruinierte Magengrube warf. Er murmelte, nachdenklich auf sein Pult trommelnd: „Es ist eine Idee. Es ist eine Idee." Unglücklicherweise ereignete sich an diesem Abend ein sehr peinlicher Zwischenfall im Hotel. Ich weiß nicht, ob Jim sehr darum zu tadeln ist, aber die Sache selbst war höchst bedauerlich. Sie zählte zu der unangenehmen Gattung der Wirtshausschlägereien. Der gegnerische Held war ein schielender, verkommener Däne, dessen Visitenkarte unter seinem falschen Namen den Titel „Erster Leutnant der Königlich Siamesischen Marine" aufwies. Der Kerl hatte natürlich keinen Begriff vom Billardspiel, wollte aber nicht geschlagen werden. Er hatte so viel getrunken, daß er nach der sechsten Partie eklig wurde und über Jim eine höhnische Bemerkung machte. Die meisten Leute hatten nicht gehört, was gesagt worden war, und denen, die es gehört hatten, schien vor Schreck über die gräßlichen Folgen, die daraus entstanden waren, jede genaue Erinnerung geschwunden zu sein. Es war ein Glück für den Dänen, daß er schwimmen konnte, denn das Zimmer ging auf eine Veranda, und darunter floß der Menam breit und schwarz. Ein Boot voll Chinesen, die vermutlich auf einer Diebsexpedition begriffen waren, fischte den Offizier des Königs von Siam heraus, und Jim fand sich um Mitternacht herum ohne Hut an Bord meines Schiffes ein. „Jeder einzelne im Zimmer schien darum zu wissen", stieß er hervor, noch ganz außer Atem von dem Streit. Der Vorfall tat ihm in gewisser Beziehung sehr leid, obwohl er, wie er sagte, „keine Wahl" gehabt hatte. Doch was ihn am meisten bestürzte, war, daß die Art seiner Bürde jedermann so bekannt war, als hätte er sie die ganze Zeit über sichtbar auf den Schultern getragen. Natürlich konnte er hiernach nicht mehr an dem Ort bleiben. Er wurde wegen der rohen Gewalttat, die für einen Mann in seiner mißlichen Lage so unziemlich war, allgemein verurteilt; einige behaupteten, er sei schmählich betrunken gewesen; andere tadelten seinen Mangel an Takt. Selbst Schomberg war sehr gegen ihn aufgebracht. „Er ist ja ein sehr netter junger Mann", eiferte er, „aber der Leutnant ist ebenfalls prima. Er diniert täglich an meiner Table d'hôte, müssen Sie wissen. Ein Billardqueue ist dabei zerbrochen worden. Ich kann mir das nicht gefallen lassen. Das erste, was ich heute morgen tat, war, zum Leutnant zu gehen und meine Entschuldigung vorzubringen, und ich glaube, ich habe die Sache für meine Person eingerenkt; aber denken Sie nur, Kapitän, wenn jeder so loslegen wollte! Der Mann hätte, weiß Gott, ertrinken können, und ich kann hier nicht einfach in ein Geschäft gehen und ein neues Queue kaufen. Ich muß nach Europa darum schreiben. Nein! Nein! So darf man sich nicht hinreißen lassen!"... Er war nicht gut zu sprechen auf die Geschichte.

Dies war das schlimmste Vorkommnis während der ganzen Zeit seiner – sagen wir –, seiner Verbannung. Niemand konnte es mehr beklagen als ich; denn wenn es auch von ihm hieß, sobald er erwähnt wurde: „O ja, ich weiß! Hat sich hier außen ziemlich weit herumgetrieben", so war er doch dabei bisher noch nie ernstlich zu Schaden gekommen. Diese letzte Sache jedoch verursachte mir großes Unbehagen, denn wenn ihn seine übermäßige Reizbarkeit noch öfters in solche Wirtshausschlägereien verwickelte, mußte er allmählich seinen Ruf als friedlicher, wenn auch unangenehmer Narr verlieren und als gewöhnlicher, händelsüchtiger Bummler gelten. Ungeachtet des Vertrauens, das ich in ihn setzte, konnte ich mich des Gedankens nicht erwehren, daß in solchen Fällen vom Schein zum Sein nur ein Schritt ist. Ich hoffe, ihr werdet begreifen, daß ich gerade damals nicht daran denken konnte, ihn abzuschütteln. Ich nahm ihn in meinem Schiff aus Bangkok fort, und wir hatten eine ziemlich lange Überfahrt. Es war kläglich zu sehen, wie er sich in sich selbst zurückzog. Ein Seemann interessiert sich für ein Schiff, selbst wenn er nur Fahrgast ist, und beobachtet das Seeleben um sich herum mit der kritischen Genußfreude eines Malers zum Beispiel, der die Arbeit eines anderen ansieht. Kurzum, er ist in jedem Sinne des Wortes „auf Deck“. Aber mein Jim verkroch sich die meiste Zeit unten, wie ein blinder Passagier. Er steckte mich so an, daß ich es vermied, von Berufssachen zu reden, wie es sich doch sonst zwischen zwei Seeleuten auf einer Fahrt ganz von selbst ergibt. Wir sprachen ganze Tage lang kein Wort; es war mir höchst peinlich, meinen Offizieren in seiner Gegenwart Befehle zu erteilen. Oft, wenn wir auf Deck oder in der Kajüte allein waren, wußten wir nicht, was wir mit unseren Augen anfangen sollten.

Ich brachte ihn bei De Jongh unter, wie ihr wißt; war froh, überhaupt eine Stelle für ihn zu finden, doch überzeugt, daß seine Lage anfing, unerträglich zu werden. Er hatte einen Teil jener Spannkraft eingebüßt, die ihn in den Stand setzte, nach jedem Fall in seine frühere Stellung zurückzuschnellen. Eines Tages, als ich an Land kam, fand ich ihn auf dem Kai; das Wasser der Reede und die offene See bildeten eine glatte, ansteigende Fläche, und die Schiffe vor Anker, die am weitesten draußen lagen, schienen reglos am Firmament zu schweben. Er wartete auf sein Boot, das mit Proviantvorrat für irgendein zur Abfahrt bereites Schiff beladen wurde. Nachdem wir uns begrüßt hatten, blieben wir stumm nebeneinander stehen. „Himmel!“ sagte er plötzlich, „diese Arbeit bringt einen um.“

Er lächelte mich an; er konnte für gewöhnlich immer noch ein Lächeln aufbringen. Ich erwiderte nichts. Ich wußte sehr wohl, daß er nicht seine Pflichten meinte, – er hatte gute Tage bei De Jongh. Nichtsdestoweniger war ich vollkommen überzeugt, daß, wie er es gesagt hatte, die Arbeit ihn umbrachte. Ich sah ihn gar nicht an. „Möchten Sie diesen Teil der Welt ganz und gar verlassen“, fragte ich; „es mit Kalifornien oder der Westküste versuchen? – ich will sehen, was ich tun kann…“ Er unterbrach mich ein wenig verächtlich. „Was würde es ändern?“… Ich war sofort überzeugt, daß er recht hatte. Es würde nichts ändern; es war nicht Erleichterung, was er brauchte, worauf er sozusagen paßte; sondern, wie ich dunkel fühlte, etwas schwer zu Erklärendes – so etwas wie eine Gelegenheit. Ich hatte ihm viele Gelegenheiten geboten, aber es waren bloße Gelegenheiten gewesen, sein Brot zu verdienen. Doch was kann einer schließlich mehr tun? Seine Lage erschien mir hoffnungslos, und mir kam des armen Brierly

Ausspruch in den Sinn: „Er soll zwanzig Fuß tief unter die Erde kriechen und nicht wieder vorkommen." Besser das, dachte ich, als hier oben auf das Unmögliche warten. Doch nicht einmal dessen konnte man gewiß sein. Gleich darauf, bevor noch sein Boot drei Ruderlängen vom Kai weg war, hatte ich mich entschlossen, abends zu Stein zu gehen und ihn um Rat zu fragen.

Dieser Stein war ein vermögender und angesehener Kaufmann. Sein „Haus" (denn es war ein Haus, Stein & Co.; und es gab auch irgendeinen Teilhaber, der, wie sich Stein ausdrückte, „auf die Molukken aufpaßte") hatte ein großes interinsulares Geschäft, mit einer Anzahl Handelsstationen an den entlegensten Plätzen, zum Einsammeln der Produkte. Sein Reichtum und sein Ansehen waren jedoch nicht vornehmlich die Veranlassung, warum ich seinen Rat nachsuchte. Ich hatte den Wunsch, ihm meine Notlage anzuvertrauen, weil er einer der zuverlässigsten Männer war, die mir vorgekommen sind. Auf seinem langen, bartlosen Gesicht lag der Glanz einer schlichten, sozusagen unverbrauchten und klugen Herzensgüte. Es hatte tiefe Falten bis über das Kinn, und die Hautfarbe war die eines Mannes, der eine sitzende Lebensweise führt, – was aber in Wirklichkeit durchaus nicht zutraf. Sein dünnes Haar war glatt von einer hohen, massigen Stirne zurückgebürstet. Man konnte meinen, daß er mit Zwanzig ungefähr ebenso ausgesehen haben mußte wie jetzt mit Sechzig. Es war das Gesicht eines Gelehrten; nur die fast ganz weißen, dichten und buschigen Augenbrauen und der entschlossene, durchdringende Blick, der darunter hervorkam, waren nicht ganz in Einklang mit seinem, ich möchte sagen, studierten Aussehen. Er war groß und gelenkig; seine leicht vorgebeugte Haltung und ein unschuldiges Lächeln ließen ihn wohlwollend geneigt erscheinen, einem sein Ohr zu leihen; seine großen, blassen, an langen Armen sitzenden Hände machten spärliche, bedächtige Gesten, die hinweisend und erläuternd wirkten. Ich spreche ausführlich von ihm, weil sich unter dem Äußern dieses Mannes mit dem aufrechten, gütigen Wesen eine Unerschrockenheit des Geistes und ein körperlicher Mut bargen, die man hätte Waghalsigkeit nennen können, wären sie nicht wie eine natürliche Funktion des Körpers – beispielsweise eine gute Verdauung – völlig unbewußt gewesen. Es wird manchmal von einem Manne gesagt, daß er sein Leben in seiner Hand trägt. Diese Redensart würde auf ihn nicht gepaßt haben; in der ersten Zeit seines Aufenthalts im Osten hatte er Ball damit gespielt. All dies gehörte der Vergangenheit an, aber ich kenne die Geschichte seines Lebens und den Ursprung seines Vermögens. Er war auch ein Naturforscher von einiger

Bedeutung, oder vielleicht sollte ich sagen, ein gelehrter Sammler. Entomologie war sein Spezialfach. Seine Sammlung von Prachtkäfern und Langfühlern – schrecklichen, noch im Tode bösartig aussehenden Miniaturungeheuern – und sein Schmetterlingskabinett, das die seltensten Exemplare auf wies, hatten seinen Ruhm weit über die Lande verbreitet. Der Name dieses Kaufmanns, Abenteurers, ehemaligen Ratgebers eines malaiischen Sultans (von dem er nie anders sprach als von „meinem armen Mohammed Bonso"), war auf Grund von ein paar Scheffeln toter Insekten der gelehrten Welt Europas bekannt geworden, die von seinem Leben und Charakter keinen Begriff haben konnte und sicher auch keinen Wert darauf gelegt hätte. Ich, der über ihn Bescheid wußte, hielt ihn für besonders geeignet, meine vertraulichen Mitteilungen über Jim und seine mißliche Lage entgegenzunehmen.

Zwanzigstes Kapitel

Spätabends betrat ich sein Studierzimmer, nachdem ich einen matt erleuchteten, prunkvollen, aber leeren Speisesaal durchschritten hatte. Das Haus war ganz still. Ein ältlicher, schweigsamer javanischer Diener, in einer Art Livree von weißer Jacke und gelbem Sarong, schritt mir voran; nachdem er die Tür geöffnet und mit leiser Stimme „O Herr!" gesagt hatte, trat er beiseite und verschwand auf so geheimnisvolle Weise, als wäre er ein Geist gewesen und hätte sich nur für diesen besonderen Dienst einen Augenblick lang verkörpert. Stein rückte mit seinem Stuhl herum und schob gleichzeitig seine Brille über die Stirn hinauf. Er begrüßte mich mit seiner ruhigen, warmen Stimme. Nur eine Ecke des großen Zimmers, wo sein Schreibpult stand, war von einer verschleierten Studierlampe hell erleuchtet; der übrige Teil des geräumigen Gemachs verschwamm in formloser Dunkelheit, wie eine Höhle. Enge Regale mit dunklen Kästen von gleichmäßiger Form und Farbe reihten sich an den Wänden, nicht vom Fußboden bis zur Decke, sondern wie ein schwarzer, etwa vier Fuß breiter Gürtel. Käferkatakomben. Hölzerne Tafeln hingen in unregelmäßigen Zwischenräumen darüber. Auf eine von ihnen fiel das Licht, und das Wort Coleoptera glänzte in seinen goldenen Buchstaben geheimnisvoll auf. Die Glaskästen, die die Schmetterlingssammlung enthielten, waren in drei langen Reihen auf dünnbeinigen kleinen Tischen aufgestellt. Einer dieser Kästen war von seinem Platz genommen worden und stand auf dem Pult, das mit länglichen, von einer sehr kleinen Handschrift bedeckten Papierstreifen vollgestreut war.

„So sehen Sie mich – so“, sagte er. Seine Hand lag über dem Kasten, wo ein Schmetterling in einsamer Größe seine dunkelbronzenen, etwa sieben Zoll breiten, von zartweißem Geäder durchzogenen und prachtvoll gelbgepunktet umsäumten Flügel ausspannte. „Nur ein einziges solches Exemplar haben Sie in Ihrem London, und das ist alles. Ich werde diese meine Sammlung meiner kleinen Geburtsstadt vermachen. Ein Teil von mir. Das beste.“

Er lehnte sich im Stuhl vor und schaute angespannt, das Kinn über den Kasten gebeugt. Ich stand hinter ihm. „Wunderbar“, flüsterte er und schien meine Gegenwart zu vergessen. Seine Geschichte war merkwürdig. Er war in Bayern geboren und hatte als zweiundzwanzigjähriger junger Mensch tätigen Anteil an der revolutionären Bewegung von 1848 genommen. Da seine Freiheit bedenklich bedroht war, mußte er fliehen und fand zuerst eine Zuflucht bei einem armen republikanischen Uhrmacher in Triest. Von da machte er seinen Weg nach Tripolis, mit einer Mustersammlung billiger Uhren, die er auf den Straßen feilbot. – Allerdings kein sehr großartiger Anfang, der aber doch sein Gutes hatte, denn dort in Tripolis war es, wo er die Bekanntschaft eines holländischen Reisenden machte, eines sehr berühmten Mannes, glaube ich, dessen Name mir aber entfallen ist. Er war Naturforscher, engagierte Stein als eine Art Assistenten und nahm ihn nach dem fernen Osten mit. Sie reisten zusammen und getrennt vier Jahre oder noch länger im Archipel herum und sammelten Insekten und Vögel. Dann kehrte der Naturforscher in seine Heimat zurück, und Stein, der keine Heimat hatte, blieb bei einem alten Händler, den er auf seinen Reisen im Innern von Celebes – wenn man sagen kann, daß Celebes ein Inneres hat – kennengelernt hatte. Dieser alte Schotte, der einzige Weiße, dem zu jener Zeit in dem Lande zu leben gestattet war, war ein Günstling des Oberhauptes der Wajostaaten, das eine Frau war. Stein hat es mir oft erzählt, wie dieser Mensch, der auf der einen Seite leicht gelähmt war, ihn, kurz bevor ein neuer Schlaganfall ihm den Rest gab, am eingeborenen Hofe eingeführt hatte. Er war ein großer Mann mit weißem Patriarchenbart und von ehrfurchtgebietender Gestalt. Er kam in die Ratshalle, wo all die Rajahs, Schranzen und Häuptlinge um ihre Königin versammelt waren, eine fette, runzlige Frau (sehr frei in ihrer Rede, wie Stein sagte), die auf hohem Lager unter einem Baldachin lehnte. „Sieh her, Königin, und ihr, Rajahs, dies ist mein Sohn“, proklamierte er mit

Stentorstimme. „Ich habe mit euren Vätern gehandelt, und wenn ich tot bin, soll er mit euch und euren Söhnen handeln.“

In dieser einfachen Form erbte Stein des Schotten Ausnahmestellung und sein ganzes Handelskapital zugleich mit einem befestigten Hause am Ufer des einzigen schiffbaren Flusses im Lande. Kurz danach starb die alte Königin, die so frei in ihrer Rede war, und das Land wurde von verschiedenen Thronanwärtern in Unruhen gestürzt. Stein schloß sich der Partei eines jüngeren Sohnes an, desselben, von dem er dreißig Jahre später nie anders sprach als von „meinem armen Mohammed Bonso“. Sie vollbrachten beide ungezählte Heldentaten; sie bestanden wundervolle Abenteuer und hielten einmal eine vierwöchige Belagerung im Hause des Schotten mit einer Gefolgschaft von nur zwanzig Mann gegen eine ganze Armee aus. Ich glaube, die Eingeborenen sprechen von diesem Krieg bis auf den heutigen Tag. Mittlerweile scheint es Stein aber nicht versäumt zu haben, auf eigene Faust jeden Schmetterling oder Käfer zu beschlagnahmen, dessen er habhaft werden konnte. Nach acht Jahren voll Krieg, Unterhandlungen, falschen Waffenstillständen, plötzlichen Ausfällen, Versöhnung, Verrat und so fort und gerade, als der Friede endgültig befestigt schien, wurde sein armer Mohammed Bonso vor den Toren seiner eigenen Residenz, als er in angeregtester Stimmung von einer erfolgreichen Jagd auf Rehwild zurückkehrte, ermordet. Dieses Ereignis machte Steins Stellung äußerst unsicher, aber er wäre vielleicht geblieben, hätte er nicht kurze Zeit danach Mohammeds Schwester verloren („meine teure Gattin, die Prinzessin“, pflegte er feierlich zu sagen), die ihm eine Tochter geschenkt hatte. Mutter und Kind starben binnen drei Tagen an einer ansteckenden Krankheit. Er verließ das Land, das ihm durch seinen grausamen Verlust unerträglich geworden war. So endete der erste, abenteuerliche Teil seines Lebens. Der folgende war davon so verschieden, daß, wäre nicht die Wirklichkeit seines Kummers gewesen, diese ganze seltsame Vergangenheit ihm wie ein Traum hätte erscheinen müssen. Er hatte etwas Geld; er fing das Leben neu an und erwarb im Laufe der Jahre ein beträchtliches Vermögen. Anfangs war er ziemlich viel durch die Inseln gereist, aber das Alter kam über ihn, und in der letzten Zeit verließ er nur selten sein geräumiges Haus, das drei Meilen von der Stadt entfernt in einem ausgedehnten Garten gelegen und von Stallungen, Kanzleien und Bambushütten für seine vielen Diener und Untergebenen umgeben war. Er fuhr jeden Morgen in seinem Einspänner zur Stadt, wo er ein Kontor mit weißen und chinesischen Angestellten hatte. Er besaß eine kleine Flotte von Schonern und einheimischen

Fahrzeugen und handelte mit Inselprodukten in großem Maßstabe. Im übrigen lebte er einsam, aber nicht menschenscheu, mit seinen Büchern und seiner Sammlung, klassifizierte und ordnete Exemplare ein, stand in Briefverkehr mit den Entomologen ganz Europas und arbeitete an einem beschreibenden Katalog seiner Schätze. Dies war die Geschichte des Mannes, dessen Rat ich über Jims Fall einholen gekommen war, ohne eine bestimmte Hoffnung. Bloß zu hören, was er zu sagen hatte, würde schon eine Erleichterung sein. Ich war sehr erwartungsvoll, aber ich achtete die tiefe, fast leidenschaftliche Versunkenheit, mit der er einen Schmetterling betrachtete, als könnte er in dem bronzenen Schimmer dieser zarten Schwingen, ihren weißen Linien, der prächtigen Zeichnung andere Dinge erblicken, ein Bild von etwas Unvergänglichem, das der Zerstörung widerstand, wie diese leblosen Gewebe, die einen vom Tode unberührten Glanz entfalteten.

„Wunderbar!" wiederholte er und blickte zu mir auf. „Sehen Sie! Die Schönheit – aber das ist noch nichts –, sehen Sie die Vollendung, das Ebenmaß! Und so zart! Und so stark! Und so genau! Das ist Natur – der Ausgleich ungeheurer Kräfte. Jeder Stern ist so – und jeder Grashalm steht so – und der mächtige Kosmos in vollkommenem Gleichgewicht bringt – dies hervor. Dieses Wunder, dieses Meisterwerk der Natur – der großen Künstlerin."

„Ich habe noch nie einen Entomologen so schwärmen hören", bemerkte ich aufgeräumt. „Meisterwerk! Und was sagen Sie zum Menschen?"

„Der Mensch ist erstaunlich, aber er ist kein Meisterwerk", gab er zur Antwort, ohne seine Augen von dem Glaskasten zu erheben. „Vielleicht war die Künstlerin nicht ganz bei Sinnen. He? Was meinen Sie? Manchmal will es mir so scheinen, als wäre der Mensch dahin gekommen, wo er nicht vonnöten, wo kein Platz für ihn ist; denn warum sollte er sich sonst so breitmachen? Warum sollte er von einem Ort zum andern rennen und ein schreckliches Wesen von sich machen, von den Sternen reden, Grashalme zertreten?..."

„Und Schmetterlinge fangen", fiel ich ein.

Er lächelte, warf sich in seinen Stuhl zurück und streckte die Beine aus. „Setzen Sie sich", sagte er. „Ich fing dieses seltene Exemplar an einem sehr schönen Morgen. Es war ein großes Erlebnis für mich. Sie können sich nicht vorstellen, was es für einen Sammler bedeutet, solch seltenes Exemplar zu fangen."

Ich schmunzelte behaglich in meinem Schaukelstuhl. Seine Augen schienen sich weit über die Wand hinaus, auf die sie sich hefteten, in unbestimmte Ferne zu verlieren; und er erzählte, wie, eines Nachts, ein Bote von seinem „armen Mohammed“ kam und ihn aufforderte, nach der „Residenz“ – wie Stein es nannte – zu kommen, die neun oder zehn Meilen weit entfernt war und zu der man auf einem Reitweg über eine bebaute Ebene gelangte, hie und da mit Waldinseln durchsetzt. Früh am Morgen brach er von seinem befestigten Hause auf, nachdem er seine kleine Emma in die Arme geschlossen und der „Prinzessin“, seinem Weibe, das Kommando übertragen hatte. Er beschrieb, wie sie ihm, eine Hand auf dem Bug des Pferdes, bis ans Tor das Geleite gab; sie trug eine weiße Jacke, goldene Nadeln im Haar und über der linken Schulter einen braunen Ledergürtel mit einem Revolver darin. „Sie redete, wie Frauen reden“, sagte er, „legte mir ans Herz, daß ich mich in acht nehmen und vor Anbrach der Nacht zurück sein sollte und wie unrecht es von mir sei, allein zu gehen. Es war Krieg und das Land nicht sicher; meine Leute legten kugelfeste Laden an das Haus und luden ihre Gewehre, und sie bat mich, ihretwegen nicht in Sorge zu sein. Sie könnte das Haus gegen jedermann verteidigen, bis ich zurückkehrte. Und ich lachte vor Vergnügen. Ich freute mich, sie so tapfer und jung und stark zu sehen. Auch ich war damals noch jung. Am Tor faßte sie meine Hand, drückte sie einmal heftig und ließ sie fallen. Ich hielt mein Pferd draußen an, bis sich die Riegel des Tores hinter mir geschlossen hatten. Einer meiner schlimmen Feinde, ein Mann von sehr hoher Abkunft – und dazu ein großer Schurke –, schweifte mit einer Bande in der Gegend umher. Ich ritt vier, fünf Meilen in kurzem Galopp; es hatte in der Nacht geregnet, aber die Nebel waren aufgestiegen, und das Antlitz der Erde war rein; es lächelte mich an, frisch und unschuldig wie das eines kleinen Kindes. Plötzlich wird eine Salve abgefeuert – zwanzig Schüsse auf einmal mindestens, schien es mir. Ich höre das Schwirren der Kugeln an meinem Ohr, und mein Hut rutscht mir in den Nacken. Es war eine kleine Intrige, Sie verstehen. Sie veranlaßten meinen armen Mohammed, nach mir zu schicken, und legten mir dann einen Hinterhalt. Ich übersehe alles in einer Minute und überlege – dies erfordert ein bißchen Geschicklichkeit. Mein Pony wiehert, bäumt sich und steht still, und ich sinke langsam mit meinem Kopf auf seine Mahne. Es fängt zu gehen an, und mit einem Auge sehe ich über seinen Hals hinweg, zu meiner Linken, vor einem Busch Bambusstauden eine dünne Rauchwolke hängen. Ich denke: ›Aha! meine Freunde, warum wartet ihr nicht ein bißchen länger, bevor ihr schießt? Dies ist euch noch nicht gelungen. O nein!‹ Ich greife mit der Rechten – leise – leise – nach meinem Revolver. Es waren im ganzen nur sieben solche Kerle. Sie stehen vom Grase auf und machen sich mit aufgenommenen Sarongs ans Rennen, schwingen Speere über ihren Köpfen und schreien einander zu, das Pferd zu greifen, weil ich tot sei. Ich ließ sie so nah kommen wie diese Tür hier, und dann – puff, puff, puff, jedesmal gezielt noch dazu. Noch einen Schuß feure ich auf eines Mannes Rücken, aber ich verfehle ihn. Zu weit schon. Und dann sitze ich allein auf meinem Pferd, den klaren Himmel über mir und die Körper dreier Männer vor mir auf der Erde. Der eine war wie ein Hund zusammengekauert, der andere lag auf dem Rücken und hatte einen Arm über den Augen, als wollte er sich vor der Sonne schützen, und der dritte zieht sein Bein sehr langsam hoch und streckt es mit einem Stoß wieder gerade. Ich beobachte ihn aufmerksam von meinem Pferd aus, aber er bleibt ganz ruhig, rührt sich nicht mehr. Und wie ich nach seinem Gesicht blicke, um noch ein Zeichen des Lebens zu entdecken, sehe ich einen schwachen Schatten über seine Stirn huschen. Es war der Schatten dieses Schmetterlings. Sehen Sie sich die Form des Flügels an. Diese Art fliegt hoch und sehr rasch. Ich hob meine Augen und sah ihn davonflattern. Ich denke – kann es möglich sein?‹ Und dann verlor ich ihn. Ich stieg herunter, nahm mein Pferd am Zügel und meinen Revolver in die andere Hand und blickte rechts und links, nach allen Seiten. Schließlich sah ich ihn zehn Fuß weit entfernt auf einem kleinen Schmutzhaufen sitzen. Mein Herz fing heftig an zu schlagen. Ich lasse mein Pferd los, halte meinen Revolver in der einen Hand und reiße mit der andern meinen weichen Filzhut vom Kopf. Ein Schritt. Sachte. Noch ein Schritt. Patsch! Ich hatte ihn! Als ich mich erhob, zitterte ich vor Erregung wie eine Feder, und als ich diese wundervollen Flügel öffnete und mich überzeugte, was für ein seltenes und außergewöhnlich vollkommenes Exemplar ich hatte, drehte sich mir der Kopf, und meine Beine überkam eine solche Schwäche, daß ich mich auf die Erde setzen mußte. Als ich noch für den Professor sammelte, war es mein sehnlicher Wunsch gewesen, ein solches Exemplar zu erjagen. Ich unternahm lange Reisen und legte mir große Entbehrungen auf. Ich hatte in meinem Schlaf von ihm geträumt, und hier hatte ich ihn plötzlich in meinen Fingern – ganz für mich! Wie der Dichter sagt:

„So halt' ich's endlich denn in meinen Händen
Und nenn' es in gewissem Sinne mein."

Er sprach das letzte Wort mit verschwebender Stimme, wodurch es einen besonderen Nachdruck erhielt, und wandte sein Gesicht langsam von mir ab. Er begann schweigend und emsig eine langgestielte Pfeife zu stopfen und blickte mich dann wieder, den Daumen auf die Öffnung des Pfeifenkopfs drückend, bedeutsam an.

„Ja, ja, mein guter Freund. An jenem Tage blieb mir nichts mehr zu wünschen übrig. Ich hatte meinen Hauptfeind tüchtig geärgert; ich war jung, stark; ich besaß Freundschaft; die Liebe einer Frau war mein; ich hatte ein Kind, das mein Herz erfüllte – und selbst das, wovon ich in meinem Schlaf geträumt hatte, war mir in die Hände gefallen!"

Er zündete ein Streichholz an, das hell aufflackerte. Sein gedankenvolles, ruhiges Gesicht zuckte flüchtig.

„Freund, Weib, Kind", sagte er langsam und starrte auf die kleine Flamme – „phh!" Das Streichholz war ausgeblasen. Er seufzte und wandte sich wieder zum Glaskasten. Die zarten, herrlichen Flügel bebten leise, als hätte sein Atem für einen Augenblick dieses prachtvolle Ziel seiner Träume wiederbelebt.

Die „Arbeit", begann er dann wieder in seinem gewöhnlichen sanften und heiteren Ton und deutete auf die Papierstreifen auf seinem Pult, „schreitet tüchtig vorwärts. Ich war dabei, dies seltene Exemplar zu beschreiben... Na! Und was bringen Sie Neues?"

„Um Ihnen die Wahrheit zu sagen, Stein", sagte ich mit einer Anstrengung, die mich überraschte, „ich kam hierher, um Ihnen auch ein Exemplar zu beschreiben..."

„Schmetterling?" fragte er ungläubig und belustigt.

„Nichts so Vollkommenes", antwortete ich, plötzlich von allerhand Zweifeln entmutigt. „Einen Menschen!"

„Ach so!" murmelte er, und sein mir zugewandtes, lächelndes Gesicht wurde ernst. Dann sagte er langsam, während er mich ansah: „Nun – ich bin auch ein Mensch."

Da habt ihr ihn, wie er war; er wußte einen so großmütig zu ermuntern, daß ein überängstlicher Mann dicht vor dem Bekenntnis fast noch ein wenig zögern konnte; wenn ich aber zögerte, so war es nicht für lange.

Er saß mit gekreuzten Beinen da und hörte mich bis zu Ende an. Bisweilen verschwand sein Kopf völlig in einer dicken Rauchwolke, und ein teilnehmendes Knurren ertönte dahinter vor. Als ich geendet hatte, setzte er sich gerade, legte seine Pfeife nieder und beugte sich, die Ellbogen auf die Armlehne seines Stuhls gestützt und die Fingerspitzen aneinandergeschlossen, mit ernster Miene zu mir vor.

„Ich verstehe sehr gut. Er ist romantisch."

Er hatte die Diagnose des Falls für mich gestellt, und ich war zuerst ganz verwundert darüber, wie einfach die Sache war. In der Tat glich unser Beisammensein so sehr einer ärztlichen Konsultation – Stein, mit seinem gelehrten Aussehen, in einem Armstuhl vor seinem Tisch; ich, besorgt, etwas seitlich von ihm –, daß es ganz natürlich schien, zu fragen:

„Was ist da zu machen?"

Er hob einen langen Zeigefinger in die Höhe.

„Es gibt nur ein Mittel. Nur eines kann uns davon heilen, daß wir wir selber sind!" Der Finger kam mit einem kurzen Schlag auf das Pult herunter. Der Fall, den er vorhin so einfach hingestellt hatte, wurde womöglich noch einfacher – allerdings gänzlich hoffnungslos. Es entstand eine Pause. „Ja", sagte ich, „streng genommen ist die Frage nicht, wie man geheilt werden kann, sondern wie man leben soll."

Er stimmte mit einem Kopfnicken zu, etwas trübe, wie mir schien. „Ja! Ja! Wie Ihr großer Dichter sagt: Das ist die Frage..." Er nickte nochmals. „Ach ja! Sein... wie das!"

Er erhob sich, die Fingerspitzen auf den Tisch gestützt. „Wir wollen auf so verschiedene Weise sein. Dieser prachtvolle Schmetterling findet einen kleinen Schmutzhaufen und bleibt still darauf sitzen; aber der Mensch will niemals auf seinem Schmutzhaufen stillsitzen. Bald will er so sein, und bald will er wieder so sein..." Er hob die Hand und ließ sie wieder sinken... „Er will ein Heiliger sein, und er will ein Teufel sein, und sooft er die Augen zumacht, sieht er sich als einen sehr feinen Kerl – so fein, wie er niemals sein kann... Im Traum..."

Er ließ den Glasdeckel herunter, der mit scharfem Klang in das automatische Schloß einschnappte, nahm den Kasten mit beiden Händen auf und trug ihn mit priesterlicher Würde an seinen Platz zurück, schritt aus dem hellen Kreis der Lampe in das mattere Licht – in formlose Dämmerung zuletzt. Es machte einen seltsamen Eindruck – als hätten die paar Schritte ihn aus dieser dinglichen, verworrenen Welt hinausgeführt. Seine große Gestalt schwebte, als wäre sie ihrer Körperlichkeit entkleidet, lautlos, mit unbestimmten Bewegungen, über unsichtbaren Dingen; seine Stimme kam aus der Ferne her, wo man ihn schattenhaft hantieren sah, und klang nicht mehr eindringlich und nüchtern, sondern dröhnte voll und schwer – gedämpft durch die Entfernung.

„Und weil man die Augen nicht immer geschlossen halten kann, kommt dann das wirkliche Leid – der Seelenschmerz – der Weltschmerz. Ich sage Ihnen, mein Freund, es ist keine leichte Sache, dahinterzukommen, daß man seinen Traum nicht verwirklichen kann, daß man nicht stark genug oder nicht gescheit genug dazu ist. Ja!... Und dabei ist man doch solch feiner Kerl! Wie? Was? Gott im Himmel! Wie ist das möglich? Ha! Ha! Ha!"

Der Schatten, der sich zwischen den Gräbern der Schmetterlinge zu schaffen machte, lachte geräuschvoll.

„Ja! Diese schreckliche Sache ist sehr merkwürdig. Ein Mensch, der dazu geboren ist, fällt in einen Traum, wie ein anderer ins Meer fällt. Wenn er versucht, in die Luft herauszuklettern, wie unerfahrene Menschen es mitunter wagen, so ertrinkt er – nicht wahr?... Nein! Ich sage Ihnen: Das Rechte ist, sich dem toddrohenden Element zu unterwerfen und mit der Bewegung der Hände und Füße im Wasser zu bewirken, daß das tiefe, tiefe Meer einen trägt. Wenn Sie mich also fragen – wie man sein soll?"

Seine Stimme gewann außerordentlich an Kraft, als wäre er dort im Schatten durch eine geflüsterte Eingebung erleuchtet worden. „Ich will es Ihnen sagen! Auch hierfür gibt es nur einen Weg."

Mit einem eiligen Schlurren seiner Pantoffel tauchte er im gedämpften Licht und gleich darauf im hellen Schein der Lampe auf. Seine ausgestreckte Hand zielte auf meine Brust wie eine Pistole; seine tiefliegenden Augen schienen mich zu durchbohren, aber seine zuckenden Lippen brachten kein Wort hervor, und das streng erhabene Gefühl einer Gewißheit, die ihm das Dunkel eingegeben hatte, schwand aus seinem Gesicht. Die Hand, die nach meiner Brust gezeigt hatte, sank, er trat einen Schritt näher an mich heran und legte sie mir auf die Schulter. Es gebe Dinge, sagte er voll Trauer, die vielleicht nie gesagt werden könnten, doch habe er so viel allein gelebt, daß er manchmal vergesse – er vergesse. Das Licht hatte die Sicherheit zerstört, die ihn im fernen Schatten beseelt hatte. Er setzte sich und rieb sich, beide Ellbogen auf das Pult gestützt, die Stirn. „Und dennoch ist es wahr – es ist wahr. Sich dem toddrohenden Element hingeben ..." Er sprach in gedämpftem Ton, ohne mich anzusehen, die Hände zu beiden Seiten des Gesichts. „Das war der Weg. Dem Traum folgen, und nochmals dem Traum folgen – und so – ewig – usque ad finem..." Sein überzeugtes Flüstern schien vor mir eine ausgedehnte, unbestimmte Weite aufzutun, wie die eines dämmerigen Horizonts über einer Ebene, bei Morgengrauen – oder vielleicht bei einbrechender Nacht? Es ließ sich schwer entscheiden; aber es war ein bezauberndes und trügerisches Licht, das seinen linden Schleier über Fallstricke und Gräber warf. Steins Leben hatte mit Aufopferung begonnen; mit der Begeisterung für große Ideen, er war sehr weit gereist, auf verschiedenen Wegen, auf seltsamen Pfaden, und was immer er unternommen, er hatte es getan, ohne zu wanken, und darum ohne Scham und ohne Reue. Insofern hatte er recht. Das war der Weg, ohne Zweifel. Trotzdem lag die große Ebene, auf der die Menschen zwischen Gräbern und Fallstricken umherirren, sehr öde da unter dem linden Schleier des Dämmerlichts, verdunkelt in ihrem Mittelpunkt und von einem grellen Rande umsäumt, als ob ein Flammenabgrund sie umkreiste. Als ich schließlich das Schweigen brach, war es, um der Meinung Ausdruck zu geben, daß niemand romantischer sein könnte als er selbst. Er schüttelte langsam den Kopf und sah mich dann mit einem geduldigen und forschenden Blick an. Es sei ein Schande, sagte er. Da säßen wir und plauderten wie zwei Knaben, anstatt unsere Köpfe zusammenzustecken, um etwas Zweckmäßiges herauszufinden. – Ein zweckmäßiges Gegenmittel – gegen das Übel – gegen das große Übel – wiederholte er mit einem milden, nachsichtigen Lächeln. Doch unser Gespräch wurde darum doch nicht sachlicher. Wir vermieden, Jims Namen auszusprechen, als hätten wir Fleisch und Blut aus unserer Unterhaltung ausschalten wollen oder als wäre er nichts als ein irrender Geist, ein leidender und namenloser Schatten gewesen. „Na!" sagte Stein und erhob sich. „Heute nacht schlafen Sie hier, und am Morgen werden wir etwas Zweckmäßiges – Zweckmäßiges tun..." Er zündete einen zweiarmigen Leuchter an und ging mir voran. Wir kamen durch leere, dunkle Zimmer, vom Licht der Kerzen in Steins Hand begleitet. Der Schein glitt über gewachste Böden, hie und da über die glatte Fläche eines Tisches, hüpfte über die vorspringende Biegung eines Möbelstückes oder sprang senkrecht in fernen Spiegeln aus und ein, während man die Gestalten zweier Männer und das Flackern zweier Flammen kurz die glasige Leere durchqueren sah. Er ging langsam, artig vorgebeugt, einen Schritt voraus; eine tiefe, sozusagen lauschende Ruhe lag auf seinem Gesicht; die langen, lachsfarbenen, von weißen Fäden durchzogenen Locken hingen spärlich über seinen leicht gebogenen Nacken.

„Er ist romantisch – romantisch", wiederholte er. „Und das ist sehr schlimm – sehr schlimm... Auch sehr gut", fügte er hinzu. – „Aber ist er?" fragte ich.

„Gewiß“, sagte er und stand mit dem Leuchter in der Hand still, doch ohne mich anzusehen. „Offenbar! Was ist es, das durch inneren Schmerz ihn sich selbst erkennen läßt? Was ist es, das für Sie und mich ihm – Sein gibt?“

In diesem Augenblick war es schwer, an Jims Dasein zu glauben – der aus einem ländlichen Pfarrhaus kam, im menschlichen Getriebe wie hinter Staubwolken untergetaucht, von den über ihm zusammenschlagenden Forderungen des Lebens und des Todes in einer kalten Welt erdrückt schien – doch seine unvergängliche Wirklichkeit drängte sich mir mit überzeugender, mit unwiderstehlicher Macht auf! Ich sah sie in lebhaften Farben, als wären wir auf unserem Gang durch die hohen, stillen Räume, bei den tanzenden Glanzlichtern und den in unergründlichen, durchsichtigen Tiefen plötzlich auftauchenden menschlichen Gestalten mit flackernden Kerzen, der nackten Wahrheit nähergekommen, die, wie die Schönheit selbst, rätselhaft, trügerisch, von Wellen überschäumt, in den stillen Wassern des Geheimnisses treibt. „Vielleicht ist er“, gab ich mit einem leichten Lachen zu, dessen unvermutet lauter Schall mich sofort die Stimme dämpfen ließ; „aber ich bin sicher, daß Sie sind.“ Er schritt weiter mit hochgehaltenem Licht und auf die Brust gesenktem Kopf. „Nun ja – ich bin auch“, sagte er.

Er ging mir voran. Meine Augen folgten seinen Bewegungen, aber ich sah nicht das Haupt der Firma, den willkommenen Gast bei Nachmittagsempfängen, den Korrespondenten gelehrter Gesellschaften und Gastfreund wandernder Naturforscher; ich sah nur die Wesenhaftigkeit seines Schicksals, dem er mit nie wankenden Schritten zu folgen verstanden hatte, dieses in bescheidener Umgebung begonnene Leben, das reich war an großherziger Begeisterung, an Freundschaft, Liebe, Krieg – an all dem überschwenglichen Beiwerk der Romantik. An der Tür meines Zimmers sah er mir ins Gesicht. „Ja“, sagte ich, als führe ich in einem Gespräch fort, „und unter anderm träumten Sie törichterweise von einem gewissen Schmetterling; aber als Ihnen eines Morgens Ihr Traum in den Weg kam, ließen Sie sich die glänzende Gelegenheit nicht entgehen. Nicht wahr? Während er...“ Stein erhob die Hand. „Und wissen Sie denn, wie viele Gelegenheiten ich mir entgehen, wie viele Träume ich fahren ließ, die mir begegnet waren?“ Er schüttelte bedauernd den Kopf. „Mir scheint, daß manche davon sehr schön gewesen wären – wenn ich sie verwirklicht hätte. Wissen Sie, wie viele? Vielleicht weiß ich es selbst nicht.“ – „Ob nun seine Träume schön waren oder nicht“, sagte ich, „er weiß von einem, den er bestimmt nicht greifen konnte.“ – „Jedermann weiß von einem oder mehreren solchen“, erwiderte Stein;

„und das ist der Kummer – der große Kummer. Er gab mir auf der Schwelle die Hand und warf unter seinem erhobenen Arm einen Blick in mein Zimmer. „Schlafen Sie wohl. Und morgen müssen wir etwas Zweckmäßiges – etwas Zweckmäßiges tun…“

Obwohl sein eigenes Zimmer neben dem meinen lag, sah ich ihn den Weg zurückgehen, den wir gekommen waren. Er ging noch einmal zu seinen Schmetterlingen.

Einundzwanzigstes Kapitel

Ich glaube nicht, daß einer von euch schon einmal von Patusan gehört hat, fing Marlow nach einer Pause wieder an, die er damit verbracht hatte, sich langsam eine Zigarre anzuzünden. Es tut nichts; es gibt manch einen Himmelskörper im nächtlichen Sternenschwarm, von dem die Menschheit niemals gehört hat, da er außerhalb ihres Wirkungsfeldes liegt und höchstens für Astronomen Bedeutung hat, die dafür bezahlt werden, daß sie in ihrer Gelehrtensprache über seine Zusammensetzung und sein Gewicht – die Unregelmäßigkeiten seiner Aufführung und die Abweichungen seines Lichtes reden – kurzum, eine Art wissenschaftlichen Klatsches zusammentragen. So ist es mit Patusan. Man spielte darauf in den höheren Regierungskreisen von Batavia wissend an, besonders auf seine Unregelmäßigkeiten und Abweichungen, und wenigen, sehr wenigen in der Handelswelt war es dem Namen nach bekannt. Niemand aber war dort gewesen, und ich glaube auch, daß niemand den Wunsch hatte, persönlich hinzugehen, ebenso wie ein Astronom sich weigern würde, auf einen fernen Himmelskörper versetzt zu werden, wo er seinen irdischen Bezügen entrückt wäre und sich einem gänzlich unvertrauten Firmament gegenüber sähe. Doch haben weder Himmelskörper noch Astronomen etwas mit Patusan zu tun. Jim war es, der hinging. Ich wollte euch nur zu verstehen geben, daß, wenn Stein es durchgesetzt hätte, ihn auf einem Stern fünfter Größe unterzubringen, die Veränderung nicht größer hätte sein können. Er ließ einen irdischen Mißerfolg und den gewissen Ruf, den er hatte, hinter sich, und seiner Einbildungskraft eröffnete sich eine gänzlich neue Summe von Bedingungen, an denen sie sich erproben konnte. Gänzlich neu, ganz und gar merkwürdig. Und er bemächtigte sich ihrer in einer merkwürdigen Weise.

Stein war der Mann, der mehr von Patusan wußte als irgendwer sonst. Mehr als man in den Regierungskreisen wußte, vermute ich. Ich bezweifle nicht, daß er dort gewesen war, entweder in der Zeit seiner Schmetterlingsjagden oder später, als er in seiner unverbesserlichen Art versuchte, die fetten Gerichte seiner kaufmännischen Küche mit einem Schuß Romantik zu würzen. Es gab nur sehr wenige Plätze im Archipel, die er nicht in ihrem ursprünglichen Dämmerzustand gesehen hatte, bevor ihnen das Licht (auch das elektrische) um ihrer besseren Moralität und – und – nun – um des größeren Profits willen gebracht worden war. Es war beim Frühstück, an dem Morgen, der unserer Unterredung wegen Jim folgte, daß er den Ort nannte, nachdem ich des armen Brierly Bemerkung erwähnt hatte: „Lassen Sie ihn zwanzig Fuß unter die Erde kriechen und dort bleiben." Er sah mich mit gespannter Aufmerksamkeit an, wie ein seltenes Insekt. „Auch das könnte gemacht werden", sagte er, während er seinen Kaffee schlürfte. – „Ihn gewissermaßen begraben", erläuterte ich. „Man tut es nicht gerne, natürlich, aber in Anbetracht dessen, was er ist, wäre es das beste." – „Ja, er ist jung", überlegte Stein. – „Das jüngste Menschenkind, das jetzt lebt", bekräftigte ich. – „Schön. Da gibt es Patusan", fuhr er im selben Tone fort,... „und die Frau ist jetzt tot", fügte er unverständlich hinzu.

Ich kenne natürlich diese Geschichte nicht; ich kann nur erraten, daß Patusan schon einmal zuvor als ein Grab für Sünde, Vergehen oder Mißgeschick gedient hatte. Es ist unmöglich, Stein zu verdächtigen. Die einzige Frau, die es je für ihn gegeben hat, war das Malaienmädchen, das er „mein Weib, die Prinzessin", oder seltener, in mitteilsamer Stimmung, „die Mutter meiner Emma" nannte. Wer die Frau war, die er in Verbindung mit Patusan erwähnt hatte, kann ich nicht sagen; aber aus seinen Andeutungen entnehme ich, daß sie ein wohlerzogenes und sehr hübsches holländisch-malaiisches Mädchen mit einer tragischen oder vielleicht nur bedauernswerten Geschichte war, deren schmerzlichsten Teil zweifellos ihre Verheiratung mit einem malakkischen Portugiesen bildete, dem Buchhalter in irgendeinem Handelshause der holländischen Kolonien. Ich schloß aus Steins Mitteilungen, daß dieser Mann in mehr als einer Beziehung durchaus unzulänglich und von unberechenbarer und schroffer Gemütsart war. Einzig und allein seiner Frau wegen hatte Stein ihn zum Leiter der Niederlassung von Stein & Co. in Patusan ernannt; aber kaufmännisch war diese Abmachung für die Firma in keiner Weise günstig, und nun, da die Frau gestorben, war Stein willens, es dort mit einem andern Agenten zu versuchen. Der Portugiese, Cornelius mit Namen, betrachtete sich als höchst verdienstvollen Mann, dem schlecht mitgespielt worden war und den seine Fähigkeiten zu einer besseren Stellung berechtigten. Diesen Mann nun sollte Jim ablösen! „Aber ich glaube nicht, daß er dort weggehen wird", fuhr Stein fort. „Das geht mich nichts an. Nur um der Frau willen habe ich... Aber da ich glaube, daß eine Tochter da ist, werde ich ihm, wenn er bleiben will, das alte Haus lassen."

Patusan ist ein entfernter Bezirk eines Eingeborenenstaates, und die Hauptansiedlung trägt den gleichen Namen. An einem Knie des Flusses, etwa vierzig Meilen vom Meer entfernt, wo die ersten Häuser in Sicht kommen, tauchen über der Waldkante zwei steile, dicht nebeneinanderstehende Berge auf, wie durch einen tiefen Riß getrennt, als hätte ein mächtiger Streich sie auseinandergespalten. Tatsächlich ist das Tal dazwischen nichts als eine enge Schlucht; von der Ansiedlung aus scheint das Ganze ein unregelmäßig kegelförmiger Berg, der gespalten ist und dessen beide Hälften leicht auseinanderklaffen. Drei Tage nachdem er sich voll gerundet hatte, stieg der Mond, von dem freien Platz vor Jims Hause aus gesehen (er hatte, als ich ihn besuchte, ein sehr schönes Haus im Eingeborenenstil), dicht hinter diesen Bergen empor, so daß die beiden Massen sich zunächst in tiefem Schwarz vor dem noch verschwommenen Licht abhoben; dann tauchte die beinahe vollkommen runde Scheibe, rötlich erglühend, zwischen den Rändern der Kluft hervor, bis sie über die Gipfel wegglitt, in leisem Triumph gleichsam, als entstiege sie einem klaffenden Grabe. „Wundervolles Schauspiel", sagte Jim an meiner Seite. „Sehenswert. Nicht?"

Und diese Frage wurde mit einem Unterton persönlichen Stolzes vorgebracht, über den ich lächeln mußte; als hätte er bei dem einzigartigen Vorgang die Hand im Spiele gehabt. Er hatte bei so vielem in Patusan die Hand im Spiele gehabt! Bei Dingen, die seinem Einfluß gleich weit entrückt scheinen konnten, wie der Lauf des Mondes und der Sterne.

Es war unbegreiflich. Das war die kennzeichnende Eigenart der Rolle, in die Stein und ich ihn unwissentlich hineingedrängt hatten, ohne andere Absicht, als ihn aus dem Wege zu räumen; sich selbst aus dem Wege zu räumen, wohlverstanden. Dies war unser Hauptzweck, obwohl mich, wie ich gestehe, noch ein anderer Beweggrund etwas beeinflußt haben mag. Ich war im Begriff, für einige Zeit in die Heimat zurückzukehren, und es kann sein, daß ich mehr, als mir selber bewußt war, wünschte, ihn, bevor ich fortging, unterzubringenihr versteht, was ich meineunterzubringen. Ich kehrte heim, und von ebendorther war er zu mir gekommen, mit seinem ganzen Elend und seiner leisen Forderung, wie ein Mensch, der unter einer Last durch den Nebel keucht. Ich kann nicht sagen, daß ich ihn jemals klar erkannt hättebis zum heutigen Tage nicht, nachdem ich ihn ein letztes Mal mit Augen gesehen habe; aber mir schien es, als wäre ich ihm, je weniger ich ihn verstand, desto stärker verbunden, kraft jenes Zweifels, der untrennbar ist von unserem Wissen. Wußte ich doch über mich selbst auch nicht recht viel mehr. Und dann, ich wiederhole es, ich kehrte in die Heimat zurückjene Heimat, die so fern war, daß all ihre Herde zu einem einzigen Herde wurden, an dem zu sitzen der ärmste von uns ein Recht hat. Wir wandern zu Tausenden über die Erde, die Ruhmreichen und die Ungenannten, und erringen uns jenseits der Meere unsern Namen, unser Geld oder auch nur eine Brotkruste ; aber es scheint mir, daß heimkehren für jeden von uns das gleiche sein muß wie Rechenschaft ablegen. Wir kommen zurück, um unsern Vorgesetzten, unsern Anverwandten, unsern Freunden vor Augen zu tretenden Menschen, denen wir Gehorsam schulden, und denen, die wir lieben; aber selbst die, die nichts von alledem besitzen, die Freiesten, Einsamsten, Verantwortungslosesten und Ungebundenstenselbst die, für die die Heimat kein teueres Antlitz, keine vertraute Stimme birgtselbst sie müssen dem Geist begegnen, der im Lande, unter seinem Himmel, in seiner Luft, seinen Tälern und auf seinen Hügeln, in seinen Auen, Flüssen und Wäldern wohntein stummer Freund, Richter und Schutzgeist. Sagt, was ihr wollt: um die Freuden der Heimat zu genießen, ihren Frieden zu atmen, ihrer Wahrheit die Stirne zu bieten, muß man mit reinem Gewissen wiederkehren. All dies mag euch als Gefühlsduselei erscheinen; und in der Tat haben nur wenige von uns den Willen oder die Fähigkeit, bewußt unter die Oberfläche vertrauter Gefühle zu blicken. Da sind die Mädchen, die wir lieben, die Männer, zu denen wir emporblicken, die Zärtlichkeiten, die Freundschaften, die Gelegenheiten, die Vergnügungen. Aber die Tatsache bleibt bestehen, daß man seinen Lohn mit reinen Händen in Empfang nehmen muß; damit er sich nicht unter unserer Berührung in totes Laub und Dornen verwandle. Ich glaube, daß die Alleinstehenden, die keinen Herd und keine Liebe ihr eigen nennen, die nicht zu einer Wohnstätte, sondern zu dem Lande selbst zurückkehren, um seinem körperlosen, ewigen, unwandelbaren Geist zu begegnendaß die am besten seine Strenge, seine rettende Kraft, die Gnade seines jahrhundertalten Anrechts auf unsere Treue und unsern Gehorsam verstehen. Ja! Wenige von uns verstehen, aber wir alle fühlen es, und ich sage: alle, ohne Ausnahme, denn die es nicht fühlen, kommen nicht in Betracht. Jeder Grashalm hat seinen Fleck Erde, aus dem er sein Leben und seine Kraft zieht; und so wurzelt der Mensch in dem Lande, aus dem er mit seinem Leben zugleich seinen Glauben gesogen hat. Ich weiß nicht, wieviel Jim davon verstand; aber ich weiß, er fühlte, fühlte unklar, doch mächtig die Forderung solcher Wahrheit oder solcher Illusiongleichviel, wie ihr es nennt, es ist solch kleiner Unterschied, und der Unterschied bedeutet so wenig. Das Wesentliche ist, daß er, kraft seines Gefühls, die Bedeutung erkannte. Er würde nun nie mehr heimkehren. Er nicht. Niemals. Wäre er überschwenglicher Kundgebungen fähig gewesen, er würde bei dem Gedanken geschaudert haben und hätte einen schaudern machen. Doch war er nicht von der Art, obwohl er auf seine Weise Ausdrucksfähigkeit genug besaß. Vor der Idee des Heimkehrens nahm er eine verzweifelt steife und unbewegliche Haltung an, ließ das Kinn hängen und warf die Lippen auf, während seine treuherzigen blauen Augen unter gerunzelter Stirne finster dreinstarrten, wie vor etwas Unerträglichem, etwas Unerhörtem. Es steckte Phantasie in seinem harten Schädel, dem das dichte krause Haar wie eine Kappe anlag. Was mich angeht, so habe ich keine Phantasie (ich wäre sonst heute mehr über ihn im klaren) und will nicht behaupten, daß ich mir den Geist des Landes vorstellte, der sich über den weißen Klippen von Dover erheben und michder ich, sozusagen, mit ganzen Gliedern wieder heimkehrtefragen würde, was ich mit meinem jungen Bruder getan hätte. Vor dem Irrtum war ich geschützt. Ich wußte wohl, daß er keiner von denen war, nach denen gefragt wird; ich hatte schon bessere Männer als ihn weggehn, verschwinden, ganz und gar untertauchen sehen, ohne daß ein Laut der Neugier oder des Bedauerns um sie zu vernehmen gewesen wäre. Der Geist des Landes ist, wie es dem Herrn großer Unternehmungen zukommt, achtlos gegen zahllose Menschenleben. Wehe den Nachzüglern! Wir leben in gewisser Hinsicht nur, solange wir zusammenhalten. Er war zurückgeblieben, hatte nicht Schritt gehalten; aber er war sich dessen mit einer Glut bewußt, die ihn rührend erscheinen ließ, so wie das angespanntere Leben eines Menschen seinen Tod rührender macht als den eines Baumes. Ich war zufällig zur Hand und war zufällig der, den es rührte. Weiter nichts. Es beschäftigte mich, wie er sich aus der Klemme ziehen würde. Es wäre mir nahegegangen, wenn er sich beispielsweise dem Trunk ergeben hätte. Die Welt ist so klein, daß mir davor bange war, eines Tags von einem triefäugigen, aufgedunsenen, schmutzigen Landstreicher, ohne Sohlen an den Segeltuchschuhen und mit zerfetzten Ärmeln, auf Grund einer alten Bekanntschaft um ein Darlehen von fünf Dollar angegangen zu werden. Wer kennt nicht diese Vogelscheuchen, die aus einer anständigen Vergangenheit herkommen, mit ihrer aufreizenden Lustigkeit, der sorglosen, heiseren Stimme, dem schiefen, frechen Blickdiese Begegnungen, die für einen Mann, der an die Verbundenheit der Menschheit glaubt, schwerer zu ertragen sind als für einen Priester der Anblick eines unbußfertigen Sterbenden? Dies, um euch die Wahrheit zu sagen, war die einzige Gefahr, die ich für ihn und für mich sehen konnte; doch mißtraute ich auch meinem Mangel an Phantasie. Es konnte noch zu Schlimmerem kommen, das vorauszusehen meine Einbildungskraft überstieg. Ich konnte nicht vergessen, wie phantastisch er war, und diese Phantasten schwaien ja nach jeder Richtung hin weiter, als lägen sie auf dem unsicheren Ankergrund des Lebens vor einem längeren Ankertau. Das ist wirklich so. Auch ergeben sie sich dem Trunk. Mag sein, daß ich ihn durch solche Befürchtung verkleinerte; wie sollte ich das wissen? Selbst Stein konnte nicht mehr sagen, als daß er romantisch war. Ich wußte nur, daß er einer von uns war. Und welches Recht hatte er überhaupt, romantisch zu sein? Ich erzähle euch soviel von meinen eigenen unklaren Gefühlen und tiefsinnigen Grübeleien, weil im Grunde so wenig über ihn zu sagen bleibt. Er war lebendig für mich und ist es für euch ja schließlich auch nur durch mich. Ich habe ihn an der Hand hergeführt; ich habe ihn vor euch hingestellt. Waren meine platten Ängste ungerecht? Ich kann es nicht sagenselbst jetzt noch nicht. Vielleicht wißt ihr es besser, denn es heißt, daß die Zuschauer am meisten vom Spiel sehen. In jedem Fall waren die Befürchtungen überflüssig; er geriet nicht auf Abwege; im Gegenteil, er kam in die Höhe, und zwar kerzengerade und in einer vortrefflichen Haltung, die bewies, daß er ebensogut Steher wie Flieger war. Ich sollte eigentlich entzückt sein, denn es ist ein Sieg, an dem ich meinen Anteil habe; aber ich freue mich nicht so sehr, wie ich gedacht hätte. Ich frage mich, ob sein Anlauf ihn wirklich aus jenem Nebel emporgetragen hat, aus dem er mit schwankenden Umrissen, mitleidswert, wenn auch nicht allzu bedeutend, hervorragteein Nachzügler mit unstillbarer Sehnsucht nach seinem bescheidenen Platz in den Reihen. Und überdies, das letzte Wort ist noch nicht gesagtwird vermutlich niemals gesagt werden. Ist unser Leben nicht zu kurz für jene erschöpfende Äußerung, nach der während all unseres Gestammels unser einziges, bleibendes Trachten geht? Ich habe es aufgegeben, nach jenen letzten Worten zu suchen, deren Schall, wenn sie nur ausgesprochen werden könnten, Himmel und Erde ins Wanken brächte. Die Zeit reicht niemals aus, daß wir unser letztes Wort sagen könntendas letzte Wort unserer Liebe, unseres Glaubens, unserer Reue, Demut, Empörung. Himmel und Erde sollen nicht erschüttert werdenwenigstens nicht durch uns, die wir von beiden so viele Wahrheiten wissen. Meine letzten Worte über Jim sollen nur wenige sein. Ich bekenne, daß er es zu Großem gebracht hat; aber beim Erzählen oder vielmehr beim Hören würde die Sache an Gewicht verlieren. Offen gesagt, ich mißtraue nicht meinen Worten, sondern euren Sinnen. Ich könnte beredt sein, fürchtete ich nicht, daß ihr eure Einbildungskraft ausgehungert habt, um eure Leiber zu mästen. Ich will euch nicht zu nah kommen; es ist wohlanständig, keine Illusion zu habenund sicher und einträglichund stumpfsinnig. Doch auch ihr müßt in eurer Zeit die Spannungen des Lebens gekannt haben, jenen plötzlich aufleuchtenden Zauber in dem Wust von Nichtigkeiten, so erstaunlich wie das Sprühen der Funken, die man aus kaltem Stein schlägt,und ach! nicht weniger rasch verflogen.

Zweiundzwanzigstes Kapitel

Die Eroberung von Liebe, Ehre, Vertrauen – der Stolz und die Macht, die sie gibt, sind ein passender Vorwurf für eine Heldengeschichte; doch es ist die Auswirkung solcher Erfolge, die unsere Gemüter bewegt, und Jims Erfolge hatten keine. Dreißig Meilen Wald schlossen sie von den Augen einer gleichgültigen Welt ab, und der Lärm der weißen Brandung längs der Küste übertönte die Stimme des Ruhms. Der Strom der Zivilisation teilt sich gleichsam an einer Landzunge, hundert Meilen nördlich, zweigt sich nach Osten und Südosten ab und läßt die Täler und Ebenen, die Bäume und das alte Menschengeschlecht von Patusan vernachlässigt und einsam zurück, als ein unbedeutendes, zerbröckeltes Inselchen zwischen den beiden Armen eines mächtigen, reißenden Stromes. Man findet den Namen des Landes ziemlich oft in alten Reisebüchern. Die Kaufleute des siebzehnten Jahrhunderts holten sich dort Pfeffer, denn die Leidenschaft für Pfeffer schien in den Herzen der holländischen und englischen Abenteurer um die Zeit Jakobs des Ersten wie eine Liebesflamme zu brennen. Wo wären sie nicht nach Pfeffer hingegangen! Um einen Sack Pfeffer schnitten sie einander ohne Zögern die Gurgeln durch und schwuren ihre Seelen ab, die sie sonst so sorglich hüteten. Die tolle Hartnäckigkeit dieser Sehnsucht ließ sie dem Tode in tausendfacher Gestalt trotzen; den unbekannten Meeren, den ekelerregenden, seltsamen Krankheiten, Wunden, Gefangenschaft, Hunger, Pest und Verzweiflung. Sie machte sie groß! Beim Himmel! Sie machte sie zu Helden; ja, sie wuchsen in ihrem Kampf mit dem unbeugsamen Tode, der alt und jung seinen Tribut auferlegte, zu fast tragischer Größe an. Es scheint unglaublich, daß bloße Habgier den Menschen zu solchem Zielbewußtsein, zu so blinder, keine Mühe und kein Opfer scheuenden Beharrlichkeit befähigen könne. Und wirklich setzten ja die Leute, die so Leib und Leben wagten, alles, was sie hatten, um kümmerlichen Lohn aufs Spiel. Sie ließen ihre Gebeine an fernen Küsten bleichen, damit den Lebenden in der Heimat Reichtum zuflösse. Uns, ihren minder erprobten Nachfolgern, erscheinen sie groß, nicht als Handelsleute, sondern als die Werkzeuge eines in der Geschichte waltenden Schicksals, die, einer inneren Stimme, einem Trieb ihres Blutes, einem Zukunftstraum gehorchend, in unbekannte Fernen vordrangen. Sie waren wunderbar, und man muß zugeben, sie waren bereit für das Wunderbare. Sie erkannten es an in ihren Leiden, beim Anblick der Meere, in den Sitten fremdartiger Völkerschaften, dem Ruhm mächtiger Herrscher. In Patusan hatten sie Pfeffer in großen Mengen gefunden und hatten von der Pracht und der Weisheit des Sultans einen großen Eindruck empfangen; doch, man weiß nicht wie, nach einem Jahrhundert wechselvoller Beziehungen gerät das Land allmählich aus dem Verkehr. Vielleicht war der Pfeffer versiegt. Wie dem auch sei, heute kümmert sich niemand darum; der Ruhm ist geschwunden, der Sultan ist ein blödsinniger Knabe mit zwei Daumen an der linken Hand und einem unsicheren, bettelhaften Einkommen, das er einer elenden Bevölkerung herauspreßt und sich von seinen vielen Onkeln stehlen läßt.

All dies weiß ich natürlich von Stein. Er nannte mir ihre Namen und gab mir einen knappen Umriß vom Leben und Charakter eines jeden. Er war gesteckt voll mit Wissen über die Eingeborenenstaaten wie ein amtlicher Bericht, nur bei weitem unterhaltender. Er mußte alles wissen. Er trieb in so vielen Distrikten Handel, und in manchen, wie beispielsweise in Patusan, war seinem Hause allein von den holländischen Behörden durch besondere Erlaubnis eine Niederlassung gestattet worden. Die Regierung vertraute seiner Besonnenheit, und es verstand sich von selbst, daß er das ganze Risiko übernahm. Seine Angestellten verstanden das auch, aber es lohnte sich anscheinend auch für sie der Mühe. Er redete am Morgen beim Frühstück durchaus offen mit mir. Soviel er wußte (die letzten Nachrichten waren, wie er genau feststellte, dreizehn Monate alt), war äußerste Unsicherheit des Lebens und Eigentums an der Tagesordnung. Es gab widerstreitende Gewalten in Patusan, und eine von ihnen war Rajah Allang, der schlimmste von des Sultans Onkeln, der Beherrscher des Flusses, der das Aussaugen und das Stehlen besorgte und die eingeborenen Malaien, die, völlig schutzlos, sich nicht einmal durch Auswandern retten konnten – „denn in der Tat“, bemerkte Stein, „wohin könnten sie gehen und wie sollten sie fortkommen?“ – bis zur völligen Ausrottung bedrückte. Die Welt (die von hohen, unzugänglichen Bergen umgeben ist) war dem Hochgeborenen zur

Herrschaft übergeben worden, und diesen Rajah kannten sie: er war aus ihrem eigenen Königshause. Ich hatte späterhin das Vergnügen, diesen Herrn kennenzulernen. Es war ein schmutziger, kleiner, aufgebrachter alter Mann mit bösen Augen und einem schwachen Mund, der alle zwei Stunden eine Opiumpille schluckte, der allgemeinen Sitte zum Trotz keine Kopfbedeckung trug und sich das Haar in wilden Strähnen um sein vertrocknetes, finsteres Gesicht hängen ließ. Wenn er Audienz erteilte, pflegte er auf ein bühnenartiges Gestell in einer Halle zu klettern, die mit ihrem Bambusfußboden und dem durch dessen Ritzen sichtbaren zwölf bis fünfzehn Fuß tiefen Haufen von Unrat und Abfall darunter wie eine verfallene Scheune aussah. Dort und in dieser Weise empfing er uns, als ich ihm, von Jim begleitet, einen zeremoniellen Besuch abstattete. Es befanden sich etwa vierzig Leute in dem Raum und vielleicht dreimal soviel unten in dem großen Hofe. Es war eine ständige Bewegung, ein Kommen und Gehen, Stoßen und Raunen in unserem Rücken. Ein paar Jünglinge in bunten Seidengewändern leuchteten aus der Ferne her; die meisten, Sklaven und niedere Vasallen, waren halbnackt, in zerlumpten, mit Asche und Schmutzflecken bedeckten Sarongs. Ich hatte Jim niemals so undurchdringlich ernst, so selbstbeherrscht und hoheitsvoll gesehen. Inmitten dieser dunkelfarbigen Männer schien seine kräftige, weißgekleidete Gestalt mit dem blonden, welligen Haar allen Sonnenschein auf sich zu sammeln, der sich durch die Spalten in den geschlossenen Läden der Halle, mit ihren Mattenwänden und ihrem Strohdach, hindurchzwängte. Er erschien wie ein Geschöpf nicht nur von einer andern Art, sondern von einer andern Wesenheit. Hätten sie ihn nicht in einem Kanoe ankommen sehen, so hätten sie wohl glauben können, er sei von den Wolken zu ihnen herabgestiegen. Er war aber in einem wackeligen Einbaum gekommen, auf einem Blechkoffer, den ich ihm geliehen hatte, sitzend (mit geschlossenen Knien und ganz still, damit das Ding nicht umkippte) – auf seinem Schoß einen Revolver, Marinemodell – den ich ihm beim Abschied geschenkt – den er aber infolge göttlicher Vorsehung oder aus irgendeiner verkehrten Annahme, die ihm ganz ähnlich sah, oder endlich aus unbewußter Klugheit ungeladen mit sich herumzutragen beschlossen hatte. So fuhr Jim den Patusanfluß hinauf. Nichts hätte nüchterner und unsicherer sein, nichts in höherem Grade den Eindruck des Zufälligen, der Verlassenheit machen können. Seltsames Verhängnis, das allen seinen Handlungen das Ansehen einer Flucht gab, einer kopflosen Desertion – eines Sprungs ins Unbekannte.

Gerade das Zufällige daran fällt mir am meisten auf. Weder Stein noch ich hatten einen klaren Begriff von dem, was auf der andern Seite sein mochte, als wir ihn, bildlich gesprochen, auf die Achsel nahmen und ohne viel Umstände über die Mauer hoben. Ich wollte damit einfach nur sein Verschwinden bewerkstelligen. Stein hatte, was recht bezeichnend für ihn war, einen sentimentalen Beweggrund. Er gedachte, die alte Schuld, die er niemals vergessen hatte (mit gleicher Münze, nehme ich an) abzutragen. In der Tat war er sein ganzes Leben hindurch zu jedermann, der von den Britischen Inseln herkam, außerordentlich freundlich gewesen. Sein ehemaliger Wohltäter war allerdings Schotte – sogar in dem Maße, daß er sich Alexander Mc'Neil nannte – , und Jims Heimat lag weit südlich vom Tweed; aber in einer Entfernung von sechs- oder siebentausend Meilen erscheint Großbritannien, wenn auch nicht verkleinert, so doch verkürzt genug, um solche Einzelheiten geringfügig zu machen. Stein war zu entschuldigen, und seine angedeuteten Absichten waren so großmütig, daß ich ihn ernsthaft bat, sie vorläufig noch geheimzuhalten. Ich fühlte, daß keine Erwägung persönlichen Vorteils Jim beeinflussen, daß man es auf solche Beeinflussung gar nicht erst ankommen lassen durfte. Wir hatten mit einer andern Art Wirklichkeit fertig zu werden. Er brauchte eine Zuflucht, und eine Zuflucht um den Preis der Gefahr sollte ihm geboten werden – nichts mehr.

Über jeden andern Punkt war ich vollkommen offen mit ihm, und ich übertrieb sogar (wie ich damals meinte) die Gefahr des Unternehmens. In Wirklichkeit wurde ich ihr nicht gerecht; sein erster Tag in Patusan war beinahe sein letzter – wäre sein letzter gewesen, wenn er nicht so sorglos oder so hart gegen sich gewesen wäre und sich herbeigelassen hätte, den Revolver zu laden. Ich erinnere mich, wie seine störrische, aber müde Resignation allmählich der Überraschung, der Anteilnahme, dem Staunen und der knabenhaften Begierde wich, als ich ihm unseren kostbaren Plan für seine Weltflucht auseinandersetzte. Dies war die Gelegenheit, von der er geträumt hatte. Er konnte nicht begreifen, wie er es verdiente, daß ich... Er wollte gehängt sein, wenn er einsehen könnte, welchem Umstand er es verdankte... und es war Stein, Stein, der Kaufmann, der... doch, natürlich mir hätte er das zu... Ich fiel ihm ins Wort. Er schien wirr im Kopf, und seine Dankbarkeit verursachte mir unerklärliche Qual. Ich sagte ihm, wenn er diese Gelegenheit irgend jemand im besondern verdanke, so einem alten Schotten, von dem er nie gehört habe, der längst tot und von dem kaum mehr in Erinnerung geblieben sei als eine schreiende Stimme und eine rauhe Biederkeit. Er habe wirklich niemand zu danken. Stein lasse einem jungen Mann die Hilfe zukommen, die ihm selbst in seinen jungen Tagen zuteil geworden war, und ich hätte nichts weiter getan, als seinen Namen erwähnt. Bei diesen Worten errötete er und sagte schüchtern, indem er ein Stückchen Papier zwischen den Fingern hin und her drehte, ich hätte ihm stets Vertrauen gezeigt.

Ich gab zu, daß dies der Fall war, und fügte nach einer Pause hinzu, daß ich gewünscht hätte, er wäre immer meinem Beispiel gefolgt. „Sie meinen, ich tue es nicht?" fragte er ängstlich und murmelte in sich hinein, daß man, um das zu zeigen, erst eine Gelegenheit haben müsse; dann aber erhellte sich sein Gesicht, und er beteuerte, daß er mir niemals Veranlassung geben würde, mein Vertrauen zu bereuen, das – das...

„Mißverstehen Sie nicht", unterbrach ich ihn. „Es liegt nicht bei Ihnen, mich irgend etwas bereuen zu lassen." Ich würde keine Reue fühlen; wenn aber, so würde es einzig und allein meine Sache sein; andrerseits wollte ich ihm klar zu verstehen geben, daß dieses Abkommen, dieses – dieses – Experiment seine eigene Sache sei; er sei dafür verantwortlich, und niemand sonst. „Wieso? Wieso?" stammelte er. „Dies ist ja gerade das, was ich..." Ich bat ihn, nicht begriffsstutzig zu sein, und er sah ratloser aus als je. Er sei auf dem besten Wege, sich das Leben unerträglich zu machen... „Meinen Sie?" fragte er erschrocken; aber gleich darauf fügte er vertrauensvoll hinzu: „Ich fing doch schon an, es zu etwas zu bringen. Oder nicht?" Es war unmöglich, ihm böse zu sein: ich konnte mich eines Lächelns nicht erwehren und sagte ihm, daß, wer in früheren Zeiten es auf diese Weise zu etwas gebracht, damit geendet habe, ein Einsiedler in der Wildnis zu werden. – „Hol' der Teufel die Einsiedler!" erklärte er mit erfreulicher Offenheit. Natürlich habe er nichts gegen die Wildnis einzuwenden... Das freue mich, sagte ich. Denn ebenda würde er hinkommen. Doch würde er Leben genug dort finden, das glaube ich ihm versprechen zu können. „Ja, ja", sagte er eifrig. Er habe den Wunsch gezeigt, fuhr ich unbeugsam fort, wegzugehen und die Tür hinter sich zu schließen... „So?" unterbrach er mich mit einer Anwandlung von Düsterkeit, die ihn von Kopf bis zu Fuß wie der Schatten einer vorüberziehenden Wolke einhüllte. Er war doch wirklich wundervoll ausdrucksfähig. Wundervoll! „So?" wiederholte er bitter. „Sie können doch nicht sagen, daß ich viel Aufhebens gemacht habe. Und ich will es auch durchhalten – bloß, zum Donnerwetter! zeigen Sie mir eine Tür!" – „Ganz recht. Gehen Sie!" fiel ich ein. Ich könne ihm das feierliche Versprechen geben, daß sie sich hinter ihm unerbittlich schließen würde. Sein Schicksal, welches es auch sei, würde im Dunkel bleiben, weil das Land, trotz seiner Verkommenheit, zu einer Einmischung noch nicht reif sei.

Sobald er einmal darin sei, werde es für die Außenwelt sein, als hätte er niemals gelebt. Er würde nichts haben als die Sohlen seiner beiden Füße, um darauf zu stehen, und würde sich selbst den Boden hierzu erst erobern müssen. „Als hätte ich nie gelebt – das ist das Richtige, bei Gott", murmelte er vor sich hin. Seine Augen, die an meinen Lippen hingen, funkelten. Wenn er die Bedingungen völlig begriffen hätte, schloß ich, so täte er gut daran, in den erstbesten Wagen zu springen und zu Stein zu fahren, um sich endgültige Weisungen zu holen. Er stürzte aus dem Zimmer, bevor ich meinen Satz ganz beendet hatte.

Dreiundzwanzigstes Kapitel

Er kam erst am nächsten Morgen wieder. Er war zum Abendessen und über Nacht dortbehalten worden. Es hatte noch nie einen so wundervollen Menschen gegeben wie Herrn Stein. Jim hatte einen Brief an Cornelius in der Tasche („an den Burschen, der den Laufpaß bekommen soll", erklärte er mit vorübergehender Dämpfung seines Überschwangs) und zeigte stolz einen silbernen Ring, wie ihn die Eingeborenen tragen, der vom Gebrauch schon sehr dünn geworden war und nur noch schwache Spuren von Ziselierung aufwies. Dieser sollte ihm zur Einführung bei einem alten Mann namens Doramin dienen – einem der wichtigsten Männer dort draußen – einem großen Tier –, der Herrn Steins Freund in dem Lande gewesen war, wo er all die Abenteuer gehabt hatte. Herr Stein nannte ihn „Kriegskamerad". Kriegskamerad war gut. Nicht wahr? Und sprach Herr Stein nicht ausgezeichnet Englisch? Er hatte gesagt, er habe es in Celebes so gut gelernt – gerade dort! Furchtbar komisch! Nicht? Er sprach es mit einem Akzent – etwas schnarrend – ob ich das bemerkt hätte? Der alte Doramin habe ihm den Ring gegeben. Sie hätten Geschenke gewechselt, als sie zum letztenmal Abschied nahmen. Etwas wie ein Versprechen ewiger Freundschaft. Doch fein – nicht? Mußten ums liebe Leben aus dem Lande ausreißen, nachdem der Mohammed – Mohammed – wie hieß er doch – ermordet worden war. Ich kannte die Geschichte ja wohl. Doch unerhört, nicht?...

So ging es in einem Atem fort. Messer und Gabel in der Hand, die Backen leicht gerötet und die Augen um einige Schatten dunkler, was bei ihm ein Zeichen von Erregung war, saß er da und vergaß zu essen. (Er hatte mich beim Frühstück angetroffen.) Der Ring war eine Art Beglaubigung für ihn. „So was, wie man es in Büchern liest“, warf er mit Kennermiene ein, und Doramin würde ihm sicher nach Kräften zur Seite stehn. Herr Stein hatte dem Alten bei einer Gelegenheit das Leben gerettet; nur durch Zufall, hatte Herr Stein gesagt, aber er – Jim – hatte darüber seine eigene Meinung. Herr Stein war gerade der Mann, es auf einen Zufall ankommen zu lassen. Gleichviel. Ob Zufall oder Absicht, jedenfalls würde es ihm sehr dienlich sein. Er hoffte nur, daß der gute alte Kerl nicht mittlerweile ins Gras gebissen habe. Herr Stein wußte es nicht. Er hatte seit über einem Jahr nichts von ihm gehört; es herrsche ein ewiger Krieg unter ihnen, und der Fluß sei gesperrt. Verteufelte Sache, das; aber keine Bange; er würde schon irgendwie durchrutschen.

Er machte mir mit seinem aufgeregten Geplauder einen fast beängstigenden Eindruck. Er war redselig wie ein Junge am Vorabend der großen Ferien, mit der Aussicht auf köstliche Streiche vor sich, und dieser Gemütszustand bei einem ausgewachsenen Mann und in diesem Zusammenhang hatte etwas Erstaunliches, das an Tollheit grenzte, etwas Unsicheres und Gefährliches. Ich war gerade im Begriff, ihn zu bitten, er solle die Dinge doch ernst nehmen, als er Messer und Gabel fallen ließ (er hatte zu essen oder vielmehr unbewußt etliche Bissen hinunterzuschlucken begonnen) und um seinen Teller herum zu suchen anfing. Der Ring! Der Ring! Wo zum Teufel... Ach! da war er... Er legte seine große Hand darauf und prüfte nacheinander alle seine Taschen. Himmel! Wäre kein Spaß, wenn er den verlöre. Er überlegte angestrengt, mit geschlossener Faust. Halt! Nun hatte er's. Er würde das verflixte Ding um den Hals hängen! Und er machte sich sofort daran, indem er zu dem Zweck eine Schnur hervorholte (die wie ein Schuhsenkel aussah). Da! So ging es! Es wäre doch verwünscht, wenn... Er schien nun zum erstenmal mein Gesicht zu sehen, und es tat seinem Redefluß ein wenig Einhalt. Ich könnte mir wahrscheinlich nicht vorstellen, sagte er mit kindlichem Ernst, welche Wichtigkeit er diesem Geschenk beilege. Es bedeute ihm einen Freund; und es sei etwas Gutes darum, einen Freund zu haben. Er wisse etwas davon. Er nickte mir bedeutsam zu, doch bevor ich ihm abwinkte, stützte er seinen Kopf in die Hand und saß eine Weile schweigend da, mit den Brotkrumen auf dem Tischtuch spielend... „Die Tür zuschlagen – das war sehr gut gesagt“, rief er aufspringend und fing an, im Zimmer auf und ab zu schreiten. Der ungestüme, ungleiche Schritt, der Bau der Schultern, die Haltung des Kopfes gemahnten mich wieder an jene Nacht, da er so, beichtend, erklärend – was ihr wollt – vor allem aber lebend – vor mir lebend unter seiner eigenen kleinen Bürde, mein Zimmer durchmessen hatte, mit all seiner unbewußten Schmiegsamkeit, die noch aus dem Quell der Kümmernis selbst Trost schöpfen konnte. Es war die gleiche Stimmung, die gleiche und doch eine andere, wie ein wankelmütiger Gefährte, der einen heute auf den rechten Weg und morgen mit denselben Augen, demselben Schritt und derselben Lebhaftigkeit hoffnungslos in die Irre führt. Sein Schritt war selbstbewußt, seine unsteten, verdunkelten Augen schienen nach etwas im Zimmer umherzuspähen. Einer seiner Tritte klang lauter als der andere – was wahrscheinlich an seinen Stiefeln lag – und erweckte den sonderbaren Eindruck einer unsichtbaren Hemmung in seinem Gang. Eine Hand steckte tief in der Hosentasche, die andre schwang er plötzlich über seinem Kopf. „Die Tür zuschlagen!" schrie er. „Ich habe darauf gewartet. Ich will noch zeigen... Ich will... Ich bin zu allem bereit... Ich habe davon geträumt ... Himmel! Heraus aus all dem hier... Himmel! Das ist doch endlich Glück. Warten Sie nur... Ich will..."

Er schüttelte trotzig den Kopf, und ich gestehe, daß ich, zum ersten- und letztenmal während unserer Bekanntschaft, unversehens gewahr wurde, daß ich ihn gründlich satt hatte. Wozu diese Prahlerei? Er stampfte, die Arme närrisch schwenkend, durch das Zimmer und tastete ab und zu auf seiner Brust nach dem Ring unter seinen Kleidern. Was sollte das aufgeregte Getue bei einem Mann, der als Handlungsgehilfe angestellt werden sollte, und noch dazu an einem Platz, wo es keinen Handel gab? Warum das Weltall herausfordern? Das war nicht die richtige Geistesverfassung, um an irgendein Unternehmen zu gehen; eine ungeeignete Geistesverfassung, nicht nur für ihn, sagte ich, sondern für jeden Menschen. Er blieb vor mir stehen. Ob ich wirklich so dächte? fragte er, keineswegs herabgestimmt und mit einem Lächeln, in dem ich plötzlich etwas Anmaßendes zu entdecken glaubte. Aber ich bin eben auch um zwanzig Jahre älter als er. Die Jugend ist anmaßend; es ist ihr Recht – ihre Notwendigkeit; sie muß sich behaupten, und jede Selbstbehauptung in dieser Welt der Zweifel ist eine Herausforderung, eine Anmaßung. Er ging in eine ferne Zimmerecke, und als er zurückkam, machte er sich daran, mich, bildlich gesprochen, zu zerreißen. Ich spräche so, weil ich – selbst ich, der ich so endlos gut zu ihm gewesen sei – nicht vergessen könnte, was – was geschehen war. Und gar die andern – die – die – Welt! War es denn ein Wunder, daß er heraus wollte, um jeden Preis, und draußen bleiben wollte – das weiß Gott! Und da redete ich noch von einer richtigen Geistesverfassung!

„Nicht wir sind es, die Welt und ich, die nicht vergessen können. Sie, Sie können nicht vergessen."

Er zuckte nicht mit der Wimper und fuhr hitzig fort: „Alles und jedermann, jedermann vergessen." ... Seine Stimme sank... „Außer Ihnen", fügte er hinzu.

„Ja – mich auch – wenn es helfen würde", sagte ich, gleichfalls leise. Hiernach verstummten wir für eine Weile, wie erschöpft. Dann fing er von neuem in ruhigem Ton an und sagte mir, daß Herr Stein ihm geraten habe, um unnütze Ausgaben zu vermeiden, etwa einen Monat zuzusehen, ob es ihm möglich sein würde, zu bleiben, bevor er anfinge, sich ein neues Haus zu bauen. Komische Ausdrücke gebrauchte er – Herr Stein. „Unnütze Ausgaben" war gut. „...Bleiben?" Aber selbstverständlich. Er würde schon bleiben. Nur hineinkommen müsse er – weiter nichts; er stehe gut dafür, er würde bleiben. Niemals wieder herauskommen. Es war leicht genug, zu bleiben.

„Seien Sie nicht vermessen", sagte ich, von seinem drohenden Ton in unbehagliche Stimmung versetzt. „Wenn Sie lange genug leben, werden Sie auch zurückkommen wollen."

„Was könnte mich wohl bewegen, zurückzukommen?" fragte er abwesend und heftete seine Augen auf das Zifferblatt einer Wanduhr.

Ich schwieg eine Weile. „So ist es also für immer?" sagte ich. – „Für immer", wiederholte er träumerisch, ohne mich anzusehen; dann brach er in plötzliche Lebhaftigkeit aus. „Himmel! Zwei Uhr, und ich fahre um vier?"

Das stimmte. Eine Schonerbrigg der Firma Stein sollte am Nachmittag nach dem Westen in See gehen, und er hatte Weisung, mitzufahren, doch war nicht Befehl gegeben worden, die Abfahrt hinauszuschieben. Stein mußte es vergessen haben. Jim rannte davon, um seine Sachen zu holen, während ich auf mein Schiff ging, wo er mich auf seinem Weg nach der Außenreede noch einmal zu besuchen versprach. Er fand sich auch ein, in größter Eile, mit einem Lederköfferchen in der Hand. Das konnte nicht genügen, und ich bot ihm einen alten wasserdichten oder wenigstens dampfdichten Blechkoffer an. Er besorgte das Umpacken, indem er den Inhalt seines Köfferchens einfach ausschüttete, wie man einen Weizensack leeren würde. Ich sah drei Bücher in dem Haufen; zwei kleine in dunklen Einbänden und einen dicken grünen Band mit Goldschnitt – eine billige Gesamtausgabe von Shakespeare. „Sie lesen das?" fragte ich. „Ja. Das Beste, was es gibt, um einen aufzuheitern", sagte er hastig. Mich setzte diese Würdigung in Erstaunen, aber es war keine Zeit, um über Shakespeare zu reden. Ein schwerer Revolver und zwei kleine Schachteln mit Patronen lagen auf dem Kajütentisch. „Bitte, nehmen Sie den", sagte ich. „Vielleicht hilft er Ihnen, zu bleiben." Kaum waren mir die Worte entschlüpft, als ich merkte, welch grausame Bedeutung sie haben könnten. „Vielleicht hilft er Ihnen, hineinzukommen“, verbesserte ich mich reuig. Er kümmerte sich jedoch keineswegs um versteckte Anspielungen; er dankte mir überschwenglich, stürzte hinaus und rief mir über die Schulter weg Lebewohl zu. Ich hörte durch die Schiffswand, wie er seine Bootsführer zur Eile antrieb, und sah durch die Heckfenster das Boot um die Gillung herumfahren. Er saß vorgebeugt und feuerte seine Leute mit Stimme und Gebärde an. Er hatte den Revolver in der Hand behalten und fuchtelte damit gegen ihre Köpfe, und ich werde niemals die erschrockenen Gesichter der vier Javanesen und den wahnsinnigen Schwung ihrer Ruder vergessen, die mir dieses Bild im Nu entrückten. Als ich mich umwandte, waren die beiden Patronenschachteln auf dem Kajütentisch das erste, was ich sah. Er hatte vergessen, sie mitzunehmen.

Ich ließ sofort mein Gig bemannen; aber Jims Ruderer legten unter dem Eindruck, daß ihr Leben an einem Faden hing, solang sie diesen Verrückten an Bord hatten, ein so rasendes Tempo vor, daß ich, bevor ich noch die Hälfte der Entfernung zwischen den beiden Schiffen zurückgelegt hatte, schon sah, wie er über die Reling kletterte und sein Koffer nachgereicht wurde. Alle Segel der Brigantine waren losgemacht, das Großsegel war gesetzt, und das Ankerspill fing gerade zu knarren an, als ich ihr Deck betrat: der Kapitän, ein schmucker, kleiner Mischling in den Vierzigern, in einem blauen Flanellanzug, mit lebhaften Augen, einem runden, zitronenfarbenen Gesicht und einem dünnen, kleinen, schwarzen Schnurrbart, der zu beiden Seiten seiner wulstigen, dunklen Lippen niederfiel, kam geziert lächelnd auf mich zu. Es zeigte sich, daß er trotz seinem selbstzufriedenen, heiteren Aussehen von kummervoller Gemütsart war. Als Antwort auf eine Bemerkung, die ich machte (während Jim für einen Augenblick hinuntergegangen war), sagte er: „O ja. Patusan.“ Er würde den Herrn bis an die Mündung des Flusses bringen, aber „niemals hinaufsteigen“. Sein fließendes Englisch schien einem von einem Wahnsinnigen zusammengestellten Wörterbuch entnommen. Hätte Herr Stein von ihm gewünscht, daß er „hinaufsteige“, so würde er „ehrwürdigst“ (wahrscheinlich wollte er sagen „ehrerbietigst“ – aber der Teufel mag es wissen) – „ehrwürdigst Gegensätze erhoben haben, wegen der Sicherheit der Besitztümer“. Und wäre er damit nicht durchgedrungen, hätte er sich genötigt gesehen, „seinen Abschied zu quittieren“. Vor einem Jahr habe er seine letzte Reise dorthin gemacht, und obwohl Herr Cornelius Herrn Rajah Allang und den „Hauptvölkern viele Opfer sühnte“, unter Bedingungen, die den Handel zu einem „Fallstrick und zu Asche im Munde“ machten, so war doch von „ungeantworteten Haufen“ den ganzen Fluß entlang vom Gebüsch aus auf sein Schiff gefeuert worden, was seine Mannschaft genötigt habe, „wegen der Aussetzung der Glieder still in Verstecken zu verharren“, so daß die Brigantine beinahe auf einer Sandbank gestrandet, wo sie „jenseits der Menschenhilfe verderblich gewesen wäre“. Auf seinem breiten, einfachen Gesicht kämpfte ein ehrlicher Abscheu bei dieser Erinnerung mit dem Stolz auf seine Redegewandtheit, der er ein aufmerksames Ohr lieh. Er warf mir finstere und strahlende Blicke zu und beobachtete mit Genugtuung die unleugbare Wirkung seiner Ausdrucksweise. Dunkle Furchen liefen über die ruhige See, und die Brigantine, mit dem Vormarssegel am Mast und dem Großbaum mittschiffs, schien von dem Gekräusel verwirrt. Er erzählte mir noch mit Zähneknirschen, daß der Rajah eine „lachhafte Hyäne“ (kann mir nicht vorstellen, wieso er von Hyänen wußte), ein andrer aber hundertmal falscher sei als die „Waffen eines Krokodils“. Während er mit einem Auge auf die Bewegungen der Mannschaft achtete, ließ er seiner Redekunst freien Lauf und verglich den Ort mit „einem Käfig wilder Tiere, die durch lange Unbußfertigkeit reißend geworden sind“. (Ich denke, er meinte Straflosigkeit.) Er habe nicht die Absicht, schrie er, „sich auszustellen, um absichtlich die Räuberei an sich geheftet zu sehen“. Die langgezogenen Rufe, die den Leuten beim Katten des Ankers den Takt angaben, verstummten, und er senkte die Stimme, „über und über genug von Patusan“, schloß er mit Nachdruck.

Ich hörte späterhin, daß er so vorwitzig gewesen war, sich vor des Rajahs Haus inmitten einer Pfütze mit einem hänfenen Strick um den Hals an einen Pfahl binden zu lassen. Er hatte den größten Teil eines Tages und eine Nacht in dieser unangenehmen Lage verbracht, doch es ist aller Grund zur Annahme, daß es nur als eine Art Spaß gemeint war. Er brütete eine Weile über dieser gräßlichen Erinnerung, denke ich, und sprach dann in zänkischem Ton zu dem Mann, der nach achtern ans Ruder kam. Als er sich danach wieder an mich wandte, war sein Ton durchaus sachlich und leidenschaftslos. Er würde den Herrn an die Flußmündung bei Batu Kring bringen. (Stadt Patusan sei „dreißig Meilen innerlich gelegen“, bemerkte er.) Aber in seinen Augen, fuhr er fort – und ein Ton trübseliger, müder Überzeugung war an die Stelle seiner früheren Zungenfertigkeit getreten –, sei der Herr schon „beim Gleichnis eines Leichnams angelangt“. – „Was? Was sagen Sie?“ fragte ich. Er nahm eine erschreckend wilde Haltung an und machte mit glänzender Nachahmungskunst die Bewegung des

Erdolchens von hinten. „Schon wie der Körper eines Deportierten“, erklärte er mit der unleidlich eingebildeten Miene, wie sie seine Artgenossen anzunehmen pflegen, wenn sie eine Probe von Klugheit geliefert zu haben meinen. Hinter ihm bemerkte ich Jim, der mir schweigend zulächelte und mit einer Geste dem Ausruf Einhalt gebot, den ich schon auf der Zunge hatte.

Dann, während der Mischling, platzend vor Wichtigtuerei, seine Befehle schrie, die Rahen kreischten und die Taue aufgeschossen wurden, drückten Jim und ich uns, unbeachtet und allein, in Lee des Großsegels die Hand und wechselten die letzten eiligen Worte. Mein Herz war befreit von dem dumpfen Gefühl, das sich neben der Teilnahme an seinem Schicksal geregt hatte. Das alberne Geschwätz des Mischlings hatte den schrecklichen Gefahren seiner Zukunft mehr Wirklichkeit gegeben als die vorsichtigen Darlegungen Steins. Bei dieser Gelegenheit schwand die gewisse Förmlichkeit, die unsern Verkehr immer beherrscht hatte, aus unserer Rede; ich glaube, ich nannte ihn „mein lieber Junge“, und er hängte ein paar halbausgesprochenen Dankesworten ein „lieber Alter“ an, als ob das Risiko, das er einging, ihn meinen Jahren gleichgesetzt und mir nähergebracht hätte. Es war ein Augenblick wirklicher, inniger Nähe, flüchtig und kurzlebig wie das Aufleuchten einer ewigen, erlösenden Wahrheit. Er gab sich Mühe, mich zu beruhigen, als wäre er der Gereiftere von uns beiden gewesen. „Schon gut, schon gut“, sagte er rasch und mit Wärme. „Ich verspreche, mich in acht zu nehmen. Ja; ich werde mich nicht in Gefahr begeben. Ich denke nicht dran. Ich will ja durchhalten. Grämen Sie sich nicht. Beim Himmel! Ich habe das Gefühl, als könnte nichts mir was anhaben. Was denn – das ist einmal Schweineglück! Das werde ich mir doch nicht verderben!“... Ja, wirklich! Ein seltenes Glück! Aber Glück bedeutet immer so viel, wie die Menschen daraus machen, und wie sollte ich das vorher wissen können! Wie er gesagt hatte – selbst ich, selbst ich konnte das Mißgeschick nicht vergessen, das in seinem Wege stand. So war es das beste für ihn, zu gehen. Mein Boot war im Kielwasser der Brigantine zurückgeblieben, und ich sah ihn gegen das Licht der untergehenden Sonne, wie er seine Mütze hoch über dem Kopf schwenkte. Ich hörte einen undeutlichen Ruf: „Sie – werden – von – mir – hören.“ Meine Augen waren vom Glitzern der See unter ihm zu sehr geblendet, um ihn klar sehen zu können; es war mir schon so bestimmt, daß ich ihn niemals klar sehen sollte; aber ich kann euch versichern, daß kein Mensch weniger „beim Gleichnis eines Leichnams angelangt“ sein konnte, wie der Ausdruck des Unglücksraben gelautet hatte. Ich konnte noch das Gesicht des kleinen Jammermenschen, das in Form und Farbe einem reifen Kürbis glich, unter Jims Ellbogen hervorgucken sehen. Auch er hob seinen Arm, gleichsam zu einer nach abwärts zeigenden Bewegung. Absit omen!

Vierundzwanzigstes Kapitel

Die Küste von Patusan (ich sah sie ungefähr zwei Jahre später) ist gerade und düster und hat ein dunstiges Meer vor sich. Rotes Rankenwerk fällt wie ein Gießbach durch das dunkelgrüne Laub der Büsche und Kletterpflanzen, die die niederen Klippen bekleiden. An der Mündung der Flüsse dehnen sich morastige Ebenen mit einem Ausblick auf gezackte blaue Berggipfel jenseits der tiefen Wälder. In der offenen See ragen, in dem immerwährenden, von der Sonne beleuchteten Dunst, die dunklen, zerbröckelnden Formen einer Inselkette, wie die Überbleibsel einer Mauer, in die das Meer eine Bresche geschlagen hat.

Ein Fischerdorf liegt an dem Mündungsarm bei Batu Kring. Der Fluß, der so lange gesperrt gewesen, war zu der Zeit offen, und Steins kleiner Schoner, in dem ich meine Reise machte, arbeitete sich in drei Flutzeiten stromaufwärts, ohne daß er einem Gewehrfeuer von „ungeantworteten Haufen“ ausgesetzt gewesen wäre. Jene Zustände gehörten schon der alten Geschichte an, wenn man dem ältlichen Häuptling des Fischerdorfs glauben wollte, der an Bord kam, um eine Art Lotsendienst zu tun. Er sprach zu mir (dem zweiten Weißen, den er jemals gesehen hatte) mit Zutrauen, und das meiste, was er sagte, drehte sich um den ersten Weißen, den er je gesehen hatte. Er nannte ihn Tuan Jim, und der Ton seiner Auskünfte zeichnete sich durch eine eigene Mischung von Vertraulichkeit und Ehrfurcht aus. Die Bewohner des Dorfs standen unter dem besonderen Schutz des Herrn, was bewies, daß Jim ihnen nichts nachtrug. Es hatte sich schon eine Legende gebildet, daß die Flut zwei Stunden vor der Zeit eingetreten war, um ihm bei seiner Reise den Fluß hinauf zu Diensten zu sein. Der geschwätzige alte Mann hatte selbst das Kanu gesteuert und das Wunder bestaunt. Noch mehr, aller Ruhm war in seiner Familie. Sein Sohn und sein Schwiegersohn hatten gerudert; aber sie waren junge Leute ohne Erfahrung, die die Geschwindigkeit des Kanus nicht bemerkten, bis er sie auf die erstaunliche Tatsache aufmerksam machte.

Jims Anwesenheit in dem Fischerdorf war ein Segen; aber bei ihnen, wie bei so vielen von uns, ging dem Segen der Schrecken voran. So viele Generationen waren aufeinander gefolgt, seit der letzte Weiße den Fluß aufgesucht hatte, daß selbst die Überlieferung davon verlorengegangen war. Die Erscheinung des Wesens, das zu ihnen herabstieg und gebieterisch verlangte, nach Patusan hinaufgefahren zu werden, machte sie ganz ratlos; seine Beharrlichkeit war furchterregend; seine Großmut mehr als verdächtig. Es war eine unerhörte Forderung. Nie war Ähnliches geschehen. Was würde der Rajah dazu sagen? Was würde er ihnen tun? Der größte Teil der Nacht ging mit Beratungen hin; aber die unmittelbare Gefahr, die der Zorn des Fremden androhte, war so groß, daß sie schließlich einen morschen Einbaum klarmachten. Die Weiber kreischten vor Jammer, als er abfuhr. Eine furchtlose alte Hexe fluchte dem Fremden.

Er saß darin, wie ich euch schon sagte, auf seinem Blechkoffer, den ungeladenen Revolver auf dem Schoß. Er saß vorsichtig da – was natürlich furchtbar ermüdend ist – und fuhr so in das Land hinein, das er von den blauen Berggipfeln bis zu dem Band aus weißem Gischt an der Küste mit dem Ruhm seiner Tugenden zu erfüllen bestimmt war. Bei der ersten Biegung verlor er das Meer mit seinen kreißenden, ewig steigenden, sinkenden und wieder sich erhebenden Wellen – das Bild der kämpfenden Menschheit – aus den Augen und befand sich den unbeweglichen, tief in der Erde eingewurzelten Wäldern gegenüber, die in den Sonnenschein hineinragen, in der unergründlichen Macht ihrer Überlieferung unbegrenzt wie das Leben selbst. Und sein Glück saß verschleiert an seiner Seite, wie eine morgenländische Braut, die darauf wartet, von der Hand ihres Herrn enthüllt zu werden. Auch er war der Erbe einer unergründlichen, mächtigen Überlieferung! Er sagte mir aber, daß er sich in seinem ganzen Leben nie so müde und niedergeschlagen gefühlt habe wie in jenem Kanu. Die einzige Bewegung, die er sich gestattete, war, sich sozusagen verstohlen nach der Schale einer halben Kokosnuß zu bücken und mit sorgfältig bemessener Körperhaltung das Wasser auszuschöpfen. Er machte die Entdeckung, wie schlecht sich der Deckel eines Blechkoffers als Sitz eignet. Er hatte eine heldenhafte Gesundheit; aber mehrmals während dieser Fahrt hatte er Schwindelanfälle und stellte zuweilen unsichere Vermutungen über die Größe der Blase auf, die die Sonne auf seinem Rücken zusammenzog. Zum Zeitvertreib suchte er festzustellen, ob die schmutzigen Gegenstände, die er ab und zu voraus am Rande des Wassers liegen sah, Klötze oder Alligatoren wären. Doch mußte er es bald aufgeben. Es war kein Spaß. Es war immer ein Alligator. Einer von ihnen plumpste in den Fluß und brachte das Kanu beinahe zum Kentern. Doch diese Aufregung ging bald vorüber. Dann, nach einer langen, leeren Zeitspanne, war er einem Rudel Affen sehr dankbar, die ans Ufer heruntersprangen und ihm ein fürchterlich lärmendes Geschimpfe nachsandten. So also steuerte er der Größe zu, die doch so echt war wie irgendeine, die ein Mensch je errungen hat. Vor allem sehnte er sich nach dem Sonnenuntergang; und mittlerweile machten sich seine drei Ruderer zur Ausführung ihres Plans bereit, ihn dem Rajah auszuliefern.

„Ich muß wohl vor Müdigkeit blödsinnig gewesen sein, oder vielleicht hatte ich ein wenig gedöst“, sagte er. Das erste, dessen er sich bewußt wurde, war, daß sein Kanu anlegte. Er wurde augenblicklich gewahr, daß die Wälder zurückgeblieben und weiter oben die ersten Häuser sichtbar waren, daß sich zu seiner Linken Palisaden hinzogen und seine Bootsleute an einer niederen Stelle an Land sprangen und die Flucht ergriffen. Unwillkürlich sprang er ihnen nach. Zuerst glaubte er, daß sie ihn aus einem unbegreiflichen Grunde im Stich gelassen hätten; aber er hörte erregte Ausrufe, ein Tor öffnete sich weit, und eine Schar Menschen strömte heraus und auf ihn zu. Zur gleichen Zeit erschien ein Boot voll bewaffneter Männer auf dem Fluß, legte sich neben sein leeres Kanu und schnitt ihm so den Rückzug ab.

„Ich war zu verdutzt, um ganz kühl zu sein, müssen Sie wissen, und wenn der Revolver geladen gewesen wäre, hätte ich auf ein paar geschossen, und dann wäre es mit mir aus gewesen. Aber er war nicht geladen...“ – „Warum nicht?“, fragte ich. – „Nun, ich konnte doch nicht die ganze Bevölkerung angreifen, und es sollte auch nicht so aussehen, als wäre ich für mein Leben bange“, sagte er, mit einem schwachen Schimmer seines störrischen Trotzes im Blick. Ich unterließ den Hinweis, die Leute hätten ja nicht wissen können, daß die Patronen fehlten. Man mußte ihm seinen Willen lassen... „Kurzum, er war nicht geladen“, wiederholte er, „und so blieb ich ruhig stehen und fragte sie, was los sei. Davon schienen sie wie vor den Kopf geschlagen. Ich sah, wie ein paar sich mit meinem Blechkoffer aus dem Staube machten. Der langbeinige alte Gauner Kassim (ich werde ihn Ihnen morgen zeigen) lief mit großem Getue auf mich zu; der Rajah wünsche mich zu sehen. Ich sagte: ›Schon gut'; ich wollte ebenfalls den Rajah sehen, und so schritt ich einfach zum Tor hinein, und – und – hier bin ich.“ Er lachte und fragte dann mit unerwartetem Nachdruck: „Und wissen Sie, was das Beste daran ist? Ich will es Ihnen sagen. Es ist das Bewußtsein, daß, wenn man mich beseitigt hätte, der verlierende Teil dieser Ort gewesen wäre.“

So sprach er zu mir vor seinem Hause, an dem bewußten Abend – nachdem wir dem Mond zugesehen hatten, der wie ein aus dem Grabe aufgestiegener Geist über der Kluft zwischen den Hügeln dahinschwebte. Sein Schein fiel kalt und fahl herab wie totes Sonnenlicht. Es liegt etwas Spukhaftes im Mondschein; er hat die ganze Kühle einer körperlosen Seele und etwas von ihrem unbegreiflich Geheimnisvollen. Er verhält sich zu unserem Sonnenschein, der allein – sagt, was ihr wollt – uns Leben gibt, wie das Echo zum Ton: irreführend und verwirrend, gleichviel ob der Ruf spöttisch oder traurig ist. Er beraubt alles Dingliche – das doch schließlich unser Bereich ist – seines Gehalts und verleiht nur den Schatten eine düstere Wirklichkeit. Und die Schatten um uns herum waren sehr wirklich, doch Jim an meiner Seite sah so stark aus, als könnte ihn nichts – nicht einmal die geheime Kraft des Mondlichts – in meinen Augen seiner Wirklichkeit berauben. Vielleicht konnte ihn ja tatsächlich nichts mehr berühren, nachdem er den Angriff der dunklen Gewalten überlebt hatte. Alles ruhte, alles war still; selbst auf dem Fluß schliefen die Mondenstrahlen wie auf einem Teich. Es war Hochwasserzeit, ein Augenblick völliger Reglosigkeit, in dem die Vereinsamung dieses verlorenen Erdenwinkels noch stärker wirkte. Die Häuser, die sich längs der weiten, glänzenden, völlig glatten Wasserfläche aneinanderdrängten, in einer Reihe schwankender, undeutlicher, silbriger, mit schwarzen Schattenmassen vermischter Formen, waren wie eine gespenstische Herde gestaltloser Wesen, die sich nach vorn neigten, um aus einem geisterhaften, leblosen Strom zu trinken. Hier und da funkelte ein rotes Licht zwischen den Bambuswänden, das in seiner lebendigen Wärme an menschliche Liebe, an Obdach und Ruhe gemahnte.

Er gestand mir, daß er oft beobachtete, wie diese warmen kleinen Lichter, eins nach dem andern, erloschen, daß er es zu sehen liebte, wie die Menschen unter seinen Augen schlafen gingen, auf die Sicherheit des Morgen vertrauend. „Friedlich hier. He?“ fragte er. Er war nicht beredt, aber es lag eine tiefe Bedeutung in den Worten, die folgten: „Sehen Sie sich diese Häuser an; kein einziges darunter, in dem man mir nicht vertraut. Beim Himmel! Ich habe Ihnen gesagt, ich würde durchhalten. Fragen Sie Mann, Frau oder Kind…“ Er stockte. „Nun, mit mir ist alles in Ordnung, so oder so.“

Ich warf sofort ein, daß er also endlich dahintergekommen sei. Ich hätte es vorher gewußt, fügte ich hinzu. „Wirklich?“ Er drückte meinen Arm leicht über dem Ellbogen. „Nun also. – Sie hatten recht.“

Es lag Gehobenheit und Stolz, beinahe Ehrfurcht in diesem leisen Ausruf. „Himmel!“ rief er. „Stellen Sie sich vor, was das für mich ist.“ Wieder drückte er meinen Arm. „Und Sie fragten mich, ob ich ans Weggehen dächte! Gott im Himmel! Ich! Weggehen! Besonders jetzt, nach dem, was Sie mir von Herrn Stein gesagt haben... Weggehen! Ich bitte Sie! Das habe ich ja gefürchtet. Es wäre schlimmer gewesen – schlimmer als der Tod. Nein – auf mein Wort. Lachen Sie nicht. Jeden Tag, jedesmal, wenn ich die Augen aufmache, muß ich fühlen, daß man mir vertraut – daß niemand ein Recht hat – verstehen Sie nicht? Weggehen? Wohin? Wozu? Was sollte ich dagegen eintauschen?"

Ich hatte ihm gesagt (es war in der Tat der Hauptgrund meines Besuchs), daß Stein beabsichtigte, ihm sofort das Haus und das Warenlager zu schenken, unter gewissen, leichten Bedingungen, die diese Übertragung einwandfrei und rechtskräftig machen sollten. Erst fing er an zu schnauzen und auszuschlagen. „Zum Teufel mit Ihrer Empfindlichkeit!" schrie ich. „Sie haben da Stein gar nichts zu danken. Er gibt Ihnen nur, was Sie selbst sich geschaffen haben. Und im übrigen sparen Sie sich Ihre Bemerkungen für M'Neil, wenn Sie ihn einmal in der andern Welt antreffen. Ich hoffe, es wird nicht so bald geschehen"... Er mußte meine Beweisgründe einsehen, weil all seine Eroberungen, das Vertrauen, der Ruhm, die Freundschaften, die Liebe – all das, was ihn zum Herrn, ihn auch zum Gefangenen gemacht hatte. Er sah mit dem Auge des Besitzers auf den Frieden des Abends, den Fuß, die Häuser, das immerwährende Leben der Wälder, das Leben dieses alten Menschengeschlechts, auf die Geheimnisse des Landes, den Stolz seines eigenen Herzens; aber sie waren es, die ihn besaßen und sich zu eigen machten bis zum innersten Gedanken, der leisesten Regung des Blutes, bis zum letzten Atemzug. Es war etwas, worauf man stolz sein konnte. Auch ich war stolz – für ihn, wenn auch nicht ganz so überzeugt von dem fabelhaften Wert dieses Tausches. Es war wundervoll. Ich dachte nicht so sehr an seine Furchtlosigkeit. Es ist seltsam, wie wenig ich sie in Anschlag brachte: als wäre sie etwas zu Herkömmliches gewesen, um den Kern der Sache bilden zu können. Nein. Mir machten die anderen Gaben weit mehr Eindruck, die er entfaltet hatte. Er hatte sich stark genug erwiesen, sich zum Herrn dieser fremdartigen Sachlage aufzuwerfen, hatte in dem neuen Wirkungsgebiet seine geistige Gewandtheit bewährt. Erstaunlich. Und all dies war ihm angeflogen, wie die feine Witterung einem Hund von edler Rasse. Er war nicht beredt, aber es lag Würde in dieser ihm eigentümlichen Zurückhaltung und ein hoher Ernst in seinem Gestammel. Er hatte noch immer seinen alten Trick trotzigen Errötens. Ab und zu jedoch entfuhr ihm ein Wort, ein Satz, der zeigte, wie tief, wie feierlich er diese Leistung empfand, die ihm die Gewißheit seiner Ehrenrettung gegeben hatte. Das war der Grund, warum er das Land und die Menschen mit einer wilden Selbstsucht, einer hochmütigen Zärtlichkeit zu lieben schien.

Fünfundzwanzigstes Kapitel

„Hier war ich drei Tage lang Gefangener“, raunte er mir zu (es war bei Gelegenheit unseres Besuchs bei dem Rajah), während wir uns langsam durch einen gleichsam von Ehrfurcht betäubten Haufen von Vasallen in Tunku Allangs Hof den Weg bahnten. „Ekelhaftes Loch, was sagen Sie? Und ich konnte überdies nichts zu essen kriegen, wenn ich nicht einen Krach drum schlug, und dann bekam ich auch nichts weiter als ein Schüsselchen Reis und einen gebackenen Fisch, nicht viel größer als ein Stichling – hol' sie der Henker! Himmel! Hab' ich in diesem stinkenden Loch gehungert, mit ein paar dieser Vagabunden zusammengepfercht, die mir ihre widerlichen Fratzen dicht unter die Nase schoben! Ich hatte Ihren famosen Revolver bei der ersten Aufforderung hergegeben. War froh, das verflixte Ding los zu sein. Sah ja wie ein Narr aus mit dem leeren Schießeisen in der Hand.“ In dem Augenblick bekamen wir Audienz, und er nahm sofort gegen seinen ehemaligen Kerkermeister eine unerschütterlich ernste und feierliche Haltung an. Oh! Großartig! Ich muß lachen, wenn ich daran denke. Aber auf mich machte er auch Eindruck. Der alte verrufene Tunku Allang konnte seine Furcht nicht verbergen (er war kein Held, trotz der Ruhmestaten seiner stürmischen Jugend, die er zu erzählen liebte); und zugleich bekundete sein Benehmen gegen seinen ehemaligen Gefangenen ein verhaltenes Zutrauen. Man bedenke! Selbst wo er am meisten gehaßt sein sollte, vertraute man ihm noch. Jim benutzte – soweit ich der Unterhaltung folgen konnte – die Gelegenheit, eine Strafpredigt zu halten. Ein paar arme Dorfbewohner waren auf dem Wege zu Doramins Haus, wo sie ein paar Stückchen Gummi oder Bienenwachs gegen Reis einzutauschen wünschten, überfallen und ausgeraubt worden. „Doramin war der Dieb“, schrie der Rajah. Eine bebende Raserei schien sich des alten, gebrechlichen Körpers zu bemächtigen. Er gebärdete sich ganz unheimlich auf seiner Matte, fuchtelte mit Händen und Füßen und schüttelte seine zottigen Haarbüschel – ein Bild ohnmächtiger Wut. Alles um uns herum riß die Augen auf und ließ die Kinnbacken hängen. Jim begann zu reden, entschieden, kühl, und verbreitete sich eine Weile über den Text, daß niemand gehindert werden dürfte, sich redlich seinen und seiner Kinder Unterhalt zu verschaffen. Der andere saß da wie ein Schneider auf seinem Tisch; er hatte die Hände auf beide Knie gelegt, den Kopf gesenkt und heftete durch die grauen Haarsträhnen hindurch, die ihm über die Augen fielen, seinen Blick auf Jim. Als Jim geendet hatte, herrschte tiefe Stille. Niemand schien nur zu atmen; kein Laut war zu hören, bis der alte Rajah leise seufzend aufblickte und rasch mit einer Kopfbewegung sagte: „Ihr hört, meine Leute! Keine solchen Spaße mehr!“ Dieser Befehl wurde mit tiefem Schweigen aufgenommen. Ein ziemlich dicker Mann, der offenbar eine Vertrauensstellung einnahm, mit klugen Augen, einem breiten, sehr dunklen, knochigen Gesicht und heiter dienstfertigem Wesen (ich hörte später, daß es der Henker war), reichte uns zwei Tassen Kaffee auf einem Messingtablett, das er aus den Händen eines niederen Bediensteten nahm. „Sie brauchen nicht zu trinken“, raunte Jim mir schnell zu. Ich begriff den Sinn anfangs nicht und sah ihn bloß an. Er nahm einen kräftigen Schluck und saß ruhig da, die Untertasse in der linken Hand haltend. Mit einmal überkam mich eine große Wut. „Warum in Teufels Namen“, flüsterte ich ihm mit liebenswürdigem Lächeln zu, „setzen Sie mich einer so dummen Gefahr aus?“ Ich trank natürlich, es half ja nichts, und fast unmittelbar danach nahmen wir Abschied. Während wir, begleitet von dem klugen, heiteren Henker, durch den Hof zu unserem Boot hinuntergingen, sagte Jim, daß es ihm sehr leid täte. Es sei ja natürlich eine bloße Möglichkeit gewesen. Er persönlich mache sich nichts aus Gift. Nur die entfernteste Möglichkeit. Man hielte ihn – versicherte er mir – für unendlich mehr nützlich als gefährlich, und daher... „Aber der Rajah hat eine schreckliche Angst vor Ihnen, das kann jeder sehen“, hielt ich ihm, ich gestehe es, mit einer gewissen Verdrießlichkeit entgegen, denn ich hatte schon die ganze Zeit über ängstlich auf die ersten Anzeichen einer gräßlichen Kolik gewartet. Ich war furchtbar aufgebracht. „Wenn ich hier von irgendwelchem Nutzen sein soll und meine Stellung bewahren will“, sagte er, während er an meiner Seite im Boot Platz nahm, „muß ich mich der Gefahr aussetzen: ich tue es wenigstens einmal im Monat. Viele von den Leuten erwarten von mir, daß ich das tue – für sie. Sie sagen, daß er Angst vor mir hat. Aber natürlich. Wahrscheinlich fürchtet er mich, weil ich seinen Kaffee nicht fürchte.“ Dann zeigte er mir eine Stelle an der nördlichen Seite des Palisadenzauns, wo die Spitzen einiger Pfähle abgebrochen waren: „Hier bin ich an meinem dritten Tag in Patusan herübergesprungen. Sie haben die Pfähle noch nicht wieder erneuert. Guter Sprung, was?“ Einen Augenblick später kamen wir an einer schmutzigen kleinen Bucht vorbei: „Dies ist mein zweiter Sprung. Ich nahm einen Anlauf und wollte drüber weg, sprang aber zu kurz. Dachte wohl, es würde mir an den Kragen gehen. Ich verlor meine Schuhe im Schlamm. Und die ganze Zeit dachte ich, wie gräßlich es sein müßte, einen ekligen Lanzenstich in den Rücken zu bekommen, während ich so im Schmutz steckte. Ich weiß noch, wie übel mir davon war, daß ich so im Schlamm herumpantschte. Ganz fürchterlich übel – als hätte ich etwas Faules gegessen.“

So war es – und das Glück rannte neben ihm her – sprang über die Bucht, zappelte an seiner Seite im Schmutz... immer noch verschleiert. Das Unerwartete seines Eintreffens war das einzige, versteht ihr, das ihn davor rettete, sofort mit dem Kris abgetan und in den Fluß geworfen zu werden. Sie hatten ihn, aber es war, als hätten sie ein Schemen, ein Gespenst gepackt. Was bedeutete es? Was damit anfangen? War es zu spät, ihn zu beschwichtigen? Sollte man ihn nicht lieber ohne Verzug töten? Aber was würde dann geschehen? Der elende alte Allang wurde beinahe verrückt vor Angst und über die Schwierigkeit, zu einem Entschluß zu kommen. Mehrmals wurde die Ratssitzung abgebrochen, und die Ratgeber stürzten holterdiepolter zur Tür und auf die Veranda hinaus. Einer – heißt es – sprang sogar, fünfzehn Fuß tief, hinunter und brach sich das Bein. Der königliche Reichsverweser von Patusan hatte wunderliche Launen, zu denen es auch gehörte, in jede noch so wichtige Beratung Ruhmesgesänge einzuflechten, wobei dann der Rajah sich so weit erhitzte, daß er schließlich, den Kris in der Hand, von seinem Thron herunterraste. Aber abgesehen von solchen Unterbrechungen nahmen die Beratungen über Jims Schicksal Tag und Nacht ihren Fortgang.

Mittlerweile durchwanderte er den Hof, von einigen gemieden, von andern angestaunt, aber bewacht von allen und dem Messer jedes Lumpenkerls preisgegeben. Er nahm einen kleinen, verfallenen Schuppen in Besitz, um darin zu schlafen; die Ausdünstungen von Schmutz und Unrat belästigten ihn furchtbar; doch scheint es, daß er trotzdem seinen Appetit nicht verloren hatte, denn er sagte mir, daß er die ganze Zeit über hungrig gewesen sei. Ab und zu kam „ein wichtigtuerischer Esel“ als Abgesandter des Rats zu ihm gelaufen und stellte in honigsüßem Ton ein merkwürdiges Verhör mit ihm an. Kamen die Holländer, das Land einzunehmen? Wünschte der weiße Mann den Fluß hinunter zurückzufahren? Was war der Grund, daß er in ein solch armseliges Land gekommen war? Der Rajah wünschte zu wissen, ob der weiße Mann eine Uhr zurechtmachen könnte! Sie brachten ihm tatsächlich eine in Neuengland hergestellte Nickeluhr, und aus bloßer unerträglicher Langeweile beschäftigte er sich damit, das Läutewerk in Gang zu bringen. Es scheint, daß ihm wirklich erst, während er sich so in seinem Schuppen die Zeit vertrieb, ein Licht über die außerordentliche Gefahr aufging, in der er schwebte. Er ließ das Ding fallen – sagte er – „wie eine heiße Kartoffel“ und trat eiligst hinaus, ohne die leiseste Ahnung, was er tun wollte, oder besser, konnte. Er wußte nur, daß die Lage unerträglich war. Er schlenderte ziellos an einem auf Pfählen ruhenden, baufälligen kleinen Speicher vorbei, und sein Blick fiel auf die zerbrochenen Palisaden; und dann setzte er sofort – sagte er – ohne vorhergehende Denkarbeit sozusagen, ohne die Spur von Erregung, seine Flucht ins Werk, als führte er einen monatelang gereiften Plan aus. Er ging zuerst unauffällig zurück, um einen guten Anlauf zu haben, und als er sich umwandte, sah er knapp an seinem Ellbogen einen Würdenträger stehen, von zwei Lanzenmännern begleitet, der ihm eine Frage stellen wollte. Jim rannte „ihm grade unter der Nase" los, kam „wie ein Vogel" über die Palisaden und landete auf der andern Seite in einem Sturz, daß ihm alle Knochen knackten und er glaubte, sein Kopf ginge in Stücke. Er raffte sich sofort auf. Er dachte an gar nichts; alles, dessen er sich erinnern könne – sagte er –, sei ein gellendes Geschrei; die ersten Häuser von Patusan lagen vierhundert Meter vor ihm; er sah die Bucht und legte unwillkürlich Tempo zu. Die Erde schien unter seinen Füßen rückwärts zu fliehen. Er tat einen Sprung von der letzten trockenen Stelle, fühlte, wie er durch die Luft flog und wie er, ohne Fall, aufrecht in einer außerordentlich weichen, klebrigen Schlammbank stand. Erst als er seine Beine bewegen wollte und nicht konnte, kam er „zu sich selbst". Er dachte an die „verteufelt langen Speere". Angesichts des Umstandes übrigens, daß die Leute innerhalb der Palisaden erst zum Tor, dann zum Landungsplatz hinunter rennen, die Boote flottmachen und um eine Landspitze herumfahren mußten, hatte er einen größeren Vorsprung als er wähnte, überdies lag die Bucht, da gerade Ebbe war, ohne Wasser da – trocken konnte man nicht gut sagen –, und so war er für eine Zeit vor allem, außer etwa einem sehr weiten Schuß, sicher. Der höhergelegene feste Grund war etwa sechs Fuß vor ihm. „Ich dachte trotzdem, daß ich dort umkommen müßte", sagte er. Er griff und langte verzweifelt mit den Händen in die Höhe, erreichte damit aber nur, daß sich ein Haufen eklig kalten, glänzenden Schlamms vor seiner Brust bis in Kinnhöhe auftürmte. Es schien ihm, als begrübe er sich lebendig, und dann schlug er wie wahnsinnig aus und schleuderte den Schlamm mit den Fäusten um sich. Er flog ihm auf den Kopf, ins Gesicht, in die Augen, in den Mund. Er sagte mir, daß er plötzlich des Hofraums wie eines Ortes gedachte, an dem er vor Jahren sehr glücklich gewesen war. Er sehnte sich – so sagte er –, wieder dort zu sein und die Uhr auszubessern. Die Uhr auszubessern – das war sein Gedanke. Er machte Anstrengungen, entsetzliche, schnaubende, prustende Anstrengungen, Anstrengungen, die ihm fast die Augäpfel aus den Höhlen trieben und ihn zu blenden drohten und in einem allerletzten, unerhörten Kraftaufwand gipfelten, der die Erde zu zerreißen und von seinen Gliedern abzuschütteln schien – und fühlte, wie er mühsam das Ufer hinaufkletterte. Er lag der Länge nach auf dem festen Grund und sah das Licht, den Himmel. Dann kam ihm wie ein glücklicher Gedanke der Einfall, daß er schlafen wollte. Er behauptet, daß er tatsächlich einschlief, daß er – vielleicht eine Minute, vielleicht zwanzig Sekunden oder auch nur eine Sekunde – geschlafen habe und daß er sich deutlich erinnere, mit einem heftigen Ruck erwacht zu sein. Er blieb eine Weile still liegen, erhob sich dann, von Kopf bis zu Fuß mit Schlamm bedeckt, und stand reglos da, bei dem Gedanken, daß er durch Hunderte von Meilen von Menschen seiner Art getrennt war, allein, wie ein gehetztes Tier, ohne von irgendwem Hilfe, Zuneigung oder Mitleid erwarten zu können. Die ersten Häuser waren nicht mehr als zwanzig Meter weit weg; und erst das verzweifelte Schreien einer erschreckten Frau, die ein Kind fortzuschleppen versuchte, brachte ihn wieder in Bewegung. Er rannte barfuß weiter, über und über mit Schlamm bedeckt, so daß er keinem menschlichen Wesen mehr glich. Er durcheilte mehr als die Hälfte der Ansiedlung. Die flinkeren Frauen flohen rechts und links, die langsameren Männer ließen fallen, was sie in Händen hatten, und starrten mit aufgerissenen Mäulern. Er war ein fliegender Schrecken. Er erzählt, daß er bemerkt habe, wie die kleinen Kinder aus Leibeskräften zu laufen anfingen, auf ihre kleinen Bäuche fielen und um sich schlugen. Er sauste zwischen zwei Häusern einen Abhang hinauf, kletterte verzweifelt über einen Verhau von gefällten Bäumen (es verging zu der Zeit in Patusan keine Woche ohne ein Gefecht), brach durch einen Zaun in ein mit Mais bebautes Stück Land, wo ein aufgeschreckter Knabe einen Stock nach ihm warf, stolperte auf einen Pfad und rannte mehreren bestürzten Männern in die Arme. Er hatte gerade noch soviel Atem, um „Doramin! Doramin!“ hervorzukeuchen. Er erinnerte sich, wie er einen Abhang hinauf halb getragen, halb geschoben wurde und sich plötzlich im Innern einer weiten Einzäunung mit Palmen und Obstbäumen vor einem wuchtigen Mann befand, der inmitten des denkbar größten Aufruhrs in gediegener Breite auf einem Stuhl saß. Er stöberte in Schlamm und Kleidern herum, um seinen Ring hervorzuholen, und wunderte sich, als er plötzlich auf dem Rücken lag, wer ihn umgestoßen hatte. Sie hatten ihn einfach losgelassen, wißt ihr, aber er konnte nicht stehen. Am Fuß des Abhangs knallten vereinzelte Schüsse, und über den Dächern der Ansiedlung erhob sich ein dumpfes Schwirren durcheinanderredender Stimmen. Doch er war in Sicherheit. Doramins Leute verrammelten das Tor und flößten Jim Wasser ein. Doramins alte Gattin, voller Geschäftigkeit und Mitleid, teilte schrille Befehle an ihre Mädchen aus. „Die alte Frau“, sagte er sanft, „machte ein Wesens mit mir, als wäre ich ihr eigener Sohn gewesen. Sie legten mich in ein riesiges Bett – ihr

Staatsbett –, und sie lief ein und aus, sich die Augen wischend, und klopfte mir den Rücken. Ich muß ein Bild des Jammers gewesen sein. Ich lag einfach da wie ein Hund, ich weiß nicht wie lang."

Er schien eine große Zuneigung zu Doramins alter Frau zu haben. Sie ihrerseits hatte eine mütterliche Liebe zu ihm gefaßt. Sie hatte ein rundes, nußbraunes, sanftes, ganz runzliges Gesicht, große, tiefrote Lippen (sie kaute beständig Betel) und zwinkernde, wohlwollende Augen. Sie war ewig in Bewegung, schalt unaufhörlich und sprengte eine Schar junger Frauen mit klaren, braunen Gesichtern und großen ernsten Augen herum, ihre Töchter, ihre Mägde und Sklavinnen. Ihr wißt, wie es in diesen Haushalten zugeht: es ist gewöhnlich unmöglich, das Frauenvolk seiner Stellung nach zu unterscheiden. Sie war sehr mager, und selbst ihre weiten Obergewänder, vorn mit juwelenbesetzten Schließen zusammengehalten, machten an ihr nur einen dürftigen Eindruck. Ihre nackten dunklen Füße steckten in gelben chinesischen Strohpantoffeln. Ich selbst habe sie herumflitzen sehen, mit ihrem außerordentlich dicken, langen grauen Haar, das ihr über die Schultern fiel. Sie hatte derbe, zänkische Ausdrücke, war von vornehmer Abkunft und sehr reizbar und rechthaberisch. Am Nachmittag pflegte sie ihrem Mann gegenüber in einem sehr großen Lehnstuhl zu sitzen und anhaltend durch eine breite Maueröffnung hinauszusehen, die eine weite Aussicht auf die Niederlassung und den Fluß gewährte. Sie zog unweigerlich die Beine hoch, der alte Doramin aber saß breit und vierschrötig da, ehrfurchtgebietend wie ein Berg auf einer Ebene. Er war nur von der „nakboda" oder Kaufmannskaste, aber die Hochachtung, die man ihm erwies, und die Würde, mit der er sich trug, waren auffallend. Er war das Oberhaupt der zweiten Macht in Patusan. Die Einwanderer von Celebes (etwa sechzig Familien, die mit Hörigen und so weiter an zweihundert Mann aufbieten konnten, „die den Kris tragen") hatten ihn schon vor Jahren zu ihrem Oberhaupt gewählt. Die Männer dieser Rasse sind klug, unternehmend, rachsüchtig, jedoch von einem viel offeneren Mut als die übrigen Malaien und dulden keine Bedrückung. Sie bildeten die dem Rajah feindliche Partei. Natürlich gingen die Streitigkeiten um den Handel. Dieser war die Hauptursache der Parteikämpfe, der plötzlichen Ausfälle, die den und jenen Teil der Ansiedlung mit Rauch, Flammen, Schüssen und Geschrei erfüllten. Dörfer wurden verbrannt, Männer hinter die Palisaden des Rajahs geschleppt, um dafür getötet oder gefoltert zu werden, daß sie mit einem andern als ihm Handel getrieben hatten. Erst einen oder zwei Tage vor Jims Ankunft waren mehrere Familienoberhäupter des nämlichen Fischerdorfs, das er später unter seinen besonderen Schutz nahm, von einer Anzahl von des Rajahs Speermännern über die Klippen getrieben worden, unter dem Verdacht, daß sie für einen Handelsmann aus Celebes eßbare Vogelnester gesammelt hatten. Rajah Allang maßte sich das Recht an, der einzige Handelsmann in seinem Lande zu sein, und die Strafe für Verletzung des Monopols war der Tod; aber sein Begriff des Handels war von den gemeinsten Formen des Raubes nicht zu unterscheiden. Seine Grausamkeit und Habgier hatten keine andern Grenzen als seine Feigheit, und er fürchtete die geschlossene Macht der Männer von Celebes, nur – ehe Jim kam – fürchtete er sich nicht genug, um sich ruhig zu verhalten. Er ließ sie durch seine Untertanen bekriegen und glaubte sich salbungsvoll im Recht. Die Sachlage wurde noch verwickelter durch einen wandernden Fremdling, einen halbbürtigen Araber, der die Stämme im Innern (die Buschleute, wie Jim selbst sie nannte), vermutlich aus religiösen Gründen, zum Aufstand angestachelt und sich selbst in einem befestigten Lager auf dem Gipfel eines der Zwillingsberge festgesetzt hatte. Er schwebte über der Stadt Patusan wie ein Habicht über einem Geflügelhof, aber er verheerte das offene Land. Ganze Dörfer faulten verödet auf ihren geschwärzten Pfosten an den Ufern der klaren Ströme und ließen das Gras ihrer Wände, das Laub ihrer Dächer stückweise ins Wasser fallen, mit einem seltsamen Eindruck natürlichen Verfalls, als wären sie erdgewachsene Pflanzen, von den Wurzeln aus verdorrt. Die beiden Parteien in Patusan wußten nicht, welche von ihnen dieser Freischärler am ehesten plündern wollte. Der Rajah stand mit ihm in loser Unterhandlung. Einige von den Bugisansiedlern, der endlosen Unsicherheit müde, waren geneigt, ihn aufzunehmen. Die jüngeren Geister unter ihnen rieten spöttisch, „Scherif Ali mit seinen wilden Männern zu holen und Rajah Allang aus dem Lande zu treiben“. Doramin hielt sie mit Mühe davon ab. Er wurde alt, und obwohl sein Einfluß sich nicht vermindert hatte, war er der Lage nicht mehr gewachsen. So standen die Dinge, als Jim, nach dem Sprung über die Palisade des Rajahs, vor dem Oberhaupt der Bugis erschien, den Ring vorzeigte und, sozusagen, ins Herz der Gemeinschaft aufgenommen wurde.

Sechsundzwanzigstes Kapitel

Doramin war einer der merkwürdigsten Männer seiner Rasse, die ich je gesehen habe. Seine Gestalt war für einen Malaien riesenhaft, aber er sah nicht einfach fett aus, sondern hoheitsvoll, gewaltig. Dieser bewegungslose Körper, in reiche Stoffe, farbige Seiden und Goldstickereien gekleidet; dieser ungeheure, von einem roten, golddurchwirkten Turbantuch umwundene Kopf; das flache, große, runde Gesicht, verrunzelt und zerfurcht, mit zwei halbkreisförmigen tiefen Falten, die zu beiden Seiten der weiten, kühnen Nüstern niederliefen und einen dicklippigen Mund umschlossen; der stierhafte Hals; die breite, faltenreiche Stirn über den stolzen, durchdringenden Augen: es war ein Ganzes, das, einmal erblickt, nie wieder vergessen werden konnte. Seine unbewegliche Ruhe (wenn er einmal saß, regte er selten mehr ein Glied) atmete majestätische Würde. Nie hörte man ihn die Stimme erheben. Sein Sprechen war ein heiseres, eindringliches Murmeln, das leicht verschleiert, wie aus der Ferne klang. Wenn er ging, stützten zwei untersetzte, derbe junge Burschen, mit schwarzen Käppchen auf dem Hinterkopf, seine Ellbogen: sie halfen ihm niedersitzen und standen hinter seinem Stuhl, bis er aufstehen wollte. Wenn er dann langsam, als fiele es ihm schwer, den Kopf nach rechts und links drehte, faßten sie ihn unter die Achsel und halfen ihm auf. Trotzdem wirkte er durchaus nicht bresthaft; im Gegenteil, all seine wuchtigen Bewegungen erschienen als Kundgebungen einer mächtigen, bedachtsamen Kraft. Man nahm allgemein an, daß er seine Frau in öffentlichen Dingen zu Rate zog; doch niemand hatte sie, soviel ich weiß, je ein Wort miteinander wechseln hören. Wenn sie in vollem Staat vor der weiten Öffnung saßen, so war es immer in vollkommenem Schweigen. Sie konnten in dem abnehmenden Licht die weite Ausdehnung des Waldlandes zu ihren Füßen überblicken, ein dunkles, schlafendes Meer düsteren Grüns, das sich wellenförmig bis zu der violett-purpurnen Gebirgskette hinzog; die glänzenden Krümmungen des Flusses, wie ein ungeheures S aus getriebenem Silber; zu beiden Seiten der Ufer das braune Band der Häuser, überragt von den Zwillingsbergen oberhalb der näheren Baumwipfel. Sie waren einer des andern wunderliches Gegenspiel: sie – leicht, zart, dürftig, flink, ein wenig hexenhaft, mit einem Anflug mütterlicher Geschäftigkeit in ihrer Ruhe; er, ihr gegenüber, riesenhaft und schwer, wie eine roh aus Stein gehauene Mannesgestalt, mit etwas Großmütigem und Unbarmherzigem in seiner Starrheit. Der Sohn dieser beiden alten Leute war ein ausgezeichneter Jüngling.

Sie hatten ihn spät bekommen. Vielleicht war er nicht ganz so jung, wie er aussah. Vier- oder fünfundzwanzig ist nicht so jung, wenn ein Mann schon mit achtzehn Jahren Vater einer Familie ist. Wenn er in das große, mit feinen Matten bekleidete und ausgelegte und von einer hohen Decke aus weißem Stoff überspannte Gemach eintrat, wo das Paar, von einem äußerst ehrerbietigen Gefolge umgeben, im Staat dasaß, pflegte er geradewegs auf Doramin zuzugehen, um seine Hand zu küssen – die dieser ihm majestätisch überließ – und dann hinüber neben seiner Mutter Stuhl zu treten. Ich kann wohl sagen, daß sie ihn vergötterten, aber ich habe niemals gesehen, daß sie ihm einen offenen Blick gegönnt hätten; sie befanden sich da allerdings in ihrem öffentlichen Wirkungskreis. Das Zimmer war gewöhnlich gedrängt voll. Die feierliche Förmlichkeit der Begrüßungen und Verabschiedungen, die tiefe Ehrfurcht, die sich in den Gebärden, den Gesichtern, in dem leisen Flüstern äußerte, sind einfach nicht zu beschreiben. „Es ist wirklich sehenswert", hatte Jim mir versichert, als wir auf unserm Rückweg über den Fluß fuhren. „Sie sind wie die Menschen in einem Buch, nicht wahr?" sagte er strahlend. „Und Dain Waris – ihr Sohn – ist der beste Freund (außer Ihnen), den ich jemals hatte. Was Herr Stein einen guten .Kriegskameraden‹ nennen würde. Ich habe Glück gehabt. Himmel! Habe ich Glück gehabt, wie ich damals mehr tot als lebendig zwischen sie hineintaumelte." Er beugte sinnend den Kopf, dann fügte er, sich aufrichtend, hinzu:

„Freilich habe ich dabei nicht geschlafen, aber..." Er schwieg wieder. „Es schien auf mich zuzukommen", murmelte er. „Mit einmal sah ich, was ich zu tun hatte..." Kein Zweifel, daß es auf ihn zugekommen war; und zwar, wie natürlich, durch Krieg, da diese Macht, die sich ihm bot, die Macht war, Frieden zu stiften. Lediglich in diesem Sinne ist Macht so oft wirklich Recht. Ihr müßt nicht glauben, daß er seinen Weg sofort erkannt hätte. Als er ankam, war die Gemeinschaft der Bugis in einer höchst bedenklichen Lage. „Sie hatten alle Angst", sagte er zu mir – „jeder hatte Angst für sich selbst; während ich so klar wie möglich sehen konnte, daß sie sofort etwas unternehmen mußten, wenn sie nicht einer nach dem andern zwischen dem Rajah und dem hergelaufenen Scherif untergehen wollten." Aber dies nur zu sehen, war noch nichts. Als ihm der Gedanke gekommen war, mußte er ihn widerstrebenden Köpfen einbleuen, durch die Bollwerke der Furcht und der Selbstsucht hindurch. Es gelang ihm schließlich. Und das war noch immer nichts. Er mußte die Mittel ausfindig machen. Er fand sie – einen verwegenen Plan; und seine Aufgabe war halb getan. Er mußte einer Menge Leuten, die versteckte und törichte Gründe hatten, zurückzubleiben, sein eigenes Zutrauen beibringen; er mußte alberne Eifersüchteleien beschwichtigen und vielerlei sinnloses Mißtrauen ausreden. Ohne das Gewicht von Doramins Einfluß und seines Sohnes feurige Begeisterung hätte er nichts erreicht. Dain Waris, der vornehme Jüngling, war der erste, der an ihn glaubte; es bestand zwischen ihnen jene eigenartige, tiefe, seltene Freundschaft zwischen der braunen und weißen Rasse, in der gerade die Verschiedenartigkeit zwei menschliche Wesen durch tiefverborgene Zuneigung noch enger verbindet. Von Dain Waris sagte sein eigener Stamm mit Stolz, daß er wie ein Weißer zu kämpfen verstand. Das stimmte; er hatte diese Art Mut – den offenen Mut, möchte ich sagen –, aber er hatte auch europäischen Geist. Man trifft dort manchmal solche Menschen und ist erstaunt, unvermutet eine vertraute Gedankenwendung zu entdecken, ungetrübte Einsicht, Zielbewußtheit und einen Zug von Opfersinn. Klein, aber äußerst wohlgebaut, hatte Dain Waris eine stolze Haltung, ein gesittetes, gewandtes Benehmen, ein Temperament wie eine klare Flamme. Sein dunkles Gesicht, mit großen schwarzen Augen, war ausdrucksvoll in der Bewegung und gedankenvoll in der Ruhe. Er war schweigsam von Natur; ein fester Blick, ein spöttisches Lächeln, eine artige Bedachtsamkeit schienen auf großen Rückhalt an Klugheit und Macht zu deuten. Solche Wesen eröffnen dem Auge des Abendländers, das so oft von bloßen Oberflächen angezogen wird, die verborgenen Möglichkeiten der Rassen und Länder, über denen das Geheimnis unvordenklicher Zeiten liegt. Er vertraute Jim nicht nur; ich bin davon überzeugt, daß er ihn auch verstand. Ich spreche von ihm, weil er es mir angetan hatte. Seine – wenn ich so sagen darf – schneidende Ruhe und zugleich sein kluges Eingehen auf Jims Bestrebungen sprachen mich an. Es war mir, als stünde ich an dem Ursprung der Freundschaft. Wenn Jim die Führung übernahm, so hatte der andere den Führer gefangengenommen. In der Tat war Jim ein Gefangener in jeglichem Sinn. Das Land, die Leute, die Freundschaft, die Liebe waren gleichsam die eifersüchtigen Hüter seines Leibes. Jeder Tag fügte ein Glied zu den Ketten dieser sonderbaren Freiheit. Ich überzeugte mich von Tag zu Tag mehr davon, je mehr ich von der Geschichte hörte.

Die Geschichte! Ob ich die Geschichte gehört habe! Ich hörte sie auf dem Marsch, im Lager (ich mußte das Land nach unsichtbarem Wild durchsuchen); einem Teil davon lauschte ich auf einem der Zwillingsberge, dessen letzte hundert Fuß ich auf Händen und Knien erklettert hatte. Unsere Geleitmannschaft (wir hatten von Dorf zu Dorf ein Gefolge von Freiwilligen) hatte sich mittlerweile in halber Höhe des Abhangs auf einem ebenen Fleck gelagert, und in der stillen Abendluft wehte uns der Geruch von Holzrauch zu wie ein starker, köstlicher Duft. Auch Stimmen tönten zu uns herauf, wunderbar in ihrer wesenlosen Klarheit. Jim saß auf dem Stumpf eines gefällten Baumes, zog seine Pfeife heraus und begann zu rauchen. Neues Gras und Strauchwerk war im Wachsen; unter einem dichten Dornbusch zeigten sich Spuren einer Aufschüttung. „Es ist alles von hier ausgegangen“, sagte er, nachdem er lange sinnend dagesessen hatte. Auf dem andern Berg, zweihundert Meter jenseits eines dunklen Abgrunds, sah ich eine Reihe hoher, geschwärzter Pfähle, hie und da zerstört; die Überreste von Scherif Alis uneinnehmbarem Lager. Aber es war dennoch genommen worden. Das war Jims Idee gewesen. Er hatte Doramins altes schweres Geschütz auf den Berg hinaufgeschafft; zwei rostige, eiserne Siebenpfünder und eine Anzahl kleiner Erzkanonen, die nur noch für die Münze gut waren. Aber wenn sie auch eigentlich dazu bestimmt waren, zu Geld gemacht zu werden, so konnten sie schließlich doch, wenn man sie rücksichtslos bis zur Mündung vollstopfte, auf geringe Entfernung einen brauchbaren Schuß geben. Die Schwierigkeit war nur, sie auf den Berg hinaufzubringen. Jim zeigte mir, wo er die Taue befestigt hatte, erklärte mir, wie er aus einem hohlen Klotz, der sich um einen spitzen Pfahl drehte, ein Gangspill zurechtgemacht hatte, und wies mir mit seinem Pfeifenkopf die Umrisse des Erdwerks. Die letzten hundert Fuß Steigung waren die schwersten gewesen. Er hatte die Verantwortung für den Erfolg auf sich genommen. Er hatte die Kriegspartei veranlaßt, die ganze Nacht hart zu arbeiten. Große, in Zwischenräumen entzündete Feuer flackerten den ganzen Abhang hinunter, „aber hier oben“, erklärte er, „arbeitete der Aufzug im Dunkeln“. Von der Spitze aus sah er die Männer wie Ameisen bei der Arbeit. Er selbst war die ganze Nacht wie ein Eichhörnchen hinauf- und hinuntergeklettert, hatte auf der ganzen Linie Anweisungen erteilt, Mut zugesprochen, nach dem Rechten gesehen. Der alte Doramin hatte sich in seinem Lehnstuhl den Berg hinauftragen lassen. Sie hatten ihn auf dem ebenen Platz des Abhangs abgestellt, und er saß da im Schein der großen Feuer – „erstaunlicher alter Knabe – der richtige alte Häuptling“, sagte Jim, „mit seinen kühnen kleinen Augen – und hatte ein paar riesenhafte Feuersteinpistolen auf den Knien. Prächtige silberbeschlagene Dinger aus Ebenholz mit wundervollen Schlössern und von einem Kaliber wie eine alte Hakenbüchse. Ein Geschenk von Stein – wie es scheint – als Gegengabe für den bewußten Ring. Stammten aus dem Besitz des alten M'Neil. Gott weiß, wie der dazu gekommen war. Da saß er, bewegte weder Hand noch Fuß; hinter ihm eine Flamme von Reisigholz, und eine Unzahl Leute um ihn herum, schreiend, zerrend – der feierlichste, ehrwürdigste alte Knabe, den man sich denken kann. Er würde nicht viel Glück gehabt haben, wenn Scherif Ali sein höllisches Pack auf uns losgelassen und meine Schar in die Flucht getrieben hätte. Nun, so oder so, er war heraufgekommen, um dort zu sterben, wenn es schiefginge. Himmel! Ich kann Ihnen sagen, es durchschauerte mich, ihn so zu sehen – wie einen Fels. Aber der Scherif muß gedacht haben, wir seien verrückt, und nahm sich nicht die Mühe, nachzusehen, was wir da trieben. Niemand hielt es für möglich, daß es gelingen könnte. Wahrhaftig! Ich denke, selbst die Burschen, die dabei zogen und schoben und schwitzten, glaubten nicht, daß es gelingen könnte."

Er stand aufrecht, die schwelende Pfeife in der Hand, mit einem Lächeln auf den Lippen und einem Funken in den knabenhaften Augen. Ich saß auf einem Baumstumpf zu seinen Füßen, und unter uns erstreckte sich das Land, die Unendlichkeit der Wälder, düster im Sonnenschein und Wogen türmend wie das Meer; die Schlangenwindungen der Flüsse blitzten silbern auf, die grauen Tupfen der Dörfer lagen dazwischen, und hie und da schimmerte eine Lichtung wie eine helle Insel zwischen dem nächtigen Dunkel undurchdringlicher Baumwipfel. Eine brütende Düsterkeit lag über dieser weiten, eintönigen Landschaft; das Licht fiel darauf wie in einen Abgrund. Das Land verschlang das Sonnenlicht; nur in weiter Ferne, der Küste entlang, schien sich der leere Ozean, glatt und blank in schwachem Dunst, wie eine Wand aus Stahl zum Himmel zu heben. Und so saß ich also an seiner Seite, hoch auf seinem denkwürdigen Berg, im Sonnenschein. Er beherrschte den Wald, das tausendjährige Dunkel, das alte Menschengeschlecht. Er war wie eine Figur, die man auf einen Sockel gestellt hat, um sie in ewiger Jugend die Macht und vielleicht auch die Tugenden nie alternder Rassen verkörpern zu lassen, die aus dem Dunkel emporgetaucht sind. Ich weiß nicht, warum er mir immer in symbolischem Lichte erschien. Vielleicht ist dies der wahre Grund für meine Anteilnahme an seinem Schicksal. Ich weiß nicht, ob ich ihm damit gerecht wurde, daß ich gerade in jenem Augenblick der Begebenheit gedachte, die seinem Leben eine neue Richtung gegeben hatte; aber die Erinnerung überkam mich lebhaft. Sie war wie der Schatten im Licht.

Siebenundzwanzigstes Kapitel

Schon hatte die Legende ihm übernatürliche Kräfte zugeschrieben. Jawohl, man erzählte sich, es seien auf höchst verschlagene Weise Stricke gelegt worden, viele Männer hätten mit großer Anstrengung ein seltsames Triebwerk in Gang gesetzt und jede Kugel habe beim Abschuß langsam das Gebüsch zerteilt, wie ein wilder Eber das Unterholz durchbricht, aber... und die Weisesten schüttelten den Kopf. Es war etwas Verborgenes in alledem, ohne Zweifel; denn was vermag die Stärke von Stricken und von Männerarmen? Es lebt eine widerspenstige Seele in den Dingen, die durch wirksame Zauber- und Beschwörungskünste bezwungen werden muß. So meinte der alte Sura – ein höchst achtbares Familienhaupt von Patusan –, mit dem ich eines Abends eine Unterhaltung hatte. Sura war jedoch ein berufsmäßiger Hexenmeister, der viele Meilen in der Runde alle Reissaaten und Ernten überwachte, um die widerspenstige Seele der Dinge im Zaum zu halten. Diese Beschäftigung schien er für eine sehr anstrengende zu halten, und vielleicht sind die Seelen der Dinge auch wirklich widerspenstiger als die Seelen der Menschen. Was das einfache Volk der umgrenzenden Dörfer angeht, so glaubte und sagte es (als die natürlichste Sache der Welt), daß Jim die Kanonen auf seinem Rücken den Berg hinaufgetragen habe – zwei auf einmal.

Jim pflegte über solche Reden vor Wut jedesmal mit dem Fuß zu stampfen und mit einem bittern, kurzen Lachen auszurufen: „Was will man mit solchen Jammerwichten anfangen? Sie sitzen die halbe Nacht auf und erzählen sich den größten Unsinn, und je verlogener er ist, desto besser scheint er ihnen zu gefallen!“ In dieser Gereiztheit waren die Spuren des tiefgehenden Einflusses zu merken, den seine Umgebung auf ihn ausübte. Es gehörte mit zu seiner Unfreiheit. Der Ernst, mit dem er die Behauptungen bestritt, war spaßhaft, und ich sagte schließlich: „Mein lieber Junge, Sie nehmen doch nicht an, daß *ich* das Zeug glaube.“ Er sah mich ganz verdutzt an. „Ich hoffe doch nicht“, sagte er und brach in ein schallendes Gelächter aus. „Immerhin, die Kanonen waren da, und bei Sonnenaufgang gingen sie alle zusammen los. Himmel! Sie hätten die Fetzen fliegen sehen sollen“, rief er. Dain Waris an seiner Seite, der mit einem ruhigen Lächeln zuhörte, senkte die Augenlider und scharrte ein wenig mit den Füßen. Es scheint, daß die gelungene Aufstellung der Kanonen Jims Leuten solches Zutrauen einflößte, daß er es wagte, die Batterie in der Obhut zweier älterer Bugis zu lassen, die zu ihrer Zeit Kämpfe gesehen hatten, und sich zu Dain Waris und der Sturmabteilung zu gesellen, die in der Schlucht verborgen waren. In der Dämmerung krochen sie langsam bergauf, und als sie zwei Drittel der Höhe erklommen hatten, legten sie sich in das nasse Gras und erwarteten den Sonnenaufgang, der das vereinbarte Zeichen war. Er sagte mir, mit welcher angstvollen Erregung er den raschen Aufstieg der Sonne beobachtete, wie ihm, erhitzt von der Arbeit und dem Klettern, wie er war, der kalte Tau das Mark in den Knochen gefrieren machte; wie er fürchtete, daß er, ehe die Zeit zum Vorrücken kam, wie ein Blatt zu zittern und zu beben beginnen würde. „Noch nie im Leben ist mir eine halbe Stunde so langsam vergangen", erklärte er. Mittlerweile wurde das Bollwerk gegen den Himmel sichtbar. Die über den ganzen Abhang verstreuten Männer kauerten an den dunklen Steinen und tropfenden Büschen. Dain Waris lag flach an seiner Seite. „Wir sahen uns an", sagte Jim und legte die Hand sacht auf seines Freundes Schulter. „Er lächelte mich so heiter an, und ich wagte nicht, die Lippen zu bewegen, aus Furcht, in einen Schüttelfrost auszubrechen. Auf mein Wort, es ist wahr! Ich troff von Schweiß, als wir unser Versteck aufsuchten – so können Sie sich denken..." Er sagte, und ich glaube es ihm, daß er in bezug auf den Ausgang keine Befürchtungen hatte. Er fürchtete nur, daß er nicht die Kraft haben würde, diesen Schüttelfrost zu unterdrücken. Er machte sich keine Sorgen um den Ausgang. Er hatte nur auf die Spitze des Berges hinaufzukommen und dort zu bleiben, was auch geschehen mochte. Es gab kein Zurück für ihn. Die Leute vertrauten ihm unbedingt. Ihm allein! Seinem bloßen Wort...

Ich erinnere mich noch, wie er an diesem Punkt innehielt und den Blick auf mich richtete. „Soviel ich weiß, haben sie bis jetzt noch keine Ursache gehabt, es zu bereuen", sagte er. „Niemals." Er hoffe zu Gott, daß sie es niemals brauchten. Dann aber hätten sie sich unglücklicherweise angewöhnt, alles und jedes von ihm zu erwarten. Ich könne mir keine Vorstellung machen. Neulich sei ein alter Narr, den er nie in seinem Leben gesehen hatte, meilenweit aus einem Dorf hergekommen und habe von ihm wissen wollen, ob er sich von seiner Frau scheiden solle! Tatsache. Er könne es beschwören. Solche Sachen gebe es... Nicht zu glauben. Sei also der Kerl schwabbelnd und Betel kauend länger als eine Stunde auf der Veranda gesessen, habe geseufzt und nach allen Seiten gespuckt, mit einer wahren Leichenbittermiene, bis er endlich mit der Scherzfrage herausgeplatzt sei. Das jedoch sei gar nicht so komisch, wie es aussehe. Was solle man dazu sagen? – Gute Frau? – Ja. Gute Frau – aber alt; fing an, eine verdammt lange Geschichte von Messingtöpfen zu erzählen. Sie hatten fünfzehn – zwanzig Jahre, weiß Gott wie lange, zusammen gelebt. Sehr, sehr lange Zeit. Gute Frau. Hatte sie ab und zu mal – sehr selten – ein bißchen geschlagen, als sie jung war. Mußte das tun – um seiner Ehre willen. Plötzlich, auf ihre alten Tage, geht sie, leiht der Frau ihres Schwestersohns drei Messingtöpfe und fängt Tag für Tag ein Zetergeschrei mit ihm an. Seine Feinde verhöhnten ihn alle. Sein Antlitz sei besudelt. Die Töpfe nicht wiederzubekommen. Furchtbares Unglück. Keine Möglichkeit, solch einer Geschichte auf den Grund zu kommen; sagte ihm, er solle nach Hause gehen, und versprach, selbst hinzukommen und alles in

Ordnung zu bringen. Es war wirklich keine Kleinigkeit. Erst eine Tagereise durch den Wald, ein zweiter Tag ging damit drauf, die Sache ins Lot zu bringen, indem man einer ganzen Schar von den Bauerntölpeln gut zuredete. Es sei Zündstoff für eine blutige Schlägerei in der Sache gewesen. Jeder Lümmel hatte für die eine oder andere Familie Partei genommen; und die eine Hälfte des Dorfes war bereit, auf die andere mit allem, was zur Hand war, loszugehen. Auf Ehre! Kein Spaß!… Anstatt sich um ihre Ernten zu kümmern. Verschaffte ihm seine elenden Töpfe wieder, natürlich – und brachte alle zur Ruhe. Gehörte gar nicht viel dazu. Konnte die schlimmsten Händel im Lande beschwichtigen, wenn er nur mit dem Finger winkte. Die Schwierigkeit war nur, hinter die Wahrheit zu kommen. Wußte noch heute nicht, ob er allen Parteien gerecht geworden. Es quälte ihn. Und das Geschwätz! Himmel! Was sie sagten, hatte nicht Hand, nicht Fuß. Lieber täglich eine zwanzig Fuß hohe Palisade stürmen. Wahrhaftig! Kinderspiel dagegen. Brauchte auch nicht soviel Zeit. Weiß Gott! Komische Gesellschaft, alles in allem – der alte Narr hätte sein Großvater sein können. Aber von einem andern Gesichtspunkt aus war es kein Spaß. Sein Wort brachte alles zur Entscheidung – seit der Vernichtung von Scherif Ali. „Eine fürchterliche Verantwortung“, wiederholte er. „Nein, wahrhaftig – Scherz beiseite, wäre es um drei Menschenleben gegangen, anstatt um drei alte Messingtöpfe, so wäre es dasselbe gewesen…“

So veranschaulichte er die Auswirkung seines Kriegsglücks. Sie war in der Tat ungeheuer. Sie hatte ihn vom Kampf zum Frieden und durch Tod bis tief ins Innenleben der Leute geführt; doch das im Sonnenlicht düster hingebreitete Land bewahrte den Anschein unergründlicher, ewiger Ruhe. Der Klang seiner frischen jungen Stimme (es war erstaunlich, wie wenig Spuren von Abnutzung er zeigte) schwebte und verhallte leise über dem unwandelbaren Gesicht der Wälder, wie der Schall der großen Kanonen an jenem tauig kalten Morgen, da Jim keine andere Sorge gehabt hatte, als die Fieberschauer seines Körpers zu unterdrücken. Beim ersten Sonnenstrahl auf den reglosen Baumwipfeln hüllte sich der eine Berg, unter dem Knallen der Geschütze, in weiße Rauchwolken, und auf dem andern brach ein wildes Getöse los – Kriegsgeschrei und Rufe des Entsetzens, der Überraschung und des Hasses. Jim und Dain Waris waren die ersten, die Hand an die Verschanzung legten. Die volkstümliche Erzählung will wissen, daß Jim das Tor mit einem Finger niederwarf. Er natürlich stellte diese Tat eifrig in Abrede. Die ganze Verschanzung – pflegte er einem klarzumachen – war eine ganz armselige Sache. (Scherif Ali verließ sich hauptsächlich auf die unzugängliche Lage.) Und überhaupt war das Zeug schon in Stücke geschossen und hing nur noch wie durch ein Wunder zusammen. Er stemmte sich wie ein Narr mit der Schulter dagegen und stürmte Hals über Kopf hinein. Himmel! Wenn Dain Waris nicht gewesen wäre, hätte ihn ein tätowierter, pockennarbiger Vagabund mit seinem Speer wie einen von Steins Käfern auf ein Brett gespießt. Der dritte Mann, der eindrang, war, scheint's, Jims eigener Diener, Tamb' Itam. Das war ein Malaie aus dem Norden, ein Fremder, der nach Patusan eingewandert war und den Rajah Allang zwangsweise als Ruderer auf einem der Staatsboote festgehalten hatte. Er war bei der ersten Gelegenheit ausgekniffen, hatte eine notdürftige Zuflucht (aber sehr wenig zu essen) bei den Bugisansiedlern gefunden und sich an Jim angeschlossen. Seine Haut war sehr dunkel, sein Gesicht flach, seine Augen vorstehend und gallgelb unterlaufen. Es lag etwas Maßloses, nahezu Verranntes in seiner Hingebung an seinen weißen Lord. Er war unzertrennlich von Jim wie ein finsterer Schatten. Bei feierlichen Gelegenheiten pflegte er, die eine Hand auf dem Heft des Kris, in seines Herrn Fußstapfen zu treten und mit wildrollenden Blicken das gemeine Volk in Entfernung zu halten. Jim hatte ihn zum Oberaufseher seines Hauses gemacht, und ganz Patusan ehrte und schätzte ihn als eine Person von großem Einfluß. Bei der Einnahme der Verschanzung hatte er sich besonders durch die kalte Grausamkeit seiner Kampfesweise ausgezeichnet. „Die Sturmabteilung war so rasch vorgedrungen“ – sagte Jim –, „daß es, trotz der Panik der Besatzung, innerhalb der Verschanzung fünf Minuten lang Mann an Mann heiß genug herging, bis ein dummer Esel die Schuppen aus Zweigen und trockenem Gras in Brand steckte und wir alle ums liebe Leben ausreißen mußten.“

Die Niederlage muß vollständig gewesen sein. Doramin saß inmitten des Kanonenrauchs, der sich rings um seinen großen Kopf ausbreitete, unbeweglich in seinem Stuhl auf dem Abhang und nahm die Nachricht mit einem tiefen Grunzen entgegen. Als er hörte, daß sein Sohn am Leben sei und die Verfolgung leite, machte er ohne einen weiteren Laut einen mächtigen Versuch aufzustehen; seine Diener eilten zur Unterstützung herbei, und nachdem man ihm ehrerbietigst aufgeholfen hatte, schlurrte er mit großer Würde an einen schattigen Ort, wo er sich, mit einem weißen Laken völlig zugedeckt, zum Schlafen niederlegte. In Patusan war die Erregung groß. Jim erzählte mir, daß er vom Berge aus, die Verschanzung mit ihren Trümmern, ihrer schwarzen Asche und den halbverkohlten Leichen im Rücken, immer wieder sehen konnte, wie sich der freie Raum zwischen den Häusern zu beiden Seiten des Stromes plötzlich mit einer wimmelnden Schar Menschen füllte und gleich wieder leerte. An seine Ohren tönte schwach von unten her der donnernde Schall von Gongs und Trommeln; die wilden Schreie der Menge drangen gedämpft zu ihm. Eine Unmenge Fahnen flatterten fern zwischen den braunen Dächern wie eine Schar weißer, roter und gelber Vögel. „Sie müssen es genossen haben“, murmelte ich und fühlte dabei, wie sich in mir die Mitfreude rührte.

„Es war... es war ungeheuer! Ungeheuer!“ rief er laut und öffnete die Arme weit. Die plötzliche Bewegung durchfuhr mich, als hätte ich ihn die Geheimnisse seiner Brust vor der Sonne, den brütenden Wäldern, dem stählernen Meer bloßlegen sehen. Unter uns lagerte die Stadt in sanften Linien an den Ufern eines Flusses, dessen Strömung zu schlafen schien. „Ungeheuer!“ wiederholte er ein drittes Mal, flüsternd, wie im Selbstgespräch.

Ungeheuer! Kein Zweifel, es war ungeheuer: das Siegel des Gelingens auf seinen Worten, die Eroberung des Stücks Erde, auf dem er stand, das blinde Vertrauen der Menschen, der Glaube an sich selbst, den er im Feuer und in der Einsamkeit des Vollbringens sich errungen hatte. – All dies schrumpft, wie ich euch schon vorher sagte, beim Erzählen zusammen. Ich kann euch den Eindruck seiner völligen Abgeschiedenheit nicht mit Worten beibringen. Natürlich war er dort in jedem Sinn der einzige seiner Gattung, doch die unvermuteten Eigenschaften seiner Natur hatten ihn in so nahe Berührung mit seiner Umgebung gebracht, daß diese Vereinsamung nur als die Wirkung seiner Kraft erschien. Seine Einsamkeit vergrößerte gewissermaßen seinen Wuchs. Nichts ringsum war mit ihm zu vergleichen, als wäre er einer jener Ausnahmemenschen gewesen, die nur an der Größe ihres Ruhms gemessen werden können; und sein Ruhm war, wohlverstanden, viele Tagereisen im Umkreis das Erstaunlichste. Man mußte erst einen langen, mühsamen Weg durch die Dschungel zurücklegen, ehe man aus dem Bereich seiner Stimme hinauskam. Seine Stimme hatte nicht den schmetternden, lärmenden Trompetenton der verrufenen Göttin, die wir alle kennen. Es klang in ihr vielmehr die Stille und der düstere Ernst des Landes ohne Vergangenheit, wo sein Wort die Wahrheit jedes entgleitenden Tages war. Es war ihr etwas von der Natur jenes Schweigens eigen, das einen in unerforschte Tiefen geleitete, das man beständig zur Seite hatte, weitreichend, durchdringend – und das mit geheimnisvollem Reiz auf den leisbewegten Lippen der Menschen lag.

Achtundzwanzigstes Kapitel

Der besiegte Scherif Ali floh ohne Aufenthalt aus dem Lande, und als die elenden, verfolgten Dorfbewohner aus dem Dschungel in ihre verfallenden Häuser zurückkrochen, ernannte Jim, in Übereinstimmung mit Dain Waris, die Häuptlinge. So wurde er der wirkliche Herrscher des Landes. Was den alten Tunku Allang angeht, so kannte dessen Furcht anfangs keine Grenzen. Es hieß, daß er sich bei der Nachricht von der erfolgreichen Erstürmung des Berges mit dem Gesicht zur Erde auf den Bambusboden seiner Audienzhalle geworfen habe und eine ganze Nacht und einen ganzen Tag regungslos liegengeblieben sei; dabei habe er schreckliche, erstickte Laute ausgestoßen, so daß ihm niemand auf Speereslänge zu nahen wagte. Schon sah er sich schimpflich aus Patusan verjagt, verlassen und entblößt umherirrend, ohne Opium, ohne seine Frauen, eine Jagdbeute für den erstbesten Strauchdieb. Nach Scherif Ali würde er an die Reihe kommen, und wer konnte einem Angriff unter dem Befehl eines solchen Teufels widerstehen? Und in der Tat verdankte er sein Leben und alle Macht, die er zur Zeit meines Besuchs bei Jim noch besaß, einzig Jims Gerechtigkeitssinn. Die Bugis zeigten außerordentlich große Lust, alte Schulden heimzuzahlen, und der unbewegliche alte Doramin hegte die Hoffnung, daß sein Sohn Herrscher von Patusan werden würde. Bei einer unserer Zusammenkünfte ließ er mich behutsam einen Einblick in seinen geheimen Ehrgeiz tun. Nichts konnte in seiner Art feiner sein als die würdevolle Vorsicht seiner Enthüllungen. Er selber – fing er an auseinanderzusetzen – habe in jungen Jahren seine Kräfte gebraucht, jetzt aber sei er alt und müde geworden... Mit seiner wuchtigen Gestalt, den hochmütigen kleinen Augen, aus denen kluge, forschende Blicke schossen, mahnte er einen unwiderstehlich an einen listigen alten Elefanten; seine umfangreiche Brust hob und senkte sich gewaltig und regelmäßig, wie die Dünung einer ruhigen See. Auch er habe, beteuerte er, ein unbegrenztes Vertrauen in Tuan Jims Weisheit. Wenn er nur ein Versprechen erhalten könnte! Ein Wort würde genügen! Seine Atempausen, das leise Grollen seiner Stimme wirkten wie der Nachklang eines abziehenden Gewitters.

Ich machte den Versuch, den Gegenstand zu wechseln. Es war schwierig, denn es konnte keine Frage sein, daß Jim die Macht besaß; in seinem neuen Bereich war anscheinend nichts, das nicht seiner Entscheidung unterstanden hätte. Aber dies, ich wiederhole es, war nichts im Vergleich zu der Überzeugung, die ich bekam, während ich mit einem Anschein von Aufmerksamkeit zuhörte: daß er es endlich doch fast erreicht hatte, sein Schicksal zu meistern. Doramin war besorgt um die Zukunft des Landes, und ich war überrascht von der Wendung, die er seinen Bedenken gab. Das Land bleibt, wo es Gott hingesetzt hat, aber die weißen Menschen – sagte er – kommen zu uns und gehen nach einer Weile wieder fort. Sie gehen fort. Diejenigen, die sie zurücklassen, wissen nicht, wann sie ihre Rückkehr erwarten dürfen. Sie gehen in ihr eigenes Land, zu ihrem eigenen Volk, und so würde auch dieser Weiße es machen... Ich weiß nicht, was mich dazu bewegte, mich so weit zu vergessen, daß ich ein heftiges „Nein, nein" einwandte. Wieviel ich damit verraten hatte, kam erst zutage, als Doramin mir sein Gesicht voll zukehrte – dessen Ausdruck, in tiefe, harte Falten eingebettet, unverändert starr wie eine riesige, braune Maske blieb – und nachdenklich sagte, dies sei in der Tat eine gute Nachricht; und dann wünschte er den Grund zu wissen.

Seine hexenhafte, mütterliche kleine Frau saß an meiner andern Seite, mit hochgezogenen Füßen und verhülltem Kopf, und schaute durch die große Maueröffnung. Ich konnte nur eine heraushängende graue Haarsträhne, einen vortretenden Backenknochen, eine leicht kauende Bewegung ihres scharfen Kinns sehen. Ohne die Augen von der weiten Fernsicht der Wälder, die sich bis zu den Bergen ausdehnten, abzuwenden, fragte sie mich mit klagender Stimme, warum er in so jungen Jahren die Heimat verlassen habe und so weit, durch so viele Gefahren gewandert sei? Ob er kein Haus, keine Anverwandten in seinem eigenen Lande habe? Lebte ihm keine alte Mutter, der sein Gesicht immer vor Augen stand?

Ich war völlig unvorbereitet auf diese Fragen. Ich konnte nur stammeln und unsicher den Kopf schütteln. Nachträglich wurde mir bewußt, daß ich in dem Bemühen, mich aus der Klemme zu ziehen, eine klägliche Figur abgegeben haben muß. Jedenfalls schwieg der alte *nakboda* von diesem Augenblick an. Er war nicht sehr erfreut, fürchte ich, und offenbar hatte ich ihm zu denken gegeben. Sonderbarerweise wurde ich an dem Abend desselben Tages (der mein letzter in Patusan war) nochmals vor die gleiche Frage gestellt: das nicht zu beantwortende Warum von Jims Schicksal. Und dies bringt mich auf die Geschichte seiner Liebe.

Wahrscheinlich meint ihr, es sei eine Geschichte, wie ihr sie euch selber ausdenken könnt. Wir haben so viele solcher Geschichten gehört, und die Mehrzahl von uns hält sie für gar keine wahren Liebesgeschichten. Den größten Teil davon betrachten wir als Gelegenheitsgeschichten: flüchtige Leidenschaften im besten Fall oder vielleicht nur jugendliche Verlockungen, die am Ende der

Vergessenheit anheimfallen müssen, wenn sie auch durch sehr wirkliche Zärtlichkeit und Schmerzen hindurchgehen. Diese Ansicht trifft meistens zu, und vielleicht auch in diesem Fall... Doch ich weiß es nicht. Diese Geschichte zu erzählen, ist keineswegs so leicht, wie es vom gewöhnlichen Standpunkt aus wäre. Anscheinend ist es eine Geschichte, die sich nicht sehr von den andern unterscheidet: für mich aber steht im Hintergrund die trauervolle Gestalt einer Frau, der Schatten eines grausamen Wissens, in einsamem Grabe bestattet, und sieht mich sehnsüchtig, hilflos, mit versiegelten Lippen an. Das Grab selbst, wie ich es bei einem frühen Morgenspaziergang fand, war ein ziemlich formloser, brauner Hügel, von einem hübsch eingelegten Rand aus weißen Korallen eingefaßt und von einem runden Zaun aus gespaltenen jungen Bäumen umgeben, an denen die Rinde gelassen worden war. Ein Gewinde von Blättern und Blumen hing um die Spitzen der schlanken Pfosten – und die Blumen waren frisch.

So kann ich, ob der Schatten nun meiner Einbildung entstammt oder nicht, jedenfalls auf die bedeutsame Tatsache eines unvergessenen Grabes hinweisen. Wenn ich euch noch außerdem sage, daß Jim mit seinen eigenen Händen an dieser schlichten Umzäunung gearbeitet hatte, so werdet ihr sofort den Unterschied, die besondere Note der Geschichte merken. In seiner Hingabe an das liebevolle Andenken eines andern menschlichen Wesens liegt etwas von seinem ausgeprägten Ernst. Er hatte ein Gewissen, und es war ein romantisches Gewissen. Während ihres ganzen Lebens hatte die Frau des unnennbaren Cornelius keinen andern Gefährten, Vertrauten und Freund gehabt als ihre Tochter. Wie das arme Weib dazu gekommen war, den fürchterlichen malakkischen Portugiesen zu heiraten – nach der Trennung von dem Vater ihrer Tochter – und wie diese Trennung zustande gekommen war, ob durch Tod, der manchmal barmherzig sein kann, oder durch den unbarmherzigen Zwang des Herkommens, ist mir ein Geheimnis geblieben. Nach dem Wenigen zu schließen, das Stein (der so viele Geschichten wußte) mir zu verstehen gab, war sie keine gewöhnliche Frau gewesen. Ihr eigener Vater war ein Weißer, ein hoher Beamter, einer jener glänzend begabten Männer, die nicht geistlos mit einem Erfolg Wucher treiben und deren Laufbahn so oft mitten im Aufstieg abgeschnitten wird. Ich nehme an, auch sie muß der rettenden Geistlosigkeit ermangelt haben – und ihre Laufbahn endete in Patusan. Unser allgemeines Schicksal... denn wo ist der Mensch – ich meine: der wahre, empfindende Mensch, der sich nicht entsänne, mitten in der Fülle des Besitzes von jemand oder etwas, das ihm teuerer war als das Leben, verlassen worden zu sein?... unser allgemeines Schicksal verfolgt die Frauen mit besonderer Grausamkeit. Es straft nicht wie ein Gebieter, sondern verhängt bleibende Qualen, als hätte es einen geheimen, unstillbaren Haß zu kühlen. Man sollte meinen, daß es die ihm auf Erden zuerteilte Herrschergewalt am meisten gegen jene Wesen braucht, die sich am ehesten über die Fesseln der irdischen Vorsicht zu erheben vermögen; denn nur die Frauen können zuweilen ein Etwas in ihre Liebe legen, eben greifbar genug, um Schrecken, einen überirdischen Hauch zu vermitteln. Ich frage mich oft, wie ihnen die Welt erscheinen mag – ob in der Gestalt und Verfassung, die wir kennen, ob mit der Luft, die wir atmen! Manchmal meine ich, sie müsse ihnen als ein Höhenreich jenseits aller Vernunft erscheinen, erfüllt von den Wallungen ihrer gefühlsdurstigen Seelen, erhellt von dem Glanz aller möglichen Gefahren und Entsagungen. Ich fürchte indessen, es gibt nur sehr wenig wirkliche Frauen in der Welt, obgleich ich mir natürlich über die Menge der Menschen und über die zahlenmäßige Gleichheit der Geschlechter im klaren bin. Doch bin ich sicher, daß die Mutter ebensosehr wahrhaft Frau war, wie es die Tochter zu sein schien. Ich muß mir immer wieder das Bild dieser beiden Frauen vergegenwärtigen. Zuerst das junge Weib und das Kind, dann die alte Frau und das junge Mädchen, dazu das ewige Gleichmaß und den raschen Flug der Zeit, die unübersteigbare Schranke der Wälder, die Verlassenheit und den Aufruhr um diese beiden einsamen Leben; und jedes Wort, das sie wechselten, schwer von trübem Sinn. Geständnisse müssen gemacht worden sein, nicht so sehr über Tatsachen, als über innerste Gefühleüber Reue, Furcht –, Warnungen dazu, ohne Zweifel: Warnungen, die die Jüngere nicht völlig verstand, bis die Ältere tot war und Jim daherkam. Dann, bin ich überzeugt, verstand sie viel – nicht allesvor allem die Furcht, scheint es. Jim nannte sie mit einem Wort, das etwas Kostbares, einen kostbaren Edelstein bezeichnetJuwel. Hübschnicht wahr? Doch bei ihm war nichts verwunderlich. Er war seinem Glück ebensosehr gewachsen, wie eralles in allem – seinem Unglück gewachsen gewesen sein muß. Er nannte sie Juwel; und er sagte es, wie er Anna gesagt haben würde, in einem ehelichen, häuslichen, friedvollen Ton. Ich hörte den Namen zum erstenmal zehn Minuten nach meiner Ankunft in seinem Hof, als er die Treppe hinaufstürzte, nachdem er mir bei der Begrüßung beinahe den Arm ausgerissen hatte, und an der Tür unter dem schweren Dachvorsprung einen übermütigen, knabenhaften Lärm schlug. Juwel! Hallo! Juwel! Rasch! Ein Freund ist da... Und plötzlich beugte er sich in der dunklen Veranda zu mir vor und stammelte: Wissen Siedies Sie verstehen schonSie glauben nicht, wieviel ich ihr verdankekurzum, es ist genau so, als ob ich… Sein hastiges, ängstliches Geflüster wurde durch das Auftauchen einer weißen Gestalt im Hause und einen leisen Ausruf der Überraschung unterbrochen, und ein kindliches, doch energisches kleines Gesicht mit feinen Zügen und einem tiefen, aufmerksamen Blick guckte aus dem Düster drinnen heraus wie ein Vogel aus seinem Nest. Der Name fiel mir natürlich auf; doch brachte ich ihn erst später mit einem eigentümlichen Gerücht in Verbindung, das mir auf meiner Reise, an einem kleinen Küstenplatz, etwa zweihundertdreißig Meilen südlich vom Patusan-Fluß, zu Ohren gekommen war. Steins Schoner, in dem ich meine Fahrt machte, hatte dort angelegt, um irgendwelche Produkte einzunehmen; und als ich an Land ging, fand ich zu meinem großen Erstaunen, daß sich der klägliche Ort eines bevollmächtigten Hilfsresidenten dritter Klasse rühmen konnte, eines beleibten, schmierigen, blinzelnden Mischlings mit aufgeworfenen, glänzenden Lippen. In fand ihn in widerlich aufgeknöpftem Hausanzug in einem Rohrliegestuhl, mit einem großen grünen Blatt auf seinem dampfenden Kopf und einem ebensolchen, das ihm als Fächer diente, in der Hand… Auf dem Weg nach Patusan? So, so. Steins Handelsgesellschaft. Er wußte schon. Hatte Konzession. Ging ihn nichts an. Es ließe sich jetzt dort aushalten, bemerkte er nachlässig und näselte weiter: „Irgendein hergelaufener Weißer soll sich dort eingeschlichen haben… He? Was? Freund von Ihnen? So!… Dann ist es also wahr, daß einer von diesen *vordamte…* – Was treibt er da? Hat sich eingeschlichen, der Lumpenkerl. He? Ich wußte es nicht gewiß. PatusanGurgelabschneidergeht uns nichts an. Er hielt inne und stöhnte. Puh! Allmächtiger! Die Hitze! Die Hitze! Nun, es kann doch was Wahres an der Geschichte sein und… Er schloß eines seiner widerwärtigen glasigen Augen (das Augenlid zitterte beständig), während er mich mit dem andern fürchterlich anstierte. Sehen Sie“, sagte er geheimnisvoll, wennverstehen Sie?wenn er wirklich etwas ergattert hat, was Wert hat – nicht so ein Stück grünes Glasauf das Ihr so aus seidSie verstehen?Ich bin ein Regierungsbeamter, sagen Sie dem Schurken… He? Was? Freund von Ihnen? … Er schaukelte sich ruhig weiter in seinem Stuhl…. So sagten Sie; gut, gut. Freut mich, Ihnen den Wink geben zu können. Ich vermute, Sie wollen da auch etwas holen! Unterbrechen Sie mich nicht. Sagen Sie ihm also, daß ich von der Sache Kenntnis bekommen, meiner Regierung aber keinen Bericht erstattet habe. Noch nicht. Verstanden? Wozu einen Bericht? Eh? Sagen Sie ihm, daß er zu mir kommen soll, wenn sie ihn lebendig aus dem Lande herauslassen. Er täte gut, auf seiner Hut zu sein. Eh? Ich verspreche, keine Fragen an ihn zu stellen. Ganz im Vertrauen – Sie verstehen. Sie sollen auch was von mir haben. Kleine

Kommission für die Mühe. Unterbrechen Sie nicht. Ich bin ein Regierungsbeamter und mache keinen Bericht. Das ist Geschäft. Sie verstehen. Ich kenne ein paar gute Leute, die alles kaufen, was der Mühe wert ist, und ihm mehr Geld geben können, als der Bursche in seinem Leben gesehen hat. Ich kenne seinesgleichen. Er blickte mich unverwandt mit beiden offenen Augen an, während ich vollkommen verdutzt dastand und mich fragte, ob er verrückt oder betrunken sei. Er schwitzte, schnaufte, stöhnte leise und kratzte sich mit solch unerschütterlicher Ruhe, daß ich den Anblick nicht lange genug ertrug, um das Rätsel lösen zu können. Am folgenden Tag, da ich zufällig mit den Leuten des kleinen, eingeborenen Hofstaats am Platze sprach, erfuhr ich, daß eine Geschichte von einem geheimnisvollen Weißen in Patusan die Küste entlangwanderte, der in den Besitz eines seltenen Edelsteinsnämlich eines Smaragds von enormer Größe und unschätzbarem Wertgelangt war. Der Weiße hatte ihn, sagte man mir, teils durch Ausübung seiner wunderbaren Kraft und teils durch List von dem Herrscher eines fernen Landes, aus dem er gleich nachher geflohen war, erbeutet und war in äußerster Bedrängnis nach Patusan gekommen, wo er die Leute durch seine furchtbare Wildheit, die anscheinend nichts zu zähmen vermochte, in Schrecken hielt. Die meisten meiner Gewährsmänner waren der Meinung, daß der Stein wahrscheinlichwie der berühmte Stein des Sultans von Succadana, der in alten Zeiten Krieg und unsägliches Mißgeschick über das Land heraufbeschwor – Unglück brachte. Vielleicht war es sogar der nämliche Steines ließ sich nicht sagen. In der Tat ist die Geschichte eines fabelhaft großen Smaragds so alt wie die Ankunft der ersten Weißen im Archipel; und der Glaube daran ist so beharrlich, daß noch vor weniger als vierzig Jahren von Holland aus eine amtliche Untersuchung stattgefunden hat, was daran Wahres sei. Solch ein Edelsteinerklärte mir ein Alter, von dem ich den größten Teil dieses Jim-Mythus hörteeine Art Schreiber des jämmerlichen kleinen Rajah am Platze – solch ein Edelstein, sagte er und richtete seine armen halbblinden Augen auf mich (er saß aus Ehrfurcht auf dem Fußboden der Kajüte), wird am besten verwahrt, indem man ihn an dem Leibe einer Frau verbirgt. Doch nicht jede Frau ist gleich gut dazu. Sie muß jung sein – er seufzte tief – und unempfindlich gegen die Verführungen der Liebe. Er schüttelte zweiflerisch den Kopf. Doch schiene es eine solche Frau tatsächlich zu geben. Man habe ihm von einem großgewachsenen Mädchen erzählt, das der weiße Mann mit großer Achtung und Sorgfalt behandle und die niemals ohne Begleitung aus dem Hause gehe. Man sagt, der Weiße könne täglich in ihrer Begleitung gesehen werden; sie gingen offen Seite an Seite, wobei er ihren Arm unter dem seinen hielt – an seine Seite gedrückt – so – in einer höchst ungewöhnlichen Art. Dies könnte eine Lüge sein, räumte er ein, denn es wäre in der Tat etwas, was jemand nicht leicht täte: doch könne andererseits kein Zweifel darüber herrschen, daß sie des weißen Mannes Edelstein auf ihrer Brust verborgen trage.

Neunundzwanzigstes Kapitel

Dies war die herrschende Ansicht über Jims eheliche Abendspaziergänge. Ich war bei mehr als einer Gelegenheit der Dritte und empfand dabei jedesmal peinlich die Gegenwart von Cornelius, der schwer gekränkt in seinen gesetzlichen Vaterrechten und mit jenem besonderen Zug um den Mund in der Nachbarschaft umherschlich, als wollte er beständig mit den Zähnen knirschen. Aber habt ihr nicht schon die Beobachtung gemacht, daß dreihundert Meilen jenseits der Telegraphendrähte und Postbootverbindungen die hohlen Nützlichkeitslügen unserer Zivilisation hinwelken und sterben, um durch reine Ausgeburten der Phantasie ersetzt zu werden, denen die Vergänglichkeit, oft auch der Reiz und manchmal die tiefe, verborgene Wahrheit von Kunstwerken eigen ist? Die Romantik hatte Jim zu ihrem Helden auserkoren – und das war das Wahre an der Geschichte, die im übrigen völlig falsch war. Er versteckte sein Juwel nicht. Er war tatsächlich sehr stolz darauf.

Ich merke jetzt erst, daß ich eigentlich im ganzen nicht viel von ihr gesehen habe. Am besten erinnere ich mich an ihre ebenmäßige, oliven-farbene Blässe und das tiefe Blauschwarz ihres üppigen, flutenden Haares, das unter einem roten, weit auf dem wohlgeformten Hinterkopf sitzenden Käppchen hervorquoll. Ihre Bewegungen waren frei, sicher, und ihr Erröten dunkle Glut. Während Jim und ich plauderten, pflegte sie mit flüchtigen Blicken auf uns ab und zu zu gehen und hinterließ jedesmal einen Eindruck von Anmut und Reiz nebst einem deutlichen Gefühl von Wachsamkeit. Ihr Wesen zeigte eine seltsame Verbindung von Scheu und Kühnheit. Jedes hübsche Lächeln wurde sofort von einem Blick voll stiller, unterdrückter Angst verjagt, als wäre sie sich ständig einer drohenden Gefahr bewußt. Zuweilen setzte sie sich neben uns und lauschte, die Wange auf die zarten Handknöchel gestützt, unserm Gespräch; ihre großen, klaren Augen hingen an unsern Lippen, als hätte jedes gesprochene Wort eine sichtbare Gestalt. Ihre Mutter hatte sie schreiben und lesen gelehrt; von Jim hatte sie ein gut Teil Englisch gelernt und sprach es sehr anmutig, mit seiner eigenen, scharfen, knabenhaften Betonung. Ihre Fürsorge umgab ihn wie ein schützender Flügelschlag. Sie lebte so vollständig in seiner Betrachtung, daß sie etwas von seiner äußeren Erscheinung angenommen hatte; daß etwas in ihren Bewegungen, in der Art, wie sie den Arm ausstreckte, den Kopf wandte, den Blick auf einen richtete, an ihn erinnerte. Ihre wachsame Liebe war von einer Inbrunst, daß sie fast den Sinnen wahrnehmbar wurde; sie schien förmlich in der umgebenden Luft verstofflicht zu sein, ihn wie ein eigentümlicher Duft zu umschweben, wie ein gedämpfter, leidenschaftlicher Ton in der Sonne zu zittern. Wahrscheinlich haltet ihr mich auch für romantisch, aber das ist ein Irrtum. Ich erzähle euch die nüchternen Eindrücke von einem Stück Jugend, von einem seltsamen, bewegten Roman, den ich miterlebt habe. Ich beobachtete mit Teilnahme die Auswirkung seines – sagen wir – seines Glücks. Er wurde eifersüchtig geliebt, aber warum sie eifersüchtig war und auf was, das könnte ich nicht sagen. Das Land, das Volk, die Wälder waren ihre Mitverschworenen, indem sie ihn gemeinsam mit Wachsamkeit umstrickten und eine Atmosphäre der Abgeschiedenheit, des Geheimnisses, des unüberwindlichen Anheimgegebenseins um ihn woben. Es gab sozusagen kein Entrinnen; er war gefangen inmitten der Freiheit seiner Macht; und obwohl sie willig ihren Kopf zum Schemel seiner Füße gemacht hätte, behütete sie ihre Beute unerbittlich, als wäre er schwer in Gewahrsam zu halten gewesen. Selbst Tamb' Itam, der auf unseren Streifzügen seinem weißen Lord auf den Fersen folgte, schrecklich anzusehen, mit zurückgeworfenem Kopf, mit Waffen behängt wie ein Janitschar, mit Kris, Messer und Lanze (außerdem trug er noch Jims Gewehr) – selbst Tamb' Itam erlaubte sich das Gehaben eines unnachgiebigen Wächters, wie ein finsterer, aufopfernder Kerkermeister, der sein Leben für seinen Häftling hinzugeben bereit ist. Wenn wir an den Abenden spät noch aufsaßen, pflegte seine schweigsame, undeutliche Gestalt mit lautlosen Tritten unter der Veranda auf und ab zu gehen, oder ich konnte ihn, wenn ich den Kopf hob, unerwartet im Schatten starr aufgerichtet stehen sehen. Für gewöhnlich verschwand er nach einer Weile; aber wenn wir aufstanden, sprang er dicht an uns heran, wie aus dem Erdboden gewachsen, der Befehle harrend, die Jim ihm etwa erteilen wollte. Auch das Mädchen, glaube ich, ging niemals schlafen, bevor wir uns für die Nacht getrennt hatten. Mehr als einmal sah ich durch das Fenster meines Zimmers sie und Jim ruhig miteinander herauskommen und sich an das grobe Geländer lehnen – zwei engverschlungene, weiße Gestalten, sein Arm um ihre Hüften gelegt, ihr Kopf an seiner Schulter. Ihr sanftes Gemurmel tönte an mein Ohr, inbrünstig, zärtlich, mit einem wehmütigen Ton in der Stille der Nacht, wie das Selbstgespräch eines einzigen Wesens in zwei verschiedenen Klangarten. Später, wenn ich mich auf meinem Bett unter dem Moskitonetz hin- und herwälzte, konnte ich sicher sein, ein leises Knarren, ein gedämpftes Atmen und vorsichtiges Räuspern zu vernehmen – und ich wußte, daß Tamb' Itam noch auf der Lauer war. Obwohl er (durch die Gunst des weißen Herrn) seit kurzem ein Haus innerhalb der Umzäunung besaß, ein Weib genommen hatte und mit einem Kind gesegnet worden war, glaube ich, daß er, wenigstens solange ich mich dort aufhielt, jede Nacht auf der Veranda schlief. Es war sehr schwer, diesen treuen, grimmigen Wärter zum Sprechen zu bringen. Auch Jim bekam nur kurze, schroffe Antworten, sozusagen unter Verwahrung. Reden, schien er sagen zu wollen, wäre nicht seine Sache. Die längste Rede hörte ich von ihm eines Morgens, als er plötzlich seine Hand gegen den Hof ausstreckte und, auf Cornelius deutend, die Worte sprach: „Hier kommt der Nazarener!" Ich glaube nicht, daß er zu mir sprach, obwohl ich an seiner Seite stand, vielmehr schien er die entrüstete Aufmerksamkeit des Weltalls wecken zu wollen. Einige darauffolgende, halblaute Andeutungen über Hunde und den Bratengeruch erschienen mir besonders treffend. Der Hof, ein großer, viereckiger Platz, glühte in grellstem Sonnenlicht, und wie ihn Cornelius, voll sichtbar, überquerte, wirkte es unsagbar verstohlen, düster und heimlich. Er gemahnte einen an alles, was widerwärtig ist. Sein träger, mühsamer Gang glich dem Kriechen eines scheußlichen Käfers; die Beine allein bewegten sich mit widerlicher Emsigkeit, während der Oberkörper unbewegt dahinglitt. Er steuerte wohl gerade auf den Platz zu, zu dem er hinwollte, doch erschien durch die eine nach vorn geschobene Schulter die Richtung schräg. Oft sah man ihn langsam, als folgte er einer Spur, an der Veranda vorbeigehen und verstohlene Blicke hinaufwerfen oder gemächlich hinter einem Schuppen verschwinden. Daß er zu der Besitzung freien Zutritt hatte, war ein Beweis von Jims törichter Sorglosigkeit oder seiner maßlosen Verachtung, denn Cornelius hatte in einer gewissen Episode, die für Jim sehr übel hätte ausgehen können, eine, milde gesagt, sehr zweifelhafte Rolle gespielt. Sie hatte in Wirklichkeit nur noch zu Jims Ruhm beigetragen; doch alles trug zu seinem Ruhm bei, und es war die Ironie seines Schicksals, daß sein Leben, um das er einmal allzusehr gebangt hatte, nun geradezu gefeit schien.

Ihr müßt wissen, daß er bald nach seiner Ankunft – tatsächlich viel zu früh für seine Sicherheit und natürlich lange vor dem Krieg – Doramins Haus verlassen hatte. Dazu hatte ihn sein Pflichtgefühl getrieben; er sagte, er müsse Steins Geschäfte wahrnehmen. Zu diesem Zweck setzte er mit gänzlicher Mißachtung seiner persönlichen Sicherheit über den Fluß und schlug sein Quartier bei Cornelius auf. Wie der letztere es zuwege gebracht hatte, die unruhigen Zeiten zu überdauern, kann ich nicht sagen. Als Steins Agent muß er schließlich doch bis zu gewissem Grade unter dem Schutz Doramins gestanden und sich irgendwie durch all die gefährlichen Wirren hindurchgewunden haben; wobei ich nicht den geringsten Zweifel habe, daß, zu welcher Taktik immer er auch gezwungen gewesen sein mag, sein Verhalten von jener Niedrigkeit bestimmt war, die das Kennzeichen des Mannes schien. Das war sein hervorstechendster Zug; er war von innen und außen gemein, wie andere Leute sich durch eine vornehme, ehrwürdige oder gütige Erscheinung auszeichnen. Es war sein innerstes Wesen, das alle seine Handlungen, Leidenschaften und Empfindungen durchdrang; er wütete gemein, lächelte gemein, war auf gemeine Art niedergeschlagen; sein Entgegenkommen und sein Unwille waren gleicherweise gemein. Ich bin überzeugt, daß seine Liebe das gemeinste der Gefühle gewesen wäre – aber kann man sich vorstellen, daß ein widerliches Insekt liebt? Und selbst noch seine Widerlichkeit war gemein, so daß eine bloß abstoßende Person in seiner Gegenwart edel erschienen wäre. Er hat seinen Platz weder im Hinter- noch im Vordergrund der Erzählung; man soll ihn nur sehen, wie er sich, unsauber und rätselhaft, an den äußeren Grenzen der Geschichte bewegt und ihre Anmut und jugendliche Reinheit befleckt.

Seine Stellung konnte nicht anders als äußerst elend sein, doch ist es möglich, daß er einige Vorteile daraus zog. Jim sagte mir, er sei anfangs mit einer widerlichen Bezeigung der freundschaftlichsten Gefühle empfangen worden. „Der Kerl konnte sich anscheinend vor Freude nicht lassen“, sagte Jim mit Ekel. „Er flog jeden Morgen auf mich zu und schüttelte mir beide Hände – das Scheusal! Aber ich wußte nie, ob ich auch was zum Frühstück bekommen würde. Wenn ich in zwei Tagen drei Mahlzeiten bekam, schätzte ich mich sehr glücklich, und er ließ mich jede Woche einen Wechsel auf zehn Dollar unterzeichnen. Er sagte, er sei überzeugt, Herr Stein verlange nicht von ihm, daß er mich umsonst beköstige. Nun – er beköstigte mich so gut wie gar nicht. Schob es jedesmal auf den ungeordneten Zustand des Landes, tat, als wollte er sich die Haare ausraufen, und bat mich zwanzigmal am Tage um Verzeihung, so daß ich ihn schließlich beschwor, sich darum doch keinen Kummer zu machen. Er machte mich ganz krank. Das halbe Dach seines Hauses war eingefallen, und das ganze Gebäude sah wie räudig aus; getrocknete Graswische staken heraus, und die Matten hingen zerrissen, mit umgebogenen Ecken an den Wänden. Er gab sich die größte Mühe, zu beweisen, daß Herr Stein ihm für die Handelsgeschäfte der letzten drei Jahre Geld schuldig sei, aber seine Bücher waren alle zerrissen und einige nicht zu finden. Er versuchte anzudeuten, daß an dem allen seine verstorbene Frau schuld sei. Widerlicher Schuft! Schließlich mußte ich ihm verbieten, den Namen seiner Frau zu erwähnen. Es brachte Juwel zum Weinen. Ich konnte nicht herausbringen, was aus all den Waren geworden war; in dem Lagerraum war nichts außer den Ratten, die es sich auf einem Lager von alten Säcken und Packpapier wohl sein ließen. Mir wurde von allen Seiten versichert, daß er einen Haufen Geld irgendwo vergraben hatte, aber natürlich konnte ich nichts von ihm herauskriegen. Ich führte ein Jammerleben in dem verdammten Haus. Ich versuchte gegen Stein meine Pflicht zu tun, aber ich hatte auch noch an andres zu denken. Als ich zu Doramin floh, bekam der alte Tunku Allang Angst und gab alle meine Sachen heraus. Es geschah umständlich und unter endloser Heimlichtuerei, durch einen Chinesen, der hier einen kleinen Laden hat; sobald ich aber das Bugisquartier verließ und meinen Wohnsitz bei Cornelius nahm, ging offen die Rede, daß der Rajah entschlossen sei, mich binnen kurzem umbringen zu lassen. Angenehm, nicht? Und ich wußte nicht, was ihn daran hätte hindern können, falls er wirklich entschlossen war. Das Schlimmste dabei war, daß ich mich des Gefühls nicht erwehren konnte, weder Stein noch mir selbst irgend etwas nützen zu können. Oh! Es war niederträchtig – die ganzen sechs Wochen lang."

Dreissigstes Kapitel

Er sagte mir ferner, daß er nicht wußte, was ihn zum Bleiben bewog – aber wir können es natürlich erraten. Er hatte tiefes Mitgefühl für das schutzlose Mädchen, das dem „gemeinen, feigen Schurken" ausgeliefert war. Es scheint, daß Cornelius ihr das Leben zur Hölle machte und nur vor tätlicher Mißhandlung zurückschreckte, weil ihm der Mut dazu fehlte, nehme ich an. Er bestand darauf, daß sie ihn Vater nannte – „und zwar mit Respekt – mit Respekt", pflegte er zu schreien und ihr seine kleine gelbe Faust vors Gesicht zu halten. „Ich bin ein respektabler Mann, und was bist du? Sag' mir, was bist du? Du denkst, ich werde eines andern Kind aufziehen und mich ohne Respekt behandeln lassen? Du solltest froh sein, daß ich es dir erlaube. Sag': Ja, Vater‹... Nein? Na, warte." Hierauf fing er an, auf die tote Frau zu schimpf en, bis das Mädchen, sich den

Kopf haltend, davonlief. Er verfolgte sie, flog hinein und heraus, um das Haus herum und zwischen den Schuppen hindurch, trieb sie in eine Ecke, wo sie auf die Knie fiel und sich die Ohren zuhielt; dann stand er in einiger Entfernung und warf ihr eine halbe Stunde lang ununterbrochen schmutzige Beschuldigungen an den Kopf. „Deine Mutter war ein Teufel, ein falscher Teufel – und du bist ebenfalls ein Teufel“, schrie er dann endlich in einem letzten Ausbruch, nahm ein Stück trockene Erde oder eine Handvoll Schmutz (es fehlte nicht an Schmutz rings um das ganze Haus) und schleuderte ihn ihr ins Haar. Manchmal jedoch bot sie ihm Trotz, stand ihm mit finsteren, zusammengezogenen Brauen ruhig gegenüber und entgegnete nur ab und zu ein Wort, das den andern vor Wut tanzen und schäumen ließ. Jim sagte mir, diese Szenen seien schrecklich gewesen. Es war in der Tat merkwürdig genug, in einer Wildnis auf derartiges zu stoßen. Bedenkt doch, wie aufreibend die ausgesucht grausame Lage wirken mußte, deren Ende nicht abzusehen war. Der achtbare Cornelius (Inchi Nelyus nannten ihn mit einer vielsagenden Grimasse die Malaien) war ein bitter enttäuschter Mann. Ich weiß nicht, was er erwartet hatte, das in Anbetracht seiner Heirat für ihn getan werden würde; aber offenbar schien ihm die Freiheit, zu stehlen, zu unterschlagen und sich auf dem ihm bequemsten Wege die Waren der Firma Stein anzueignen (Stein setzte die Lieferungen so lange unentwegt fort, wie seine Schiffskapitäne sie ihm mitnahmen), kein genügender Gegenwert für das Opfer seines ehrlichen Namens. Jim wäre es eine Wonne gewesen, Cornelius halbtot zu prügeln; andrerseits waren die Szenen so peinvoll, so scheußlich, daß er sich meistens gedrängt fühlte, außer Hörweite zu kommen, um des Mädchens Gefühle zu schonen. Sie blieb immer zitternd vor Erregung, sprachlos zurück und griff sich ab und zu mit steinernem, verzweifeltem Ausdruck an die Brust. Dann kam Jim wohl wieder und suchte sie zu beruhigen: „Kommen Sie – was hilft es – essen Sie eine Kleinigkeit“ – oder gab ihr sonst ein Zeichen der Teilnahme. Cornelius schlich fortgesetzt herum, durch die Türen, über die Veranda und wieder zurück, stumm wie ein Fisch und mit bösartigen, heimtückischen, mißtrauischen Blicken. „Ich kann ihm das Spiel verleiden“, sagte Jim einmal zu ihr. „Sie brauchen nur ein Wort zu sagen.“ Und wißt ihr, was sie antwortete? Sie sagte – erzählte Jim mir mit Nachdruck –, daß, wenn sie nicht wüßte, wie furchtbar unglücklich er selber sei, sie den Mut finden würde, ihn mit ihren eigenen Händen zu töten. „Denken Sie nur! Das arme Ding, fast noch ein Kind – und war dazu gebracht worden, solche Reden zu führen“, rief er entsetzt. Es schien unmöglich, sie zu retten – nicht nur vor dem gemeinen Schurken, sondern auch vor sich selbst. Nicht daß er sie so sehr bemitleidet hätte! Es war mehr als Mitleid; es war, als hätte er etwas auf dem Gewissen, solange dieses Leben fortdauerte. Das Haus zu verlassen, wäre ihm wie feige Fahnenflucht erschienen. Er hatte schließlich begriffen, daß von einem längeren Aufenthalt nichts zu erwarten war, weder Abrechnungen noch Geld, noch irgendeine Wahrheit, und doch blieb er und brachte Cornelius dadurch an den Rand, ich will nicht sagen des Wahnsinns, doch beinahe des Mutes. Mittlerweile fühlte er, wie sich dunkel allerhand Gefahren um ihn zusammenzogen. Doramin hatte zweimal einen zuverlässigen Diener zu ihm gesandt, um ihn allen Ernstes wissen zu lassen, daß er nichts für seine Sicherheit tun könne, wenn er nicht wieder über den Fluß setzen und wie zuerst unter den Bugis leben wolle. Leute jeden Standes suchten ihn, häufig in der Stille der Nacht, auf, um ihm Anschläge auf sein Leben zu enthüllen. Er sollte vergiftet werden. Man wollte ihn im Badehaus erdolchen. Es waren Anordnungen getroffen, ihn von einem Boot auf dem Fluß aus zu erschießen. Jeder dieser Angeber behauptete, ihm gut Freund zu sein. Es war genug – sagte er mir –, um einem für immer die Ruhe zu rauben. Etwas Derartiges war natürlich sehr möglich – nein, wahrscheinlich –, aber die lügenhaften Warnungen gaben ihm nur das Gefühl, daß rings um ihn, auf allen Seiten, im Dunkeln, ein fieberhaftes Ränkeschmieden vor sich ging. Nichts hätte besser darauf berechnet sein können, auch die besten Nerven zu zerrütten. Schließlich, eines Nachts, enthüllte Cornelius selbst, mit einem großen Aufwand an Besorgnis und Heimlichtuerei, in feierlich kriecherischen Tönen, einen kleinen Plan, wonach er – Cornelius – für hundert oder selbst nur für achtzig Dollar – sagen wir für achtzig – einen vertrauenswürdigen Mann herbeischaffen würde, der Jim in aller Sicherheit aus dem Bereich des Flusses schmuggeln sollte. Anders ließe es sich nicht machen, wenn Jim das geringste an seinem Leben gelegen sei. Was sind achtzig Dollar? Eine Kleinigkeit. Eine unbedeutende Summe. Während er, Cornelius, der zurückbleiben mußte, sich durch seine Ergebenheit für Herrn Steins jungen Freund unweigerlich der größten Lebensgefahr aussetzte. Der Anblick seines widerlichen Gesichterschneidens – sagte Jim – war schwer zu ertragen: er raufte sich das Haar, schlug sich an die Brust, wiegte sich hin und her, während er sich mit den Händen den Bauch hielt, und tat buchstäblich so, als ob er Tränen vergösse. „Ihr Blut komme über Ihr eigenes Haupt“, quäkte er zuletzt und stürzte hinaus. Es wäre nicht ohne Reiz, zu untersuchen, inwieweit Cornelius bei diesem Spiel aufrichtig war. Jim gestand mir, daß er kein Auge zutat, nachdem der Kerl fort war. Er lag auf einer dünnen, über den Bambusfußboden gebreiteten Matte auf dem Rücken und bemühte sich, unter dem zerrissenen Strohdach, wo es beständig raschelte, die nackten

Sparren zu erkennen. Ein Stern blinkte plötzlich durch ein Loch im Dach. Der Kopf wirbelte ihm; doch war es in dieser selben Nacht, daß sein Plan für die Überrumpelung Scherif Alis reifte. Er hatte in jedem Augenblick, der nicht der hoffnungslosen Nachforschung nach Steins Nutzanteil gewidmet gewesen war, darüber nachgedacht, aber der Einfall, sagte er, kam ihm ganz plötzlich. Er konnte, sozusagen, die Geschütze auf dem Gipfel des Berges aufgestellt sehen. Er geriet in fieberhafte Erregung, wie er so dalag. An Schlaf war gar nicht zu denken. Er sprang auf und ging barfuß auf die Veranda hinaus. Mit einmal stieß er beim leisen Auf- und Niederschreiten auf das Mädchen, das reglos, wie auf der Lauer, an die Wand gelehnt stand. In seiner damaligen Gemütsverfassung überraschte es ihn nicht, sie auf zu sehen, noch sie in ängstlichem Geflüster fragen zu hören, wo Cornelius sein könne. Er sagte einfach, er wüßte es nicht. Sie stöhnte leise und spähte in den *Campong*. Alles war still. Er war ganz von seiner neuen Idee besessen und so voll davon, daß er sich nicht enthalten konnte, dem Mädchen sofort alles zu sagen. Sie hörte zu, schlug leicht die Hände zusammen, sprach flüsternd ihre Bewunderung aus, war indessen offenbar die ganze Zeit gespannt auf der Hut. Es scheint, er war daran gewöhnt, sie zu seiner Vertrauten zu machen – und daß sie ihrerseits ihm eine ganze Menge nützlicher Winke bezüglich der Patusaner Verhältnisse geben konnte und gab, unterliegt keinem Zweifel. Er versicherte mir mehr als einmal, daß ihr Rat ihm immer sehr zustatten gekommen sei. Kurzum, er war mitten darin, ihr auf der Stelle seinen Plan zu unterbreiten, als sie mit einmal seinen Arm drückte und dann von seiner Seite verschwand. – Zu gleicher Zeit tauchte Cornelius von irgendwo auf, und als er Jim bemerkte, duckte er sich nach der Seite, als wäre er beschossen worden, und hielt sich hernach mäuschenstill im Dunkeln. Am Ende kam er wie eine argwöhnische Katze vorsichtig heraus. „Es waren einige Fischer da— mit Fischen“, sagte er mit zitternder Stimme. „Um Fische zu verkaufen... Sie verstehen“... Es muß etwa zwei Uhr morgens gewesen sein – sehr wahrscheinlich, daß um diese Zeit jemand Fische feilbot!

Jim jedoch ließ diese Behauptung durchgehen und dachte keinen Augenblick darüber nach. Andere Dinge beschäftigten ihn; er hatte weder etwas gesehen noch gehört. Er begnügte sich damit, zerstreut „Oh!“ zu sagen, nahm aus einem Krug, der dastand, einen Schluck Wasser und ging wieder hinein, um sich wieder auf seine Matte zu legen, während Cornelius in einer unbegreiflichen Erregung zurückblieb und sogar mit beiden Armen das wurmstichige Geländer der Veranda umklammerte, als ob ihm die Beine versagten. Mit einmal hörte Jim heimliche Fußtritte. Sie stockten. Eine Stimme raunte zitternd durch die Wand: „Schlafen Sie?“ – „Nein! Was gibt's?“ antwortete er kurz, und draußen gab es eine hastige Bewegung, als wäre der Sprecher erschreckt worden. Höchst ärgerlich hierüber, stürmte Jim hinaus, und Cornelius floh mit einem schwachen Aufschrei durch die Veranda bis zur Treppe, wo er am zerbrochenen Geländer hängenblieb. Ziemlich verblüfft, rief ihm Jim aus der Entfernung zu, was zum Teufel er wolle. „Haben Sie erwogen, was ich Ihnen vorgeschlagen habe?“ fragte Cornelius, jedes Wort mühsam hervorstoßend, wie jemand, der einen Anfall von Schüttelfrost hat. – „Nein!“ schrie Jim voll Wut. „Ich habe es nicht erwogen und habe nicht die Absicht, es zu tun. Ich werde hier in Patusan leben.“ – „Sie werden h-h-hier st-st-ster-ben“, antwortete Cornelius mit klappernden Zähnen und wie erlöschender Stimme. Die ganze Szene war so blödsinnig und aufreizend, daß Jim nicht wußte, ob er lachen oder sich ärgern sollte. „Nicht, bevor ich Sie zum Teufel geschickt habe, seien Sie sicher“, schrie er wütend und dabei doch dem Lachen nahe. Immer noch halb im Spaß (ihr müßt wissen, er war von seinen eigenen Gedanken erregt) fuhr er fort: „Nichts kann mir was anhaben! Ihr könnt euer Ärgstes tun!“ Irgendwie erschien ihm der schemenhafte Cornelius dort weit weg als die verhaßte Verkörperung aller Verdrießlichkeiten und Hindernisse, die er auf seinem Wege gefunden hatte. Er ließ sich gehen – seine Nerven waren seit Tagen überreizt – und warf ihm alle möglichen Namen an den Kopf – Schwindler, Lügner, trauriger Schuft – kurzum, er trieb es ziemlich arg. Er gibt selbst zu, daß er alle Grenzen überschritt – die Patusaner herausforderte, ihn in die Flucht zu jagen –, erklärte, sie sollten ihm alle nach seiner Pfeife tanzen lernen und so weiter, in drohendem, prahlerischem Ton. Vollkommen lächerlich und großtuerisch, sagte er. Er wurde noch in der Erinnerung bis über die Ohren rot. Er muß ganz aus dem Häuschen gewesen sein... Das Mädchen, das bei uns saß, nickte mir mit ihrem kleinen Köpfchen rasch zu, runzelte ein wenig die Stirn und sagte mit kindlichem Ernst: „Ich hörte ihn.“ Er lachte und errötete noch mehr. Was ihn schließlich zum Schweigen brachte, sagte er, war die Stille, die völlige Totenstille der undeutlichen Gestalt dort drüben, die zusammengefallen, wie eingeknickt, in unheimlicher Starre über der Brüstung hing. Er kam wieder zu Sinnen, hielt plötzlich inne und wunderte sich höchlich über sich selbst. Er lauschte eine Weile. Keine Bewegung, kein Laut. „Gerade als ob der Kerl den Geist aufgegeben hätte, während ich so drauflos getobt hatte“, sagte er. Er schämte sich so sehr vor sich selbst, daß er eiligst ohne ein Wort hineinging und sich wieder auf den Boden warf. Das Toben schien ihm jedoch gutgetan zu haben, denn er schlief die ganze übrige Nacht wie ein Kind. Hatte seit Wochen nicht so geschlafen. „Aber ich schlief nicht“, fiel das Mädchen ein, das dabeisaß, das Gesicht mit der Hand stützend. „Ich wachte.“ Ihre großen Augen blitzten, weit aufgerissen, und dann richtete sie sie fest auf mich.

Einunddreissigstes Kapitel

Ihr könnt euch denken, wie gespannt ich zuhörte. Alle diese Einzelheiten erwiesen sich vierundzwanzig Stunden später als bedeutsam. Am Morgen machte Cornelius keine Anspielung auf die Ereignisse der Nacht. Er tauchte gerade in dem Augenblick auf, als Jim ins Boot stieg, um zu Doramin zu fahren, und sagte mit saurer Miene: „Ich denke, Sie werden in meine elende Hütte zurückkehren.“ – Jim nickte nur, ohne ihn anzusehen. „Sie scheinen Spaß an der Sache zu finden“, brummte der andere zwischen den Zähnen. Jim verbrachte den Tag bei dem alten *nakboda*, indem er den Vornehmsten der Bugisgemeinschaft, die zu eingehender Beratung beschieden worden waren, die Notwendigkeit kräftigen Handelns predigte. Es machte ihm Vergnügen, sich ins Gedächtnis zu rufen, wie ungemein beredt und überzeugend er gewesen war. „Damals gelang es mir, ihnen etwas Rückgrat beizubringen, kein Zweifel daran!“ sagte er. Scherif Ali hatte vor kurzem einen Raubzug bis hart an die Grenzen der Ansiedlung gehalten, und einige zu der Stadt gehörige Frauen waren in die Verschanzung geschleppt worden. Scherif Alis Kundschafter waren am Tag zuvor auf dem Marktplatz gesehen worden, wo sie hochmütig in weißen Mänteln einherstolzierten und mit des Rajahs Freundschaft für ihren Herrn prahlten. Einer von ihnen hatte sich zuvorderst in den Schatten eines Baumes gestellt und, auf einen langen Gewehrlauf gestützt, die Leute zu Gebet und Buße aufgerufen und ihnen den Rat gegeben, alle Fremden in ihrer Mitte zu töten, von denen einige, wie er sagte, Ungläubige und andere noch Schlimmeres seien – Kinder des Satans unter der Maske von Moslems. Es wurde erzählt, daß unter den Zuhörern mehrere Untertanen des Rajahs laut ihre Zustimmung ausgedrückt hatten. Der Schrecken unter dem gemeinen Volk war sehr groß. Jim, äußerst befriedigt von dem, was er ausgerichtet hatte, setzte vor Sonnenuntergang wieder über den Fluß.

Da er die Bugis unverbrüchlich zum Handeln verpflichtet und sich für den Erfolg mit seinem Kopf verbürgt hatte, war er in so gehobener Stimmung, daß er in seiner Herzensfreude um jeden Preis versuchte, gegen Cornelius höflich zu sein. Cornelius hingegen verfiel zur Erwiderung in eine wilde Lustigkeit, und es wurde beinahe unerträglich für Jim, sein gezwungenes Gequieke mitanzuhören, zu sehen, wie er sich wand und die Augen zukniff und plötzlich sein Kinn in die Hand nahm und mit abwesendem Blick über dem Tisch lehnte. Das Mädchen zeigte sich nicht, und Jim zog sich frühzeitig zurück. Als er aufstand, um gute Nacht zu sagen, sprang Cornelius auf, wobei er seinen Stuhl umwarf, und duckte sich rasch, als wollte er etwas aufheben, das er fallengelassen hatte. Sein Gutnacht erklang heiser unter dem Tisch. Jim war erstaunt, ihn mit herunterfallender Kinnlade und stieren, blöd erschrockenen Augen wieder hochkommen zu sehen. Er klammerte sich an den Rand des Tisches. „Was fehlt Ihnen? Sind Sie unwohl?“ fragte Jim. – „Ja, ja, ja. Furchtbare Kolikschmerzen“, gab er zur Antwort, und Jim zweifelte nicht im geringsten, daß es wahr sei. Immerhin war dies in Anbetracht seines Vorhabens ein Zeichen von einer noch unvollkommenen Gefühllosigkeit, die man ihm hoch anrechnen muß.

Wie dem auch sei, Jims Schlummer wurde von einem Traum gestört, in welchem ihm unter einem Himmel wie aus Erz eine dröhnende Stimme zurief: Erwache! Erwache! – so laut, daß er, trotz seinem verzweifelten Entschluß, weiterzuschlafen, wirklich aufwachen mußte. Der grelle Schein einer roten, prasselnden Flamme mitten in der Luft fiel ihm in die Augen. Dicke, schwarze Rauchknäuel wallten um den Kopf einer unirdischen Erscheinung, ganz in Weiß, mit strengem, erschöpftem, angstvollem Gesicht. Nach einer Sekunde etwa erkannte er das Mädchen. Sie hielt mit ausgestrecktem Arm eine Dammarharzfackel und wiederholte mit beharrlicher, dringlicher Eintönigkeit: „Aufstehn! Aufstehn! Aufstehn!“

Er sprang mit einem Satz auf die Füße; sofort steckte sie ihm einen Revolver in die Hand, seinen eigenen Revolver, der an einem Nagel gehangen hatte, aber diesmal geladen war. Er faßte ihn schweigend, verblüfft, vor der Helligkeit blinzelnd. Er war begierig, zu wissen, was er für sie tun könnte.

Sie fragte hastig und sehr leise: „Können Sie vier Männern damit standhalten?“ Er lachte, während er dies erzählte, bei der Erinnerung an seine höfliche Bereitwilligkeit. Es scheint, daß er damit nicht sparte. „Gewiß – natürlich – gewiß – Sie haben nur zu befehlen.“ Er war nicht eigentlich wach und sich nur bewußt, daß er ihr unter diesen besonderen Umständen durch seine fraglose, hingebende Bereitschaft große Zuvorkommenheit erwies. Sie verließ das Zimmer, und er folgte ihr; auf dem Gang scheuchten sie eine alte Hexe auf, die die gelegentlichen Mahlzeiten des Haushalts herstellte, obwohl sie so gebrechlich war, daß sie kaum noch die menschliche Sprache verstehen konnte. Sie stand auf und humpelte mit zahnlosem Gemurmel hinter ihnen her. Eine Hängematte aus Segeltuch auf der Veranda, die Cornelius gehörte, schaukelte leicht, als Jim sie mit dem Ellbogen berührte. Sie war leer.

Das Patusaner Geschäftshaus hatte, wie alle Niederlassungen von Steins Handelsgesellschaft, ursprünglich aus vier Gebäuden bestanden. Zwei davon stellten sich als zwei Haufen von Stangen, zerbrochenem Bambus und verfaultem Dachstroh dar, über welchem Gemisch die vier hölzernen Eckpfeiler in verschiedenen Winkeln trübselig lehnten; der Hauptlagerraum jedoch stand noch, gegenüber dem Wohnhaus des Agenten. Es war eine längliche, aus Schlamm und Lehm gebaute Hütte; sie hatte an ihrem einen Ende eine breite Tür aus starken Planken, die bis dahin noch nicht aus den Angeln gefallen war, und in einer der Seitenwände eine viereckige Öffnung, eine Art Fenster, mit drei hölzernen Querstäben. Ehe sie die wenigen Stufen hinabschritt, wandte das Mädchen das Gesicht über die Schulter und sagte rasch: „Sie sollten im Schlaf überfallen werden.“ Jim sagte mir, daß ihn ein Gefühl der Enttäuschung überkam. Es war die alte Geschichte. Er war dieser Anschläge auf sein Leben müde. Er hatte diese ewigen Warnrufe satt. Ihn ekelte davor. Er versicherte mir, daß er über das Mädchen ärgerlich war, weil sie ihn getäuscht hatte. Er war ihr unter dem Eindruck gefolgt, daß sie es war, die seiner Hilfe bedurfte, und nun war er halb und halb versucht, umzukehren und sich um nichts mehr zu kümmern. „Sie müssen wissen“, erklärte er, „ich war zu jener Zeit ganze Wochen lang nicht ich selbst.“ – „Doch, doch. Das waren Sie schon“, konnte ich nicht umhin, zu widersprechen.

Doch sie schritt behende voran, und er folgte ihr in den Hof. Auf allen Seiten war der Zaun seit langem eingefallen; die Büffel der Nachbarn spazierten am Morgen gemächlich brüllend durch die Lücken hinein; schon drang auch der Dschungel ein. Jim und das Mädchen machten in dem üppigen Gras halt. Das Licht, in dem sie standen, ließ alles ringsherum in tiefer Dunkelheit erscheinen, und nur über ihren Köpfen funkelte üppiger Sternenglanz. Es war eine schöne Nacht, wie er mir sagte – ganz kühl, mit einer leichten Brise vom Fluß her. Er scheint ihre freundliche Schönheit bemerkt zu haben. Ihr dürft nicht vergessen, daß ich euch eine Liebesgeschichte erzähle. Eine himmlische Nacht, die sie wie eine sanfte Liebkosung umschmeichelte. Die Flamme der Fackel wehte ab und zu mit einem flatternden Geräusch wie eine Fahne, und für eine Weile war dies der einzige Ton. „Sie warten in dem Lagerraum“, flüsterte das Mädchen; „sie warten auf das Zeichen." – „Wer soll es geben?" fragte er. Sie schüttelte die Fackel, die nach einem Funkenregen aufloderte. „Sie haben so unruhig geschlafen", fuhr sie murmelnd fort. „Ich habe auch Ihren Schlaf bewacht." – „Sie!" rief er aus und bog den Hals, um in die Runde zu sehen. – „Sie glauben wohl, daß ich bloß diese Nacht gewacht habe!" meinte sie, mit einer Art verzweifelter Entrüstung.

Er sagt, es war, als hätte er einen Stoß vor die Brust bekommen. Er rang nach Atem. Es kam ihm in den Sinn, daß er sich wohl sehr ungezogen benommen haben mußte, und er fühlte sich reuig, gerührt, glücklich, erhoben. Ihr müßt immer bedenken, daß es eine Liebesgeschichte ist. Ihr könnt es schon aus der Dummheit ersehen, keiner unangenehmen Dummheit, der überspannten Dummheit ihres Vorgehens, diesem Stillstehen bei Fackellicht, als wären sie eigens zur Erbauung für verborgene Mörder herausgekommen. Wenn die Kundschafter Scherif Alis nur für einen Pfennig Schneid gehabt hätten – bemerkte Jim –, so wäre dies der gegebene Augenblick gewesen, sich auf ihn zu stürzen. Sein Herz schlug heftig – nicht aus Furcht –, ihm war, als hörte er das Gras rascheln, und er trat hastig aus dem Licht heraus. Etwas Dunkles, unklar Gesehenes flitzte schleunigst vorbei. Er rief mit starker Stimme: „Cornelius! Oh, Cornelius!" Eine tiefe Stille folgte: sein Ruf schien keine zwanzig Fuß weit gedrungen zu sein. Wieder war das Mädchen an seiner Seite. „Fliehen Sie!" sagte sie. Das alte Weib kam hinzu; ihre gekrümmte Gestalt hüpfte krüppelhaft an den Rand des Lichtkreises; sie hörten sie murmeln und einen leichten, klagenden Seufzer ausstoßen. „Fliehen Sie!" wiederholte das Mädchen erregt. „Sie fürchten sich jetzt – dies Licht – die Stimmen. Sie wissen, daß Sie jetzt wach sind – sie wissen, Sie sind groß, stark, ohne Furcht..." „Wenn ich all das bin..." begann er, aber sie unterbrach ihn: „Ja – heut nacht! Aber morgen nacht? Und die nächste? Die folgende – all die vielen, vielen Nächte? Kann ich denn immer wachen?" Ein schluchzendes Stocken ihres Atems rührte ihn mehr, als Worte sagen können.

Er sagte mir, daß er sich nie so klein, so ohnmächtig gefühlt habe. Und der Mut – was half der? dachte er. Er war so hilflos, daß er nicht einmal einsehen konnte, was ihm die Flucht helfen sollte; und obwohl sie mit fieberhafter Beharrlichkeit zu flüstern fortfuhr: „Gehn Sie zu Doramin, gehn Sie zu Doramin", so war ihm doch klar, daß es für ihn aus jener Einsamkeit, die all seine Gefahren verhundertfachte, keine Zuflucht gab außer – in ihr. „Ich hatte das Gefühl", sagte er zu mir, „daß, wenn ich von ihr fortginge, alles aus wäre. Da sie jedoch nicht immer mitten in dem Hof stehenbleiben konnten, entschloß er sich, in dem

Lagerraum nachzusehen. Er ließ sie mitkommen, ohne an einen Widerspruch zu denken, als wären sie unlöslich verbunden gewesen. „Ich bin furchtlos – so?“ murmelte er durch die Zähne. Sie hielt ihn am Arm fest. „Warten Sie, bis Sie meine Stimme hören“, sagte sie und rannte mit der Fackel in der Hand leichtfüßig um die Ecke. Er blieb allein im Dunkeln, das Gesicht zur Türe gekehrt: kein Ton, kein Atemzug kam von drüben her. Die alte Hexe gab irgendwo hinter seinem Rücken ein langgezogenes Stöhnen von sich. Er hörte einen hohen, fast schreienden Ruf des Mädchens. „Jetzt! Auf!“ Er stieß heftig; die Tür sprang mit Krachen und Knarren auf und zeigte ihm zu seinem größten Erstaunen den niedrigen, kerkergleichen Raum von einem trüben, schwelenden Licht erhellt. Ein Rauchwirbel flutete über eine leere Holzkiste mitten auf dem Fußboden, ein Lager von Stroh und Lumpen wurde vom Luftzug aufgeweht. Sie hatte das Licht durch die Stäbe des Fensters gesteckt. Er sah ihren bloßen, runden Arm, steif ausgestreckt, wie er die Fackel mit der Festigkeit einer Eisenstütze hielt. Ein kegelförmiger Haufen von alten, zerfetzten Matten türmte sich in einem fernen Winkel fast bis zur Decke – das war alles.

Er gestand mir, daß er davon bitter enttäuscht war. Seine Stärke war durch so viele Warnrufe auf die Probe gestellt worden, seit Wochen wurden ihm so viele Winke über drohende Gefahr gegeben, daß er endlich etwas Wirklichem, einer greifbaren Körperlichkeit gegenübergestellt sein wollte. „Es hätte die Luft wenigstens für ein paar Stunden gereinigt, wenn Sie verstehen, was ich meine“, sagte er zu mir. „Himmel! Ich hatte tagelang mit einem Stein auf der Brust dahingelebt.“ Jetzt endlich hatte er geglaubt, jemandes habhaft werden zu können, und – nichts! Keine Spur, kein Zeichen von irgendwem. Er hatte seine Waffe erhoben, als die Tür aufging, nun aber fiel sein Arm herunter... „Schießen Sie! Wehren Sie sich“, rief das Mädchen von draußen in angsterfülltem Ton. Sie, die im Dunkeln stand und ihren Arm in Schulterhöhe durch das enge Loch gesteckt hatte, konnte nicht sehen, was drinnen vorging, und sie wagte nicht, die Fackel fortzunehmen und zu ihm zu laufen. „Hier ist niemand!“ schrie Jim verächtlich, aber die Lust, in ein höhnisches, bitteres Lachen auszubrechen, verging ihm, ehe er einen Ton herausbrachte; schon im Begriff, umzukehren, hatte er bemerkt, daß er mit einem Augenpaar in dem Mattenhaufen Blicke wechselte. Er sah den flüchtigen Schimmer von weißem Zeug. „Komm heraus!“ schrie er in hellem Zorn, noch zweifelnd, und ein dunkler Kopf, ein Kopf ohne Körper, hob sich aus dem Schutt, ein seltsam losgelöster Kopf, der ihn mit finsterer Ruhe ansah. Im nächsten Augenblick bewegte sich der ganze Hügel, und mit einem leisen Knurren kam ein Mann hervor und sprang auf Jim zu. Hinter ihm flogen und sprangen sozusagen die Matten, sein rechter Arm war mit gekrümmtem Ellbogen hochgehoben, und die matte Klinge eines Kris blitzte in seiner Faust, die er ein wenig über seinem Kopf hielt. Ein Tuch, das er fest um die Lenden gewunden hatte, hob sich blendend weiß von seiner bronzenen Haut ab; sein nackter Körper glänzte wie naß.

Jim bemerkte dies alles. Er sagte mir, daß er eine unaussprechliche Erleichterung, ein wonniges Rachegefühl empfand. Er hielt seinen Schuß mit Bedacht zurück. Er hielt ihn den zehnten Teil einer Sekunde, während dreier Schritte des Mannes – eine unvernünftig lange Zeit. Er hielt ihn um des Vergnügens willen, sich zu sagen: ›Das ist ein toter Mann!‹ Er war seiner Sache völlig sicher. Er ließ ihn näher kommen, weil es nicht darauf ankam. Ein toter Mann, soviel stand fest. Er sah die geblähten Nüstern, die weit offenen Augen, die gespannte, gierige Starre des Gesichts, und dann gab er Feuer.

Der Krach in dem engen Raum war betäubend. Er trat einen Schritt zurück. Er sah den Mann den Kopf nach hinten werfen, die Arme vorstrecken und den Kris fallen lassen. Er stellte später fest, daß er ihn durch den Mund geschossen hatte, so daß die Kugel nach oben drang und hoch am Hinterkopf wieder herauskam. Der Mann taumelte mit einer wilden Bewegung nach vorn, sein Gesicht verzerrte sich plötzlich, die Hände tasteten ins Leere, als wäre er geblendet, und dann stürzte er mit furchtbarer Heftigkeit dicht vor Jims nackten Füßen auf die Stirn. Jim sagte, daß ihm nicht die geringste Einzelheit von alldem entging. Er fühlte sich ruhig, besänftigt, ohne Groll, ohne Mißbehagen, als hätte der Tod dieses Mannes alles gutgemacht. Der Raum füllte sich mit rußigem Rauch von der Fackel, deren mächtige Flamme ohne Flackern brannte. Er trat beherzt hinein, schritt über den Leichnam hinweg und zielte mit seinem Revolver auf eine zweite nackte Gestalt, die sich am andern Ende undeutlich abhob. Als er schon im Begriff war, abzudrücken, warf der Mann mit aller Kraft einen kurzen, schweren Speer fort und kauerte sich unterwürfig, den Rücken an die Wand gedrückt und die gefalteten Hände zwischen den Beinen, auf sein Gesäß. „Ich soll dir dein Leben schenken?“ sagte Jim. Der andere gab keinen Laut von sich. „Wieviel sind da noch?“ fragte Jim. „Noch zwei, Tuan“, sagte der Mann sehr sanft und starrte mit großen, gebannten Augen auf die Mündung des Revolvers. In der Tat krochen noch zwei unter den Matten hervor und zeigten geflissentlich ihre leeren Hände.

Zweiunddreissigstes Kapitel

Jim stellte sich so, daß er sie vor sich hatte, und trieb sie wie eine Herde durch die Tür: all die Zeit über war die Fackel aufrecht im Griff einer kleinen Hand geblieben, die nicht ein einziges Mal gezittert hatte. Die drei Männer gehorchten ihm, völlig stumm, mit willenlosen Bewegungen. Er stellte sie in einer Reihe auf. „Hängt euch ineinander ein", befahl er. Sie gehorchten. „Der erste, der den Arm herauszieht oder sich umdreht, ist ein toter Mann", sagte er. „Marsch!" Sie schritten in starrer Haltung zusammen hinaus; er folgte, und an seiner Seite trug das Mädchen, in einem schleppenden weißen Gewand, das Licht. Ihr schwarzes Haar fiel bis zum Gürtel hinab. Aufrecht und biegsam schien sie zu schweben, ohne die Erde zu berühren. Man hörte nichts als das seidige Rascheln und Pfeifen des langen Grases. „Halt!" rief Jim.

Das Flußufer war steil; eine große Frische kam herauf, das Licht beschien den Rand des glatten dunklen Wassers, das ohne Welle dalag; rechts und links liefen die Formen der Häuser unter den scharfen Umrissen der Dächer ineinander. „Bringt Scherif Ali meine Grüße – bis ich selber komme", sagte Jim. Keiner von den dreien rührte den Kopf.

„Springt!" donnerte er. Das Wasser klatschte über den dreien zusammen, ein Sprühregen spritzte herauf, schwarze Köpfe tauchten krampfhaft auf und verschwanden; aber ein großes Prusten und Sprudeln dauerte fort und wurde dann schwächer, denn sie tauchten eifrig, da sie einen Schuß als Scheidegruß befürchteten. Jim wandte sich an das Mädchen, das wortlos und aufmerksam zugesehen hatte. Sein Herz schien ihm plötzlich zu groß für seine Brust zu werden und würgte ihn in der Kehle. Das war wohl der Grund, warum er kein Wort hervorbrachte, und sie, die seinen Blick erwiderte, schleuderte die brennende Fackel mit einem hohen Schwung des Armes in den Fluß. Die rötliche Flamme flog weit dahin durch die Nacht, erlosch zischend, und das ruhige, sanfte Sternenlicht floß ungehemmt auf die beiden herab.

Er hat mir nicht erzählt, was er sagte, als er schließlich seine Stimme wiedererlangte. Ich glaube nicht, daß er viel zu sagen wußte. Die Welt war still, die Nacht umwehte sie, eine jener Nächte, die dazu geschaffen scheinen, zärtliche Gefühle unter ihren Schutz zu nehmen; und es gibt Augenblicke, wo unsere Seelen, ihrer dunklen Hülle ledig, von einer köstlichen Empfindsamkeit erglühen, die manches Schweigen beredter macht als Worte. Das Mädchen nun, sagte er mir, „klappte ein wenig zusammen. Die Aufregung – müssen Sie wissen.

Der Rückschlag. Verteufelt müde muß sie gewesen sein – und all das. Und – und – im übrigen – sie hatte mich eben gern, sehen Sie... Ich auch... wußte es gar nicht... war mir nie in den Sinn gekommen..."

Bei diesen Worten stand er auf und ging in einiger Erregung hin und her. „Ich – ich liebe sie innig. Mehr als ich sagen kann. Es läßt sich nicht sagen. Man sieht seine Handlungen ganz anders an, wenn man einsieht, wenn man gezwungen wird, einzusehen, daß das eigene Dasein notwendig ist – unerläßlich notwendig, sehen Sie – für einen zweiten Menschen. Ich also werde gezwungen, das zu empfinden. Wundervoll. Aber stellen Sie sich nur vor, was ihr Leben gewesen ist. Es ist zu außergewöhnlich schrecklich. Sagen Sie selbst! Und ich, der ich sie hier so finde – wie wenn man auf einen Bummel ausgeht und plötzlich auf einen stößt, der an einer dunklen Stelle am Ertrinken ist. Himmel! Keine Zeit zu verlieren. Nun, auch darin liegt Vertrauen ... ich glaube, ich bin ihm gewachsen..."

Ich will erwähnen, daß das Mädchen uns kurz zuvor verlassen hatte. Er schlug sich auf die Brust. „Ja, ich fühle das, aber ich glaube, ich bin all meinem Glück gewachsen!" Er hatte die Gabe, in allem, was sich in seinem Leben ereignete, eine besondere Bedeutung zu finden. Dies war die Auffassung, die er von seinem Liebeserlebnis hatte; es war idyllisch, ein wenig feierlich und auch echt, denn sein Glaube hatte den ganzen unerschütterlichen Ernst der Jugend. Einige Zeit nachher sagte er mir bei einer andern Gelegenheit: „Ich bin erst zwei Jahre hier, und, auf mein Wort, ich kann mir nicht denken, daß ich noch anderswo leben könnte. Der bloße Gedanke an die Welt draußen flößt mir Schrecken ein; weil nämlich, wissen Sie", fuhr er mit niedergeschlagenen Augen fort und sah seinem Fuß zu, der sich bemühte, einen trockenen Schlammbrocken plattzudrücken (wir schlenderten am Flußufer dahin) – „weil ich nämlich nicht vergessen habe, warum ich hierherkam. Noch nicht!"

Ich enthielt mich, ihn anzusehen, doch mir war, als hörte ich einen kurzen Seufzer; wir schritten eine Weile dahin, ohne zu sprechen. „Bei meiner Seligkeit", fing er wieder an, „wenn etwas Derartiges vergessen werden kann, so glaube ich, habe ich ein Recht, es mir aus dem Sinn zu schlagen. Fragen Sie hier, wen Sie wollen."... Seine Stimme bekam einen andern Ton. „Ist es nicht seltsam", fuhr er sanft, fast wehmütig fort, „daß all diese Menschen, diese Menschen, die alles für mich tun würden, niemals dahin gebracht werden könnten, zu verstehen? Niemals! Wenn Sie mir mißtrauten, könnte ich die Leute nicht als Zeugen aufrufen. Dies ist hart. Ich bin töricht, nicht wahr? Was will ich mehr? Wenn Sie

sie fragen, wer tapfer ist – wer wahr ist – wer gerecht ist – wem sie ihr Leben anvertrauen würden? – würden sie sagen: Tuan Jim. Und trotzdem können sie niemals die wirkliche, reine Wahrheit wissen…“

Dies sagte er zu mir am letzten Tag, den ich mit ihm verbrachte. Ich enthielt mich jedes leisesten Murmelns: ich fühlte, daß er im Begriff war, mehr zu sagen, ohne doch dem Kern der Sache näherkommen zu können. Die Sonne, deren volles Feuer die Erde zu einem tanzenden Staubkorn zusammenschrumpfen läßt, war hinter dem Wald versunken, und das von dem opalfarbenen Himmel ausgegossene Licht warf über eine schatten- und glanzlose Welt den Schein ruhiger und wie versonnener Größe. Ich weiß nicht, warum ich, während ich ihm zuhörte, so deutlich das allmähliche Dunklerwerden des Flusses und der Luft wahrnahm, die unwiderstehliche, langsame Arbeit der Nacht, die sich schweigend über alle sichtbaren Dinge legte, die Umrisse auslöschte, die Formen tiefer und tiefer wie unter sacht herabfallendem, ungreifbarem, schwarzem Staub vergrub.

„Himmel!“ hub er unvermittelt von neuem an, „es gibt Tage, an denen man wie mit Dummheit geschlagen ist; aber ich weiß, ich kann Ihnen alles sagen. Ich rede so, als ob ich damit fertig wäre – mit dem verfluchten Teufelspech, das ich auf mir sitzen habe… Vergessen… Ich will gehängt sein, wenn ich es weiß! Ich kann ruhig darüber denken. Schließlich, was hat es bewiesen? Nichts. Sie denken wahrscheinlich anders…“

Ich murmelte einen Widerspruch.

„Gleichviel“, sagte er. „Ich bin zufrieden … beinahe. Ich brauche nur dem ersten besten Mann, der mir begegnet, ins Gesicht zu sehen, um mein Selbstvertrauen wiederzuerlangen. Die Leute hier können nicht zum Verständnis dessen gebracht werden, was in mir vorgeht. Was tut es? Lassen Sie's gut sein. Ich hab's nicht allzu schlecht gemacht.“

„Nicht so schlecht“, sagte ich.

„Aber Sie möchten mich trotzdem nicht auf Ihrem eigenen Schiff haben – he?“

„Teufel auch!“ rief ich. „Hören Sie damit auf.“

„Aha! Sehen Sie“, sagte er förmlich frohlockend. „Aber“, fuhr er fort, „versuchen Sie doch, das einmal einem von denen hier zu sagen. Sie würden Sie für einen Narren, einen Lügner oder noch für was Schlimmeres halten. Ich kann es also ertragen. Ich habe dies und jenes für sie getan, aber das ist's, was sie für mich getan haben."

„Mein lieber Freund", rief ich aus, „Sie werden für die Leute immer ein unlösbares Geheimnis bleiben." Hierauf schwiegen wir.

„Geheimnis", wiederholte er, bevor er aufblickte. „Nun, dann lassen Sie mich immer hierbleiben."

Nachdem die Sonne untergegangen war, brach die Dunkelheit über uns herein, von jedem Hauch der Brise hergetragen. Inmitten eines Heckenpfades sah ich die starre, riesenhafte, wachsame und anscheinend einbeinige Silhouette von Tamb' Itam; und jenseits des dämmerigen Platzes entdeckte mein Auge etwas Weißes, das sich hinter den Pfeilern des Daches hin und her bewegte. Sobald Jim, mit Tamb' Itam auf den Fersen, sich auf seinen abendlichen Rundgang begeben hatte, ging ich allein nach dem Hause und fand mich unvermutet von dem Mädchen aufgehalten, das offenbar auf diese Gelegenheit gewartet hatte.

Es ist schwer, genau zu sagen, was sie mir eigentlich entringen wollte. Unverkennbar war es etwas sehr Einfaches – die einfachste Unmöglichkeit der Welt; wie zum Beispiel die genaue Beschreibung der Form einer Wolke. Sie wollte eine Versicherung, eine Feststellung, ein Versprechen, eine Erklärung – ich weiß nicht, wie ich es nennen soll: das Ding hat keinen Namen. Es war dunkel unter dem vorspringenden Dach, und alles, was ich sehen konnte, waren die flutenden Linien ihres Gewandes, das blasse, schmale Oval ihres Gesichts mit den weißblitzenden Zähnen und, mir zugewandt, ihre großen, dunklen Augen, in denen es heimlich zu flimmern schien, wie man es auf dem Grunde eines ungeheuer tiefen Brunnens wahrzunehmen glaubt. Was regt sich dort unten? fragt man sich. Ist es ein blindes Ungeheuer oder nur ein versprengter Schimmer des Weltalls? Es kam mir in den Sinn – lacht mich nicht aus –, daß, da alle Dinge ungleichartig sind, sie in ihrer kindlichen Unwissenheit unergründlicher war als die Sphinx, die allen, die des Wegs kamen, kindische Rätsel aufgab. Sie war nach Patusan gebracht worden, ehe ihre Augen offen waren. Sie war dort aufgewachsen; sie hatte nichts gesehen, sie wußte nichts, sie hatte keinen Begriff von irgend etwas. Ich frage mich, ob sie sicher war, daß es noch etwas anderes gab. Was für Vorstellungen sie sich von der Welt draußen gemacht haben mag, ist mir unbegreiflich. Alles, was sie von ihren Bewohnern kannte, waren ein verratenes Weib und ein unheimlicher Hanswurst. Ihr Liebhaber war auch von dort zu ihr gekommen, mit unwiderstehlicher Verführung begabt; aber was würde aus ihr werden, wenn er in jene unfaßbaren Bereiche zurückkehrte, die stets ihr Eigentum zurückfordern? Ihre Mutter hatte sie vor ihrem Tode mit Tränen davor gewarnt...

Sie hatte fest meinen Arm gepackt und, sobald ich stillstand, ihre Hand eilig zurückgezogen. Sie war kühn und zaghaft. Sie fürchtete nichts, aber sie war durch die tiefe Unsicherheit und die außerordentliche Fremdartigkeit gehemmt – ein tapferer Mensch, der im Dunkeln tappt. Ich gehörte zu dem Unbekannten, das Jim jederzeit als sein Eigentum zurückfordern konnte. Ich war in dessen Natur und Absichten eingeweiht; – der Vertraute eines bedrohlichen Geheimnisses; – vielleicht mit aller Macht begabt; ich glaube, sie war der Meinung, daß ich mit einem Wort Jim aus ihrer Umarmung hinwegzaubern könnte: es ist meine nüchterne Überzeugung, daß sie während meiner langen Unterhaltungen mit Jim Todesängste ausstand, wirkliche, unerträgliche Qualen, die sie zu dem Entschluß getrieben haben könnten, mich zu ermorden, wenn das Ungestüm ihrer Seele der furchtbaren Spannung, die es sich geschaffen hatte, gleichgekommen wäre. Dies ist mein Eindruck, und das ist alles, was ich euch wiedergeben kann: mir ging allmählich ein Licht auf, und indem es heller und heller wurde, überwältigte mich ein langsames, ungläubiges Staunen. Sie brachte mich dazu, ihr zu glauben, aber kein Wort von meinen Lippen kann die Wirkung ihres heftigen, leidenschaftlichen Geflüsters, des eindringlichen, sanften Tons, der plötzlichen, atemlosen Pausen und der beschwörenden Gebärde ihrer jäh ausgestreckten weißen Arme wiedergeben. Sie fielen nieder; die geisterhafte Gestalt schwankte wie ein junger Baum im Winde, ihr blasses, ovales Gesicht sank; es war unmöglich, ihre Züge zu unterscheiden; die Dunkelheit ihrer Augen war unergründlich; zwei weite Ärmel erhoben sich im Finstern wie ausgebreitete Flügel, und sie stand schweigend da, ihr Gesicht in den Händen vergraben.

Dreiunddreissigstes Kapitel

Ich war tief gerührt: ihre Jugend, ihre Unwissenheit, ihre liebliche Schönheit, die den schlichten Reiz und das kräftig Zarte einer wilden Blume hatte, ihr inständiges Flehen, ihre Hilflosigkeit übten auf mich eine Wirkung, die an Stärke kaum hinter ihrer unvernünftigen und natürlichen Furcht zurückstand. Sie fürchtete das Unbekannte, wie wir alle tun, und ihre Unwissenheit erweiterte das Unbekannte über alles Maß. Ich stand ihr dafür, für mich, für euch, für die ganze Welt, die sich doch so gar nichts aus Jim machte, noch ihn im geringsten brauchte. Es wäre mir wohl ein leichtes gewesen, ihr für die Gleichgültigkeit der wimmelnden Erde einzustehen, hätte mich nicht die Überlegung zurückgehalten, daß auch er diesem gefürchteten, geheimnisvollen Unbekannten angehörte und daß, wenn ich auch für alles übrige einstand, ich nicht für ihn einstehen konnte. Dies ließ mich zaudern. Ein Murmeln hoffnungslosen Schmerzes öffnete meine Lippen. Ich fing mit der Beteuerung an, daß ich zum mindesten nicht mit der Absicht gekommen sei, Jim wegzuholen.

Warum ich dann gekommen wäre? – Nach einer leichten Bewegung stand sie so ruhig wie eine Marmorstatue in der Nacht. Ich versuchte, ihr kurz zu erklären: Freundschaft, Geschäfte; wenn ich einen Wunsch in der Sache hätte, so wäre es eher der, ihn bleiben zu sehen... „Sie verlassen uns immer“, murmelte sie. Der Hauch eines traurigen Wissens aus dem Grabe, das ihre kindliche Treue mit Blumen bekränzte, schien in einem lichten Seufzer vorüberzuziehen... Nichts, sagte ich, könnte Jim von ihr trennen.

Es ist meine feste Überzeugung jetzt; es war meine feste Überzeugung damals; es war die einzig mögliche Folgerung aus den Tatsachen des Falles, die nicht noch gewisser wurde dadurch, daß das Mädchen wie im Selbstgespräch vor sich hinflüsterte: „Er schwor es mir.“ – „Haben Sie ihn gefragt?“ sagte ich.

Sie trat einen Schritt näher. „Nein. Niemals!“ Sie hatte ihn nur gebeten, fortzugehn. Es war in jener Nacht am Flußufer, nachdem er den Mann getötet – nachdem sie die Fackel ins Wasser geschleudert hatte, weil er sie so ansah. Es war zu hell, und die Gefahr war vorläufig vorüber – für ein Weilchen – für ein kleines Weilchen. Er sagte dann, er wolle sie nicht Cornelius preisgeben. Doch sie hatte darauf bestanden. Er solle sie verlassen. Er sagte, er könne es nicht – es sei unmöglich. Er zitterte, während er dies sagte. Sie hatte gefühlt, wie er zitterte... Es bedarf keiner großen Phantasie, um die Szene vor sich zu sehen, ja, fast ihr Geflüster zu hören. Sie fürchtete auch für ihn. Ich glaube, sie sah in ihm damals nur ein auserkorenes Opfer von Gefahren, die sie besser als er selber verstand. Obwohl er durch nichts als seine bloße Gegenwart ihr Herz unterjocht, ihre Gedanken eingenommen und sich all ihrer Gefühle bemächtigt hatte, unterschätzte sie seine Aussichten. Es ist unverkennbar, daß zu jener Zeit jedermann seine Aussichten unterschätzte. Alles erwogen, schien er gar keine zu haben. Ich weiß, daß dies die Ansicht von Cornelius war. Er gestand es mir zur Bemäntelung der dunklen Rolle, die er in dem Komplott Scherif Alis zur Beseitigung des Ungläubigen gespielt hatte. Selbst Scherif Ali hatte, wie man nun bestimmt behaupten kann, für den weißen Mann nichts als Verachtung. Jim sollte, glaube ich, hauptsächlich aus religiösen Gründen ermordet werden. Einfach eine Tat des Glaubenseifers (und insofern höchst verdienstvoll) – im übrigen ohne große Bedeutung. Mit letzterem Teil dieser Ansicht stimmte Cornelius völlig überein. „Euer Hochwohlgeboren", redete er in seiner widerwärtigen Art auf mich ein, bei der einzigen Gelegenheit, wo es ihm gelang, mich für sich zu haben – „Euer Hochwohlgeboren, wie sollte ich wissen? Wer war er? Was konnte er tun, um die Leute zu überzeugen? Was hatte Herr Stein sich gedacht, daß er einen solchen Knaben hersandte, der gegen einen alten Diener den Herrn spielte? Ich war bereit, ihn für achtzig Dollar zu retten. Für achtzig Dollar! Warum ging der Narr nicht? Sollte ich mich selber um eines Fremden willen erdolchen lassen?" Er kroch im Geiste vor mir auf dem Bauch, klappte seinen Körper vor Unterwürfigkeit beinah zusammen und hielt seine Hände in der Nähe meiner Knie, als wollte er sie jeden Augenblick umfangen. „Was sind achtzig Dollar? Eine unbedeutende Summe, um sie einem alten Mann zu geben, der von einem Teufel in Weibsgestalt für sein Leben ruiniert worden ist." Hier weinte er. Doch ich greife vor. Ich stieß in jener Nacht erst auf Cornelius, nachdem ich mich mit dem Mädchen auseinandergesetzt hatte.

Sie war selbstlos, als sie in Jim drang, sie zu verlassen und sogar das Land zu verlassen. Seine Gefahr war es, die sie zuvörderst im Auge hatte – auch wenn sie sich selbst – vielleicht unbewußt – hätte retten wollen –, man muß eben bedenken, welche Warnung sie bekommen hatte, welche Lehre sie aus jedem Augenblick des kürzlich beendeten Lebens ziehen mußte, in dem all ihre Erinnerungen wurzelten. Sie fiel ihm zu Füßen – so erzählte sie mir – dort am Fluß, in dem heimlichen Licht der Sterne, das nichts als große Massen schweigender Schatten und verschwommene offene Räume hervortreten ließ und den breiten Strom, auf dem es matt blinkte, zur Unendlichkeit ausdehnte. Er hatte sie aufgehoben. Er hob sie auf, und dann hörte sie auf zu kämpfen. Natürlich. Starke Arme, eine zärtliche Stimme, eine kräftige Schulter, an die sie ihren armen, einsamen Kopf lehnen konnte. Das Verlangen – das namenlose Verlangen des wehen Herzens, des verworrenen Gemüts nach dergleichen – die Forderungen der Jugend – die Notwendigkeit des Augenblicks. Was wollt ihr? Man kann es verstehen – wenn man nicht unfähig ist, irgend etwas unter der

Sonne zu verstehen. Und so war sie es zufrieden, aufgehoben und gehalten zu werden. „Sie müssen wissen – beim Himmel! Das ist Ernst – kein Unsinn dabei!“ wie Jim mit verlegenem, erregtem Gesicht hastig an der Schwelle seines Hauses geflüstert hatte. Wegen des Unsinns bin ich nicht so sicher, aber sicher war nichts Leichtherziges in ihrer Herzensgeschichte; sie trafen sich unter dem Schatten eines Unsterns, wie Ritter und Magd zusammenkamen, um unter verwunschenen Ruinen Gelübde zu tauschen. Das Sternenlicht war so recht für diese Liebe geeignet, ein so schwaches und fernes Licht, daß es Schatten nicht zu Formen modeln und nicht einmal das jenseitige Ufer eines Stromes enthüllen kann. Ich blickte in jener Nacht auf den Strom, vom selben Punkte aus; er rollte stumm und schwarz dahin wie der Styx; am nächsten Tage ging ich fort, aber ich werde wohl niemals vergessen, wovor er sie retten sollte, als sie ihn beschwor, sie zu verlassen, solange es noch Zeit wäre. Sie sagte mir, was es war, gelassen – sie war nun viel zu sehr in ihrer Leidenschaft befangen, um noch erregt zu sein – mit einer Stimme, so ruhig wie ihre weiße, in der Dunkelheit halb verschwimmende Gestalt. Sie sagte mir: „Ich wollte nicht weinend sterben.“ Ich glaubte, nicht recht gehört zu haben.

„Sie wollten nicht weinend sterben?“ sprach ich ihr nach. „Wie meine Mutter“, fügte sie rasch hinzu. Die Umrisse ihrer weißen Gestalt blieben unbewegt. „Meine Mutter hat bitterlich geweint, bevor sie starb“, erklärte sie. Eine unfaßbare Stille schien rings um uns aus dem Boden aufgestiegen zu sein – unmerklich, so wie in einer stillen Nacht die Flut einsetzt – und die vertrauten Landmarken der Gefühle verwischt zu haben. Es überkam mich Furcht, Furcht vor den unbekannten Tiefen, als hätte ich plötzlich mitten im Wasser den Boden unter den Füßen verloren. Sie erzählte mir weiter, sie habe während der letzten Augenblicke, da sie mit ihrer Mutter allein war, ihr Lager verlassen und sich mit dem Rücken gegen die Tür setzen müssen, um Cornelius draußenzuhalten. Er wollte herein und trommelte andauernd mit beiden Fäusten an die Tür, nur ab und zu innehaltend, um heiser zu schreien: „Laßt mich hinein! Laßt mich hinein! Laßt mich hinein!“ In einem fernen Winkel wandte die auf ein paar Matten ausgestreckte, sterbende, schon nicht mehr der Rede mächtige Frau den Kopf herum, und unfähig, den Arm zu heben, schien sie mit einer schwachen Bewegung der Hand zu befehlen: „Nein! Nein!“ und die gehorsame Tochter, die mit aller Kraft die Schultern gegen die Tür stemmte, sah das mit an. „Die Tränen stürzten ihr aus den Augen – und dann starb sie“, schloß das Mädchen unerschütterlich eintönig und rief mir damit mehr als durch alles andere, mehr als durch die statuenhafte Unbeweglichkeit ihrer weißen Gestalt, mehr als Worte es hätten tun können, das stumme, unabänderliche Grauen der Szene vor Augen. Sie hatte die Kraft, mich aus meiner Vorstellung vom Dasein hinauszujagen, aus jenem Obdach, das sich jeder von uns zurechtmacht, um sich in Augenblicken der Gefahr zu verkriechen wie eine Schildkröte in ihre Schale. Einen Augenblick lang sah ich eine Welt vor mir, die ein ödes, unheimliches Gepräge von Unordnung trug, während sie doch in Wahrheit, dank unseren unausgesetzten Bemühungen, eine so sonnige Anordnung kleiner Annehmlichkeiten darstellt, wie sie der menschliche Verstand nur aussinnen kann. Doch – es währte nur einen Augenblick: ich zog mich gleich wieder in meine Schale zurück. Man muß es ja – ihr wißt es –, obwohl ich über dem Chaos dunkler Gedanken, die ich etwa zwei Sekunden lang jenseits der Grenze ins Auge gefaßt hatte, alle meine Worte verloren zu haben schien. Doch auch diese kamen sehr bald zurück, denn auch Worte gehören zu dem schützenden Begriff von Licht und Ordnung, der unsere Zuflucht ist. Ich hatte sie zu meiner Verfügung bereit, noch ehe sie mir sanft zuflüsterte: „Er schwor mir, mich nie zu verlassen, als wir dort allein standen! Er schwor es mir!" ... „Und ist es möglich, daß Sie – Sie! ihm nicht Glauben schenken?" sagte ich aufrichtig vorwurfsvoll, wahrhaft empört. Warum konnte sie nicht glauben? Warum dies Festhalten an der Ungewißheit, dies Sichklammern an die Furcht, als wären Ungewißheit und Furcht die Bürgschaft ihrer Liebe gewesen? Sie hätte sich aus dieser ehrlichen Zuneigung ein Schutzdach voll unerschütterlichen Friedens machen sollen. Sie verstand es nicht – hatte vielleicht nicht das Geschick dazu. Die Nacht war mit einmal über uns gekommen; es war stockfinster, wo wir uns befanden, so daß sie, ohne sich zu rühren, dahingeschwunden war wie die Erscheinung eines sehnsüchtigen, irrenden Geistes. Und dann hörte ich wieder ihr ruhiges Geflüster: „Andere Männer haben dasselbe geschworen." Es war wie die versonnene Erläuterung zu Gedanken voller Trauer und Grauen. Und sie fügte, womöglich noch leiser, hinzu: „Mein Vater hat es getan!" Sie hielt inne, um hörbar aufzuatmen. „Auch ihr Vater!" ... Das waren die Dinge, die sie wußte! Ich gab ihr sofort zur Antwort: „Oh! Aber er ist nicht so." Dies wollte sie, wie es schien, nicht bestreiten. Doch nach einiger Zeit stahl sich das heimliche, seltsame Flüstern, träumerisch die Luft durchschwirrend, wieder an mein Ohr. „Warum ist er anders? Ist er besser? Ist er..." – „Auf mein Ehrenwort", unterbrach ich sie, „ich glaube, ja." Wir dämpften unsere Rede zu einem geheimnisvollen Raunen. In den Hütten von Jims Arbeitern (es waren größtenteils befreite Sklaven aus Scherif Alis Verschanzung) stimmte einer ein schrilles, schleppendes Lied an. Drüben über dem Fluß (wahrscheinlich bei Doramin) bildete ein großes Feuer, ganz verloren in der Nacht, einen glühenden Ball. „Ist er treuer?" murmelte sie. – „Ja", sagte ich. – „Treuer als jeder andere", wiederholte sie mit nachdrücklicher Betonung. – „Niemand hier", sagte ich, „würde im Traum sein Wort bezweifeln—niemand würde es wagen – außer Ihnen." Ich glaube, sie regte sich bei diesen Worten auf. „Tapferer", fuhr sie in verändertem Ton fort.— „Furcht wird ihn niemals von Ihrer Seite hinwegscheuchen", sagte ich ein wenig hastig. Das Lied brach plötzlich ab, und man vernahm in der Ferne das Sprechen mehrerer Stimmen. Auch Jims Stimme. Ich war verwundert über ihr Schweigen. „Was hat er Ihnen gesagt? Er hat Ihnen etwas gesagt?" fragte ich. Sie antwortete nicht. „Was ist's, das er Ihnen gesagt hat?" forschte ich weiter.

„Glauben Sie, ich kann es Ihnen sagen? Wie sollte ich es wissen? Wie sollte ich es verstehen?" rief sie am Ende. Ich hörte, wie sie sich bewegte. Es war, als ränge sie die Hände. „Es gibt etwas, was er nicht vergessen kann."

„Um so besser für Sie", sagte ich düster.

„Was ist es? Was ist es?" Sie legte außerordentliche Kraft in ihren beschwörenden Ton. „Er sagt, daß er sich gefürchtet hat. Wie kann ich das glauben? Bin ich denn ein verrücktes Weib, daß ich so etwas glauben soll? Ihr tragt alle eine Erinnerung mit euch herum! Ihr kehrt alle dazu zurück. Was ist es? Sagen Sie es mir! Was ist es für ein Ding? Ist es lebendig? – Ist es tot? Ich hasse es. Es ist grausam. Hat es ein Gesicht und eine Stimme – dieses Schreckliche? Wird er es sehen – wird er es hören? Vielleicht in seinem Schlaf, wenn er mich nicht sehen kann – und dann aufstehn und fortgehn? Ah! Ich werde ihm niemals vergeben. Meine Mutter hatte vergeben – aber ich, niemals! Wird es ein Zeichen sein – ein Ruf..."

Es war ein wundervolles Erlebnis. Sie mißtraute selbst seinem Schlummer und schien zu glauben, ich könnte ihr sagen, warum. So mag ein armer Sterblicher, vom Zauber einer Erscheinung umstrickt, sich mühen, einem andern Geist das ungeheure Geheimnis der Macht zu entreißen, die das Jenseits über eine körperlose, zwischen den Leidenschaften dieser Erde umherirrende Seele ausübt. Der Boden, auf dem ich stand, schien mir unter den Füßen zu weichen. Und dabei war es so einfach; aber wenn je die von unsern Ängsten und unserer Unruhe beschworenen Gespenster vor uns ohnmächtigen Geisterbannern für ihre Wirklichkeit Zeugnis abzulegen hatten – so habe ich – ich allein von uns allen, die wir im Fleische wandeln – vor der grauenhaften Hoffnungslosigkeit dieser Aufgabe geschaudert. Ein Zeichen, ein Ruf! Wie bildhaft im Ausdruck ihre Unwissenheit war! Ein paar Worte! Wie sie dazu kam, sie zu wissen, sie auszusprechen, kann ich mir nicht vorstellen. Frauen haben ihre Eingebungen im Drang von Augenblicken, die für uns nur schrecklich, sinnlos oder nichtig sind. Nur zu entdecken, daß sie eine Stimme hatte, war genug, einem ehrfürchtige Schauer ins Herz zu jagen. Hätte ein Stein, den man mit den Füßen wegschiebt, vor Schmerz aufgeschrien, es wäre nicht als größeres, erbarmungswürdigeres Wunder erschienen. Diese wenigen durch das Dunkel schwirrenden Laute ließen ihrer beider in Nacht gehülltes Leben vor meinen Augen in tragischer Größe erscheinen. Es war unmöglich, ihr das Verständnis beizubringen. Ich höhnte im stillen meine Ohnmacht. Und Jim, mein Gott – der arme Kerl! Wer sollte was von ihm wollen? Wer dachte seiner nur? Er hatte, was er wollte. Man hatte zu der Zeit vermutlich schon vergessen, daß er gelebt hatte. Sie hatten ihre Geschicke gemeistert. Sie waren tragisch.

Ihre starre Unbeweglichkeit vor mir drückte Erwartung aus, und mir war es zugedacht, daß ich aus dem Reich vergeßlicher Schatten für meinen Bruder reden sollte. Ich war tief ergriffen von meiner Verantwortlichkeit und ihrer Not. Ich hätte alles für die Macht gegeben, ihre zaghafte Seele zu beruhigen, die sich in ihrer unüberwindlichen Unwissenheit quälte wie ein kleiner Vogel, der gegen die grausamen Drähte eines Käfigs flattert. Nichts leichter, als zu sagen: „Keine Furcht!“ Nichts schwerer. Wie tötet man die Furcht, möchte ich wissen? Wie schießt man ein Gespenst durchs Herz, haut ihm den Gespenstkopf ab, packt es an seiner Gespenstkehle? Es ist ein Unterfangen, in das man sich wohl im Traum einläßt, wo man dann froh ist, mit schweißtriefendem Haar und schlotternden Gliedern davonzukommen. Die Kugel ist nicht gegossen, die Klinge nicht geschmiedet, der Mann nicht geboren; selbst die geflügelten Worte der Wahrheit fallen zu Boden wie Bleiklumpen. In einem so verzweifelten Kampf braucht man einen gefeiten und vergifteten Speer, in eine Lüge getaucht, die zu fein ist, um auf Erden gefunden zu werden. Ein Unterfangen für einen Traum, meine Herren!

Ich begann meine Beschwörung mit schwerem Herzen, auch mit etwas wie dumpfem Ärger. Vom Hof herüber klang plötzlich Jims Stimme in strengem Verweis; er rügte die Versäumnisse irgendeines ungeschickten Tölpels. Nichts – sagte ich in scharfem Flüsterton –, nichts könne es in der unbekannten Welt geben, die ihr so darauf erpicht dünkte, sie ihres Glückes zu berauben, nichts, weder Lebendiges noch Totes, kein Gesicht, keine Stimme, keine Macht, die Jim von ihrer Seite reißen könnte. Ich holte Atem, und sie flüsterte sanft; „So hat er mir gesagt.“ – „Er hat Ihnen die Wahrheit gesagt“, bekräftigte ich. – „Nichts“, seufzte sie und wandte sich dann jäh mir zu, mit einer kaum merklichen Verschärfung des Tons: „Warum kamen Sie zu uns – von dort draußen? Er spricht zu oft von Ihnen. Sie machen mir bange. Brauchen—brauchen Sie ihn denn?“ In unser hastiges Raunen hatte sich eine verhaltene Wildheit eingeschlichen. – „Ich werde niemals wiederkommen“, sagte ich bitter. „Und ich brauche ihn nicht. Niemand braucht ihn.“ – „Niemand“, wiederholte sie zweifelnd. – „Niemand“, bestätigte ich, von einer seltsamen Erregung ergriffen. „Sie halten ihn für stark, klug, mutig, groß – warum halten Sie ihn nicht auch für treu? Ich gehe morgen fort – und das ist das Ende. Sie werden nie wieder von einer Stimme von dort draußen beunruhigt werden. Diese Welt, die Sie nicht kennen, ist zu groß, um ihn zu vermissen. Verstehen Sie? Zu groß. Sie halten sein Herz in Ihrer Hand. Sie müssen das fühlen. Sie müssen das wissen.“ – „Ja, ich weiß es“, hauchte sie, hart und still, wie eine Statue reden könnte.

Ich fühlte, daß ich nichts erreicht hatte. Und was hatte ich erreichen wollen? Ich weiß es jetzt nicht mehr recht. In jenem Augenblick stand ich, von unerklärlichem Eifer erfüllt, wie vor einer großen und notwendigen Aufgabe. Es war die Rückwirkung des Augenblicks auf meinen Geist und mein Gefühl. Jeder unterliegt in seinem Leben solchen Einflüssen, die gewissermaßen von außen kommen, unwiderstehlich, unbegreiflich, als rührten sie von einer geheimnisvollen Stellung der Planeten her. Sie besaß, wie ich ihr gesagt hatte, sein Herz. Sie besaß dieses und alles sonst – wenn sie es nur glauben konnte. Was ich ihr zu sagen hatte, war, daß es in der ganzen Welt niemand gab, der Jims Herz, seinen Geist, seine Hand benötigte. Es war ein alltägliches Schicksal, und dennoch schien es ungeheuerlich, es von irgendeinem Mann zu sagen. Sie lauschte ohne ein Wort, und ihre Ruhe war jetzt wie der Widerspruch eines nicht zu überwindenden Unglaubens. Was sie sich um die Welt jenseits der Wälder zu kümmern brauchte? fragte ich. Von all den Scharen, die jene unbekannten Weiten bevölkerten, würde, das könnte ich ihr versichern, solang er lebte, weder ein Ruf noch ein Zeichen zu ihm dringen. Niemals. Ich ließ mich fortreißen. Niemals! Niemals! Ich entsinne mich mit Verwunderung der fast verbissenen Wildheit, in die ich mich verrannt hatte. Ich bildete mir ein, endlich das Gespenst am Kragen gepackt zu haben. In der Tat hat mir der ganze wirkliche Vorgang den scharfen und verblüffenden Eindruck eines Traumes hinterlassen. Warum sollte sie Furcht haben? Sie kannte ihn als stark, treu, klug, tapfer. Er war all das. Gewiß. Er war mehr. Er war groß – unbesiegbar – und die Welt brauchte ihn nicht, sie hatte ihn vergessen, sie würde ihn nicht einmal kennen.

Ich hielt inne; die Stille über Patusan war tief, und der schwache, trockene Ton eines an ein Kanu streifenden Ruders mitten auf dem Wasser ließ sie unendlich erscheinen. „Warum?“ murmelte sie. Ich fühlte jene seltsame Wut, die einen während eines harten Kampfes überkommt. Das Gespenst machte den Versuch, sich meiner Umklammerung zu entziehen. „Warum?“ wiederholte sie lauter. „Sagen Sie es mir.“ Und da ich meiner Verwirrung nicht Herr wurde, stampfte sie wie ein verwöhntes Kind mit dem Fuß. „Warum? Sprechen Sie!“ – „Sie wollen es wissen“, fragte ich außer mir zurück. – „Ja!“ rief sie. – „Weil er nicht gut genug ist“, sagte ich roh. Während der kurzen Pause bemerkte ich, wie das Feuer am andern Ufer aufflammte, seinen Glutkreis erweiterte, wie ein erschrocken staunendes Auge, und plötzlich zu einem roten Pünktchen zusammenschrumpfte. Ich wußte erst, wie nah sie mir gewesen war, als ich die Umklammerung ihrer Finger auf meinem Vorderarm fühlte. Ohne die Stimme zu erheben, legte sie ein Unmaß an schneidender Verachtung, Bitterkeit und Verzweiflung hinein:

„Genau das hat er auch gesagt... Sie lügen!“

Die letzten beiden Worte rief sie mir im Eingeborenendialekt zu. „Hören Sie mich zu Ende!“ bat ich; sie schöpfte zitternd Atem und stieß meinen Arm weg. „Niemand, niemand ist gut genug“, begann ich mit dem größten Ernst. Ich hörte ihren mit dem Schluchzen ringenden, furchtbar jagenden Atem. Ich ließ den Kopf hängen. Was half es? Schritte nahten; ich machte mich davon, ohne ein weiteres Wort...

Vierunddreissigstes Kapitel

Marlow streckte seine Beine aus, stand rasch auf und schwankte ein wenig, als wäre er von einem Flug durch den Raum gelandet. Er lehnte sich mit dem Rücken an die Brüstung und sah über das Durcheinander langer Rohrstühle weg. Die darin ausgestreckten Körper schienen durch seine Bewegung aus ihrer Erstarrung gerissen. Einer oder zwei setzten sich, wie erschrocken, auf; da und dort glimmte noch eine Zigarre. Marlow blickte sie alle mit den Augen eines

Mannes an, der aus der äußersten Versunkenheit eines Traums zurückkehrt. Ein Räuspern wurde laut; eine ruhige Stimme ermunterte nachlässig: „Nun?"

Nichts, sagte Marlow leicht auffahrend. Er hatte es ihr gesagt – das ist alles. Sie glaubte ihm nicht. Weiter nichts. Was mich angeht, so weiß ich nicht, ob es mir ansteht, mich zu freuen, oder ob ich es bedauern soll. Ich kann tatsächlich bis zum heutigen Tage nicht sagen, was ich glaubte, und werde es wohl nie. Aber was glaubte der arme Kerl selber? Ihr wißt ja, die Wahrheit wird den Sieg davontragen. *Magna est veritas et...* Ja, wenn ihr die Möglichkeit dazu gegeben wird. Es gibt ein Gesetz, kein Zweifel – und ebenso regiert ein Gesetz das Glück beim Würfelspiel. Nicht die Gerechtigkeit, die Dienerin der Menschen, sondern der Zufall, das Glück – Fortuna – die Verbündete der geduldigen Zeit – hält gleichmäßig und genau die Waage. Wir beide hatten ganz das nämliche gesagt. Sagten wir beide die Wahrheit – oder tat es einer von uns – oder keiner?...

Marlow machte eine Pause, kreuzte die Arme über der Brust und fuhr in verändertem Ton fort:

Sie sagte, daß wir lögen. Arme Seele. Nun – überlassen wir es dem Zufall, dem Verbündeten der Zeit, die nicht zur Eile gebracht werden kann und deren Feind der Tod ist, der nicht warten will. Ich war zurückgewichen – ein wenig eingeschüchtert, muß ich gestehen. Ich hatte einen Angriff auf die Furcht selbst gewagt und war aus dem Sattel gehoben worden – kein Wunder. Ich hatte nichts erreicht, als daß ich ihre Angst noch vermehrt hatte, durch die Hindeutung auf ein heimliches Einverständnis, eine unerklärliche und unbegreifliche Verschwörung, sie für immer im Dunkeln zu lassen. Und es war so leicht, natürlich, unvermeidlich gekommen, durch sein Tun, durch ihr eigenes Tun! Es war, als hätte ich einen Blick in das Triebwerk des unerbittlichen Schicksals getan, dessen Opfer und dessen – Werkzeuge wir alle sind. Es war schauderhaft, an das Mädchen zu denken, das ich dort regungslos stehengelassen hatte; Jims Schritte hatten einen schicksalsvollen Klang, wie er in seinen schweren Schnürstiefeln, ohne mich zu sehen, vorbeitrappte. „Was? Kein Licht?" sagte er mit lauter, erstaunter Stimme. „Was macht ihr zwei da im Dunkeln?" Im nächsten Augenblick schon sah er sie. „Hallo, Mädchen?" rief er gutgelaunt. – „Hallo, Junge!" antwortete sie sofort, erstaunlich unbefangen.

Dies war ihr üblicher gegenseitiger Gruß, und der Anflug von Großtuerei, den sie ihrer lieblichen, etwas hohen Stimme gab, war sehr drollig, anmutig und kindlich und entzückte Jim aufs höchste. Dies war die letzte Gelegenheit, bei der ich sie diesen vertrauten Anruf tauschen hörte, und er jagte mir einen Schauer ins Herz. Da war die hohe, liebliche Stimme, der anmutige Versuch, das Großtun; aber es schien alles vorzeitig hinzusterben, und der spielerische Ruf klang wie ein Stöhnen. Es war zu gräßlich. „Was hast du mit Marlow angefangen?“ fragte Jim; und dann: „Er ist hinuntergegangen? Sonderbar, ich habe ihn nicht getroffen... Sind Sie da, Marlow?“

Ich antwortete nicht; ich wollte nicht hineingehen, wenigstens noch nicht gleich. Es war mir unmöglich. Während er mich rief, war ich dabei, durch ein kleines Tor, das auf ein Stück kürzlich gerodeten Landes führte, zu entkommen. Nein; ich konnte ihnen noch nicht gegenübertreten. Ich schritt eilig mit gesenktem Kopf einen ausgetretenen Pfad entlang. Der Boden stieg sacht ab, die wenigen großen Bäume waren gefällt, das Unterholz weggehauen, das Gras verbrannt worden. Er hatte die Absicht, hier die Anpflanzung von Kaffee zu versuchen. Der große Berg, dessen Doppelgipfel kohlschwarz im klaren, gelben Licht des aufgehenden Mondes emporragte, schien seinen Schatten über das zu diesem Versuch vorbereitete Stück Erde zu werfen. Jim hatte soviel Versuche vor; ich hatte seine Tatkraft, seinen Unternehmungsgeist und seinen Scharfsinn bewundert. Nichts auf Erden schien nunmehr unwirklicher als seine Pläne, seine Tatkraft und seine Begeisterung; als ich die Augen erhob, sah ich einen Teil des Mondes tief unten in der Kluft durch die Büsche glänzen. Es sah einen Augenblick lang so aus, als wäre die glatte Scheibe von ihrem Platz am Himmel auf die Erde gestürzt und in den Abgrund gerollt; ihre aufsteigende Bewegung erschien wie ein gemächliches Zurückschnellen; sie machte sich aus dem Gewirr der Zweige frei; der kahle, gewundene Ast eines Baumes, der am Abhang stand, zog ihr einen schwarzen Strich quer durchs Gesicht. Sie warf ihre waagerechten Strahlen von weither, wie aus einer Höhle, und in diesem trauervollen, gleichsam verfinsterten Licht starrten die Stümpfe der gefällten Bäume dunkel empor; von allen Seiten fielen die schweren Schatten zu meinen Füßen, mein eigener, wandelnder Schatten und, quer über meinen Pfad, der Schatten des einsamen, stets mit Blumen bekränzten Grabes. In dem verdunkelten Mondlicht nahmen die ins Grün geflochtenen Blüten fremde Formen und unkenntliche Farben an, als wären sie von einer besonderen Gattung, von keiner Menschenhand gepflückt, nicht in dieser Welt gewachsen und einzig für Tote bestimmt. Ihr starker Duft hing in der warmen Luft und machte sie dick und schwer, wie Weihrauch. Die Klumpen weißer Korallen leuchteten um den dunklen Hügel wie ein Kranz aus gebleichten Schädeln, und alles ringsumher war so ruhig, daß, als ich stille stand, jeder Ton und jede Bewegung in der Welt zu Ende gekommen schien. Es war ein großer Friede, als wäre die Erde ein einziges Grab, und eine Zeitlang stand ich da und dachte hauptsächlich der Lebenden, die, in entlegenen Orten vergraben und aus dem Gedächtnis der Menschen gestrichen, dennoch dazu bestimmt sind, an deren tragischen oder seltsamen Nöten teilzunehmen. Vielleicht auch an ihren erhabenen Kämpfen – wer weiß? Das menschliche Herz ist groß genug, um die ganze Welt zu umfassen. Es ist tapfer genug, die Bürde zu tragen, – wo aber ist der Mut, der sie von sich schleuderte?

Ich muß in eine Träumerei versunken sein; ich weiß nur, ich stand dort lange genug, um das Gefühl äußerster Einsamkeit so völlig von mir Besitz ergreifen zu lassen, daß alles, was ich vor kurzem gesehen und gehört hatte, ja die menschliche Rede selber aus dem Dasein geschwunden schien und nur noch eine kleine Weile länger in meinem Gedächtnis lebte, als wäre ich der letzte überlebende der Menschheit. Es war eine seltsame, wehmütige Einbildung, aus halbem Bewußtsein emporgestiegen, wie alle unsere Einbildungen, die ich für Gesichte einer unerreichbar fernen, unklar geschauten Wahrheit halte. Dies war, in der Tat, einer der verlorenen, vergessenen, unbekannten Plätze der Erde; ich hatte einen Blick unter seine dunkle Oberfläche getan; und ich fühlte, daß er, wenn ich ihn morgen für immer verließ, aus dem Dasein hinweggewischt sein würde, um einzig in meinem Gedächtnis zu leben, bis ich selber der Vergessenheit anheimfiele. Ich habe auch jetzt noch das Gefühl; vielleicht ist es dies Gefühl, das mich verleitete, euch diese Geschichte zu erzählen, den Versuch zu machen, ihren Kern, sozusagen ihre Wirklichkeit – die Wahrheit, die sich mir in einem kurzen Wahnbild enthüllte, an euch weiterzugeben.

Cornelius kam herzu. Er schoß wie eine Natter aus dem langen Grase hervor, das in einer Vertiefung des Bodens wuchs. Ich glaube, sein Haus vermoderte irgendwo in der Nähe, ich habe es nie gesehen, da ich nie weit genug in dieser Richtung gekommen bin. Er rannte mir auf dem Pfad entgegen, seine Füße, von schmutzigen weißen Schuhen bekleidet, waren auf dem dunklen Boden sichtbar; er raffte sich auf und begann unter seinem großen Ofenröhrenhut hervor zu winseln und zu jammern. Sein vertrocknetes kleines Gerippe verschwand völlig in einem schwarzen Tuchanzug. Es war sein Feiertagsgewand und erinnerte mich daran, daß dies der vierte Sonntag war, den ich in Patusan verbracht hatte. Während meines ganzen Aufenthalts hatte ich den unbestimmten Eindruck gehabt, daß er mir sein Herz auszuschütten wünschte, sobald er meiner nur habhaft werden könnte. Er schlich um mich herum, mit einem sehnsüchtigen, gierigen Blick in seinem grämlichen gelben Gesicht; aber seine Schüchternheit hatte ihn eben so sehr zurückgehalten wie mein natürliches Widerstreben, mit einem so eklen Geschöpf etwas zu tun zu haben. Es wäre ihm trotzdem gelungen, wenn er nicht stets auf dem Sprung gewesen wäre, sich, sobald man ihn nur ansah, zu drücken. Er schlich vor Jims strengem Blick davon, vor meinem eigenen, in den ich mich Gleichgültigkeit zu legen bemühte, wie vor dem grimmig verächtlichen Tamb' Itams. Er schlich ewig davon. Sooft man seiner ansichtig wurde, machte er sich fort, das Gesicht zurückgewandt, entweder mit mißtrauischem Knurren oder mit jammervoll kläglicher, stummer Miene, doch kein angenommener Ausdruck konnte die angeborene, unverbesserliche Niedrigkeit seiner Natur verhüllen, ebensowenig wie irgendein Gewand eine abscheuliche Verkrüppelung des Körpers verbergen kann.

Ich weiß nicht, ob es eine Folge der völligen Niederlage war, die ich vor einer Stunde in meinem Kampf mit einem Gespenst der Furcht erlitten hatte – jedenfalls ließ ich mich ohne den leisesten Versuch eines Widerstands von ihm einfangen. Es schien mein Los zu sein, Geständnisse entgegenzunehmen und vor unbeantwortbare Fragen gestellt zu werden. Es war qualvoll, aber die Verachtung, die maßlose Verachtung, die des Mannes Erscheinung einflößte, erleichterte es ein wenig. Seine Person konnte wirklich nicht von Belang sein. Nichts war von Belang, seit ich zu der Einsicht gekommen war, daß Jim, der allein mir am Herzen lag, sein Schicksal gemeistert hatte. Er hatte mir gesagt, daß er zufrieden war – nahezu. Das war mehr, als die meisten von uns zu behaupten wagen würden. Ich – der ich das Recht habe, mich für gut genug zu halten, wage es nicht. Ich vermute, auch keiner von euch hier würde es wagen?...

Marlow hielt inne, als erwartete er eine Antwort. Niemand sprach.

Ganz recht, begann er aufs neue. Laßt es keinen wissen, da die Wahrheit nur durch einen grausamen, kleinen, schrecklichen Zusammenbruch aus uns herausgepreßt werden kann. Aber er ist einer von uns, und er konnte sagen, er sei – fast zufrieden. Man bedenke! Fast zufrieden. Man könnte ihn beinahe um seinen Niederbruch beneiden. Fast zufrieden. Nunmehr war alles belanglos. Es war nicht mehr von Belang, wer ihn verdächtigte, wer ihm vertraute, wer ihn liebte, wer ihn haßte—besonders, da es Cornelius war, der ihn haßte.

Immerhin war dies eine Art Anerkennung. Man kann einen Mann sowohl nach seinen Feinden wie nach seinen Freunden beurteilen, und dieser Feind Jims war so, daß kein anständiger Mann sich zu schämen brauchte, ihn zum Feind zu haben, allerdings ohne viel Aufhebens von ihm zu machen. Dies war Jims Ansicht, und ich teilte sie; doch Jim mißachtete ihn aus allgemeinen Gründen. „Mein lieber Marlow“, sagte er, „ich fühle, daß, wenn ich geradeaus meines Wegs gehe, mir nichts was anhaben kann. Wirklich! Sie sind jetzt lange genug hier gewesen, um das Ganze ziemlich übersehen zu können, – und, offen gesagt, finden Sie nicht, daß ich ziemlich sicher bin? Es hängt alles von mir ab, und, beim Himmel! ich habe genügendes Selbstvertrauen. Das Schlimmste, was er tun könnte, wäre, mich zu töten. Ich glaube nicht einen Augenblick, daß er es täte. Er könnte nicht, müssen Sie wissen – nicht, wenn ich selbst ihm dazu ein geladenes Gewehr in die Hand gäbe und ihm dann den Rücken kehrte. So ein Kerl ist er. Und angenommen, er wollte – er könnte? Nun – was dann? Ich bin nicht hierhergekommen, um mein Leben in Sicherheit zu bringen – nicht wahr? Ich kam her, um meinen Rücken gegen die Mauer zu stemmen, und ich werde hier bleiben...“

„Bis Sie ganz zufrieden sind“, fiel ich ein.

Wir saßen bei diesem Gespräch unter dem Sonnensegel im Heck seines Boots; zwanzig Ruder blitzten wie ein einziges, zehn an jeder Seite, und durchstrichen das Wasser mit einem einzigen Aufklatschen, während Tamb' Itam hinter unserm Rücken sich schweigend nach rechts und links neigte, bemüht, das lange Kanu im stärksten Strom zu halten. Jim senkte den Kopf, und unsere letzte Unterredung schien endgültig zu erlöschen. Er gab mir das Geleit bis zur Mündung des Flusses. Der Schoner war tags vorher mit der Ebbe stromab gegangen, während ich meinen Aufenthalt über Nacht verlängert hatte. Und nun gab er mir das Geleit.

Jim war ein bißchen ärgerlich über mich gewesen, weil ich Cornelius überhaupt erwähnt hatte. Ich hatte in Wahrheit nicht viel gesagt. Der Mann war zu unbedeutend, um gefährlich zu sein, obwohl er so voll von Haß war, wie nur in ihm Raum hatte. Er hatte mich in jedem zweiten Satz „Euer Hochwohlgeboren“ genannt und hatte an meinem Ellbogen gewinselt, während er mir von dem Grabe seiner „seligen Frau“ zu dem Tor von Jims Hof folgte. Er bezeichnete sich als den unglücklichsten aller Menschen, als ein Opfer, das wie ein Wurm zertreten worden sei; er beschwor mich, ihn anzusehen. Ich wollte nicht den Kopf umdrehen, um dieser Aufforderung zu folgen; doch konnte ich aus einem Augenwinkel seinen leichenbitterischen Schatten neben dem meinen dahingleiten sehen, während der Mond, zu unserer Rechten schwebend, sich das Schauspiel hämisch zu betrachten schien. Er suchte – wie ich euch schon gesagt habe – seinen Anteil an den Ereignissen in jener denkwürdigen Nacht zu erklären. Er hatte sich durch Zweckmäßigkeitsgründe bestimmen lassen. Wie konnte er wissen, wer die Oberhand gewinnen würde? „Ich hätte ihn gerettet, Euer Hochwohlgeboren! Ich hätte ihn für achtzig Dollar gerettet", beteuerte er mit süßlichen Tönen, immer einen Schritt hinter mir. – „Er hat sich selbst gerettet", sagte ich, „und er hat Ihnen vergeben." Ich hörte eine Art Gekicher und wandte mich nach ihm um; sogleich schien er die Flucht ergreifen zu wollen. „Worüber lachen Sie?" fragte ich und blieb stehen. – „Lassen Sie sich nicht täuschen, Euer Hochwohlgeboren!" kreischte er, anscheinend ganz die Selbstbeherrschung verlierend. „Er sich retten! Er weiß nichts, Euer Hochwohlgeboren – absolut nichts. Wer ist er? Was will er hier – der große Dieb? Was will er hier? Er streut jedermann Sand in die Augen, auch Ihnen, Euer Hochwohlgeboren; aber mir kann er nicht Sand in die Augen streuen. Er ist ein großer Narr, Euer Hochwohlgeboren!" Ich lachte verächtlich und wandte mich zum Gehen. Er lief mir nach bis zu meinem Ellbogen und flüsterte ungestüm: „Er ist hier nicht mehr als ein kleines Kind – als ein kleines Kind – als ein kleines Kind." Ich beachtete das natürlich nicht im geringsten, und da er sah, daß die Zeit drängte – wir näherten uns schon dem Bambuszaune, der jenseits des geschwärzten Bodens der Rodung herschimmerte –, so kam er zur Sache. Er begann ekelhaft weinerlich. Seine großen Mißgeschicke hätten seinen Kopf angegriffen. Er hoffte, ich würde gütigst vergessen, was ihm nur seine Leiden erpreßt hätten. Er hätte nichts damit gemeint; nur wisse eben der hochwohlgeborene Herr nicht, was es heiße, zugrunde gerichtet, zusammengebrochen zu sein, jedermann auf sich herumtrampeln lassen zu müssen. Nach dieser Einleitung kam er der Sache, die ihm am Herzen lag, näher, aber in so weitschweifiger, stoßweiser, verrückter Art, daß ich lange nicht begriff, wo er hinauswollte. Er wünschte, daß ich mich bei Jim für ihn verwenden sollte. Es schien auch eine Art Geldangelegenheit zu sein. Ich hörte hin und wieder die Worte „mäßige Provision", „passendes Geschenk". Er schien eine Vergütung für etwas zu verlangen und ging sogar so weit, mit einiger Wärme zu erklären, daß das Leben nichts mehr wert sei, wenn man einem alles geraubt habe. Ich erwiderte natürlich kein Wort, aber ebensowenig verstopfte ich meine Ohren. Der Kern der Sache, der mir allmählich klar wurde, war der, daß er als Gegenwert für das Mädchen Anspruch auf eine Geldsumme zu haben glaubte. Er hatte sie aufgezogen. Das Kind eines andern. Hatte ihm viel Plage und Schmerzen verursacht – alter Mann – passendes Geschenk. Wenn der hochwohlgeborene Herr ein Wort für ihn einlegen wollte… Ich blieb stehen, um ihn mit Neugierde anzusehen, und wahrscheinlich aus Angst, ich könnte ihn für erpresserisch halten, bequemte er sich eilends zu einem Zugeständnis. Wenn man ihm sofort ein „passendes Geschenk" gäbe, wäre er bereit, erklärte er, „ohne jede weitere Provision das Mädchen in Obhut zu nehmen, wenn für den Herrn die Zeit gekommen sein würde, wieder heimzukehren". Sein kleines gelbes Gesicht, ganz verschrumpft, als wäre es zusammengequetscht worden, drückte den gierigsten, unverhohlensten Geiz aus. Er winselte schmeichlerisch: „Keine weitere Mühe – natürlicher Vormund – Geldsumme..."

Ich stand und staunte. Solche Sachen waren offenbar sein Beruf. Ich entdeckte plötzlich in seiner kriechenden Haltung eine Art Sicherheit, als hätte er sein Leben lang mit Gewißheiten gehandelt. Er muß der Meinung gewesen sein, daß ich seinen Vorschlag kühl erwog, denn er wurde so süß wie Honig. Jeder Herr setze eine Provision aus, wenn die Zeit gekommen sei, heimzukehren, fing er wieder an. Ich schlug das kleine Gatter zu. „In diesem Fall, Herr Cornelius", sagte ich, „wird die Zeit niemals kommen." Es bedurfte einiger Sekunden, bis er den Sinn dieses Satzes erfaßte. „Was!" schrie er geradezu. „Warum?" rief ich innerhalb des Zaunes. „Haben Sie ihn nicht selbst so sagen hören? Er wird nie heimkehren." – „Oh! das ist zuviel", schrie er. Er redete mich nicht mehr mit „Euer Hochwohlgeboren" an. Er war eine Weile ganz still und sagte dann ohne eine Spur von Demut, sehr leise: „Er wird niemals gehen – ah! Er – er – er kommt hierher, der Teufel weiß woher – kommt hierher – der Teufel weiß warum – auf mir herumzutrampeln, bis ich sterbe – ah – herumzutrampeln" (er stampfte mit beiden Füßen auf), „so herumzutrampeln – niemand weiß warum, bis ich sterbe..." Seine Stimme erlosch fast; ein Hüsteln plagte ihn; er kam ganz dicht an den Zaun heran und sagte mir in vertraulichem, kläglichem Ton, daß er nicht auf sich herumtrampeln lasse. „Geduld – Geduld", stammelte er und schlug sich auf die Brust. Ich hatte aufgehört, über ihn zu lachen, aber er gab mir unvermutet ein wildes, wahnwitziges Gelächter zu hören. „Ha! Ha! Ha! Wir werden sehn. Wir werden sehn! Was? Mir zu stehlen? Mir alles zu stehlen? Alles! Alles!" Sein Kopf sank auf eine Schulter, seine Hände hingen leicht gefaltet vorn herunter. Man hätte meinen können, daß ihm das Mädchen über alles teuer gewesen, daß er durch den grausamen Verlust um den Verstand gebracht und ihm das Herz gebrochen sei. Plötzlich hob er den Kopf und stieß ein Schimpfwort aus. „Wie ihre Mutter – genau wie ihre falsche Mutter. Auch im Gesicht. Im Gesicht. Der Teufel!" Er lehnte seine Stirn gegen den Zaun und gab in dieser Stellung auf portugiesisch in schwachen Lauten schreckliche, mit Klagen und Seufzern vermischte Drohungen und Verleumdungen von sich, die mit einem Heben der Schultern hervorkamen, als wäre er von einem fürchterlichen Erbrechen befallen. Es war ein unaussprechlich toller und widerlicher Anblick, und ich eilte davon. Er rief mir etwas nach. Irgendeine Verunglimpfung Jims wahrscheinlich – doch nicht zu laut, wir waren zu nah am Haus. Alles, was ich deutlich hörte, war: „Nicht mehr als ein kleines Kind – ein kleines Kind!"

Fünfunddreissigstes Kapitel

Aber am nächsten Morgen, bei der ersten Biegung des Flusses, die die Häuser von Patusan verdeckte, wurde all dies mit seiner Farbe, seiner Zeichnung und Bedeutung körperlich meinem Blick entrückt, wie ein von der Phantasie auf die Leinwand gezaubertes Bild, dem man nach langer Betrachtung zum letzten Male den Rücken kehrt. Es haftet im Gedächtnis, unbeweglich, unverblichen, mit erstarrtem Leben, in einem unveränderlichen Licht. Da sind die Befürchtungen, die Hoffnungen, der Ehrgeiz, der Haß, meinem Geiste eingeprägt, wie ich sie gesehen hatte – lebhaft und für immer in ihrem Ausdruck festgehalten. Ich hatte mich von dem Bilde weggewandt und kehrte in die Welt zurück, wo Ereignisse wogen, Menschen wechseln, Licht flackert, Leben im breiten Bette flutet, gleichviel ob über Schlamm oder Steine. Ich wollte nicht hineintauchen; ich würde genug zu tun haben, den Kopf über der Oberfläche zu halten. Aber was die angeht, die ich zurückließ, so kann ich mir keine Veränderung denken. Der gewaltige, großherzige Doramin und seine mütterliche, hexenhafte, kleine Frau, wie sie gemeinsam auf das Land hinausblicken und heimlich ihre Träume elterlichen Ehrgeizes nähren; Tunku Allang, verrunzelt und ewig verwirrt; Dain Waris, klug und tapfer, mit seinem Glauben an Jim, seinem festen Blick und der spöttischen Freundlichkeit; das Mädchen, in ihre schreckhafte, argwöhnische Anbetung versunken; Tamb' Itam, finster und treu; Cornelius, im Mondlicht mit seiner Stirn an den Zaun gelehnt – ihrer bin ich sicher. Sie leben wie unter dem Stab eines Zauberers. Die Gestalt aber, um die all jene sich scharen, – die lebt, und ich bin ihrer nicht sicher. Keines Zauberers Stab kann ihn vor meinen Augen zum Bilde erstarren machen. Er ist einer von uns.

Wie ich euch sagte, begleitete mich Jim auf der ersten Strecke meiner Rückkehr in die Welt, der er entsagt hatte, und der Weg schien stellenweise durch das Innerste unberührter Wildnis zu führen. Die leeren Stromstrecken glitzerten unter der hochstehenden Sonne; zwischen den hohen Wällen der Bäume brütete die Hitze über dem Wasser, und das Boot durchschnitt, kräftig gerudert, die Luft, die sich unter dem Schutz hoher Bäume dick und warm festgesetzt zu haben schien.

Der Schatten der bevorstehenden Trennung hatte schon einen ungeheuren Zwischenraum zwischen uns gelegt, und als wir sprachen, geschah es mit Anstrengung, als ob wir unsere leisen Stimmen über eine große und wachsende Entfernung senden müßten. Das Boot flog rasch dahin; wir schmachteten nebeneinander in der stickigen, überhitzten Luft; der Geruch von Schlamm und Sumpf, der urzeitliche Geruch fruchtbarer Erde quoll uns entgegen; bis es plötzlich bei einer Biegung war, als ob eine große Hand in der Ferne einen schweren Vorhang in die Höhe gezogen, ein ungeheures Portal geöffnet hätte. Das Licht selber schien sich zu bewegen, der Himmel über unseren Köpfen weitete sich, ein fernes Murmeln erreichte unser Ohr, eine Frische umwehte uns, füllte unsere Lungen, beflügelte unsere Gedanken, unser Blut, unsere Schmerzgefühle— und gerade vor uns senkten sich die Wälder zu dem dunkelblauen Rücken der See.

Ich atmete tief auf, ich genoß die Weite des offenen Horizonts, die Verschiedenheit der Luft, die von der Arbeitslust des Lebens, von der Tatkraft einer makellosen Welt zu zittern schien. Dieser Himmel und dieses Meer lagen offen vor mir. Das Mädchen hatte recht: es ging ein Zeichen, ein Ruf von ihnen aus – ein Etwas, dem jede Fiber in mir Antwort gab. Ich ließ meine Augen durch den Raum schweifen wie ein von Ketten Befreiter, der seine verkrampften Glieder ausstreckt, rennt, springt, sich dem beseligenden Überschwang der Freiheit hingibt. „Dies ist herrlich!“ rief ich und blickte dann nach dem Sünder an meiner Seite. Er saß mit auf die Brust gesenktem Kopf da und sagte „ja“, ohne die Augen zu erheben, als fürchtete er, auf dem klaren Himmel der offenen See den Vorwurf seines romantischen Gewissens mit großen Lettern geschrieben zu sehen.

Ich entsinne mich der geringsten Einzelheiten dieses Nachmittags. Wir landeten auf einem Zipfelchen weißen Strandes. Er hatte im Rücken eine niedere Klippe, die am Rand bewaldet und bis zu ihrem Fuß mit Kletterpflanzen bewachsen war. Unter uns hob sich die glatte Meeresfläche in tiefem, heiterem Blau dem Horizont zu, der in der Höhe unserer Augen wie ein Strich gezogen war. Große, glitzernde Wellen flogen leicht und rasch, wie vom Wind gejagte Federn, über den dunklen, schillernden Wasserspiegel. Eine Inselkette lag massig und abgerissen der Seebucht gegenüber, die in ihrem fahlen, glasigen Wasser die Umrisse des Ufers getreulich wiedergab. Hoch oben im farblosen Sonnenschein schwebte ein einsamer, ganz schwarzer Vogel, der sich mit leicht schaukelnder Bewegung seiner Fittiche um denselben Punkt auf und nieder schraubte. Eine Anzahl rußiger, armseliger Hütten aus zerlumpten Matten hockten über ihrem eigenen Spiegelbild auf hohen, verkrümmten Pfählen, die schwarz wie Ebenholz waren. Ein einziges schwarzes Kanu stieß von ihnen ab, mit zwei winzigen schwarzen Männern, die sich außerordentlich anstrengten, mit ihren Rudern das fahle Wasser zu durchstreichen; und das Kanu schien mühsam auf einem Spiegel dahinzugleiten. Diese Anzahl elender Hütten war das Fischerdorf, das sich der besonderen Gunst des weißen Herrn rühmte, und die beiden herüberrudernden Männer waren das Oberhaupt der Fischer und sein Schwiegersohn. Sie landeten und kamen im weißen Sand zu uns herauf, hager, dunkelbraun, wie geräuchert, mit Ascheflecken auf der Haut ihrer nackten Schultern und Brust. Ihre Köpfe waren von schmutzigen, aber sorgfältig gefalteten Tüchern umwunden, und der alte Mann fing sofort an, mit Zungengewandtheit eine Klage vorzubringen; er streckte dabei einen schmächtigen Arm aus und richtete seine alten Triefaugen vertrauensvoll auf Jim. Die Leute des Rajah wollten sie nicht in Ruhe lassen; es wären Streitigkeiten wegen Schildkröteneiern entstanden, die seine Leute dort bei den Inseln gesammelt hatten. Auf sein Ruder gestützt, das er in Armeslänge von sich weghielt, deutete er mit der einen knochigen, braunen Hand über das Meer. Jim hörte eine Weile zu, ohne aufzublicken, und bedeutete ihm dann sanft, zu warten. Er wollte ihn hernach anhören. Sie zogen sich gehorsam in einige Entfernung zurück und hockten auf ihren Fersen, die Ruder im Sande neben sich; der silbrige Schimmer aus ihren Augen folgte geduldig unseren Bewegungen; und die Unendlichkeit des ausgebreiteten Meeres, die Stille der Küste, die sich nach Norden und Süden weit über die Grenzen meiner Sehweite hinaus erstreckte, lag wie ein ungeheures, majestätisches Antlitz vor uns vier auf einem Streifchen glitzernden Sandes abgesonderten Zwergen.

„Das Schlimme an der Sache ist", bemerkte Jim mißmutig, „daß die armen Teufel von Fischern in diesem Dorf seit Generationen als des Rajahs persönliche Sklaven gegolten haben, – und dem alten Esel will es nicht in den Kopf..."

Er hielt inne. „Daß Sie das alles geändert haben", sagte ich.

„Ja, ich habe das alles geändert", brummte er mit dunkler Stimme.

„Sie haben Ihre Gelegenheit gehabt“, fuhr ich fort.

„Meinen Sie?“ fragte er. „Nun ja. Wahrscheinlich. Ja. Ich habe das Vertrauen in mich selbst zurückgewonnen – einen guten Namen – doch wünsche ich manchmal… Nein! Ich will behalten, was ich habe. Kann nicht mehr erwarten.“ Er streckte seinen Arm nach dem Meere aus. „Wenigstens nicht dort draußen.“ Er stampfte mit dem Fuß auf den Sand. „Dies ist meine Grenze, weil mir nichts Geringeres genügen kann.“

Wir schritten am Strande auf und ab. „Ja, ich habe das alles geändert“, fuhr er fort, mit einem Seitenblick nach den beiden geduldigen, schwatzenden Fischern; „aber stellen Sie sich einmal vor, was sein würde, wenn ich fortginge. Himmel! Sehen Sie es denn nicht? Der Teufel wäre los. Nein! Morgen werde ich wieder hingehn und es auf mich nehmen, den Kaffee des alten Narren Tunku Allang zu trinken, und ich werde ein schreckliches Aufheben von den elenden Schildkröteneiern machen. Nein. Ich kann nicht sagen – genug. Niemals. Ich muß so fortmachen, fortmachen, meine Rolle durchhalten, um die Sicherheit zu fühlen, daß nichts mir was anhaben kann. Ich muß sie in ihrem Glauben an mich bestärken, um mich sicher zu fühlen und um – um…“ Er tastete nach einem Wort, schien auf dem Meere danach auszublicken… „um in Berührung zu bleiben mit“ … seine Stimme sank plötzlich zu einem Murmeln herab… „mit denen, die ich vielleicht nie wiedersehen weide. Mit – mit Ihnen, zum Beispiel.“

Ich war ganz gedemütigt bei diesen Worten. „Um Himmels willen“, sagte ich, „mein Lieber, stellen Sie mich doch nicht so aufs Piedestal; machen Sie es nur so, wie Sie es für richtig halten.“ Ich fühlte eine Dankbarkeit, eine Zuneigung für diesen Verirrten, der mich heraushob aus den Reihen einer unbedeutenden Menge, wo ich meinen Platz hatte. Wie wenig war dies schließlich, um sich dessen zu rühmen! Ich wandte mein glühendes Gesicht weg; unter der niedrigen Sonne lag purpurn glühend, wie eine dem Feuer entrissene glimmende Kohle, das weite Meer, in all seiner unendlichen Stille dem Nahen des feurigen Gestirns hingegeben. Zweimal setzte er zum Sprechen an, schwieg aber immer wieder; endlich sagte er ruhig, als hätte er eine Formel gefunden:

„Ich werde treu sein. Ich werde treu sein“, wiederholte er, ohne mich anzusehn. Zum erstenmal ließ er seine Augen über das Wasser schweifen, dessen Bläue unter den Gluten des Sonnenuntergangs einer düsteren Färbung gewichen war. Oh! Er war romantisch, romantisch. Ich gedachte einiger Worte Steins… „Sich dem toddrohenden Element hingeben!… Dem Traum folgen und wieder dem Traum folgen – und so – immer, *usque ad finem*…" Er war romantisch, aber trotzdem treu. Wer konnte sagen, welche Formen, welche Erscheinungen, welche Gesichte, welche Verzeihung er in der Glut des Westens erblickte! … Ein kleines Boot, das den Schoner verließ, kam langsam, im regelmäßigen Takt zweier Ruder, zur Sandbank, um mich fortzuholen. „Und dann ist ja Juwel da", sagte er aus der großen Stille von Erde, Himmel und Meer heraus, die sich bis auf meine Gedanken gelegt hatte, so daß seine Stimme mich auffahren ließ. „Juwel." – „Ja", murmelte ich. – „Ich brauche Ihnen nicht zu sagen, was sie mir ist", fuhr er fort. „Sie haben es gesehen. Mit der Zeit wird sie verstehen lernen…" – „Ich hoffe es", unterbrach ich. – „Sie vertraut mir auch", sagte er sinnend, und darauf mit verändertem Ton: „Wann werden wir uns wohl wiedersehn?"

„Niemals – es sei denn, daß Sie herauskommen", antwortete ich mit abgewandtem Blick. Er schien nicht überrascht zu sein; eine Weile blieb er ganz still.

„Dann leben Sie wohl", sagte er schließlich. „Vielleicht ist es so ebensogut."

Wir schüttelten uns die Hand, und ich schritt zum Boot, das mit dem Schnabel auf dem Strand wartete. Der Schoner, das Großsegel gesetzt und die Klüverschote im Wind, tänzelte auf der purpurnen See; es lag ein rosiger Hauch auf seinen Segeln. „Werden Sie bald wieder nach Hause gehen?" fragte Jim, als ich eben das Bein über das Dollbord des Bootes schwang. – „In einem Jahr etwa, wenn ich am Leben bleibe", sagte ich. Der Stevenlauf scharrte im Sand, das Boot stieß ab, die nassen Ruder blitzten und tauchten ein-, zweimal in die Flut. Jim, an der Uferkante, erhob die Stimme: „Sagen Sie ihnen…" begann er. Ich gab den Männern ein Zeichen, mit Rudern innezuhalten, und wartete verwundert. Sagen – wem? Die halb untergegangene Sonne schien ihm ins Gesicht; ich sah ihren roten Schein in seinen Augen, die mich stumm ansahen … „Nein – nichts", sagte er und gab mit einer leichten Bewegung der Hand dem Boot die Weisung, weiterzurudern. Ich blickte nicht wieder nach dem Ufer, bis ich an Bord des Schoners geklettert war.

Die Sonne war schon untergegangen. Die Dämmerung lag über dem Osten, und die ganz in Schwarz getauchte Küste dehnte ihre dunkle Mauer, die wie das Bollwerk der Nacht selber erschien, ins Unendliche aus; der westliche Horizont war eine einzige Glut aus Gold und Purpur, in der eine große losgelöste Wolke schwamm und einen schieferfarbenen Schatten auf das Wasser warf. Jim am Strande sah dem Schoner zu, wie er abfiel und in Fahrt kam.

Die beiden halbnackten Fischer waren aufgestanden, sobald ich fort war; wahrscheinlich gossen sie die Klage ihres kleinlichen, armseligen, knechtischen Daseins in die Ohren des weißen Herrn, und wahrscheinlich hörte er sie an, machte ihre Beschwerde zu seiner eigenen, denn gehörte dies nicht zu seinem Glück – „dem Schweineglück", dem er, wie er mir versicherte, so völlig gewachsen war? Auch sie, sollte ich meinen, waren im Glück, und sie besaßen die Hartnäckigkeit, es festzuhalten. Ihre zimtfarbenen Körper verschwammen auf dem dunklen Hintergrund, lange bevor ich ihren Beschützer aus den Augen verlor. Er war weiß von Kopf bis Fuß und blieb beharrlich sichtbar gegen das Bollwerk der Nacht in seinem Rücken, das Meer zu seinen Füßen, das Glück – noch immer verschleiert – an seiner Seite. Was sagt ihr? War es noch verschleiert? Ich weiß nicht. Für mich schien diese weiße Gestalt in der Stille der Küste und des Meeres im Kernpunkt eines großen Rätsels zu stehn. Die Dämmerung verlor sich rasch am Himmel über seinem Kopf, der Streifen Sand war schon unter seinen Füßen versunken, er selber erschien nicht größer als ein kleines Kind – bald war er nur noch ein Fleck, ein winziger, weißer Fleck, der alles Licht in der verdunkelten Welt einzufangen schien... Und plötzlich verlor ich ihn...

Sechsunddreissigstes Kapitel

Mit diesen Worten hatte Marlow seine Erzählung beendet, und sein Zuhörerkreis war unter seinem zerstreuten, versunkenen Blick aufgebrochen. Die Männer verließen unverzüglich, ohne eine Bemerkung zu machen, in Paaren oder allein die Veranda, als hätte der letzte Eindruck dieser unvollständigen Erzählung, ihre Unvollständigkeit an sich, wie auch der Ton des Sprechers, eine Erörterung vergeblich und eine Auslegung unmöglich gemacht. Jeder schien seinen eigenen Eindruck mit fortzunehmen; aber nur ein einziger von all den Zuhörern sollte das letzte Wort der Geschichte vernehmen. Es gelangte zu ihm, mehr als zwei Jahre danach, in der Heimat, in Form eines dicken Pakets, das in Marlows steiler, eckiger Handschrift adressiert war.

Der Bevorzugte öffnete das Paket, blickte hinein, legte es dann hin und ging zum Fenster. Seine Zimmer lagen in dem höchsten Stockwerk eines hohen Gebäudes, und er konnte den Blick durch die klaren Scheiben weithin schweifen lassen, als befände er sich in der Laterne eines Leuchtturms. Die schrägen Dächer glitzerten, die dunklen, gebrochenen Firste folgten einander wie Wellen ohne Kamm, und aus den Tiefen der Stadt unter seinen Füßen erhob sich ein wirres, unaufhörliches Gemurmel. Die zahlreichen, überall verstreuten Kirchtürme ragten wie Leuchtfeuer über einem Gewirr von Untiefen ohne Fahrwasser; der strömende Regen vermischte sich mit der sinkenden Dämmerung eines Winterabends; und das Dröhnen einer großen Turmuhr, das die Stunde anzeigte, rollte in vollen, düsteren Schlägen, mit einem schrillen, zitternden Klang im Kern, dahin. Er zog die schweren Vorhänge zu.

Das Licht seiner verschleierten Studierlampe träumte wie ein eingehegter Teich, seine Tritte verhallten auf dem Teppich, seine Wandertage waren vorbei. Keine Horizonte mehr, unbegrenzt wie die Hoffnung, keine Dämmerungen in den wie Tempel feierlichen Wäldern auf der stürmischen Fahrt nach dem ewig unentdeckten Land jenseits des Hügels, des Stroms, jenseits der Woge. Die Stunde schlug! Nie mehr! Nie mehr! – Aber das geöffnete Paket unter der Lampe brachte die Töne, die Erscheinungen, den Duft selbst der Vergangenheit zurück – eine Menge verblassender Gesichter, ein Gewirr leiser Stimmen, die an den Ufern ferner Meere unter einer sengenden, verzehrenden Sonne erloschen. Er seufzte und setzte sich nieder, um zu lesen.

Zuerst sah er drei verschiedene Umhüllungen. Eine Menge engbeschriebener, zusammengehefteter Seiten; einen losen Bogen grauen Papiers mit ein paar Worten in einer Handschrift, die er nie zuvor gesehen hatte, und dazu einen erklärenden Brief von Marlow. Aus diesem fiel ein anderer, durch die Zeit vergilbter und an den Kniffen ausgefaserter Brief heraus. Er nahm ihn auf, legte ihn beiseite, wandte sich Marlows Schreiben zu, überflog die Anfangszeilen, hielt inne und las hernach bedächtig wie einer, der sich mit langsamem Fuß und gespanntem Blick einem unentdeckten Lande nähert.

... Ich glaube nicht, daß Sie vergessen haben, fuhr der Brief fort. Sie allein haben eine Anteilnahme für ihn gezeigt, die die Erzählung seiner Geschichte überlebte, obwohl Sie meiner Erinnerung nach nicht zugeben wollten, daß er sein Schicksal gemeistert hatte. Sie prophezeiten ihm das Unglück des Überdrusses und Ekels an der erworbenen Ehre, der selbstgestellten Aufgabe, der aus Jugend und Mitleid entsprungenen Liebe. Sie hatten gesagt, Sie kennten „solcherlei Dinge“, sowohl die scheinbare Zufriedenheit, wie die unvermeidliche Enttäuschung, die sie geben. Sie sagten auch – ich wiederhole Ihre Worte –, daß „ihnen das Leben weihen“ (mit ihnen ist die Menschheit mit brauner, gelber oder schwarzer Haut gemeint) „das gleiche sei, wie seine Seele an ein Vieh zu hängen“. Sie behaupteten, daß „solcherlei“ nur wertvoll und von Dauer ist, wenn es sich auf den festen Glauben an die Wahrheit von Ideen gründet, die der Rasse nach unsere eigenen sind, in deren Namen die Ordnung und Gesittung eines ethischen Fortschritts eingesetzt sind. „Wir brauchen dies als Rückhalt", hatten Sie gesagt. „Wir brauchen einen Glauben an seine Notwendigkeit und Gerechtigkeit, wenn wir aus unserem Leben ein würdiges und bewußtes Opfer machen wollen. Ohne dies ist das Opfer nur Vergeßlichkeit, das Sichhingeben nicht besser als das Sichverlieren." Mit anderen Worten, Sie waren der Meinung, daß wir in den Reihen kämpfen müssen, sonst zählen unsere Leben nicht. Möglich! Sie müssen es wissen – ich sage es ohne Bosheit –, der Sie sich an manches Abenteuer gewagt haben und immer davongekommen sind, ohne die Flügel zu verbrennen. Der springende Punkt ist jedoch, daß Jim ganz allein dastand und nur mit sich selbst fertig zu werden hatte, und es fragt sich, ob er sich nicht am Ende doch zu einem mächtigeren Glauben, als es die Gesetze von Ordnung und Fortschritt sind, bekannte.

Ich gebe Ihnen den bloßen Bericht. Vielleicht bilden Sie sich ein Urteil – wenn Sie gelesen haben. Es liegt doch ein gut Teil Wahrheit in dem volkstümlichen Ausdruck „umwölkt sein". Es ist unmöglich, ein klares Bild von ihm zu gewinnen, besonders, da wir ihn durch die Augen anderer zu sehen bekommen. Ich habe kein Bedenken, Ihnen alles, was ich weiß, von jener letzten Episode mitzuteilen, die, wie er zu sagen pflegte, „zu ihm gekommen war". Man möchte gerne wissen, ob das vielleicht jene äußerste Gelegenheit, jene letzte, befriedigende Gelegenheit war, auf die er meiner Meinung nach immer gewartet hatte, bevor er eine Botschaft an die makellose Welt formen wollte. Sie erinnern sich, daß er, als ich ihn zum letztenmal verließ, gefragt hatte, ob ich bald nach Hause ginge, und mir dann plötzlich nachrief: „Sagen Sie ihnen ...!" Ich hatte – ich gestehe es – neugierig und voll Hoffnung auf das, was folgen sollte, gewartet— doch hörte ich ihn nur noch schreien: „Nein, nichts." Das war damals alles – und es wird nie mehr sein; es wird keine andere Botschaft erfolgen als vielleicht eine, wie sie sich jeder aus der Sprache der Tatsachen, die oft soviel rätselhafter als das kunstvollste Wortgefüge sind, deuten kann. Er machte allerdings noch einen Versuch, sich zu befreien; aber auch dieser schlug fehl, wie Sie sich überzeugen werden, wenn Sie den hier beigefügten grauen Foliobogen prüfen. Er hatte versucht, zu schreiben; bemerken Sie die gewöhnliche Handschrift? Es ist überschrieben: „Das Fort Patusan." Ich nehme an, daß er seinen Plan ausgeführt hat, aus seinem Haus einen Verteidigungsplatz zu machen. Es war ein trefflicher Plan: Ein tiefer Graben, ein von einer Schanze gekrönter Erdwall, und an den

Ecken auf Erhöhungen aufgestellte Kanonen, um jede Seite des Vierecks zu bestreichen. Doramin hatte eingewilligt, ihm die Kanonen zu liefern, jeder Mann seiner Partei wußte auf diese Art, daß es einen sicheren Platz gab, auf den sich jeder treue Anhänger im Fall einer plötzlichen Gefahr stützen konnte. Alles dies zeigte seine besonnene Fürsorge, seinen Glauben an die Zukunft. Diejenigen, die er „meine Leute" nannte – die befreiten Gefangenen des Scherifs –, sollten mit ihren Hütten und kleinen Fleckchen Land unter den Mauern der Festung einen besonderen Stadtteil von Patusan bilden. Im Innern wollte er selbst ein unüberwindlicher Feind sein. Das Fort Patusan. Kein Datum, wie Sie sehen. Was ist Zahl und Name bei einem Schicksalstag? Es ist auch unmöglich zu sägen, wen er im Sinne hatte, als er die Feder zur Hand nahm: Stein – mich – die Welt im allgemeinen – oder war es nur der ziellose, entsetzte Aufschrei eines einsamen Mannes, der seinem Schicksal gegenübersteht? „Etwas Furchtbares ist geschehen", schrieb er, bevor er die Feder zum erstenmal wegschleuderte; beachten Sie den Tintenklecks unter diesen Worten, der einer Pfeilspitze gleicht. Nach einer Weile hatte er noch einmal probiert, wie mit einer Hand aus Blei kritzelnd, eine Zeile zu schreiben. „Ich muß jetzt sofort..." Die Feder hatte gespritzt, und nun gab er es auf. Dies ist alles; ein weiter Schlund tat sich vor ihm auf, den weder Blick noch Stimme umspannen kann. Ich kann es verstehen. Das Unsagbare überwältigte ihn; seine eigene Persönlichkeit überwältigte ihn – die Gabe jenes Schicksals, das er nach besten Kräften bemeistert hatte.

Ich sende Ihnen noch einen alten Brief – einen sehr alten Brief. Er wurde in seiner Schreibmappe gefunden, wo er ihn sorgfältig verschlossen hatte. Er ist von seinem Vater, und aus dem Datum ist ersichtlich, daß Jim ihn wenige Tage, bevor er sich auf die Patna begab, erhalten haben muß. Es war also der letzte Brief, den er je von Hause erhielt. Er hatte ihn all die Jahre wie einen Schatz gehütet. Der gute alte Pfarrherr hatte eine besondere Vorliebe für seinen Sohn, der Seemann geworden war. Ich habe da und dort einen Satz gelesen. Nichts steht darin als Liebe. Er sagt seinem „lieben James", daß sein letzter langer Brief sehr „treuherzig und unterhaltend" war. Er solle „die Leute nicht streng und voreilig beurteilen". Vier Seiten landläufige Moral und Familiennachrichten. Tom war ordiniert worden. Carries Mann hatte „Verluste". Der Alte setzt sein Vertrauen gleichmäßig auf die Vorsehung und die bestehende Ordnung des Weltalls, hat aber ein Augenmerk auf all ihre kleinen Gefahren und kleinen Vergünstigungen. Man sieht ihn fast leibhaftig vor sich, grauhaarig und heiter in dem geweihten Bezirk seines mit Büchern besetzten, verblichenen und behaglichen

Studierzimmers, wo er vierzig Jahre lang gewissenhaft immer und immer wieder den Kreis seiner kleinen Gedanken über Glauben und Tugend, über die rechte Art zu leben und den einzig richtigen Weg zu sterben durchlaufen hatte; wo er so viele Predigten niedergeschrieben hatte, wo er mit seinem Jungen, dort drüben, auf der andern Seite der Erde, plaudert. Doch was tut die Entfernung? Die Tugend ist auf der ganzen Welt dieselbe, und es gibt nur einen Glauben, eine einzig begreifliche Art, zu leben und zu sterben. Er hofft, sein „lieber James" würde niemals vergessen, daß, „wer einmal der Versuchung nachgibt, sich in demselben Augenblick der Gefahr der ewigen Verderbnis aussetzt. Darum beschließe fest, niemals, aus welchen Gründen es auch sei, etwas zu tun, was Du für unrecht hältst." Es steht auch noch etwas von einem Lieblingshund darin; und ein Pony, „auf dem ihr Jungens alle geritten seid", ist vor Alter blind geworden und mußte erschossen werden. Der Alte ruft den Segen des Himmels an; die Mutter und alle Töchter, die gerade zu Hause sind, senden Grüße... Nein, es steht nicht viel in dem vergilbten, abgegriffenen Brief, der nach so vielen Jahren seiner zärtlichen Verwahrung entglitten war. Er wurde niemals beantwortet, aber wer kann sagen, welche Zwiesprache er mit all den schweigsamen, farblosen Gestalten von Männern und Frauen hielt, die diesen stillen Erdwinkel, so frei von Kampf und Gefahren wie ein Grab, bevölkern und alle ausnahmslos die Luft ungetrübter Rechtlichkeit atmen. Es scheint erstaunlich, daß er dazugehörte, er, zu dem so viele Dinge „gekommen waren". Nichts kam jemals zu ihnen – ihnen fiel nicht unversehens das Schicksal in den Rücken und forderte sie zum Kampf. Da sind sie alle, von dem milden Geplauder des Vaters heraufbeschworen, alle diese Brüder und Schwestern, Bein von seinem Bein und Fleisch von seinem Fleisch, mit klaren, unbewußten Augen in die Welt schauend, – und neben ihnen erscheint er mir, endlich zurückgekehrt, nicht mehr ein bloßer weißer Fleck im Herzen eines ungeheuren Geheimnisses, sondern in voller Größe, mißachtet unter all diesen friedvollen Gestalten, von finsterem, romantischem Aussehn und immer stumm, dunkel – umwölkt.

Die Geschichte der letzten Ereignisse werden Sie in den wenigen hier beigefügten Seiten finden. Sie werden zugeben müssen, daß sie an Romantik die wildesten Träume seiner Knabenzeit übertrifft, und dennoch ist für mein Gefühl eine Art tiefer, erschreckender Logik darin, als könnte unsere Phantasie allein die Wucht eines überwältigenden Schicksals auf uns loslassen. Die Unbesonnenheit unserer Gedanken prallt auf unsere Köpfe zurück; wer mit dem Schwert spielt, wird durch das Schwert umkommen. Dieses verblüffende

Abenteuer, dessen verblüffendste Seite seine Wahrheit ist, kommt daher als eine unvermeidliche Folgeerscheinung. Etwas Derartiges mußte geschehen. Sie wiederholen sich das selbst und staunen dabei, daß so etwas ein Jahr vor diesem Jahr des Heils geschehen konnte. Aber es ist geschehen – und seine Logik läßt sich nicht bestreiten.

Ich schreibe es für Sie nieder, als wäre ich Augenzeuge gewesen. Die Mitteilungen, die ich erhielt, sind unvollständig, aber ich habe die Stücke zusammengefügt, und sie werden hinreichen, um ein verständliches Bild zu geben. Ich möchte wohl wissen, wie er selbst es erzählen würde. Er hat mir so sehr vertraut, daß ich manchmal meine, er müsse jeden Moment hereinkommen und die Geschichte mit seinen eigenen Worten erzählen, mit seiner nachlässigen und doch warmen Stimme, ganz nebenbei, in seiner ein wenig verwirrten, ein wenig mißmutigen, ein wenig gekränkten Art, die oft durch ein Wort, einen Satz einen Einblick in sein wahres Selbst gewährte und doch nie richtigen Aufschluß gab. Es ist schwer zu glauben, daß er nie wiederkommen wird. Ich werde nie mehr seine Stimme hören, noch seine glatte Haut, sein sonngebräuntes, rosiges Gesicht mit dem weißen Strich auf der Stirn und den jungen Augen wiedersehen, die sich in der Erregung zu einem unergründlich tiefen Blau verdunkelten.

Siebenunddreissigstes Kapitel

Das Ganze beginnt mit dem bemerkenswerten Handstreich eines Mannes namens Brown, der es richtig fertigbrachte, einen spanischen Schoner aus einer kleinen Bucht bei Zamboanga zu stehlen. Bis ich den Kerl entdeckte, war mein Wissen unvollständig, aber höchst unerwartet stieß ich auf ihn, wenige Stunden, bevor er seinen unverschämten Geist aufgab. Glücklicherweise war er imstande und willens, zwischen den Erstickungsanfällen des Asthmas zu reden, und sein zermarterter Körper wand sich vor boshaftem Triumph bei dem bloßen Gedanken an Jim. Er triumphierte, wenn er daran dachte, daß er es „dem aufgeblasenen Hund doch gehörig heimgezahlt habe". Er weidete sich an seiner Tat. Ich mußte den erloschenen Blick seiner wilden, von Krähenfüßen umgebenen Augen ertragen, wenn ich etwas erfahren wollte; und so ertrug ich ihn denn in der Erwägung, wie sehr gewisse Formen des Bösen dem Wahnsinn verwandt sind, da sie aus überspannter Selbstsucht herrühren, durch Widerstand angefacht werden, die Seele in Stücke zerreißen und dem Körper eine Scheinkraft verleihen. Die Geschichte enthüllt auch unvermutete Tiefen von Verschlagenheit in dem elenden Cornelius, dessen gemeiner, eingefleischter Haß als treibende Kraft wirkt und den nicht zu verfehlenden Weg zur Rache weist.

„Ich konnte, sobald ich ihn nur erblickte, sehen, was für eine Art Narr er war", keuchte der sterbende Brown. „Er, ein Mann! Teufel! Er war ein hohler Schwindler! Als hätte er nicht gradaus sagen können: ›Hände weg von meiner Beute!‹ Der verdammte Schuft! Das wäre Mannesart gewesen! Mag er zur Hölle fahren! Er hatte mich in Händen – aber er hatte nicht Teufel genug im Leibe, um mir den Garaus zu machen. Weiß Gott! So ein Wahnsinn! Mich laufen zu lassen, als wäre ich keinen Fußtritt wert!..." Brown rang verzweifelt nach Atem... „Der Schwindler... Mich laufen zu lassen... Und so hab' ich ihm schließlich doch den Kragen gebrochen..." Er würgte wieder... „Ich glaube, die Sache bringt mich um, aber ich sterbe jetzt leicht; Sie... Sie hören ... Ich weiß Ihren Namen nicht. – Ich gäbe Ihnen gern eine Fünfpfundnote – wenn ich sie hätte – für die Nachricht – oder ich heiße nicht Brown..." Er grinste abscheulich... „Gentleman Brown."

Er sagte all das mit furchtbarer Atemnot und starrte mich dabei mit seinen gelben Augen aus einem langen, verwüsteten, braunen Gesicht an; sein linker Arm machte eine krampfhafte Bewegung; ein verfilzter Bart, grau wie Pfeffer und Salz, hing ihm fast bis auf den Schoß hinab; eine schmutzige, zerfetzte Decke lag über seinen Knien. Ich hatte ihn in Bangkok durch den Hans-in-allen-Gassen, den Gastwirt Schomberg, ausfindig gemacht, der mich, im Vertrauen, an die rechte Adresse gewiesen hatte. Es scheint, daß ein versoffener, verbummelter Lump, ein Weißer, der unter den Eingeborenen mit einem siamesischen Weibe lebte, es als Ehre angesehen hatte, dem berühmten „Gentleman Brown" in seinen letzten Tagen ein Obdach zu gewähren. Während er in der elenden Hütte mit mir sprach und, sozusagen, um jede Minute seines Lebens rang, saß die Siamesin, mit dicken, nackten Beinen und einem blöden, groben Gesicht, in einer Ecke und kaute stumpfsinnig Betel. Ab und zu stand sie auf, um ein Hühnchen aus der Tür zu jagen. Die ganze Hütte wankte, wenn sie ging. Ein häßliches gelbes Kind, nackt und dickbäuchig wie ein kleiner Heidengott, mit dem Finger im Mund, stand, in tiefe, ruhige Betrachtung des sterbenden Mannes verloren, am Fuß des Bettes.

Er redete fieberhaft; doch mitten in einem Wort nahm ihn vielleicht eine unsichtbare Hand bei der Kehle, und dann starrte er mich stumm an, mit einem Ausdruck voll Angst und Zweifel. Er schien zu fürchten, daß ich es satt bekommen könnte, zu warten, und wegginge, ohne daß er seine Geschichte und seinen Triumph an den Mann gebracht hätte. Er starb, glaube ich, während der Nacht, aber da hatte ich auch schon alles gehört.

Soviel vorläufig, was Brown angeht.

Acht Monate vorher, als ich nach Samarang kam, besuchte ich wie gewöhnlich Stein. Auf der Gartenseite des Hauses, auf der Veranda, grüßte mich schüchtern ein Malaie, und ich erinnerte mich, ihn in Patusan unter andern Bugismännern, die abends zu kommen und endlos über ihre Kriegserinnerungen zu plaudern und Staatsangelegenheiten zu erörtern pflegten, in Jims Hause gesehen zu haben. Jim hatte mich einmal auf ihn aufmerksam gemacht, als auf einen ehrsamen, bescheidenen Handelsmann, der ein kleines seetüchtiges Eingeborenenfahrzeug besaß, und mir gesagt, daß er sich bei der Einnahme der Schanze als einer der Tüchtigsten erwiesen habe. Ich war nicht überrascht, ihn zu sehen, denn jeder Händler aus Patusan, der sich bis nach Samarang wagt, findet selbstverständlich den Weg zu Stein. Ich erwiderte seinen Gruß und ging weiter. An der Tür von Steins Zimmer stieß ich auf einen andern Malaien, in dem ich Tamb' Itam erkannte.

Ich fragte ihn sofort, was er hier täte; es kam mir in den Sinn, Jim könnte zu einem Besuch hergekommen sein. Ich gestehe, daß ich bei dem Gedanken erregt und erfreut war. Tamb' Itam sah aus, als wüßte er nicht, was er sagen sollte. „Ist Tuan Jim drinnen?“ fragte ich voll Ungeduld. – „Nein“, murmelte er und ließ einen Augenblick den Kopf hängen. Dann sagte er mit plötzlichem Ernst zweimal hintereinander: „Er wollte nicht kämpfen. Er wollte nicht kämpfen.“ Da er nicht imstande schien, etwas anderes zu sagen, schob ich ihn beiseite und ging hinein.

Stein stand allein, groß und vornübergebeugt, in der Mitte des Zimmers zwischen den Reihen der Schmetterlingskästen. „Ach, Sie sind es, mein Freund?“ sagte er traurig und sah mich durch seine Brille an. Ein grauer, sackartiger Rock aus Alpaka hing aufgeknöpft bis an seine Knie hinab. Er hatte einen Panamahut auf dem Kopf, und seine blassen Wangen waren von tiefen Falten durchzogen. „Was ist denn los?“ fragte ich aufgeregt. „Tamb' Itam ist hier...“ – „Kommen Sie zu dem Mädchen. Kommen Sie zu dem Mädchen. Sie ist da“, sagte er mit einem matten Anflug von Lebhaftigkeit. Ich suchte ihn zurückzuhalten, aber er ließ mit sanftem Eigensinn meine besorgten Fragen außer acht. „Sie ist hier, sie ist hier“, wiederholte er in großer Verwirrung. „Sie sind vor zwei Tagen hergekommen.

Ein alter Mann wie ich, ein Fremder – sehen Sie – kann nicht viel tun... Hierher, bitte... Junge Herzen wollen nicht vergeben..." Ich konnte sehen, daß er aufs tiefste bekümmert war... „Die Lebenskraft in ihnen, die grausame Lebenskraft..." Er stammelte und führte mich rund um das Haus herum; ich folgte ihm, in trübe, unwillige Vermutungen verloren. An der Tür des Empfangszimmers versperrte er mir den Weg. „Er liebte sie sehr?" meinte er fragend, und ich nickte nur, da ich so bitter enttäuscht war, daß ich keine Worte herausbrachte. „Furchtbar", murmelte er. „Sie kann mich nicht verstehen. Ich bin ein fremder, alter Mann. Vielleicht können Sie... sie kennt Sie. Reden Sie mit ihr. Wir können das nicht so lassen. Sagen Sie ihr, sie soll ihm vergeben. Es war wirklich schrecklich." – „Ich glaube es wohl", sagte ich, äußerst gereizt, daß ich im Dunkeln tappte; „aber haben Sie ihm denn vergeben?" Er machte ein eigentümliches Gesicht. „Sie werden hören", sagte er, indem er die Tür öffnete und mich förmlich hineinschob. Sie kennen Steins großes Haus und die beiden riesengroßen, unbewohnten und unbewohnbaren Empfangszimmer, die so peinlich sauber, voll Einsamkeit und glänzender Möbel sind und so aussehen, als ob nie ein menschliches Auge darauf weilte. Sie sind kühl an den heißesten Tagen, und man tritt dort ein wie in einen gescheuerten, unterirdischen Keller. Ich durchschritt das eine, und in dem zweiten sah ich das Mädchen am Ende eines großen Mahagonitisches sitzen, auf den sie ihren Kopf stützte. Das Gesicht hatte sie in den Händen vergraben. Der gewachste Fußboden spiegelte wie eine Eisfläche undeutlich ihre Gestalt. – Die Rohrjalousien waren heruntergelassen, und ein starker Wind blies in Stößen durch das eigentümliche grünliche Licht, das vom Blattwerk der Bäume draußen kam, und ließ die langen Vorhänge der Fenster und Türen aufflattern. Ihre weiße Gestalt schien aus Schnee gebildet zu sein; die Kristallgehänge eines großen Lüsters klirrten über ihrem Kopf wie glitzernde Eiszapfen. Sie blickte auf und wartete auf mein Näherkommen. Mich fröstelte, als wären diese weiten Räume die kalte Wohnung der Verzweiflung gewesen. Sie erkannte mich sofort und sagte, als ich stehenblieb und auf sie niederblickte, ruhig: „Er hat mich verlassen; ihr verlaßt uns immer – um eurer eigenen Zwecke willen." Ihr Gesicht war gefaßt. Alle Lebenswärme schien sich an eine unzugängliche Stelle in ihrer Brust zurückgezogen zu haben. „Es wäre leicht gewesen, mit ihm zu sterben", fuhr sie fort und machte eine leichte, müde Bewegung, als gebe sie das Unbegreifliche auf. „Er wollte nicht! Es war wie eine Blindheit – und doch war ich es, die zu ihm sprach, ich war es, die vor ihm stand, die er die ganze Zeit ansah. Ah! Ihr seid hart, verräterisch, ohne Wahrheit, ohne Mitleid. Was macht euch so böse? Oder seid ihr am Ende alle wahnsinnig?"

Ich nahm ihre Hand; sie antwortete dem Druck nicht, und als ich sie losließ, hing sie leblos auf den Boden hinunter. Diese Gleichgültigkeit, schrecklicher als Tränen, Schreie und Vorwürfe, schien der Zeit und jedem Trost Trotz zu bieten. Man hatte das Gefühl, daß nichts, was man sagen konnte, den Sitz des stillen, betäubenden Schmerzes erreichen würde.

Stein hatte gesagt: „Sie werden hören." Ich hörte. Ich hörte alles und lauschte mit Staunen und Grauen den Tönen ihrer wie erstarrten Trauer. Sie konnte den wirklichen Sinn dessen, was sie mir erzählte, nicht fassen, und ihre Bitterkeit erfüllte mich mit Mitleid für sie und – für ihn. Ich stand wie angewurzelt auf dem Fleck, nachdem sie geendet hatte. Auf ihren Arm gelehnt, stierte sie mit harten Augen vor sich hin; der Wind blies stoßweise, die Kristallgehänge klirrten im grünlichen Dämmerlicht. Sie flüsterte wieder vor sich hin: „Und er hat mich doch angesehen! Er sah mein Gesicht, hörte meine Stimme, meinen Schmerz! Als ich zu seinen Füßen zu sitzen pflegte, meine Wange an seine Knie gelehnt und seine Hand auf meinem Kopf, war der Fluch der Grausamkeit und des Wahnsinns schon in ihm und wartete nur auf den Tag. Der Tag kam!... und ehe die Sonne unterging, sah er mich schon nicht mehr – er war blind und taub geworden und erbarmungslos, wie ihr alle. Ich werde keine Träne um ihn vergießen. Niemals, niemals. Nicht eine Träne. Ich will nicht! Er ging fort von mir, als wäre ich schlimmer gewesen als der Tod. Er floh, als wäre ihm etwas Grauenhaftes auf den Fersen, das er im Schlaf gesehen oder gehört hatte..."

Ihre starren Augen schienen die Gestalt des Mannes zu verfolgen, der durch die Macht eines Traumes aus ihren Armen gerissen worden war. Sie schenkte meiner stummen Verbeugung keine Beachtung. Ich war froh, davonzukommen.

Ich sah sie noch einmal am gleichen Nachmittag. Als ich sie verließ, ging ich auf die Suche nach Stein, den ich im Innern des Hauses nicht fand; und ich wanderte, von kummervollen Gedanken bestürmt, in die Gärten, Steins berühmte Gärten, in denen man jeden Baum und jede Pflanze der Tropenniederung finden kann. Ich folgte dem Lauf des kanalisierten Stromes und saß lange auf einer schattigen Bank neben dem Zierweiher, in dem Wasservögel mit gestutzten Flügeln lärmend plätscherten und tauchten. Die Zweige der Streitkolbenbäume hinter mir säuselten leise, unaufhörlich, und mahnten mich an das Rauschen der Tannenbäume daheim.

Dieser trauervolle, rastlose Ton war die geeignete Begleitung zu meinen Betrachtungen. Sie hatte gesagt, daß ein Traum ihn ihr entrissen habe – und man konnte ihr keine Antwort hierauf geben –, es schien für solch einen Frevel keine Verzeihung möglich. Und doch! Stürmt nicht auch die ganze Menschheit blindlings, von einem Traum von Macht und Größe getrieben, auf die dunklen Pfade ausschweifender Grausamkeit und ausschweifenden frommen Eifers? Und was ist im Grunde die Jagd nach der Wahrheit anderes? Als ich aufstand, um ins Haus zurückzukehren, erblickte ich durch eine Lücke im Laubwerk Steins grauen Rock, und sehr bald, bei einer Wegbiegung, traf ich ihn mit dem Mädchen zusammen. Ihre kleine Hand ruhte auf seinem Arm, und unter der flachen, breiten Krempe seines Panamahuts beugte er sich, grauhaarig, väterlich, mit mitleidiger, ritterlicher Ehrerbietung zu ihr hinab. Ich stand seitwärts, aber sie blieben vor mir stehen. Sein Blick heftete sich auf den Boden zu seinen Füßen; das Mädchen starrte, schlank und aufrecht an seinem Arm, düster, mit schwarzen, klaren, unbeweglichen Augen über meine Schulter weg ins Weite. „Schrecklich", murmelte er. „Schrecklich! Schrecklich! Was kann man tun?" Er schien mich beschwören zu wollen, etwas für sie zu tun; doch ihre Jugend, die Öde ihrer Tage beschworen mich in noch eindringlicherer Weise; und plötzlich, während ich mich überzeugte, daß nichts gesagt werden konnte, fühlte ich mich gedrängt, um ihretwillen ein Wort für ihn einzulegen. „Sie müssen ihm vergeben." Ich schwieg, meine eigene Stimme hatte mir erstickt geklungen, in leere, trübe Unendlichkeit verloren. Nach einer Weile fügte ich noch hinzu: „Wir alle brauchen Vergebung."

„Was habe ich getan?" fragte sie, nur mit den Lippen.

„Sie haben ihm immer mißtraut", erwiderte ich.

„Er war wie die andern", sagte sie langsam.

„Nicht wie die andern", widersprach ich, doch sie fuhr gleichmäßig, fühllos fort:

„Er war falsch." Und plötzlich fiel Stein ein: „Nein! Nein! Nein! Mein armes Kind!..." Er streichelte ihre Hand, die widerstandslos auf seinem Arm lag. „Nein! Nein! Nicht falsch! Treu! Treu! Treu!" Er versuchte in ihr steinernes Gesicht zu blicken. „Sie verstehen nicht. Ach! warum verstehen Sie nicht? ... Schrecklich", sagte er zu mir. „Eines Tages wird sie verstehen."

„Wollen Sie erklären?" fragte ich, ihn fest ansehend. Sie schritten weiter.

Ich sah ihnen nach. Das Gewand des Mädchens schleppte auf der Erde, ihr schwarzes Haar fiel lose herab. Sie schritt aufrecht und leicht an der Seite des großen Mannes dahin, dessen langer, formloser Rock in senkrechten Falten von den vorgebeugten Schultern herunterhing und dessen Füße sich langsam vorwärtsbewegten. Sie verschwanden hinter dem Buschwerk – Sie werden wissen, welches ich meine –, wo sechzehn verschiedene Bambusarten, die für das sachkundige Auge alle zu unterscheiden sind, zusammen wachsen. Ich war von der köstlichen Anmut und Schönheit dieses schlanken, von spitzen Blättern und federgleichen Wipfeln gekrönten Haines, der so vernehmlich die Leichtigkeit und Kraft dieses einfachen, üppigen Lebens kündet, wahrhaft bezaubert. Ich stand lange davor, wie man sich einem tröstlichen Zureden hingibt. Der Himmel war perlgrau. Es war einer jener in den Tropen so seltenen bedeckten Tage, wo einen die Erinnerung überkommt, die Erinnerung an andere Küsten, andere Gesichter. Ich fuhr am selben Nachmittag zur Stadt zurück und nahm Tamb' Itam und den anderen Malaien mit mir, in dessen Fahrzeug sie in ihrer Verwirrung, Furcht und unter dem Druck des Geschehnisses entkommen waren. Die Erschütterung schien beide von Grund auf verändert zu haben, hatte des Mädchens Leidenschaftlichkeit zu Stein verwandelt und den mürrischen, schweigsamen Tamb' Itam fast redselig gemacht. Seine Grimmigkeit sogar war zu einer ratlosen Demut herabgestimmt, als hätte er in einem entscheidenden Augenblick das Versagen eines kräftigen Zaubers mit angesehen. Der Bugishändler, ein scheuer, zaghafter Mann, war sehr klar in dem Wenigen, was er zu sagen hatte. Beide standen offenbar unter dem Bann eines tiefen, rätselhaften Wunders, eines unerforschlichen Geheimnisses...

Hier schloß der eigentliche Brief mit Marlows Unterschrift. Der bevorzugte Leser schraubte seine Lampe in die Höhe und wandte sich, einsam über dem Gewoge der Dächer wie ein Leuchtturmwärter über der See, den Seiten der Geschichte zu.

Achtunddreissigstes Kapitel

Das Ganze beginnt, wie ich Ihnen schon gesagt habe, mit dem Mann namens Brown, lautete der erste Satz in Marlows Erzählung. Da Sie sich im westlichen Teil des Pazifischen Ozeans herumgetrieben haben, muß Ihnen sein Name schon untergekommen sein. Er war der Verbrecher an der australischen Küste. Nicht, daß er oft dort zu sehen gewesen wäre; aber er wurde unfehlbar in all den Räubergeschichten, die einem Besucher aus der Heimat aufgetischt werden, vorgeritten; und die mildeste dieser Geschichten, die man sich vom Kap York bis zur Eden Bai von ihm erzählte, hätte, an der richtigen Stelle vorgebracht, reichlich genügt, einen Mann an den Galgen zu bringen. Es wurde einem auch nie vorenthalten, daß er vermutlich der Sohn eines Barons war. Wie dem auch sei, sicher ist, daß er von einem englischen Schiff in den guten alten Zeiten des Goldgrabens entlaufen war und in wenigen Jahren der Schrecken verschiedener Inselgruppen in Polynesien wurde. Er pflegte Eingeborene zu stehlen, um sie als Sklaven zu verkaufen, einsame weiße Handelsleute bis aufs Hemd auszuziehen und sie, nachdem er sie so beraubt hatte, noch aufzufordern, auf dem Strande ein Duell auf Schrotflinten mit ihm durchzukämpfen – was schließlich nach dortigem Brauch ganz anständig scheinen konnte, wäre der andere nicht schon ohnedies vor Schreck halbtot gewesen. Brown war ein moderner Freibeuter gleich seinen berühmten Vorbildern; aber was ihn von seinen zeitgenössischen Räuberbrüdern, wie Bully Hayes oder dem honigsüßen Pease oder dem parfümierten, stutzerhaften Schurken, der als der „Schmutzige Dick“ bekannt war, unterschied, das war die Unverschämtheit, die aus seinen Missetaten sprach, eine überströmende Verachtung für die Menschheit im allgemeinen und für seine Opfer im besonderen. Die andern waren gewöhnliche, gierige Schufte, er hingegen schien von einer besonderen Absicht geleitet. Er konnte einen Mann berauben, nur um ihm seine verächtliche Meinung darzutun, und er konnte beim Erschießen oder Verstümmeln eines harmlosen Fremden ein solches Übermaß wilder Rachsucht an den Tag legen, daß noch der letzte Desperado sich davor hätte entsetzen können. In den Tagen seines größten Ruhms besaß er eine bewaffnete Bark, die mit einer gemischten Mannschaft von Kanaken und entlaufenen Walfischfängern besetzt war, und rühmte sich, mit wieviel Recht, weiß ich nicht, daß ihm eine achtbare Firma von Kokosnußhändlern im stillen die Kosten vorgeschossen habe. Späterhin – heißt es – entführte er die Frau eines Missionars, ein ganz junges Geschöpf aus Clapham, das in einer momentanen Aufwallung den milden, plattfüßigen Tugendbold geheiratet hatte und, plötzlich nach Melanesien versetzt, aus dem Gleichgewicht gekommen war. Es war eine dunkle Geschichte. Die Frau war zur Zeit, als sie sich von ihm entführen ließ, krank und starb auf seinem Schiff. Man erzählt sich – als den wunderbarsten Teil der Geschichte –, daß er sich über ihrem Leichnam einem Ausbruch des wildesten, finstersten Schmerzes hingab. Sein Glück verließ ihn sehr bald danach. Er verlor seine Bark an den Felsen von Malaita und verschwand für einige Zeit, als wäre er mit ihr untergegangen. Er tauchte in Nuka-Hiva wieder auf, wo er einen alten, von der Regierung ausgemusterten französischen Schoner kaufte. Welches einträgliche Unternehmen er im Auge gehabt haben mag, als er diesen Kauf machte, kann ich nicht sagen, aber es ist sicher, daß in Anbetracht von Gerichtshöfen, Konsuln, Kriegsschiffen und internationaler Kontrolle die Südsee zu heiß für einen Herrn seines Schlages werden mußte. Offenbar verlegte er den Schauplatz seiner Tätigkeit weiter westlich, denn ein Jahr später spielt er eine unglaublich kühne, wenn auch nicht sehr nutzbringende Rolle in einer halb spaßhaften Geschichte in Manila Bai, wobei ein diebischer Statthalter und ein flüchtiger Zahlmeister die Hauptpersonen sind; hernach machte er mit seinem altersschwachen Schoner die Philippinen unsicher, im Kampf mit einem widrigen Geschick, bis er schließlich, immer seinen vorbestimmten Kurs steuernd, in Jims Geschichte hineinsegelt, als ein blinder Spießgeselle der dunklen Mächte.

Es wird weiter von ihm berichtet, daß er, als ein spanischer Patrouillenkutter ihn aufbrachte, lediglich versucht hatte, ein paar Geschütze für die Aufständischen durchzuschmuggeln. Wenn dem so ist, verstehe ich nicht, was er an der Südküste von Mindanao zu tun gehabt haben soll. Meine Meinung ist jedoch, daß er die Eingeborenendörfer längs der Küste gebrandschatzt hatte. Die Hauptsache ist, daß der Kutter eine Wache an Bord seines Schiffes legte und ihn in Begleitung nach Zamboanga segeln ließ. Aus irgendeinem Grunde sollten die Schiffe unterwegs eine der neuen spanischen Niederlassungen anlaufen – aus denen schließlich nichts Rechtes geworden ist –, wo sich nicht nur ein bevollmächtigter Zivilbeamter an Land befand, sondern auch ein stattlicher Küstenfahrer in der kleinen Bucht vor Anker lag; und dieses Fahrzeug, das in jeder Hinsicht viel besser war als sein eigenes, beschloß Brown zu stehlen.

Er war auf den Hund gekommen – wie er mir selber sagte. Die Welt, der er zwanzig Jahre lang mit wilder, feindlicher Verachtung auf den Leib gerückt war, hatte ihm von irdischen Gütern nichts abgegeben als ein kleines Beutelchen mit Silberdollars, das in seiner Kajüte so versteckt war, daß „selbst der Teufel nicht riechen konnte, wo es war“. Und das war alles – durchaus alles. Er war seines Lebens müde und fürchtete den Tod nicht. Aber dieser Mann, der mit einer bitteren, höhnischen Sorglosigkeit sein Leben um jede Laune wagte – er hatte eine Todesangst vor der Gefangenschaft. Er empfand eine wahnwitzige Furcht, die ihm den kalten Schweiß austrieb und ihm Nervenzufälle verursachte, bei dem bloßen Gedanken, eingesperrt zu werden – die Art Grauen, wie sie abergläubische Menschen bei dem Gedanken überkommen mag, von einem Gespenst umarmt zu werden. Der Zivilbeamte, der an Bord kam, um eine vorläufige Untersuchung über die Wegnahme anzustellen, untersuchte daher den ganzen Tag sehr eingehend und ging erst nach Einbruch der Dunkelheit, in einen Mantel eingehüllt, wieder an Land, wobei er große Vorsicht anwandte, die kleine Barschaft Browns in ihrem Beutel nicht klingen zu lassen. Hernach, da er ein Mann von Wort war, ermöglichte er es (gleich am nächsten Abend, glaube ich), den Staatskutter auf eine besondere Dienstfahrt auszusenden. Da der Kapitän keine Prisenmannschaft erübrigen konnte, begnügte er sich, bevor er abfuhr, alle Segel von Browns Schoner bis auf den letzten Fetzen wegzunehmen, und war so vorsichtig, seine beiden Boote ein paar Meilen weit entfernt an den Strand zu schleppen.

Doch unter Browns Mannschaft befand sich ein Salomoninsulaner, der in seiner Jugend angeworben worden und Brown ergeben war, der Tüchtigste der ganzen Bande. Dieser Kerl schwamm zu dem Küstenfahrer hin – etwa fünfhundert Meter weit – mit dem Ende einer Warptrosse, die aus allem laufenden Gut zusammengestückelt war. Das Wasser war glatt und die Bucht dunkel; „wie das Innere einer Kuh“, beschrieb es Brown. Der Mann kletterte über die Reling, mit dem Tauende zwischen den Zähnen. Die Mannschaft des Küstenfahrers – lauter Tagalen – war an Land gegangen, zu einem Fest in dem Eingeborenendorf. Die beiden an Bord gebliebenen Schiffslieger erwachten plötzlich und sahen den Teufel. Er hatte glühende Augen und sprang rasch wie der Blitz auf Deck herum. Sie fielen auf ihre Knie, vor Schreck gelähmt, sich bekreuzigend und Gebete stammelnd. Mit einem langen Messer, das er in der Kombüse fand, erstach der Salomoninsulaner erst den einen, dann den andern, ohne sich um ihre Gebete zu kümmern; mit demselben Messer machte er sich dann daran, geduldig das Ankertau aus Kokosnußfasern durchzusägen, bis es unter der Klinge auseinanderriß. Dann tat er in der Stille der Bucht einen vorsichtigen Schrei, und Browns Bande, die mittlerweile ausgeguckt und in der Dunkelheit hoffnungsvoll die Ohren gespitzt hatte, fing an, sacht an ihrem Ende der Trosse zu ziehen. In weniger als fünf Minuten kamen die beiden Schoner mit einem leichten Stoß und einem Knarren ihrer Spieren zusammen.

Browns Bande begab sich, ohne einen Augenblick zu verlieren, auf das andere Schiff und nahm ihre Feuerwaffen und reichliche Munition mit. Sie waren insgesamt sechzehn: zwei davongelaufene Blaujacken, ein schmächtiger Deserteur von einem Yankeekriegsschiff, ein paar einfältige, blonde Skandinavier, ein verdrießlicher Mulatte, ein milder Chinese, der kochte – und die übrige unbeschreibliche Brut der Südsee. Sie waren alle vollkommen abgestumpft; Brown beugte sie seinem Willen, und er, der den Galgen nicht fürchtete, rannte vor dem Gespenst eines spanischen Gefängnisses davon. Er ließ ihnen keine Zeit, ausreichenden Proviant umzuladen; das Wetter war ruhig, die Luft schwer von Tau, und als sie die Taue loswarfen und vor einer schwachen Landbrise Segel setzten, flatterte die feuchte Leinwand nicht; ihr alter Schoner schien sacht von dem gestohlenen Schiff klarzukommen und zugleich mit der schwarzen Masse der Küste lautlos in die Nacht zu gleiten.

Sie kamen glatt davon. Brown schilderte mir ausführlich ihre Reise durch die Straße von Macassar. Es ist eine quälende, verzweifelte Geschichte. Sie hatten wenig Nahrungsmittel und Wasser, sie enterten verschiedene Eingeborenenschiffe und bekamen ein wenig von jedem. Mit einem gestohlenen Schiff wagte Brown natürlich nicht, einen Hafen anzulaufen. Er hatte kein Geld, etwas zu kaufen, keine Papiere vorzuzeigen und keine Lüge, die glaubhaft genug gewesen wäre, um ihm wieder hinauszuhelfen. Eine arabische Bark unter holländischer Flagge, die er eines Nachts vor Anker bei Poulo Laut überraschte, ergab etwas schmutzigen Reis, ein Büschel Bananen und eine Tonne Wasser, drei Tage böigen, nebligen Wetters aus Nordost verschlugen den Schoner quer durch die Javasee. Die gelben, schmutzigen Wogen durchnäßten die Rotte hungriger Räuber. Sie sichteten Postschiffe, die ihre vorgeschriebene Route einhielten; kamen an wohlausgerüsteten heimatlichen Schiffen vorbei, die mit rostigen Eisenwanten in dem seichten Wasser vor Anker lagen und auf einen Umschlag des Wetters oder den Stromwechsel warteten; ein englisches Kanonenboot, weiß und schmuck, mit zwei schlanken Masten, passierte eines Tages in der Ferne vor ihrem Bug; und bei einer andern Gelegenheit tauchte eine schwarze holländische Korvette mit schweren Spieren achteraus auf und dampfte mit bleierner Langsamkeit durch den Nebel. Sie schlüpften ungesehen und unbeachtet durch, eine Rotte hohläugiger, abgezehrter, vor Hunger rasender und von Furcht gehetzter Vagabunden. Browns Gedanke war, seinen Weg nach Madagaskar zu nehmen, wo er, aus nicht ganz hinfälligen Gründen, hoffte, den Schoner zu verkaufen oder, ohne daß man ihm viele Fragen stellte, vielleicht mehr oder weniger gefälschte Papiere dafür zu erlangen. Doch bevor er die lange Fahrt durch den Indischen Ozean antreten konnte, brauchte er Nahrungsmittel und Wasser.

Vielleicht hatte er schon von Patusan gehört – oder vielleicht hatte er nur zufällig den Namen in kleinen Buchstaben auf der Karte gesehen, wahrscheinlich den eines ziemlich großen Dorfs, das in einem Eingeborenenstaat, abseits von den vielbefahrenen Routen und den Enden der Unterseekabel, völlig unbeschützt an einem Flusse lag. Er hatte – geschäftlich – solche Ausflüge schon früher gemacht, und dies hier war eine unbedingte Notwendigkeit, eine Frage von Leben oder Tod – oder vielmehr der Freiheit. Der Freiheit! Er war sicher, Proviant – Ochsenfleisch – Reis – Bataten zu bekommen. Dem traurigen Pack wurde der Mund wässerig. Vielleicht konnte eine Ladung von Produkten für den Schoner ergattert werden und – wer weiß – vielleicht sogar echte, klingende Münze. Einige dieser Häuptlinge und Dorfältesten konnten wohl dazu gebracht werden, freiwillig etwas herzugeben. Er sagte mir, er hätte eher ihre Zehen geröstet, als leer auszugehen. Ich glaube ihm. Seine Leute glaubten ihm auch. Sie erhoben kein Freudengeschrei, da sie ein wortkarges Gesindel waren, doch hielten sie sich wie die Wölfe bereit.

Das Glück war ihnen mit dem Wetter hold. Ein paar Tage Windstille hätten entsetzliche, nicht auszusprechende Dinge auf dem Schoner herbeigeführt; doch mit Hilfe von Land- und Seebrisen gelangte er in weniger als einer Woche durch die Sundameerenge an die Mündung des Batu Kring, wo er einen Pistolenschuß vom Dorf entfernt Anker warf.

Vierzehn Mann wurden in die Pinasse des Schoners gepackt (die sehr groß war, da sie zum Laden benutzt worden war) und fuhren den Fluß hinauf, während zwei als Wache an Bord blieben, mit hinreichendem Proviant, um zehn Tage lang vor dem Hungertod sicher zu sein. Flut und Wind halfen, und früh an einem Nachmittag trieb das große weiße Boot, mit vierzehn ausgesuchten Vogelscheuchen bemannt, die hungrig vorausspähten und an den Verschlußstücken billiger Gewehre herumfingerten, vor der Seebrise in das Bereich von Patusan. Brown rechnete auf den Schrecken, den sein plötzliches Auftauchen erregen mußte. Sie liefen kurz vor dem Umsetzen des Stroms ein, die Palisaden des Rajahs gaben kein Zeichen; die ersten Häuser auf beiden Seiten des Stroms schienen verödet. Ein paar Kanus jagten pfeilschnell dahin. Brown staunte über die Größe der Niederlassung. Eine tiefe Stille herrschte. Zwischen den Häusern flaute der Wind ab; zwei Ruder wurden ausgelegt, und das Boot hielt weiter stromaufwärts, da ihr Plan war, sich im Mittelpunkt der Stadt festzusetzen, bevor die Einwohner an Widerstand denken konnten.

Es scheint jedoch, daß das Oberhaupt des Fischerdorfs in Batu Kring es möglich gemacht hatte, beizeiten eine Warnung ergehen zu lassen. Als die Pinasse vor der Moschee hielt (die Doramin errichtet hatte; einem Bau mit Giebeln und Kreuzblumen aus geschnitzter Koralle), war der freie Platz davor voll von Leuten. Ein Schrei erhob sich, dem den ganzen Fluß hinauf ein Dröhnen von Gongs folgte. Von einem oberen Punkt waren zwei kleine Sechspfünder abgefeuert worden, und die Rundkugeln hüpften den Strom hinunter und ließen glitzernde Wasserstrahlen im Sonnenschein spritzen. Vor der Moschee begann eine schreiende Männerschar Salven von Schüssen abzugeben, die den Fluß entlangschnellten; von beiden Ufern aus wurde ein unregelmäßiges, rollendes Gewehrfeuer eröffnet, und Browns Leute erwiderten mit schnellem, wildem Schießen. Die Ruder waren eingezogen worden.

In diesem Fluß kentert der Strom sehr rasch, und das Boot, mitten in der Strömung, ganz von Rauch umhüllt, begann mit dem Heck voraus zu treiben. Längs der beiden Ufer wurde der Rauch auch immer dicker und lag als ein gerader Streifen unterhalb der Dächer, wie eine lange Wolke, die den Abhang eines Berges durchschneidet. Das Kriegsgeschrei, das dumpfe Dröhnen der Gongs, das Wirbeln von Trommeln, Wutgeheul, das Knallen von Schüssen verursachten ein furchtbares Getöse, in dem Brown betäubt, doch unbewegt am Steuer saß und sich gegen diese Leute, die sich zu verteidigen wagten, in einen rasenden Haß hineinarbeitete. Zwei seiner Leute waren verwundet worden, und er sah, daß ihm von einigen Booten, die von Tunku Allangs Palisade abgestoßen waren, unterhalb der Stadt der Rückzug abgeschnitten werden sollte. Es waren sechs Boote, alle voll besetzt. Während man ihm so auf den Leib rückte, bemerkte er den Eingang der engen Bucht, derselben, in die Jim bei Ebbe hineingesprungen war. Sie war zur Zeit randvoll. Dort steuerte er das Boot hinein, so daß sie landen konnten, und, um es kurz zu machen, sie setzten sich auf einem kleinen Hügel fest, etwa achthundert Meter von der Palisade entfernt, die sie von dieser Stellung aus tatsächlich beherrschten. Die Abhänge des Hügels waren kahl, doch auf der Spitze standen ein paar Bäume. Die hieben sie nieder, um daraus eine Brustwehr zu errichten, und waren vor Anbrach der Nacht recht gut verschanzt. Mittlerweile blieben die Boote des Rajahs in seltsamer Neutralität auf dem Fluß. Als die Sonne untergegangen war, flackerte ein hohes Feuer von vielem Reisigholz am Fluß unten auf und ließ die Dächer, die Gruppen schlanker Palmen und die schweren Büschel der Fruchtbäume zwischen den beiden Häuserreihen der Ufer dunkel hervortreten. Brown ließ das Gras um seine Stellung herum abbrennen; ein Ring von dünnen Flammen schlängelte sich rasch unter dem langsam aufsteigenden Rauch den Abhang des Berges hinunter; hier und da fing ein trockener Busch mit einem knisternden Geprassel Feuer. Der Brand schuf für die Gewehre des kleinen Trupps freies Schußfeld und erlosch schwelend am Rand der Wälder und längs der Schlammbänke der Bucht.

Ein Streifen Dschungel, der an einer feuchten Schlucht zwischen dem Berg und der Palisade des Rajahs wucherte, tat ihm hier unter lautem Knallen platzender Bambusstämme Einhalt. Der Himmel war samtartig, dunkel und mit Sternen übersät. Der geschwärzte Boden rauchte von niedrigem, kriechendem Strauchwerk, bis eine kleine Brise kam und alles wegblies. Brown erwartete einen Angriff, sobald die Flut wieder hoch genug sein würde, um den Kriegsbooten, die ihm den Rückzug abgeschnitten hatten, die Einfahrt in die Bucht zu ermöglichen. In jedem Fall nahm er mit Bestimmtheit an, daß ein Versuch gemacht werden würde, seine Pinasse wegzunehmen, die unterhalb des Hügels in einer mattschimmernden Schlammpfütze lag. Doch von den Booten im Fluß wurden keinerlei Anstalten gemacht. Über der Palisade und den Häusern des Rajahs sah Brown ihre Lichter auf dem Wasser. Sie schienen auf der andern Seite des Stroms vor Anker zu liegen. Andere Lichter bewegten sich noch auf dem Fluß, liefen hin und zurück von Ufer zu Ufer. Auch aus den langen Mauern der Häuser den Strom aufwärts bis zur Biegung schimmerten Lichter, mehr noch darüber hinaus, und andere, vereinzelt, landeinwärts. Die großen Feuer zeigten ihm Gelände, Dächer, schwarze Pfähle, soweit er sehen konnte. Der Ort dehnte sich weithin aus. Die vierzehn verzweifelten Eindringlinge, die flach hinter ihren gefällten Bäumen lagen, hoben die Köpfe, um in das Treiben der Stadt zu blicken, die sich meilenweit den Fluß hinauf zu erstrecken und von Tausenden erzürnter Männer zu wimmeln schien. Sie sprachen nicht miteinander. Ab und zu hörten sie einen gellenden Ruf, oder ein vereinzelter Schuß wurde weit weg abgegeben. Doch um ihre Stellung herum war alles still und dunkel. Man schien sie vergessen zu haben, als hätte die Aufregung, die die Bevölkerung wach hielt, nichts mit ihnen zu tun gehabt, als wären sie schon tot gewesen.

Neununddreissigstes Kapitel

All die Ereignisse dieser Nacht sind von großer Wichtigkeit, weil sie eine Sachlage schufen, die bis zu Jims Rückkehr unverändert blieb. Jim hatte sich auf eine Woche in das Innere des Landes begeben, und so hatte Dain Waris diese erste Abwehr geleitet. Dieser tapfere, kluge Jüngling („der nach Art der Weißen zu kämpfen verstand") wollte die Angelegenheit ohne Verzug erledigen, aber er war seinen Leuten nicht gewachsen. Er hatte nicht den Nimbus der Rasse und den Ruf unbesiegbarer, übernatürlicher Macht. Er war nicht die sichtbare und greifbare Verkörperung unfehlbarer Wahrheit und Sieghaftigkeit. Geliebt, bewundert und angesehen, wie er war, blieb er doch einer von ihnen, während Jim einer von uns war. Überdies war der weiße Mann eine Zwingburg der Stärke und unverwundbar, während Dain Waris getötet werden konnte. Diese unausgesprochenen Gedanken leiteten die Meinungen der führenden Männer der Stadt, die sich zur Beratung über das Ereignis in Jims Fort versammelt hatten, als ob sie erwarteten, in der Wohnung des abwesenden weißen Mannes von Weisheit erleuchtet zu werden. Das Feuer von Browns Spießgesellen war so gut gezielt oder glücklich gewesen, daß es unter den Verteidigern ein halbes Dutzend Verwundete gegeben hatte. Die lagen nun auf der Veranda und wurden von ihren Frauen gepflegt. Die Frauen und Kinder aus dem unteren Stadtteil waren beim ersten Alarm in das Fort geschickt worden. Dort hatte Juwel sehr tüchtig und energisch das Kommando über Jims „eigene Leute“ übernommen, die vollzählig ihre kleine Ansiedlung unterhalb der Verschanzung verlassen hatten und gekommen waren, die Besatzung zu bilden. Die Flüchtlinge scharten sich um sie; und während der ganzen Zeit, bis zu dem letzten unseligen Ende, zeigte sie außerordentlichen kriegerischen Eifer. Zu ihr war Dain Waris sofort bei der ersten Kunde von der Gefahr geeilt, denn Sie müssen wissen, daß Jim der einzige in Patusan war, der einen Vorrat von Schießpulver besaß. Stein, mit dem er brieflich in enger Fühlung geblieben war, hatte von der holländischen Regierung eine besondere Erlaubnis erlangt, fünfhundert Faß davon nach Patusan zu versenden. Das Pulvermagazin war eine kleine, aus groben Klötzen erbaute, ganz mit Erde bedeckte Hütte, und in Jims Abwesenheit hatte das Mädchen den Schlüssel. In dem Rat, der um elf Uhr abends in Jims Speisezimmer gehalten wurde, trat sie mit Waris für sofortiges, energisches Handeln ein. Sie soll an der Spitze des langen Tisches neben Jims leerem Stuhl gestanden und eine glühend kriegerische Rede gehalten haben, die den versammelten Anführern für den Augenblick beifälliges Murmeln entlockte. Der alte Doramin, der sich länger als ein Jahr nicht außerhalb seines Tors gezeigt hatte, war mit großer Schwierigkeit hingeschafft worden. Er hatte natürlich den Vorsitz. Die Stimmung des Rats war durchaus unversöhnlich, und des alten Mannes Wort wäre entscheidend gewesen; aber es ist meine Meinung, daß er das Wort nicht auszusprechen wagte, weil er seines Sohnes feurigen Mut wohl gewahrte. Andere Vorschläge, die für Aufschub waren, behielten die Oberhand. Ein gewisser Haji Saman wies darauf hin, daß „diese tyrannischen, wilden Männer sich in jedem Fall einem sicheren Tode ausgeliefert hatten. Sie würden entweder auf ihrem Berge ausharren und verhungern, oder sie würden versuchen, ihr Boot wiederzugewinnen und aus einem Hinterhalt über der Bucht erschossen werden, oder sie würden ausbrechen und in den Wald fliehen und dort einzeln umkommen.“ Er bewies, daß durch Anwendung geeigneter Listen diese bösartigen Fremden ohne das Wagnis einer Schlacht vernichtet werden konnten, und seine Worte hatten, besonders bei den maßgebenden Patusanern, großes Gewicht. Was die Gemüter des Stadtvolks verwirrte, war, daß es die Boote des Rajahs unterlassen hatten, im entscheidenden Augenblick zu handeln. Der diplomatische Kassim war der Stellvertreter des Rajahs im Rat. Er sprach sehr wenig, hörte lächelnd zu und war freundlich und undurchdringlich. Während der Sitzung kamen alle fünf Minuten Boten mit Meldungen über das Verhalten der Eindringlinge. Wilde, übertriebene Gerüchte gingen um: ein großes Schiff mit großen Kanonen und viel mehr Männern – einige weiß, andere schwarz und von blutdürstigem Aussehen – sollte an der Mündung des Flusses liegen. Sie kamen mit noch viel mehr Booten, um alles Lebende auszurotten. Ein Gefühl naher, unbegreiflicher Gefahr bemächtigte sich des gemeinen Volks. Unter den Frauen im Hof entstand eine Panik: Geschrei, Hin- und Herlaufen, Weinen der Kinder – Haji Saman ging hinaus, sie zu beruhigen. Dann feuerte eine Wache auf dem Fort auf etwas auf dem Flusse und tötete beinahe einen Dörfler, der sein Weibervolk zusammen mit seinen besten Geräten in einem Kanu fortbringen wollte. Dies verursachte noch mehr Verwirrung. Mittlerweile wurde die Beratung in Jims Hause in Anwesenheit des Mädchens fortgesetzt. Doramin saß schwer, mit wildem Ausdruck da, sah die Sprecher nacheinander an und schnaufte wie ein Stier. Er sprach erst, nachdem Kassim erklärte hatte, daß die Boote des Rajahs zurückberufen werden würden, weil die Männer die Palisade ihres Herrn verteidigen müßten. Dain Waris wollte in seines Vaters Gegenwart keine Meinung äußern, obwohl ihn das Mädchen beschwor, es zu tun. Sie wollte ihm in ihrer Ungeduld, die Eindringlinge sofort vertrieben zu sehen, Jims eigene Leute dazu geben. Er schüttelte nur den Kopf, nachdem er Doramin ein-, zweimal angeblickt hatte. Schließlich, als der Rat aufbrach, war beschlossen worden, daß die Häuser nahe der Bucht stark besetzt werden sollten, damit man das Boot des Feindes im Auge behalten könne. Das Boot selber sollte man unberührt lassen, um die Räuber zu verlocken, sich einzuschiffen, wobei dann ein wohlgezieltes Feuer die meisten von ihnen töten würde. Um den überlebenden die Flucht abzuschneiden und das Vordringen noch anderer zu verhindern, sollte Dain Waris auf Doramins Befehl einen Trupp bewaffneter Bugis an einen bestimmten Punkt, zehn Meilen unterhalb Patusans, flußabwärts führen, dort am Ufer ein Lager aufschlagen und den Strom mit Kanus absperren.

Ich glaube nicht einen Augenblick, daß Doramin die Ankunft frischer Streitkräfte fürchtete. Meine Meinung ist, daß sein Verhalten lediglich von dem Wunsch bestimmt war, seinen Sohn außer Gefahr zu bringen. Um einen Einfall in die Stadt zu verhüten, sollte bei Tagesanbruch am Ende der Straße auf dem linken Ufer eine Schanze begonnen werden. Der alte *nakboda* erklärte seine Absicht, dort den Befehl selbst zu übernehmen. Eine Verteilung von Pulver, Kugeln und Zündhütchen wurde sofort, unter des Mädchens Oberaufsicht, vorgenommen. Mehrere Boten sollten in verschiedene Richtungen nach Jim ausgesandt werden, dessen genauer Aufenthalt unbekannt war. Diese Männer machten sich bei Tagesanbruch auf, aber bis dahin hatte Kassim eine Verbindung mit dem belagerten Brown bewerkstelligt.

Dieser vollendete Diplomat und Vertraute des Rajahs nahm, als er das Fort verließ, um sich zu seinem Herrn zurückzubegeben, Cornelius in sein Boot, der unter den Leuten im Hof stumm herumgeschlichen war. Kassim hatte seinen eigenen kleinen Plan und brauchte Cornelius als Dolmetsch. So geschah es, daß Brown gegen Morgen, als er über seine verzweifelte Lage nachdachte, aus der sumpfigen, überwucherten Schlucht eine freundliche, zitternde, hochgeschraubte Stimme vernahm, die ihn – auf englisch – unter Gewähr persönlicher Sicherheit um die Erlaubnis zum Hinaufkommen bat, zum Zwecke einer äußerst wichtigen Mitteilung. Er war hocherfreut. Wenn man mit ihm sprach, war er kein wildes, gejagtes Tier mehr. Diese freundlichen Töne befreiten ihn und seine Leute sofort von dem Druck gespannter Wachsamkeit, der sie zu blinden Männern machte, die nicht wußten, woher ihnen der Todesstreich kommen würde. Er heuchelte großes Widerstreben. Der Träger der Stimme bezeichnete sich als „einen Weißen, einen armen, alten, zugrunde gerichteten Mann, der seit Jahren hier lebt“. Ein nasser, kalter Nebel lag auf dem Abhang des Hügels, und nachdem sie erst eine Weile einander allerlei zugeschrien hatten, rief Brown aus: „Dann kommen Sie also, aber allein, wohlverstanden!“ – „In Wirklichkeit“ – sagte er mir und schäumte noch vor Wut in der Erinnerung an seine Ohnmacht – „war alles ganz egal.“ Sie konnten nicht mehr als ein paar Fuß vor sich sehen, und kein Verrat konnte ihre Lage verschlimmern. Allmählich tauchte Cornelius in seinem Wochentagsanzug, der aus einem schmutzigen, zerlumpten Hemd und Hosen nebst einem Hut mit zerbrochener Krempe bestand, barfuß aus dem Nebel auf, drückte sich zögernd an der Brustwehr herum und horchte gespannt. „Kommen Sie nur näher! Sie sind sicher!“ schrie Brown, während seine Leute gafften. All ihre Hoffnungen klammerten sich plötzlich an diesen verkümmerten, gemeinen Ankömmling, der in tiefem Schweigen unbeholfen über einen Baumstrunk kletterte und mit seinem grämlichen, mißtrauischen Gesicht fröstelnd die Schar bärtiger, verängstigter, schlafloser Desperados überblickte.

Eine halbstündige, vertrauliche Unterredung mit Cornelius öffnete Brown die Augen über die Verhältnisse in Patusan. Er lebte gleich neu auf. Da waren Möglichkeiten, unendliche Möglichkeiten; aber bevor er über Cornelius' Vorschläge sprechen wollte, verlangte er, daß, als Gewähr für die Glaubwürdigkeit, einige Nahrungsmittel heraufgeschickt werden sollten. Cornelius kroch schwerfällig den Hügel hinunter zu dem Haus des Rajahs, und nach einigem Zaudern kamen ein paar von Tunku Allangs Männern herauf und brachten einen geringen Vorrat an Reis, Pfefferschoten und getrocknetem Fisch. Dies war unendlich viel besser als nichts. Später kehrte Cornelius in der Gesellschaft von Kassim wieder, der in Sandalen, von Kopf bis Fuß in dunkelblaue Leinwand gehüllt, mit einer Miene aufgeräumten Zutrauens ausschritt. Er und Brown tauschten einen bedeutsamen Händedruck, und die drei zogen sich zu einer Beratung zurück, Browns Leute, die ihre Zuversicht wiedererlangten, klopften sich gegenseitig auf den Rücken und warfen ihrem Kapitän verständnisvolle Blicke zu, während sie Vorbereitungen zum Kochen trafen.

Kassim konnte Doramin und seine Bugis nicht leiden, aber er haßte noch viel mehr die neue Ordnung der Dinge. Es war ihm die Idee gekommen, daß diese Weißen, zusammen mit den Anhängern des Rajahs, die Bugis vor Jims Rückkehr angreifen und besiegen könnten. Dann, schloß er, würde ein allgemeiner Abfall des Stadtvolks folgen, und die Herrschaft des weißen Mannes, der die Armen schützte, wäre vorüber. Später konnte man dann mit den neuen Verbündeten fertig werden. Sie würden keine Freunde haben. Der Mann war durchaus fähig, die grundverschiedene Wesensart zu erkennen, und hatte genug von den weißen Männern gesehen, um zu wissen, daß diese Ankömmlinge Parias waren, Männer, die zu keinem Lande gehörten. Brown bewahrte eine finstere, unergründliche Haltung. Als er zuerst Cornelius' Stimme hörte, die um Zutritt bat, erweckte sie lediglich die Hoffnung, durch ein Schlupfloch zu entkommen. In weniger als einer Stunde schossen andere Gedanken in seinem Kopf hoch. Von der äußersten Not gedrängt, war er hierhergekommen, um Nahrungsmittel, ein paar Tonnen Kautschuk oder Rohgummi, vielleicht auch eine Handvoll Dollars zu stehlen, und war von einem Netz tödlicher Gefahren umstrickt worden. Jetzt aber, infolge dieser Eröffnung Kassims, begann er sich mit dem Gedanken zu befassen, das ganze Land zu stehlen. Irgendein verdammter Kerl hatte anscheinend – noch dazu allein – etwas Ähnliches zuwege gebracht. Konnte aber die Sache wohl nicht gründlich genug gemacht haben. Vielleicht konnten sie zusammen arbeiten – alles ausquetschen und sich dann still davonmachen. Im Lauf seiner Verhandlungen mit Kassim merkte er, daß man der Meinung war, er hätte draußen noch ein großes Schiff mit reichlicher Besatzung. Kassim bat ihn ernsthaft, dieses große Schiff mit seinen vielen Kanonen und Mannschaften unverzüglich zu Diensten des Rajahs den Fluß herauf zubringen. Brown erklärte sich dazu bereit, und auf dieser Grundlage wurde die Unterhandlung bei gegenseitigem Mißtrauen weitergeführt. Dreimal im Laufe des Morgens ging der höfliche und tätige Kassim hinunter, um sich mit dem Rajah zu beraten, und kam mit seinen langen Schritten geschäftig wieder herauf. Während Brown feilschte, dachte er mit grimmigem Vergnügen an seinen elenden Schoner, der nichts enthielt als einen Haufen Schmutz und für ein Kriegsschiff gehalten wurde – und nur einen Chinesen und einen lahmen ehemaligen Strandräuber aus Levuka an Bord hatte, die die „reichliche Besatzung" darstellten. Am Nachmittag erhielt er weitere Nahrungsmittel, das Versprechen einer Barsumme und eine Anzahl Matten zu Schutzhütten für seine Leute. Sie legten sich hin und schnarchten, vor dem brennenden Sonnenschein geschützt; doch Brown, der, ihm ausgesetzt, auf einem Baumstumpf saß, heftete seinen Blick auf die Stadt und den Fluß. Da war viel Beute zu holen. Cornelius, der sich in dem Lager schon ganz zu Hause fühlte, redete an seiner Seite, wies ihm die Örtlichkeiten, erteilte Ratschläge, gab seine eigene Auffassung von Jims Charakter und erklärte ihm auf seine eigene Art die Vorkommnisse der letzten drei Jahre. Brown, der, anscheinend gleichgültig und anderweitig beschäftigt, aufmerksam auf jedes Wort lauschte, konnte sich nicht recht denken, was für eine Art Mann dieser Jim war. „Wie heißt er? Jim! Jim! Das genügt nicht als Name." – „Sie nennen ihn hier Tuan Jim", sagte Cornelius verächtlich. „So etwa wie Lord Jim." – „Was ist er? Woher kommt er?" forschte Brown. „Was ist er für ein Mensch? – Ist er Engländer?" – „Ja, ja, er ist Engländer. Ich bin auch Engländer, aus Malakka. Er ist ein Narr. Sie brauchen ihn nur zu töten, dann sind Sie hier König. Alles gehört ihm", erklärte Cornelius. – „Es kommt mir so vor, als würde er bald mit jemand hier zu teilen haben", sagte Brown halblaut. – „Nein, nein. Das richtige ist, ihn bei der ersten Gelegenheit umzubringen, dann können Sie tun, was Sie wollen", meinte Cornelius beharrlich. „Ich habe viele Jahre hier gelebt und gebe Ihnen einen freundschaftlichen Rat."

In solcher Unterhaltung und in der Betrachtung von Patusan, das er zu seiner Beute zu machen beschlossen hatte, verbrachte er den größten Teil des Nachmittags, während seine Leute schliefen. An diesem Tage stahlen sich Dain Waris' Kanus, eins nach dem andern, unter dem Ufer, so weit wie möglich von der Bucht entfernt, stromabwärts, um den Fluß für den Rückzug abzusperren. Dessen wurde Brown nicht gewahr, und Kassim, der eine Stunde vor Sonnenuntergang auf den Hügel kam, hütete sich, ihn aufzuklären. Er wollte, daß des weißen Mannes Schiff den Fluß heraufkäme, und diese Mitteilung, meinte er, müßte ihn verstimmen. Er drängte Brown sehr, den „Befehl" zu geben, und erbot sich, einen zuverlässigen Boten zu stellen, der, um die Sache noch mehr geheimzuhalten, seinen Weg an die Flußmündung zu Land nehmen und den Befehl an Bord überbringen würde. Nach einiger Überlegung hielt es Brown für geraten, ein Blatt aus seinem Taschenbuche zu reißen, auf das er die Worte schrieb: „Die Sache kommt in Fluß. Guter Fang. Mann dortbehalten." Der blöde Bursche, der von Kassim zu diesem Auftrag ausersehen war, führte ihn getreulich aus und wurde zum Lohn, mit dem Kopf voran, von dem Chinesen und dem ehemaligen Strandräuber in den leeren Schiffsraum hinuntergestoßen, über dem sich schleunigst der Lukendeckel schloß. Was hernach aus ihm wurde, erzählte Brown nicht.

Vierzigstes Kapitel

Brown wollte einfach Zeit gewinnen, indem er Kassim geschickt hinhielt. Denn er war sich darüber klar, daß er, um einen richtigen Schlag zu tun, mit dem weißen Mann verhandeln mußte. Er konnte sich nicht vorstellen, daß ein solcher Kerl (der im Grunde doch verflucht schlau sein mußte, um die Eingeborenen so unterzukriegen) die Hilfe abweisen würde, die ihn der Notwendigkeit dauernden, vorsichtigen, gefährlichen Heuchelns enthob – und das war ja wohl die einzig mögliche Richtschnur für einen einzelnen Mann. Er, Brown, würde ihm die Macht bieten. Kein Mensch konnte da zaudern. Es kam alles darauf an, ein klares Einvernehmen herzustellen. Natürlich würden sie teilen. Der Gedanke, daß da ein Fort war – ihm zur Hand – ein richtiges Fort, mit Artillerie (dies wußte er von Cornelius), erregte ihn. Wenn er nur erst einmal drin war, dann... Er würde bescheidene Bedingungen stellen. Natürlich nicht gar zu niedrige. Der Mann war, scheint's, kein Narr. Sie würden wie Brüder zusammen arbeiten, ... bis die Zeit käme für einen Streit und einen Schuß, der alles ins Lot bringen würde. Mit der grimmigen Gier nach Plünderung wünschte er den Augenblick herbei, da er mit dem Mann sprechen könnte. Schon schien das Land ihm zu gehören, daß er es in Stücke reißen, auspressen und wegwerfen könne. Mittlerweile galt es, Kassim hinzuhalten und zu täuschen, erstens, um Futter zu bekommen – und zweitens, um sich noch eine Möglichkeit offenzuhalten. Aber die Hauptsache war, Tag für Tag etwas zu essen zu haben. Im übrigen war er nicht abgeneigt, für den Rajah Krieg zu führen und dem Volk, das ihn mit Schüssen empfangen hatte, eine Lehre zu geben. Kampflust war über ihn gekommen.

Es tut mir leid, daß ich Ihnen diesen Teil der Geschichte, den ich natürlich in der Hauptsache von Brown habe, nicht mit Browns eigenen Worten wiedergeben kann. Es war in der gebrochenen, gewaltsamen Rede des Mannes, der, während ihn schon die Hand des Todes an der Kehle würgte, mir seine Gedanken enthüllte, ein grausames Zweckbewußtsein, eine seltsame, rachsüchtige Einstellung auf seine eigene Vergangenheit und ein blinder Glaube an das Recht des eigenen Willens gegen die gesamte Menschheit, etwas von dem Gefühl, das den Anführer einer Rotte von Gurgelabschneidern bestimmen konnte, sich stolz „Gottesgeißel“ zu nennen. Zweifellos war die natürliche, unsinnige Wildheit, die die Grundlage eines solchen Charakters ist, durch Fehlschläge, Mißgeschick und die Entbehrungen der letzten Zeit sowohl, wie durch die verzweifelte Lage, in der er sich befand, aufs äußerste getrieben; aber das Merkwürdigste von allem war, daß er, während er verräterische Bündnisse plante, in seinem Kopf das Geschick des weißen Mannes schon entschieden hatte und in hochtrabender, sorgloser Art mit Kassim unterhandelte – daß er bei alldem, fast unbewußt, den eigentlichen Wunsch hatte, die Dschungel-Stadt zu zerstören, die ihm Trotz geboten hatte, sie mit Leichen gepflastert und in Flammen aufgehen zu sehen. Während ich dieser erbarmungslosen, keuchenden Stimme lauschte, konnte ich mir vorstellen, wie er von dem Hügel auf sie herabgeblickt und sie mit Bildern von Raub und Mord erfüllt haben muß. Die nächste Umgebung der Bucht bot ein verödetes Aussehen, obwohl tatsächlich jedes Haus ein paar bewaffnete Männer barg, die auf der Lauer lagen. Plötzlich tauchte jenseits der wüsten Fläche, wo sich ein paar Fußpfade durch kleine Flecken niederen, dichten Buschwerks, mit Aushöhlungen und Schutthaufen dazwischen, hinzogen, ein einsamer, sehr klein aussehender Mann auf, der seinen Weg durch die verödete Straße zwischen verschlossenen, dunklen, leblosen Gebäuden nahm. Wahrscheinlich einer der Bewohner, der an das andere Ufer des Flusses geflohen war und zurückkam, um sich irgendein nötiges Gerät zu holen. Offenbar war er der Meinung, daß ihm in dieser Entfernung von dem Hügel jenseits der Bucht keine Gefahr drohte. Eine leichte, in Eile gebaute Verschanzung, mit seinen Freunden besetzt, befand sich gleich um die Ecke der Straße. Er ging gemächlich dahin. Brown sah ihn und rief augenblicklich den amerikanischen Deserteur an seine Seite, der sozusagen als Erster Offizier diente. Dieser dürre, schlottrige Kerl mit seinem stumpfsinnigen Gesicht kam und schleppte sein Gewehr träge nach. Als er begriff, was von ihm verlangt wurde, verzog er den Mund zu einem eingebildeten, mörderischen Grinsen, das zwei tiefe Falten in sein ledernes, gelbes Gesicht grub. Er rühmte sich, ein unfehlbarer Schütze zu sein. Er ließ sich auf ein Knie nieder, zielte aufgelegt durch die unbehauenen Zweige eines gefällten Baumes, feuerte und stand sofort auf, um nachzusehen. Der Mann in der Ferne wendete seinen Kopf nach dem Schuß, tat noch einen Schritt vorwärts, schien zu zaudern und stürzte jäh auf Hände und Knie. In die Stille hinein, die auf den scharfen Knall seines Gewehres folgte, bemerkte der „unfehlbare Schütze", der seine Augen auf die Beute geheftet hielt, daß sich „die Freunde des Niggers dort nie mehr um seine Gesundheit zu sorgen haben würden". Die Glieder des Mannes bewegten sich hastig unter seinem Körper, in dem Bemühen, auf allen vieren zu kriechen. Ein vielfältiger Schrei der Entrüstung und des Schreckens tönte durch die Luft. Der Mann sank mit dem Gesicht nach unten flach hin und regte sich nicht mehr. „Das hat ihnen gezeigt, was wir tun können", sagte Brown zu mir. „Hat ihnen das Entsetzen, einen plötzlichen Tod zu sterben, in die Glieder gejagt. Das war's, was wir brauchten. Sie waren zweihundert gegen einen, und dies gab ihnen für die Nacht etwas zu denken. Keiner von ihnen hatte einen Schuß auf solche Entfernung für möglich gehalten. Der Hundsfott, der zu dem Rajah gehörte, spähte den Hügel hinunter und guckte sich die Augen aus dem Kopf."

Während er dies sagte, versuchte er mit zitternder Hand den dünnen Schaum von seinen blauen Lippen zu wischen. „Zweihundert gegen einen. Zweihundert gegen einen... Das Entsetzen ... Entsetzen in ihre Glieder gejagt..." Seine Augen sprangen fast aus den Höhlen. Er fiel zurück, fuchtelte mit knochigen Fingern in der Luft herum, setzte sich wieder auf, in sich zusammengesunken, ganz behaart, wie ein Tiermensch aus einem Volksmärchen, schielte von der Seite nach mir, mit offenem Mund in seinem grauenhaften Todeskampf, ehe er nach diesem Anfall die Sprache wiedererlangte. Es gibt Anblicke, die man nie wieder vergißt.

Um ferner den Feind zum Schießen zu verleiten und so den Standort der Posten erkennen zu können, die sich vielleicht im Buschwerk längs der Bucht verborgen hielten, schickte Brown den Mann von den Salomoninseln zum Boot hinunter nach einem Ruder, wie man einen Hund nach einem Stock ins Wasser schickt. Dies hatte keinen Erfolg, und der Kerl kam zurück, ohne daß ein einziger Schuß auf ihn abgegeben worden wäre. „Niemand da“, meinten einige der Männer. Es sei „unnatürlich“, bemerkte der Yankee. Kassim war mittlerweile unter einem starken Eindruck fortgegangen. Er war teils angenehm berührt, teils empfand er Mißbehagen. Gemäß seiner gewundenen Politik hatte er an Dain Waris einen Boten mit der Warnung geschickt, er solle nach dem Schiff der Weißen Ausschau halten, das, wie er erfahren habe, im Begriff sei, den Fluß heraufzukommen. Er verringerte absichtlich die Kriegsstärke des Schoners und ermahnte Dain Waris, die Durchfahrt unbedingt zu verhindern. Dieses Doppelspiel entsprach seinen Zwecken, die darauf ausgingen, die Streitkräfte der Bugis zu spalten und sie durch Kämpfe zu schwächen. Anderseits übersandte er im Laufe dieses Tages den versammelten Häuptern der Bugis in der Stadt den Bescheid, daß er die Eindringlinge zum Rückzug zu bewegen suche; zugleich überbrachten seine Boten die ernsthafte Bitte um Pulver für die Leute des Rajahs. Es war lange her, seit Tunku Allang für die zwanzig Stück Musketen, die in der Audienzhalle auf ihren Gestellen rosteten, Munition gehabt hatte. Der offene Verkehr zwischen dem Hügel und dem Palast brachte alle Gemüter in Aufruhr. Man fing schon an zu sagen, daß es Zeit wäre, Partei zu ergreifen. Es würde bald viel Blutvergießen und hernach viel Ungemach für viele Leute geben. Das staatliche Gebilde geordneten, friedlichen Daseins, wo jeder des kommenden Tages sicher war, der von Jims Händen errichtete Bau, schien an diesem Abend nahe daran, zu einem blutrauchenden Trümmerhaufen zusammenzusinken. Das ärmere Volk floh schon in die Wälder oder den Fluß aufwärts. Viele der Vornehmen hielten es für angemessen, dem Rajah ihre Aufwartung zu machen. Die Jünglinge des Tunku Allang verhöhnten sie unbarmherzig. Der alte Tunku Allang, der vor Furcht und Unentschlossenheit fast von Sinnen war, verharrte entweder in mürrischem Schweigen, oder er schalt sie heftig, daß sie mit leeren Händen zu kommen wagten: sie zogen höchst erschrocken ab; nur der alte Doramin hielt seine Landsleute zusammen und verfolgte unbeugsam seine Taktik. In einem großen Stuhl hinter der neuangelegten Verschanzung thronend, gab er in tiefem Kehlton seine Befehle, inmitten der fliegenden Gerüchte unbewegt wie ein tauber Mann.

Die Dämmerung sank herab und entzog zuerst den Leichnam des Mannes, der mit ausgestreckten Armen wie an den Boden genagelt liegengelassen worden war, den Blicken, und dann rollte lautlos die Nacht über Patusan herauf, und der Glanz ungezählter Welten ergoß sich über die Erde. Wieder flammten in dem freigelegenen Teil der Stadt große Feuer längs der einzigen Straße auf und enthüllten in ihrem Schein in Abständen die abfallenden Linien der Dächer, Teile von Strohwänden in wirrem Durcheinander, hie und da eine ganze Hütte auf den schwarzen Längsstrichen ihres hohen Pfahlgerüstes; und diese ganze Reihe von Wohnstätten schien sich im Licht der wehenden Flammen schwankend in das Düster des inneren Landes hineinzuwinden. Eine große Stille, in die die hintereinander aufsteigenden Feuer lautlos hineinragten, herrschte in der Dunkelheit am Fuß des Berges; aber von dem andern Flußufer, das, abgesehen von einem einzigen Feuer vor der Flußseite des Forts, ganz im Dunkel lag, ging ein wachsendes Geräusch aus, das von dem Stampfen vieler Fußtritte, dem Gesumm vieler Stimmen oder dem Rauschen eines weit entfernten Wasserfalls hätte herrühren können. In diesem Augenblick, gestand mir Brown, während er, seinen Leuten den Rücken zukehrend, dasaß und alles überschaute, überkam ihn ungeachtet seines eisernen Selbstvertrauens und seiner Verachtung das Gefühl, er sei nun doch mit dem Kopf gegen eine steinerne Mauer gerannt. Wäre sein Boot gerade flott gewesen, so, meinte er, hätte er versucht, sich fortzustehlen und sich der Gefahr der Verfolgung und des Hungertodes zur See ausgesetzt. Es ist sehr zweifelhaft, ob es ihm gelungen wäre, fortzukommen. Doch er versuchte es nicht. Dann schoß ihm der Gedanke durch den Kopf, die Stadt zu stürmen, doch sah er wohl ein, daß sie in der erleuchteten Straße schließlich wie Hunde aus den Häusern zusammengeschossen werden würden. Es waren zweihundert gegen einen – dachte er, während seine Leute um zwei Haufen glimmender Asche herumhockten, die letzten Bananen kauten und die wenigen Jamswurzeln rösteten, die sie Kassims Diplomatie verdankten. Cornelius saß verdrießlich dösend unter ihnen. Dann erinnerte sich einer der Weißen, daß im Boot noch Tabak geblieben war, und ermutigt dadurch, daß der Mann von den Salomoninseln heil davongekommen war, sagte er, er wolle gehen und ihn holen. Dies veranlaßte all die andern, ihre Verzagtheit abzuschütteln. Brown, der befragt wurde, sagte nur bitter: „Geh zum Teufel." Er glaubte nicht, daß Gefahr dabei sei, im Dunkeln nach der Bucht zu gehen. Der Mann stieg über den Verhau und verschwand. Einen Augenblick später hörte man ihn in das Boot steigen und dann herausklettern. „Ich habe ihn", schrie er. Ein Blitz und ein Knall, dicht am Fuß des Hügels, folgten. „Ich bin getroffen", wehklagte der Mann. „Paßt auf, paßt auf – ich bin getroffen", und augenblicklich gingen alle Gewehre los. Der Hügel sprühte Feuer und Qualm in die Nacht wie ein kleiner Vulkan, und als Brown und der Yankee mit Flüchen und Püffen die wilde Schießerei abstellten, scholl ein tiefes, wimmerndes Stöhnen von der Bucht herauf und gleich danach ein ohrenzerreißender Jammerton, der das Blut in den Adern erstarren machte. Dann ließ sich eine kraftvolle Stimme jenseits der Bucht in tönenden, unverständlichen Worten vernehmen. „Niemand soll jetzt schießen", befahl Brown. „Was bedeutet das?"... „Hört ihr auf dem Berge? Hört ihr? Hört ihr?" wiederholte die Stimme dreimal. Cornelius übersetzte und sagte die Antwort vor. „Sprecht", rief Brown, „wir hören." Dann verkündete einer in dem gehobenen, hallenden Ton eines Herolds, während er beständig am Rande des Ödlands seinen Standpunkt wechselte, daß es zwischen den Männer der Bugis in Patusan und den Weißen nebst den zu ihnen gehörigen Männern auf dem Hügel keine Treue, kein Erbarmen, keinen Verkehr und keinen Frieden geben solle. In einem Gebüsch raschelte es. Schüsse wurden ins Blaue hinein abgefeuert. „Verfluchte Dummheit", brummte der Yankee und stieß wütend den Kolben auf den Boden. Cornelius übersetzte. Der verwundete Mann unterhalb des Berges jammerte laut: „Holt mich hinauf! Holt mich hinauf!" und wimmerte dann weiter. Solange er sich auf der geschwärzten Erde des Abhangs gehalten hatte und hernach, als er in das Boot kroch, war er sicher genug gewesen. Es scheint, daß er sich in der Freude, den Tabak gefunden zu haben, vergaß und auf der falschen Seite heraussprang. Das weiße Boot, das hoch und trocken lag, ließ ihn sichtbar werden; die Bucht war an dieser Stelle nur etwa sieben Ellen breit, und auf dem andern Ufer hatte sich ein Mann im Busch versteckt gehalten.

Er war ein Bugis aus Tondano, der erst kürzlich nach Patusan gekommen war, und ein Verwandter des Mannes, der am Nachmittag erschossen worden war. Der unglaublich weite Schuß hatte in der Tat die Beobachter in Schrecken versetzt. Jener Mann, der sich völlig sicher wähnte, war vor den Augen seiner Freunde, mit einem Scherz auf den Lippen, niedergestreckt worden, und sie erblickten in dieser Tat eine Niedertracht, die sie zu wildester Wut aufstachelte. Der Verwandte, namens Si-Lapa, befand sich gerade, nur wenige Fuß weit entfernt, mit Doramin in der Verschanzung. Sie, der Sie diese Leute kennen, müssen zugeben, daß der Kerl ungewöhnlichen Mut bewies, als er sich erbot, allein im Dunkeln die Botschaft zu übermitteln. Beim Kriechen über den freien Platz war er nach links abgewichen und hatte plötzlich das Boot vor sich gesehen. Er stutzte, als Browns Mann schrie. Er setzte sich auf, das Gewehr an der Schulter, und als der andere sprang und sich dabei bloßstellte, drückte er ab und schoß dem armen Teufel drei schartige Metallstücke mitten in den Bauch. Dann legte er sich flach hin und stellte sich tot, während ein dünner Bleihagel dicht zu seiner Rechten durch die Gebüsche surrte und fegte; hernach sagte er schreiend seine Rede her, duckte sich und schlich fortwährend von einem Punkt zum andern. Mit den letzten Worten sprang er zur Seite, lag eine Weile still und gelangte unversehrt zu den Häusern zurück. Er hatte in dieser Nacht einen Ruhm erworben, den noch seine Kindeskinder künden würden.

Die verlorene Rotte auf dem Hügel aber ließ die zwei Häuflein Asche, um die sie trübselig herumsaß, verglimmen. Sie waren sehr niedergeschlagen und hörten mit gesenkten Blicken und zusammengepreßten Lippen ihrem Kameraden dort unten zu. Er war ein starker Mann und starb schwer, unter Schmerzenslauten, die bald schrill durch die Nacht hallten, bald zu einem seltsam heimlichen Klagen herabsanken. Nicht einen Augenblick hielt er inne.

„Was hat's für einen Wert?“ hatte Brown ungerührt gesagt, als er den Yankee, der fortwährend Flüche murmelte, Anstalten machen sah, hinunterzugehen. – „Das ist wahr“, stimmte der Deserteur bei und gab sein Vorhaben widerwillig auf. „Hier ist nicht viel, womit man Verwundete erquicken könnte. Doch sein Geschrei macht die andern bange und läßt sie zu sehr an das denken, was hiernach kommt, Kapitän!“ – „Wasser!“ schrie der Verwundete mit außerordentlich kräftiger, klarer Stimme, die dann gleich wieder in Wimmern überging. „Ach ja, Wasser. Wasser wird er gleich genug haben“, murmelte der andere in sich hinein. „Es flutet.“

Endlich kam die Flut und beschwichtigte die Klagen und Schmerzensrufe; der Morgen begann zu grauen, als Brown, der mit aufgestütztem Kinn auf Patusan blickte, wie man sich eine unerklimmbare Felswand betrachten mag, weit weg, irgendwo in der Stadt, den kurzen, hellen Knall eines Sechspfünders hörte. „Was ist das?“ fragte er Cornelius, der sich nicht von ihm wegrührte. Cornelius horchte. Ein gedämpftes, vielfältiges Geschrei rollte stromabwärts über die Stadt; eine große Trommel wurde geschlagen, und andere kamen nach, mit wirbelnden, dröhnenden Klängen. Kleine, verstreute Lichter blinkten in der dunklen Hälfte der Stadt, während den von den großen Feuern erhellten Teil ein tiefes, gedehntes Murmeln durchzog. „Er ist zurück“, sagte Cornelius. – „Was?

Schon? Sind Sie sicher?“ fragte Brown. – „Ja! Ja! Ganz sicher. Hören Sie nur den Lärm!“ – „Warum machen sie den Krach?“ fuhr Brown fort. „Aus Freude“, schnarrte Cornelius; „er ist ein sehr großer Mann, aber er weiß doch nicht mehr als ein kleines Kind, und so machen sie großen Spektakel, um ihm zu gefallen, weil sie es nicht besser verstehen.“ – „So, so!“ sagte Brown. „Wie kommt man an ihn heran?“ – „Er wird herkommen und mit Ihnen sprechen“, erklärte Cornelius. – „Was meinen Sie, daß er sozusagen einen Spaziergang hierher machen wird?“ Cornelius nickte im Dunkeln kräftig: „Ja. Er wird geradeswegs hierherkommen und mit Ihnen reden. Er ist wie ein Narr. Sie sollen sehen, was für ein Narr er ist.“ Brown war ungläubig. „Sie sollen sehn, Sie sollen sehn“, wiederholte Cornelius. „Er fürchtet sich nicht – er fürchtet sich vor gar nichts. Er wird kommen und Ihnen befehlen, seine Leute in Ruhe zu lassen. Jeder soll seine Leute in Ruhe lassen. Er ist wie ein kleines Kind. Er wird geradeswegs zu Ihnen kommen.“ Ach ja! Er kannte Jim gut – der „gemeine Iltis“, wie Brown ihn mir gegenüber nannte. „Ja, sicherlich“, beteuerte er voll Eifer. „Und dann, Kapitän, sagen Sie dem großen Mann mit dem Gewehr, daß er ihn totschießt. Sie schießen ihn einfach nieder, und dann werden Sie alle so in Schrecken setzen, daß Sie hernach mit ihnen tun können, was Sie wollen – kriegen können, was Sie wollen – weggehn, wann Sie wollen. Ha! Ha! Ha! Fein...“ Er kam vor Ungeduld und Begierde fast ins Tanzen; und Brown, der über die Schulter weg nach ihm hinsah, erblickte zwischen kalten Aschenhaufen und dem Wust der Lagerstätten im unbarmherzigen Morgenlicht seine vom Tau durchnäßten Leute, hohläugig, verängstigt, zerlumpt.

Einundvierzigstes Kapitel

Bis zu dem letzten Augenblick, da der volle Tag über sie hereinbrach, loderten die Feuer auf dem westlichen Ufer; und dann sah Brown in einem Knäuel buntfarbiger Gestalten, die reglos zwischen den vordersten Häusern standen, einen Mann in europäischer Kleidung, ganz weiß, mit einem Helm. „Das ist er; sehen Sie! Sehen Sie!“ sagte Cornelius aufgeregt. Browns Leute sprangen alle auf und drängten sich hinter seinem Rücken, mit glanzlosen Augen. Die buntfarbige Gruppe mit der weißen Gestalt in ihrer Mitte beobachtete den Hügel. Brown konnte nackte Arme sehen, die erhoben waren, um die Augen zu beschatten, und andere braune Arme, die sich deutend ausstreckten. Was sollte er tun? Er blickte umher, und die Wälder, die sein Auge traf, ummauerten ringsum den Schauplatz eines ungleichen Kampfes. Er blickte noch einmal auf seine Leute. Verachtung, Müdigkeit, Lebensgier, die Sehnsucht, es noch einmal zu wagen – sei es auch nur, um ein anderes Grab zu finden – stritten in seiner Brust. Nach den Umrissen der Gestalt schien es ihm, daß der weiße Mann, der die ganze Macht des Landes hinter sich hatte, seine Stellung durch einen Krimstecher prüfte. Brown sprang auf den Baumstumpf und warf die Arme in die Höhe, die Handflächen nach außen gekehrt. Die farbige Gruppe umringte den weißen Mann und schloß sich noch zweimal um ihn, als er aus ihr herausstrebte, bis er allein seines Weges gehen konnte. Brown blieb auf dem Baumstumpf stehen, bis Jim, der zwischen dem da und dort verstreuten Buschwerk auf- und niedertauchte, fast die Bucht erreicht hatte; dann sprang Brown herunter und ging ihm seinerseits entgegen.

Sie trafen sich, glaube ich, nicht weit von der Stelle entfernt, ja, vielleicht auf demselben Fleck, wo Jim den zweiten verzweifelten Sprung seines Lebens getan hatte – der ihn mitten in das Leben von Patusan, das Vertrauen und die Liebe seiner Bewohner hineintrug. Sie standen zu beiden Seiten der Bucht einander gegenüber und suchten mit forschenden Blicken einander zu verstehen, bevor sie die Lippen öffneten. Ihre Gegnerschaft muß sich in ihren Blicken kundgetan haben; ich weiß, daß Brown Jim auf den ersten Blick haßte. Alle Hoffnungen, die er gehegt haben mochte, schwanden sofort. Dies war nicht der Mann, den er zu sehen erwartet hatte. Er haßte ihn dafür und – in einem karierten Flanellhemd mit an den Ellbogen abgeschnittenen Ärmeln, graubärtig, mit eingesunkenem, schwarzverbranntem Gesicht – fluchte er in seinem Herzen der Jugend und Sicherheit des andern, seinen klaren Augen und seiner unbekümmerten Haltung. Der Bursche war lange vor ihm in den Hafen eingelaufen! Er sah nicht aus wie ein Mann, der auf Beistand lauert. Er hatte alle Vorteile auf seiner Seite – Besitz, Sicherheit, Macht; er war auf der Seite einer übermächtigen Streitkraft! Er war nicht hungrig und verzweifelt und schien nicht im mindesten furchtsam. Und alles in Jims gewählter Kleidung, von dem weißen Helm zu den Leinwandgamaschen und den weißgekreideten Schuhen, reizte Brown und schien in seinen düsteren Augen zu den Dingen zu gehören, die er einst selbst, als er anfing, sich sein Leben zu zimmern, gering geachtet und verhöhnt hatte.

„Wer sind Sie?“ fragte Jim endlich mit seiner gewohnten Stimme. „Mein Name ist Brown“, antwortete der andere laut. „Kapitän Brown. Wie heißen Sie?“ Und Jim fuhr, als hätte er nicht gehört, nach einer kleinen Weile ruhig fort: „Aus welchem Grunde kamen Sie hierher?" – „Das wollen Sie wissen", sagte Brown bitter. „Es ist leicht zu sagen. Hunger. Und Sie?"

„Darüber fuhr der Kerl auf", sagte Brown bei der Erzählung dieses sonderbaren Zwiegesprächs zwischen den beiden Männern, die räumlich nur durch das schmutzige Bett einer Bucht getrennt waren, innerlich aber auf den entgegengesetzten Polen jener Lebensauffassung standen, die die ganze Menschheit umfaßt. „Der Kerl fuhr darüber auf und wurde sehr rot im Gesicht. Dünkte sich wahrscheinlich zu erhaben, um gefragt zu werden. Ich sagte ihm, wenn er mich etwa für einen toten Mann ansehe, dem gegenüber man sich alles herausnehmen könne, so sei er auch um keinen Deut besser dran. Ich hätte da einen Kerl bei mir, der ihn die ganze Zeit auf dem Korn habe und nur auf ein Zeichen von mir warte. Das sei nichts, worüber er sich zu verwundern brauchte. Er sei aus eigenem Antrieb hergekommen. ›Nehmen wir an, daß wir beide geliefert sind‹, sagte ich, ›und lassen Sie uns auf dieser Grundlage als Gleiche unterhandeln. Wir sind alle gleich vor dem Tod‹, sagte ich. Ich gab zu, ich sei wie eine Ratte in der Falle, aber wir seien hineingetrieben worden, und eine gefangene Ratte könne auch noch beißen. Er verstand mich sofort. ›Nicht, wenn man erst nah an die Falle geht, nachdem die Ratte tot ist.‹ Ich sagte ihm, diese Art Spiel sei wohl etwas für seine Eingeborenen, doch von ihm hätte ich gedacht, er sei zu sehr Weißer, um selbst einer Ratte so mitzuspielen. Ja, ich hätte mit ihm reden wollen. Doch nicht, weil ich um mein Leben betteln wollte. Meine Leute wären – nun – was sie eben wären – Menschen wie er selber schließlich. Alles, was wir von ihm wollten, sei, daß sie es in Teufels Namen mit uns ausfechten sollten. ›Gott verdamm' mich‹, sagte ich, während er wie ein hölzerner Pfosten stillstand, ›Sie werden doch nicht jeden Tag mit Ihrem Fernglas hierherkommen wollen, um zu zählen, wie viele von uns noch übrig sind? Bringen Sie also Ihre verfluchte Bande her, oder lassen Sie uns hinaus in die offene See und dort verhungern. Sie sind doch einst ein Weißer gewesen, wenn Sie auch noch so dick damit tun, daß dies Ihr eigenes Volk ist und Sie eins mit ihm sind. Oder nicht? Und was, zum Teufel, kriegen Sie dafür? Was haben Sie denn hier gefunden, was gar so höllisch kostbar ist? He? Sie werden doch nicht von uns verlangen, daß wir hier herunterkommen – was? Sie sind zweihundert gegen einen – Sie werden doch nicht verlangen, daß wir Ihnen im freien Feld begegnen? Na, warten Sie nur, Sie sollen noch was erleben, bevor Sie uns den Garaus machen. Sie reden davon, daß ich einen feigen Angriff auf friedliche Leute mache. Was kümmert es mich, daß sie friedliebend sind, wenn ich in Frieden verhungere? Ich bin kein Feigling. Seien Sie nur keiner. Bringen Sie die Leute her, oder, bei allen Teufeln, wir bringen es noch zuwege, daß die Hälfte Ihrer friedliebenden Stadt mit uns in Rauch aufgeht!'„

Er war schrecklich – wie er mir das erzählte – dies gemarterte Skelett eines Mannes auf der wüsten Lagerstatt in der elenden Hütte. Sein Körper war so verkrümmt, daß das Gesicht über den Knien hing, und er hob den Kopf, um mich mit boshaftem Triumph anzusehen.

„Das habe ich ihm gesagt – ich wußte, was ich zu sagen hatte“, begann er wieder, zuerst schwach, arbeitete sich dann aber mit unglaublicher Schnelligkeit in die leidenschaftliche Wiedergabe seines Hasses hinein. ›Wir wollen nicht wie ein Rudel lebender Skelette in den Wald hineinwandern, um einer nach dem andern den Ameisen zum Fraß hinzufallen, ehe wir noch völlig tot sind. O nein!‹... ›Sie verdienen kein besseres Los‹, sagte er. Und was verdienen Sie‹, schrie ich ihn an, ›der Sie sich hier breitmachen und den Mund voll nehmen von Ihrer Verantwortlichkeit, von unschuldigen Menschenleben und Ihrer höllischen Pflicht? Was wissen Sie mehr von mir als ich von Ihnen? Ich kam hierher um Futter. Hören Sie? – Futter, um unsere Bäuche zu füllen. Und wonach kamen Sie? Was suchten Sie, als Sie herkamen? Wir verlangen nichts von Ihnen, als daß Sie mit uns kämpfen oder uns freie Bahn geben, hinzugehen, woher wir kamen...‹ – ›Ich würde sofort mit Ihnen kämpfen‹, sagt er und zupft sich an seinem Schnurrbärtchen. ›Und ich würde Ihnen freie Hand lassen, mich zu erschießen‹, sagte ich. ›Ich kann von hier so gut abkratzen wie von sonstwo. Ich habe mein Höllenpech satt. Aber es wäre zu leicht. Ich hab' meine Leute im gleichen Boot – und, bei Gott, ich bin nicht der Mann, mich aus dem Staube zu machen und die andern in der Patsche zu lassen‹, sagte ich. Er stand eine Weile in Gedanken und wollte dann wissen, was ich getan hatte ›da draußen‹, sagte er und deutete mit dem Kopf stromabwärts, um so in die Enge getrieben zu sein. Sind wir etwa zusammengekommen, um uns unsere Lebensgeschichte zu erzählen?‹ fragte ich ihn. ›Wie wär's, wenn Sie anfingen? Nein? Nun, ich bin nicht begierig, sie zu hören. Behalten Sie sie für sich. Ich weiß, sie ist nicht besser als meine eigene. Ich habe gelebt – genau so wie Sie, obwohl Sie so reden, als wären Sie einer von denen, die Flügel haben müßten, damit Sie mit ihren Füßen nicht die schmutzige Erde berühren. Nun ja – sie ist schmutzig. Ich habe keine Flügel. Ich bin hier, weil ich einmal im Leben Angst gehabt habe. Sie wollen wissen, wovor? Vor einem Gefängnis. Das jagt mich herum, und Sie mögen es wissen – wenn es Sie interessiert. Ich frage Sie nicht, was Sie in dieses verdammte

Nest gejagt hat, wo Sie, wie es scheint, eine gute Futterstelle gefunden haben. Das ist Ihr Glück, und meins ist – das Recht, um die Gunst zu bitten, daß Sie mir schnell eine Kugel in den Leib schießen oder mich frei abziehen lassen, damit ich auf meine Art verhungern kann.'„...

Sein zusammengesunkener Körper bebte von einem so heftigen, so sichern und so boshaften Triumph, daß er damit den Tod, der in der Hütte auf ihn lauerte, vertrieben zu haben schien. Aus Lumpen und Verfall stieg wie aus den Schrecknissen eines Grabes die Leiche seiner wahnwitzigen Eigenliebe. Es ist unmöglich zu sagen, inwieweit er Jim damals belog, inwieweit er mich jetzt – und allzeit sich selber belog. Die Eitelkeit spielt unserm Gedächtnis oft sonderbare Streiche, und jede Leidenschaft muß mit einer gewissen Anmaßung auftreten, um ihre Echtheit zu erweisen. Er hatte dieser Welt ins Gesicht geschlagen, sie angespien, mit seinen Untaten ein Unmaß an Hohn und Empörung über sie ausgeschüttet – und stand nun als Bettler am Tor der jenseitigen Welt. Er hatte sie alle besiegt, der ungeschlachte Wüstling – Männer, Frauen, Wilde, Handelsleute, Räuber, Missionare und – Jim. Ich mißgönnte ihm nicht diesen Triumph in *articulo mortis*, diesen fast postumen Wahn, er habe die ganze Welt mit Füßen getreten. Während er in seinem schmutzigen, abstoßenden Todeskampf vor mir prahlte, konnte ich nicht umhin, mich des kichernden Klatsches während der Zeit seines höchsten Glanzes zu erinnern, als während eines Jahres oder länger „Gentleman Browns“ Schiff an vielen Tagen vor einem kleinen grünumrandeten Inselchen lag, wo das Missionshaus als dunkler Tupfen auf einem weißen Strande stand, dieweil „Gentleman Brown „ an Land ein romantisches Mädchen betörte, für das Melanesien nicht der rechte Boden war, und ihrem Gatten die Aussicht auf eine denkwürdige Bekehrung eröffnete. Der arme Ehemann hatte einmal die Absicht geäußert, „Kapitän Brown für eine bessere Lebensweise zu gewinnen“ ... „Fangt ›Gentleman Brown‹ für die Seligkeit ein“ – hatte ein witziger Gauner einmal gesagt – „nur damit die dort oben einmal zu sehen kriegen, was so ein Handelskapitän des westlichen Pazifischen für ein Kerl ist.“ Und dies war also der Mann, der eine sterbende Frau entführt und über ihrem entseelten Leib Tränen vergossen hatte. „Er führte sich auf wie ein großes Baby“, pflegte sein damaliger Maat wieder und wieder zu erzählen, „und die Pest soll mich holen, wenn ich verstehe, wie es möglich war. Weiß Gott! ich sage euch, als er sie aufs Schiff brachte, war sie schon nicht mehr genug bei sich, daß sie ihn erkennen konnte; sie lag in seiner Koje auf dem Rücken und starrte mit furchtbar glänzenden Augen auf den Deckbalken – und dann starb sie. Irgendein verdammt böses Fieber, vermutlich...“ Ich dachte an all diese Geschichten, während er mit seiner fahlen Hand über das verfilzte Gewirr seines Bartes strich und mir von seinem eklen Lager aus erzählte, wie er diesem verdammten, unnahbaren Rührmichnichtan beigekommen war und seine verwundbare Stelle getroffen hatte. Schrecken konnte man ihn nicht, das mußte er zugeben, aber es gab eine Möglichkeit, „einen schmalen Spalt, wo man hineinschlüpfen und seine erbärmliche Seele durch und durch schütteln und von innen nach außen kehren konnte – weiß Gott!“

Zweiundvierzigstes Kapitel

Ich glaube ja nicht, daß er mehr als vielleicht eben einen Blick auf jenen schmalen Spalt fertigbrachte. Er scheint von dem, was er sah, betroffen gewesen zu sein, denn er unterbrach sich in seiner Erzählung öfter als einmal, um auszurufen: „Er ist mir beinahe entwischt. Ich konnte nicht klug aus ihm werden. Wer war er?“ Und dann fuhr er, mich mit wildem Blick anstarrend, wieder fort zu triumphieren und zu höhnen. Mir erscheint die Unterhaltung dieser beiden über die Bucht hinweg als ein Zweikampf blutigster Art, dem das Schicksal, in Kenntnis des Ausgangs, kaltsinnig zuschaute. Nein, er kehrte Jims Seele nicht von innen nach außen, aber ich sollte mich sehr irren, wenn nicht der Geist, den zu begreifen er so völlig unfähig war, die ganze Bitterkeit dieses Streites auskostete. Dies waren die Abgesandten, durch die die Welt, der er entsagt hatte, ihn in seinen Verbannungsort verfolgte. Weiße Männer von „dort draußen“, wo zu leben er sich nicht für gut genug hielt. Dies war alles, was zu ihm kam – eine Drohung, ein Stoß, eine Gefährdung seines Werkes. Ich glaube, es war dieses traurige, halb vorwurfsvolle, halb resignierte Gefühl, das durch die wenigen Worte, die Jim sagte, hindurchschimmerte und Brown bei der Entzifferung von Jims Charakter so stutzig machte. Es gibt große Männer, die ihre Größe vornehmlich der Fähigkeit verdanken, in denjenigen, die sie zu ihren Werkzeugen ausersehen, die brauchbaren Eigenschaften zu entdecken, und Brown hatte, als wäre er wirklich groß gewesen, eine teuflische Gabe, in seinen Opfern den stärksten und den schwächsten Punkt herauszufinden. Er räumte mir ein, daß Jim nicht zu denen gehörte, die man durch Kriecherei unterkriegen konnte, und so trat er denn als ein Mann auf, der, ohne mit der Wimper zu zucken, Mißgeschick, Verurteilung und jedes Ungemach hinnimmt. Das Einschmuggeln von ein paar Gewehren sei kein großes Verbrechen, meinte er. Und was seine Ankunft in Patusan angehe – wer habe ein Recht zu sagen, er sei nicht als Bittender gekommen? Die höllische Bande hier habe schon von beiden Ufern auf ihn losgeknallt, ohne sich lange mit Fragen aufzuhalten. Es war dies eine freche Verdrehung von seiner Seite, denn in Wahrheit hatte Dain Waris' energisches Eingreifen das schlimmste Unheil verhütet; Brown hatte mir ausdrücklich gesagt, daß er, als er die Größe des Ortes bemerkt, augenblicklich bei sich beschlossen habe, sobald er Fuß gefaßt hätte, rechts und links Feuer anzulegen und alles Lebende in Sehweite niederzuschießen, um die Bevölkerung zu ducken und in Schrecken zu setzen. Die Ungleichheit der Streitkräfte war so groß, daß er nur so die leiseste Möglichkeit sah, seine Zwecke zu erreichen – belehrte er mich während eines Hustenanfalls. Jim aber sagte er das nicht. Was die Mühsal und die Entbehrungen angeht, die sie zu erdulden hatten, so waren sie unleugbar; man brauchte die Bande nur anzusehen. Auf ein Signal seiner schrillen Pfeife stellten sich alle seine Leute in einer Reihe auf die Baumstümpfe, so daß Jim sie sehen konnte. Zugegeben – der Mann war getötet worden – aber war dies nicht Krieg, blutiger Krieg – und ein verzweifelter noch dazu? Und der Kerl war sauber getötet, durch die Brust geschossen worden, anders als der arme Teufel, der nun in der Bucht liege. Sie hätten sechs Stunden lang mit anhören müssen, wie er starb, die Eingeweide von Bleikugeln zerfetzt. Jedenfalls sei dies ein Leben um ein Leben… Und all dies wurde mit der Gleichgültigkeit, der Unbekümmertheit eines Mannes gesagt, dem das Mißgeschick die Sporen in die Weichen gedrückt hatte, bis es ihm gleich war, wohin er lief. Als er Jim mit einer Art schroffer, verzweifelter Offenheit fragte, ob er es – Hand aufs Herz – nicht verstehen könne, daß einer, der im Dunkeln sein Leben retten wolle, nicht danach frage, wer sonst dabei umkäme – ob drei, ob dreißig, ob dreihundert Menschen – da war es, als hätte ein Dämon ihm diesen Rat ins Ohr geflüstert. „Ich machte ihn mundtot", rühmte sich Brown gegen mich. „Er hörte gleich auf, den Tugendbold gegen mich zu spielen. Er stand da, ohne zu wissen, was er sagen sollte, und starrte finster wie ein Donnerwetter – nicht auf mich – auf den Boden." Brown fragte ihn, ob denn gar nichts faul sei in seinem Leben, weil er solche Härte gegen einen Mann walten lasse, der doch nur versuche, mit den erstbesten Mitteln aus einem verfluchten Teufelsloch herauszukommen – und so fort, und so fort. Und es zog sich durch diese ungeschliffene Rede eine feine Anspielung auf ihr gemeinsames Blut, eine Voraussetzung gemeinsamer Erfahrung, eine widerwärtige Annahme gemeinsamer Schuld, geheimen Wissens, das wie ein Band zwischen ihren Herzen war.

Schließlich warf Brown sich der Länge nach hin und beobachtete Jim aus den Augenwinkeln. Jim, auf der andern Seite der Bucht, stand sinnend und schlug sich mit einer Gerte über das Bein. Die Häuser, die man sah, lagen still da, als hätte eine Seuche jeden Atem des Lebens herausgefegt; aber viele unsichtbare Augen waren von innen auf die beiden Männer gerichtet, die die Bucht, ein gestrandetes weißes Boot und einen halb im Schlamm versunkenen Leichnam zwischen sich hatten. Auf dem Fluß fuhren wieder etliche Kanus, denn seit der Rückkehr des weißen Lords erlangte Patusan seinen Glauben an die Dauer irdischer Einrichtungen wieder. Das rechte Ufer, die Terrassen der Häuser, die an den Ufern vertäuten Anlegebrücken, ja sogar die Dächer der Badehütten waren mit Leuten bedeckt, die, außer Hör- und fast auch außer Sehweite, ihre Augen angestrengt auf den Hügel jenseits der Palisade des Rajahs richteten. Im weiten, unregelmäßigen Umkreis der Wälder, der an zwei Stellen von dem Silberglanz des Flusses unterbrochen wurde, herrschte Stille. „Wollen Sie versprechen, die Küste zu verlassen?“ fragte Jim. Brown hob die Hand und ließ sie wieder fallen, zum Zeichen, daß er sozusagen alles aufgab – das Unvermeidliche hinnahm. „Und Ihre Waffen ausliefern?“ fuhr Jim fort. Brown setzte sich auf und schaute hinüber. „Unsere Waffen ausliefern! Nicht, bis ihr sie unsern steifen Händen entreißt. Sie denken wohl, ich sei aus Angst verrückt geworden? O nein! Dies und die Lumpen, die ich am Leib habe, sind alles, was ich in der Welt besitze, außer ein paar Hinterladern an Bord; und ich habe die Absicht, sie allesamt in Madagaskar zu verkaufen, wenn ich je so weit komme – und mich von Schiff zu Schiff durchbettle.“

Jim sagte nichts hierzu. Zuletzt warf er die Gerte fort, die er in der Hand hielt, und sagte, wie zu sich selbst: „Ich weiß nicht, ob ich die Macht habe...“ – „Das wissen Sie nicht! Und Sie verlangten gerade eben von mir, daß ich meine Waffen hergebe! Das ist gut“, schrie Brown, „Angenommen, die Kerle sagen Ihnen das eine zu und tun mir dann das ganz andere...“ Seine Erregung legte sich zusehends. „Ich bin überzeugt davon, daß Sie die Macht haben; was für einen Sinn hätte sonst all dies Gerede?“ fuhr er fort. „Wozu kamen Sie dann hierher? Um die Zeit auszufüllen?“

„Gut denn“, sagte Jim nach einer langen Pause und hob den Kopf. „Sie sollen offene Bahn oder offenen Kampf haben.“ Er drehte sich auf dem Absatz um und ging davon. Brown erhob sich sofort, aber er stieg erst wieder den Hügel hinauf, als er Jim zwischen den ersten Häusern hatte verschwinden sehen. Er sah ihn nie wieder. Auf dem Rückweg traf er Cornelius, der mit dem Kopf zwischen den

Schultern daherschlurrte. Er blieb vor Brown stehen. „Warum haben Sie ihn nicht getötet?“ fragte er in verdrießlichem, unzufriedenem Ton. – „Weil ich noch etwas Besseres weiß“, sagte Brown mit pfiffigem Lächeln. – „Unmöglich! Unmöglich!“ widersprach Cornelius heftig. „Besseres gibt es nicht. Ich lebe hier seit Jahren.“ Brown sah neugierig zu ihm auf. Das Leben dieses in Waffen gegen ihn gerichteten Ortes bot sehr verschiedene Seiten, aus denen er nie ganz klug werden würde. Cornelius schlich niedergeschlagen in der Richtung des Flusses davon. Er war im Begriff, seine neuen Freunde zu verlassen; er nahm den Verlauf der Ereignisse, der ihn enttäuschte, mit einem eigensinnigen Schmollen auf, das sein gelbes, altes Gesicht noch mehr zusammenzog; und während er hinunterging, warf er seitliche Blicke da- und dorthin, immer von seiner fixen Idee besessen. Nunmehr nehmen die Ereignisse, wie ein Strom aus dunkler Quelle aus den Herzen der Menschen selber fließend, ungehindert ihren Fortgang, und wir sehen Jim in ihrer Mitte, vornehmlich durch Tamb' Itams Augen. Die Augen des Mädchens wachten wohl auch über ihm, aber ihr Leben ist zu sehr mit dem seinen verflochten: wir sehen ihre Leidenschaft, ihr Staunen, ihren Zorn und, vor allem, ihre Angst und ihre unversöhnliche Liebe. Von dem treuen Diener, verständnislos wie die übrigen, kommt einzig die Treue ins Spiel, eine Treue und ein Glaube an seinen weißen Lord, die so stark sind, daß selbst sein Entsetzen zur wehmütigen Ergebung in einen seiner Meinung nach geheimnisvollen Fehlgriff herabgedämpft wird. Er hat Augen nur für eine einzige Person und bewahrt durch das Irrsal von Schrecknissen seine Haltung der Wachsamkeit, des Gehorsams, der Fürsorge. Sein Herr kam von der Unterredung mit den weißen Männern zurück und schritt langsam auf die Verschanzung in der Straße zu. Jeder einzige war hocherfreut, ihn wiederkehren zu sehen, denn während er fort war, hatte nicht nur jeder gefürchtet, daß er getötet werden würde, sondern auch vor dem Nachher gebangt. Jim begab sich in eines der Häuser, in das sich der alte Doramin zurückgezogen hatte, und blieb lange allein mit dem Oberhaupt der Bugisansiedler. Zweifellos erörterte er mit ihm, welchen Kurs man einzuschlagen hätte, aber niemand wohnte der Unterredung bei. Nur Tamb' Itam, der so dicht wie möglich an der Tür stand, hörte seinen Herrn sagen: „Ja, ich werde dem ganzen Volk zu wissen tun, daß dies mein Wunsch ist; aber ich sprach zu dir, o Doramin, vor allen andern und allein, denn du kennst mein Herz so gut wie ich deins kenne und weißt, was es am meisten ersehnt. Und du weißt auch, daß ich keinen andern Gedanken habe als den an des Volkes Wohl.“ Dann hob sein Herr den Vorhang der Türöffnung und kam heraus, und er, Tamb' Itam, konnte einen flüchtigen Blick auf den alten

Doramin werfen, der mit den Händen auf den Knien in seinem Stuhle saß und zwischen seinen Beinen durch zu Boden starrte. Hernach folgte er, Tamb' Itam, seinem Herrn zu dem Fort, wo all die vornehmen Bugis und Einwohner von Patusan zu einer Beratung versammelt waren. Tamb' Itam selber hoffte, daß es zu einem Kampf kommen würde. „Was wäre es denn anderes gewesen als die Einnahme noch eines Hügels?" rief er voll Bedauern aus. Jedoch in der Stadt hofften viele, daß die raubgierigen Fremden sich durch den Anblick so vieler tapferer, zum Kampf gerüsteter Männer bewegen lassen würden, das Weite zu suchen. Es wäre ein Glück, wenn sie sich aus dem Staube machten. Seit Jims Ankunft vor Tagesanbruch durch die vom Fort abgefeuerten Kanonenschüsse und das Schlagen der großen Trommel bekanntgemacht worden, war die Furcht, die über Patusan geschwebt hatte, gebrochen und wie die Brandung von einem Felsen zurückgewichen, und es blieb nur noch der leichte Schaum der Erregung, der Neugierde und endloser Vermutungen zurück. Die Hälfte der Bevölkerung war aus Gründen der Verteidigung von ihren Wohnstätten vertrieben worden und hauste nun, sich um das Fort drängend und in beständiger Furcht, ihre verlassenen Wohnungen auf dem bedrohten Ufer in Flammen aufgehn zu sehn, in der Straße, auf der linken Seite des Flusses. Der allgemeine Wunsch war, daß der Sache so rasch wie möglich ein Ende gemacht würde. Durch Juwels Vorsorglichkeit waren die Flüchtlinge gespeist worden. Niemand wußte, was der weiße Herr tun würde. Einige bemerkten, daß es schlimmer sei als im Kriege mit Scherif Ali. Damals lag vielen nichts daran; jetzt aber hatte jeder etwas zu verlieren. Die Bewegungen der Kanus, die zwischen den beiden Teilen der Stadt hin und her fuhren, wurden gespannt beobachtet. Ein paar Kriegsboote der Bugis lagen zum Schutz des Flusses inmitten des Stromes verankert, und ein Rauchfaden ging vom Bug eines jeden aus; die Männer darin kochten sich ihren Mittagsreis, als Jim, nach seinen Zusammenkünften mit Brown und Doramin, den Fluß kreuzte und durch das Wassertor sein Fort betrat. Die Leute im Innern scharten sich um ihn, so daß er sich kaum den Weg ins Haus bahnen konnte. Sie hatten ihn noch nicht gesehen, denn bei seiner Ankunft während der Nacht hatte er nur ein paar Worte mit Juwel gewechselt, die zu dem Zweck auf die Landungsbrücke hinuntergekommen war, und sich dann sofort zu den Anführern und Kämpfern auf dem andern Ufer begeben. Ein paar Leute schrien ihm Begrüßungen nach. Ein altes Weib rief ein Gelächter dadurch hervor, daß sie sich wie wahnsinnig zu ihm vordrängte und ihm mit scheltender Stimme einschärfte, ein Auge darauf zu haben, daß ihre beiden Söhne, die im Gefolge von Doramin waren, nicht durch die Räuber zu Schaden kämen. Mehrere der

Danebenstehenden versuchten sie fortzuziehen, aber sie wehrte sich und rief: „Laßt mich gehen. Was ist das, o Moslems? Dies Gelächter ist ungeziemend. Sind es denn nicht grausame, blutdürstige Räuber, die auf Mord ausgehen?“ – „Laßt sie zufrieden“, sagte Jim, und da eine plötzliche Stille eintrat, sagte er langsam: „Jedermann sei sein Leben verbürgt.“ Er trat in das Haus, bevor die Seufzer und das laute Murmeln der Erleichterung verhallt waren. Es unterliegt keinem Zweifel, daß er entschlossen war, Brown den Weg zurück ins Meer frei zu lassen. Sein aufsässig gewordenes Geschick führte seine Hand. Zum erstenmal mußte er einem ausgesprochenen Widerstand gegenüber seinen Willen behaupten. „Es wurde viel geredet, und mein Herr schwieg anfangs“, sagte Tamb' Itam. „Die Dunkelheit brach herein, und dann zündete ich die Kerzen auf dem langen Tische an. Die Anführer saßen zu beiden Seiten, und die Frau blieb zur Rechten meines Herrn.“

Als er zu sprechen anfing, schien die ungewohnte Schwierigkeit seinen Entschluß nur noch mehr zu befestigen. Die weißen Männer warteten auf dem Hügel auf seine Antwort. Ihr Anführer habe zu ihm in der Sprache seines eigenen Volkes gesprochen und ihm viele Dinge klargemacht, die in anderer Rede schwer auszudrücken seien. Es seien irrende Menschen, denen Leiden den Blick für Recht und Unrecht getrübt hätten. Es sei wahr, daß bereits Menschenleben zu beklagen seien, aber wozu noch mehr daransetzen? Er erklärte seinen Zuhörern, den versammelten Häuptern des Volks, daß ihr Wohlergehen sein Wohlergehen, ihre Verluste seine Verluste, ihre Trauer seine Trauer seien. Er sah nach der Reihe in ihre ernsten, gespannt zuhörenden Gesichter und gemahnte sie daran, daß sie Seite an Seite gekämpft und sich gemüht hätten. Sie kennten seinen Mut... Hier unterbrach ihn ein Gemurmel... Und daß er sie noch nie enttäuscht hätte; viele Jahre lebten sie nun zusammen. Er umfasse das Land und die Leute, die darin lebten, mit großer Liebe. Er wolle mit seinem Leben dafür einstehen, wenn daraus, daß man den bärtigen weißen Männern den Rückzug gestatte, irgendwelcher Schaden entstünde. Sie seien zwar Missetäter, aber ihr Los sei auch ein gar mißliches. Hatte er je sie schlecht beraten? Hatten seine Worte dem Volk je Unheil gebracht? fragte er. Er glaube, daß es das beste sei, diese armen Weißen mit dem Leben davonkommen zu lassen. Es sei nur eine kleine Gabe. „Ich, den ihr erprobt und immer wahr befunden habt, bitte euch, sie ziehen zu lassen.“ Er wandte sich zu Doramin. Der alte *nakboda* rührte sich nicht. „Dann“, sagte Jim, „rufe ich deinen Sohn, Dain Waris, meinen Freund, herein, denn in dieser Sache werde ich nicht die Führung übernehmen.“

Dreiundvierzigstes Kapitel

Tamb' Itam hinter seinem Stuhl war wie vom Donner gerührt. Die Erklärung rief eine ungeheure Bewegung hervor. „Laßt sie ziehen, weil dies nach meinem Wissen, das euch noch nie betrogen hat, das beste ist“, forderte Jim beharrlich. Es herrschte große Stille. Im dunklen Hof ertönte gedämpftes Flüstern und das schlurrende Geräusch vieler Füße. Doramin hob seinen schweren Kopf und sagte, daß man ebensowenig in den Herzen lesen, wie mit der Hand den Himmel berühren könne, aber – er willigte ein. Die andern gaben der Reihe nach ihre Meinung ab. „Es ist das beste.“ – „Laßt sie gehen“, und so fort. Aber die meisten sagten einfach, daß sie „Tuan Jim glaubten“.

In dieser einfachen Form der Zustimmung zu seinem Willen liegt der Kernpunkt der Begebenheit; ihr Glaube, seine Wahrheit; und das Bekenntnis zu der Treue, die ihn in seinen eigenen Augen den makellosen Männern gleichstellte, die nie die Reihen verlassen haben. Steins Worte: „Romantisch! – Romantisch!“ scheinen über die Zeiträume hinweg zu tönen, die ihn für immer einer kalten, gegen seine Tugenden und Irrtümer gleichgültigen Welt entrissen haben und einer heißen, umklammernden Liebe, die ihm in ihrer Verwirrung über den tiefen Schmerz und die ewige Trennung den Tribut der Tränen verweigert. Von dem Augenblick an, wo die lautere Wahrhaftigkeit seiner letzten drei Lebensjahre den Sieg über die Unwissenheit, die Angst und die Wut der Menschen davonträgt, erscheint er mir nicht mehr, wie ich ihn zuletzt sah – als ein weißer Fleck, der alles trübe Licht der dämmerigen Küste und des umdunkelten Meeres in sich aufsaugt – sondern größer und mitleidswerter in der Einsamkeit seiner Seele, die selbst für die, die ihn am meisten liebte, ein grausames und unlösbares Rätsel bleibt.

Es geht aus allem klar hervor, daß er Brown nicht mißtraute; er hatte keinen Grund, an der Geschichte zu zweifeln, deren Wahrheit durch die rauhe Unumwundenheit, eine Art männlicher Aufrichtigkeit, verbürgt schien, die sich zu der Moral und den Folgen der Handlungen bekannte. Aber Jim ahnte nicht die grenzenlose Eigenliebe des Mannes, der, wenn er seinen Willen durchkreuzt und vereitelt sah, rasend wurde vor rachsüchtiger Wut, wie ein Zwingherr, der auf Widerstand stößt. Doch, wenn Jim auch Brown nicht mißtraute, so war er doch offenbar besorgt, daß kein Mißverständnis vorkommen sollte, das vielleicht mit einem Zusammenstoß und Blutvergießen endigen konnte. Sobald die malaiischen Anführer fortgegangen waren, bat er Juwel, ihm etwas zu essen zu bringen, da er das Fort verlassen wolle, um das Kommando in der Stadt zu übernehmen. Als sie ihm das unter Hinweis auf seine Müdigkeit widerriet, sagte er, es könne etwas geschehen, was er sich nie verzeihen würde. „Ich bin verantwortlich für jedes Leben im Lande“, sagte er. Er war anfangs verstimmt. Sie bediente ihn mit ihren eigenen Händen und nahm die Schüsseln und Teller (von dem Tafelgeschirr, das Stein ihm geschenkt hatte) von Tamb' Itam entgegen. Nach einer Weile hellte sich sein Gesicht auf; er sagte ihr, sie solle diese Nacht wieder im Fort das Kommando übernehmen. „Wir müssen uns schon den Schlaf versagen, mein Mädchen, solange unsere Leute in Gefahr sind“, sagte er. Dann meinte er scherzend, sie sei der tapferste Mann von allen. „Wenn du und Dain Waris euren Willen gehabt hättet, dann wäre heute nicht einer von den armen Teufeln mehr am Leben.“ – „Sind sie sehr schlecht?“ fragte sie, über seinen Stuhl geneigt. – „Menschen handeln manchmal schlecht, ohne darum viel schlechter zu sein als andere“, gab er nach einigem Zögern zurück.

Tamb' Itam folgte seinem Herrn zu der Landungsbrücke außerhalb des Forts. Die Nacht war klar, doch ohne Mondschein, und die Mitte des Flusses dunkel, während das Wasser unterhalb jedes Ufers den Schein von vielen Feuern zurückwarf, „wie in einer Nacht des Ramadan“, wie Tamb' Itam sagte. Kriegsboote glitten schweigsam über die dunkle Fläche oder lagen verankert, von plätschernden Wellen umflossen. In dieser Nacht hatte Tamb' Itam viel zu rudern und weit hinter seinem Herrn herzulaufen: auf und ab die Straße trabten sie, wo die Feuer brannten, und landeinwärts an den äußeren Grenzen der Stadt, wo kleine Scharen von Männern in den Feldern Wache hielten. Tuan Jim erteilte Befehle, und man gehorchte ihm. Schließlich gingen sie zu der Palisade des Rajahs, die in jener Nacht eine Abteilung von Jims Leuten besetzt hielt. Der alte Rajah war mit dem größten Teil seiner Frauen am Morgen in ein kleines Haus geflohen, das er in der Nähe eines an einem Nebenfluß gelegenen Dschungeldorfs besaß. Kassim, der zurückgeblieben war, hatte dem Rat beigewohnt und sein Unterhandeln vom Tag vorher durch eine Miene emsiger Beflissenheit verwischen wollen. Er wurde ziemlich allgemein geschnitten, brachte es aber fertig, seine lächelnde, ruhige Lebendigkeit beizubehalten, und zeigte sich hocherfreut, als Jim ihm mit finsterer Miene sagte, daß er vorhabe, die Palisade in dieser Nacht mit seinen Leuten zu besetzen. Als die Versammlung aufbrach, hörte man ihn draußen den und jenen Anführer ansprechen und sich in lautem, befriedigtem Ton darüber äußern, daß des Rajahs Eigentum in des Rajahs Abwesenheit beschützt werde.

Um zehn Uhr etwa marschierten Jims Leute dort ein. Die Palisade lag über der Mündung der Bucht, und Jim gedachte dort zu bleiben, bis Brown unten vorbeigegangen wäre. Ein kleines Feuer wurde auf dem ebenen, grasbewachsenen Fleck außerhalb der Pfähle entzündet, und Tamb' Itam stellte für seinen Herrn einen kleinen zusammenlegbaren Feldstuhl hin. Jim sagte ihm, er solle versuchen zu schlafen. Tamb' Itam holte sich eine Matte und legte sich ein Stückchen von ihm entfernt nieder, aber er konnte nicht schlafen, obwohl er wußte, daß er, ehe die Nacht zu Ende war, einen wichtigen Gang zu machen haben würde. Sein Herr schritt mit gesenktem Kopf und mit den Händen auf dem Rücken vor dem Feuer auf und ab. Er sah traurig aus. Sooft sein Herr näher kam, stellte Tamb' Itam sich schlafend, da er nicht wollte, daß sein Herr sich beobachtet fühlen sollte. Endlich blieb sein Herr stehen, blickte zu ihm nieder und sagte: „Es ist Zeit."

Tamb' Itam stand sofort auf und traf seine Vorbereitungen. Seine Aufgabe war, flußabwärts zu gehen, mit einem Vorsprung von einer Stunde oder mehr vor Browns Boot, um Dain Waris endgültig und bündig zu sagen, daß die Weißen unbehindert durchgelassen werden sollten. Jim wollte diesen Auftrag niemand anders anvertrauen. Bevor er sich auf den Weg machte, bat Tamb' Itam mehr um der Form willen (da er in seiner Stellung zu Jim ja völlig bekannt war) um ein Wahrzeichen. „Denn, Tuan", sagte er, „die Botschaft ist wichtig, und ich muß deine eigenen Worte überbringen." Sein Herr steckte seine Hand erst in die eine Tasche, dann in die andere und zog schließlich Steins silbernen Ring, den er gewöhnlich trug, vom Zeigefinger und gab ihn Tamb' Itam. Als Tamb' Itam seine Fahrt antrat, war Browns Lager auf dem Hügel dunkel, bis auf einen winzigen Lichtschimmer, der durch die Zweige eines von den Weißen gefällten Baumes blinkte.

Früh am Morgen hatte Brown von Jim ein zusammengefaltetes Stück Papier erhalten, auf dem geschrieben stand: „Sie erhalten freien Abzug. Brechen Sie auf, sobald Ihr Boot auf der Morgenflut treibt. Sagen Sie Ihren Leuten, daß sie auf ihrer Hut sein sollen. Die Büsche zu beiden Seiten der Bucht und die Verschanzung an der Mündung sind voll wohlbewaffneter Männer. Sie hätten nicht viel Aussicht auf Erfolg, doch ich glaube nicht, daß Sie Blutvergießen wollen." Brown las es, zerriß das Papier in kleine Stücke und sagte zu Cornelius, der es gebracht hatte, mit höhnischem Lachen: „Leb wohl, mein vortrefflicher Freund." Cornelius war in dem Fort gewesen und während des Nachmittags um Jims Haus herumgeschlichen. Jim erwählte ihn zum Überbringer des Schreibens, weil er Englisch konnte, Brown bekannt war und daher auch nicht Gefahr lief, von einem der Männer übereilt erschossen zu werden, wie es einem Malaien, der in der Dunkelheit des Wegs kam, wohl hätte geschehen können.

Cornelius blieb noch, nachdem er das Schreiben abgeliefert hatte. Brown saß noch auf, bei einem winzigen Feuer; alle andern lagen. „Ich könnte Ihnen etwas sagen, was Sie gerne wüßten", brummte Cornelius griesgrämig. Brown schenkte ihm keine Beachtung. „Sie haben ihn nicht getötet", fuhr der andere fort, „und was kriegen Sie nun? Sie hätten Geld vom Rajah bekommen und dazu noch all die Beute aus den Häusern der Bugis, und jetzt kriegen Sie nichts." – „Sie täten besser, sich hier fortzupacken", knurrte Brown, ohne ihn nur anzusehn. Doch Cornelius ließ sich an seiner Seite nieder und begann sehr leise zu flüstern, während er ab und zu seinen Ellbogen berührte. Was er zu sagen hatte, veranlaßte Brown, sich mit einem Fluch gerade zu setzen. Cornelius teilte ihm einfach mit, daß Dain Waris mit einer bewaffneten Schar den Fluß versperrt halte. Zuerst glaubte Brown sich völlig verraten und verkauft, doch eine sekundenlange Überlegung überzeugte ihn, daß kein Verrat beabsichtigt sein könnte. Er sagte nichts, und nach einer Weile bemerkte Cornelius in ganz gleichgültigem Ton, daß es noch einen andern Weg gebe, um aus dem Fluß hinauszukommen, den er sehr wohl kenne. „Gut zu wissen", sagte Brown, die Ohren spitzend, und Cornelius fing an, davon zu sprechen, was in der Stadt vorging, und wiederholte, was im Rat gesagt worden war, alles in einem gleichmäßigen Flüsterton, dicht an Browns Ohr, wie man redet, wenn man Schlafende nicht erwecken will. „Er denkt wohl, er hat mich unschädlich gemacht", murmelte Brown sehr leise... „Ja. Er ist ein Narr. Ein kleines Kind. Er kam hierher und raubte mich aus", summte Cornelius weiter, „und er brachte alle Leute dazu, ihm zu glauben. Aber wenn etwas geschähe, daß sie ihm nicht mehr glaubten, was würde dann aus ihm? Und der Bugis Dain, der unten am Fluß auf Sie wartet, Kapitän, ist der nämliche, der auf Sie Jagd machte, als Sie hierherkamen." Brown bemerkte nachlässig, daß man ihm ja ebensogut ausweichen könne, und in derselben nachdenklichen, unzusammenhängenden Weise erklärte Cornelius, daß er ein Seitenwasser wisse, das breit genug wäre, um Browns Boot aufzunehmen, ohne daß es Waris' Lager zu berühren brauche. „Sie werden sich ruhig verhalten müssen", fügte er noch nachträglich hinzu, „denn an einer Stelle kommen wir dicht hinter dem Lager vorbei. Sehr dicht. Sie haben ihr Lager am Ufer, und ihre Boote sind an Land gezogen." – „Oh, wir können still sein wie Mäuschen, keine Bange", sagte Brown. Cornelius bedang sich aus, daß, falls er Brown hinauslotste, sein Kanu geschleppt werden sollte. „Ich werde machen müssen, daß ich zurückkomme“, erklärte er.

Es war zwei Uhr morgens, als Außenposten die Mitteilung auf die Palisade gelangen ließen, daß die weißen Räuber zu ihrem Boot herunterkämen. In ganz kurzer Zeit war jeder bewaffnete Mann von einem Ende von Patusan zum andern auf den Beinen; doch waren die Ufer so still, daß man ohne das plötzliche Aufflackern der Feuer hätte meinen können, die Stadt schliefe wie zu Friedenszeiten. Ein schwerer Nebel lag sehr tief auf dem Wasser und erzeugte eine Art täuschenden, grauen Lichts, in dem nichts erkennbar war. Als Browns Pinasse aus der Bucht in den Fluß glitt, stand Jim auf der niedrigen Landspitze vor der Palisade des Rajahs – auf dem nämlichen Fleck, wo er das erstemal in Patusan den Fuß an Land gesetzt hatte. Ein einsamer, sehr umfangreicher Schatten wurde sichtbar, der sich in dem grauen Dunst fortbewegte, doch dem Auge beständig zu entgleiten schien. Ein leises Gemurmel drang daraus hervor. Brown, der am Steuer stand, hörte Jim ruhig sprechen: „Der Weg ist offen. Sie tun gut daran, sich vom Strom treiben zu lassen, solange der Nebel dauert; doch wird er gleich aufsteigen.“ – „Ja, wir werden gleich klar sehen“, erwiderte Brown.

Die dreißig oder vierzig Mann, die mit schußbereiten Musketen außen an der Palisade standen, hielten den Atem an. Der Bugiseigentümer der Frau, den ich auf Steins Veranda gesehen hatte und der unter ihnen war, sagte mir, daß das Boot, die niedrige Landspitze streifend, einen Augenblick lang zu wachsen schien und wie ein Berg darüberhing. „Wenn es Ihnen der Mühe wert scheint, einen Tag draußen zu warten“, rief Jim hinunter, „dann will ich versuchen, Ihnen etwas zu schicken – einen Ochsen, ein paar Bataten – was ich kann.“ Der Schatten bewegte sich fortwährend. „Ja. Tun Sie es“, sagte eine tonlose, fast unvernehmliche Stimme aus dem Nebel. Nicht einer der vielen aufmerksamen Zuhörer verstand, was die Worte bedeuteten; und dann glitten Brown und seine Männer in ihrem Boot vorüber und verschwanden gespenstergleich ohne den leisesten Ton.

So fährt Brown, unsichtbar im Nebel, Schulter an Schulter mit Cornelius auf dem Achtersitz der Pinasse, aus Patusan hinaus. „Vielleicht werden Sie einen kleinen Ochsen kriegen“, sagte Cornelius. „Oh, ja. Einen Ochsen. Bataten. Sie werden es kriegen, wenn er es sagt. Er sagt immer die Wahrheit. Er hat mir alles gestohlen, was ich besaß. Ich denke mir, Ihnen ist ein kleiner Ochse lieber als die Beute vieler Häuser.“ – „Ich rate Ihnen, den Mund zu halten, sonst kann es sein, daß Sie hier über Bord in diesen verdammten Nebel fliegen“, sagte Brown.

Das Boot schien stillzustehen; nichts war zu sehen, nicht einmal der Fluß längsseits; nur der Wasserstaub sprühte und rieselte verdichtet an ihren Barten und Gesichtern herunter. Es war unheimlich, sagte mir Brown. Jeder einzelne von ihnen hatte das Gefühl, als triebe er allein im steuerlosen Boot und würde von einem kaum wahrnehmbaren Spuk seufzender, murmelnder Geister verfolgt. „So? Hinauswerfen wollen Sie mich? Aber ich wüßte wohl, wo ich bin", brummelte Cornelius mürrisch. „Ich habe viele Jahre hier gelebt." – „Nicht lang genug, um durch einen solchen Nebel sehen zu können", sagte Brown und zog den Arm zurück, der auf der nutzlosen Ruderpinne hin und her geschleudert wurde. – „Jawohl. Lange genug dazu", schnarrte Cornelius. – „Das läßt sich hören", gab ihm Brown zurück. „Wollen Sie mich glauben machen, daß Sie das Seitenwasser, von dem Sie sprachen, mit verbundenen Augen finden würden?" – Cornelius knurrte. „Sind Sie zu müde zum Rudern?" fragte er nach einer Weile. „Nein, bei Gott!" schrie Brown plötzlich. „Riemen aus, ihr da!" Es entstand erst ein Poltern im Nebel, das allmählich in ein regelmäßiges Knirschen unsichtbarer Riemen gegen unsichtbare Dollen überging. Sonst war nichts verändert, und nur das leichte Aufklatschen eines Ruderblatts ließ die Täuschung nicht aufkommen, daß man in einem Ballon durch die Wolken fahre, meinte Brown. Hiernach öffnete Cornelius die Lippen nur noch, um brummig zu verlangen, daß jemand sein Kanu ausschöpfe, das von der Pinasse geschleppt wurde. Nach und nach hellte sich der Nebel auf und wurde voraus leuchtend. Zur Linken sah Brown eine Dunkelheit, als hätte er den Rücken der scheidenden Nacht erblickt. Mit einmal erschien über seinem Kopf ein großer, belaubter Ast, und Zweigenden bogen sich schlank, leis tröpfelnd, hernieder. Ohne ein Wort nahm Cornelius die Ruderpinne aus seiner Hand.

Vierundvierzigstes Kapitel

Ich glaube nicht, daß sie nochmals zusammen sprachen. Das Boot wurde mit den Rudern, die sie auf zerbröckelnde Ufer aufstützten, in einen engen Seitenarm hineingestoßen, und es herrschte ein Düster, als ob sich über dem Nebel, der den Raum bis in die Wipfel der Bäume ausfüllte, riesenhafte schwarze Flügel ausbreiteten. Auf ein Gemurmel von Cornelius befahl Brown seinen Leuten, zu laden. „Ich will euch noch eine Gelegenheit geben, ins gleiche mit ihnen zu kommen, ihr elenden Krüppel, ehe es mit euch aus ist", sagte er zu seiner Bande. „Paßt auf, daß es nicht umsonst ist – ihr Hunde." Leises Murren antwortete dieser Rede. Cornelius machte viel Wesens um die Sicherheit seines Kanus.

Mittlerweile hatte Tamb' Itam sein Ziel erreicht. Der Nebel hatte ihn wohl etwas aufgehalten, doch er hatte gleichmäßig gerudert und sich am südlichen Ufer gehalten. Allmählich erschien das Tageslicht wie der Schimmer in einer mattgeschliffenen Glaskugel. Dunkler Rauch bildete sich auf beiden Ufern, in dem man verschwommene, säulenartige Formen und hoch oben Schatten von wirrem Gezweig wahrnehmen konnte. Der Nebel lag noch dick auf dem Wasser, aber es wurde gute Wache gehalten, denn als Tamb' Itam sich dem Lager näherte, tauchten zwei Männer aus dem weißen Dunst, und Stimmen drangen lärmend auf ihn ein. Er antwortete, und sofort lag ein Kanu längsseit, und er tauschte Nachrichten mit den Ruderern. Alles war in Ordnung. Die Gefahr war vorbei. Dann ließen die Männer im Kanu seinen Einbaum, den sie gehalten hatten, los und kamen sofort außer Sicht. Er verfolgte seinen Weg, bis er Stimmen hörte, die ruhig zu ihm über das Wasser klangen, und unter dem nun aufsteigenden, zerflatternden Nebel den Schein von vielen kleinen Feuern erblickte, die auf einer sandigen Fläche brannten, mit hohen, schlanken Baumstämmen und Büschen im Hintergrund. Auch hier wurde gute Wache gehalten, denn er wurde angerufen. Er schrie seinen Namen, während die letzten zwei Ruderschläge sein Kanu auf Strand setzten. Es war ein großes Feldlager. Männer kauerten in vielen kleinen Gruppen, unter dem gedämpften Murmeln früher Morgengespräche. Dünne Rauchfäden schlängelten sich langsam über den weißen Nebel. Kleine, über den Boden erhöhte Hütten waren für die Anführer errichtet worden. Musketen waren in kleine Pyramiden gesetzt und lange Speere einzeln neben den Feuern in den Sand eingerammt.

Tamb' Itam nahm eine wichtige Miene an und verlangte, zu Dain Waris geführt zu werden. Er fand den Freund seines weißen Herrn auf einem erhöhten Lager aus Bambuszweigen, mit einem Schutzdach darüber, das aus Stöcken gemacht und mit Matten bedeckt war. Dain Waris war wach, und ein großes Feuer brannte vor seinem Ruhelager, das einer rohgezimmerten Kapelle glich. Der einzige Sohn des *nakboda* Doramin erwiderte seinen Gruß freundlich. Tamb' Itam fing damit an, daß er ihm den Ring einhändigte, der die Wahrheit seiner Botschaft verbürgte. Dain Waris, auf seinen Ellbogen gestützt, forderte ihn auf, zu sprechen und fragte ihn, was es Neues gäbe. Mit der geheiligten Formel beginnend: „Die Neuigkeit ist gut", übermittelte Tamb' Itam Jims eigene

Worte. Die Weißen, die mit der Zustimmung aller Anführer abzogen, sollten unbehelligt durchgelassen werden. In Erwiderung einer oder zweier Fragen berichtete Tamb' Itam alsdann die Beschlüsse der letzten Ratssitzung. Dain Waris hörte ihn aufmerksam zu Ende, spielte dabei mit dem Ring und steckte ihn schließlich an den Zeigefinger seiner rechten Hand. Nachdem er alles angehört hatte, was Tamb' Itam zu sagen hatte, entließ er ihn, damit er der Ruhe pflege und sich stärke. Sofort wurden auch Anordnungen für die Rückkehr am Nachmittag getroffen. Hierauf legte sich Dain Waris wieder hin und lag mit offenen Augen, während ihm seine persönlichen Diener an dem Feuer, an welchem auch Tamb' Itam saß und den Männern die letzten Neuigkeiten aus der Stadt berichtete, das Mahl bereiteten. Die Sonne zehrte den Nebel auf. Auf der Strecke des Hauptstroms, wo das Erscheinen des Boots der Weißen jeden Augenblick zu erwarten war, hielt man sorgsam Wache.

Da war es, daß Brown seine Rache an der Welt nahm, die ihm, nachdem er zwanzig Jahre lang aufs schnödeste gegen sie angegangen war, den Erfolg eines gemeinen Raubzugs verweigerte. Es war eine Tat kaltblütiger Grausamkeit, und die Erinnerung an seinen unbezähmbaren Trotz tröstete ihn noch auf dem Totenbett. Heimlich ließ er seine Leute auf der andern Seite der Insel, dem Bugislager gegenüber, landen und führte sie hinüber. Nach einem kurzen, ganz wortlosen Ringen mußte sich Cornelius, der sich im Augenblick der Landung fortzuschleichen versucht hatte, herbeilassen, den Weg zu zeigen, wo das Unterholz am dünnsten war. Browns große Faust hielt ihm die Hände auf dem Rücken zusammen und zwang ihn dann und wann mit einem heftigen Stoß vorwärts. Cornelius blieb stumm wie ein Fisch, widerwillig, doch treu seinem Vorhaben, dessen Ausführung ihm unklar vorschwebte. Am Rand des Fleckchens Wald verteilten sich die Männer und warteten. Das Lager war voll von einem Ende zum andern, und niemand sah nach ihnen hin. Keiner hatte eine Ahnung, daß die weißen Männer von dem engen Seitenarm hinter der Insel Kenntnis haben könnten. Als Brown den Augenblick für gekommen hielt, schrie er: „Los!“, und vierzehn Schüsse krachten wie ein einziger.

Tamb' Itam sagte mir, die Überraschung sei so groß gewesen, daß außer denen, die tot oder verwundet niederfielen, noch lange nach der ersten Salve keine Seele sich rührte. Dann schrie ein Mann auf, und nach diesem Schrei entrangen sich allen Kehlen gellende Laute des Entsetzens. Eine blinde Panik trieb diese Männer als wilde, führerlose Schar auf und ab dem Ufer entlang, wie eine Viehherde, die sich vor dem Wasser fürchtet. Einige wenige sprangen in den

Fluß, die meisten aber erst nach der letzten Salve. Dreimal feuerten die Männer in den Haufen, und Brown, der einzige, der sichtbar war, fluchte und schrie: „Niedrig zielen! Niedrig zielen!"

Tamb' Itam sagte, daß er für seine Person gleich beim ersten Knall begriffen habe, was geschehen war. Obwohl er nicht getroffen war, fiel er hin und lag wie tot, aber mit offenen Augen. Bei den ersten Schüssen sprang Dain Waris von seinem Lager auf und lief hinaus ans offene Ufer, gerade rechtzeitig, um bei der zweiten Salve eine Kugel in die Stirn zu bekommen. Tamb' Itam sah, wie er die Arme weit ausstreckte, bevor er hinfiel. Dann, sagte er, beschlich ihn eine große Furcht – nicht vorher. Die weißen Männer verschwanden, wie sie gekommen waren – ungesehen. Also beglich Brown seine Rechung mit dem Mißgeschick. Beachten Sie, daß selbst in diesem furchtbaren Ausbruch eine Überlegenheit liegt, wie die eines Mannes, der sein Recht – diese abstrakte Sache – in der Umhüllung seiner gemeinen Wünsche trägt. Es war keine gemeine, verräterische Metzelei; es war eine Lehre, eine Vergeltung – die Offenbarung einer dunklen und grauenvollen Anlage unserer Natur, die, fürchte ich, nicht so tief unter der Oberfläche liegt, wie wir gern glauben möchten.

Hernach machen sich die Weißen, von Tamb' Itam ungesehen, davon und scheinen wie versunken vor den Augen der Menschen. Auch der Schoner verschwindet, nach der Art gestohlenen Guts. Doch es geht die Kunde von einer weißen Pinasse, die einen Monat später im Indischen Ozean von einem Frachtdampfer aufgelesen wurde. Zwei vertrocknete, gelbe, flüsternde Gerippe bekannten sich zu der Oberhoheit eines dritten darin, der erklärte, daß sein Name Brown sei. Sein Schoner, berichtete er, mit einer Ladung Javazucker nach Süden bestimmt, sei bös leck gesprungen und ihm unter den Füßen gesunken. Er und seine Gefährten seien die überlebenden einer Besatzung von sechs Mann. Die zwei starben an Bord des Dampfers, der sie aufgenommen hatte. Brown lebte, um von mir gesehen zu werden, und ich kann bezeugen, daß er seine Rolle bis zuletzt spielte. Es scheint jedoch, daß sie bei der Flucht versäumt hatten, Cornelius' Kanu loszumachen. Den Mann selbst hatte Brown zu Anfang des Schießens, mit einem Fußtritt als Scheidesegen, gehen lassen. Nachdem sich Tamb' Itam von den Toten erhoben hatte, sah er den Nazarener inmitten der Leichen und verlöschenden Feuer am Ufer auf und ab laufen. Er stieß kleine Schreie aus. Plötzlich rannte er ans Wasser und machte verzweifelte Anstrengungen, eines der Bugisboote ins Wasser zu befördern. „Dann stand er, bis er mich gesehen hatte", erzählte Tamb' Itam, „im Anblick des schweren

Kanus versunken und kratzte sich am Kopf." – „Was wurde aus ihm?" fragte ich. Tamb' Itam sah mich scharf an und machte eine ausdrucksvolle Gebärde mit dem rechten Arm. „Zweimal stieß ich zu, Tuan", sagte er. „Als er mich kommen sah, warf er sich heftig auf den Boden, erhob ein Geschrei und schlug um sich. Er kreischte wie eine erschrockene Henne, bis er die Spitze fühlte; dann war er still und starrte mich an, bis sein Leben aus seinen Augen entfloh."

Nachdem Tamb' Itam dies vollbracht hatte, zögerte er nicht länger. Er begriff, wie wichtig es war, als erster mit der schrecklichen Nachricht im Fort zu sein. Es waren natürlich noch viele Überlebende von Dain Waris' Abteilung da; doch in der ersten maßlosen Verwirrung waren einige über den Fluß geschwommen, andere waren in den Wald geflohen. Die Sache war die, daß sie in der Tat nicht wußten, wer den Schlag geführt hatte – ob nicht noch mehr weiße Räuber kamen, ob sie nicht schon vom ganzen Land Besitz ergriffen hatten. Sie glaubten sich als Opfer eines ausgedehnten Verrats völliger Vernichtung geweiht. Es heißt, daß einige kleine Trupps erst nach drei Tagen wiederkamen. Einige jedoch versuchten, sofort nach Patusan zurückzukehren, und eins der Kanus, das an jenem Morgen den Fluß abgestreift hatte, war gerade im Augenblick des Überfalls in Sicht des Lagers. Allerdings sprangen die Männer im ersten Schreck über Bord und schwammen ans gegenüberliegende Ufer, doch späterhin kehrten sie zu ihrem Boot zurück und fuhren in großen Ängsten stromaufwärts. Vor diesen hatte Tamb' Itam einen Vorsprung von einer Stunde.

Fünfundvierzigstes Kapitel

Als Tamb' Itam, wahnsinnig rudernd, in den Stadtbezirk kam, drängten sich die Frauen auf den Terrassen der Häuser, um nach der kleinen Flotte von Dain Waris auszublicken, die sie zurückerwarteten. Die Stadt hatte ein festliches Ansehn; Männer mit Gewehren oder Speeren in der Hand sah man in Gruppen am Ufer stehen oder auf und ab wandeln. Einige chinesische Kramläden waren früh geöffnet worden; doch der Marktplatz war leer, und eine Schildwache, die noch an der Ecke des Forts postiert war, erkannte Tamb' Itam und rief denen drinnen seinen Namen zu. Das Tor war weit offen. Tamb' Itam sprang ans Ufer und lief Hals über Kopf hinein. Die erste, die er traf, war das Mädchen, das vom Hause herunter kam.

Tamb' Itam stand eine Weile keuchend, verstört, mit zitternden Lippen und wilden Äugen vor ihr, als wäre ein plötzlicher Zauber über ihn geworfen worden. Dann brach es aus ihm hervor: „Sie haben Dain Waris und noch viele andere getötet." Sie schlug die Hände zusammen, und ihre ersten Worte waren: „Schließt die Tore." Die meisten der im Fort diensttuenden Männer waren schon in ihre Häuser zurückgekehrt, doch Tamb' Itam eilte zu den wenigen, die noch geblieben waren. Das Mädchen stand in der Mitte des Hofes, während die andern umherliefen. „Doramin", rief sie verzweifelt, als Tamb' Itam an ihr vorbeikam. Als er ein zweites Mal wiederkam, ging er rasch auf ihren Gedanken ein: „Ja. Aber wir haben alles Pulver in Patusan." Sie packte ihn am Arm und deutete auf das Haus: „Ruf ihn heraus", flüsterte sie zitternd.

Tamb' Itam lief die Stufen hinauf. Sein Herr schlief. „Ich bin's, Tamb' Itam", rief er, „mit Botschaft, die nicht warten kann." Er sah Jim sich auf dem Kissen herumdrehen und die Augen aufschlagen und platzte sofort heraus: „Dies, Tuan, ist ein Unglückstag, ein verfluchter Tag." Sein Herr stützte sich auf den Ellbogen, um die Kunde anzuhören, genau wie Dain Waris es getan hatte. Und dann begann Tamb' Itam seine Erzählung, mit dem Bemühen, alles der Ordnung nach vorzubringen, nannte Dain Waris Panglima und sagte: „Der Panglima rief gerade dem Anführer seiner Bootsleute zu: ›Gebt Tamb' Itam etwas zu essen‹" – als sein Herr die Füße auf den Boden setzte und ihn mit so fassungslosem Gesicht ansah, daß ihm die Worte in der Kehle steckenblieben.

„Sprich", sagte Jim, „ist er tot?" – „Mögest du lange leben", rief Tamb' Itam. „Es war der grausamste Verrat. Er lief bei den ersten Schüssen hinaus und fiel..." Sein Herr schritt zum Fenster und stieß mit der Faust den Laden auf. Das Zimmer war hell; und dann fing er an, mit ruhiger Stimme, doch hastig sprechend; Befehle zu geben, daß man zu augenblicklicher Verfolgung eine Flotte von Booten zusammenbringe, zu dem, zu jenem gehe – Boten sende; und während er redete, setzte er sich auf das Bett, um eilends seine Stiefel zuzuschnüren, und blickte dann plötzlich auf. „Warum stehst du hier?" fragte er, ganz rot im Gesicht. „Verlier' keine Zeit!" Tamb' Itam rührte sich nicht. „Verzeih mir, Tuan, aber... aber", stammelte er. „Was?" schrie sein Herr laut und sah fürchterlich aus, während er vorgebeugt den Rand seines Betts umklammerte. – „Dein Diener darf es nicht wagen, unter die Leute zu gehen", sagte Tamb' Itam, nachdem er ein Weilchen gezögert hatte.

Da verstand Jim. Er war um einer kleinen Sache, eines unwillkürlichen Sprunges willen aus der einen Welt geflohen, und nun stürzte die andre, das

Werk seiner eigenen Hände, in Trümmern über seinem Kopf zusammen. Sein Diener durfte es nicht wagen, unter seine eigenen Leute zu gehen! Ich glaube, daß er im selben Augenblick beschloß, dem Unglück auf die einzige Weise standzuhalten, die ihm für ein solches Unglück möglich erschien; aber alles, was ich weiß, ist, daß er ohne ein Wort aus seinem Zimmer herauskam und an dem langen Tisch niedersaß, an dem er gewohnt war, die Angelegenheiten seiner Welt zu ordnen und täglich die Wahrheit, die sicherlich in seinem Herzen lebte, kundzutun. Die dunklen Gewalten sollten ihm nicht zweimal seinen Frieden rauben. Er saß wie ein steinernes Bild. Tamb' Itam erinnerte ehrerbietig, daß man an die Verteidigung denken müsse. Das Mädchen, das er liebte, kam herein und sprach zu ihm, doch das stumme Geheiß, zu schweigen, das in seiner Handbewegung lag, ließ sie im Innersten erschauern. Sie ging auf die Veranda hinaus und blieb auf der Schwelle sitzen, als wollte sie ihn mit ihrem Leibe vor den Gefahren schützen, die ihm von außen drohten.

Was für Gedanken, was für Erinnerungen ihn bestürmten – wer kann es sagen? Alles war dahin, und er, und er, der einmal einen Treubruch begangen, hatte auch nun wieder das Vertrauen aller Menschen verloren. Ich glaube, damals versuchte er an irgendwen zu schreiben und ließ es dann wieder sein. Die Einsamkeit zog sich um ihn zusammen. Die Menschen hatten ihm ihr Leben anvertraut; und doch konnten sie, wie er gesagt hatte, niemals dazu gebracht werden, ihn zu verstehen. Die draußen hörten keinen Ton von ihm. Später, gegen Abend, kam er an die Tür und verlangte nach Tamb' Itam. „Nun", fragte er. – „Da ist viel Weinen. Auch viel Zorn", sagte Tamb' Itam. Jim sah zu ihm auf. „Du weißt", murmelte er. – „Ja, Tuan", sagte Tamb' Itam. „Dein Diener weiß, und die Tore sind geschlossen. Wir werden kämpfen müssen." – „Kämpfen! Wofür?" fragte er. – „Für unser Leben." – „Ich habe kein Leben", sagte er, Tamb' Itam hörte einen Schrei des Mädchens vor der Tür. „Wer weiß?" sagte Tamb' Itam. „Mit Kühnheit und List können wir vielleicht sogar entkommen. In den Herzen der Menschen ist auch viel Furcht." Er ging hinaus mit unklaren Gedanken an Boote und die offene See und ließ Jim und das Mädchen zusammen zurück.

Ich habe nicht das Herz, hier die Andeutungen wiederzugeben, die sie mir über jene Stunde machte, da sie mit ihm um ihr Glück rang. Ob er irgendwelche Hoffnung hatte – was er erwartete – was er dachte – ist unmöglich zu sagen. Er war unbeugsam, und mit der wachsenden Vereinsamung seines Starrsinns schien sich sein Geist über die Trümmer seines Daseins zu erheben. Sie schrie ihm ins Ohr: „Kämpfe!" Sie konnte nicht begreifen. Da war nichts, um das er kämpfen konnte. Er war im Begriff, auf eine andere Art seine Macht zu beweisen und das verhängnisvolle Schicksal selber zu besiegen. Er ging in den Hof hinaus, und sie taumelte mit wehendem Haar, wildem Gesicht atemlos hinter ihm drein und lehnte sich an den Türpfosten, „öffnet die Tore", befahl er. Hernach wandte er sich an die Männer, die drinnen waren, und stellte ihnen frei, nach Hause zu gehen. „Auf wie lange, Tuan?" fragte einer von ihnen schüchtern. „Für immer", sagte er düster.

Nach dem Ausbruch des Jammerns und Klagens, der wie ein Windstoß aus der geöffneten Wohnstätte der Trauer über den Fluß gefegt war, hatte sich Stille über die Stadt gelegt. Doch geflüsterte Gerüchte gingen um und füllten die Herzen mit Schrecken und furchtbaren Zweifeln. Die Räuber würden zurückkommen und viele andere in einem großen Schiff mit sich bringen, und es würde für keinen einzigen eine Zuflucht im Lande geben. Ein Gefühl der äußersten Unsicherheit, wie während eines Erdbebens, hatte in den Gemütern der Menschen Platz gegriffen, und sie sahen sich entsetzt an und raunten sich ihre Befürchtungen zu wie unter dem Druck einer gräßlichen Vorbedeutung.

Die Sonne war nahe daran, hinter den Wäldern zu versinken, als Dain Waris' Leichnam in Doramins Kampong gebracht wurde. Vier Männer trugen ihn, geziemend mit einem weißen Laken bedeckt, das die Mutter ans Tor hinuntergeschickt hatte, damit ihr Sohn bei seiner Rückkehr dareingehüllt werde. Sie legten ihn zu Doramins Füßen nieder, und der alte Mann saß lange still da und blickte, eine Hand auf jedem Knie, zu Boden. Die Wedel der Palmen schwankten sacht, und das Blattwerk der Obstbäume bewegte sich leise über seinem Kopf. Jeder einzige Mann seines Volks stand völlig in Waffen da, als der alte *nakboda* schließlich die Augen erhob. Er ließ sie langsam über die Menge schweifen, als suchte er ein fehlendes Gesicht. Wieder sank sein Kinn auf die Brust. Das Flüstern vieler Männer vermischte sich mit dem leisen Rascheln der Blätter.

Der Malaie, der Tamb' Itam und das Mädchen nach Samarang gebracht hatte, war auch da. „Nicht so zornig wie viele", sagte er zu mir, „doch von Furcht und Staunen ergriffen über die Plötzlichkeit menschlichen Schicksals, das wie eine mit Wettern geladene Wolke über ihren Köpfen hängt." Er sagte mir, daß, als Dain Waris' Leichnam auf ein Zeichen von Doramin enthüllt wurde, er, den sie oft den Freund des weißen Herrn genannt hatten, unverändert, die Augenlider wie dicht vor dem Erwachen ein wenig geöffnet, dalag. Doramin beugte sich noch etwas mehr nach vorn, wie einer, der etwas zu Boden Gefallenes sucht.

Seine Augen glitten forschend über den Körper, von Kopf bis zu Fuß, vielleicht, um die Wunde zu entdecken. Sie befand sich in der Stirn und war klein; und es wurde kein Wort gesprochen, während einer der Umstehenden sich bückte und den silbernen Ring von der steifen, kalten Hand zog. Schweigend hielt er ihn Doramin hin. Ein Murmeln der Entrüstung und des Grauens lief beim Anblick dieses vertrauten Zeichens durch die Reihen. Der alte *nakboda* starrte es an, und plötzlich entfuhr ihm aus tiefster Brust ein wilder, gellender Schrei, ein Heulen des Schmerzes und der Wut, gewaltig, wie das Brüllen eines verwundeten Stiers. Große Furcht bemächtigte sich der Herzen vor der Stärke des Zorns und des Wehs, das sich ohne Worte kundtat. Dann herrschte eine Weile feierliche Stille, während der Leichnam von vier Männern beiseite getragen wurde. Sie legten ihn unter einen Baum, und mit einmal fingen alle Frauen des Haushalts mit einem langen Schrei zusammen zu klagen an; sie jammerten mit schrillen Tönen. Die Sonne ging unter, und in den Pausen des Klagegeschreis stimmten die hohen, näselnden Stimmen zweier alter Männer die Gesänge des Korans an.

Inzwischen blickte Jim, an eine Lafette gelehnt, auf den Fluß und wandte dem Haus den Rücken, und das Mädchen, unter der Tür, keuchend, als hätte sie einen Wettlauf gemacht, sah nach ihm, über den Hof hinweg. Tamb' Itam stand nicht weit von seinem Herrn und wartete geduldig, was geschehen würde. Plötzlich wandte sich Jim, der in ruhigen Gedanken verloren zu sein schien, zu ihm und sagte: „Es ist Zeit, dem ein Ende zu machen."

„Tuan?" sagte Tamb' Itam und sprang lebhaft auf ihn zu. Er wußte nicht, was sein Herr meinte, aber sobald Jim eine Bewegung machte, fuhr auch das Mädchen auf und schritt auf den offenen Platz hinunter. Es scheint, daß sonst niemand von den Leuten des Hauses in Sicht war. Sie wankte leicht und rief auf halbem Wege Jim an, der wieder in die ruhige Betrachtung des Flusses versunken zu sein schien. Er drehte sich um und lehnte den Rücken gegen die Kanone. „Willst du kämpfen?" rief sie. – „Da ist nichts zu kämpfen", sagte er, „nichts ist verloren." Mit diesen Worten machte er einen Schritt auf sie zu. „Willst du fliehen?" rief sie dann. – „Es gibt kein Entrinnen", sagte er und blieb stehen, und auch sie stand still, schweigend, und verzehrte ihn mit ihren Blicken. „Und du wirst gehen?" fragte sie langsam. Er neigte den Kopf. „Ah!" rief sie aus, ihn gleichsam durchbohrend. „Du bist wahnsinnig oder falsch. Gedenkst du der Nacht, da ich dich bat, mich zu verlassen, und du sagtest, du könntest es nicht? Es sei unmöglich! Unmöglich! Erinnerst du dich, daß du sagtest, du würdest mich niemals verlassen? Warum? Ich habe kein Versprechen von dir verlangt.

Du hast es mir ungefragt gegeben, denk' daran." – „Genug, mein armes Mädchen", sagte er. „Es würde sich nicht lohnen, mich noch zu haben."

Tamb' Itam sagte, sie hätte, während sie sprachen, laut und sinnlos gelacht, wie eine, die unter der Heimsuchung Gottes steht. Sein Herr legte die Hände an den Kopf. Er war völlig angezogen, wie jeden Tag, nur ohne Hut. Sie hörte plötzlich auf zu lachen. „Zum letztenmal", schrie sie drohend, „willst du dich verteidigen?" – „Nichts kann mich anrühren", sagte er in einem letzten Aufflackern wundervollen Selbstgefühls. Tamb' Itam sah, wie sie sich vorbeugte, die Arme öffnete und behende auf ihn zulief. Sie warf sich an seine Brust und umklammerte seinen Hals.

„Ah! Ich werde dich so festhalten", rief sie... „du bist mein!"

Sie schluchzte an seiner Schulter. Der Himmel über Patusan war blutrot, ungeheuer, und strömte Glut aus wie eine offene Ader. Die Baumwipfel drängten sich gegen eine riesenhafte, purpurne Sonne, und der Wald unterhalb hatte ein schwarzes, todfeindliches Aussehen.

Tamb' Itam sagte mir, daß der Himmel an jenem Abend grimmig und fürchterlich zu sehen war. Ich glaube es gern, denn ich weiß, daß an eben jenem Tag, sechzig Meilen von der Küste entfernt, ein Zyklon vorüberfegte, obwohl an dem Ort selbst kaum mehr als ein schwaches Lüftchen zu spüren war.

Plötzlich sah Tamb' Itam, wie Jim ihre Arme faßte und versuchte, ihre Hände zu lösen. Sie hing an ihm mit zurückgesunkenem Kopf; ihr Haar berührte den Boden. „Komm hierher!" rief sein Herr, und Tamb' Itam half sie niederlegen. Es war schwer, ihre Finger aufzumachen. Jim beugte sich über sie und sah ihr ernst ins Gesicht. Dann rannte er plötzlich an die Landungsbrücke. Tamb' Itam folgte ihm, doch im Zurückblicken sah er, daß sie wieder auf den Füßen stand. Sie lief ihnen ein paar Schritte nach und fiel dann schwer auf die Knie. „Tuan! Tuan!" rief Tamb' Itam, „schau zurück!" Doch Jim stand schon im Kanu, mit dem Ruder in der Hand. Er schaute nicht zurück. Tamb' Itam hatte gerade noch Zeit, nach ihm hineinzuklettern, als das Kanu vom Ufer abstieß. Das Mädchen lag mit verschränkten Händen auf den Knien am Wassertor. Sie blieb so eine Weile in flehender Haltung, ehe sie aufsprang. „Du bist falsch!" rief sie Jim nach. – „Vergib mir", rief er. – „Niemals! Niemals!" rief sie zurück.

Tamb' Itam nahm das Ruder aus Jims Hand, da es ihm ungeziemend schien, daß er sitzen sollte, während sein Herr ruderte. Als sie das andere Ufer erreichten, verbot ihm sein Herr, weiter mitzukommen; doch Tamb' Itam folgte ihm in einiger Entfernung den Abhang von Doramins Kampong hinauf.

Es fing an, dunkel zu werden. Fackeln leuchteten hie und da auf. Die Leute, denen sie begegneten, schienen von Furcht gepackt und traten eilends beiseite, um Jim vorüberzulassen. Das Klagen der Frauen tönte von oben. Der Hofraum war voll bewaffneter Bugis mit ihren Anhängern und von Leuten aus Patusan.

Ich weiß nicht, was diese Zusammenrottung eigentlich bedeutete. Sollte es die Vorbereitung zum Krieg oder zur Rache sein oder dazu dienen, einen drohenden Überfall zurückzuschlagen? Viele Tage vergingen, ehe die Leute aufhörten, auszuschauen und vor der Rückkehr der zerlumpten, langbärtigen weißen Männer zu zittern, deren genaue Beziehung zu ihrem eigenen weißen Mann sie nie ganz herausbringen konnten. Auch für diese einfachen Gemüter bleibt Jim unter einer Wolke.

Doramin, allein, riesenhaft und verzweifelt, saß in seinem Armstuhl mit seinen Feuersteinpistolen auf den Knien, im Angesicht einer bewaffneten Menge. Als Jim erschien, wandten sich auf jemandes Ausruf alle Köpfe um, dann teilte sich die Menge rechts und links, und er schritt durch eine Gasse abgewandter Blicke hindurch. Geflüster folgte ihm, Gemurmel: „Er hat alles verschuldet." – „Er hat einen Zauber." ... Er hörte sie – vielleicht!

Als er in das Licht der Fackeln trat, hörte das Klagen der Frauen plötzlich auf. Doramin hob nicht den Kopf, und Jim stand eine Weile schweigend vor ihm. Dann blickte er nach links und ging mit gemessenen Schritten in diese Richtung. Dain Waris' Mutter kauerte am Kopfende der Leiche; das graue, aufgelöste Haar verbarg ihr Gesicht. Jim kam langsam, hob das Laken, blickte auf seinen toten Freund und ließ das Tuch dann wieder fallen, ohne ein Wort. Langsam schritt er zurück.

„Er ist gekommen! Er ist gekommen!" ging es von Mund zu Mund – in einem Gemurmel, nach dem er sich bewegte. „Er hat es auf seinen eigenen Kopf genommen", sagte eine laute Stimme. Er hörte es und wandte sich der Menge zu. „Ja. Auf meinen Kopf." Ein paar Leute wichen zurück. Jim wartete eine Weile vor Doramin und sagte dann sanft: „Ich komme in Trauer." Er wartete wieder. „Ich komme bereit und unbewaffnet", wiederholte er.

Der schwerfällige alte Mann senkte die Stirne wie ein Ochse unter dem Joch und machte eine Anstrengung, aufzustehn, während er die Feuersteinpistolen auf seinen Knien umklammerte. Aus seiner Kehle kamen erstickte, gurgelnde, unmenschliche Laute, und seine beiden Diener stützten ihn von rückwärts. Man sah, daß der Ring, den er auf dem Schoße hatte, herunterfiel und vor die Füße des weißen Mannes rollte, und daß der arme Jim auf den Talisman hinunterblickte, der ihm im Umkreis der mit weißem Schaum beränderten Wälder, der Küste, die unter der westlichen Sonne wie die Feste der Nacht selber dreinstarrte, die Tür zum Ruhm, zur Liebe, zum Gelingen geöffnet hatte. Doramin, der Anstrengung machte, sich auf den Füßen zu halten, bildete mit den beiden, die ihn stützten, ein schwankende, taumelnde Gruppe; seine kleinen Augen starrten mit dem Ausdruck der Wut, des wahnsinnigen Schmerzes, einem wild tierischen Blinken, das die Umstehenden bemerkten, und dann, während Jim steif aufgereckt und mit bloßem Kopf im Licht der Fackeln stand und ihm gerade ins Gesicht blickte, umschlang er mit seinem linken Arm den Hals eines sich bückenden Jünglings und, die Rechte bedachtsam erhebend, schoß er den Freund seines Sohnes durch die Brust.

Die Menge, die hinter Jim zurückgewichen war, sobald Doramin die Hand erhob, stürzte nach dem Schuß in wirrem Haufen vor. Es heißt, daß der weiße Mann alle diese Gesichter rechts und links mit einem stolzen, unentwegten Blick streifte. Dann fiel er, mit der Hand über den Lippen, nach vorn und war tot.

Und das ist das Ende. Er geht dahin unter einer Wolke, unergründlich im Herzen, vergessen, ohne Vergebung und außerordentlich romantisch. Nicht in den wildesten Tagen seiner knabenhaften Träume hätte er sich die verlockenden Ausmaße eines so außerordentlichen Erfolges vorstellen können! Denn es mag wohl sein, daß er mit seinem letzten stolzen, unentwegten Blick das Antlitz jener Gelegenheit erschaute, die, verschleiert wie eine morgenländische Braut, an seine Seite gekommen war.

Doch wir sehen ihn, einen unbekannten Eroberer des Ruhms, auf das Zeichen, den Ruf seines überspannten Selbstgefühls sich den Armen einer eifersüchtigen Liebe entwinden. Er verläßt eine lebende Frau, um seine erbarmungslose Hochzeit mit einem schattenhaften Ehrbegriff zu feiern. Ob er nun wohl ganz befriedigt ist? Wir sollten es wissen. Er ist einer von uns – und bin ich nicht einst, wie ein heraufbeschworener Geist, für ihn aufgestanden und habe für seine ewige Beständigkeit gezeugt? Habe ich schließlich so sehr unrecht gehabt? Nun, da er nicht mehr ist, gibt es Tage, wo die Wirklichkeit seines Daseins sich mir mit einer ungeheuren, einer überwältigenden Stärke aufdrängt, und wiederum gibt es, wahrhaftig, Augenblicke, wo er meinen Augen entgleitet wie ein zwischen den

Leidenschaften dieser Erde irrender, körperloser Geist, der bereit ist, sich treulich dem Anspruch seiner eigenen Schattenwelt hinzugeben.

Wer weiß? Er ist dahin, unergründlich im Herzen, und das arme Mädchen führt in Steins Haus ein stumpfes, klangloses Dasein. Stein ist in der letzten Zeit sehr gealtert. Er fühlt es selbst und sagt oft, daß er „sich anschickt, von alldem hier Abschied zu nehmen; Abschied zu nehmen…“, während er mit der Hand wehmütig auf seine Schmetterlinge deutet.